월든

WALDEN
월든

헨리 데이비드 소로 지음 · 김성 옮김

책만드는집

C O N T E N T S

차례

1st
숲속 생활의 경제학

1_숲속 생활의 경제학

　　　　　이 글을 쓸 때, 아니 이 글의 많은 부분을 쓰고 있을 당시에 나는 주위의 이웃들로부터 1마일쯤 떨어진 숲속에서 혼자 생활하고 있었다. 매사추세츠 주 콩코드에 있는 월든 호숫가에 직접 오두막을 지어 보금자리로 삼고 두 손을 움직여 하루하루 양식을 얻으면서, 나는 2년 2개월 동안 홀로 생활했다. 지금은 다시 문명사회의 체류자가 되었지만…….

　마을 사람들이 그때의 생활에 대해 꼬치꼬치 캐묻지 않았다면, 이러한 나의 개인적인 일상사를 독자 여러분의 눈에 보란 듯이 드러낼 엄두를 내지는 못했으리라. 그때 내 생활에 대해 질문하는 것을 실례라고 여기는 사람도 있었겠지만, 나는 이러한 질문이 전혀 실례가 아니며 여러 가지 사정을 두루 따져보면 지극히 자연스럽고 당연한 귀결이라고 생각했다. 그들은 내가 주로 무엇을 먹고 살았는지, 외롭거나 무섭지는 않았는지에 대해 많이 질문했다. 또 내가 수입의 몇 할을 자선사업에 기부했는지 알고 싶어하는가 하면, 대가족을 부양하는 마을 사람들 중에는 불쌍한 아이를 몇이나 키우는지 묻기도 했다. 따라서 나에 대해 별다른 관심이 없는 독자라도 이 책 속에서 내가 그러한 질문에 답하는 것을 모쪼록 이해해주었으면 한다.

　대부분의 사람들이 글을 쓸 때 일인칭인 '나'를 생략하지만, 이 책에서는 계속 사용할 예정이다. '나'라는 호칭을 고집하는 점이 이 책이 다른 책과 가장 크게 다른 점 중 하나이다. 글을 쓸 때 얘기하고 있는 사람이 항상 자기 자신이라는 것을 우리는 너무 쉽게 잊는다. 내가 나 자신을 아는 만큼 다른 사람 누군가를 잘 알고 있다면 굳이 이렇게 내 얘기만 하지 않을 수도 있다. 하지만 유감스럽게도 삶의 테두리가 좁은 탓에 '나'라는 주제에 얽매이지 않을 수 없다. 덧붙여 말하면, 여러 저술가들이 타인의 경험뿐만 아니라 언젠가는 자기 자신의 생활에 대해서도 꾸밈없이 솔직하게 얘기하게 되기를 바란다. 마치 먼 나라에서 부모 형제에게 자기 자신의 얘기를 편지에 써 보내듯이, 그 사람의 생활이 진지한 것이라면 자기 자신의 생활에 대해 쓴 글이라도 나에게는 먼 나라에서 형제가 보낸 편지처럼 귀하기 때문이다. 이 책은 무엇보다 가난한 젊은이들에게 전하는 얘기가 될 것이다. 하지만 다른 독자들도 자신에게 어울리는 부분이 있다면 기꺼이 받아들이리라 믿는다. 옷이 작다고 억지로 품을 잡아 늘리는 짓은 아무도 하지 않기를 바란다. 그래도 치수가 맞는 사람에겐 꽤 쓸모가 있을 테니까.

내가 말하고자 하는 얘기는 중국인이나 샌드위치 제도(하와이) 사람들이 아니라, 이 책을 읽고 있는 여러분과 같이 뉴잉글랜드 지방에 사는 사람들에 대한 것이다. 즉 여러분이 놓인 상황, 특히 이 세계, 이 마을에 사는 사람들의 외면적인 상황이나 처지는 어떠한가, 오늘날과 같이 심각한 상태는 도저히 벗어나기 힘든 것인가, 어떻게 개선할 길은 없는가에 대한 얘기이다.

나는 지금까지 콩코드 마을을 수없이 돌아다녔지만, 주민들이 들판이나 가게, 사무실 등에서 온갖 고된 일에 허덕이는 모습을 볼 때마다 입이 딱 벌어지곤 한다. 인도의 어떤 브라만들은 네 개의 모닥불을 쪼이며 앉은 자세로 태양을 뚫어져라 응시하거나, 타오르는 불 위에 거꾸로 매달리기도 하고, 자신의 어깨 너머로 줄곧 하늘을 올려다본 탓에 '결국 본래의 자연스런 자세로 돌아오지도 못하고, 목이 꼬여 목구멍으로 액체만 넘길 수 있게 되었다'고 한다. 또는 평생을 나무 밑동의 쇠고랑에 묶여 지내거나 광대한 인도 제국을 송충이처럼 기어다니기도 하고, 오랜 기간 기둥 꼭대기에 한쪽 발로 서 있는 이들도 있다고 하는데 이러한 갖가지 자발적인 고행도 내가 매일 목격하는 광경에 비하면 그다지 놀랄 일도, 믿기 힘든 일도 아니다. 헤라클레스의 12과업이란 것도 우리 이웃들이 빠진 처지에 비하면 새 발의 피에 불과하다. 헤라클레스는 기껏해야 열두 번으로 고생이 끝나지 않았는가. 게다가 이곳 주민들이 괴물을 퇴치하거나 난관을 훌륭하게 극복하는 장면을 나는 한 번도 목격한 적이 없다. 그들에게는 헤라클레스가 머리 아홉 달린 괴물의 머리 하나를 베면, 머리 뿌리를 뜨거운 불로 지져주던 이올라우스와 같은 친구도 없기 때문에 괴물의 목을 하나 끊어버렸다 싶으면 눈 깜짝할 사이에 또 하나의 머리가 돋아나는 꼴인 것이다.

나는 농장이나 가옥, 헛간, 가축, 농기구 등을 부모로부터 상속받았기 때문에 도리어 불행해진 이 마을의 젊은이들을 알고 있다. 이러한 물건들은 상속받기는 쉽지만 버리기는 어렵다. 차라리 그들이 넓은 목초지에서 태어나 늑대의 손에서 자라났다면[1], 자신이 땀 흘려 경작해야 할 밭이 어떤 곳인지 뿌옇게 서리 끼지 않은 눈으로 꿰뚫어볼 수 있으리라.

누가 그들을 토지의 노예로 만든 것인가? 하긴 '인간은 죽을 때까지 치욕의 흙을 한 양동이는 먹는다'는 속담도 있지만, 그렇다 해도 60에이커나 삼켜야 하다니 이유가 무엇인가? 이 땅에 태어나자마자 무덤을 파기 시작하는 것은 무엇 때문인가? 이런 무거운 짐을 짊어진 채로 그들은 생계를 꾸리기 위해 평생 악착같이 일하지 않으면 안 되는 것이다. 불멸의 영혼을 지닌 많은 인간들이 길이 75피트, 폭 40피트의 헛간과 아무리 쓸어도 결코 깨끗해지지 않는 아우게이아스의 마구간[2], 경작지, 목초지, 풀밭, 삼림으로 이루어진 100에이커의 토지를 질질 끌면서 그 산더미 같은 무게에 뼈가 으스러

---

1)_〈로마 신화〉 늑대 손에서 자라났다고 하는 로마의 건국시조, 로물루스와 그 쌍둥이 형제 레무스를 염두에 두고 하는 말이다.

2)_〈그리스 신화〉 헤라클레스는 30년간 한 번도 청소한 적이 없는 아우게이아스의 축사를 하루 만에 청소해냈다. 유명한 12과업 중 하나.

질 듯한 상태에서 숨을 헐떡이며 인생의 길을 한 걸음 두 걸음 내딛는 모습을 나는 수없이 많이 보았다. 이러한 쓸데없는 재산에 얽매이지 않은 알몸 뚱이의 인간도 자신의 몸 하나를 경작하려면 등골이 빠지는 것이다.

그러나 인간의 노고란 대개 오해에서 비롯되는 법이다. 인간의 몸은 언젠가는 흙으로 돌아가 거름이 되게 마련이다. 그런데 세상 사람들은 보통 필연이라 불리는 겉으로 드러난 운명만을 믿고, 옛 문헌에도 있듯이 벌레 먹고 녹이 슬며 도둑이 들어와 싹쓸이할 재산을 쌓아올리는 데만 급급하게 살고 있다.[3] 어리석은 자의 일생이 아닐 수 없다. 처음에 그들은 이러한 사실을 깨닫지 못하지만, 생애의 막바지에 이르면 알게 된다. 데우칼리온과 피라는 머리 뒤로 돌을 던져 인간을 창조했다고 한다.[4]

Inde genus durum sumus, experiensque laborum,
Et documenta damus quâ simus origine nati.[5]

로리[6]는 이것을 격조 높은 시문으로 옮기고 있다.

"그날부터 우리 종족은 굳건한 마음으로 노고를 견디고
자신의 육체가 돌에서 태어났음을 증명해 보였다."

---

3)_《신약성서》 마태복음 6:19. "너희를 위해 보물을 땅에 쌓아두지 마라. 거기는 좀과 녹이 해하며 도적이 구멍을 뚫고 도적질하느니라."

4)_〈그리스 신화〉 데우칼리온은 프로메테우스의 아들. 대홍수로 다른 인간들이 전멸하자, 테미스의 신탁에 의해 아내인 피라와 함께 돌을 뒤로 던져서 인간을 만들었다.

5)_오비디우스의 〈변신이야기〉 제1권 414쪽 5행.

6)_Sir Walter Releigh(1552?~1618). 영국의 군인이자 탐험가, 정치가, 문필가. 소로가 쓴 〈더 월터 로리론〉(1843)이 있다.

잘못된 신탁을 맹신해 머리 뒤로 돌을 던졌지만, 돌이 어디에 떨어졌는지 확인하지 않았기 때문에 이런 결과가 되어버린 것이다. 대부분의 사람들은 비교적 자유로운 이 나라에 살면서도 단지 무지와 오해 때문에 쓸데없는 걱정과 중노동에 얽매여 인생의 잘 여문 과실을 따지 못하고 있다. 그들은 손가락을 너무 혹사해서 못쓰게 되었고, 정작 필요할 때는 손이 부들부들 떨려 그러한 일을 할 수 없게 된 것이다.

　실제로 항상 일만 하는 인간에게는 하루하루를 진정 성실하게 살아갈 여유가 없으며, 사람답게 타인과 교제할 시간도 없다. 이래서 노동의 시장가치는 떨어지고, 인간은 결국 기계로 전락하고 만다. 자기가 알고 있는 바를 늘 과시해야 하는 사람이, 어떻게 인간의 성장에 필요한 무지를 기억할 수 있겠는가? 그러한 사람에게는 가끔 이쪽에서 먹을 양식과 입을 것을 베풀어주고, 보약으로 원기를 북돋운 다음 당사자를 평가해야 한다. 인간에게 가장 필요한 자질은 과일의 표면에 붙은 흰 가루와 마찬가지로 세심한 주의를 기울여 지켜야 하는데, 우리들은 자신이든 타인이든 이러한 자질을 별로 소중하게 취급하지 않고 있다.

　여러분 중에는 궁핍한 생활에 허덕이며 힘들게 살아가는 사람도 있을 것이다. 또 그 중에는 지금까지 먹은 저녁 식대조차 내지 못하고, 벌써 닳기 시작했거나 완전히 닳아빠진 옷이나 구두 대금도 지불하지 못한 채 시간을 아쉬워하기도 하고 훔치기도 하고, 또 채권자로부터 한때의 시간을 빼앗기기도 하면서 여기까지 읽어내려온 사람이 분명 있을 것이다. 내 눈은 오랜 경험으로 인해 아주 예리해졌기 때문에 초라하고 빠듯한 생활을 하고 있는 여러분들의 모습을 결코 놓치지 않는다. 여러분은 장사를 시작해보기도 하고, 빚더미에서 헤어나려고 발버둥치기도 하면서 항상 벼랑 끝에 서 있는 심정으로 살아갈 것이다. 아주 먼 옛날부터 진흙탕에 비유했던 빚을 라틴 사람들은 æs alienum, 즉 '타인의 놋쇠'라고 불렀다. 이는 그들이 동전을 놋쇠로 만들었기 때문이다. 지금도 사람들은 이 타인의 놋쇠에 매달려서 살다가 죽고, 땅에 묻힌다. 내일은 빚을 갚는다, 꼭 갚는다 하면서도 결국 빚을 갚지 못한 채 오늘 덜컥 죽어버리고 마는 것이다.

사람들은 법을 어기지 않는 선에서 갖은 수단을 동원해 손님의 비위를 맞추고 이득을 보려 한다. 거짓말을 하고, 아첨을 하고, 투표를 하고, 몸을 움츠려 조막만한 겸손의 껍데기 속으로 기어들어가는가 싶더니 이내 허풍을 떨며 안개처럼 얄팍한 도량을 보란 듯이 펼쳐 보이기도 한다. 이러한 행동은 모두 상대를 잘 구슬려 모자나 구두, 양복, 마차 따위를 만들어 바치고 물건을 사게 하려는 수작이다. 이러다가 급기야 건강을 해치기도 하는데, 사람들은 또 병이 날 것에 대비해 치료비를 모은답시고 낡은 옷장이나 벽 뒤에 돈을 숨긴 양말을 감추고, 더 안전하다는 생각에 벽돌로 지은 은행에 예금을 한다. 돈을 모으는 장소나 금액이 많고 적은 것은 문제가 아니다.

감히 말하지만, 우리가 어떻게 그렇게 경솔하게 흑인 노예제도라고 부르는, 북부에 사는 사람들과 좀처럼 인연이 닿지 않는 야만스런 인간의 고역에 대해 관심을 가질 수 있는지 때때로 의아할 때가 있다. 북부와 남부를 떠나 모든 사람을 노예로 만들어버리는 악랄한 족속들이 허다한데 말이다. 남부에 노예감독이 있는 것도 참을 수 없지만, 이러한 존재가 북부에도 존재한다는 것은 더욱 참을 수 없는 일이다. 하지만 무엇보다 눈 뜨고 볼 수 없는 모습은 자기 자신을 노예로 만드는 노예감독이 있다는 것이다.

인간의 신성함이라니, 참 허울도 좋지! 밤낮으로 짐마차를 달리며 시장으로 향하는 마부를 보라. 그의 내부에 신성함이 싹틀 낌새라도 보이는가? 이 자가 맡은 최고의 임무란 고작 말에게 여물을 주고 물을 마시게 하는 것이다. 짐을 날라 몇 푼이라도 챙길 수 있다면 자신의 운명 따위는 어떻게 되든 상관없는 신세이다. '세간의 평판'이라는 나리를 섬기며 마차를 달리고 있을 뿐인데, 이자의 어디가 신성하고 불후하다는 것인가? 그는 사람 눈을 피하며 종일 알 수 없는 불안에 사로잡혀 오금도 못 펴고 지낼 뿐이다. 신성하고 영원하기는커녕 자신에 대한 평가, 즉 자신의 행위가 획득한 평판의 노예가 되고[7] 죄인이 되어 사는 셈이다. 하지만 세간의 평가 따위는 우리가 남몰래 품는 자기에 대한 평가에 비하면 소심한 폭군에 불과할 뿐이다. 결국은 스스로 자신을 어떤 존재로 생각하느냐가 인간의 운명을 결정하고 시사하는 것이다. '이미 노예가 해방되고 있는' 영국령 서인도 제도에 있어서도 이러한 환상과 상상에서 자신을 해방시키는 경우라면, 글쎄 도대체 어떤 윌버포스[8]가 나타나서 그것을 실현시켜줄 것인가? 또 최후의 심판을 앞두고 자기의 운명에 대한 관심을 얼버무리려 일부러 장식 이불의 천을 짜는 아낙네들을 생각해보라! 쓸데없이 시간을 낭비해도 영원은 상처받지 않는다고 생각하는 것일까?

사람들 대부분은 조용히 절망의 나날을 보내고 있다. 포기한다는 것은 다름 아닌 절망의 확인이다. 사람은 절망의 도시를 빠져나가 절망의 숲으로 가서 밍크나 사향쥐의 용기[9]를 목격하고 스스로를 위로하는 수밖에 없다. 인류가 즐기는 갖가지 경기나 오락의 밑바탕에는 반드시 이러한 무의식적인 절망이 숨어 있다. 거기에는 유희가 없다. 유희란 일한 뒤에 오는 것이니

---

7)_영어 속담 '우리들은 모두 여론의 노예다'를 풍자적으로 비꼰 말이다.

8)_William Wilberforce(1759~1833). 노예해방령 성립(1833)에 중심적인 역할을 한 영국의 노예해방운동가.

9)_사향 냄새를 풍기는 수생설치류. 이 동물은 덫에 걸리면 자신의 발을 물어뜯어 빠져나오려 한다고 한다.

까. 하지만 절망적인 행동은 아예 하지 않는 것이 지혜의 가장 큰 특징이다.

교리문답은 아니지만 '인간의 가장 큰 목적은 무엇인가?', '생활에서 정말로 필요한 물건이나 수단은 무엇인가?' 라는 문제를 생각하면 사람들은 흔하디흔한 생활방식이 무엇보다 마음에 들었기 때문에 그것을 선택한 것인데, 그들은 오히려 달리 선택의 여지가 없기 때문에 이러한 생활방식을 따르는 것이라고 믿는다. 그러나 건강하고 주의 깊은 인간이라면 떠오르는 태양이 만물을 골고루 비춘다는 사실을 잊어서는 안 된다. 편견을 버리기에 너무 늦은 경우란 없다. 사람들의 사고방식이나 행동양식이 아무리 오래된 것이라 해도 증거 없이 믿어서는 안 된다. 오늘 한결같이 입을 모아 옳다고 인정하던 사실이, 내일이면 잘못된 것으로 판정될 수도 있기 때문이다. 사람들은 편견을 밭에 단비를 뿌리는 구름인 줄 알지만, 결국 '견해' 라는 이름을 가진 연기에 지나지 않는다.

옛 사람들이 할 수 없다고 일찌감치 포기했더라도, 실제 시도해보면 가능한 일이 있다. 옛 사람들에게는 옛날의, 지금 사람들에게는 지금의 방식이 있는 것이다. 오랜 옛날 사람들은 불을 꺼뜨리지 않기 위해 새 연료를 보태는 법도 몰랐을 것이다. 요즘에는 마른 장작이라 할 수 있는 석탄을 증기 가마 속에 조금씩 보태면서 쏜살같이 빠르게 지구를 돌 수도 있다. 옛날 사람들이 봤다면 가슴 철렁한 모습이리라. 나이 든 노인이 교사의 역할을 젊은 이들보다 더 잘할 수 있을까? 오히려 뒤질지도 모른다. 나이를 먹으면 얻는 것보다 잃는 게 많아지기 때문이다. 최고의 현인이라 해도 살아가는 동안 절대적인 가치를 지니는 무엇인가를 터득했는지는 몹시 의심스럽다. 사실상 노인들이라고 해서 젊은이들에게 정말 소중한 조언을 해줄 수 있는 것은 아니다. 그들 자신의 경험도 지극히 한정되어 있을 뿐만 아니라, 그 인생은 본인들이 생각하기에는 차마 말 못할 어떤 이유로 인해 무참히 실패로 끝났기 때문이다. 노인들 중에는 과거의 경험을 비판할 수 있을 만큼 성실함을 잃지 않고, 단지 예전보다 나이를 먹었을 뿐인 사람도 있을지 모른다. 하지만 나는 지구상에 산 지 30년 가까이 되었지만 나이 든 이들로부터 가치 있는 조언은커녕 진지한 충고 한번 받은 적이 없었다. 그들은 뭐 하나 도움이 되는 말을 해주지 않았고, 그렇게 하고 싶어도 할 능력도 없었을 것이다.

여기에 내가 아직 손을 댄 적이 없는 인생이라는 실험이 있다. 이전에 누가 이 실험에 손을 댔다고 해서, 그 경험이 내게 도움이 되는 것은 아니다. 혹 내가 가치 있다고 생각되는 경험에 맞닥뜨리게 된다면 그것은 나의 스승이 한 번도 가르쳐주지 않은 무엇이리라. 한 농부가 나에게 이런 말을 한 적이 있다. "인간은 말이지, 야채 같은 식물성만 먹어서는 살아갈 수가 없어. 뼈를 만드는 성분을 섭취할 수 없거든." 그래서 농부는 제 몸의 뼈를 만들기 위해 매일 정해진 시간을 꼬박꼬박 일에 바친다. 이렇게 얘기를 나누는 사이에도 밭을 가는 소의 뒤를 계속 따라 걸어야만 한다. 그런데 식물성 뼈를 지닌 황소들은 어떤 장애물도 개의치 않고 묵직한 쟁기와 농부를 질질 끌고 다닌다. 극히 무기력하고 병적인 사회에서 생활필수품으로 간주되고 있는 물건이 다른 사회에서는 그저 사치품에 지나지 않고, 나아가 또 다른 사회에서는 그 존재조차 알려져 있지 않을 수도 있다.

인간 생활의 모든 영역은 산꼭대기부터 골짜기 밑바닥까지 모두 선각자들이 답파하고, 이미 구석구석 관심을 기울이지 않은 곳이 한 군데도 없다고 생각하는 사람이 있다. 이블린[10]에 의하면 "현자 솔로몬은 나무와 나무

---

10)_ John Evelyn(1620~1706). 영국의 정치가, 일기 작가.

사이의 간격까지 법령으로 정했다. 또 로마의 집정관들은 이웃집 땅에 들어가 떨어진 도토리를 주울 경우 몇 회까지 불법 침입죄를 묻지 않는지, 그 중 몇 할이 이웃집 것인지까지 규정하려고 했다."[11] 심지어 히포크라테스[12]는 손톱 자르는 법까지 기록해놓았다. 손가락의 끝과 일치하는 것이 좋고 손가락 끝보다 너무 길거나 짧으면 안 된다는 것이다. 인생의 다양성과 기쁨을 모두 맛보았다고 느끼는 데서 생기는 따분함과 권태는 확실히 태초의 아담과 이브 때부터 있었던 것이다. 그러나 인간의 능력은 결코 다 드러난 것이 아니다. 또 전례만으로 인간의 능력을 한정해서도 안 된다. 그것은 단지 부분적으로 시험된 것에 불과하기 때문이다. 과거의 실패가 어떻든 "걱정할 필요는 없다. 얘야, 네가 하다 만 일을 너의 책임으로 돌리는 자는 없으니까."[13]

우리는 여러 가지 간단한 검사를 통해 자기 인생의 가치를 측정해볼 수 있다. 한 예로 내 밭에서 자라는 강낭콩을 익게 하는 태양은 지구와 아주 닮은 태양계의 여러 행성을 동시에 비추고 있다. 이러한 사실만 잊지 않았어도 우리는 몇 가지 과오를 면할 수 있었을 텐데…… 콩밭의 풀을 뽑으면서 나는 이 빛을 받지 못했던 것이다. 삼각형의 정점을 이루는 저 별들은 얼마나 훌륭한가! 머나먼 저편, 우주의 다양한 별자리(宮)[14]에 사는 어떤 판이한 인간들이 같은 순간 같은 태양을 바라보고 있을 것이다. 자연과 인간의 생

---

11)_John Evelyn, 《Silva : or, a Discourse of Forest Trees》(London, 1729, p.246)

12)_Hippocrates(기원전 460?~377?). '의학의 아버지' 라 불리는 고대 그리스의 명의.

13)_H. W. Wilson, trans. 《The Vishnu Purana(비슈누푸라나 : 인도 신화의 성시집)》(London, 1840, p.871)

14)_중세 점성술의 12궁(宮).

활이란 우리의 체질과 마찬가지로 변화무쌍한 것이다. 한 사람의 인생이 다른 사람의 인생에 어떠한 전망을 제시하는지는 누구도 알아맞힐 수 없다. 하지만 우리가 한순간 서로의 눈을 통해 사물을 바라보는 것만큼 큰 기적이 또 있을까? 우리들은 짧은 시간 안에 다양한 시대와 다채로운 세계를 한꺼번에 살지 않으면 안 된다. 역사, 시, 신화……. 서로 다른 인간의 경험에 대해 이토록 놀랍고도 유익한 읽을거리가 또 어디 있을까.

이웃들이 대부분 선이라 부르는 것을 나는 남몰래 악이라고 믿고 있으며, 내가 무언가를 후회한다면 그것은 나 자신의 선행에 대한 것이 아닐까 생각한다. 그토록 멋지게 행동하다니, 어떤 악마가 나에게 깃든 것일까?

어르신들, 여러분은 70년이란 세월을 살면서 약간의 명예를 손에 넣었으니, 모든 지혜를 짜내 현명한 충고를 들려주세요. 나에게는 여러분의 충고에 조금도 귀를 기울일 필요가 없다는 거부하기 힘든 목소리가 들리는군요. 어떤 세대는 다른 세대의 업적을 난파선처럼 팽개쳐버리지요.

우리는 지금 믿는 것보다 훨씬 많은 것을 안심하고 믿어도 좋지 않을까 생각한다. 먹고 사는 문제로 너무 끙끙대지 말고 오히려 다른 일에 관심을 돌리면 어떨까. 자연은 인간의 강한 면뿐만 아니라 약한 면도 잘 이해하는 존재이다. 항상 걱정과 긴장에서 벗어나지 못하는 사람이 있는데, 이렇게 살아서야 불치의 병에 걸렸다고 할 수밖에 없지 않은가. 우리들은 어떤 일을 하면서 자칫 그 일이 지닌 가치를 과장해서 생각하기 쉽다. 그러면서도 손조차 대지 않고 끝나는 일이 얼마나 많은지. 혹 병이라도 걸린다면? 우리는 얼마나 소심한지 가능하면 신념 따위는 잊고 살아가려고 굳게 결심이라도 한 것 같다. 하루 종일 주위만 신경 쓰다가 밤이 되면 마지못해 기도를 올리고 애매모호한 존재에 몸을 맡긴다. 이렇게 우리들은 자신의 생활을 아주 조심스럽게 다루거나 변화시키려는 가능성을 부정하면서 철두철미하게 생활에 쫓기며 살아간다. 이렇게 사는 것이 유일한 삶의 방식이라는 것이다. 하지만 하나의 중심점으로부터 수많은 원을 그릴 수 있는 것처럼 사람들은 삶의 방식을 얼마든지 바꿀 수 있다. 모든 변혁은 기적이라고 할 수 있지만, 생활의 변혁은 부단히 일어나고 있는 기적이다. 공자는 말했다. "아는 것을 안다 하고, 모르는 것을 모른다 하는 것, 이것이 곧 아는 것이다."[15] 한 인간이 상상 속에만 있던 행동을 실행해 누구나 느끼고 볼 수 있는 사실로 환원시킨다면, 모든 사람은 이 토대 위에 그들의 새로운 인생을 구축할 수 있을 것이다.

지금까지 언급한 고민이나 걱정이 대부분 어디에서 오는 것인지, 또 고민하거나 신경 쓰는 일이 어느 정도 필요한 것인지 잠시 생각해보자. 가령 피상적으로 문명의 한가운데에 산다 하더라도, 원시적인 생활을 해보면 최소한의 필수품이 무엇이고 그것을 손에 넣기 위해 어떻게 해야 하는지 알 수 있다. 이것은 꽤 유익하다. 상점의 오래된 장부를 들춰보면서 제일 잘 팔렸던 물건이 무엇이고, 가장 필요한 식료품이 어떤 것인지 조사해보는 것도 좋다. 시대의 진보도 인간 생활의 근본 법칙에는 거의 영향을 주지 않는다는 사실을 알 수 있으리라. 바로 현대인의 골격이 옛 조상들의 골격과 거의 구별되지 않듯이.

여기에서 생활필수품이란 인간이 자신의 노력으로 손에 넣은 것 중에서, 처음부터 또는 장기간에 걸쳐 사용한 결과 필수불가결한 물건이라 야만인이든 빈민이든 철학자든 그것 없이는 살 수 없는 물건을 가리킨다. 이렇게 보면 많은 동물들에게 있어 생활필수품이란 단지 '음식'을 의미한다는 사실

---

15)_〈논어〉위정편.

을 알 수 있다. 숲이나 산그늘에서 잠자리를 구할 때를 제외하면, 대초원의 들소에게 생활필수품은 적당히 자란 맛있는 풀과 마실 물이다. 야생동물들은 먹이와 잠자리 이외의 것을 필요로 하지 않는다. 뉴잉글랜드 지방 같은 기후에서 살아가는 사람들의 생활필수품을 생각하면 대체로 음식, 잠자리, 의복, 연료와 같은 몇 가지 항목으로 나누어 생각할 수 있다. 사람들은 이러한 것을 확보할 때까지 오로지 성공을 향한 욕구로만 가득 차 있고, 인생의 근본적인 문제를 진지하게 고민할 생각은 하지 않는다.

인간은 집뿐만 아니라 의복을 만드는 방법과 음식을 조리하는 방법까지 발명했다. 또 처음에는 사치스럽다는 생각도 했을 테지만 우연히 따뜻한 불을 발견해 집에 난방을 하게 되었고, 지금은 아예 불 없이는 지낼 수 없게 되었다. 아마 고양이와 개도 지금은 이와 같은 제2의 천성을 획득하고 있는 것처럼 보인다. 적당한 잠자리와 의복만 있어도 인간이 체온을 유지하는 데 큰 어려움이 없다. 그런데 언제부터인가 연료를 과도하게 이용하기 시작하면서, 다시 말해 체온보다 실내 온도가 높아졌을 때부터 인간은 거꾸로 불 위에서 조리되고 있는 것은 아닌지 생각해볼 일이다.

박물학자 다윈[16]이 쓴 티에라델푸에고[17] 원주민에 대한 얘기를 보면, 다윈 일행은 두꺼운 옷을 입고 모닥불 옆에 앉아 있으면서도 덥다고 느끼지 않았는데, 이 벌거숭이 미개인들은 모닥불에서 멀리 떨어져 있으면서도 '불의 열기에 땀을 줄줄 흘리고 있는' 것을 보고 아주 놀랐다고 한다. 마찬가지로 유럽인들이 옷을 입고 떨고 있는 온도에서도 호주의 원주민들은 알몸인 채

---

16)_Charles R. Darwin(1809~1882). 영국의 박물학자, 진화론자. 〈종의 기원〉의 저자.
17)_남아메리카 남쪽 끝에 있는 섬.

로 태연하게 지냈다고 한다. 이러한 미개인의 강인함과 문명인의 지성을 연결짓는 것은 불가능할까? 리비히[18]는 인간의 몸은 난로이고, 음식은 폐의 내부 연소를 유지하기 위한 연료라고 얘기했다. 우리는 추울 때는 좀 많이 먹고, 더울 때는 적게 먹는다. 동물의 체온은 완만한 연소의 결과로 유지되는데, 병에 걸리거나 죽는 것은 이 연소가 너무나도 급격하게 일어나는 경우 또는 연료 부족이나 통풍이 좋지 않아 불이 꺼지는 경우에 일어난다. 물론 생명의 열을 불과 혼동해서는 안 될 테니, 비유는 이 정도로 해두자.

어쨌든 위와 같은 점에서 동물의 생명은 곧 동물의 열이라고 표현할 수 있다. 음식은 외부로부터 보급되며 음식을 조리하거나 몸을 따뜻하게 하는 데 도움이 되는, 인간 내부의 불을 꺼지지 않게 하는 연료라고 볼 수 있다. 그리고 잠자리와 의복은 이렇게 발생하고 흡수된 열을 유지하는 데 도움이 되는 존재이다.

따라서 인간이 살아가는 데 있어 제일 중요한 일은 몸을 따뜻하게 하는 것, 즉 몸 안에 있는 생명의 열을 유지하는 것이다. 우리는 입을 것과 먹을 것, 그리고 집뿐만 아니라 밤의 의복이라고 할 수 있는 침상을 꾸미는 데도 대단히 고생을 한다. 잠자리 중의 잠자리를 갖추기 위해 우리는 구멍 속의 두더지가 풀이나 나뭇잎을 그러모아 침상을 만들 듯, 새들의 깃털과 보금자리를 빼앗고 있다. 가난한 이들은 곧잘 세상 인심이 차갑다고 한탄한다. 사실 우리의 고민은 이러한 세상의 냉랭함에서 비롯되는 일도 많지만, 이에 못지않게 육체의 차가움 때문에 생기기도 한다. 어떤 지방에서는 여름이 되면 낙원과 같은 생활을 할 수 있다. 먹을 것을 조리할 때 말고는 연료도 필

---

18)_Justus von Liebig(1803~1873). 독일의 화학자.

요 없다. 태양이 불이 되고 많은 과일은 이 태양빛을 받아 익어간다. 음식도 풍부해져 쉽게 손에 넣을 수 있고, 의복이나 잠자리는 전혀, 또는 거의 필요 없게 된다.

경험에 비추어 말하면 현재 이 나라에서 필요한 생활용품이란 도구 몇 가지에 나이프, 도끼, 쟁기, 손수레 정도면 충분하다. 공부를 좋아하는 사람은 램프의 불빛과 필기도구, 책 몇 권을 덧붙일 수 있는데, 이러한 물건은 모두 얼마 안 되는 비용으로 얻을 수 있다. 그런데 어리석은 사람들은 언젠가는 뉴잉글랜드로 돌아와 안락한 삶을 즐기다 뼈를 묻겠다는 일념만으로 지구 반대편에 있는 거칠고 병든 토지에서 10년이고 20년이고 장사에 열을 올린다. 사치와 부를 한껏 누리는 돈 많은 양반들은 쾌적하고 편안하게 생활하면서, 동시에 푹푹 찌는 찜통 속에서 고행을 하고 있는 것이다. 앞에서도 잠깐 언급했지만 그들은 불 위에서 '현대식으로' 조리되고 있기 때문이다.

생활의 노리개, 또는 사치품이라고 부르는 물건은 대부분 필요도 없을 뿐더러, 오히려 인류의 발전을 방해한다고 할 수 있다. 옛날부터 최고의 현인들은 가난뱅이 이상으로 검소하고 청렴한 삶을 살았다. 중국, 인도, 페르시아, 그리스 등의 고대 철학자들은 겉보기에는 몹시 가난했지만, 내면적으로 가장 풍요로운 계급에 속했다. 우리 현대인들은 그들에 대해 많이 알지 못한다. 지금 이만큼 아는 것만도 신기할 따름이다.

그들과 동족이라 할 수 있는 근대의 개혁자나 은인들 역시 마찬가지다. 보통 자발적 빈곤이라고도 하는 밑바탕이 없으면, 어느 누구도 인간의 생활을 공평하고 현명한 눈으로 관찰할 수 없기 때문이다. 농업이든 상업이든, 문학이든 예술이든 사치한 생활에서는 사치라는 열매밖에 열리지 않는다. 요즘에는 철학 선생은 있을지 모르나 철학자는 존재하지 않는다. 그래도 철학 선생이 철학을 가르치면서 존경받는 이유는 옛날에는 철학자로 사는 것이 존경받을 만한 일이었기 때문이다. 철학자가 된다는 것은 단순히 난해한 사상을 품거나 학파를 이루는 것이 아니다. 오로지 지혜를 사랑하기 때문에 지혜가 명하는 바에 따라 관용과 신뢰의 삶, 검소하고 독립적인 삶을 사는 것, 인생의 다양한 문제를 이론뿐만 아니라 실천으로 해결하는 것이 바로 철학자의 삶이다.

흔히 성공했다는 학자나 사상가들을 보면 대개가 아첨꾼과 진배없어 왕과 같은 면모, 남자다운 면모는 찾을 수 없다. 그들은 사실상 자신의 윗대와 마찬가지로 대세에 순응해 그럭저럭 연명한 것에 불과하니 어떤 의미로도 고귀한 종족의 시조가 될 수 없다. 하지만 인간은 도대체 왜 타락하는 것인가? 혈통이 끊겨져버린 때는 언제부터인가? 여러 사람을 나약하게 만들고 파멸로 몰아가는 사치의 본질은 무엇인가? 우리의 생활에 그것이 숨어 있지 않다고 누가 단언할 수 있을까? 철학자는 생활의 외면에 있어서도 시대를 앞서가고 있는 것이다. 그가 의식주나 생명의 열을 유지하는 방식은 다른 사람들과 다르다. 철학자이면서 타인보다 뛰어난 방법으로 생명의 열을 유지할 수 없다는 게 가당키나 한 소리인가?

이제껏 언급한 바와 같은 다양한 방법으로 몸이 훈훈해지면 무엇을 갖고 싶어질까? 설마 지금까지와 같은 따뜻함, 예를 들어 더 맛난 음식, 더 크고 훌륭한 집, 더 아름다운 옷이나 항상 타오르는 여러 개의 뜨거운 난로는 아니리라. 이렇게 생활에 필요한 것을 일단 손에 넣고 나면 더 많은 것을 욕심내기 전에 할 일이 있다. 따분한 노동에서 해방되어 휴가가 시작된 지금이야말로 인생의 모험에 나설 때가 아닌가. 씨앗에서 갓 돋아난 어린뿌리가 땅 속으로 머리를 박는 모양새를 보면 토양이 씨앗에 맞는지 알 수 있다. 토양이 씨앗에게 맞는다면 이제 자신을 갖고 새싹이 위로 뻗어나갈 수 있어야 한다. 인간이 이렇게 단단히 대지에 뿌리를 내린 것은, 그것과 비례해 하늘을 향해 뻗쳐오르기 위해서가 아니겠는가. 고등식물을 하등의 야채처럼 취급하지 않고 더 대접하는 이유는 그것이 지면에서 높이 성장해 마침내 대기와 빛 속에서 열매를 맺기 때문이다. 그런데 야채류는 2년생인 경우에도 뿌리를 다 내릴 때까지만 재배하고, 재배를 목적으로 끊임없이 위쪽을 잘라버리는 결과 개화기조차 알 수 없게 되었다.

나는 강하고 용감한 사람들을 위해 법칙을 정하려는 게 아니다. 가령 세상이 늘 꿈꿔온 그런 인물이 정말로 존재한다면, 그들은 천국에 있든 지옥에 있든 자신이 하고 싶은 일에 전념하고, 큰 부자를 능가하는 크고 장엄한 저택을 짓고 돈을 물 쓰듯이 쓰면서도 조금도 가난해지는 법이 없으며, 자신의 삶의 방식에 전혀 신경도 쓰지 않는 사람들일 것이다. 또 나처럼 현재 있는 그대로의 상태에서 격려와 영감을 얻고, 사랑에 빠진 자처럼 애정과 열의를 다해 현실을 아끼는 사람들 앞에서 법칙을 설파할 생각도 없다. 또 어떤 경우에 처하든 훌륭한 일을 하는 사람, 게다가 자신이 훌륭한 일을 하고 있는지를 잘 알고 있는 사람을 향해 말할 생각도 없다.

내가 말하려는 대상은 평소에 늘 불만을 품고 있는 이들, 쓸데없이 자신의 불운이나 세상의 각박함을 한탄할 뿐 전혀 사태를 개선하려 들지 않는 대다수의 사람들이다. 또 자신의 의무를 다한다고 믿기 때문에 늘 타인에 대한 불평불만을 소리 높여 외치고 어떤 충고에도 귀를 기울이지 않는 사람들도 대상에 포함된다. 그리고 나아가 어찌어찌 돈을 좀 모으긴 했으나 잘 사용하는 법이나 버리는 법도 모르고, 자기 몸을 묶는 족쇄를 단련하는, 겉보기에는 부자이지만 여러 계층 가운데서도 끔찍할 만큼 빈곤한 사람들 역시 염두에 두고 있다.

몇 해 전부터 내가 어떤 생활을 보내려고 했는지 말하면 실정을 약간 아는 독자들도 무척 놀랄 것이고, 아무것도 모르는 사람 역시 고개를 설레설레 저을 것이다. 그러므로 여기서는 간단하게 내가 가슴에 품어온 계획의 한 단편을 언급하는 데 그치기로 하자.

날씨나 밤낮이라는 시간에 관계없이 나는 매시간을 소중하게 살면서 막대기에 눈금을 그려 그것을 기록해두자고[19] 마음먹었다. 나는 과거와 미래라는 두 영원이 만나는 바로 지금 이 순간에 발끝으로 존재하고자 했다. 글을 쓰는 방식이 약간 애매해도 모쪼록 이해해주기 바란다. 일반적인 장사와 달리 나의 그것엔 비밀이 많은 것이다. 일부러 숨기는 건 아니지만 이 장사가 지니는 속성과 비밀은 떼려야 뗄 수 없는 관계에 있다. 하지만 나는 자신의 일에 관해서 알고 있는 모든 것을 기꺼이 얘기할 생각이다. '출입 금지'라는 팻말을 달거나 하지는 않는다.

아주 오래 전에 나는 사냥개 한 마리와 밤색 털의 말 한 필, 그리고 산비둘기 하나를 잃고 지금도 그 행방을 찾고 있다.[20] 주로 길을 오가는 여행자들에게 그들에 대한 얘기를 들려주고 그들의 발자취나, 어떻게 부르면 대답하는지 등을 설명해주었다. 이 얘기를 들은 사람 중에는 사냥개의 울음소리를 들었다든지, 말발굽 소리를 들은 적이 있다, 비둘기가 구름 사이로 사라지는 것을 보았다고 말하는 사람도 한두 명 있었다. 그들은 자신의 것이라도 되는 양 어떻게든 이 동물들을 찾아주려고 했던 것 같다.

해돋이나 새벽뿐만 아니라, 할 수만 있다면 자연 그 자체에 앞서서 살아

---

19)_옛날 영국에서는 크리켓 시합 등에서 문자를 읽지 못하는 사람들이 득점을 기록하는 방법으로써 나무토막에 눈금을 새겼는데 이것을 빗대어 익살스럽게 표현한 것이다.

20)_이 동물들이 구체적으로 무엇을 의미하는가에 대해서는 여러 가지 설이 있지만 정설은 없다. 아마 소로가 청년 시절에 경험한 정신적인 상실감을 우화적으로 표현한 게 아닌가 생각된다.

가고 싶다! 여름에도 겨울에도 나는 아침 일찍 일어나 아직 어느 누구도 일을 시작하지 않은 시간에 내 일에 착수하곤 했다. 당연히 일을 마치고 돌아오는 길에서 마을의 여러 주민들과 마주치게 된다. 농부들은 동이 틀 무렵에 벌써 보스턴으로 출발하고 나무꾼들도 일하러 나가는 시간이기 때문이다. 나는 태양이 떠오르는 것을 실질적으로 도와주지 않았다. 그러나 해돋이와 마주하는 것만도 더할 나위 없이 중요한 의미가 있다는 것은 부디 의심치 말아주었으면 한다.

이렇게 해서 나는 가을과 겨울의 많은 날들을 마을 밖에서 지내며 바람이 실어다주는 소식에 귀를 기울이고, 여기서 들은 내용을 사람들에게 속달로 전하려고 했다. 이러한 생활에 거의 모든 재산을 투자했을 뿐만 아니라 정면으로 바람을 향해 돌진하다 숨이 턱턱 막히기도 했다. 만약 이것이 어느 정당에 관한 소식이라면 최신 정보와 함께 〈가제트〉의 지면을 장식했을 것이다. 또 때로는 절벽이나 나무 위에 있는 관측소에서 지켜보다가 새로운 생물이 도착했을 때 전신으로 알리곤 했다. 땅거미 질 무렵이면 언덕 위에 진을 치고 하늘이 무너져내리면 뭔가 굴러 떨어지는 게 있겠지 하고 고대한 적도 있다.[21] 별로 대단한 획득물은 없었고, 그 획득물도 다시 빛을 받으면 만나[22]처럼 녹아 없어졌지만.

나는 오랜 기간 잘 팔리지 않는 신문의 기자 노릇을 하고 있었다. 그리고

---

21)_영어 속담 '하늘이 무너져야 종달새가 손에 들어온다'(저절로 입에 들어오는 떡은 없다)를 풍자적으로 비꼰 말이다.

22)_옛날 이스라엘 사람들이 황야에서 여호와로부터 받았다는 음식물. 《구약성서》출애굽기 16:11~36 참조.

내 원고의 대부분이 활자화하기에 적당하지 않다고 편집장이 단정하는 바람에 어떤 글이든 예외 없이 나의 노고는 헛수고로 끝났다. 하지만 이러한 생활을 하면서 나는 자신의 노고 자체로부터 보답을 받고 있었던 것이다.

몇 해에 걸쳐서 나는 스스로 눈보라나 폭풍우를 관측하는 기상 통보관을 자처하며 이 임무를 충실하게 이행했다. 또 도로는 아니더라도 숲의 오솔길이나 샛길의 측량사로서, 사람의 발자취가 남아 있는 것을 보고 편리하다고 생각되면 언제라도 그곳을 지날 수 있도록 했고, 골짜기에는 다리를 걸어 사계절 언제든 건너다닐 수 있도록 해두었다.

나는 울타리를 뛰어넘어 달아나는, 충실한 파수꾼을 애먹이는 말썽꾸러기 가축들을 돌보기도 했다. 사람의 발길이 잦지 않은 농장의 구석구석까지 내 눈길은 빈틈없이 미치고 있었던 것이다. 조나스나 솔로몬이 오늘은 어느 밭에서 일하고 있는지 항상 알고 있지는 않았지만, 나에게는 아무래도 상관없는 일이었다. 나는 빨간허클베리, 벚나무, 팽나무, 소나무, 검은물푸레나무, 백포도나무, 노란제비꽃들에게 물을 주었는데, 그렇게 하지 않았다면 건기에 모두 시들어버렸을 것이다.

자랑하는 건 아니지만 요컨대 오랫동안 나는 이렇게 자신의 역할을 충실하게 완수했다. 하지만 끝내 마을 사람들이 나를 마을의 관리로 만들거나, 자그마한 한직이라도 내어 수당을 받게 할 생각이 조금도 없다는 사실을 점점 더 분명히 깨닫게 되었다. 맹세코 거짓이 없는 나의 계산서는 실제로 한 번도 감사를 받지 않았고, 승인을 받거나 지불되거나 정산되는 일은 더더욱 없었다. 하지만 내가 그런 일에 크게 구애받았단 것은 아니다.

별로 오래된 얘기는 아니지만, 각지를 돌아다니던 인디언 한 사람이 이웃에 사는 유명한 변호사 집에 바구니를 팔러 온 일이 있다. "바구니 하나 들여놓으세요"라고 그는 말했다. "아니, 우리 집엔 바구니가 있소"라는 대답. 그러자 인디언은 "쳇" 하고 문을 나서자마자 변호사가 들으라는 듯이 소리쳤다. "우릴 말려 죽일 작정인가?" 인디언은 교묘하게 변명을 둘러대는 것만으로도 요술처럼 부와 지위가 굴러들어오는 이 변호사처럼 주위의 백인들이 대단히 유복하게 사는 모습을 보고, '좋다, 나도 장사를 시작하기로 하자, 바구니를 짜는 거다, 이거라면 나도 할 수 있다'고 생각했다. 그는 바구니를 짜고 나면 자신의 역할은 끝난 것이고, 다음에는 백인이 그것을 살 차례라고 생각하고 있었다. 바구니를 다른 사람이 살 만한 가치가 있게 만들거나, 아니면 적어도 그런 생각이 들게 하거나, 혹은 바구니 말고 달리 살 만한 가치가 있는 물건을 만들 필요가 있다는 데까지는 아예 생각이 미치지 않았던 것이다. 나도 예전에 정성 들여 바구니를 만든 적이 있지만 누구에게 '사세요' 라고 권할 만한 물건이 아니었다. 하지만 내 경우에는 그렇다고 해서 바구니를 짜는 게 무가치한 일은 아니었고, 다른 사람이 사줄 만한 가치가 있는 물건을 만들기 위해 어떻게 해야 할지 고민하기보다 오히려 어떻게 하면 그것을 팔지 않아도 될까를 연구했다. 모두가 입을 모아 칭찬하는 인기 있는 인생이란 수많은 인생의 하나에 지나지 않는다. 왜 다른 삶의 방식을 희생하면서 하나의 삶만을 과대평가하지 않으면 안 되는 것일까.

마을 사람들이 나에게 어떤 관공서 자리나 부목사 자리, 또는 다른 일자리를 마련해줄 낌새는 없었고, 스스로 살림을 꾸려나가야 한다는 사실을 깨달았기에 나는 한 가지에 더욱 전념해 자신이 더 많은 힘을 발휘할 수 있는 숲속으로 얼굴을 돌리게 되었다. 그리고 상투적인 자본이 손에 들어오기를 기다리지 않고, 전부터 수중에 있던 몇 푼 안 되는 자금을 밑천삼아 곧 일에 착수했다.

내가 월든 호수로 향한 이유는 거기서 안락한 생활을 하거나 사치를 누리려는 것이 아니라, 어떤 개인적인 일[23]을 가능한 한 사람들로부터 방해받지 않고 완수하기 위해서였다. 약간의 상식과 진취적인 기상, 실무 능력이 모자라 이 일을 제대로 완수하지 못한다면 한심하다기보다 어처구니없는 일이라는 생각이 들었다. 나는 항상 꼼꼼한 실무자의 습관을 몸에 익히려고 노력해왔다. 이것이야말로 만인에게 필요불가결한 것이다.

가령 당신의 사업이 중국을 상대로 하는 경우, 세일럼항 부근의 해안에 작은 회계사무소를 차리면 준비 끝이라고 생각하기 쉽다. 당신은 대량의 얼음과 소나무 목재, 약간의 화강암 등 이 나라가 산출하는 물품들을 항상 자국의 배로 수출할 수 있는 것이다. 모두 꽤 짭짤한 돈벌이가 되는 것들이다. 하지만 당신은 모든 일을 직접 관리하지 않으면 안 된다. 선장이자 수로안내인, 선주인 동시에 보험업자가 되어야 한다. 사고팔고 기재하고, 받아든 편지는 모조리 쭉 훑어보고 송부하는 편지는 모두 자신이 읽고 써야 한다. 그리고 주야를 불문하고 수입품의 하역을 감독하고, 저지 부근의 해안처럼 고가의 뱃짐이 종종 떠밀려오는 경우도 있기 때문에 해안을 정신 없이 뛰어다니기도 해야 한다. 당신은 또 스스로 전신기가 되어 끊임없이 수평선을 바라보며 해안으로 향하는 여러 선박들과 교신한다. 멀리 턱없이 비싼 값을 부르는 시장에 공급하기 위해 줄기차게 상품을 내보낸다. 그러려면 각지의 시장 상황, 전쟁과 평화에 대한 정보에 정통하고 상거래와 문명의 동향을 예측해야 한다. 많은 탐험대의 성과와 새로운 항로, 항해술의 진보를 이용해야 하

---

23)_처녀작 〈콩코드 강과 메리맥 강에서의 일주일〉(1849)의 집필.

고, 해상도를 살펴 암초나 새로운 등대, 부표의 위치를 확인하고 계속해서 대수표를 정정하지 않으면 안 된다. 대수표의 계산이 틀려 선착장에 닿아야 할 배가 암초에 부딪쳐 산산조각 나는 일이 자주 있기 때문이다. 아직 진상은 밝혀지지 않았지만 라 페루즈[24]의 비운이 좋은 예가 될 수 있다. 과학 전반의 움직임에 뒤처지지 않도록 하고, 한노[25]나 페니키아인에서부터 현대에 이르기까지 여러 위대한 발견자나 항해자, 위대한 모험가, 상인의 전기를 연구한다. 그리고 마지막으로 사업의 현황을 파악하기 위해 때때로 재고도 파악하지 않으면 안 된다. 이것은 인간의 지혜를 최대한 발휘해 임하지 않으면 안 될 큰일이고, 이익과 손실, 이자, 겉포장을 산정할 때 이용하는 다양한 용량 측정 방법과 같은 광범위한 지식을 필요로 하는 문제이다.

　나는 월든 호수라면 일하기에 안성맞춤이라고 생각했다. 특별히 철도나 얼음 잘라내는 작업 때문만은 아니다. 이 호수는 타인에게 가르쳐주기 아까울 만큼 여러 장점을 지니고 있기 때문이다. 월든 호수는 훌륭한 항구이자 지반도 튼튼했다. 어디에 집을 세우든 자신이 직접 말뚝을 박아야 했지만 네바 강의 습지처럼 매립할 필요는 없다. 서풍을 동반하는 밀물로 네바 강이 범람하고 얼음이 떠밀려 내려오면 상트페테르부르크의 거리는 지상에서 소멸돼버린다고 하지 않는가.

　이 일을 별다른 자본도 없이 시작하면서, 이러한 모든 계획에 빠뜨릴 수

---

24)_La Pérouse(1741~1788). 프랑스의 해양탐험가. 태평양을 항해하던 중 행방불명이 되었으며, 1826년에 바니코로 섬에서 배의 잔해가 발견되었다.
25)_Hanno(?~?) 기원전 5세기 카르타고의 항해자. 지브롤터해협을 거쳐 아프리카 서해안을 북위 7도 부근까지 남하해 〈한노주항기〉를 남겼다.

없는 자재를 내가 과연 어디에서 구할 생각이었는지 좀처럼 상상이 안 가는 사람도 있으리라. 곧 문제의 실질적인 면으로 들어가서 우선 의복에 관해 말해보기로 하자. 우리는 옷을 구입할 때 진정한 의미의 실용성보다는 최신 유행이랄까, 뭐 그런 외관상의 체면에 좌우되는 일이 많다. 일을 하는 사람에게 있어 의복의 목적은 우선 생명의 열을 유지하는 것이고, 그 다음이 오늘날의 사회 규범에 따라 알몸을 감싸는 점에 있다는 사실을 기억해야 한다. 이렇게 생각하면 옷장 안에 있는 짐을 늘리지 않아도 필요한, 또는 중요한 일을 척척 해치울 수 있다는 것을 알 수 있다. 전용 재단사가 만든 의상이라도 그것을 단 한 번밖에 입지 않는 왕이나 여왕은 몸에 꼭 맞는 의상의 편안함을 맛볼 수 없다. 그들은 새 옷을 걸어두는 옷걸이[26]와 다를 바 없는 존재들이다. 잘 맞는 옷은 입는 사람의 성격이 각인되고 날마다 육체에 동화되어 결국에는 신체의 일부처럼 수술이나 무슨 의식이라도 치르지 않으면 함부로 버릴 수 없게 된다.

나는 여기저기 구멍 난 옷을 걸치고 있다고 해서 상대를 업신여긴 일이 단 한 번도 없다. 그런데 사람들은 대부분 깨끗한 양심을 갖기보다 유행을 좇는 데 열중하고, 새로 맞춘 옷을 입고 싶어 안달이다. 하지만 제대로 깁지도 않아 여기저기 해진 옷을 입고 있다 하더라도, 그 옷차림으로 파헤칠 수 있는 최악의 악덕이란 기껏해야 부주의 정도가 아니겠는가. 가끔 이런 식으로 주위 사람을 시험해본다. 바지 무르팍에 천을 하나 덧대거나 꿰맨 자국을 여분으로 달고도 태연한 자는 과연 누구일까? 모두들 그런 바지를 입으

---

26)_wooden horse. '뼈대 모양의 옷걸이' 라는 뜻 외에 '최신 유행을 좇는 사람' 이란 의미가 있다.

면 그 자리에서 즉시 앞날의 희망이 완전히 사라진다고 믿는 것 같다. 찢어진 바지를 입고 거리로 나가기보다 삔 다리를 질질 끌며 다니는 편이 훨씬 쉽다고 생각한다. 신사의 다리에 사고가 생긴 경우는 대체로 수리할 수 있지만, 마찬가지로 그의 바지에 생긴 사고에는 손을 쓸 방도가 없으니 어찌된 연유인가? 그자는 진정으로 존경할 수 있는 것보다, 세상에서 존경받고 있는 것을 더 중시하고 있기 때문이다.

우리는 알고 지내는 사람은 적지만 유행하는 옷에 대해서는 잘 알고 있다. 허수아비에게 나들이옷을 한 벌 입히고 당신이 풀 죽은 표정으로 그 옆에 서 있으면 행인은 허수아비 쪽에 먼저 인사를 할 것이다. 요전에도 옥수수 밭을 지나치면서 말뚝에 걸쳐놓은 모자와 웃옷을 보고서야 겨우 옥수수 밭 주인이 누구인지를 알아보았다. 남자는 지난번 만났을 때보다 얼굴이 약간 더 그을었을 뿐인데도 말이다.

주인집에 옷을 입은 낯선 사람이 접근하면 무섭게 짖어대지만, 알몸의 도둑한테는 쉽게 길들여진다는 개 얘기를 들은 적이 있다. 옷을 벗은 사람들이 자신의 상대적인 지위를 어느 정도 유지할 수 있을지는 매우 흥미로운 문제이다. 알몸인 상태에서 문명인들 중 가장 존경받는 계급의 사람을 확실히 구별하는 것이 가능할까? 파이퍼 부인[27]은 동쪽에서 서쪽으로 모험에 가득 찬 세계일주를 하면서 고국에 근접한 러시아령 아시아까지 왔을 때, 당국자를 만나기 전에 여행복을 갈아입을 필요성을 느꼈다고 말했다. '문명국에 들어가면, ……복장으로 판단되기' 때문이다.

---

27)_Ida Pfeiffer(1797~1858). 오스트리아의 자연연구가. 인용은 그녀의 저서 《A Lady's Voyage round the World》(New York, 1852, p.265)에서.

이 민주적인 뉴잉글랜드의 마을에서조차 부를 소유하고 그것을 의상이나 소지품으로 과시하면, 그것만으로도 거의 어디서나 존경을 받는다. 그러나 의상이나 소지품을 보고 사람을 존경하는 무리는 아무리 수가 많다 해도 어리석은 우상 숭배자에 불과하니, 마땅히 그쪽으로 선교사를 보내는 것이 도리이다. 더구나 의복에는 바느질이 따라붙게 마련인데, 이것 또한 끝도 없는 노동을 통해 가능한 일이다. 부인네들의 드레스로 말할 것 같으면 도저히 그 끝을 알 수 없다.[28]

마침내 자신이 해야 할 일을 발견한 인간은 일부러 작업복을 새로 만들 필요도 없다. 쾨쾨한 다락방에서 먼지를 뒤집어쓰고 있는 낡은 옷 한 벌이면 족하다. 닳아빠진 구두라 해도 영웅이 신는다면 머슴이 신는 것보다 더 오래 신을 수 있다. 구두보다 맨발이 오래된 것이고 영웅은 맨발로도 어디든 헤쳐나갈 수 있는 존재이다. 파티나 의회에 참석하는 사람들이나 새로 만든 옷을 입을 필요가 있다. 입고 있는 본인과 마찬가지로 끊임없이 상의도 바뀌는 것이다. 하나 나의 재킷과 바지, 모자와 구두가 신을 예배하는 데 어울리는 것이라면 더 이상 이러쿵저러쿵 말할 필요가 없는 일 아니겠는가? 낡은 옷은 가난한 소년에게 주어도 자선 행위는 되지 않는다. 낡은 옷을 받은 소년이 더 가난한 아이에게 줘버리고 싶을 정도로 닳고 닳은 자신의 옷이 오래 입어 해지고 마침내 그것이 원시적인 요소로 분해되어버리는 것을 지켜본 인간이 과연 지금까지 있었을까?

옷을 입은 새로운 인간은 필요 없지만, 새 옷이 없으면 도무지 지탱할 수

---

28)_영어의 옛 속담 '남자는 아침부터 밤까지 일하지만, 여자의 일은 끝이 없다'를 풍자적으로 비꼰 말이다.

없다는 사업은 모두 주의하는 편이 좋다. 새로운 인간이 없다면, 새 옷 따윈 어울릴 턱이 없지 않은가? 새로운 사업을 일으키고 싶으면 낡은 옷차림 그대로 해보는 것이 좋다. 여러 인간이 추구하는 것은 일의 수단이 아니라 일을 하는 것, 덧붙여 말하면 어떤 사람이 되는 것이다. 우리의 낡은 옷이 아무리 너덜너덜하고 더러워도, 어쨌든 행동을 취하고 사업을 계획하고 배를 띄운 결과, 자기 자신이 낡은 옷을 걸친 새로운 인간이 된 듯하고, 또 낡은 옷 그대로 있으면 새 술을 낡은 가죽 부대에 담아두는 것과[29] 마찬가지라고 느끼게 되기 전에는 굳이 의복을 새로 맞출 필요가 없다.

새들의 털갈이 시기와 마찬가지로 인간이 옷을 바꿔 입는 시기는 생애에 있어 위기의 국면을 맞이한 때이다. '아비' 란 새는 이 시기를 넘기려고 혼자 호수에 틀어박혀 지낸다. 또 뱀이 허물을, 송충이가 털옷을 벗어던지는 것도 내부의 노력과 성장 때문이다. 의복은 인간에게 있어 겉가죽의 표피이자 형해(形骸)[30]에 지나지 않는다. 이러한 생각에 서지 않는 한 우리는 가짜 국기를 내걸고 항해하는 꼴이 되어 마침내 세상뿐만 아니라 자기 자신으로부터도 완전히 정나미가 떨어질 게 뻔하다.

우리가 계속해서 옷 위에 또 옷을 겹쳐 입는 모습을 보고 있으면 외생(外生) 식물처럼 바깥층을 늘리면서 자라나고 있는 것이 아닐까 의심스러울 정도다. 인간이 거죽에 걸치는 제일 얄팍하고 변덕스런 의복은 표피 또는 가짜 피부일 뿐이고 생명과는 아무 관계도 없기 때문에 군데군데 덧대어도 별로 치명상이 되지 않는다. 항상 입고 있는 두꺼운 옷은 세포질 외피, 즉 피

---

29)_《신약성서》마태복음 9:17에서.

30)_형해 mortal coil. 셰익스피어의 〈햄릿〉 제3막 제1장 67행에서는 '속세의 번뇌' 라는 의미로 사용되고 있다.

질이 된다. 하지만 셔츠는 진짜 수피이고 그것을 벗겨내면 수피가 벗겨진 수목처럼 인간은 죽어버린다. 어떤 종족이든 한 계절에는 셔츠와 비슷한 옷을 입고 있지 않은가. 사람은 어두움 속에서도 자기 자신을 잃지 않도록 가능한 한 검소한 차림을 하고 있어야 한다. 여러 가지 면에서 간소한 마음가짐으로 불의의 사태에 대비하고 있으면, 적이 마을을 점령해도 어떤 고대 철학자[31]처럼 빈손으로 유유히 성문을 빠져나갈 수 있다. 두툼한 옷 한 벌이 있으면 대개의 경우 얄팍한 옷 세 벌 몫을 하고, 싼 옷은 주머니 사정에 맞춰 살 수도 있다. 두툼한 웃옷을 5달러에 사면 5년은 간다. 두꺼운 바지는 2달러, 소가죽 부츠는 1달러 50센트, 여름 모자는 25센트, 집에서 만들면 거저나 마찬가지지만 테두리 없는 겨울 모자는 62.5센트면 살 수 있다. 이렇게 하면 자신의 벌이로 이만큼의 옷가지를 얻을 수 있는데, 경의를 표할 현인을 만나지 못한 불운한 인간이 어디 있을까?

내가 좋아하는 형태의 옷을 만들어달라고 주문하면 양복점의 점원은 좀 곤란한 표정으로, "요즘엔 사람들이 이런 식으로 만들지 않아요"라며 '사람들'이란 부분을 아주 가볍게 아무렇지도 않게 내뱉는다. 마치 '운명의 여신' 같은 초인적인 권위자의 말을 인용하는 듯하다. 이쪽이 농담을 하는 것도 아니며, 꽤 무모한 인간이라는 사실을 그녀가 도무지 믿지 않는 탓에 나는 좀처럼 내 뜻대로 옷을 만들 수가 없다. 이러한 신탁과 같은 문구를 들으면 나는 잠시 생각에 잠기게 된다. 한 마디 한 마디를 따로 떼어 음미하면서 그 말의 의미를 이해하려 하고, '사람들'이 자신과 어느 정도 깊은 혈연관

---

31)_기원전 6세기의 그리스 철학자 비어스(7현인 중 한 사람)를 일컫는 것이라 생각된다.

계에 있는지, 자신에게 있어서 이처럼 중대한 문제에 어떤 권위를 휘두르고 있는지 알고 싶어지는 것이다. 이윽고 나는 그녀 못지않은 신비스런 말투로, 또 '사람들'이란 부분 역시 아무렇지 않게 "분명 최근까지는 그랬지만 말이죠, 지금은 사람들의 유행이 바뀌고 있지요"라고 말하고 싶어진다.

만약 양복점 점원이 내 성격의 치수는 무시한 채, 웃옷을 걸어두는 못이라 여기고 내 어깨 치수를 잰다면 그것이 무슨 의미가 있을까? 우리는 '미의 여신'이나 '운명의 여신'이 아니라 '유행의 여신'을 숭상하고 있는 것이다. 이 여신은 막강한 권위를 발휘해 실을 잣고 천을 짜고 재단을 한다. 프랑스 파리의 최고 우두머리 원숭이가 테두리 없는 여행용 모자를 쓰면, 미국의 모든 원숭이들이 흉내를 낸다. 나는 때때로 이 세상에서 타인의 도움을 빌리려고 하면 일을 가능한 한 단순하고 정직하게 처리하기가 완전히 불가능해질 것이라는 절망적인 기분에 빠질 때가 있다. 우선 그들을 강력한 압착기에 넣어 낡고 진부한 관념을 모두 짜내고, 다시 일어서지 못하도록 하지 않으면 안 된다. 그렇게 해도 어느샌가 낳아놓은 알에서 부화한 구더기 같은 기괴한 생각을 머릿속에 소중히 키우는 인간이 사람들 속에 나타날 것이다. 이 구더기는 끓이거나 태워도 죽지 않으며, 덕분에 이쪽의 노고는 헛수고가 된다. 단, 이집트의 밀알이 미라 덕택에 현대까지 전해지고 있다는 것도 잊지 말기를.

대체로 복장이라는 것은 우리나라를 비롯해 다른 어느 나라에서도 아직 예술로서의 품격을 갖추는 경지에는 이르지 못했다. 요즘 사람들은 무엇이든 손에 잡히는 대로 걸치면서 당장 급한 불을 끄고 있다. 난파선의 어부들처럼 해변에서 발견한 것을 닥치는 대로 몸에 걸치기 때문에 살고 있는 장소나 시대가 조금이라도 다르면 서로의 분장이 이상하기 짝이 없는 것이다. 어느 세대든 옛 유행을 웃음거리로 만드는 주제에 또 새로운 패션의 뒤를 정신 없이 좇고 있다. 현대인은 헨리 8세나 엘리자베스 여왕의 의상을 보고 마치 식인종 추장이라도 본 것처럼 재미있어 한다. 인간으로부터 분리된 의상은 모두 초라하고 그로테스크한 법이다. 웃음을 억누르고 인간의 의상을 존귀하게 만드는 것은 그 의상 속에서 바라보는 진지한 눈길과 그 속에서 영위된 성실한 인생뿐이다. 피에로가 복통을 일으키면 그 현란한 의상도 비통한 분위기를 풍기지 않을 수 없다. 병사가 포탄을 맞으면 꾀죄죄한 군복도 귀족의 자줏빛 예복처럼 그 몸을 우아하게 치장한다.

새로운 무늬에 정신 팔린 유치하고 야만스런 취미의 남녀가 열심히 만화경을 흔들며 한 눈을 질끈 감고 현 세대가 찾는 독자적인 무늬를 그 속에서 발견하려 한다. 섬유업자들은 이러한 취향이 일시적인 변덕에 지나지 않는다는 것을 일찍부터 알고 있다. 유행에 따라 독특한 빛깔의 실이 두세 줄 많거나 적을 뿐인 두 종류의 무늬 중에서 한쪽은 날개 돋친 듯이 팔리지만, 다른 한쪽은 창고 안에 쌓여 있게 된다. 그런데 계절이 바뀌자 이번에는 팔리지 않던 쪽이 유행의 파도를 타기도 한다. 이에 비하면 문신 따위는 흔히 말하듯 그렇게 끔찍한 습관이 아니다. 피부 깊숙이 파고들어 바꿀 수 없다는 것만으로 야만스럽다고 할 수는 없는 것이다.

우리나라의 공장 제도는 인간이 의복을 얻기 위한 최상의 방법이라고 할 수 없다. 직공들의 노동조건은 하루하루 영국의 현실에 근접하고 있다. 이것은 별반 놀랄 만한 일이 아니다. 보고 들은 바에 따르면 공장 제도의 주된 목적은 인간이 정직하게 일한 돈으로 제대로 옷을 입도록 하는 것이 아니라, 회사를 살찌게 하는 데 있기 때문이다. 결국 인간은 겨냥한 목표물밖에 쏘아 맞힐 수 없다. 그러니 당장은 실패한다 해도 더 높은 곳에 목표를 정하는 게 좋지 않을까.

주거에 관해서는 집이 오늘날 생활필수품이라는 사실을 부정할 생각은 없다. 하지만 이 나라보다 추운 지역의 사람들이 오랫동안 주거 없이 살아왔다는 예가 있다. 새뮤얼 래잉[32]에 의하면 "라플란드 사람은 제아무리 두꺼운 털옷을 입고 있어도 몸을 드러내는 순간 생명의 불이 꺼져버릴 정도의 혹한 속에서, 가죽옷을 입고 머리와 어깨에 가죽 부대를 뒤집어쓴 채 몇 날 밤이고 눈 위에서 잠을 잔다"고 한다. 그는 라플란드 사람들이 그런 식으로 자고 있는 모습을 가까이서 직접 목격한 것이다. 나아가 또 이렇게 덧붙이고 있다. "그들이 다른 사람들보다 특별히 강인한 건 아니다." 그렇기는 하나 인간은 아마도 지구상에 출현한 지 얼마 되지 않아 집안에서 지내는 편리함, 즉 당초 가족이 가져다주는 만족감보다 가옥이 가져다주는 만족감이라는 가정의 안락함을 발견했으리라. 하지만 가옥이라 해도 추운 겨울이나 우기에나 쓸모가 있는 존재이지, 일 년의 3분의 2는 파라솔 하나면 족한, 특별히 집이 필요 없는 풍토에 사는 사람이라면 그런 만족감도 극히 일부 사람들, 어쩌다 필요한 존재일 뿐이다.

우리나라 같은 풍토에서도 여름철의 집은 밤에 머리 위를 가리는 역할밖에 하지 않는다. 인디언의 기록에 따르면 위그웜[33]이 하루의 행진을 나타내는 상징이었고, 나무껍질에 그리거나 새겨진 위그웜의 수가 야영한 일수를 나타낸다. 인간은 별로 큰 몸과 강건한 육체를 부여받지 못했기 때문에 자신의 세계를 좁혀서 자신에게 맞는 공간을 벽으로 막는 수밖에 없었던 것이

---

32)_ Samuel Laing(1780~1866). 스코틀랜드의 저술가 겸 여행가. 이하는 그의 저서 《Journal of a Residence in norway》(London, 1837, p.295)에서 인용.
33)_ 주로 북미 5대호 주변 동쪽의 인디언들이 사용하는 반구형의 천막집.

다. 그러한 인간도 처음에는 벌거숭이로 바깥에 있었다. 온화하고 따뜻한 낮에는 그렇게 지내는 것도 지극히 쾌적하겠지만, 타는 듯한 태양이 내리쬘 때, 우기나 겨울철에 서둘러 가옥이라는 대피처로 피하지 않았다면 인류는 봉오리도 맺기 전에 시들어버렸을 것이다. 우화에 의하면 아담과 이브는 옷으로 몸을 가리기 전에 나무 그늘에 몸을 감추고 있었다. 인간은 무엇보다 먼저 육체를 따뜻하게 하고, 애정을 돈독하게 하기 위해 따스하고 쾌적한 장소인 집을 찾았던 것이다.

　인류의 유년 시절, 한때 모험심에 불타는 인간 하나가 동굴 속에 기어들어가 비와 이슬을 피했을 것이다. 아이들이란 모두 어느 정도 인류의 역사를 처음부터 다시 시작하기 때문에, 그들은 비나 추위를 아랑곳하지 않고 바깥에 있는 걸 좋아한다. 소꿉놀이, 말놀이를 하는 것은 그러한 본능을 갖고 있기 때문이다. 어릴 적 기괴한 암석이나 동굴을 봤을 때의 흥분을 기억하지 못하는 자가 있을까? 그건 우리 내부에 아직도 옛 습관의 일부분이 남아 있어 자연히 기괴한 암석이나 동굴을 그리워하기 때문이다. 우리의 지붕은 동굴에서 시작해 점차 종려 나뭇잎, 나무껍질이나 나뭇가지, 아마포, 초가지붕, 판자지붕, 돌지붕이나 기와지붕으로 진보했다. 그리고 마침내 인간은 옥외 생활이 어떤 것인지 알 수 없게 되었고, 옥외 생활은 스스로 생각하는 것 이상으로 여러 의미에서 가정적인 것이 되고 있다. 난로에서 밭두렁까지의 거리는 아주 멀어졌다. 만일 우리가 자신과 수많은 천체 사이를 가로막을 티끌 하나 없는 노천에서 낮과 밤을 보내게 된다면, 시인이 지붕 밑에서 이처럼 말을 많이 하지 않고, 성자가 오랫동안 문 밖에 머무를 수 있다면 얼마나 멋질까? 작은 새는 동굴 속에서 노래하지 않고, 비둘기도 새장 속에서는 천진함을 지닐 수 없는 것이다.

　그러나 집을 지을 마음이 있다면 좀 양키다운 꼼꼼함을 발휘했으면 한다. 그렇지 않으면 어느샌가 빠져나갈 실마리도 없는 미궁[34] 또는 박물관, 구빈원, 감옥, 휘황찬란한 사당에 들어가 있는 꼬락서니가 될지도 모른다. 우선 비바람을 피하기 위해서는 필요한 것이 별로 없다. 나는 이 마을에서 둘레에 눈이 1피트 가까이 쌓여 있는데도 얇은 텐트 하나 달랑 세워 살아가는 페노브스코트 인디언을 본 적이 있는데,[35] 눈이 더 쌓이면 오히려 바람을 막을 수 있어 그들이 더 좋아할 거라고 생각했다. 최근에는 유감스럽게도 다소 둔감해졌지만, 꽤 오래 전 내가 자신의 본업을 자유롭게 수행하면서 정직한 노동으로 생활비를 조달하려면 어떻게 해야 좋을지 지금 이상으로 고민하던 때에 작업장 인부들이 야간에 도구를 넣어두는 길이 6피트, 폭 3피트의 커다란 상자를 철로 옆에서 자주 보곤 했다. 그때 문득 생각했다. 몹시 궁핍한 사람이라면 이런 상자를 1달러에 사서 목공용 송곳으로 두세 군데 구멍을 뚫어 공기가 통하게 하고, 비가 내릴 때나 밤에 그 속에 들어가 뚜껑을 닫고 빗장을 지르면 사람의 세계에서 영혼도 자유로워지지[36] 않을까라고. 이렇게 사는 것이 최악의 선택도, 결코 천한 선택도 아닌 것 같았다. 원하는 만큼 늦게까지 깨어 있을 수 있고, 몇 시에 일어나든 땅 주인, 집 주인한테 집세를 독촉 당할 걱정 없이 돌아다닐 수 있는 것이다. 이런 상자 속에 살아도 얼어 죽을 걱정이 없는데 많은 인간들은 더 크고 사치스런 상자를 빌린 대가로 죽자 사자 고생하고 있다. 나는 농담을 하는 게 아니다. 경제란 것

---

34)_⟨그리스 신화⟩ 크레타 섬의 미궁에 들어가 괴물 미노타우로스를 죽인 테세우스는 왕녀 아리아도네의 실을 실마리로 거기에서 탈출했다.

35)_당시, 메인 주 북부에 사는 페노브스코트 인디언들이 자주 콩코드 마을을 찾아 마을 변두리에 텐트를 치고 생활했다.

36)_Richard Lovelace(1618~1657?)의 시 ⟨To Althea, from Prison⟩에서.

은 자칫 경솔하게 취급되기 쉽지만 그렇게 해결될 수 없는 문제이다.

옥외에서 지내는 일이 많았던 거칠고 강인한 종족들은 예전에는 이 부근에서도 대부분 자연이 쉽게 제공해주는 재료로 쾌적한 집을 만들었다. 매사추세츠 식민지 관할하의 인디언 감독관으로 있었던 구킨[37]은 1674년에 다음과 같은 글을 썼다. "그들이 살고 있는 집 중에서 나무껍질을 이용해 아주 정성 들여 따뜻하게 감싼 집이 최상의 집이다. 나무껍질은 수액이 상승하는 계절에 줄기에서 벗겨내 싱싱할 때 무거운 재목으로 꾹 눌러 얇고 큼직하게 늘린다. …… 나무껍질로 감싼 집보다 못한 집은 부들의 일종으로 엮은 멍석을 씌워놓았는데 나무껍질로 감싼 집만큼 고급은 아니지만 충분히 따뜻했다. …… 내가 본 집 중에는 길이가 60피트에서 100피트, 폭이 30피트에 달하는 것도 있었다. …… 나는 그들의 위그웜에 자주 머무르곤 했는데 영국의 최고급 주택에 조금도 뒤지지 않을 만큼 따뜻했다." 그는 나아가, "이러한 위그웜의 내부에는 대체로 훌륭한 무늬의 멍석이 깔려 있으며, 주위에도 멍석이 빙 둘러 있고 갖가지 살림 도구를 갖추고 있다"고 덧붙였다. 인디언들은 지붕 위에 구멍을 내 멍석을 한 장 매달고 그것을 끈으로 조작함으로써 통풍을 조절하는 데까지 진보했다. 이러한 오두막은 처음 세울 때에도 하루나 이틀이면 충분하고, 그 후엔 두세 시간 정도면 접거나 다시 조립할 수 있다. 어떤 가구든 오두막 하나, 아니면 그 내부의 방 하나를 소유하고 있었다.

미개사회에서는 누구나 고급이라 할 수 있는 집을 지니고, 이러한 집에서

---

37)_ Daniel Gookin(1612~1687). 영국으로부터의 이주자. 이하의 인용은 그 저서 《Historical Collections of the Indians in New England》(Boston, 1792, chap. Ⅲ, p.9)에서.

그들의 원시적이고 단순한 욕망을 충분히 채우고 있었다. 하늘을 나는 새는 둥지가 있고 여우에겐 굴이 있고[38] 미개인에겐 위그웜이 있는데, 현대의 문명사회에서는 전 인구의 절반이 집이 없다고 해도 과언이 아니다. 특히 문명이 발달한 큰 마을이나 도시에서는 집을 가진 사람의 수가 전체 인구의 극히 일부에 지나지 않는다. 나머지는 바야흐로 덥거나 춥거나 빼놓을 수 없는 이 거죽 옷 때문에 인디언의 위그웜 한 부락을 살 수 있을 비싼 집세를 매년 지불하면서도 평생 가난에서 헤어나지 못한다. 나는 집을 갖는 것에 비해 빌리는 것이 불리하다고 말하는 게 아니다. 하나 미개인들은 집이 싸니까 소유할 수 있는 반면, 대부분의 문명인은 그럴 여유가 없기 때문에 빌린다는 사실은 분명하다. 또 집을 빌렸다고 해서 전보다 여유가 생기는 것도 아니다. 가난한 문명인들은 집세를 지불하기만 하면 미개인들의 집과 비교도 안 될 궁전 같은 방을 확보할 수 있다고 반론을 펼 수도 있다. 이 나라의 집세는 연 25달러에서 100달러 사이로, 이만큼 지불하면 널찍한 방에 말끔한 벽지와 페인트칠, 럼포드식 난로,[39] 뒷면의 회반죽칠, 베네치아식 블라인드, 구리 펌프, 용수철 자물통, 넓고 편리한 지하실, 그 외 몇 세기에 걸쳐 진보된 개량의 혜택을 누릴 수가 있다. 그런데 이러한 집에서 사는 문명인은 대체로 가난하고, 아무것도 갖지 않은 미개인은 미개인 나름대로 풍족한 이유는 무엇일까?

문명이 인간의 생존 상태를 본격적으로 개선했다고 단언하려면 값을 올리지 않고도 더 좋은 주택을 생산할 수 있다는 사실을 증명하지 않으면 안

---

38)_《신약성서》 마태복음 8:20에서.

39)_ Benjamin Thompson, Count Rumford(1753~1814)가 발명한 연기가 나지 않는 난로.

된다. 또 사물의 가격은 그 자리에서, 또는 장래에 그것과 교환해야 할 생활의 양을 말한다. 이 부근의 집값은 보통 800달러 정도 하는데 이만한 금액을 모으려면 한 사람의 임금을 하루 평균 1달러로 산정했을 경우 가족을 부양하지 않는 노동자라도 10년 내지 15년을 일하지 않으면 안 된다. 즉 젊은 날의 반 이상을 소비해야 일반 사람들이 자신의 위그웜을 손에 넣는 것이 가능하다는 얘기다. 그렇다고 주택 마련을 포기하고 집세를 지불하며 산다고 해도 더 나은 선택이 될 수도 없다. 만약 미개인이 이런 조건으로 그의 위그웜을 궁전과 맞바꾼다면 과연 현명한 선택일까?

장래를 위한 자금으로 여분의 재산을 가진다 해도 기껏해야 장례식 비용을 치르는 데 도움이 될 정도가 아니겠냐는 투로 들릴지도 모른다. 하나 인간이 자신을 매장할 필요는 없다. 그런데 한 가지 여기에서 문명인과 미개인의 중요한 차이점이 드러난다. 세상은 분명 우리를 고려한 것이기는 하나 문명인의 생활을 의도적으로 하나의 제도로 바꿔놓았다. 종족의 삶을 유지하고 개선해나가는 와중에 개인의 생활은 대부분 그 제도 속에 흡수되고 만 것이다. 나는 이러한 이익이 현재 얼마만큼 커다란 희생을 치르고 얻어진 것인지 밝히고, 아무 손해도 입지 않고 순수한 이익만 내 것으로 삼을 수 있는 삶의 방식이 존재하지 않겠는가 말하고 싶은 것이다. 너희들은 어째서 "가난한 사람들은 언제나 너희 곁에 있겠지만"[40]이라든지, "아비가 신 포도를 먹었으므로 아들의 이가 시다"[41]와 같은 말을 하는 것인가?

---

40)_《신약성서》 마태복음 26:11.
41)_《구약성서》 에스겔서 18:2.

"나, 주 여호와가 말하노라. 내가 나의 삶을 두고 맹세하노니 너희가 이스라엘 가운데서 다시는 이 속담을 쓰지 못하게 되리라."[42]

"모든 영혼이 다 내게 속한지라. 아비의 영혼이 내게 속함같이 아들의 영혼도 내게 속했나니 죄를 범하는 그 영혼은 죽으리라."[43]

나의 이웃들, 적어도 다른 계층의 사람들만큼 유복하게 살아가는 콩코드의 농민들에게 눈을 돌리면, 대개의 경우 그들은 명실공히 농장을 자신의 것으로 만들려고 20년이고 30년이고 피땀 흘려 일하고 있다. 물론 그 벌이의 3분의 1은 집값으로 날아가버린다. 이는 저당 잡혀 있는 농지를 상속하든지 빚을 내 토지를 매입한 경우가 많기 때문인데, 그들 대부분은 아직 빚을 갚지 못한 상태이다. 때로는 부채가 농장의 땅값을 웃돌아 농장 자체가 커다란 부담이 되는 경우도 있지만, 그래도 이러한 땅을 상속받는 인간은 끊이지 않는다. 본인들 말을 빌리자면 모든 걸 수긍한 다음 상속받는다는 것이다. 이런 사정이니 토지 사정관에게 물어보면 마을에서 부채가 없는 농장주가 채 열 명도 안 된다는 사실이 그리 놀랄 일이 아니다. 이러한 농장의 역사를 알고 싶으면 그들이 저당 잡혀 있는 은행에서 조사하면 된다. 온전한 자신의 농장을 갖고 있거나 농지 값을 말끔하게 지불할 수 있는 사람은 너무나도 적기 때문에 부근 사람들에게 물어보면 즉석에서 대뜸 가르쳐줄 것이다. 그러한 사람이 콩코드 안에 세 명 있을까 말까. 사업을 하는 100명 중에서 96명은 반드시 실패한다고 말하는데 이것은 고스란히 농민에게도

---

42)_《구약성서》에스겔서 18:3.

43)_《구약성서》에스겔서 18:4.

해당되는 말이다. 어떤 상인이 꽤 바른 말을 한 적이 있다. 그들의 실패는 대개 순전한 금전상의 실패가 아니라, 계약을 이행할 형편이 못 될 경우 그 것을 태만히 여기는 데서 오는 것이라고. 즉 파산하는 것은 다름 아닌 그들의 도덕적인 인격이라는 것이다. 그렇게 되면 사태는 점점 심각해진다. 앞의 세 인물조차 이미 자신의 영혼을 구제할 수 없을지도, 또는 정직하게 일하다 실패하는 무리들보다 그들이 훨씬 나쁜 의미에서 파산한 것이 아닌가 하는 생각마저 든다. 파산과 지불 불능은 곧잘 우리 문명이 공중제비를 넘기 위한 뜀틀이 되지만, 미개인들은 기아라는 탄력 없는 판 위에 서 있다. 그래도 농기구의 마디는 탈 없이 원활하게 움직이고 있다고 광고라도 하듯이 땅에서는 미들섹스 가축 품평회가 매년 성대하게 열린다.

농민들은 생계 문제를 문제 자체보다 더 복잡한 공식을 이용해 해결하려 한다. 구두끈을 사기 위해 소 시세에 손을 내미는 것과도 같은 것이다. 안락한 생활과 자립을 획득하려고 노련한 솜씨로 덫을 놓지만 막상 돌아서려는 찰나, 자신의 한쪽 발이 덫에 걸리고 만다. 이래서야 가난으로부터 벗어날 도리가 없지 않은가. 마찬가지 이유로 우리는 모두 사치품에 둘러싸여 있으면서도 원시적인 무한한 즐거움이라는 점에서 보면 지극히 가난한 것이다. 채프먼[44]은 노래한다.

"위선에 가득 찬 이들의 세계여

지상의 사치로 말미암아

천상의 즐거움은 공기와 같이 희박해졌노라"[45]

---

44)_George Chapman(1559?~1634). 영국의 시인이자 극작가, 번역가.

45)_《The Tragedy of Caesar and Pompey》(V, 2)에서.

이 상태에서 농민들이 집을 손에 넣는다 해도 유복해지기는커녕 도리어 그 반대가 되고 만다. 집이 그를 손 안에서 갖고 노는 것이다. 지혜의 여신 미네르바가 집을 짓자, 불평의 신 모모스가 "뭐야, 이동식으로 되어 있질 않 잖아. 이 모양이니 보기 싫은 이웃한테서 어떻게 도망칠 수가 있나"라며 억 지를 부렸다는 게 수긍이 간다. 이러한 억지는 계속 부렸으면 한다. 우리의 집은 상당히 취급하기 힘든 재산이고, 인간은 그 속에 살고 있다기보다 유 폐되어 있다고 하는 편이 나은 상황이다. 또 도망치고 싶은 보기 싫은 이웃 이란 다름 아닌 우리 자신의 비천한 자아이다. 변두리에 있는 자신의 집을 팔아 마을 안으로 이사 가기를 30년 전부터 고대해왔으면서도, 아직까지 소 원을 이루지 못한 가족들이 있다. 그들은 죽지 않는 한 결코 자유의 몸이 될 수 없다.

가령 대다수의 인간이 잘 개량된 현대적인 주택을 소유하거나 빌릴 수 있 게 되었다고 하자. 문명은 가옥을 개량해왔다. 하나 거기에 사는 인간까지 똑같이 개량하는 것은 아니다. 문명은 궁전을 탄생시켰지만 귀족이나 왕을 탄생시키는 일은 그다지 쉽지 않다. 만약 문명인의 일이 미개인의 그것 이 상으로 가치 있는 것도 아니고, 문명인이 생활의 대부분을 오로지 생활용품 과 위안물을 얻기 위해 소비한다고 한다면, 그들이 미개인보다 훌륭한 집에 살아야 할 이유가 어디에 있는가?

한편 다른 가난한 이들은 어떤 식으로 살아갈까? 아마 일부의 외면적인 생활환경이 미개인들보다 좋아짐에 따라, 다른 사람들의 생활환경은 미개 인들보다 나빠지게 된다. 한 계층의 사치는 다른 한 계층의 빈곤에 의해 균 형을 유지하기 때문이다. 한편에 궁전이 있으면 다른 한편에는 구빈원과 힘 없는 빈민들이 있다. 역대 파라오의 무덤인 피라미드를 구축한 무수한 인부 들은 마늘을 먹고 살았다고 한다. 아마 그들은 숨을 거둘 때 제대로 매장되지도 못했을 것이다. 궁전의 코니스(벽 윗부분에 장식으로 두른 돌출부)를 마무리한 석공은 밤이 되면 인디언의 위그웜보다도 초라한 오두막으로 돌아갔을지 모른다.

도처에 문명의 증거가 존재하는 나라에서는 압도적 다수가 문명인다운 생활을 하고 있을 것이라는 생각은 터무니없는 착각에 불과하다. 여기에서 내가 말하려는 것은 쇠락한 빈민에 관한 것이지 쇠락한 부자에 관한 것이 아니다. 이 사실을 알고 싶으면 최근 문명의 진보를 이야기하는 철로를 따라 곳곳에 늘어선 판잣집을 보는 것만으로 충분하다. 내가 그곳을 산보하면서 매일 보는 것은 돼지우리 못지않게 더러운 움막에 사는 인간들이다. 빛을 얻기 위해 겨울 내내 문은 열어놓은 채, 장작더미는 어디에도 눈에 띄지 않을 뿐만 아니라 장작더미가 있으리라 상상조차 하기 힘든 곳이다. 늙은이든 젊은이든 추위와 비참함에 떠는 오랜 습관 탓에 몸은 움츠러들고 손발이나 지능도 성장이 멈춰 있다. 그들의 노동 덕택에 현대의 특징이라 할 수 있는 갖가지 사업들이 달성된 것이니, 이 계층에게 눈을 돌리는 것은 당연한 일이다.

세계 속의 거대한 공장이라 할 수 있는 영국에서도 여러 직공들 사이에서 많든 적든 이러한 상태를 볼 수 있다. 또 지도상으로 백지로 취급되기도 하고 문명국 대접도 받는 아일랜드의 이름도 기억해두자. 아일랜드인의 체격을 북미 인디언이나 남쪽 섬 지방의 주민, 그 외 문명인과 접촉하면서 퇴화한 예전의 여러 미개인들의 체격과 비교해보기 바란다. 나는 아일랜드의 통치자가 문명국의 평균적인 통치자들만큼 현명하다는 점을 조금도 의심치 않는다. 다만 아일랜드 사람들이 사는 모습은 참담한 생활과 문명이 양립할 수 있다는 사실을 증명한다고 말하고 싶을 뿐이다. 이 나라 주요 수출품의 생산자이자, 그 자체가 남부의 주요 생산물이기도 한 남부 여러 주의 노동자들에 관해서는 여기에서 새삼 언급할 필요가 없다. 여기에서는 남들 만큼의 처지에 있는 사람들에게 얘기를 한정시키고 싶다.

대개의 사람들은 집이란 무엇인가에 대해 생각해본 적이 없는 것처럼, 자신도 이웃과 엇비슷한 집을 가져야 한다는 굳은 믿음 때문에 평생 사서 고생을 한다. 양복점이 지어낸 옷이라면 누구나 입어야 한다는 법이라도 있는가? 혹은 종려 나뭇잎이나 마모트 가죽의 테두리 없는 모자를 멀리하면서 왕관을 살 여유가 없다며 세상살이의 괴로움을 한탄해야 하는가? 지금 자신이 지니고 있는 집보다 훨씬 편리하고 사치스러운, 단 누구의 눈에도 살 만한 인간은 있을 것 같지 않은 그런 집을 그려 볼 수는 있다. 우리는 항상 더 많은 것을 손에 넣으려고 애쓰지만, 때로는 지금 가지고 있는 것보다 적은 것에 만족하도록 애를 써보면 어떨까? 어엿한 시민이 점잔 빼며 격언이나 실례를 들면서 젊은이들에게 "죽을 때까지 예비 덧신을 몇 켤레, 박쥐우산을 몇 개, 머리가 텅 빈 손님을 맞이하기 위한 텅 빈 응접실을 몇 개 더 준비할 수 있도록 힘쓰세요"라는 식으로 설교를 해도 괜찮은 것인가? 우리의 살림살이는 어째서 아라비아인이나 인디언의 생활처럼 검소하면 안 되는가? 하늘로부터 강림한 사도들, 인간에게 내리는 신의 선물을 전달하는 존재로 우리가 숭배하는 인류의 은인들을 생각할 때, 하인을 거느린 그들이 호사스런 가구를 짐수레 가득 싣고 찾아오는 모습을 나는 상상조차 할 수 없다.

좀 이상한 양보일지 모르나 한 발 양보해 우리는 아라비아인보다 도덕과 지성 면에서 더 나으니까 그에 따라 가재도구도 복잡해지는 것이 당연하다면 도대체 어떤 결과가 나타날까? 현재 우리가 생활하는 집안은 온통 가재도구로 북적대고 더럽혀져 있다. 유능한 주부라면 그런 것을 대부분 쓰레기통 속에 쓸어 담아 아침 일을 쓱쓱 마무리해버릴 것이다. 아침의 일! 새벽의 여신 오로라의 장밋빛과 멤논의 음악[46]에 맞춰 이 세상에서 하지 않으면 안 될 아침의 일이란 도대체 무엇일까? 나는 예전에 석회석 세 덩어리를 책상 위에 놓아둔 적이 있다. 하지만 마음이라는 가구의 먼지는 전혀 쓸어내지 못한 주제에, 이 돌멩이에 쌓인 먼지는 매일 쓸어내고 있다는 사실을 깨닫고 이내 두려워져 석회석 덩어리들을 창밖으로 던져버리고 말았다. 사정이 이러하니 내가 감히 가구 달린 집을 넘볼 수 있겠는가? 나는 차라리 풀밭에 앉아 있고 싶다. 인간이 옆에서 흙이라도 파헤치지 않는 한 풀에는 먼지 하나 붙지 않을 테니.

유행을 만들어내는 것은 사치를 좋아하는 방탕아들이고, 그 뒤를 대중은 정신 없이 쫓아다닌다. 일류 여관에서 묵은 경험이 있는 여행자는 곧 이 사실을 깨닫는다. 여관 주인은 그를 사르다나팔루스[47]와 같은 우아한 남자로 단정짓지만, 일단 그가 주인의 정중한 대접에 몸을 맡기려 하면 그 자리에서 완전히 무기력해진다. 열차의 내부는 안전성과 편리함을 위해서가 아니라 사치를 위해서 돈을 들이는 경향이 있다. 객차는 안전하지도 편리하지도 않으면서 긴 소파에 터키식 의자, 차양, 기타 서양에 도입된 많은 오리엔트 풍의 시설을 갖추며 최신식 응접실 흉내를 내려 한다. 이러한 것은 규방의 귀부인이나 중국의 연약한 국민들을 위해 발명된 것이고, 미국인이라면 이름을 듣는 것만으로도 부끄러워질 물건들이다. 나로서는 벨벳 쿠션 위에서 북적대기보다 호박 위에 앉아 공간을 독점하는 편이 훨씬 좋다. 말라리아

---

46)_멤논은 〈그리스 신화〉에 나오는 에티오피아의 왕. 이집트에 있는 멤논의 석상은 아침해가 비치면 음악을 연주했다고 한다.
47)_기원전 9세기 아시리아의 마지막 왕. 사치스런 생활과 엄살 많은 성격으로 유명하다.

같은 독한 기운을 맞으며 그럴 듯한 유람열차를 타고 천국에 가기보다 소달구지에 흔들리고 바람을 맞으며 지상 위를 달리는 편이 나은 것이다.

원시 시대의 인간은 단순한 벌거숭이로 살았던 덕에 적어도 자연 속에서 살아갈 수 있다는 사실을 알고 있었다. 음식과 수면으로 원기를 회복하면, 그는 또 다른 여로를 향해 발길을 돌렸다. 이른바 지상의 임시 거처에서 생활하면서 골짜기를 누비며 나아가거나 평원을 가로질러 산꼭대기에 오르곤 했다. 그런데 어떠한가! 인간은 자신이 만든 도구의 도구로 전락해버리고 말았다. 배고프면 각자 마음대로 나무 열매를 따먹던 인간이 지금은 농부가 되었다. 나무 아래 서서 비나 이슬을 피하던 인간들은 집을 관리하고 있다. 우리는 이제 노숙을 하지 않을 뿐더러, 땅 위에 정착해 하늘을 잊고 사는 것이다. 우리가 기독교를 선택한 것도 단지 그것이 하늘이 아니라 땅을 경작하는 방법에서 뛰어났기 때문이다. 사람들은 모두가 살아 있을 때를 위해서는 가족의 관을, 죽은 사람을 위해서는 가족의 묘를 세우고 있다. 최고의 예술작품이란 이러한 상태에서 자신을 해방시키려는 인간의 투쟁을 표현한 것인데, 우리의 예술은 단지 이러한 낮은 상태를 쾌적한 상태라고 착각하게 만들어, 더 높은 상태를 잊게 하는 작용을 한다. 사실 이 마을에서는 미술품이 들어와도 놓아둘 장소가 없다. 우리의 생활이나 집, 거리도 미술품을 놓아둘 만한 받침대를 제공하지 않는다. 그림을 걸어둘 못 하나 없거니와 영웅이나 성인의 흉상을 얹어둘 선반도 없다.

우리들이 어떤 식으로 집을 짓고 그 비용을 지불하거나 혹은 지불하지 않은 채로 가계를 꾸려나가는지 생각하면, 나는 방문객이 벽난로 선반 위에 놓인 싸구려 장식품에 정신을 팔다가 발밑의 마루가 꺼져 지하실로 굴러 떨어져서는 견고하고 거짓이 없는 흙바닥에 부딪치지 않는 것이 신기할 따름이다. 어쨌거나 윤택하고 세련된 생활이라는 것에 사람들이 너나 할 것 없이 달려든다는 걸 잘 알기 때문에, 나의 신경은 오로지 그 달려드는 방식에 이끌려 그러한 생활을 장식하는 예술품을 즐길 생각은 도무지 들지 않는 것이다. 내가 기억하는 바로 인간이 자신의 근력으로 가능한 최고의 도약 기록은 어떤 아라비아의 유목민이 평지에서 25피트 뛰었던 것이라고 한다. 인공적인 보조 수단이 없는 한 인간은 그 정도의 거리만 뛸 수 있고, 반드시 지상으로 다시 떨어지게 된다. 여기에서 내가 이러한 거짓 재산의 소유자에게 우선 물어보고 싶은 것은 "누가 당신을 지탱하고 있는가?", "당신은 97명의 실패자 중 한 사람인가, 아니면 세 명의 성공자 중 하나인가?"이다. 혹 이러한 질문에 대답할 수 있는 사람이라면, 나는 그 사람의 싸구려 모조품을 보고도 근사한 예술품으로 여길 것이다. 말 앞에 짐마차를 다는 것은 보기 좋지도 않고 도움이 되지도 않는다. 우리들은 집을 아름답게 장식하기 전에 우선 벽지를 벗겨내고, 생활을 벗겨내고, 아름다운 집 손질과 아름다운 생활을 토대로 구축해야 한다. 미적인 감각이라는 것은 집도 아니고, 집을 관리하는 사람도 없는 옥외에서 가장 높이 함양되는 것이다.

존슨[48]은 그의 저서 〈기적을 행하는 섭리의 신〉 속에서 그와 동시대인이었던 이 마을 최초의 이민자들에 대해 다음과 같이 쓰고 있다. "그들은 당장의 거처를 마련하기 위해 비스듬한 언덕 아래에 구덩이를 파고, 목재 위에 흙을 높이 쌓아올려 언덕의 제일 높은 땅 위에서 바로 불을 피운다." 그들은 "주님의 은총으로 대지가 그들을 위한 빵을 만들어주기 전까지는 자신들의 집을 세우지 않았다"고 한다. 첫해의 수확은 너무나 별 볼일 없었기 때문에 "그들은 오랜 기간 빵을 얇게 썰어 먹지 않으면 안 되었다."

---

48)_Edward Johnson(1598~1672). 미국 식민지의 개척자.

뉴네덜란드[49] 식민지의 서기관은 토지를 갖고 싶어하는 사람들을 위한 정보로 1650년에 네덜란드어로 기록한 문서 속에 다음과 같이 상세히 말하고 있다. "뉴네덜란드, 특히 뉴잉글랜드에 있어서 당초 바라던 농가를 세울 돈이 없는 농부는 지면에 깊이 6~7피트, 길이와 폭은 각자가 적당한 크기로 정해 지하실과 같은 네모난 구멍을 판 다음, 안 벽은 목재로 빙 두르고, 그 위를 나무껍질 같은 것으로 덮어 흙이 틈새로 빠지지 않도록 한다. 이 지하실에 두꺼운 판자를 깔아 마루를 만들고 머리 위에 널빤지를 붙여 천장을 만든다. 통나무 지붕을 높이 올려 그 통나무를 나무껍질이나 푸른 잔디로 덮는다. 이런 식으로 그들은 온 가족과 함께 습기도 없고 따뜻한 집 안에서 3년이고 4년이고 생활할 수 있다. 가족 수에 따라서 이 지하실을 다시 몇 개로 나눈다. 이민 초기에 뉴잉글랜드의 유복한 권력자들까지 이런 양식의 집에서 생활한 것은 두 가지 이유 때문이다. 첫째는 집을 짓는 데 시간을 낭비해 다음 절기에 식량이 부족해지는 일이 없도록 하기 위해서이고, 두번째는 본국에서 데리고 온 많은 가난한 노동자들을 낙담시키지 않기 위해서이다. 3~4년쯤 지나 이 지역이 농업에 익숙해지게 되었을 때 그들은 수천의 돈을 들여 훌륭한 집을 세웠다."

선조들이 택한 이 방침에는 그들의 분별력과 사려 깊음이 잘 나타나 있다. 우선 당장에 필요한 것부터 충족시킨다는 것이 그들의 원칙이었다. 그러나 오늘날, 이러한 우선적 필요는 모두 충족된 것일까? 나 같은 경우에는 가끔 호사스런 현대식 주택을 갖고 싶다는 생각이 들다가도 그만 주저하게 되고 만다. 이 나라로 말할 것 같으면 아직 인간을 경작하기에는 적당하지

---

49)_ 현재의 뉴욕 지방. 1613~1664년까지 네덜란드의 식민지였던 것에서 이렇게 불렸다.

않기 때문에 선조들이 밀 빵을 얇게 썰었던 것 이상으로 정신의 빵을 얇게 썰어 꾸려나가는 형편이기 때문이다. 하지만 아무리 시대가 거칠어도 건축의 아름다움을 완전히 무시할 수는 없는 법. 다만 우리의 집은 겉모습부터 아름답게 할 것이 아니라 조개의 보금자리처럼 생활에 직결된 내부부터 아름답게 꾸며야 한다. 그런데 얼마나 다행스런 일인가. 나는 그러한 집을 한두 채 엿본 적이 있어 내부가 어떻게 되어 있는지 잘 알고 있다.

오늘날 우리가 동굴이나 위그웜에서 살지 못할 만큼, 또 모피를 입을 수 없을 만큼 퇴화하지는 않았더라도 비싸기는 하지만 인류의 발명이나 산업이 제공해주는 갖가지 이기는 확실히 받아들이는 게 좋다. 이 근처에서도 판자나 지붕판, 석회나 벽돌 등은 동굴이나 자연 그대로의 통나무, 풍부한 나무껍질, 잘 이겨진 점토나 평석 같은 것보다 훨씬 싸고 간단하게 얻을 수 있다. 나는 이런 물건들에 대해 이론상으로나 실제로 훤히 꿰고 있는 터라 나도 모르게 그만 마구 떠들어대고 싶어진다. 조금만 머리를 쓰면 우리는 이러한 재료를 사용해 이 땅의 대부호 이상으로 윤택해지기도 하고, 현대 문명을 하나의 은총으로 바꿀 수도 있다. 문명인이란 경험을 쌓아 현명해진 미개인을 말한다. 이제 바로 나 자신의 경험을 얘기해보기로 하자.

1845년 3월 말에 나는 도끼 한 자루를 빌려 월든 호숫가의 숲으로 들어가 예전부터 집을 짓고 싶었던 곳 가까이에 화살처럼 꼿꼿하게 솟은 스트로브 잣나무 몇 그루를 자재용으로 벌채하기 시작했다. 물건을 빌리지 않고 일을 시작하는 것이 어렵기도 하지만, 물건을 빌리면서 내가 하는 작업에 대해 주위의 관심을 불러일으킬 수 있다면 꽤 친절한 행위가 되지 않을까 싶다. 도끼 주인은 그것을 건네면서 "이건 내 보물이라고요"라고 했지만 나는 빌릴 때보다 더 날을 잘 들게 해서 돌려주었다. 내가 일을 한 곳은 소나무로 둘러싸인 비탈진 언덕으로, 나무들 사이로 호수가 보이고 소나무와 히코리가 쑥쑥 자라는 숲속의 작은 공터가 눈에 띄는 기분 좋은 곳이었다. 호수의 얼음은 군데군데 녹은 곳도 있지만 완전히 녹지는 않았고, 거무스름한 빛을 띤 채 물에 잠겨 있었다. 일하는 동안 가끔 눈발이 날리기도 했지만, 집으로 돌아오는 길에 철로 쪽으로 가면 쭉 뻗은 황금색 모래 둑이 흐릿한 대기 속에서 빛을 내고 레일은 봄의 햇살을 받아 반짝였다. 우리와 함께 새로운 해를 맞으려고 일찌감치 날아온 종달새나 딱새의 지저귐도 들렸다. 온화한 봄. 인간의 불만에 찬 겨울[50]은 대지와 함께 녹아 사라지고 깊은 잠에 빠졌던 생물은 팔다리를 길게 뻗는 시기이다.

어느 날에는 도끼 자루가 빠지는 바람에 히코리의 어린 가지를 잘라 쐐기를 만들어 돌로 박아넣은 다음, 빠지지 않게 나무를 팽창시키기 위해 도끼를 호수에 넣어두었다. 그런데 언뜻 보니 줄무늬 뱀 한 마리가 물 속으로 기어들어가 15분 이상이나 태연하게 밑바닥에 누워 있는 것이 아닌가. 아직 겨울잠에서 완전히 깨어나지 못한 것으로 생각하며, 나는 문득 같은 이유로 인간 또한 현재의 저급하고 원시적인 상태에서 벗어나지 못하고 있는 게 아닌가 하고 생각했다. 하지만 봄 속의 움직임이 자신을 눈뜨게 하려 함을 느낀다면 인간은 분명 더 높은, 더 영적인 삶을 향해 일어설 것이다. 전에도 서리 내린 아침에 아직 몸이 덜 풀려 움직이지 못하는 뱀이 햇볕에 몸이 녹기를 기다리면서 내가 지나는 길 가운데 누워 있는 모습을 종종 본 적이 있다. 4월 첫날에는 비가 내리고 얼음이 녹았다. 그날 아침에는 짙은 안개가 끼어 방향을 잃은 기러기가 어찌할 바를 모르고 호수 위를 더듬으며 안개의

---

50)_셰익스피어의 〈리처드 3세〉 제1막 제1장 1행.

요정처럼 요란하게 울부짖는 소리가 들려왔다.

　이렇게 나는 며칠을 날이 좁은 도끼만으로 재목과 간주, 서까래를 자르고 깎았다. 이 기간 동안 남들에게 전할 만한 이렇다 할 생각이나 학자다운 사상도 머리에 떠오르지 않았고, 다만 혼자 이런 노래를 읊조릴 뿐이었다.

　누구나가 아는 척을 한다.

　하지만 보라, 예술도

　과학도, 무수한 응용도

　날개를 펼치고 날아가버렸다!

　모두가 알고 있는 것은 단지

　문 밖을 스치는 바람뿐.[51]

　나는 주요 재목을 6인치 길이로 네모나게 깎고, 간주는 대부분 두 면을, 서까래와 마루판은 한 면만 깎아 나무껍질이 붙은 채로 두었기 때문에 모두 톱으로 자른 것처럼 반듯하고 한층 더 튼튼했다. 어떤 목재든 끝 부분에 세심하게 장부 구멍을 내 다른 목재와 연결할 수 있게 했다. 재목을 만들면서 다른 도구들도 빌려두었던 것이다. 숲속에서 보낸 시간은 그다지 길지 않았지만, 나는 버터 바른 빵을 도시락으로 가져가 한낮이 되면 베어낸 푸른 소나무 가지 가운데에 앉아 빵을 먹으면서 도시락을 쌌던 신문을 펼쳐 읽었다. 손에 송진이 끈적끈적하게 들러붙어 빵에 나뭇가지 냄새가 배었다. 소나무를 몇 그루나 잘라내긴 했지만 일을 끝낼 무렵에는 잘라낸 나무에 대해

---

51)_소로의 자작시. 덧붙여, 이 책에 있어서 인용부호가 붙어 있지 않은 시는 모두 소로 자신이 쓴 것이다.

잘 알게 되어, 마치 소나무와 친구가 된 것 같았다. 때로는 숲속을 산보하던 사람이 도끼 소리에 이끌려 찾아오기도 했다. 그러면 우리는 흩어진 지저깨비를 바라보면서 즐거운 대화를 나누었다.

나는 결코 일을 서두르지 않고 가능한 한 정성을 기울였기 때문에 집의 뼈대가 완성되고 마룻대를 올리니 4월 중순이 되어 있었다. 목재를 얻기 위해서 나는 피츠버그 철도에서 일하는 아일랜드인 제임스 콜린스의 임시 오두막을 미리 사놓았다. 콜린스의 오두막은 아주 보기 드문 훌륭한 집이었다.

내가 그 집을 둘러보러 갔을 때 그는 외출하고 없었다. 나는 한참 동안 오두막 주위를 서성거렸지만 창이 깊고 높은 위치에 있어 좀처럼 안에서 알아채질 못했다. 뾰족한 지붕이 덮인 작은 오두막 주위에는 높이 5피트에 달하는 토사가 퇴비더미처럼 수북이 쌓여 있어서 지붕 외에는 거의 아무것도 보이지 않았다. 그 지붕은 햇빛을 받아 상당히 휘고 약해 보였지만 그래도 제일 튼튼한 부분이었다. 현관에는 문턱이 없었고 널문 아래에는 닭이 언제라도 출입할 수 있도록 통로를 만들어놓았다. 이윽고 콜린스 부인이 나타나 안을 살펴보라고 말했다.

내가 다가가자 닭은 집 안으로 쫓겨들어갔다. 집 안은 어두웠으며 대부분이 축축하고 한기가 느껴지는 싸늘한 토방이었다. 여기저기 깔려 있는 판자는 조금만 움직여도 부서져버릴 것 같았다. 그녀는 램프를 켜고 지붕 안쪽과 벽, 침대 밑에 깔린 마루판 등을 보여준 다음, 지하실에는 들어가지 말라고 경고했다. 지하실은 깊이 2피트쯤 되는 것이 꼭 쓰레기 처리장 같았다. 그녀의 말로는 "지붕판도 고급, 벽판과 창도 고급"이라고 한다. 이 창에는 원래 두 장의 정방형 유리가 끼워져 있었는데, 요전에 고양이가 그곳을 넘어 가출했다고 한다. 집안에 있는 것이라곤 난로 하나, 침대 하나, 걸터앉을 수 있는 의자가 하나, 이 집에서 태어난 아기, 비단 파라솔, 금박 틀의 거울,

어린 떡갈나무에 못 박힌 신제품 커피 그라인더가 전부였다.

잠시 후 매매 계약을 체결할 수 있었다. 그럭저럭 집 구경을 하는 동안 제임스가 돌아왔기 때문이다. 그날 밤 나는 4달러 20센트를 지불하고, 그들은 다음날 아침 5시에 집을 비워주기로 했으며, 그 사이에 다른 누구에게도 오두막을 팔지 않기로, 그리고 나는 6시에 집을 인수하러 오기로 약속했다. 그는 집을 인수하기 위해 아침 일찍 와주었으면 좋겠다고 말했는데, 땅값이니 연료비니 뭐니 하는 확실치 않은 부당한 돈이 청구되기 전에 선수를 치려는 것이었다. 이외에 부채는 전혀 없다고 그는 내게 장담했다.

6시에 나는 그의 가족과 길에서 만났다. 커다란 꾸러미 하나에 온갖 살림살이가 다 들어가 있었다. 침대며 거울, 닭, 커피 그라인더 등등. 단 고양이는 숲으로 들어가 들고양이가 됐나보다 했는데, 나중에 알고 보니 마모트를 잡는 덫에 걸려 죽은 채로 발견됐다고 한다.

나는 바로 오두막을 무너뜨리고 목재에서 못을 뺀 다음, 작은 짐수레에 싣고 몇 차례나 호반으로 옮겼다. 휘어진 목재를 다시 평평하게 만들기 위해 햇볕이 좋은 풀밭 위에 늘어놓았다. 짐마차를 밀면서 숲의 오솔길을 지나자니 일찌감치 날아온 티티새 한 마리가 한 구절 두 구절 흥겨운 가락을 뽑았다. 한 아일랜드 젊은이가 자신의 친구를 배반하고 귀띔해준 바에 의하면, 역시 아일랜드인인 실리라는 남자가 내가 짐을 운반하는 사이 아직 쓸만한 튼튼하고 멀쩡한 못을 거멀못, 대못 할 것 없이 재빨리 주머니에 쑤셔넣었다고 한다. 내가 돌아오자 그는 태연한 얼굴로 일어나 인사를 하고 봄처럼 들뜬 모습으로 오두막을 무너뜨린 흔적을 바라보고 있었다. "할 일이 없어서……"라고 변명을 하면서. 요컨대 이 남자는 구경꾼의 대표격으로 등장한 것이고, 보잘것없는 이 일을 트로이의 신들이 이삿짐이라도 싸는 듯한 그런 거창한 무언가로 보이게 한 것이다.

나는 남쪽으로 경사져 있는 언덕 허리, 예전에 마모트가 땅굴을 뚫었던 곳 가까이에 지하실을 하나 만들기로 했다. 지하실은 옻나무나 나무딸기의 뿌리는 물론, 뿌리가 깊은 식물의 흔적조차 보이지 않을 만큼 깊게 팠다. 가로세로 6피트, 깊이 7피트의 구덩이로 추운 겨울에도 감자가 얼지 않는 자잘한 모래층까지 닿았다. 지하실의 측면은 경사진 채로 놔두고 돌로 보강하지 않았지만 햇빛에 한 번도 드러나지 않았기 때문에 지금도 모래층은 무너지지 않고 있다. 기껏해야 2시간 정도 걸린 작업이었다. 나는 특히 땅을 파는 작업을 즐겼다. 다양한 위도에서 인간은 균일한 온도를 찾아 대지에 구덩이를 파기 때문이다. 도시의 가장 호화로운 저택 밑에도 빠짐없이 지하실이 있다. 거기에는 옛날과 마찬가지로 근채류가 저장되어 있으며, 지상의 건물이 사라진 오랜 뒤에도 후세 사람들은 대지에서 구덩이의 흔적을 발견한다. 가옥이란 지금도 땅굴의 입구에 있는 현관과 같은 것이다.

마침내 5월 초순경, 사람 손을 빌릴 필요는 없었지만 이웃과의 친분을 돈독히 할 수 있는 절호의 기회라 생각하고 몇몇 아는 이들의 손을 빌려서 상량식을 거행했다. 상량을 하는데 나만큼 훌륭한 사람들에 둘러싸인 자는 일찍이 없었을 것이다. 나는 그들이 앞으로 더 기품 있는 건물의 상량을 도울 운명에 있다는 것을 확신한다. 7월 4일[52] 나는 판자를 붙이고 지붕 이는 작업을 끝내고 곧바로 오두막에서 생활하기 시작했다. 판자는 주의 깊게 한쪽 끝을 얇게 깎아 겹쳐서 조금도 비가 새지 않도록 했다. 판자를 붙이기 전에 호반에서 짐마차 두 대분의 돌멩이를 끙끙대며 날라 오두막 한쪽 구석에 굴뚝 토대를 쌓았다. 굴뚝은 가을 풀베기가 끝난 뒤 난로의 온기가 필요해지기

---

52)_미합중국의 독립기념일.

전에 만들었으며, 그때까지 취사는 아침 일찍 문 밖에서 해결했다. 문 밖에서 취사를 해결하는 것이 몇 가지 점에서 일반적인 방법보다 더 편리하고 기분 좋은 일이라고 생각한다. 빵이 다 구워지기 전에 세찬 바람이라도 불면 나는 모닥불 위에 판자 두세 장을 덮어씌우고, 그 밑에 앉아 빵을 지켜보면서 유쾌한 한때를 보냈다. 그 무렵에는 항상 일손이 부족해서 별로 독서를 하지 못했지만 물건을 싸거나 식탁보로 사용한 널브러진 작은 신문지 조각들은 〈일리아스〉 못지않은 기쁨을 안겨주었고, 또 많은 도움이 되기도 했다.

집을 지을 경우에 문이나 창문, 지하실이나 지붕이 인간의 본성 중에 어떤 기초를 지니고 있는지 생각하며, 단지 당장 필요하기 때문이라는 것보다 훨씬 훌륭한 이유를 발견하기 전에는 결코 토대 위에 기둥을 세우지 않을 정도로 사려 깊게 작업한다면 반드시 무언가 얻는 점이 있을 것이다. 인간이 자신의 집을 지을 경우에 새가 둥지를 만들 때와 마찬가지로 목적에 부합하지 않으면 안 되는 것이다. 인간이 자기 손으로 직접 집을 짓고 단순하고 정직한 노동으로 자신과 가족을 부양한다면, 생활 속에서 항상 지저귀는 새처럼 모든 사람들의 집에도 시적인 재능이 싹트지 않을까?

하지만 슬프게도 우리들이 생활하는 방식은 다른 새가 만든 둥지 속에 알을 낳고 귀에 거슬리는 목소리로 시끄럽게 울어대며 길 떠나는 자에게 아무런 위안도 주지 않는 찌르레기나 뻐꾸기와 닮아 있다. 우리는 집을 짓는 즐거움을 언제까지 목수에게 맡겨둘 것인가. 사람들은 일반적으로 어느 정도의 건축 경험을 갖고 있을까? 나는 어디를 다녀봐도 자신의 집을 만든다는 지극히 단순하고 자연스런 일에 종사하는 사람을 한 번도 만난 적이 없다. 우리는 모두 공동체에 속해 있다. '아홉이 모이면 어엿한 한 사람' 이라는 속담은 비단 양복점에만 해당되는 것이 아니다. 그것은 설교사, 상인, 농민들에게도 해당된다. 분업이라는 녀석은 도대체 어디까지 가야 끝이 나는 것일까? 분업이 결국 인간에게 무슨 도움이 되는 것일까? 물론 타인도 내 대신에 사물을 생각할 수 있을지 모르지만, 그렇다고 해서 내가 자신의 사물을 생각하길 그만두어야 하는 것은 아니다.

하기야 이 나라에도 건축가라고 불리는 사람들이 있다. 아니 적어도 건축의 장식이야말로 진리의 핵심이자 필수 요소이며, 아름다움이라는 사상에 마치 계시라도 받은 듯 홀려 있는 어느 건축가에 대한 소문을 들은 적이 있다. 그 건축가의 관점에서 보면 마냥 좋은 얘기겠지만 사실은 흔하디흔한 마니아의 영역을 넘어서지 못하고 있다. 건축의 감상적인 개혁자인 그는 토대가 아니라 코니스부터 일을 시작한다. 아몬드에 설탕 따위는 묻히지 않는 것이 건강에 좋으련만, 사탕과자 속에 흔히 아몬드나 캐러웨이 열매를 넣어두는 것처럼 진리의 핵심을 바로 장식 안에 넣어두려고 하는 방법이다. 거주자가 정성을 다해 집 내부와 외부를 완성하고 '치장에 관한 것은 있는 그대로 내버려둔다'는 방식이 아닌 것이다.

대체로 이성이 있는 인간이라면 장식이라는 것은 단지 표면적인 것에 지나지 않으며, 거북이 반점 있는 등 껍질을, 조개가 진줏빛 껍데기를 지닌 것은 브로드웨이의 주민이 트리니티 교회[53]를 하청 계약으로 세운 것처럼 하청 계약에 의한 것이 아니다. 그러나 인간과 집을 짓는 건축양식 사이에는 거북과 등 껍질 모양 사이에서 볼 수 있는 그런 깊은 관계가 있는 것도 아니다. 병사가 자신의 용맹을 드러내는 빛깔을[54] 일일이 군기에 칠할 필요는 없다. 언젠가는 적이 알게 될 터이고, 여차하면 색을 잃게 될 수도 있기 때문

---

53)_뉴욕 시 중심가에 있다. 소로가 월든에 머무를 당시 화재로 불탔으나 곧 다시 재건되었다. 내부의 화려한 장식으로 유명하다.

이다. 앞서 말한 건축가는 코니스 위에 몸을 내밀어 건축가보다 진리에 정통한 소박한 거주자들을 향해 수박 겉핥기식 진리를 속삭이고 있는 꼴이다. 내가 아는 한, 현재 볼 수 있는 건축미란 유일한 건설자인 거주자 자신의 필요성과 성격, 무의식적인 성실함과 품위 같은 것을 바탕으로 겉모습 따위는 조금도 신경 쓰지 않고 내부에서 서서히 외부로 뻗어나가는 것이다. 이러한 아름다움이 앞으로 계속 생산될 운명에 있다면, 그것은 모두 무의식적인 생활의 아름다움 뒤에서 출현할 것이다.

보통 이 나라에서 가장 정취 있는 집은 화가들이 잘 알고 있듯이 가난한 이들의 조금도 뻐기는 구석 없는 소박한 통나무집이나 시골집이라고 한다. 통나무집이나 시골집을 한 폭의 그림으로 만드는 것은 그 공간 안에 살고 있는 사람들의 생활이지 비단 외관상의 특징 때문이 아니다. 또 도시 사람이 교외에 갖고 있는 상자형 집 역시 그들의 생활이 단순하고 상상하는 것만으로도 즐겁기 때문에, 집에 무리한 장식을 덧붙이지 않는다면 통나무집이나 시골집에 뒤지지 않는 깊은 정취를 풍기게 될 것이다.

건축상의 장식이란 대부분 글자 그대로 공허하기 짝이 없는 것으로, 9월에 큰 바람이 한바탕 몰아치면 빌려 붙인 깃털처럼 이내 찢겨 떨어진다. 지하실에 올리브 열매나 와인을 두지 않는다면 굳이 건축은 없어도 되는 것이다. 만약 문학도 건축과 마찬가지로 문체의 수식을 둘러싸고 큰 소란을 피운다면, 또 성전의 건축가들이 교회 건축가들처럼 코니스 제작에 많은 시간을 허비한다면 도대체 어떻게 되었을까? 그런데 오늘날의 '미문학'이나 '미술', 그리고 이것을 가르치는 교수들은 코니스 제작에 많은 시간을 허비하

---

54)_color. '색'과 '군기'의 두 가지 의미를 이용한 유머.

도록 학생들을 가르치고 있다.

사실 나무토막 몇 개를 머리 위나 발밑에 어떻게 비스듬하게 놓을 것인가, 살기 위한 상자를 무슨 색깔로 칠할 것인가는 작은 문제는 아니므로, 집 주인 스스로 진심을 담아 막대기를 어떻게 놓거나 색을 칠한다면 그래도 구원의 여지는 있다. 하지만 그렇게 하더라도 어차피 영혼이 깃들어 있지 않는다면 자신의 관 또는 무덤을 만들고 있는 것과 매한가지일 뿐이다. 이렇게 되면 말만 '목수'이지 '관쟁이'와 뭐 다를 게 있겠는가.

어떤 남자는 인생에 대한 절망 때문인지 아니면 무관심 때문인지 "발밑의 흙을 한 줌 쥐어서 그것으로 너의 집을 칠하면 되지 않는가"라고 말한다. 그는 마지막 거처인 그 좁은 집[55]이라도 상상하고 있는 것일까? 차라리 동전을 휙 던져 뒷면인지 앞면인지로 색을 정하는 게 나을 것이다. 어쨌든 이 남자, 꽤나 할 일 없는 인물인 모양이다. 무엇 때문에 한 줌의 진흙을 손에 주워 올리는가? 그것보다 너의 얼굴색과 똑같이 집을 칠해 너의 몸 대신 붉으락푸르락하게 하면 되지 않는가. 시골집의 개량 계획이라고? 글쎄, 네가 나에게 어울리는 장식을 준비해준다면 뭐 한번 고려해보겠지만.

겨울이 오기 전에 나는 굴뚝을 만들고 이미 비가 스며들지 않게 해놓은 집 벽에 널조각을 붙였다. 벽에 붙인 널조각은 통나무의 표면을 얇게 벗겨내어 만든 불완전한 생목 판자였기 때문에 끝부분을 대패로 깎아 고르게 만들어야 했다.

이렇게 해서 나는 폭 10피트, 길이 15피트, 기둥 높이 8피트의 판자를 붙이고 회반죽칠을 한 튼튼한 집을 갖게 되었다. 안에는 다락방과 벽장, 양측

---

55)_무덤을 의미.

에 커다란 창이 하나씩, 뚜껑문 두 개, 출입용 문 하나를 만들고, 출입문 반대쪽에 벽돌로 만든 난로를 놓았다. 집을 짓는 데 든 정확한 비용은 다음과 같다. 사용한 재료에는 통상적인 대가를 지불했지만 자신의 힘으로 한 작업의 수고비는 계산에 넣지 않았다. 내가 여기에 명세서를 기록하는 것은 자기 집의 건축비를 명확하게 댈 수 있는 사람이 극히 드물고, 그것을 구성하는 각종 재료의 종목별 비용에 대해서는 더더욱 말할 것도 없기 때문이다.

판자 · · · · · · · · ·	8달러　3.5센트(대부분 임시 오두막의 판자)
지붕과 측면용 널조각 · ·	4달러
얇은 판자 · · · · · ·	1달러　25센트
유리 달린 낡은 창 2개 · ·	2달러　43센트
낡은 벽돌 1000개 · · · ·	4달러
석회 2통 · · · · · · ·	2달러　40센트(이것은 비쌌다)
털 · · · · · · · · · ·	31센트(너무 많이 샀다)
철제 벽난로 가로장 · · · · ·	15센트
못 · · · · · · ·	3달러　90센트
경첩과 나사 · · · · · · ·	14센트
빗장 · · · · · · · ·	10센트
(회반죽용)백악 · · · · · · ·	1센트
운반비 · · · · · · · ·	1달러　40센트(대부분은 내가 직접 짊어지고 날랐다)
합계 · · · · · · · · · ·	**28달러 12.5센트**

내가 불법거주자[56]의 권리를 이용해 마음대로 사용한 목재, 돌, 모래를 제

외하면 이상이 전부이다. 바로 옆에는 집을 짓고 남은 재료로 작은 장작 헛간도 만들었다.

이 집과 마찬가지로 비용도 크게 들지 않고 또 마음에 드는 집이라면 나는 콩코드 시내에 있는 어떤 저택도 능가할 만한 장엄하고 화려한 집을 지금 당장이라도 한 채, 나를 위해 세우겠다.

지금 집을 갖고 싶어하는 학생이 있다면 현재 지불하고 있는 1년분 집세도 못 되는 비용으로 평생 살 수 있는 집을 손에 넣을 수 있다는 사실을 말해 주고 싶다. 지나친 자랑이라고 생각할지 모르지만 그것은 자신을 위해서가 아니라 인류 사회를 위한 호언장담이라는 것이 나의 변명이다. 또 내가 하는 말에 모순점이 있다 해도 진실에 금이 가지는 않을 것이다. 설사 거들먹거리는 위선적인 말투가 있다 해도, 그 점에 있어서는 자유롭게 호흡하며 마음껏 손발을 내뻗고 싶다. 그쪽이 도덕적으로나 육체적으로 훨씬 편하기 때문이다. 이러한 말투는 나 역시 다른 사람과 마찬가지로 유감스럽게 생각하지만, 그건 밀가루에서 분리하기 힘든 밀 겨와 같은 것일 뿐이다. 게다가 나는 겸손한 척하면서 악마의 대리인으로 전락하지는 않겠다고 결심했으니 오직 진실을 말할 뿐이다.

케임브리지[57]에 있는 하버드 대학에서는 내 방보다 약간 더 큰 기숙사 방을 빌리는 데 방세만 매년 30달러를 받는다. 게다가 대학 측의 이익을 위해 한 지붕 아래 32개나 되는 방을 다닥다닥 붙여 지어 기숙사에서 생활하는 학생들은 시끄러운 이웃들 때문에 괴로울 뿐만 아니라, 4층에 방을 배정받

---

56)_소로는 자신을 일부러 '불법거주자'라 칭하고 있는데, 사실은 친구인 에머슨의 토지를 빌려 오두막을 세운 것이다.
57)_매사추세츠 주 케임브리지를 말함. 하버드 대학은 소로의 모교.

게 될지도 모르는 불편을 감수해야 한다. 이러한 상황에 대해 우리에게 진정한 지혜가 있다면, 이미 모두 상당한 교육을 받았으니 더 이상 교육을 받을 필요가 없을 뿐더러, 교육을 받기 위한 금전적인 부담 역시 크게 줄어들 것이다. 케임브리지나 여타 대학에서는 학생들에게 필요한 편의를 제공하는 대가로 본인이나 경영자들이 잘 꾸려나갈 때보다 열 배나 무거운 인생의 짐을 그들에게 강요하고 있다. 가장 돈이 드는 것이 학생들이 가장 절실하게 원하는 것이라고 할 수는 없으리라. 가령 수업료는 학기마다 지불해야 하는 학비 중에서도 제일 중요한 항목이지만, 동시대의 교양 있는 인물들과 교제하면서 얻는 훨씬 가치 있는 교육은 무료이다. 대학을 설립하기 위해서는 보통 몇 달러 몇 센트 정도의 기부금을 모으고 지극히 신중하게 취급해야 하는 분업의 원리를 끝까지 맹목적으로 밀고 나가 대학 사업을 투기의 대상으로 생각하는 하청업자를 불러온다. 그러면 그는 아일랜드인이나 다른 인부들을 고용해 기초공사를 시작한다. 그 사이에 앞으로 대학에 입학하려는 젊은이들은 학생 신분에 어울리는 준비 교육을 받는다. 이러한 잘못의 대가는 다음 세대가 지불하게 될 것이다.

나는 오히려 학생이나, 대학을 통해 이익을 얻으려는 자들이 자신의 손으로 기초공사를 하는 것이 월등히 나은 방법이 아닐까 싶다. 인간이 하지 않으면 안 될 여러 노동에서 계획적으로 벗어남으로써, 고대하던 여가와 방에 틀어박히는 생활을 확보한 이들은 여가를 가장 알찬 것으로 만드는 경험이라는 유일한 존재를 어리석게 스스로 포기하는 것이다. '하지만' 이라고 어떤 자는 말한다. "설마 학생들에게 머리보다 손으로 일하라는 건 아니겠죠?" 나도 거기까지 확실히 단언할 생각은 없지만, 어느 정도는 그렇게 생각해도 상관없으리라. 내가 말하고 싶은 것은 여러분은 사회가 이 돈 드는 놀이의 비용을 내준다고 해서 인생을 단순히 놀거나 배우며 지내는 것이 아니라 시종일관 인생을 진지하게 '살아가야 한다' 는 것이다. 지금 바로 살아가는 실험에 착수하지 않고 청년이 살아가는 것을 몸에 익힐 좋은 방법이 달리 있을까? 그것은 수학을 능가하는 지성의 단련이 될 것이다.

예를 들어 한 소년에게 일반적인 교양을 쌓게 하고 싶으면, 나는 흔히들 하는 대로 그를 어느 교수 밑에 보내는 짓은 하지 않을 것이다. 학교에서는 여러 가지를 가르치고 연습시키지만 살아가는 기술만큼은 가르쳐주지 않는다. 다시 말해 망원경이나 현미경을 통해 세상을 관찰하는 것은 배울지 모르지만, 육안으로 보는 법은 결코 배울 수 없다. 화학은 가르쳐도 빵을 만드는 법은 가르치지 않고, 기계학을 공부해도 빵을 굽는 방법은 배우지 않는다. 해왕성이라는 새로운 별을 발견할 수는 있어도 눈 속의 티끌은 발견할 수 없는 것이다.[58] 자기 자신이 어떤 방랑자의 위성이 되고 있다는 사실, 그리고 한 방울의 식초 속에 있는 괴물을 쭉 관찰하는 동안 주위에 몰려드는 괴물들에게 본인이 잡아먹히고 만다는 사실은 까맣게 모른다.

당장 필요한 만큼의 문헌을 읽고 자신이 채굴해 녹인 광석에서 대형 잭나이프를 만든 소년과, 공과대학에서 야금학 강의를 듣고 부친으로부터 로저스의 펜나이프를 선물받은 소년을 비교하면 한 달 후에 어느 쪽이 더 커다란 발전을 이루고 있을까? 나이프를 쓰다 자신의 손가락을 자를 가능성이 높은 사람은 둘 중 어느 쪽일까? 나는 대학을 졸업할 때 비로소 내가 공부한 게 항해술이었다는 사실을 깨닫고 참으로 놀라지 않을 수 없었다. 차라리 배를 타고 항구를 혼자 한 바퀴 돌았다면 항해에 관해 몇 배는 잘 알 수 있었

---

58) 《신약성서》 누가복음 6:41 "어찌하여 형제의 눈 속에 있는 티는 보고 네 눈 속에 있는 들보는 깨닫지 못하느냐."

을 것을. 이 나라의 대학에서는 가난한 학생조차 오로지 정치경제학만을 연구하고 배우고 있는데, 한편으로 철학과 동의어라 할 만한 소위 생활경제학이란 것은 제대로 배워본 적이 거의 없다. 그 결과 학생이 애덤 스미스, 리카도, 세[59] 등을 읽고 있는 동안 그의 아버지는 빚더미에 올라앉아 옴짝달싹 할 수 없게 되기도 한다.

이 나라에서 대학에 대한 얘기는 갖가지 '현대적인 개선'이란 점에도 해당되는 사항이다. 대학에 대해 환상을 품는 사람이 많지만, 이 세상엔 의심할 바 없는 진보만 있는 것은 아니다. 악마는 첫번째 투자와 뒤에 되풀이되는 투자에 대해 최후까지 복리를 쥐어짜려고 한다. 현대의 발명이란 항상 우리의 주의를 소중한 사항에서 멀어지게 하는 예쁜 장난감이다. 이러한 것은 개선되지 않는 목적을 달성하기 위한 개선된 수단에 지나지 않는다. 목적에 있어서도 철도가 보스턴이나 뉴욕으로 통하고 있는 것처럼, 바야흐로 너무나도 쉽게 달성할 수 있는 것이 되고 말았다.

우리들은 급히 서둘러 메인 주에서 텍사스 주까지 통신설비를 부설하려 한다. 메인 주나 텍사스 주나 서로 통신을 주고받지 않으면 안 될 급한 일이 무엇인가. 두 지역이 호들갑 떠는 모습은 귀가 잘 안 들리는 어떤 유명한 여성을 만나고 싶어 견딜 수 없어 하던 남자가 드디어 얼굴을 마주 보고 그녀의 보청기에 손을 대는 순간, 사실은 아무 할 말이 없다는 사실을 깨닫는 것

---

59)_Adam Smith(1723~1790). 영국의 경제학자. 〈국부론〉의 저자.
David Ricardo(1772~1823). 영국의 경제학자.
Jean Baptiste Say(1767~1832). 프랑스의 경제학자. 덧붙여 당시에는 오늘날 말하는 '경제학'이란 것을 '정치경제학'이라 불렀다.

과 같은 꼴이다. 요즘 세상에서 중요한 것은 빠른 말투로 지껄이는 것이지 사려 깊게 얘기하는 것은 아닌 모양이다.

우리는 대서양에 해저 터널을 파고 구세계를 하루라도 빨리 신세계에 가까워지게 하려고 안달하지만 정작 우리 귀에 들어오는 첫번째 소식은 애들레이드 왕녀[60]가 백일해에 걸렸다는 소식일 것이다. 결국 1분에 1마일을 달리는 말에 탄 남자가 가장 중요한 뉴스를 전달하는 것도 아니라는 얘기다. 그는 복음전도사도 아니요 메뚜기와 석청을 먹으면서 찾아오는 예언자[61]도 아니다. 명마 플라잉 칠더즈[62]는 1페크의 옥수수도 제분소에 실고 갈 일이 없었을 것이다.

어떤 사람이 나에게 말한다. "자네는 저금도 하지 않는가. 여행을 좋아한다고 했지. 오늘이라도 기차를 타고 피츠버그[63]로 나가 주변을 돌아보고 오면 좋을 텐데……." 하지만 나는 그보다 내가 더 현명하다고 생각한다. 제일 빠른 건 도보 여행이라는 걸 잘 알고 있기 때문이다. 나는 친구에게 말한다. 자네와 나 둘 중에 누가 먼저 도착하는가 생각해보지 않겠나. 거리는 30마일, 기차 삯은 90센트. 이것은 거의 하루치 급료지. 나는 이 철로에서 일하던 인부들의 급료가 하루 60센트였던 것을 기억하고 있으니까. 자, 나는 지금 걸어서 출발하면 밤이 되기 전에 목적지에 도착하겠지. 예전에 이런 빠르기로 일주일간 계속 여행을 한 적이 있다네. 자네는 그동안 기차 삯을 벌

---

60)_PricessAdelaide (1840~1901). 영국 빅토리아 여왕의 첫째 왕녀.

61)_세례자 요한을 말한다(마태복음 제3~4장 참조).

62)_18세기 초, 영국 경마계의 명마.

63)_1844년에 완성된 보스턴 피츠버그 철도의 종착점. 이 철도가 월든 호 옆을 지나고 있다는 것과, 당시 철도 부설공사에 가난한 아일랜드계 이민자들이 많이 일하고 있었던 것은 이 책에도 자주 언급되고 있다.

면서 내일이나, 혹은 오늘밤쯤에 거기에 도착할 테지. 다행히 일을 금방 찾을 수 있다면 말이야. 즉 피츠버그에 가는 대신 자네는 여기서 하루 종일 일을 하고 있는 거야. 때문에 설령 기차로 세계를 일주할 수 있다 해도 역시 내가 자네보다 앞으로 나가게 될 거라고 생각하네. 게다가 그 지역을 구경한다는 경험을 쌓는 단계가 되면 자네와 만나 노닥거릴 시간은 있을 수 없는 것이지.

　우주의 법칙은 이처럼 누구도 그것을 앞지를 수 없다. 철도 역시 마찬가지인 셈이다. 세계를 일주하는 철도를 부설해 전 인류의 이동에 공헌하는 것은 지구의 표면 전체를 고르게 만드는 것에 지나지 않는다. 이렇게 공동 자본과 삽을 이용한 노동을 오래 계속하다보면 이윽고 세상 사람들은 눈 깜짝할 사이에 공짜로 어디든 갈 수 있으리라는 막연한 환상에 빠지게 된다. 그러나 인파가 몰려드는 역에서 차장이 "여러분, 어서 타세요!"라고 외쳐도 연기가 사라지고 증기가 응축된 후에 보면 타고 있는 사람은 정작 얼마 안 되고 다른 사람들은 모두 열차에 치여 있는 걸 알 수 있을 것이다. 이것은 '비극적인 사고'로 불릴 테고, 사실 바로 그대로인 것이다.

　승차비를 번 사람, 즉 그만큼 오래 산 자가 결국 승차할 수 있는 것은 틀림없지만 아마 승차비를 벌 때에는 여행을 할 만한 기운도 의욕도 완전히 잃고 말 것이다. 이렇게 해서 인생의 가치가 바닥으로 떨어진 노년기에 흐리터분한 자유를 즐기려고 인생의 가장 좋은 시기를 돈 버는 데 허비하는 사람들을 보면, 우선 인도로 나가 한 밑천 벌고 다음에 영국으로 돌아와 시인의 삶을 보내려 했던 한 영국인이 떠오른다. 이 남자는 곧장 다락방으로 올라가 시인의 생활을 시작해야 마땅한 것을. 백만의 아일랜드인이 이 나라의 모든 움막에서 뛰쳐나와 "뭣이라고! 우리들이 만든 철도가 변변치 못하다는 말인가?"라고 외친다. 그렇지는 않다고 나는 대답한다. 굳이 말하자면 오히려 좋다고 할 수 있을 게다. 왜냐면 자네들은 더 변변치 않은 일에 매달렸을지도 모르니. 단지 형제로서 한 마디 하고 싶은 것은 이런 흙덩이를 파헤치지 않고도 시간을 더 유용하게 활용할 수 있지 않았을까.

집을 완성하기 전에 임시 지출에 대비해 정직하고 즐거운 방법으로 10달러나 12달러쯤 벌어둘 생각으로 나는 오두막 가까이에 있는 2.5에이커 정도의 부드러운 모래땅에 주로 강낭콩을 뿌리고 일부분에는 감자와 옥수수, 완두콩, 순무 등도 심었다. 모래땅 일대는 전부 11에이커 정도 되고 소나무나 히코리가 주로 자라고 있었는데 지난 계절에는 1에이커당 8달러 8센트에 팔렸다.[64] 어떤 농부는 "키키 울어대는 다람쥐나 키울까 달리 쓸모가 없는 땅"이라고 말하기도 했다.

나는 이 토지의 소유자가 아니라 임차인에 지나지 않았고, 또 이만큼 넓은 땅을 다시 경작할 일도 없을 것 같아서 밭에는 비료도 주지 않고 구석구석 풀도 뽑지 않았다. 밭을 일구면서 커다란 나무 그루터기를 몇 개 파헤쳤는데 이것들은 나중에 오랫동안 땔감으로 쓸 수 있었다. 그루터기를 파헤친 자리에는 자그마한 원형의 처녀지가 생기고, 이곳에서는 강낭콩이 특히 잘 자랐기 때문에 여름이 되자 곧 구별할 수 있을 정도였다. 오두막 뒤편에 쓰러져 있는 값어치 없는 고목과 호수에 떠내려온 나뭇조각으로 부족한 연료를 충당할 수 있었다. 밭을 경작하기 위해 소 두 마리와 인부를 한 사람 고용했지만, 쟁기질은 내가 직접 했다.

내가 농장을 경영한 첫해 농장의 지출은 농기구, 종자, 수고비 등 모두

---

64)_구입자는 소로의 친구 에머슨. 그는 1844년에 이 삼림을 구입해, 다음해부터 약 2년 동안 소로에게 빌려주었다. 에머슨은 그 후에도 월든 호숫가의 삼림을 차례로 매입해 그 보전에 힘쓰고, 1922년에는 그의 자손이 이 토지를 매사추세츠 주에 양도했다.

합쳐 14달러 72.5센트였다. 옥수수 씨는 공짜로 받은 것이다. 이는 필요 이상으로 뿌리지 않는다면 대수롭지 않은 비용이다. 수확한 것은 강낭콩 12부셸, 감자 18부셸, 그 외 완두콩과 사탕수수 약간씩이었다. 노란 옥수수와 순무는 파종이 너무 늦어서 열매를 맺지 못했다. 농장에서 얻은 총 수입은 23달러 44센트였다.

수입 · · · · · · · · · 23달러 44센트

지출 · · · · · · · · · 14달러 72.5센트

이익 · · · · · · · · 8달러 71.5센트

이 외에 계산을 한 시점에 내 손에 남아 있던 농작물이 4달러 50센트어치가 되었다. 더구나 직접 키우지 않고 구입한 몇 가지 작물의 금액을 빼더라도 여전히 꽤 많은 금액이 수중에 남았다. 여러 가지 점을 두루 생각해보면, 요컨대 영혼의 소중함이나 오늘이라는 시간의 소중함을 생각해보면 이 실험에 소비한 기간이 짧았음에도 불구하고, 아니 오히려 그것이 일시적 성격의 것이었기 때문에 나는 그 해에 콩코드에서 농사를 짓는 어떤 농민보다도 좋은 성적을 올릴 수 있었다.

다음해 농사는 더욱 잘 되었다. 이번에는 약 3분의 1에이커나 되는 필요한 만큼의 토지를 모두 직접 경작했고, 아서 영[65]의 농업에 관한 유명한 저술에 조금도 두려움을 품는 일 없이 2년간의 경험에서 다음과 같은 점을 배웠가·때문이다. 사람이 검소한 생활을 하며 자신이 키운 작물만을 먹고, 먹

---

65)_Arthur Young(1741~1820). 영국의 여행가, 농학자, 경제학자.

는 것 이상은 재배하지 않으며, 그것을 얼마 안 되는 고가의 사치스런 물품과 맞바꾸지 않는다면 겨우 몇 로드[66]의 땅을 경작하는 것만으로도 충분하다는 것, 말을 부려서 경작하는 것보다 자신이 직접 움직이고, 오래된 밭에 비료를 주기보다 때때로 새로운 장소를 고르는 편이 싸게 먹힌다는 것, 필요한 작업은 모두 여름 안에 틈틈이 할 수 있다는 것, 그렇게 하면 요즘 흔히 보듯이 인간이 황소나 말, 돼지에 얽매일 필요가 없다는 것 등이다. 나는 이 점에 대해 현대의 온갖 경제적, 사회적 계획의 성공이나 실패에는 아무 이해관계도 없는 인간으로서 공평한 입장에서 얘기하고 싶다. 나는 콩코드의 어떤 농민보다 자립적이라 할 수 있었다. 집이나 농장에 얽매여 있지 않고 항상 좀 색다르게, 자신의 천성이 향하는 대로 살아가고 있었기 때문이다. 나는 이미 그들보다 윤택한 생활을 했을 뿐만 아니라, 설령 집이 불에 타버리거나 작황이 좋지 않다 해도 이전과 변함없이 윤택하게 살아갈 수 있었을 것이다.

나는 인간이 가축을 기른다기보다 가축이 인간을 기르고 있지 않나 생각한다. 가축이 인간보다 훨씬 자유롭다. 인간과 소는 일을 서로 맞교환하고 있지만 필요한 일에 대해서만 생각하면 사람보다 소가 얻는 것이 더 많아 보인다. 인간은 소를 부리기 위해 6주에 걸쳐 건초를 만들지만 이것은 생각처럼 만만한 일이 아니다. 여러 면에서 간소한 생활을 하는 국민들, 즉 철학자로 이루어진 국민이라면 동물의 노동력을 이용하는 큰 실수는 저지르지 않을 것이다. 하긴 철학자의 나라라는 것이 예전에도 존재하지 않았으며, 앞으로도 단시일 안에 나타날 가능성도 없고, 또 그런 나라가 있는 것이 좋

---

66)_1로드는 면적의 경우 25.3제곱미터, 길이의 경우에는 약 5미터.

은지 어떤지 확실히 모르겠다. 하지만 나라면 자기가 할 일을 위해 말이나 소를 길들이는 짓은 결코 하지 않을 것이다. 단순한 말 사육사나 소치기는 되고 싶지 않기 때문이다. 만약 소나 말을 키워 사회가 이득을 보는 것처럼 보여도 누군가의 득은 누군가의 손해가 될 수 있는 법이다. 마구간지기 소년이 주인과 마찬가지로 반드시 자기 생활에 만족한다고 볼 수는 없지 않은가? 많은 공공사업이 가축의 힘을 빌리지 않았다면 이루어지지 않았으리라는 것도 인정하고, 인간이 소나 말과 이 영광을 나누어 갖는 것도 좋다. 하지만 소나 말의 도움을 받지 않았다면 인간은 자신의 역량에 더 어울리는 사업을 달성할 수도 있지 않았을까? 인간이 소의 힘을 빌어서 불필요하고 기교적인 일뿐만 아니라 사치스럽고 무익한 일까지 시작하는 순간 소수의 사람들은 소가 일할 수 있도록 챙기는 일에 종일 얽매이게 된다. 다시 말해 가장 강한 자의 노예가 되는 것은 불을 보듯이 뻔한 일이다. 이렇게 해서 인간은 자신의 내부에 있는 동물들을 위해서뿐만 아니라 그러한 삶의 방식의 상징으로써 자신의 외부에 있는 동물들을 위해서도 일하게 된다.

벽돌이나 돌로 만든 견고한 집은 얼마든지 있는데, 농민의 부유함은 여전히 축사가 안채보다 어느 정도 큰지에 따라 가늠하는 형편이다. 어떤 마을은 외양간이나 마구간의 크기가 부근에서 으뜸이고 공공건축물에 있어서도 전혀 뒤지지 않는다. 그런데 이 군내에는 자유로운 예배나 자유로운 언론을 위한 공회당은 거의 없는 형편이다.

인간은 건축물이 아닌 추상적인 사고 능력으로 자신의 이름을 후세에 남

---

67)_고대 인도의 대서사시 〈마하바라타〉의 제6권에 들어 있는 철학적인 교훈시.

겨야 하지 않을까? 〈바가바드기타〉[67]는 동양의 어떤 유적보다 찬탄할 값어
치가 있지 않은가? 탑이나 사원은 임금과 제후의 사치에 불과하다. 검소와
독립을 존중하는 정신의 소유자는 황제가 명하는 대로 움직이는 자가 아니
다. 현인은 어떤 황제의 신하도 되지 않으며, 그가 이용하는 소재는 극히 소
량을 제외하면 은도 금도 대리석도 아니다. 애당초 무엇을 위해서 그런 대
량의 석재를 망치로 두드리는 것인가? 내가 아르카디아[68]에 머물 당시 망치
로 대리석을 두드리는 인간은 눈을 씻고 찾아봐도 없었다. 여러 국민들은
망치를 휘둘러 대량의 석재를 남기는 것으로 자기 이름을 영원히 남기려는
광기에 사로잡혀 있다. 그만한 힘이 남아돈다면 그 힘을 자신의 행실을 세
련되게 다듬는 데 쓰는 게 현명한 행동이 아닐까? 하늘을 찌를 듯한 기념비
보다 한 조각의 양식이 더 후세에 남길 가치가 있다. 나는 대리석이 본래의
장소에 있는 게 좋다. 테베[69]라는 도시의 장려함은 속된 것이다. 인생의 진
정한 목적에서 멀리 떨어진 100개의 성문을 자랑하는 테베보다, 정직한 인
간의 밭을 둘러싸는 1로드의 돌담이 백 배는 더 의미가 있다.

 야만적인 이교도의 종교나 문명은 즐겨 화려한 사원을 세운다. 하지만 기
독교는 그런 짓을 해서는 안 된다. 어떤 민중은 대부분의 돌을 오로지 묘석
으로 사용하기 위해 다듬는다고 하니, 이것이 스스로를 생매장하고 있는 것
과 무엇이 다르겠는가. 피라미드 자체는 전혀 놀라운 유적이 아니다. 어떤
멍청하기 이를 데 없는 야심가의 무덤을 쌓아올리기 위해 그렇게 많은 인간
들의 일생을 허비하게 할 정도로 타락한 사회가 있었다는 사실이 오히려 놀

---

68)_고대 그리스의 전설에서 노래하던 목가적이고 평화로운 낙원. 이 부분은 라틴어의 명구 'Et in
Arcadia ego'(나도 역시 아르카디아에 있네)를 풍자적으로 표현한 것으로 생각된다.
69)_성문이 100개나 됐다고 하는 고대 이집트의 수도.

라운 일이다. 그런 놈들은 나일 강에 던져넣는 것이 현명한 처사였으리라. 이러한 군중과 멍청이들을 위해 뭔가 그럴듯한 구실을 만들 수도 있겠지만 나에게 그럴 여유는 없다. 건축가들의 종교나 예술애호 취미에 대해 말하자면 이집트의 사원이든 미합중국의 은행이든 세계 속의 모든 것이 그 밥에 그 나물이다. 막대한 비용을 들이는 데 비해 결과가 형편없는 것이다. 근본적인 동기는 허영심이고, 그러한 허영심이 마늘과 버터와 빵에 대한 애착에 의해 조장되고 있다. 전도유망한 젊은 건축가 밸컴 씨가 소장하고 있는 비트루비우스[70]의 권말 여백에 딱딱한 연필과 자로 설계도를 그리면, 이 일은 도브슨 석재상으로 넘어간다. 3000년의 세월이 그것을 내려다볼 즈음 인류는 그것을 올려다보기 시작하는 것이다.[71] 지상의 내로라할 높은 탑이나 기념비에 대해서 말하자면, 예전에 이 마을에 열심히 구멍을 파는 머리가 좀 이상한 남자가 있었다. 그는 중국에 도달할 때까지 구멍을 파는 것이라고 했는데 꽤 깊이 파들어갔을 무렵, 그는 중국인들의 냄비나 솥이 달그락 달그락 부딪치는 소리를 들었다고 했다. 나는 일부러 그가 판 구멍을 구경하러 갈 생각은 전혀 없다. 그런데 많은 사람들은 서양이나 동양의 기념비에 관심을 갖고 누가 세웠는지 알고 싶어한다. 하지만 나는 오히려 당시 누가 이러한 물건을 세우지 않았는지, 누가 이런 시시한 건축물로부터 초연하게 지냈는지를 알고 싶을 따름이다. 아무튼 이쯤에서 앞서 언급한 통계에 관한 얘기를 계속하기로 하자.

---

70)_기원전 1세기 로마의 건축가. 현존하는 가장 오래 된 건축이론서 〈건축십서〉를 저술했다.
71)_나폴레옹이 이집트를 침공했을 때 병사에게 말한 "이 기념비(피라미드)의 정점에서 4000년의 세월이 제군을 내려다보고 있다"를 풍자한 것이다.

손가락 수에 버금가는 직업을 갖고 있던 나는 농사를 짓는 사이 토지측량, 목수일, 그 외에 마을의 온갖 잡다한 일을 해 13달러 34센트를 벌었다. 다음에 기록된 8개월간의 식비에는 직접 재배한 감자나 소량의 그린 콘, 완두콩 값은 들어 있지 않고, 또 마지막 날에 남아 있던 식품의 가격도 포함하지 않았다. 참고로 나는 그곳에 2년 이상 살았으며, 이 숫자는 7월 4일부터 3월 1일까지의 계산이다.

쌀 · · · · · · · · · · 1달러 73.5센트

당밀 · · · · · · · · 1달러 73센트(제일 싼 감미료)

호밀가루 · · · · · · 1달러 4.75센트

옥수수 가루 · · · · · · · · 99.75센트(호밀보다 싸다)

돼지고기 · · · · · · · · · 22센트

다음은 시험삼아 먹어보았지만 좋지 않았다.

밀가루 · · · · · · · · 88센트(옥수수 가루보다 시간과 돈이 더 든다)

설탕 · · · · · · · · · 80센트

라드 · · · · · · · · · 65센트

사과 · · · · · · · · · 25센트

말린 사과 · · · · · · · 22센트

고구마 · · · · · · · 10센트

호박 1개 · · · · · · 6센트

수박 1개 · · · · · · 2센트

소금 · · · · · · · · 3센트

보는 바와 같이 나는 총 8달러 74센트를 먹을거리를 구입하는 데 사용했다. 하지만 여러분도 대부분 나와 같은 죄를 범하고 있고 그 행위를 활자화하면 이것과 엇비슷하다는 사실을 익히 알고 있지 않았다면 나 역시 안면몰수하고 이렇게 자신의 죄상을 공표하지는 못했을 것이다.

다음해에는 물고기를 잡아 식탁에 곁들이기도 하고, 한번은 콩밭을 엉망으로 만든 마모트를 해치워 게걸스레 먹어치우기도 했다. 타타르인의 말을 빌면 마모트가 윤회를 거듭하게 도운 셈이다. 마모트를 먹은 것은 실험을 위한 것이기도 했는데, 사향 냄새가 약간 나기는 해도 한때의 미각을 즐겁게 하기에는 충분했다. 물론 오랜 기간 매일 먹을 만한 음식은 아니었는데, 마을의 정육점에 들러 제대로 손질해달라고 하면 얘기는 달라질지도 모르겠다.

그 내역까진 추측하기 힘들지만 같은 기간의 의복비와 임시 지출은 다음과 같다.

의복비 · · · · · · · · ·8달러 40.75센트

기름과 생활용품류 · · ·2달러

따라서 총 지출액은 다음과 같다. 단 주로 외부에 맡겨서 해결한 세탁물과 수선물은 아직 청구서가 오지 않았기 때문에 여기서 제외했다. 그러니까 이 지역에서 꼭 필요한 돈의 사용처는 이 정도면 충분하다는 얘기다. 아니 이것도 너무 많은 것인지 모른다.

집 · · · · · · · · · ·28달러 12.5센트

농지(1년분) · · · · ·14달러 72.5센트

음식(8개월분) · · · · ·8달러 74센트

의류 등(8개월분) · · · ·8달러 40.75센트

기름 등(8개월분) · · · ·2달러

합계 · · · · · · · · ·**61달러 99.75센트**

여기서 나는 생활비를 벌어 꾸려가야 하는 여러분에게 말한다. 이러한 비용을 지불하기 위해 농작물을 팔아 얻은 금액은 다음과 같다.

농작물 판매 금액 · · · ·23달러 44센트

잡일을 해 받은 일당 · · ·13달러 34센트

합계· · · · · · · · ·**36달러 78센트**

이 액수를 지출액에서 빼면 25달러 21.75센트의 적자가 생기지만, 이 정도는 내가 이 생활을 시작할 때 가지고 있던 자금과 거의 비슷한 액수였고, 앞으로 지출할 금액이 얼마인지 알려줬다. 다른 한편으로 나는 여가와 독립, 건강을 확보했을 뿐만 아니라 원하는 만큼 오래 살 수 있는 쾌적한 집을 손에 넣은 것이다.

이 통계는 사람들에게 별로 도움이 되지 않는 일시적인 것으로 보일지 모르지만, 어느 정도는 완전한 것이니 도움이 되는 사람도 있을 것이다. 내가 사람들로부터 받은 것은 전부 결산보고에 포함되어 있다. 계산에 따르면 식비만으로도 주당 27센트가 든 셈이다. 이후 근 2년 동안 나의 양식은 이스트 없는 호밀과 옥수수 가루, 감자, 쌀, 아주 적은 양의 소금으로 절인 돼지고기, 당밀, 소금이었고 음료수는 물이었다. 인도의 철학을 마음 깊이 숭상하는 내가 쌀을 주식으로 삼은 것은 퍽 어울리는 결정인 셈이다. 여기에서 끈질기게 헐뜯기 좋아하는 자의 반론에 응하기 위해 한 마디 해두는 게 좋을 듯싶다.

나는 이전과 마찬가지로 때때로 밖에서 식사를 했고 앞으로도 그럴 기회가 있을 것으로 생각한다. 이렇게 밖에서 끼니를 해결하는 것이 오히려 가계에 손해를 입히는 일이 많았지만, 외식은 이른바 세상의 관례이기도 한 것이니 이러한 상대적인 회계 보고에는 아무런 영향도 끼치지 않는다고 생각한다.

나는 2년간의 경험에서 이처럼 높은 위도에서 생활하는 경우에도 믿기 힘들 만큼 적은 노동력만으로도 필요한 식량을 충분히 손에 넣을 수 있다는 것, 인간은 동물처럼 간단한 식사만 해도 건강과 체력을 유지할 수 있다는 것을 알았다. 옥수수 밭에서 갓 딴 옥수수, 삶은 후에 소금을 뿌려 맛을 낸 한 접시의 쇠비름(Portulaca oleracea)만으로도 나무랄 데 없이 만족한 식사를 할 수 있었다. 나는 이 식물의 종명(oleracea '야채와 닮은' 이란 의미)이 꽤 식욕을 돋우기 때문에 일부러 라틴어 학명을 언급한 것이다. 양식 있는 사람이 평화로운 날의 평범한 점심 식사 시간에 갓 따온 옥수수를 원하는 만큼 삶아 소금으로 맛을 내 먹는 것 말고 도대체 무엇이 필요하다는 말인가? 내가 식사에 약간의 변화를 시도한 것은 건강에 대한 욕구가 아니라 먹어보고 싶다는 욕구에 졌기 때문이다. 인간은 필수품이 부족해서가 아니고 사치품이 부족해서 금방 굶어죽을 듯한 얼굴을 한다. 내가 알고 있는 한 순진한 부인은 아들이 음료수로 물만 마신 탓에 생명을 잃었다고 믿고 있다.

독자는 내가 이 문제를 영양적인 면보다는 경제적인 관점에서 다루고 있다는 것을 알 수 있을 것이다. 따라서 식료품 창고를 가득 채운 후가 아니라면 나의 소박한 식생활을 시도해볼 생각은 들지 않으리라.

내가 처음에 해먹었던 빵은 옥수수 가루와 소금만 넣어 만든 진짜 호 케이크[72]였는데, 나는 그것을 집 밖에서 널빤지나 집 지을 때 톱으로 켰던 나

---

72)_예전에 괭이(hoe)의 날 위에서 구웠던 것에서 이렇게 불린다.

무토막 위에 얹어 구워 먹곤 했다. 그래서 항상 연기 때문에 빵에 송진 냄새가 배게 되었다. 밀가루도 사용해보았지만 결국, 호밀과 옥수수 가루를 섞은 빵이 제일 만들기 쉽고 맛도 좋다는 걸 알게 되었다. 추운 계절에 이러한 몇 덩어리의 작은 빵을 마치 이집트인이 알을 부화시키는 것처럼 주의 깊게 이리 뒤집고 저리 뒤집으면서 굽는 일은 각별하게 즐거운 경험이었다. 이것이야말로 내가 열매를 맺게 한 진정한 곡물이었으니, 이 빵은 천에 말아 오래 간직한 귀한 과일 이상으로 그윽한 향기를 뿜고 있었다.

나는 고대부터 우리 생활에서 빠뜨릴 수 없는 빵 제조법을 연구하면서 손에 넣을 수 있는 모든 권위 있는 문헌을 참고했다. 우선 원시 시대로 거슬러 올라가 인간이 나무 열매나 짐승에 의존하던 야생의 생활에서 처음으로 빵을 발명해 온화하고 세련된 생활을 할 무렵의 발효시키지 않은 최초의 빵에 대해서 조사했고, 점차 시대를 내려가 우연히 오래 묵은 반죽에서 발효 방법을 알게 된 일, 또 뒤에 개발된 다양한 발효법에 대해 살펴보았으며, 마침내 생명의 양식이 되는 '양질의, 맛있고 건강에 좋은 빵'[73]에 도달하게 되었다.

빵을 발효시키는 것을 빵의 영혼, 즉 그 세포조직을 가득 채우고 있는 영(spiritus)이라 여기고 베스타 여신[74]의 성화처럼 성스럽게 보존하는 사람도 있다. 생각해보면 병에 든 귀중한 빵 효모가 메이플라워호를 타고 바다를 건너 미국의 발전에 한몫했다고 할 수 있는데, 그 효모의 후손들이 여전히 큰 파도가 되어 나라 안에서 범람하고 물결치며 퍼져가고 있는 것이다.

빵 종자를 나는 늘 정기적으로 마을에 나가 사오곤 했는데, 어느 날 아침

---

73)_영국의 비국교회파 목사 Matthew Henry(1662~714)의 저서. 《*Commentaries*》(1708)에서 인용.
74)_〈로마 신화〉에 나오는 불과 화로의 여신.

에 깜박 사용법을 잊어버려 이스트를 끓이고 말았다. 하지만 이 생각지도 않은 사고 덕분에 나는 이스트조차 필수 요소가 아니라는 걸 알게 되었다. 그 뒤로 빵을 만들 때 이스트를 사용하는 일은 하지 않게 되었는데, 나의 발견은 항상 이처럼 종합적인 방법이 아니라 분석적인 방법으로 이루어지곤 한다. 물론 대부분의 주부들은 이스트 없이 안전하고 몸에 좋은 빵을 만들 수 없다고 열심히 설명했고, 나이 지긋한 양반들은 체력이 급속도로 떨어질 것이라 예언했지만, 나는 이스트가 필수 성분이 아니라는 사실을 알고 사용하지 않은 지 1년이 지난 지금까지 이렇게 변함없이 건강하기만 하다. 더구나 이스트 병을 주머니에 넣고 다니는 번거로움에서 해방된 것이 고맙기도 했다. 가끔씩 이스트 병의 뚜껑이 빠지는 바람에 내용물이 쏟아지는 낭패를 겪기도 했기 때문이다. 빵을 만들 때 이스트를 사용하지 않는 편이 오히려 더 간편하고 보기에도 좋다. 인간은 기후와 환경에 있어 어떤 동물에도 뒤지지 않는 적응력을 갖추고 있다.

나는 또 빵 속에 탄산소다, 산, 알칼리도 넣지 않았다. 말하자면 기원전 2세기경에 마르쿠스 포르키우스 카토가 가르쳐준 제조법에 따라 빵을 만들고 있었다 해도 좋을 것이다.

"Panem depsticium sic facito. Manus mortariumque bene lavato. Farinam in mortarium indito, aquæ paulatim addito, subigitoque pulchre. Ubi bene subegeris, defingito, coquitoque sub testu."[75]

---

75)_대(大)카토(기원전 234~149)의 〈농업론〉 제74장에서.

나는 이것을 다음과 같이 해석한다. "빵 반죽을 만들기 위해서는 이렇게 해야 한다. 양 손과 반죽 그릇을 잘 씻을 것. 가루를 그릇에 넣고 조금씩 물을 넣어 충분히 반죽한다. 반죽이 끝나면 틀을 만들어서 뚜껑 밑에서(즉 가마 속에서) 굽는다." 빵 종자에 대해서는 한 마디도 언급하지 않고 있다. 그러나 나는 이 귀한 생명의 양식을 1년 내내 먹을 수는 없었다. 때로는 지갑이 텅텅 비어 한 달 넘게 빵은 구경도 못했다.

뉴잉글랜드인이라면 누구든 호밀과 옥수수의 산지에서 빵을 만드는 데 필요한 모든 재료를 손쉽게 재배할 수 있으니, 굳이 멀리 떨어진 변덕스런 시장에 의존하지 않아도 될 것이다. 그런데 우리들은 검소하고 독립적인 생활로부터 완전히 떨어져 있기 때문에 콩코드에서는 신선하고 맛있는 곡물 가루는 살 수가 없고, 더 굵은 알갱이의 옥수수나 곡물은 먹는 사람조차 없는 형편이다. 대부분의 농민들은 자신이 만든 곡물을 소나 돼지에게 먹이로 주고, 그것보다 건강에 좋을 리 없는 밀가루를 더 비싼 가격에 사서 먹는다. 나는 스스로 생활하는 데 필요한 1~2부셸의 호밀이나 옥수수는 간단하게 재배할 수 있다는 것을 알았다. 호밀은 아무리 메마른 토지에서도 잘 자라고 옥수수 역시 최상의 토지가 필요한 것은 아니기 때문이다. 호밀과 옥수수를 손절구로 빻으면 쌀이나 돼지고기 없이도 살아갈 수 있다는 사실을 깨달았다. 또 짙은 단맛이 필요하다면 호박이나 사탕무에서 아주 좋은 당밀을 얻을 수 있다는 것도 실험으로 알게 되었고, 좀더 쉽게 단맛을 얻으려면 사탕단풍나무를 두세 그루 심으면 된다. 물론 사탕단풍나무가 자라는 동안에는 호박이나 사탕무 같은 대용품을 사용하면 된다. 우리 선조들도 이렇게 노래하고 있지 않은가.

"단물을 마시고 싶으면

호박과 서양방풍나물, 호두나무 지저깨비로 만들면 되니까"[76]

마지막으로 조미료 중에서도 가장 기본이 되는 소금에 대해 얘기해보자. 소금을 채취하러 간다면 해안을 산책할 좋은 구실이 될 테고, 소금 없이 지낸다면 그만큼 물을 마시지 않아도 되었을 것이다. 어쨌든 인디언이 일부러 소금을 찾으러 나섰다는 얘기는 들은 적이 없다.

이렇게 해서 나는 먹을 것에 관한 한 거래나 교환은 일절 하지 않아도 되었고, 살 집은 이미 갖고 있었으니 의복과 연료 문제만 해결하면 되었다. 내가 지금 입고 있는 바지는 어떤 농가에서 짠 것이다. 고맙게도 인간에게는 아직 이만한 쓸모는 남아 있는 것이다. 농민이 직공으로 전락하는 것이 옛날에 인간이 농민으로 전락[77]한 것에 필적할 만한 잊지 못할 대사건이라고 나는 생각한다. 또 새로운 토지에서는 연료가 도리어 방해될 정도이다. 집터에 대해 말하자면 여기에 정착하는 것이 허락되지 않았다면, 나는 이 땅이 팔리던 8달러 8센트로 1에이커의 토지를 샀을 것이다. 그런데 보시는 바와 같이 이 땅에 임시로 정착함으로써 내가 이 땅의 가치를 끌어올려주지 않았나 싶다.

세상에는 의심이 많은 사람들이 있어서 어떻게 채식만으로 살아갈 수 있었냐는 질문을 듣는 일이 있다. 그러면 나는 서슴지 않고 문제의 핵심을 찌르기 위해 "못을 먹어도 살아갈 수 있다"라고 대답할 자세가 되어 있다. 이 말을 이해하지 못하고서는 어차피 내가 하고 싶은 말은 알 수가 없기 때문

---

76)_《Historical Collections of Massachusetts》(Worcester, 1839, 195)에서 인용.

77)_에덴동산에서 쫓겨난 아담은 농민으로 전락한다. 《구약성서》 창세기 3:23 참조.

이다. 어떤 젊은이가 "내 이를 절구라 여기고 근 반 달이나 딱딱한 날 옥수수 알갱이만 먹고 살아봤다"라고 말했는데 나는 이와 같은 실험적 얘기를 좋아한다. 다람쥐들은 이렇게 하는데 성공하지 않았나. 인류는 이러한 실험에 흥미를 가져야 한다. 이제 이가 빠져서 날옥수수 알갱이를 씹는 재주는 부릴 수 없다는, 또는 죽은 남편의 유산 일부를 제분소에 투자한 몇몇 노부인들은 이런 얘기를 듣고 섬뜩할지 모르지만.

나는 일부 가구를 직접 만들었고, 나머지 가구를 사기 위해서도 1센트도 쓰지 않았기 때문에 결산보고서에 기재하지 않았다. 내가 갖춘 가구는 침대와 테이블, 책상, 의자 세 개, 직경 3인치의 거울, 부젓가락과 장작 받침쇠, 주전자, 냄비, 프라이팬, 국자, 세탁용 대야, 나이프와 포크 두 벌, 접시 세 장, 컵, 스푼, 기름 치는 용구, 당밀 항아리, 옻칠한 램프 등이었다. 호박 위에 걸터앉아야 할 만큼 가난한 인간은 하나도 없는 것이다. 그런 사람이 있다면 꽤나 주변머리가 없다는 증거이리라. 마을 집집의 다락방에는 쓸 만한 의자가 여기저기 뒹굴고 있어 얼마든지 거저 얻어올 수가 있다. 가구가 어쨌다는 건가! 다행스럽게도 나는 가구점의 힘을 빌리지 않고도 앉았다 섰다 할 수 있는 것이다.

웬만큼 무감각한 사람이 아니라면 자신의 가구가 짐마차에 산더미처럼 쌓여, 빈 상자처럼 무가치한 모습을 드러낸 채 시골로 운반되는 모습을 보면 창피해서 몸 둘 바를 모르지 않을까? 마치 스폴딩 씨[78]네 가구가 그런 모습이리라. 이삿짐만으로는 그것이 부자의 것인지 빈자의 것인지 나는 전혀

---

78)_흔한 이름. 특정한 인물을 가리키는 것 같지는 않다.

구별할 수 없다. 이렇게 가구를 나르는 주인은 언제나 몹시 가난해 보였기 때문이다. 실제 가구는 손에 넣으면 넣을수록 도리어 가난해지는 법이다. 어떤 짐수레에는 오두막 내용물의 열 배는 차 있는 것 같다. 때문에 한 채의 오두막이 가난하면 짐은 열 배나 가난해지는 것이다.

살림살이, 다시 말해 우리들 허물을 벗어버리기 위해서가 아니면 애당초 무엇 때문에 이사를 하는 것일까? 마침내 세상을 떠나 저 세상으로 갈 때도 새로운 살림을 쓰기 위해 이승의 물건들은 태워버리는 것이 아닌가? 가구를 지닌다는 것은 덫이란 덫을 모조리 허리띠에 동여매는 것이다. 이 애물단지를 질질 끌고서는 이 험한 세상을 제대로 살아갈 수 없다. 덫에 꼬리를 남기고 도망친 여우[79]는 오히려 행운이라 할 수 있다. 사향쥐는 자유의 몸이 되기 위해서라면 뒷다리를 물어뜯어서라도 도망칠 것이다.

인간이 쭉 뻗은 날개를 잃어버린 것도 그다지 놀랄 일은 아니다. 늘 오도 가도 못하고 있으니![80] "저, 실례지만 오도 가도 못하다니, 무슨 뜻이지요?" 만약 여러분이 사물을 제대로 보는 통찰력을 가지고 있다면, 타인을 만날 때마다 그 사람의 부엌살림부터 쌓아둔 채 태워 없애지도 않는 잡동사니에 이르기까지 그가 소유한 모든 사물, 아니 소유하지 않은 척하는 다른 물건들까지 보게 될 것이다. 그들은 소유물이라는 고삐에 얽매인 상태로 어떻게든 앞으로 나아가려고 발버둥치고 있으리라. 요컨대 오도 가도 못하는 인간이란 자신은 가까스로 옹이구멍 같은 문을 빠져나왔지만, 수레에 쌓아올린 짐이 문에 걸려 옴짝달싹할 수 없는 인간을 말한다. 단정하고 말쑥한 차림

---

79)_〈이솝우화〉에 나오는 꼬리가 없는 여우를 말함.
80)_'오도 가도 못하다'(dead set)는 당시의 대학생 용어로, 암송을 못해서 쩔쩔매는 것.

새에 하늘을 날아오를 듯 패기에 넘치는 신사가 '가구 보험'에 가입했다는 얘기를 들으면 나는 동정을 금할 수가 없다. 그들은 사람들에게 "헌데 내 가구는 어떻게 하면 좋을까요?"라고 물어오는 것이다. 이런 방식으로 우리의 활기찬 나비들이 거미줄에 걸려 꼼짝 못하게 된다.

이렇다 할 가구 없이 사는 것처럼 보이는 사람도 잘 살펴보면 남의 창고에 몇 개의 가구를 맡겨두고 있다. 오늘날 영국인들은 짐을 잔뜩 짊어지고 여행하는 노신사와 닮은꼴이라 할 수 있다. 그들은 오랫동안 살림을 늘리면서 쌓인 잡동사니를 태워 없앨 용기가 없어 크고 작은 트렁크나 상자, 보자기에 넣어 끙끙 짊어지고 다닌다. 적어도 짐 세 개는 미련 없이 버려야 한다. 요즘에는 건강한 사람도 자신의 침대를 들고 다니기[81]는 힘에 부치는 일이다. 그러므로 병자들에게는 침대는 두고 도망가라고 꼭 충고해주고 싶다. 언젠가 한 이민자가 덜미에 돋은 커다란 혹처럼 전 재산을 꾹꾹 쑤셔넣은 보따리를 어깨에 짊어지고 비틀거리며 걸어오는 것을 보았다. 나는 짐이 그것밖에 없어서가 아니라, 그렇게 많은 짐을 운반하는 모습이 참으로 가련하다고 생각했다.

만약 내가 자신을 얽어맨 덫을 질질 끌고 걸어가야 한다면 되도록 몸을 가볍게 하고, 덫이 급소를 꽉 조이지 않도록 갖은 궁리를 다 할 것이다. 물론 처음부터 덫에 걸리지 않는 것이 최상의 방도겠지만.

덧붙여 커튼에는 돈을 조금도 쓰지 않았다는 사실도 언급하기로 하자. 내가 생활한 오두막은 해와 달 말고 집안을 엿보는 자가 있을 리 없고, 해와

---

81) 《신약성서》 요한복음 5:8. "일어나 네 자리를 들고 걸어가라."

달이라면 오히려 집 안을 엿보는 것이 좋았다. 달빛 때문에 우유와 고기가 썩는 일도[82] 태양 때문에 가구가 상하거나 양탄자 빛깔이 바래는 일도 없었다. 때로 강한 햇빛 때문에 땀에 흠뻑 젖을지도 모르지만, 그것 때문에 살림살이를 하나 늘리는 것보다 자연이 만들어주는 그늘에 틀어박혀 있는 편이 훨씬 경제적이다. 예전에 어떤 부인이 신발 닦는 매트를 하나 주고 싶다고 얘기했지만 집 안에 놓아둘 장소도, 집 안팎에서 구두를 털 시간도 없거니와 그냥 현관 밖의 풀밭에서 터는 편이 낫다고 생각해 거절하기도 했다. 악의 싹은 애초부터 뿌리째 뽑아버리는 게 상책이다. 최근에 나는 한 교회 집사의 유물을 경매 처분하는 곳에 가본 적이 있다. 이 남자는 생전에는 대단한 수완가였다.

"인간의 악행은 사후에도 남는다."[83]

흔히 그렇듯이 대부분의 물건은 선친에게 물려받은 잡동사니였다. 개중에는 바싹 마른 한 마리 촌충까지 섞여 있었다. 이런 잡동사니들이 반세기 동안 다락방이나 쓰레기통에 방치된 채 불태워지지 않고 있었고, 깨끗하게 불태워 정화(淨化)하는 대신 오히려 경매에 내놓아 값을 더 불리려고 하는 것이다. 이웃 사람들은 이런 잡동사니가 보고 싶어 우르르 몰려들어서는 물건들을 깡그리 사들인 다음 각자 자기 다락방이나 쓰레기 모으는 곳으로 조심스럽게 실어갔다. 그 물건들은 그들이 죽은 뒤에 재산을 처분할 때 다시

---

82)_옛날의 미신.
83)_셰익스피어 〈줄리어스 시저〉 제3막 제2장 80행.

밖으로 실려나오기까지 그곳에 방치될 것이다. 사람은 죽을 때 먼지를 일으킨다[84]는 얘기는 바로 이런 모습을 두고 하는 말이리라.

미개인들의 풍습 중에 우리가 본받을 만한 것이 있다. 적어도 일 년에 한 번, 허물을 벗는 것과 비슷한 의식을 치른다는 게 그것이다. 그들이 정말로 허물을 벗는지는 중요하지 않고, 그들이 이런 생각을 한다는 사실이 중요하다. 우리들도 바트램[85]이 머클래스 인디언의 풍습이라고 하는 '버스크', 즉 '햇곡식 수확제'를 벌이면 어떨까? 그는 이렇게 쓰고 있다. '마을이 버스크를 벌일 때는 미리 새로운 옷, 새 냄비나 솥, 기타 가재도구나 가구를 준비하고, 낡은 옷이나 오래 사용한 낡은 물품을 그러모아 각자의 집이나 광장, 마을 전체를 깨끗이 청소하고 거기에서 쏟아져나오는 쓰레기를 남아 있는 곡물이나 다른 오래된 식료품과 함께 쌓아올리고는 완전히 태워버린다. 그런 다음 그들은 약을 마시고 사흘간 단식을 한 뒤에 불을 끈다. 단식 기간 중에 그들은 식욕과 정욕을 모두 억제하고, 대사면을 선포해 죄인들을 모두 자기 마을로 돌려보낸다.'

"나흘째 아침, 제사장이 마을 광장에서 마른 나무를 그러모아 새로운 불을 지피고 주민 한 사람 한 사람이 거기에서 새로운 정화를 갖고 돌아간다."

그들은 사흘 동안 햇옥수수와 과일로 잔치를 열고 춤추고 노래 부르면서 지낸다. "이어지는 나흘에는 마찬가지로 몸을 깨끗하게 닦고 새로운 준비를 마친 인근 마을의 친구들이 찾아와 함께 즐긴다."

---

84)_호메로스의 〈일리아스〉 제22권 330행에, 헥토르의 죽음이 '먼지를 일으키다'라고 묘사되어 있는 것과 연관지은 말일 것이다.

85)_William Bartram(1739~1823). 미국의 식물학자. 이하의 기술은 그의 저서 《Travels through North and South Carolina》(Philadelphia, 1971, p.507)에서 볼 수 있다.

멕시코인들도 52년마다 세계의 종말이 온다고 믿고 이와 비슷한 정화 의식을 올렸다. 사전에 따르면 성례전이란 '내면적이고 정신적인 신의 은총이 외면적인 눈에 보이는 표시'라고 정의되어 있는데, 나는 이렇게 거짓 없는 성례전을 지금까지 들은 적이 없다. 그들은 계시를 기록한 성전 같은 것은 갖고 있지 않지만, 하늘로부터 영감을 받아 직접 깨달았다는 것은 의심할 여지가 없다.

이렇게 해서 나는 5년 이상 두 손을 사용한 노동만으로 생활한 결과, 일 년에 약 한 달 보름 정도 일하면 생활비를 전부 충당할 수 있다는 것을 깨달았다. 또 거의 모든 여름날과 겨울날을 온전히 자유롭게 연구에만 몰두할 수 있었다. 예전에 학교를 경영하는 데 전력을 쏟은 일도 있지만[86], 수입과 지출을 계산해보면 타산이 맞지 않았다. 학교를 경영하면서 교사다운 생각과 믿음을 가져야 했고, 교사에게 어울리는 복장을 준비해야 했으며, 그 외에도 많은 시간을 빼앗겼기 때문이다. 학생을 위해서가 아니라 단지 생계를 위해서 가르친 것이 실패의 원인이었다.

장사에 손을 댄 적도 있었지만 자리를 잡기까지는 10년이나 걸릴 것이고, 무엇보다 장사하는 동안에는 내가 악마의 유혹에 굴복한 느낌으로 살아야 했다. 사실 나는 이러다가 장사가 번창하지나 않을까 걱정하고 있었다.

생계유지에 대해 이것저것 생각하고 있을 무렵, 친구들의 의견에 따르려다 맛본 씁쓸한 기억이 생생했기 때문에 차라리 허클베리나 따서 생활하면

---

86)_소로는 대학졸업 후 2년 반 정도, 형과 공동으로 학교를 운영하면서 학생들을 가르친 적이 있다.

어떨까 진지하게 생각했던 적도 있다. 이 일이라면 나도 충분히 할 수 있고, 허클베리를 따서 얻는 얼마 안 되는 수입으로도 충분히 살아갈 수 있을 것 같았으며, 밑천도 거의 필요 없는 일이며 마음을 어지럽히는 일도 별로 없을 것 같다는 어리석은 생각을 품은 것이다. 물욕이 없다는 것이 나의 최대 장점이다.

주위 사람들이 주저하지 않고 여러 가지 장사나 직업에 뛰어드는 사이에 나는 이 일이 그들이 하는 일과 비교해도 결코 손색이 없을 것이라 생각했다. 여름에 야산을 돌아다니며 허클베리를 따고, 나중에 적당한 가격에 팔아치운다. 이렇게 해서 아드메토스의 양을 치며 살아가려고 한 것이다.[87] 혹은 야생의 식용 풀을 채집하거나 상록수를 말려 차에 싣고 숲을 떠올리기 좋아하는 마을 사람들이나 도시에 싣고 가면 어떨까 하는 몽상을 하기도 했다. 그런데 나중에 장사라는 것은 그것이 취급하는 모든 물건에 저주를 내린다는 사실을 알게 되었다. 설사 하늘에서 내린 계시를 판다고 해도 저주가 따라붙는 것이다.

나에게는 내 나름의 취향이 있고 무엇보다 자유가 소중했고 허리띠를 바짝 졸라매고도 얼마든지 잘 지낼 수 있었기 때문에 특별히 비싼 양탄자나 멋진 가구, 맛있는 요리, 그리스풍 또는 고딕풍의 집을 손에 넣기 위해 시간을 허비하고 싶지 않았다. 이러한 물건을 소유한다 해도 자유로운 삶에 방해가 되지 않고, 소유한 뒤에 이러한 물건의 사용법을 잘 터득한 사람이 있다면 모든 것을 그에게 맡기도록 하자. 어떤 사람들은 애초부터 노동 그 자

---

87)_〈그리스 신화〉 키클로페스들을 죽인 죄를 속죄하기 위해 일 년간 페라이의 왕 아드메토스 밑에서 양치기로 일한 아폴론 신처럼 살자는 것이다.

체를 사랑하기 때문에 열심히 일하는 것처럼 보인다. 또는 열심히 일하지 않으면 나쁜 짓을 하게 될까 두려워 일에 몰두하는 사람도 있다. 이러한 사람들에 대해서 당장은 아무 할 말이 없다. 지금보다 많은 여가가 생겨도 어떻게 쓰는 것이 좋을지 모르는 사람들에 대해서는 두 배로 일을 하도록 권하고 싶다. 자신의 몸을 다시 사서 자유의 증서를 손에 넣는 날까지 일하는 것이다. 일용직이야말로 특히 독립성이 높은 직업이 아닐까 싶다. 어쨌거나 일 년에 30~40일 정도만 일하면 먹고 살아갈 수 있으니까. 노동자의 하루는 일몰과 함께 끝나고, 이후에는 노동에서 해방되어 자신이 좋아하는 일에 몰두할 수 있다. 그런데 고용주는 다음날도 또 그 다음날도 운영에 고심하며 일 년 내내 숨 돌릴 여유조차 없이 살아야 한다.

요컨대 우리가 간소하고 현명하게 살아갈 마음이 있다면, 이 세상에서 자신의 앞가림을 한다는 것이 고통스럽기보다 기분전환이 될 수 있다는 사실을 나는 경험을 통해 확신하고 있다. 사실 오늘날에도 간소하게 살아가는 사람들의 노동은 인위적으로 살아가는 사람에게 있어서 스포츠와 같은 것이다. 나보다 땀을 많이 흘리는 사람이라면 몰라도 인간은 이마에 땀을 흘리며 밥벌이를 할 필요가 없다.[88]

몇 에이커인가 토지를 상속받은 어떤 젊은이는 "재산만 있으면 나도 당신처럼 살아갈 텐데"라고 말한다. 하지만 나는 사람들에게 결코 타인의 삶을 흉내내라고 권하고 싶지 않다. 그 사람이 다른 사람의 생활방식을 그럭저럭 몸에 익힐 무렵, 그 사람은 벌써 더 나은 생활방식을 발견했을지도 모를 일

---

88)_《구약성서》창세기 3:19. "네가 얼굴에 땀이 흘러야 음식물을 먹고……."

이고, 세상에는 될 수 있으면 다양한 인간이 존재해야 한다고 생각하기 때문이다. 각자가 부모님이나 주위 사람들의 것이 아니라 자기 자신의 삶을 살아가는 방식을 발견하고, 그러한 삶을 관철했으면 한다. 집을 짓든 나무를 심든, 바다로 떠나든 젊은이는 마음 내키는 대로 살아야 한다. 단지 본인이 하고 싶은 일을 방해하는 일만 하지 않으면 된다. 뱃사람이나 탈주한 노예가 북극성에서 눈을 떼지 않는 것처럼,[89] 어떤 수학적인 점을 지향하면서 방향감각을 유지하면, 이 수학적인 점은 우리 인생에서 바른 길을 제시하는 훌륭한 나침반 노릇도 할 수 있으리라. 예정된 기간 안에 목적지에 닿지 못하더라도 올바른 항로를 따라 똑바로 나아갈 수는 있다.

한 사람에게 필요한 얘기는 수천 명에 대해서도 더욱 필요한 얘기이다. 큰 집을 지을 때 작은 집을 지을 때보다 면적당 건축비가 싸게 먹히는 것과 같은 이치다. 집을 지으려면 지붕 하나에 지하실 하나, 방을 몇 개로 나누는 하나로 이어진 벽이 있으면 되니까. 하지만 나로서는 독신자 주택이 더 좋고, 덧붙여 말하자면 벽을 공유하는 이점을 타인에게 설득할 시간에 자신이 직접 한 채 짓는 편이 차라리 싸게 먹힌다. 또 상대를 잘 설득할 수 있다 해도 공유하는 벽을 싸게 하려면 벽의 두께를 얇게 만들어야 하고, 이웃이 못된 사람이라면 자신이 사는 공간의 벽은 수리도 하지 않고 팽개쳐둘지도 모른다.

사람들이 서로 협력한다고 해도 대개는 극히 부분적이며 표면적인 것에 한정되어 있다. 때로는 진정한 협력이 이루어진다 해도, 이런 경우는 인간

---

89)_당시, 캐나다로 도망치던 남부의 노예들은 북극성을 나침반삼아 길을 걸었다.

의 귀에 들리지 않는 화음과 같은 것이어서 거의 없는 것이나 마찬가지이다. 신념이 있는 인간은 어디를 가도 같은 신념을 지닌 인간과 협력하지만, 신념이 없는 인간은 어떤 부류와 교제해도 세상 사람들과 마찬가지로 살아갈 뿐이다. 협력한다는 것은 어떤 의미에서도 결국 생계를 함께한다는 것을 의미한다.

최근 두 젊은이가 함께 해외여행에 나서기로 했는데, 한 사람은 돈이 없어 가는 곳마다 고기잡이를 하거나 밭일을 해 돈을 모으고, 다른 한 사람은 주머니에 지폐를 잔뜩 넣고 여행을 가게 되었다고 한다. 지폐를 두둑이 준비한 젊은이는 애당초 일할 마음이 없으니, 두 사람은 머지않아 서로 거북한 상황이 되고 협력할 마음도 함께 사라질 것이라고 짐작할 수 있다. 그들은 모험 도중에 모처럼 재미있는 위기가 닥쳤을 때 결별하게 되리라. 게다가 앞에서 얘기한 바와 같이 혼자 여행을 떠나는 자는 오늘이라도 출발할 수 있지만, 누구와 함께 길을 떠나는 자는 상대의 준비가 끝날 때까지 기다려야 하기 때문에 출발할 때까지 상당한 시간을 기다려야 한다.

하지만 그렇게 사는 것이 너무 제멋대로 아니냐고 마을 사람들이 말하는 것을 들은 적이 있다. 고백하자면 나는 지금까지 자선사업에 큰 관심을 가진 것은 아니다. 난 의무감 때문에 몇 가지 희생을 치렀는데, 여기에는 자선사업의 즐거움도 포함되어 있다. 마을의 가난한 집들을 도와달라고 어떻게든 나를 설득하려 애를 쓴 사람들이 있다. 나도 달리 할 일이 없었다면 일종의 기분전환으로 자선사업에 손을 댔을지도 모른다. 속담에도 있듯이 게으름뱅이에게는 악마가 일을 찾아주는 법이니까. 그런데 언젠가 문득 자선사업의 즐거움에 빠져보고 싶어 가난한 사람들에게 나와 같은 쾌적한 생활을 하도록 '천국'의 은혜를 베풀고자 도움의 손길을 뻗쳤더니, 그들은 한결같이 지금 이대로가 좋다고 입을 모아 대답했다. 우리 마을에서는 남자나 여자 모두 주민의 복지를 위해 여러모로 힘을 쓰고 있으니 한 사람 정도는 뭔가 다른, 별로 인간 냄새가 나지 않는 일에 종사해도 괜찮지 않을까.

무슨 일이든 그렇지만 자선에도 지혜가 필요하다. '선행'이라고 하면 그것만으로도 감당하기 힘든 일이다. 게다가 기묘하게 생각될지 모르지만 열심히 시도한 결과, 내 체질에는 선행이 별로 맞지 않는다는 확신을 얻었다. 사회가 밀어붙이는 선을 행하기 위해, 아니 우주를 파멸에서 구하기 위해서라 해도 내가 해야 할 천직을 의도적으로 버려서는 안 된다는 생각이 들었다. 그리고 나와 비슷한 생각, 하지만 비교할 수 없을 만큼 위대한 어떤 확고한 정신이 어딘가에 존재하기 때문에 우주가 파멸하지 않는 것이라고 나는 믿고 있다. 그렇다고 해서 사람들이 천재성을 발휘하는 것을 방해할 생각은 추호도 없다. 또 내가 물러나는 이 일에 성심성의껏 몸과 생명을 다 바쳐 헌신하는 사람들에 대해 세상이 나쁘게 말하더라도 "끝까지 밀고 나가세요"라고 격려해주고 싶다.

나는 나와 같은 생각이 조금도 특이한 것이라고 생각하지 않는다. 여러분이라도 분명 나와 같은 변명을 할 것이다. 이웃들도 같은 생각을 하는지는 알 수 없지만, 어떤 일을 할 때 나는 정말로 고용할 가치가 있는 남자라고 서슴지 않고 말한다. 단, 나에게 어떤 일을 시킬 것인지는 고용주가 결정할 일이다. 내가 상식적인 의미에서 선을 행한다 해도 그것은 나의 본분이 아니며, 대부분의 경우에 전혀 내가 의도적으로 한 일이 아니다.

사람들은 결국 이런 말을 하고 싶어한다. "더 훌륭한 인간이 되려고 기를 쓰지 않아도 좋다. 지금 네 상태 그대로 시작하라. 평소 친절한 마음을 지니도록 하며 선행에 힘써라." 이런 식으로 나도 한 마디 설교를 하자면 "우선, 좋은 인간이 되도록 하라"고 말하고 싶다.

사람들은 마치 태양이 저녁이 되면 달이나 6등성과 같은 밝기로 타오른 뒤에 활동을 멈추고, 로빈 굿펠로[90]처럼 이웃집 창을 하나하나 엿보고 돌아다니며 미치광이를 흥분시키거나, 고기를 썩게 하거나, 암흑 속의 사물을 비추는 데 얼을 뺏기는 존재로 여기는 듯하다. 하지만 진짜 태양은 부드러운 열과 자애를 점점 늘려나가, 마침내 인간이 똑바로 쳐다볼 수 없는 경지에 이른 존재이다. 항상 자신의 궤도를 따라 세계를 돌면서 세상에 공덕을 베풀거나, 과학이 제대로 발견한 것처럼 태양의 공덕을 받으며 이 세상 자체가 태양 주위를 도는 것이다. 태양신의 아들 파에톤은 인간에게 은혜를 베풀어 자신이 신의 아들이라는 사실을 증명하고 싶어 아버지인 태양신의 전차를 하루만 빌려달라고 했다. 그런데 타고 다니던 전차가 정해진 궤도에서 일탈해 천계 아래의 거리를 몇 구획이나 태워버린데다 지구 표면까지 태우고, 온갖 샘을 마르게 하면서 사하라를 광대한 사막으로 바꾸어버렸기 때문에 결국 주피터[91]는 번개를 내리쳐서 그를 땅바닥에 거꾸로 추락시켰다. 태양신은 아들의 죽음을 슬퍼해 일 년 내내 빛을 내지 않았다고 한다.

부패한 선행에서 피어오르는 악취만큼 역겨운 것은 없다. 그것은 인간의 부패이자 신의 부패이다. 누군가 나에게 선을 베풀려는 저의를 품고 집을 찾아온 걸 눈치챘다면, 나는 걸음아 나 살려라 하고 도망칠 것이다. 입과 코, 귀와 눈을 모래로 덮어씌워 결국에 인간을 질식시켜 죽게 한다는 아프리카 사막의 건조한 열풍에서 도망치듯이. 그 사람이 베푼 선행을 받았다가는 그런 선행의 바이러스가 내 혈액에 섞이지는 않을까 걱정이 되어 견딜

---

90)_영국의 민화에 나오는 장난을 좋아하는 작은 요정. 퍽이라고도 불리며, 셰익스피어의 〈한여름 밤의 꿈〉에도 등장한다.

91)_〈로마 신화〉에 나오는 천계의 지배자. 〈그리스 신화〉의 제우스에 해당된다.

수 없다. 그렇게 되느니 차라리 자연스럽게 찾아오는 재해에 몸을 맡기는 편이 낫다.

내가 굶고 있을 때 먹을 것을 주거나 추위에 떨고 있을 때 따뜻하게 해주고 구덩이에 빠졌을 때 건져준다고 해서 그 사람이 나에게 반드시 좋은 인간이라고 할 수는 없다. 그 정도의 일이라면 뉴펀들랜드의 개도 할 수 있다. 박애란 넓은 의미에서 동포애와는 다르다. 사실 하워드[92]는 나름대로 아주 친절하고 훌륭한 남자였으며 그에 어울리는 보답도 받았다. 그러나 뒤집어서 생각해보면, 우리가 가장 좋은 형편에 있을 때가 사실은 가장 큰 도움을 필요로 할 때인데, 이런 때에 박애가 우리에게 전혀 도움을 주지 않는다면 수백의 하워드가 있다 한들 도대체 무슨 의미가 있을까? 박애주의자의 집회에서 나와 같은 인간에게 무언가 도움이 되는 일을 한다는 얘기가 진지하게 오가는 것을 나는 아직 들은 적이 없다.

예수회의 선교사들이 인디언들을 훈제육 신세로 만들 때, 인디언들은 고문을 당하는 와중에도 선교사들에게 새로운 고문법을 제안해 그들을 두 손 들게 만들었다고 한다. 인디언들은 육체적인 고통에 대해 초연했기 때문에 선교사들의 어떤 위로도 별반 도움이 되지 않았던 것이다. 또 '남에게 대접을 받고자 하는 대로 너희도 남을 대접하라'[93]는 기독교의 말씀도 자신이 어떤 취급을 당하는지에 대해서는 관심이 없고, 새로운 방식으로 적을 사랑하고 적들의 행위를 무조건 용서하는 경지에 이른 인디언들의 귀에는 별로 설득력이 없었던 모양이다.

---

92)_ John Howard(1726~1790). 영국의 박애주의자로 교도소의 개혁에 공헌했다.

93)_《신약성서》 누가복음 6:31.

가난한 사람을 도울 때는 그가 가장 필요로 하는 것을 줘야 한다. 비록 그
것이 보여주기 위한 행동이고, 이 행동이 그들이 그대로 받아들이기 힘든
것일지라도 말이다. 돈을 준다면 진심으로 다해야 하고, 그저 막연하게 휙
던져주기만 해서는 안 된다. 우리들은 때때로 기묘한 과오를 범한다. 행색
이 초라한 사람이 겉모습은 남루해 보일지 모르지만, 의외로 추위에 떨지도
않고 굶주리지 않을 수도 있다. 그의 행색은 어느 정도 그의 취향에 따른 것
으로 반드시 불운이라고 할 수 없는 것이다. 그러한 사람에게 돈을 준다면
아마 더 많은 넝마를 사들일 것이다.

다소 세련되고 깔끔한 상의를 입은 나는 추위에 떨면서, 호수 위에서 아
일랜드 출신 노동자들이 초라한 넝마를 입은 볼품없는 꼴로 얼음을 깨는 모
습을 보고 늘 안타깝게 생각했다. 그런데 살을 에듯이 추운 어느 날의 일이
다. 그들 중 한 사람이 미끄러져 물 속에 빠지는 바람에 내가 사는 오두막으
로 몸을 녹이러 왔다. 그는 더러운 넝마라고는 해도 바지 세 벌과 양말 두
켤레로 든든하게 무장하고 있었고, 내가 겉옷을 내밀었더니 그것을 사양하
는 여유까지 보였다. 나는 오히려 내 자신이 불쌍해져서 물에 빠진 아일랜
드인 노동자에게 옷가게를 한 채 사주는 것보다, 내 자신이 플란넬 셔츠를
한 장 사 입는 게 더 큰 자선이 되겠다고 생각했다.

악의 가지를 자르려는 사람은 수천에 이르지만, 악의 뿌리를 뽑으려는 사
람은 한 사람밖에 없다. 빈곤한 사람에게 많은 시간과 돈을 보내면 오히려
이러한 선행은 가난한 사람이 없애고자 하는 불행을 증폭시키는 데 도움이
될 수 있다. 열 명의 노예 중 한 사람이 벌어들인 이익을 희생해, 나머지 아
홉에게 일요일의 자유를 주는 노예 주인은 어찌 그리도 믿음이 깊은지. 가
난한 사람을 고용해 부엌에서 일하게 하면서 그들에 대한 배려를 과시하려
는 사람도 있다. 그것보다 자신이 스스로 부엌에서 일하는 편이 상대를 더

배려하는 행동이 아닐까? 수입의 10분의 1을 자선사업에 쓴다며 자랑하는 사람도 있지만, 오히려 10분의 9를 쓰고 그러한 일에서 빨리 손을 떼는 것이 낫지 않을까? 사회는 재산의 10분의 1만 회수하려고 하는데, 이것은 재산을 갖고 있는 사람들이 관대하기 때문일까, 아니면 재판관의 태만 때문일까?

박애는 인류가 충분히 가치를 인정하는 거의 유일한 미덕이다. 아니 오히려 박애는 상당히 과대평가된 것이기도 하다. 그리고 박애를 이런 식으로 과대평가한 것은 우리들의 이기심이다. 어느 맑은 날 콩코드의 아주 가난한 남자가 가난한 사람들을 친절하게 대한다며 이 마을의 어떤 사람을 내게 극구 칭찬했다. 친절한 아저씨나 아줌마가 인류에 있어서 둘도 없는 정신적인 아버지나 어머니보다 더 존경을 받고 있다.

지와 덕을 겸비한 성직자가 영국에 대해서 강연하는 것을 들은 적이 있다. 그는 셰익스피어, 베이컨, 크롬웰, 밀턴, 뉴턴과 같은 영국의 위대한 과학자와 문필가, 정치가들 이름을 쭉 열거한 다음 기독교계 영웅들에 관해 얘기하고, 직업상 어쩔 수 없는 건지 기독교계 영웅들이야말로 위인 중의 위인이라며 앞에서 열거한 영웅들 꼭대기에 그들을 모셨다. 바로 펜, 하워드, 프라이 부인[94]과 같은 사람들을 말이다. 이런 것은 속임수고 위선이라고 누구나 느낄 것이다. 이 세 사람은 영국이 낳은 최고의 남녀라기보다 기껏해야 최고의 박애자에 지나지 않는다.

나는 박애 행위에 대해 마땅히 보내야 할 찬사를 아까워하는 것이 아니

---

94)_William Penn(1644~1718)은 영국의 퀘이커 교도로 북미 펜실베이니아 주의 개척자이자 명명자. 하워드는 역주 92)에서 언급.
Elizabeth G. Fry(1780~1845)는 영국의 퀘이커 교도로 여자 교도소의 개혁자.

라, 그 생애와 업적을 통해 인류에 은혜를 베푼 모든 사람을 공정하게 취급하도록 요구하는 것이다. 인간의 정직함이나 선의만을 존중할 수는 없다. 정직함이나 선의는 요컨대 인간의 줄기와 잎에 지나지 않는다. 시든 녹색 이파리에서 병자의 차를 만드는 것은 건강을 회복하는 데 별 도움이 되지 않을 뿐더러, 돌팔이 의사들이나 하는 짓이다. 내가 구하는 것은 인간의 꽃과 열매이다. 그로부터 나에게 형용할 수 없는 향기가 피어오르고, 성숙한 정신이 두 사람의 만남에 풍미를 더해주기를 바라는 것이다. 그의 선의는 부분적이고 일시적인 행위로 나타나는 것이 아니라 무의식중에 끝없이 솟아오르는 맑은 샘물과 같은 것이어야 한다. 이런 관계야말로 무수한 죄를 덮어주는 자애[95]라고 할 수 있다. 박애주의자들은 걸핏하면 자신이 벗어버린 슬픔의 기억으로 인류를 포장하고는 그것을 연민의 감정이라 부른다. 우리들은 절망이 아니라 용기를, 병마가 아니라 건강과 안식을 서로 나누어야 하며, 절망과 질병이 전염병처럼 퍼지지 않도록 주의해야 한다. 남부의 어느 평원에서 탄식의 소리가 들려온다고 하는 것인가? 어느 하늘 아래 우리가 빛을 보내야 할 이교도들이 살고 있다는 것인가?[96] 우리가 구원하고 싶어하는 그 무절제하고 흉포한 인간은 도대체 누구란 말인가?

인간은 건강이 나빠져 제대로 움직일 수 없게 되면, 예를 들어 약간 배가 아픈 경우에 즉시 세상의 개혁에 착수한다. 위장이야말로 동정심이 자리잡은 곳이기 때문이다. 자신이 하나의 소우주이기 때문에 그는 이 세상이 익지 않은 풋사과를 먹고 있다는 사실을 발견한다. 이것은 올바른 발견이고, 그자는 진정한 발견자인 셈이다. 사실 그의 눈에는 지구가 덜 익은 사과로

---

95)_《신약성서》베드로전서 4:8. "사랑은 많은 죄를 덮느니라."
96)_소로는 선교사들의 인디언에 대한 선교활동에 항상 회의적이었다.

비치는 것이고, 그는 이런 풋사과를 아이들이 익기 전에 깨물어 먹을 염려가 있다고 섬뜩해한다. 이제 그의 맹렬한 박애정신은 지체 없이 에스키모나 파타고니아인을 발견하고 사람들이 바글거리는 인도나 중국의 마을을 포용한다. 이렇게 해서 그가 2~3년 동안 봉사활동을 계속하는 동안에 그의 소화불량은 치유되고, 지구는 익기 시작했는지 한쪽 혹은 양쪽 볼에 불그레하게 홍조가 돌기 시작한다. 물론 그동안 신들은 이자를 자신들의 목적을 추구하는 데 이용하고 있었을 것이다. 인생은 다시 즐겁고 건전하게 살아갈 수 있게 된다. 내가 지금껏 범한 것보다 더 심한 악행이 존재할 것이라 꿈에도 생각할 수 없고, 나보다 나쁜 인간은 지금까지도 본 적이 없고 앞으로도 볼 수 없으리라.

생각해보면 사회개혁자를 몹시 슬프게 하는 것은 딱한 처지의 동포가 아니라, 본인의 개인적인 고민이다. 설사 그가 더할 나위 없이 신성한 신의 아들이라 해도 마찬가지이다. 개인적인 고민이 사라지고 그에게도 봄이 찾아와 침대 머리 위에 아침 해가 떠오르면, 그는 한 마디 변명도 하지 않고 선량한 동료 개혁자들을 버릴 것이다. 나보고 왜 담배 피는 것을 반대하는 연설을 하지 않느냐고 물으면, 나는 담배를 피워본 적이 없으니 연설은 담배를 끊은 사람에게 별로 시키라고 변명을 둘러댄다. 사실 내가 지금까지 경험한 일 중에는 반대 연설을 해보고 싶은 것도 꽤 있기는 하다. 만일 여러분이 이러한 자선사업에 자신도 모르게 참여하게 된다면, 반드시 오른손이 하는 일을 왼손이 모르도록 해야 한다.[97] 왜냐하면 알아야 할 이유가 없기 때문이다. 물에 빠진 사람을 건져주었으면 다음에는 자신의 구두끈을 묶자.

---

97)_《신약성서》 마태복음 6:3.

그리고 나서 천천히 뭔가 자유로운 일에 착수하는 것이다.

우리의 관습은 기독교도와 접촉하면서 손상되어왔다.[98] 찬송가는 신에 대한 아름다운 저주의 노래와 영원한 인내로 가득 차 있다. 예언자나 속죄자들조차 인간에게 희망을 안겨주기보다, 다만 불안함을 덜어주었다고 하는 게 옳다. 생명이라는 선물에 대한 단순하고 억누르기 힘든 만족감이나 기억에 남는 신에 대한 찬가는 아직 어디에도 기록되어 있지 않다. 건강과 성공은 아무리 멀리 떨어져 있어도 나에게 좋은 감정을 안겨준다. 한편 병마와 실패는 아무리 깊은 동정이 나와 상대 사이에 오간다 해도 나에게 슬픔과 좋지 않은 감정을 안겨줄 뿐이다. 따라서 만약 우리가 진정으로 인디언이나 식물처럼 스스로의 힘으로 또는 자연적인 수단으로 인류를 훌륭하게 소생시키고 싶으면, 우선 우리 자신이 '자연' 자체처럼 단순하면서도 건강해져야 한다. 그리고 이마에 드리운 암운을 걷어내고 우리의 숨구멍으로 조금이라도 생명을 흡수하도록 해야 한다. 가난한 사람을 감독관으로 만족하지 말고, 세상의 가치 있는 인간 중 한 사람이 되도록 힘써야 하지 않겠는가.

나는 시라즈의 셰익 사디[99]가 저술한 〈굴리스탄〉(장미원) 속에서 이런 구절을 읽었다. "그들은 현자를 향해서 물었다. 아주 고매한 신이 잎이 무성해 풍성한 그늘을 제공하는 쭉 뻗은 큰 나무 중에서 유독 열매를 맺지 않는 사이프러스만을 세상에서 자유로운 존재라고 부르는 것은 이상합니다. 이는 어째서인가요? 현자가 대답했다. 어느 나무에도 그에 어울리는 열매가 열리고 정해진 계절이 있다. 나무마다 어울리는 계절이 지속되는 동안 싱싱한

---

98)_《신약성서》 고린도전서 15:33. "악한 동무들은 선한 행실을 더럽히나니"를 풍자한 것.

99)_Sa 'dī (1213?~1291) 페르시아의 대표적 시인, 신비주의자.

꽃을 피우지만, 시기가 지나면 바짝 말라 시들어버린다. 그런데 사이프러스는 어떤 상태에서도 빠지지 않고 늘 변함없이 번성하고 있지 않은가. 자유라는 것, 즉 종교적으로 독립된 존재란 이러한 성질을 지닌 자를 말하는 것이다. 묶음 속으로 사라져가는 것들에 마음을 빼앗겨서는 안 된다. 티그리스 강은 카리브의 일족이 멸망한 뒤에도 바그다드를 가로질러 흘러갈 것이다. 네 손에 넘칠 만큼 갖고 있다면 대추야자나무처럼 아낌없이 주어라. 그러나 줄 만한 것이 없다면 사이프러스처럼 자유로워지거라.”

덧붙이는 시[100)]

빈자의 사치

너는 너무 뻔뻔스럽다, 가련한 빈자여,

너의 그 나무통과 같은 초라한 오두막이

돈이 들지 않는 햇빛을 받으며, 혹은 그늘진 샘물 한쪽에서,

풀뿌리나 푸성귀를 먹이로

게으르고 현학적인 덕을 쌓고 있다고 해서

천상에 너 있을 곳을 요구하다니.

너의 오른손은 아름다운 덕의 꽃을 피우게 해줄

인간다운 정열의 줄기를 정신의 토양에서 뽑아버리고,

---

100)_여기에 인용되고 있는 커루의 시는 지금까지 소로가 말해온 견해와 정반대의 내용을 담고 있다. 소로는 장의 마지막 부분에 이 시를 실음으로써 독자들에게 두 가지 대립된 삶의 방식을 다시 비교하고 생각해보도록 하는 것 같다. '빈자의 사치'는 소로 자신이 붙인 제목.

자연의 성질을 타락시키고 감각을 둔하게 하고,

고르곤처럼 활동적인 인간을 돌로 바꾸어버린다.

우리들은 너의 내세울 것 없는 절제나,

기쁨도 슬픔도 모르는 그 부자연스런 우둔함과

따분한 교제를 사양한다.

또 네가 활동적인 것보다 우월하다고 하는

수동적인 불굴의 정신과도 볼 일이 없다.

범용함 속에 묵직하게 눌러앉아 있는

이렇게 영락한 저속한 놈이야말로

너의 비굴한 근성에 어울리는 것이다.

우리들이 칭송하는 것은 과잉을 불문하는 미덕뿐.

용감하고 대범한 행위와 왕후의 기품,

모든 것을 꿰뚫어보는 분별, 헤아릴 수 없는 아량,

또 예부터 이름은 전해지지 않았으나

헤라클레스, 아킬레우스, 테세우스와 같이

모범 그 자체로써 전해지는 영웅적인 미덕.

자, 너의 판잣집으로 돌아가라,

그리고 새로이 빛을 발하는 하늘을 올려다볼 때엔

그 위인들이 어떠한 자였는가를 깊이깊이 생각해보는 것이다.

—T. 커루[101]

---

101)_Thomas Carew(1594?~1639). 영국의 왕당파 시인. 여기에 실린 시는 가면극 〈Coelum Britannicum〉에서 인용.

2nd
살았던 곳과 그 목적

2_살았던 곳과 그 목적

인생의 어떤 시기에는 모든 장소가 집을 지을 수 있는 집터로 생각될 때가 있다. 나도 한때 내가 살고 있는 곳에서 12마일 이내의 땅을 구석구석 조사해본 일이 있다. 상상 속에서 나는 여기저기 흩어져 있는 농장들을 차례로 사들였다. 모두 팔려고 내놓은 농장이고 가격도 알고 있었기 때문이다. 나는 각 농가의 땅을 둘러보며 그곳의 야생 사과를 먹어보기도 하고 농사에 대한 얘기를 나누기도 했다. 나는 속으로 얼마가 되었던 상대가 말하는 가격으로 농장을 사들여, 그것을 당사자에게 담보로 맡겨두곤 했다. 부르는 가격보다 높은 가격을 붙인 일도 있다. 농장을 사들일 때는 모든 것을 인수했지만 토지 문서는 받지 않았다. 토지 문서 대신 상대의 말을 믿기로 했는데, 내가 워낙 얘기하길 좋아하는 성격이기 때문이다. 나는 농장을 경작하면서 동시에 농장을 팔려는 농부도 좀 계발해주지 않았나 생각한다. 이런 방식으로 나는 한껏 농장을 경작해본 다음에, 농부가 다시 농장을 경작하도록 되돌려주었다.

이 경험 때문에 친구들은 나를 일종의 부동산 전문가로 부르게 되었다. 나는 어디에 발을 디뎌도 거기에서 생활할 수 있었고, 풍경은 나를 둘러싸고 널리 펼쳐져 있었다. 집이란 결국 라틴어에서 말하는 'sedes', 즉 자리를 말하는 게 아닐까? 시골이라면 더 상쾌한 기분으로 지낼 수 있으리라. 나는 당장 사용할 수는 없지만 집을 짓기에 안성맞춤인 부지를 많이 발견했다. 사람들은 이 부지가 마을에서 너무 멀다고 생각했지만, 내가 보기에는 마을이 너무 멀리 떨어져 있는 것 같았다. 어디 여기에서 한번 살아볼까 중얼거리며 한 시간 동안 여름과 겨울을 지내본 적이 있는데, 눈 깜짝할 사이에 몇 해인가 흘러가고 겨울을 지나 봄이 찾아왔다. 앞으로 이 지역에 살 사람들은 어디에 집을 짓든 분명 나의 발자취를 느끼게 될 것이다. 토지를 과수원이나 조림지 또는 목장으로 구분하고, 입구 쪽에 떡갈나무와 소나무들 중 어떤 걸 남겨둘 것인지, 어디에서 보면 고목 한 그루 한 그루가 가장 눈에 잘 뜨일 것인지 결정하는 데는 오후 반나절이면 충분했다. 그 뒤로 나는 그곳을 휴한지로 방치해두었다. 내버려두어도 좋은 것이 많을수록 인간은 유복해지기 때문이다.

나의 상상은 멈출 줄을 모르고 급기야 몇 개 농장의 선매권을 갖기에 이르렀는데, 선매권을 갖는 것이야말로 내가 바라던 바였다. 그러나 나는 실제 농장을 소유해서 겪을 수도 있는 어려운 상황을 경험한 적은 없다. 내가 실지로 땅을 소유하기 직전까지 갔던 것은 할로웰 농장을 사들였던 때이다. 나는 지체 없이 종자를 선별하기 시작했고, 농장 일에 사용하거나 작물을 실어나르는 데 필요한 손수레를 만들 재료를 모았다. 그런데 갑자기 내게 토지 문서를 건네주기로 한 땅 주인은 그의 부인이 마음을 바꿔 땅을 내놓기 싫어한다고 10달러로 계약을 해지하자고 제안했다. 사실을 말하자면 나는 그때 전 재산을 톡톡 털어 10센트밖에 갖고 있질 않았다. 이렇게 되자 내가 10센트를 가진 것인지, 농장을 가진 것인지, 10달러를 가진 것인지 또는 그것들 모두를 소유한 것인지 도무지 알 수 없게 되어버렸다. 하지만 나는 10달러도 농장도 받지 않았다. 이미 농장 경영의 꿈은 충분히 이루어진 상태였으니까. 인심 좋게 자신이 사들인 가격으로 농장을 되팔고 땅 주인도 부자가 아니었으므로 10달러도 돌려보냈지만, 그래도 내 손에는 여전히 10센트와 종자, 손수레 재료가 남았다. 이렇게 해서 나는 자신의 가난함에는 아무 손해도 입히지 않고 부자가 된 것이다. 하지만 풍경만큼은 내놓지 않았기 때문에 그 뒤로 여기에서 수확할 수 있는 것은 손수레를 사용하지 않고 자꾸자꾸 실어나르기로 했다. 풍경으로 말하자면 이런 시가 있다.

"나는 눈에 보이는 모든 대지의 왕으로서,

나의 권리엔 이의를 제기할 수 없다."[1]

나는 시인 한 사람이 농장에서 가장 가치 있는 부분을 한껏 즐긴 후에 자리를 뜨는 것을 종종 보았다. 그런데 무뚝뚝한 농장주는 고작해야 그가 야생 사과 서너 개를 가져갔을 거라고 생각한다. 그런데 주인이 오랫동안 알아차리지 못한 사이에 시인은 농장에 운율이라는 훌륭한 울타리를 둘러친 다음, 울타리 안에서 젖을 짜면서 크림을 고스란히 손에 넣고 주인에게는 찌꺼기만 남긴 것이다.

할로웰 농장은 다음과 같은 이유 때문에 나에게 특히 매력적이었다. 우선 완벽할 정도로 세상에서 떨어져 있다는 것. 그곳은 마을에서 약 2마일, 제일 가까운 이웃으로부터도 반 마일 떨어져 있었으며, 널찍한 밭을 끼고 길에서도 떨어져 있었다. 다음은 강가에 자리잡고 있다는 것. 농장주의 얘기로는 강에서 피어오르는 안개 덕에 봄 서리를 피할 수 있다고 하는데, 봄 서리는 아무래도 좋았다. 또 칙칙한 몸체와 다 쓰러져가는 헛간, 심하게 손상된 울타리가 전 주인과 나 사이에 오랜 시간이 경과한 듯한 느낌을 주었던 것. 나아가 이끼에 뒤덮인 속이 텅 빈 사과나무에는 토끼가 갉아먹은 흔적이 있었는데, 그것을 보자 내가 앞으로 어떤 이웃과 만나게 될 것인지 짐작할 수 있었다는 것. 그러나 뭐니 뭐니 해도 가장 큰 이유는 예전에 배를 타고 강을 거슬러 올라 처음으로 여기에 도달했을 때, 단풍나무가 우거진 붉은 숲 뒤

---

1)_William Cowper(1731~1800). 영국의 시인. 그의 시 〈Verses Supposed to be Written by Alexander Selkirk〉에서.

에 집이 가려져 있어 숲속에서 집 지키는 개가 멍멍 짖는 소리를 들었던 기억이 있기 때문이다.

나는 땅 주인이 커다란 돌멩이를 나르고, 텅 빈 사과나무를 잘라 쓰러뜨리고, 목초지에 서 있는 어린 자작나무를 파내기 전에, 다시 말해 대지 위를 자기 마음대로 이리저리 뜯어고치기 전에 서둘러 농장을 사들이려고 했다. 나는 아틀라스[2]처럼 이 세계를 양 어깨로 짊어질 결심이었고, 농장의 대금만 지불하면 내가 농장을 소유했다고 해서 이러쿵저러쿵 이의를 제기할 자는 없으리라는 것 말고는 특별한 동기도 없이 이렇게 좋은 부분을 즐기고 싶어서 농장을 운영할 생각이 들었던 것이다. 이러한 고행의 대가로 그가 무엇을 손에 넣을지는 모르지만 말이다. 가만히 놔두기만 해도 이 농장은 내가 바라던 대로 풍성한 열매를 맺어주리란 걸 처음부터 알고 있었으니까. 하지만 결국 앞에서 언급한 것처럼 농장을 소유하지는 못하고 말았다.

따라서 채소밭을 일구는 거라면 지금까지 쭉 해왔지만, 큰 농장을 운영하는 일에 대해 내가 말할 수 있는 것은 단지 종자를 준비했다는 경험뿐이다. 많은 사람들은 종자가 해마다 질이 좋아진다고 생각한다. 물론 시간이 지나면 좋은 종자와 나쁜 종자를 확실히 구분할 수 있다. 때문에 마침내 내가 종자를 뿌릴 때가 되어도 나는 농사 결과에 실망하지 않을 수 있으리라. 하지만 여러분에게 이것만큼은 말해두고 싶다. 가능한 오래 자유롭게, 속박되지 않고 살도록 노력하라고. 농장이든 형무소든 묶여 있는 것이 큰 차이가 없다.

---

2)_〈그리스 신화〉 올림포스의 신들과 싸워서 패해, 평생 어깨로 하늘을 떠받치는 형벌을 받은 거인신.

대(大)카토의 〈농업론〉은 나에게 있어 최근의 농업잡지를 대신하는 존재인데 그 속에는 다음과 같은 구절이 있다. 내가 본 유일한 번역은 이 부분을 심하게 오역하고 있다. "농장을 살 때는 탐욕에 빠지지 않도록 주의해야 한다. 또 사전 답사를 할 때에는 발품을 아끼지 말아야 한다. 한번 검토한 것으로 만족해서는 안 된다. 좋은 땅이라면 발을 들여놓을수록 점점 더 마음에 들 것이다."[3] 나는 탐이 나는 농장이 생기면 곧바로 사들이지는 않겠지만, 살아 있는 동안에 몇 번이고 사전 답사를 나갈 생각이다. 나중에 내가 죽어 그 땅에 매장되기라도 하면, 더욱 그곳이 마음에 들 것이라 생각한다.

여기에서 얘기하려는 나의 실험은 이러한 형태의 것으로써는 두번째였다. 이에 대해서는 더 자세히 쓸 생각이지만, 편의상 2년 동안 겪은 경험을 1년으로 집약하기로 한다. 앞에서도 말한 바와 같이 나는 실의의 노래[4]를 부를 생각은 없고, 횃대에 우뚝 선 새벽 수탉처럼 목청껏 자랑스럽게 울어대고 싶다. 이웃들이 눈을 번쩍 뜨게 할 수 있다면 그것으로 만족한다.

내가 처음 숲속에 거처를 정하고 낮과 밤을 그곳에서 지내게 된 것은 우연히도 1845년 7월 4일 미합중국 독립기념일이었다. 그 무렵 나의 오두막은 아직 월동 준비를 마무리하지 못한 상태였고 단지 비만 피할 수 있을 정도였다. 회반죽칠도 하지 않았고 굴뚝도 세우지 않았으며, 벽은 비바람을 맞은 널빤지를 대충 박아넣었기 때문에 여기저기 틈새가 크게 벌어져 밤에는 실내에 있어도 시원할 정도였다. 하지만 손으로 다듬은 흔적이 있는 나

---

3)_대(大)카토 〈농업론〉 1·1에서.
4)_S. T. Coleridge(1772~1834). 영국의 시인. 같은 제목의 시가 있다.

무 기둥이나 대패질을 한 지 얼마 안 되는 문과 창틀 덕분에 집안은 깔끔해 보였다. 특히 통풍이 잘 되었는데, 아침 나절 목재가 이슬에 촉촉이 젖어 있을 때는 더욱 시원했다. 점심 무렵에는 목재에서 달착지근한 수지라도 스며나오는 게 아닌가 싶을 정도였다.

이 오두막은 하루 종일 이렇게 새벽 기운이 감도는 분위기가 생생하게 느껴져서, 문득 지난해에 방문했던 산꼭대기의 오두막 한 채를 생각나게 했다. 회반죽칠도 하지 않고 통풍도 잘 되는 그 집은 여로에 지친 신들이 쉬어가기에 더할 나위 없는 곳이며, 또 여신이 옷자락을 끌며 걸어다녀도 좋을 곳이었다.

내 거처를 스쳐지나는 바람은 능선을 스쳐지나는 바람처럼 지상의 선율을 드문드문 실어왔는데, 그 중에서도 천상적인 부분을 실어왔다. 아침 바람은 영원히 멈출 줄 모르고 창조의 시는 끊어지지 않았다. 단지 그것을 알아듣는 이가 좀처럼 없을 뿐. 올림포스 산[5]은 속세 바로 옆에 펼쳐져 있다.

보트를 제외하면 내가 지금까지 소유했던 유일한 집은 가끔 여름철 여행에 사용했던 텐트뿐이다. 그 텐트는 지금도 다락방에 잘 간직하고 있다. 하지만 보트는 이 사람 저 사람 손을 거치는 사이 시간의 흐름을 따라 떠내려가버리고 말았다. 대신 이번에는 훨씬 견고한 거처가 손에 들어왔으니 나도 세상에 뿌리를 내리는 방향으로 조금은 진보했다고 할 수 있겠다. 비록 조잡하고 누추한 집이지만, 이 오두막은 내 주위에 생긴 결정체이고 집을 지은 나에게 감동을 주고 있다. 이 집은 어디인지 모르게 뼈대가 드러난 그림

---

5)_그리스 북동부에 있는 높은 산. 고대 그리스 신들이 그 산정에 살았다고 전해진다.

을 떠오르게 했다. 실내 공기가 조금도 신선함을 잃지 않았기 때문에 나는 바깥 공기를 마시러 나갈 필요가 없었다. 장대비가 쏟아지는 날에도 집 안에 있다기보다 문의 뒤편에 앉아 있는 듯한 느낌이었다. 〈하리뱀샤〉[6]에 "새가 없는 집은 간을 하지 않은 고기와도 같은 것"이라고 되어 있지만, 이 얘기는 나에게 해당되지 않았다. 나는 금방 새들의 이웃이 되었는데, 새를 집 안에 가둬놓는 것이 아니라 나 자신이 새장에 들어가 그들과 함께 살았던 것이다. 나는 채소밭이나 과수원을 자주 찾는 새뿐만 아니라 개똥지빠귀, 붉은풍금조, 살색부리참새, 쏙독새 등 마을 사람들 앞에서는 좀처럼 노래하지 않지만 야성미 넘치는 목소리로 영혼을 뒤흔드는 여러 숲의 요정들과 가까워졌다.

내 집은 작은 호숫가에 자리를 잡았는데 그곳은 콩코드 마을에서 1마일 반 정도 남쪽에 있었고, 마을보다 약간 높은 지대의 땅으로 콩코드와 링컨 사이에 펼쳐진 광대한 숲의 한가운데였다. 우리 마을에서 유명한 그리고 유일한 사적지라 할 수 있는 콩코드 옛 전장[7]에서는 남쪽으로 2마일 정도 떨어진 곳이다. 그런데 내 오두막은 숲속 한가운데 놓여 있기 때문에 마찬가지로 숲으로 덮인 반 마일 앞의 건너편 강가가 나에게 있어선 가장 먼 지평선이었다. 오두막에서 살기 시작한 처음 일주일 동안은 호수를 바라볼 때마다 밑바닥이 다른 호수의 수면보다 높은, 산기슭의 작은 호수라도 보고 있는 듯한 느낌이었다. 또 해가 떠오르면 호수가 밤새 몸에 두르고 있던 안개가 벗겨지면서 수면 여기저기에 어렴풋한 잔물결이 일었다. 그리고 빛을 반

---

6)_고대 인도의 대서사시 〈마하바라다〉의 부록. 5세기경에 완성. 소로는 프랑스어로 번역된 작품을 읽었다.
7)_콩코드 북쪽 다리를 말함. 1775년 4월 19일, 여기에서 영국 정규군과 고장의 민병 사이에서 총싸움이 일어나 독립전쟁 발발의 계기가 되었다.

사하는 매끄러운 수면이 점차 모습을 드러내곤 했다. 한편 안개는 밤의 어둠을 틈타 비밀 집회를 끝낸 유령처럼 슬그머니 사방으로 흩어져 사라지거나 숲속으로 빨려들어갔다. 이슬까지도 산중턱에서나 볼 수 있는 것처럼 한낮이 될 때까지 나뭇가지에 매달려 있는 것 같았다.

이 작은 호수가 특히 소중한 이웃이 되는 때는 8월의 작은 비바람이 멈출 때였다. 이 무렵에는 대기도 물도 쥐 죽은 듯이 조용하고, 하늘은 구름으로 덮여 한낮이면서도 석양의 온화한 기운이 감돌고, 티티새가 여기저기에서 노래하며 강변에서 강변으로 반가운 인사를 주고받는 소리가 들려온다. 이 계절에 호수는 이렇게 온화해지는 것이다. 게다가 호수 위에 흐르는 맑은 대기는 낮게 드리운 구름 아래 엷은 그늘을 띠고, 빛과 그늘이 가득 찬 수면은 그 자체가 한층 장엄한 땅 위의 하늘이 되었다. 얼마 전 벌채한 지 얼마 지나지 않은 숲 가까이 언덕에 오르니, 호수 너머 남쪽으로 강가를 이루는 언덕의 넓게 움푹 팬 곳을 통해 기분 좋은 풍경이 눈에 들어왔다. 마주 보는 언덕 비탈길이 울창한 계곡을 누비며 마치 강물 저편으로 흘러가는 듯한 느낌이었다. 주변의 촉촉하고 싱싱한 언덕 사이 또는 언덕 꼭대기 저편으로 푸른 기가 도는 높은 언덕이 멀리 지평선을 이루는 것이 보였다. 또 발꿈치를 들면 북서쪽으로 더욱 파랗고 더욱 먼 산의 봉우리들 보였고, 멀리 마을의 일부까지 살짝 눈에 들어왔다. 하지만 나머지 방향은 이 언덕 꼭대기에 올라도 주위를 에워싼 숲 때문에 건너편을 바라볼 수 없었다.

근처에 물이 있으면, 물이 대지에 부력을 주기 때문에 물 부근의 땅까지 두둥실 떠 있는 듯한 느낌을 준다. 어떤 작은 우물이라도 속을 엿보는 사람에게 대지는 대륙이 아니라 섬이라는 것을 가르쳐주는데, 이것은 우물이 버터를 차갑게 보관해주는 것 못지않게 중요한 역할이다. 언덕 정상에서 호수 너머에 있는 서드버리 목장은 홍수 때는 신기루처럼 격류가 끓어오르는 골짜기에 위치해 마치 물 위에 던진 동전처럼 떠 있는 듯 보였다. 지금은 강 건너편의 대지 전체가 이쪽과의 사이에 있는 작은 수면 때문에 격리된 물에 떠 있는 얄팍한 지각처럼 보여, 자신이 살고 있는 이 부근도 애당초 물이 바싹 말라버린 우물 바닥에 지나지 않음을 깨닫게 했다.

반면 집 앞에서 바라보는 전망은 조금 옹색하긴 했지만, 내가 답답하게 갇혀 있다는 느낌은 전혀 들지 않았다. 상상력을 발휘하기에 충분한 목초지가 있었기 때문이다. 건너편 강가에 융기한 떡갈나무 관목이 자라는 낮은 대지는 서부나 타타르의 대초원까지 쭉 이어져 방랑자들에게 풍부한 공간을 제공하고 있었다. "이 세상에 행복한 자가 있다면 그것은 광대하고 끝없는 지평선을 자유롭게 즐기는 사람들뿐이다"라고 다모다라는 소치기들이 더 넓고 새로운 목초지를 원했을 때 이렇게 말했다.[8]

장소와 시간이 바뀌어 나는 내가 가장 강하게 이끌리던 우주의 어떤 장소와 역사상의 어떤 시대에 더욱 가깝게 다가가 생활하고 있었다. 내가 살던 곳은 밤마다 천문학자들이 관찰하는 수많은 별자리 못지않게 멀리 떨어진 장소였다. 우리들은 자칫 보기 드문 유쾌한 장소는 시끌벅적한 속세에서 멀리 떨어진 태양계 저편 더 높은 천상의 한 구석인 카시오페이아 자리 뒤에 나 있다고 생각하기 쉽다. 나는 내 집이 정말로 우주의 그런 조그만 한 구석에 있고, 나아가 영원히 더러움을 모르는 새로운 장소라는 사실을 발견한 것이다. 가령 플레이아데스성단이나 히아데스성단, 황소자리나 견우성 가

---

8) 〈하리뱀샤〉(1834년 프랑스어판 283항)에서. 또 '다모다라'는 '크리슈나(힌두교 신화에 나오는 영웅신)'를 말한다.

까이에 눌러 사는 것이 훌륭한 일이라면 나는 바로 그러한 장소에 살고 있는 것이다. 즉 그곳은 내가 버리고 온 인간세계에서는 별자리처럼 멀리 떨어져 있었기 때문에 제일 가까이 사는 이웃의 눈에도 달이 없는 밤이 아니면 보이지 않을 만큼 희미하게 깜박이는 작은 빛에 지나지 않았던 것이다. 내가 자리를 잡은 곳은 대우주의 그러한 장소였다.

"홀로 살아가는 양치기
품은 생각의 고귀함은
주위에 떼 지은 양 떼들이
풀을 뜯는 산을 초월하네."[9]

만약 양 떼들이 양치기의 생각보다 높은 곳에 자라는 풀밭을 향해 끊임없이 무리지어 간다면 그의 인생은 얼마나 초라할까?

날마다 찾아오는 아침은 나를 향해 자연 그 자체와 같이 소박한, 굳이 말하자면 더럽혀지지 않은 인생을 보내지 않겠냐고 쾌활하게 부르짖고 있었다. 나는 그리스인과 마찬가지로 지금까지 항상 오로라 여신을 마음속으로 숭배해왔다. 아침에는 일찍 일어나 호수에서 목욕을 하곤 했는데, 그것은 일종의 종교적인 의식으로 내가 가장 좋아하는 일이기도 했다. 탕왕(湯王)의 욕조에는 "하루하루 완전히 너 자신을 새롭게 하라, 새롭게 하고 또 새롭게 하라, 영원히 새롭게 하라"[10]는 문구가 새겨져 있었다고 한다. 나는 그 의미

---

9)_이 시의 작자는 밝혀지지 않았지만, 1611년에 영국의 작곡가 Robert Jones가 작곡했다.
10)_〈대학장구서(大學章句書)〉에서

를 잘 알 수 있다. 아침은 영웅의 시대를 되살아나게 한다. 새벽하늘이 붉게 밝아올 무렵, 문과 창문을 열어젖히고 앉아 있으면 방 안을 날아다니는 보이지도 않고 모습도 상상할 수 없는 한 마리 모기의 어렴풋한 날갯짓 소리가 명언을 칭송하는 어떤 나팔 소리 못지않은 감동을 주기도 했다. 그것은 호메로스의 레퀴엠이나 다름없었다. 모기의 날갯짓 소리 자체가 분노와 유랑을 노래하면서 공중을 날아가는 〈일리아스〉이자 〈오디세이아〉였다. 그 소리에는 목숨이 붙어 있는 한 세계의 영원한 활력과 풍요로움을 한껏 선전하려는, 무엇인지 모를 우주적인 느낌이 있었다.

아침은 하루 중에서도 가장 기억해야 할 때이며, 눈을 뜨는 시간이기도 하다.

아침처럼 졸음으로부터 자유로운 시간은 없다. 우리 내부에서 밤낮없이 잠들어 있는 부분조차도 아침이면 적어도 한 시간 정도는 눈을 뜨게 된다. 만약 우리들이 내적인 정기에 의해서가 아니라 하녀의 기계적인 손길에 흔들려 눈을 뜬다면, 또는 새로 비축된 힘과 내부로부터 넘쳐나는 도약에 의해 자극받아 부드럽게 물결치는 천상의 음악이나 그윽한 향기에 둘러싸여 눈을 뜨지 않고 공장의 작업 시작 종소리에 눈을 뜬다면, 요컨대 잠자리에 들 때보다 더 높은 삶을 향해 눈을 뜨는 것이 아니라면 그날 하루에서 많은 것을 기대할 수는 없으리라.

뿐만 아니라 어둠이 열매를 맺는 것이나, 어둠 또한 빛 못지않게 좋은 것이라는 사실 역시 증명할 수 없을 것이다. 하루하루가 과거에 더럽혀진 시간보다 빠르고 신성하며 서광이 가득 찬 시간을 품고 있다는 것을 믿지 않는 인간은 결국 어두워지는 비탈길에서 굴러 떨어지고 있는 것처럼 인생에 절망하게 된다. 인간이 자신의 감각만 만족시키는 생활을 일시 중단하면 인간의 영혼과 여러 기관은 매일 아침 활력을 되찾고, 그 사람의 정기는 다시 고상한 생활을 영위하기 위해 노력하게 될 것이다.

기억해야 할 많은 일들은 아침 시간, 아침의 대기 속에서 일어난다. 〈베다〉에도 "모든 예지는 아침과 함께 눈을 뜬다"[11]고 쓰여 있다. 시와 예술을 비롯해 가장 아름답게 기념해야 할 인간의 행동은 이 시간에 시작된다. 시인과 영웅은 그리스 신화의 멤논과 마찬가지로 오로라 여신의 자식이며 해돋이와 함께 음악을 연주한다.

태양과 보조를 맞춰 탄력 있고 힘찬 생각을 시작하는 인간에게는 하루가 온통 아침이다. 시계가 몇 시를 가리키는지, 사람들의 태도나 노동이 어떠한가는 중요한 문제가 아니다. 아침이란 내가 눈을 뜨고 있는 시간을 말하는 것이고, 새벽은 나의 내부에 있는 것이다. 도덕성을 고취시킨다는 것은 다름 아닌 졸음을 내쫓으려는 노력을 말한다. 지금 그대로 드러누워 잠에 푹 빠질 생각이 아니라면 원래 그렇게 계산이 서툴렀던 것도 아닐 텐데 사람들은 어째서 이렇게 하루를 궁핍하게 보낸 계산서밖에 내밀지 못하는 것인가? 잠기운에 지지 않았더라면 그들도 어엿한 한 사람 몫의 일을 성취할 수 있었을 것이다.

육체노동을 할 수 있을 정도만 깨어 있는 사람은 얼마든지 있다. 하지만 지성을 제대로 움직이게 할 만큼 깨어 있는 사람은 백만 명에 한 사람 있을까 말까 하다. 시와 같은 인생, 신성한 인생을 사는 사람은 1억 명에 한 사람 정도 있을 것이다. 깨어 있는 것이야말로 진짜로 살아 있는 것일 텐데, 나는 예나 지금이나 진정으로 깨어 있는 사람을 만난 적이 없다. 하물며 그러한 사람의 얼굴을 직접 눈으로 보는 일이 어찌 있을 수 있겠는가?

---

11)_Sanchya Karika, trans. by H. T. Colebrooke and H. V. Wilson(Oxford, 1837), LXXII에서.

우리는 기계적인 수단에 의지하지 말고 아무리 깊은 잠에 빠져도 우리를 내버리지 않는 새벽에 대한 무한한 기대 때문에 다시 눈을 뜨는 방법, 또 언제까지나 눈을 뜨고 지내는 방법을 배우지 않으면 안 된다. 인간은 의식적인 노력으로 자신의 생을 끌어올릴 능력을 갖춘 존재라는 사실처럼 우리를 고취시키는 일도 없다. 무엇인가 특정한 그림을 그리거나 조각상을 새겨 아름다운 작품을 탄생시키는 것도 확실히 훌륭한 일이다. 하지만 우리가 훤히 들여다볼 수 있는 대기라는 매체를 조각하거나 그리는 일은 더욱 훌륭한 일이다. 이러한 일을 가능하게 하는 것은 우리들의 덕성이다. 그날 하루의 생활을 질적으로 높이는 일이야말로 바로 최고의 예술인 것이다. 모든 사람은 자신의 생활에서 세부적인 부분까지 그의 정신이 가장 고양되고 잘 닦여진 순간을 관조할 수 있도록 해야 한다. 만약 우리가 이런 사소한 교훈을 거부하거나 싫증 내는 경우에는 신의 계시가 그러한 삶의 방식을 확실하게 알려줄 것이다.

내가 숲으로 간 이유는 사려 깊은 삶을 살면서 인생의 본질적인 사실만 직면하고, 인생이 가르치는 바를 내가 과연 배울 수 있는지 확인하고 싶었기 때문이다. 죽을 때가 되어서 자신이 진정한 삶을 살지 않았다는 사실을 깨닫고 통곡하는 꼴이 되고 싶지 않았고, 인생이라고 말할 수 없는 인생은 살고 싶지 않았다.

산다는 것은 이토록 소중한 일이고, 무슨 일이 있어도 포기할 수 없는 것이다. 나는 깊이 살아서 인생의 정수를 남김없이 쭉 빨아들이고 싶었고, 스파르타인처럼 씩씩하게 살면서 인생이라 할 수 없는 것은 죄다 파멸시키고, 폭넓게 인생의 뿌리까지 잡아 뽑으며 생활을 구석구석 뒤쫓고 밑바닥까지 바짝 다가서고 싶었다. 설령 인생이 별 볼일 없음을 알게 된다 하더라도, 그 진정한 별 볼일 없음을 완전히 손에 넣어 세상에 공표하리라 마음먹은 것이다. 또 만약 인생이 엄숙한 것이라면 몸소 그것을 체험하고, 다음 여행기[12]에 있는 그대로를 기록할 생각이다. 대부분의 사람들은 인생이 신의 것인지 악마의 것인지 도무지 확신을 갖지 못하고, '신을 받들어 찬양하고 영원히 받아들이는'[13] 일이 인간이 살아가는 주목적이라고 성급한 결론을 내리는데, 나는 이런 결론을 도저히 받아들일 수 없다.

우화에 따르자면 우리들은 아주 먼 옛날 이미 인간으로 변해 있어야 마땅한데도,[14] 우리는 변함없이 개미처럼 초라한 일상을 보내고 있다. 우리들은 또 피그미족과 마찬가지로 두루미와 싸우고 있다.[15] 그것은 부끄러움의 덧칠, 기운데 덧기우는 것으로 인간의 최고 미덕조차, 불필요하고 또 피할 수도 있는 초라한 생활이 원인으로 생기고 있는 것이다. 우리는 사소한 문제에 얽매여 인생을 낭비하고 있다. 정직한 인간이라면 결코 열 개의 손가락보다 많은 것을 셀 필요는 없고, 필요한 경우에도 기껏해야 열 개의 발가락을 더하고 나머지는 하나로 뭉뚱그려 두는 것으로 충분하다.

무엇이든 간소하게, 간소하게 살아야 한다는 마음가짐을 지녀야 한다. 자신의 문제는 백이나 천이 아니라, 두 개나 세 개로 줄여두자. 백만을 세는 대신 여섯까지 세고 계산은 엄지손톱에 기록해둔다. 문명이라는 걷잡을 수 없는 바람이 몰아치는 바다 한가운데에서는 구름이나 폭풍, 물에 밀려 흐르는 모래 등 무수한 조건을 고려하지 않으면 안 된다. 파도에 배가 침몰하고

---

12)_소로의 대부분 에세이는 그 자신이 excursion이라 불리는 여행기이다.

13)_17세기에 출판된 〈뉴잉글랜드 초등독본〉에 실린 구절.

14)_〈그리스 신화〉 제우스의 아들 아이아코스는 아이기나 섬의 왕이었는데, 섬 백성들이 전염병으로 전멸했을 때, 아버지 제우스는 개미를 인간으로 바꾸어 그에게 주었다.

15)_〈일리아스〉 제3권의 서두에서 트로이군을 피그미족(소인족)과 싸우는 두루미에 비유했다.

목적지에 다다를 수 없는 사태를 피하고 싶으면 추측 항법으로 살아가는 수밖에 없다. 그러자면 웬만큼 계산을 잘 하지 않고서는 성공은 꿈도 꿀 수 없다. 간소하게, 간소하게 늘 잊지 말고 주의하도록. 하루 세 끼의 식사도 필요하다면 한 끼로 줄이고, 백 접시 먹던 건 다섯 접시로, 그 외의 것도 이것에 준해서 줄여나가는 것이다.

독일연방은 작은 주가 모인 나라로 국경이 끊임없이 변하기 때문에 독일인들조차 현재 그것이 어디에 그어져 있는지 전혀 모르는 형편이다. 그런데 우리는 어떠한가? 우리의 생활도 그와 다르지 않다. 이 나라는 내정을 개혁했다며 떠들지만 사실은 모두 표면적인 부분만 개혁한 것에 지나지 않는다. 훌륭한 목적과 냉철한 계산이 결핍된 탓에 애꿎은 살림살이만 마구 어질러 놓은 채 스스로 놓은 덫에 걸려 사치와 쓸데없는 낭비로 파멸 직전에 있는 감당하기 어려운 비대한 조직에 불과하다. 이러한 상황은 국내의 몇 백만에 이르는 가정에도 똑같이 적용된다. 국가에 있어서도 국민에게 있어서도 유일한 치료법은 허리띠를 바짝 졸라매고 스파르타인 이상으로 검소하고 엄격한 생활을 하며 더 높은 목표를 내거는 것이다.

지금 우리의 국가가 제시하는 삶의 방식은 너무나도 성급하다. 사람들은 국가는 반드시 상업에 종사하고 얼음을 수출해야 하며, 전신을 통해 서로 얘기를 나누고 시속 30마일로 달리지 않으면 안 된다고 생각한다.[16] 그들 자신에게 그 일이 과연 필요한 것인지는 고려하지 않는다. 인간은 자신이 비비처럼 살아야 할지, 사람답게 살아야 할지 누구도 확신을 갖지 못하고 있다. 만약 우리가 밤낮으로 침목을 자르고 레일을 까는 데 몸 바쳐 일하지 않

---

16)_월든 호수를 지나 피츠버그로 향하는 철도가 개통된 것은 소로가 독거를 시작하기 전 해인 1844년.

고, 어설프게 자신의 생활을 개선하자는 말을 꺼낸다면 누가 철도를 건설해 줄까? 만약 철도가 깔리지 않게 되면 어떻게 시간 맞춰 천국에 도달할 수 있을까? 하지만 모두가 집에 있으면서 자기 일에만 몰두한다면 애당초 철도를 필요로 하는 존재는 누구일까? 실은 우리가 철도를 이용하는 것이 아니라, 철도가 우리들 이용하고 있는 것이다. 여러분은 철도 아래에 깔려 있는 침목이[17] 도대체 무엇인지 생각해본 일이 있는가? 하나하나가 인간, 즉 아일랜드인이고 미국인이다. 레일이 그들 위에 깔리고 모래가 뿌려지면, 기차가 그들 위를 매끄럽게 달려간다.

튼튼한 침목인 그들은 푹 잠이 들어 있는 것이다. 몇 년에 한 번씩 새로운 침목이 깔리고, 기차는 그 위를 달린다. 그러므로 기차를 타고 즐기는 사람이 있는 반면, 기차에 깔린 채로 지내는 불행한 사람도 있는 것이다. 잠을 자면서 비틀비틀 걷고 있는 남자, 즉 잘못된 장소에 놓인 여분의 침목을 기차가 치어 잠에서 깨어나게 하면, 모두들 돌연 기차를 멈추고 이것은 뜻밖의 불행한 사건이라며 큰 소란을 피운다. 침목을 가지런히 유지하기 위해서는 5마일마다 일단의 보선공을 배치할 필요가 있다는 소리를 듣고 나는 은근히 기뻤다. 왜냐하면 그들이 언젠가는 다시 일어선다는 징후가 아니겠는가.

왜 우리들은 이렇게 황망하게 인생을 허비하며 살아가야 하는 것일까? 배도 고프지 않으면서 아사할 각오부터 하고 있다. "오늘의 바늘 한 땀은 내일의 아홉 바늘을 덜어준다"는 말을 하면서 내일의 아홉 바늘을 덜기 위해

---

17)_이하는 sleeper의 두 가지 의미('침목'과 '자는 사람')를 연관시킨 언어 유희.

오늘 천 바늘이나 꿰매고 있다. 일이라고 하지만 정작 중요한 일은 무엇 하나 하지 않는다. 우리는 모두 춤추는 병에 걸려 있어 머리를 뒤흔들지 않고는 한시도 가만히 있을 수 없다. 가령 내가 화재를 알릴 때처럼 교회의 종을 힘껏 잡아당기면 아침 나절에는 일이 바쁘다며 웅얼웅얼 변명을 늘어놓던 남자들과 여자들 심지어 아이들까지 한 사람도 빠짐없이 하던 일을 팽개치고 콩코드 주변 밭에서 종소리에 이끌려 정신 없이 뛰어올 것이다. 그것도 불 속에서 가재도구를 끄집어내려는 것이라면 몰라도, 사실 그대로를 말하자면 불구경을 하고 싶기 때문이다. 불이 났다면 어차피 불타버릴 물건이고, 자신이 불을 붙인 게 아니라고 하면서 말이다. 또는 불 끄는 모습을 보고 싶기도 하고, 근사하게 보인다면 옆에서 불 끄는 일을 도와주고 싶을 수도 있다. 불타고 있는 것이 마을의 교회든 뭐든 말이다.

대부분의 사람들은 점심 식사 후에 30분 정도 눈을 붙이고 나서, 열이면 열 사람 다 "별일 없었는가?"라고 물어본다. 당사자를 제외한 전 인류가 그를 위해 파수꾼 노릇이라도 하는 줄 아는지. 또 개중에는 30분마다 깨워달라는 부탁까지 하는 사람도 있는데, 이것도 역시 같은 질문을 하기 위해서이다. 깨워준 답례로 그들은 자신의 꿈 애기를 해준다. 하룻밤 잔 후에는 뉴스가 아침 식사와 마찬가지로 빠뜨릴 수 없는 양식이 된다. "여보게, 혹 새로운 사건이라도 있으면 들려주게. 지구상 어디든, 누구한테 일어난 일이든 상관없으니 말이지." 이렇게 이 남자는 커피와 롤빵으로 아침을 먹으면서 "그날 아침 와치토 강에서 누구누구의 두 눈이 도려내졌다"[18]는 기사를 읽는

---

18)_와치토 강은 아칸소 주에서 루이지애나 주의 레드리버로 흐르는 강. 이 부근의 주민은 적의 두 눈을 손가락으로 도려내는 일이 많았다고 한다. 또 영어의 'Have one's eyes gouged out(두 눈이 도려내지다)'에는 '돈을 사기 당하다'라는 의미도 있다.

다. 자신이 어두운 밑바닥 구석의 알려지지 않은 거대한 동굴에서 살고 있어 퇴화한 한쪽 눈의 흔적만 갖고 있다는 사실을 까맣게 모르는 주제에.[19]

나 자신에 대해 말하자면, 나는 우체국이 없어도 태연하게 살아갈 수가 있다. 우체국 신세를 질 만한 중요한 편지는 거의 없기 때문이다. 몇 년 전에도 같은 얘기를 글로 쓴 적이 있지만 간단히 말하자면 나는 우표를 붙일 가치가 있는 편지를 태어나서 지금까지 한두 통 받아봤을 뿐이다. 페니 우편제[20]란 요컨대 멍하니 앉아 있는 상대를 향해서 "무엇을 생각하고 있는지 가르쳐준다면 1페니 주지"라고 농담을 하던 것이, 이제는 1페니를 아주 진지하게 건네주는 제도로 바뀐 것이다.[21] 또 나는 신문에서 기억에 남는 기사는 한 줄도 읽은 적이 없다고 단언할 수 있다. 한 남자가 강도를 만났다든지, 살해당했다든지, 사고로 죽거나 집이 불타버렸다, 배가 난파했다, 기선이 폭발했다, 서부 철도에서 소가 열차에 치어 죽었다, 미친개를 죽였다, 겨울인데 메뚜기 떼가 나타났다는 등의 기사는 두 번 읽을 필요가 없다. 한번 읽으면 충분하고도 남는 소식이다. 원칙만 터득하고 있으면 무수한 실례나 응용 따위는 아무래도 좋다. 철학자에게 있어서 뉴스라는 것은 하나같이 신변잡기에 지나지 않으며, 이런 신변잡기를 편집해 읽는 사람은 차를 마시며 떠들어대는 수다쟁이 부인네들 정도일 것이다. 그런데 이러한 가십에 흥분하는 인간들이 결코 적지 않다.

---

19)_켄터키 주에 맘모스 동굴이라 불리는 곳이 있는데 눈이 퇴화한 물고기가 살고 있는 것으로 유명하다.

20)_한 통의 우편물에 1페니를 지불하는 것에서 이렇게 불림. 1839년에 영국에서 시행.

21)_ 'A penny for your thoughts'(무엇을 멍하게 생각하고 있느냐? 1페니 줄 테니 말해봐라)라는 표현과 연관지은 유머.

바로 얼마 전에도 최신 해외 토픽을 알아본다고 한 신문사에 사람들이 우르르 몰려가 소란을 피우다 사무실의 큰 유리창을 몇 장이나 깨뜨린 일이 있다고 하는데, 그 정도 뉴스라면 좀 눈치가 빠른 사람은 12개월 전이나 12년 전에 벌써 정확하게 쓰고도 남지 않았을까? 예를 들어 스페인에 관한 일이라면 돈 카를로스라든지 인판타 왕녀, 돈 페드로, 세비야, 그라나다와 같은 이름[22]을 적당한 비율로 지면에 곁들이고, 마땅한 오락이 없으면 투우를 끄집어내면 그만이다. 내가 신문을 읽지 않게 된 뒤에 등장한 이름들은 약간 바뀌었을지도 모르지만, 어쨌거나 기사를 작성하는 이러한 몇 가지 요령만 터득해 글을 쓰면 문자 그대로 진실을 전하는 기사가 되고, 최근의 스페인 정세 또는 스페인 정세의 악화라는 묵직한 타이틀로 신문을 장식하는 기사와 비교해도 전혀 뒤지지 않는 기사가 될 것이다. 또 영국에 대해서 말하자면 영국에서 전달된 최근의 중대 뉴스는 1649년의 청교도혁명 정도이다. 따라서 영국의 연간 평균 곡물 수확량을 알고 있다면, 시세가 오를 것을 예상하고 증권을 사는 데 혈안이 된 사업가가 아닌 이상 여러분이 이 문제에 다시 주목할 필요가 전혀 없다. 거의 신문을 들여다보지 않는 사람이 판단하건대 최근 외국에서는 프랑스혁명을 포함해 어떤 새로운 사건도 일어나지 않았다.

뉴스가 도대체 무엇인가? 차라리 시간이 지나도 낡지 않는 무언가를 알고자 하는 것이 훨씬 중요하지 않을까? 위나라의 대부 거백옥(蘧伯玉)이 공자의 근황을 묻고자 사람을 보냈다. 공자는 심부름꾼을 가까이 앉히고 이렇

---

22)_앞의 세 개는 1830~1840년대에 신문지상을 떠들썩하게 한 스페인 왕족의 이름. 나머지 두 개는 스페인의 지명.

게 물었다. "주군은 요즈음 어떻게 지내시나?" 그는 공손하게 대답했다. "주인님은 과오를 줄였으면 하고 계시지만 좀처럼 쉽지 않은 모양입니다." 그가 가버린 뒤 공자는 말했다. "얼마나 훌륭한 하인인가! 얼마나 훌륭한 하인인가!"[23]

일요일은 쓸데없이 허비한 일주일의 마지막을 마무리하는 날이지 새로운 한 주일을 힘차고 활기 있게 시작하는 날이 아니기 때문에, 목사는 일요일마다 옷자락을 질질 끄는 듯한 장황한 설교로 졸린 농부들의 귀를 괴롭히지 말고 이런 식으로 일갈했으면 좋겠다. "기다려! 멈춰라! 겉으로는 다급한 척하면서 어찌 그다지도 느려 터졌는가?"

진실은 거짓으로 취급되는 한편, 허위와 망상이 확고한 진리로 떠받들어지고 있다. 사람이 실재의 세계만 확실하게 관찰하고 미망에 빠지지 않도록 한다면, 인생은 우리들이 알고 있는 것에 비유하면 동화나 아라비안나이트의 이야기처럼 즐거운 것이 될 것이다. 필연적인 것, 존재할 권리가 있는 것만을 존중하면 시와 음악이 거리에 넘쳐흐르게 되리라. 그리고 서두르지 않고 현명하게 살다보면 위대하고 가치 있는 것만이 절대적인 존재이고, 불안이나 쾌락은 실재의 그림자에 지나지 않는다는 사실을 우리가 깨닫게 될 것이다. 실재하는 것은 늘 즐겁고 숭고하다. 하지만 사람들은 눈을 감고 잠에 빠져 있기 때문에 겉모습에 쉽게 현혹되어 여기저기 틀에 박힌 일상생활을 고정시킨 채 살아간다. 이러한 생활은 역시 순전히 환상이라는 토대 위에 구축된 것이다. 노는 것이 바로 살아가는 것인 아이들은 인생의 진정한 법칙이나 방법을 어른들보다 잘 알고 있다. 그런데 어른들은 살 만한 가치가

---

23)_〈논어〉 제14편.

있는 인생을 살 수도 없는 주제에 실패한 경험에 기대어 아이들보다 현명하다고 믿고 살아간다. 힌두교의 경전에서 이런 글귀를 읽은 적이 있다.

옛날에 한 왕자가 있었다. 어릴 적에 태어난 마을에서 쫓겨나 숲속의 야만족들 손에서 자랐기 때문에 성인이 되어서도 자신이 함께 생활하는 야만족과 같은 무리라고 믿었다. 그런데 부왕의 대신 중 하나가 그를 발견하고 신분을 밝힌 덕분에 태생에 대한 비밀이 풀리고 자신이 왕자라는 사실을 알게 된 것이다. 인도의 철학자는 계속해서 얘기한다. '마찬가지로 인간의 영혼도, 사람은 살아가는 환경 때문에 자신의 태생을 착각하게 되어 어떤 성스러운 자가 나타나 진상을 밝히기 전까지는 자신이 '브라미(梵天)'라는 것을 깨닫지 못한다'라고.[24]

생각해보면 우리 뉴잉글랜드의 주민들이 지금 이렇게 별 볼일 없는 생활을 하는 것은 사물의 표면을 꿰뚫어보는 통찰력이 부족하기 때문이다. 우리들은 존재하듯 보이는 것을 실재하는 것으로 믿어버린다. 어떤 사람이 마을을 지나면서 실재하는 모습만 본다면 콩코드 중심에 있는 '밀댐 상점가'는 어디로 사라져버릴까? 만약 그 사람이 마을에서 본 실재하는 세계를 있는 그대로 설명한다고 해도 우리들은 그가 얘기하는 장소가 여기라는 사실을 알아차리지 못할 것이다. 교회당, 재판소, 형무소, 상점, 주택 등을 진실하게 응시하면서, 그것들이 무엇인지 소리내어 말해보라. 얘기하는 사이 그것들은 모두 산산조각이 날 것이다.

사람들은 진리가 태양계에서 멀리 떨어진 우주의 후미진 구석이나 밤하늘의 별 너머 아주 먼 곳, 또는 아담이 생겨나기 전이나 최후의 인간 뒤에

---

24)_Sanchya Karika(p.72)에서.

존재한다고 믿는다. 영원의 시간은 분명 진실과 숭고함을 지닌다. 하지만 그러한 시간이나 장소, 기회는 모두 지금 여기에 있는 것이다. 당신 자신도 지금 이 순간, 영광의 정점에 올라서 있다. 헤아릴 수 없이 많은 시대를 스쳐지난다 해도 신이 지금만큼 신성한 때는 다시 돌아오지 않는다. 따라서 우리들은 자신을 둘러싼 실재의 세계를 끊임없이 내부에 침투시키고 거기에 몸을 담고 있어야 비로소 숭고하고 기품 있는 것을 이해할 수 있게 된다. 우주는 언제라도 솔직하게 우리들의 사색에 응해준다. 서둘러 가든 천천히 가든 우리의 궤도는 이미 존재하는 것이다. 그렇다면 사상을 잉태하는 일에 생애를 바쳐보지 않겠는가. 과거 시인이나 예술가가 품었던 아름답고 기품 있는 구상은 어떤 것이라도 후세의 사람들은 훌륭하게 완성시켜왔다.

'자연' 자체와 마찬가지로 하루를 사려 깊게 지내보지 않겠는가. 호두 껍데기나 모기 날개가 레일 위에 떨어져 있다고 해서 일일이 궤도를 벗어날 수야 없지 않은가. 아침에는 일찍 일어나 차분히 마음을 가라앉히고 아침을 먹는다. 혹은 아침은 먹지 않을 수도 있다. 손님이 오는 것도 가는 것도, 종이 울리거나 아이가 우는 것도 하루를 마음껏 즐기자고 마음먹고 되는대로 내버려두자. 왜 우리가 물결에 저항하지 않고, 물의 흐름에 몸을 맡겨야 하는가? 정오의 여울에서 기다리는 점심이라는 무서운 급류나 소용돌이에 휩싸여 뒤집히지 않도록 주의하자. 이 난관만 이겨내면 이제 안심이다. 다음은 내리막길이니까.

그래도 마음을 가다듬으며 아침의 활력을 잃지 말고, 오디세우스처럼 돛대에 몸을 꽁꽁 묶은 채 눈을 돌리고 단번에 지나가자.[25] 기적이 울리면 목

---

25)_〈오디세이아〉 제12권 참조.

이 쉬어 터질 때까지 울리게 놔둬라. 종이 울렸다고 해서 뛰기 시작할 필요는 없고, 그 소리가 어떤 음악과 닮았는지 생각해보자. 가만히 자리를 잡자. 그리고 편견이나 전통, 망상, 외견과 같은 진흙탕, 다시 말해 지구를 뒤덮고 있는 퇴적물을 관통해 굳게 발을 딛고 파리, 런던, 뉴욕, 보스턴, 콩코드, 나아가 교회나 주(州)는 물론이요 시, 철학, 종교에 이르기까지 가차 없이 깨부수며 마침내 실재라 불리는 견고한 암반 위에 무사히 도착하면 "이것이다, 틀림없어!"라고 외쳐보자. 이렇게 해서 홍수와 서리, 화염 아래에 거점을 확보한 다음에 성벽과 국가를 건설하고 안전하게 가로등을 세울 장소를 개척하는 것이다. 그때 없는 것을 측정하는 나일 강 측정기[26]가 아니라, 있는 것을 측정하는 실재의 측정기를 설치하면 후세 사람들은 가짜와 겉치레의 홍수가 어느 정도 깊은지 깨닫게 될 것이다.

만약 여러분이 어떤 사실과 정면으로 마주한다면, 사실의 양면이 아라비아의 신월도처럼 태양 빛을 반사하는 하얀 날이 번쩍 하며 심장과 골수를 보기 좋게 두 조각으로 가르는 것처럼 행복한 임종을 맞이하게 될 것이다. 생이든 죽음이든 우리들이 좇고 있는 것은 실재뿐이다. 만약 우리들이 정말로 죽어간다면 목구멍이 쌕쌕거리고 손발이 차가워지는 느낌을 받지 않겠는가. 만약 살아 있는 것이라면 해야 할 일에 착수하도록 하자.

시간은 낚싯줄을 늘어뜨리는 냇물에 지나지 않는다. 나는 거기에서 물을 마신다. 마시면서 모랫바닥을 보고 그것이 너무 얕다는 것을 깨닫는다. 얄팍한 시내는 흘러가지만 영원은 남는다. 나는 더 깊이 마시고 싶은 것이다. 강바닥에 별과 같은 조약돌을 촘촘히 박아넣은 큰 하늘에서 낚시를 하고 싶

---

26)_시칠리아 태생의 역사가 디오도로스에 의하면, 고대 이집트의 왕들은 나일 강의 홍수에 대처하기 위해 멤피스에 나일 강 측정기를 설치했다고 한다. 소로는 'Nil'을 '허무'의 의미로 바꾸어 읽고 있다.

은 것이다. 나는 하나를 셀 줄도 모른다. 알파벳의 첫 글자도 모른다. 항상 자신이 태어난 날만큼 현명하지 못한 것을 안타까워하고 있다.

　지성이란 커다란 고깃덩어리를 써는 식칼과 같은 것이다. 사물의 비밀을 더듬어 깊숙이 베어나간다. 나는 이제 필요 이상으로 손을 쓰고 싶지 않다. 머리를 손발처럼 움직이고 싶다. 내가 가진 최상의 능력은 모두 두뇌에 집중되어 있다는 것을 알고 있다. 어떤 동물에게는 코나 앞발이 구멍을 파는 역할을 하지만 나는 머리가 이 역할을 다하고 있음을 본능이 가르쳐준다. 때문에 나는 머리를 사용해 산 밑의 갱도를 파나가고 싶다. 분명히 이 부근에는 아주 풍부한 광맥이 있는 것 같다. 점치는 막대[27]와 어렴풋이 피어오르는 수증기를 보니 짐작이 간다. 그러면 이 부근부터 파내려가기로 하자.

---

27)_지하수를 탐지하기 위해 사용되었던 개암나무의 가지.

3rd 독서

3_독서

자신이 추구하는 것이 무엇인지 좀더 숙고한 뒤에 직업을 선택하면 누구나 학자나 관찰자가 되어 있을 것이다. 이는 인간의 성질과 운명에 대해서는 누구나 관심을 가지고 있기 때문이다.

자신과 자손을 위해 부를 축적하든, 한 가문이나 국가를 건설하든, 명성을 획득하든 우리는 모두 죽을 운명에 처해 있다. 하지만 진리를 다룰 때에 우리는 불멸의 존재가 될 수 있으므로 변화나 우연을 두려워할 필요가 없다.

아주 오랜 옛날 이집트나 인도의 철학자들이 신의 조각상을 가린 베일의 한 끝을 들어올렸을 것이다. 살랑살랑 흔들리는 신의 옷자락은 지금도 들어올린 상태 그대로 변함이 없고, 나는 옛 철학자와 마찬가지로 그 생생한 광채에 넋을 빼앗기고 만다. 왜냐하면 옛날에 이렇게 대담하게 행동했던 것은 그 철학자 안에 있던 나 자신이었고, 지금 다시 그 모습을 눈앞에 떠올리는 것은 내 안에 있는 그 철학자이기 때문이다. 옷에는 티끌 하나 붙어 있지 않다. 신이 뚜렷한 모습을 나타낸 이래 시간은 전혀 경과하지 않았다. 우리가 정말로 활용하는 시간, 활용할 수 있는 시간이란 과거, 현재, 미래 중 어느 것도 아닌 것이다.

나의 거처는 사색을 위해서뿐만 아니라 차분히 책을 읽기에도 어느 도서관 못지않게 훌륭한 장소였다. 나는 순회도서관조차 찾아오지 않는 벽지에 살았지만, 세계 속을 돌고 있는 어떤 책으로부터 예전에 느끼지 못한 큰 감동을 받았다. 그 문장은 처음에는 나무껍질에 기록되었지만 지금은 가끔씩 종이에 복사되고 있을 뿐이다. 시인 미르 카마르 웃딘 마스트는 말한다. "앉아 있으면서 정신의 세계를 거니는 것, 이것이 책으로부터 내가 손에 넣은 이익이다. 딱 한 잔의 술에 취하는 그 쾌락을 나는 현묘한 진리의 술을 마셨을 때 맛본 것이다."[1]

여름 내내 나는 이따금 한두 장 넘기는 게 고작이면서도 호메로스의 〈일리아스〉를 항상 테이블 위에 놓고 살았다. 집 손질을 마무리하면서, 동시에 콩밭의 풀도 뽑아야 했기 때문에 처음에는 늘 육체노동에 쫓겨 그 이상의 공부를 할 시간은 도저히 없었다. 하지만 언젠가는 마음껏 독서를 할 수 있으리라 생각하고 자신을 격려하곤 했다. 일하는 사이사이 천박한 여행기를 한두 권 읽기는 했지만, 이윽고 이런 책을 읽는 자신이 부끄러워 도대체 너는 어디에 살고 있느냐고 자문해보았다.

학생들이 호메로스나 아이스킬로스[2]를 그리스어로 읽는다 해도 방탕이나 사치에 빠질 위험은 없을 것이다. 왜냐하면 이 책들을 읽다보면 어느 정도 이야기 속의 영웅들과 경쟁을 해야 하고, 이러한 작품을 읽는 재미에 푹 빠지면서 아침 시간을 정화할 수 있기 때문이다. 영웅을 묘사한 책들은 설사 모국어로 인쇄했다 할지라도 타락한 시대에는 죽은 언어로 쓰인 책과 다름없다. 때문에 우리는 갖고 있는 지혜와 용기, 관대함을 최대한 동원해 문법이 허용하는 범위를 뛰어넘는 더 큰 의미를 추측해가면서 한 줄 한 줄 문장을 해독할 수밖에 없는 것이다.

요즘 대량으로 나돌고 있는 싸구려 출판물은 번역이 많이 되어 있음에도 불구하고 우리를 고대의 위대한 작가들에게 한 발자국도 가까이 다가가게

---

1)_ (M. Garcin de Tassy, Histoire de la Litterature Hindone)(Paris, 1839, I, p.331). 소로 자신이 프랑스어를 영어로 번역했다.

2)_ Aeschylos(기원전 525~456). 고대 그리스의 3대 비극 시인 중 한 사람. 소로는 아이스킬로스의 〈결박당한 프로메테우스〉와 〈테베를 공격하는 일곱 장사〉를 영역했다.

도와주지 않는다. 그들은 변함없이 고독하고 인쇄물에 새겨진 문자는 변함없이 묘한 것으로 보인다. 고대의 언어는 범용한 생활 속에서 우뚝 솟아, 늘 영원한 시사와 자극을 부여한다. 그러므로 젊은 시절에 귀중한 시간을 내어서 그저 몇 마디에 불과하더라도 배워볼 가치가 충분하다. 농부가 어쩌다 귀동냥해 들은 라틴어 몇 마디를 입 안에서 웅얼거려보는 것도 마냥 쓸데없는 짓은 아니리라.

고전을 연구하는 일은 이제 더 현대적이고 실용적인 연구에 길을 양보할 것이라는 말을 많이 한다. 하지만 기개가 있는 학생이라면 그것이 어떤 언어로 언제 쓰인 것이든 항상 고전을 연구할 것이다. 고전이란 기록되어 있는 인간의 사상 중에서 가장 고매한 것이기 때문이다. 고전에는 지금도 사라지지 않고 남아 있는 유일한 신탁이고, 거기에는 어떤 현대적인 물음에 대해서도 델포이나 도도나[3]의 신탁이 결코 대답할 수 없는 응답이 기록되어 있다. 낡아서 연구하지 않는다면 자연에 관한 연구도 그만두지 않으면 안 된다.

확실하게 책을 읽을 것. 진정한 책을 진정한 정신으로 읽는 것은 고매한 수련이며 현대의 풍습이 존중하는 어떤 수련보다 여러분에게 힘든 노력을 요구한다. 그것은 옛날 운동선수가 견뎌야 했던 고된 훈련, 전 생애에 걸쳐 목적을 달성하기 위해 끊임없이 노력하는 정신의 집중을 요구한다. 책은 그것이 쓰였을 때와 마찬가지로 사려 깊고 주의 깊게 읽어야 한다. 책을 쓰는 데 사용한 언어를 말할 수 있는 것만으로는 충분하지 않다. 말하는 언어와 쓰는 언어, 듣는 언어와 읽는 언어 사이에는 현저한 거리가 있기 때문이다. 말하는 언어와 듣는 언어는 보통 일시적인 것으로 음성, 잡담, 방언에 지나

---

3) 모두 고대 그리스의 도시 이름. 전자는 아폴론의, 후자는 제우스의 신탁으로 유명했다.

지 않고 거의 동물적인 것이라 할 수 있다. 사실 동물과 마찬가지로 인간은 말하는 언어와 듣는 언어를 어머니로부터 무의식중에 배운다. 쓰는 언어와 읽는 언어는 말하는 언어가 성숙해지고 경험이 쌓이면서 성립된 것이다. 전자가 어머니의 말이라면 후자는 아버지의 말이고, 귀로 듣기에는 너무나 의미 깊고 세심하게 고른 표현이기 때문에 쓰고 읽는 언어를 말하기 위해서는 다시 한번 태어날 수밖에 없다.[4]

중세에 그리스어나 라틴어로 말하는 군중이 우연히 그 시대에 태어났다고 해서, 천재들의 저술을 원어로 읽을 능력을 갖추었던 것은 아니다. 이 시대의 그리스어와 라틴어 저술은 그들이 알고 있는 그리스어나 라틴어가 아니라 세심하게 고르고 고른 문학적인 언어로 쓰여 있기 때문이다. 그들은 그리스나 로마의 고귀한 방언을 배운 적이 없고, 그러한 말로 엮은 서적은 그들 입장에서 보면 휴지조각이나 마찬가지였다. 그래서 그들은 대신 동시대의 싸구려 문학을 극구 칭찬하기에 이른다.

그러나 유럽 여러 나라들은 세련되지는 않았지만 자국의 문학을 융성하게 할 명확한 문어를 획득하게 되었고, 비로소 학문이 부흥하고 학자들은 먼 시간의 흐름을 건너 고대의 보물을 발견할 수 있었다. 로마나 그리스의 대중이 귀로 들을 수 없었던 언어를 오랜 세월이 흘러 몇몇 학자들이 읽게 되고, 지금도 소수의 학자는 계속해서 읽고 있다.

웅변가의 끓어오르는 듯한 열변은 때로 우리를 감동시킨다. 그러나 비할 바 없이 고귀한 문장은 그러한 잠깐 동안의 열변을 뛰어넘는 더 높은 곳에 존재한다. 마치 별빛에 빛나는 하늘이 구름 저편 뒤에 숨어 있는 것처럼 말

---

4)_《신약성서》요한복음 3:3. "사람이 거듭나지 아니하면 하나님 나라를 볼 수 없느니라"를 이용한 문구.

이다. 별은 거기에 있고 능력이 있는 자는 그것을 읽을 수 있다. 천문학자들은 싫증도 모르고 별에 대해서 논하고 관찰한다. 별은 우리의 일상 회화나 순식간에 사라져버리는 숨결과는 달리 증발해버리는 일이 없다. 토론회장에서 소위 웅변이라 부르는 것들을 서재에 돌아와 다시 읽어보면 대개 미사여구로 떡칠한 문장일 뿐이다. 웅변가는 즉석에서 느껴지는 감흥에 흔들리는 눈앞의 군중, 오로지 귀로만 듣는 무리를 향해서 말을 건넨다. 하지만 평소에 더 차분한 생활을 필요로 하고, 웅변가를 고무하는 사건이나 군중을 접할 때 도리어 정신이 산란해지는 문필가는 인간의 지성과 심정에 호소하고, 자신을 이해하는 모든 시대 모든 사람들을 향해 얘기하는 것이다.

알렉산더 대왕이 원정을 나가면서 〈일리아스〉를 넣고 갔던 것도 전혀 이상할 것이 없다. 기록된 언어는 선조의 유물 중에서도 특히 고귀한 것이기 때문이다. 문학작품은 다른 어떤 예술작품보다 우리에게 가까이 있으면서 동시에 보편적인 것이다. 인생 자체에 가장 가까운 예술작품인 것이다. 그것은 다양한 언어로 번역되고, 단순히 읽는 차원을 넘어서 실제로 여러 인간의 입을 통해서 흘러나올 것이다. 캔버스나 대리석 위에 묘사될 뿐만 아니라 생명의 숨결 자체에서 선명히 떠오르기도 한다. 고대인이 생각한 상징물이 현대인의 말로 되살아나는 것이다. 2000년의 여름은 그리스 문학의 기념비에 그리스의 대리석 건축물에 그랬던 것처럼 한층 더 원숙한 가을의 황금 색조를 더해주었을 뿐이다. 그리스 문학은 여러 나라에 맑고 쾌청한 신성함을 가져다주면서 오염으로 인한 부식으로부터 몸을 지켜온 것이다. 책은 세계가 소중히 간직해온 재산이며 그 나라의 국민들과 후손들이 대대로 이어받을 가치가 있는 유산이다. 가장 오래되었고 가장 좋은 책은 어떤 오두막의 책장에 놓아도 자연스럽게 어울린다. 그러한 책은 특별히 자기주장을 내세우지 않지만, 독자를 계몽하고 격려하는 한 독자의 양식이 그들을 거절하는 일은 없다.

고전의 저자들은 그들이 살았던 시대의 누구도 부정하기 힘든 타고난 귀족이며 황제 이상으로 인류에게 영향을 미치고 있다. 배운 것 없고 학문 같은 것은 경멸하던 장사꾼이 부지런히 일해 오랜 염원이던 여가와 독립을 손에 넣고 돈 많은 상류 사회에 출입할 수 있게 되면, 그는 지성과 천재성으로 이루어진 더 높고 다가가기 힘든 사회에 좋든 싫든 눈을 돌리게 된다. 여기에서 그는 자신이 교양이 부족하다는 사실과 부의 허무함과 불충분함을 확연히 느끼고, 이번에는 자신에게 결핍된 지적인 교양을 적어도 자기 아이들에게는 보증해주기 위해 갖은 애를 다 쓰는 것으로 견식이 있다는 것을 드러내려고 한다. 이렇게 해서 그는 일족의 창시자가 되는 것이다.

고대의 주옥같은 고전을 원어로 읽을 수 없는 사람들은 인류의 역사에 대해 극히 불완전한 지식을 갖고 있을 뿐이다. 놀라지 말기를, 고전의 사본은 이제껏 한 번도 어떤 현대어로도 번역된 적이 없기 때문이다. 물론 우리의 문명 자체가 이러한 고전들의 사본이라고 한다면 얘기는 달라진다. 호메로스는 물론이고 아이스킬로스나 베르길리우스[5] 등 아침 그 자체와 같이 세련되고 진실하며 아름다운 작품은 지금까지 한 번도 영어로 인쇄된 적이 없다. 후세의 작가들은 우리가 아무리 그 재능을 칭송해도 고전 작가들의 정묘한 아름다움이나 완성도, 일생을 통해 일군 문학상의 위대한 공적과 어깨를 나란히 하기 힘들다. 고전 작가들에 대해 무지한 사람들만이 그러한 것은 잊어버렸다는 말을 한다. 그들에게 심취해보고, 그들을 이해할 수 있을

---

5)_Aeschylos(기원전 525~456). 고대 아테네 3대 비극 작가 가운데 최초의 인물.
Publius Vergilius Maro(기원전 70~19). 고대 로마의 시인. 대표작 〈아이네이스〉 외, 〈전원시〉, 〈농경시〉 등이 있다.

만한 학문과 능력을 쌓은 후에 잊어버려도 결코 늦지는 않을 텐데 말이다. 우리가 이른바 고전이라 부르는 유산과 그보다 더 오래되고 수도 많으면서도 별로 알려져 있지 않은 각국의 고전을 더욱 집대성한 다음, 바티칸 궁전을 베다, 젠드아베스타[6], 성경과 같은 경전들과 호메로스, 단테, 셰익스피어 등의 작품들로 하나 가득 채우고, 미래의 다양한 세기가 기념할 만한 작품들 역시 계속해서 세계의 광장에 쌓아올리는 때가 오면 참으로 풍요로운 시대가 도래하리라. 이 같은 움직임 덕분에 우리들도 마침내 천국에 오르기를 기대할 수 있을지도 모른다.

위대한 시인의 작품 중에는 아직 한 번도 인류의 손길이 닿지 않은 작품들이 많다. 그것을 읽을 수 있는 것은 위대한 시인뿐이니까. 대중은 그들의 작품을 천문학적으로가 아니라, 밤하늘의 별을 읽을 때처럼 기껏해야 점성술을 대하듯이 읽어왔다. 인간이 계산 방법을 배우는 것은 대개 장부를 기록하고 장사를 하면서 속지 않기 위해서이고, 글을 배우는 것 역시 별 볼일 없는 생활의 편의를 위해서이다. 그들은 지적인 훈련의 하나인 수준 높은 독서에 대해서는 거의 아는 바가 없다. 그런데 수준 높은 독서야말로 진정한 의미를 가진 유일한 독서라고 할 수 있다. 즉 사치품처럼 우리의 관심을 불러일으키지만 어느새 더 고귀한 능력을 잠들게 하는 독서가 아니라, 까치발로 선 채 읽는 듯한, 가장 높은 주의력과 깨어 있는 의식을 바치지 않으면 안 되는 그런 독서를 해야 한다.

모국어의 글자를 익힌 다음 우리들은 최고의 문학작품을 읽도록 해야 한

---

6)_고대 페르시아, 조로아스터교의 경전.

7)_당시, 방이 하나뿐인 지방의 초등학교에서는 제일 어린아이들은 맨 앞줄의 가장 낮은 의자에 앉았다.

다. 4학년이나 5학년생이 교실에서 평생 제일 작은 앞줄 의자에 앉아[7] 알파 벳이나 한 음절 단어만 되풀이하고 있어서야 되겠는가. 대부분의 사람들은 〈성서〉라는 한 권의 양서를 읽고, 혹은 다른 사람이 읽는 것을 듣고 우연히 그 속에 담긴 진리 덕분에 자신의 죄를 깨닫게 되면 그것으로 만족해버린 다. 그런 다음 일생 동안 가벼운 읽을거리만 전전하며 재능을 낭비하고 마 는 것이다.

우리의 순회도서관에는 〈작은 읽을거리(Little Reading)〉라는 제목의 몇 권 짜리 작품이 있는데, 나는 그 책을 보고 분명히 '작은 읽을거리' 라는 이름을 가진 내가 아직 가본 일이 없는 마을에 관한 얘기라고 생각했다.[8] 세상에는 메추리나 타조처럼 음식을 버리는 게 싫어 고기나 야채를 배부르게 먹고도 여전히 온갖 것을 전부 소화할 수 있는 자들이 있다. 작자가 이러한 여물을 제공하는 기계라면 그들은 그것을 읽는 기계인 것이다. 그들이 읽는 것은 '제블론과 세프로니아'[9]에 관해서 쓴 9천번째의 이야기이고, 두 연인이 보 기 드문 열렬한 사랑을 나누고 있다거나, 그들의 사랑의 길 역시 평탄치 않 았다거나[10], 요컨대 두 사람의 사랑이 어떤 길을 더듬어갔으며 어떤 식으로 걸려 넘어지고, 그러고 나서 또다시 털고 일어나 어떻게 앞으로 나아갔는가 따위의 이야기들이다.

또 어떤 불우한 남자가 교회의 첨탑에 기어올라갔다고 한다. 굳이 종루에 까지 올라가게 할 필요가 있었을까 싶지만, 남자를 교회의 첨탑까지 올라가

---

8)_보스턴 바로 북쪽에 Reading이라는 마을이 있다.
9)_당시 유행하고 있던 연애소설의 주인공들의 이름일 것이다.
10)_"진정한 사랑의 길은 예전에 평탄했던 적이 없다."(셰익스피어 〈한여름 밤의 꿈〉 제1막 제1장 134행)에서.

게 해놓은 소설가는 마냥 기분이 들떠 우렁찬 종소리를 울려대며 세상 사람들을 불러모아 들려주는 이야기라는 것이 고작 그자가 어떻게 다시 땅으로 내려왔는지 하는 것이니 그저 아연할 수밖에!

나로서는 옛 작가들이 영웅을 하늘의 별자리에 밀어넣었던 것처럼, 현대의 작가들도 세계 속의 소설 왕국에 살고 있는 주인공들을 모두 바람개비로 변신시켜 녹이 슬 때까지 빙글빙글 돌아가게 하면 어떨까 싶다. 그렇게 하면 그들이 지상으로 내려와 마구 나쁜 짓거리를 해 정직한 사람들에게 폐를 끼치는 일은 없지 않을까. 이번에 다시 소설가가 종을 울린다면 나는 설사 교회가 불에 타 무너진다 해도 꿈쩍하지 않을 작정이다.

"〈티틀 톨 탄〉을 쓴 유명한 작가의 중세 로망스 〈팁 토 합의 도약〉, 매월 간행. 주문이 쇄도하고 있으니 빠른 시일 내에 구매하십시오." 이러한 문구에 눈이 휘둥그레져서 유치하고도 왕성한 호기심에 자극받아 조금도 갈고 닦을 필요도 없고 피로해서 주름이 생기지도 않는 상태로 읽는 모습은, 꼭 벤치에 걸터앉은 네 살배기 꼬마가 발음도 악센트도 억양도 전혀 진보하지 않고 교훈을 끄집어내거나 끼워넣는 비결 역시 익숙하지 않은 상태에서 정가 2센트짜리 금박 표지의 〈신데렐라〉를 읽는 데 열중하는 것과 똑같은 것이다. 그 결과 시력이 떨어지고 혈액순환이 나빠져 지적 능력이 뚝 떨어지거나 허물처럼 벗겨져버린다. 이러한 종류의 생강 넣은 쿠키는 거의 모든 부뚜막에서 매일, 순수한 밀가루나 호밀, 옥수수 가루로 만든 빵보다 많이 굽고 있으며 판매량도 나날이 증가하고 있다.

가장 좋은 양서는 좋은 독자라고 알려진 사람들조차 좀처럼 읽지 않는다. 우리 콩코드의 교양 수준은 어디쯤 도달해 있을까? 몇 안 되는 예외를 제외하면 이 마을에서 누구나 읽고 쓸 수 있는 언어로 쓰인 영문학의 최고 걸작이나 걸작에 대한 흥미조차 전혀 발견할 수 없다. 비단 여기뿐만 아니라 어디를 가도 마찬가지인데, 대학을 나온 사람이나 소위 교양이 높다는 사람들이라도 영문학의 고전에 정통한 경우는 거의 또는 전혀 없다. 더구나 인류의 예지가 기록된 고대의 작품이나 성전으로 말할 것 같으면, 마음만 먹으면 누구라도 간단히 손에 넣을 수 있는데도 그것과 친해지려는 조그만 노력조차 보이지 않는다. 내가 알고 있는 한 중년의 나무꾼은 불어로 된 신문을 보고 있는데, 본인의 말에 따르면 뉴스를 읽기 위해서가 아니라 캐나다 태생이라서 '프랑스어를 잊지 않도록' 하기 위해서라고 한다. 그러면 자네가 이 세상에서 할 수 있는 가장 훌륭한 일은 무엇이라 생각하냐고 물어보니, 그 밖에 영어 공부를 계속해서 어학 실력을 높이는 것이라고 대답했다. 대학을 나왔다는 인간이 하고 있는 일, 또는 하고 싶다는 일 역시 대체로 이 정도의 것이며 그들은 이를 위해서 영자 신문을 구독하고 있는 것이다.

영어로 쓰인 양서를 지금 막 독파한 사람은 그것에 대해 서로 얘기를 나눌 수 있는 상대를 과연 몇이나 발견할 수 있을까? 혹은 배우지 못한 사람들조차 세상에서 칭송받고 있다는 사실을 잘 알고 있는 그리스어나 라틴어의 고전을 누가 원어로 읽어냈다고 하자. 그는 과연 얘기를 나눌 만한 상대를 한 사람이라도 찾을 수 있을까? 아마 아무도 찾지 못하고 침묵을 지킬 수밖에 없을 것이다. 사실 이 나라의 대학에는 그리스어를 독해할 수 있는 교수는 있지만, 고대 그리스 시인의 기지와 감성을 제대로 이해해 명민하고 다기찬 독자들에게 깊고 깊은 공감을 해설할 수 있는 교수는 거의 없을 것이다.

이런 상황인데 인류의 성서라고 할 수 있는 성스러운 경전들의 제목만이라도 제대로 말할 수 있는 자가 이 마을에 누가 있겠는가? 대부분의 사람들은 유대 민족 이외의 민족들도 모두 성전을 갖고 있다는 사실조차 모르고 있다. 1달러짜리 은화를 줍기 위해서라면 우리는 옆길로 꽤 벗어나도 개의

치 않는다. 그런데 여기에 고대의 최고 현인들이 입으로 전하고, 그 후 다양한 시대의 현인들이 가치를 보증한 황금 같은 이야기가 있다. 그런데 우리들은 '가벼운 읽을거리'[11]를 비롯해 초등독본 같은 초등학교 교과서들만 겨우 읽고, 또 학교를 졸업한 뒤에는 아이들과 초보자를 위한 〈작은 읽을거리〉나 동화책이나 읽고 있다. 그렇기 때문에 우리들의 독서나 대화, 사색은 모두 소인족이나 난쟁이 수준의 아주 낮은 차원에 머물고 있는 것이다.

나는 비록 그 이름이 이곳에 거의 알려지지 않았다 하더라도, 콩코드에서 태어난 사람보다 더 현명한 사람들과 꼭 알고 지내고 싶다. 내가 플라톤이라는 이름은 알고 있으면서 그의 저서는 전혀 읽지 않아도 괜찮은 것일까? 이것은 마치 플라톤이 같은 마을에 살고 있는데도 한 번도 만난 적이 없고, 이웃이면서도 말하는 소리를 듣지 못했으며, 그 예지 넘치는 말에 귀를 기울인 적도 없다고 하는 것과 마찬가지 아닌가. 그러나 현실은 어떤가? 그의 불멸의 영혼이 담긴 〈대화편〉은 바로 옆 책장에 꽂혀 있는데 나는 아직 한 번도 훑어보지 않았다. 우리는 궁색한 형편에 발육도 부진하고 무지한 것이다. 이 점에 있어 전혀 글을 읽을 줄 모르는 까막눈의 무지함이나, 어린애 같은 유치한 것만 겨우 읽을 수 있는 인간의 무지함 사이에는 별로 큰 차이가 없다. 우리도 고대의 위인들 못지않은 뛰어난 사람이 되어야 하지 않겠는가. 그러기 위해서는 우선 그들이 얼마나 뛰어난 인간이었는지 어느 정도 알고 있어야 한다. 우리는 지적인 소인족이기 때문에 우리의 지성은 일간지의 칼럼 이상으로 높이 날아오르지 못하는 것이다.

모든 책들이 그 독자와 마찬가지로 별 볼일 없는 것은 아니다. 어떤 책에

---

11)_당시 《Easy Reading for Little Folks》라는 책이 널리 읽히고 있었다.

는 지금 우리가 놓여 있는 상황에 들어맞는 내용도 분명 있을 것이다. 우리가 잘 알아듣고 이해할 수 있다면, 그러한 말은 아침이나 봄의 태양보다 더 생활에 도움이 될 것이고 사물의 새로운 면모를 파악할 수 있게 도와줄 것이다. 지금까지도 얼마나 많은 사람들이 한 권의 책을 읽고, 인생의 새로운 시기를 맞이해왔겠는가. 우리에게 일어난 기적을 해명하고, 나아가 새로운 기적을 계시해주는 그런 책이 분명 존재할 것이다. 지금 말로 표현하지 못하는 어떤 문제가 어느 책에 설명되어 있을지 모른다. 우리를 고민하게 하고, 난처하게 하고, 혼란하게 하는 문제는 예외 없이 고대의 여러 현인들에게도 따라다녔을 것이다. 현인들은 이런 문제에 대해 그들 각자의 능력에 따라 자신의 말과 인생을 가지고 대답해온 것이다. 이러한 책을 읽으면서 우리는 예지와 함께 관대함도 배울 수 있으리라.

　콩코드 변두리의 한 농장에 고용되어 홀로 생활하던 어떤 남자는 새로 태어난다는[12] 특이한 종교적인 체험을 한 결과, 신앙이 명하는 대로 무거운 침묵을 지킨 채 집에 틀어박혀 사람을 만나지 않기로 했다. 그는 믿지 않을지 모르지만, 몇천 년 전에 조로아스터라는 페르시아의 종교가(기원전 7~6세기) 역시 길을 걸으며 똑같은 경험을 했다. 단 조로아스터는 현명했기 때문에 자신의 경험이 보편적인 것이라는 것을 알고, 이웃들을 처지에 맞게 대하면서 사람들 사이에 신앙을 일으키고 그것을 확립했다. 그렇다면 그 남자도 겸허한 마음으로 조로아스터에 대해 공부하면 어떨까? 여러 현인들의 영향으로 마음이 관대해지면, 예수 그리스도와 직접 만나도록 해, '우리들의 교회'라는 식의 이기심을 버릴 수 있을 것이다.

---

12)_개종 체험을 일컬어 '새로 태어나다'라고 표현하는 일이 많다. 본 장의 역주 4) 참조.

사람들은 자신이 19세기의 인간이라는 것, 자신의 나라가 다른 어느 지역보다 빠르게 진보하고 있다는 것을 뿌듯하게 여긴다. 하지만 생각해보니 정작 이 마을 스스로의 문화를 높이기 위해 무엇 하나 해놓은 게 없지 않은가. 나는 마을 사람들에게 입에 발린 말을 하고 싶지 않고, 나 역시 그런 말을 듣고 싶지 않다. 그러면 어느 쪽도 진보하지 않기 때문이다. 우리에게는 자극이 필요하다. 즉 소와 마찬가지로 막대기로 옆구리를 찔리며 달릴 필요가 있다. 우리는 소와 다를 바가 없기 때문이다.

이 마을은 아이들만 다니는 평범한 공립초등학교에 비교적 제대로 된 제도를 갖추었다. 그러나 동절기에 열리는 빈사 상태의 시민 교양강좌와, 최근 주(州)의 도움을 얻어 가까스로 개관한 도서관을 제외하면 성인을 위한 학교는 찾아볼 수 없다. 우리는 몸에 자양분이 되는 음식에 대해서는 정신의 자양분 이상으로 돈을 들인다. 사람이 어엿한 한 남자나 여자로 성장하려는 찰나에 교육받지 못하는 일이 없도록 지금이야말로 평범한 학교와 다른, 성인을 위한 학교를 만들 때이다. 마을이 대학이 되고, 나이 지긋한 주민은 대학의 특별연구원이 되어 생활에 충분한 여유가 생기면 여가를 이용해 교양을 쌓는 데 힘써야 한다. 대학이라면 이 세상에 파리와 옥스퍼드 대학밖에 없는 상태가 언제까지 지속되어야 할 것인가? 학생들이 이곳에 머물러 살면서, 콩코드의 하늘 아래에서 높은 수준의 교양을 배울 수 있는 방법은 없는 것일까? 아벨라르[13]와 같은 학자를 초빙해 강의를 듣게 할 수는 없는 것일까?

유감스럽게도 우리는 소에게 여물을 주거나 가게를 지키는 데 바빠서 너

---

13)_Pierre Abélard(1079~1142). 프랑스의 스콜라 철학자, 신학자. 엘루아즈와의 사랑의 왕복 서간으로 유명하다.

무나도 오랫동안 학교에서 멀어지고, 우리의 교육은 한심스러울 정도로 소홀한 상태이다. 이 나라에서 마을은 때로 유럽의 귀족을 대신해야 하고 예술의 보호자가 되어야 한다. 이 나라는 그 정도의 부는 지니고 있지만, 도량과 세련됨은 부족할 뿐이다. 마을은 농민이나 상인들이 고마워할 만한 것에는 얼마든지 돈을 쏟아부으면서도, 지적인 사람들이 더욱 높은 가치를 부여하는 일에 대해서 돈 쓸 것을 제안하면 몽상가라고 손가락질한다. 이 마을에 정말 돈이 많은 것인지, 아니면 정략이 뛰어난 것인지 1만 7000달러나 들여 관청을 지었다. 하지만 정작 껍데기 속에 넣을 중요한 알맹이, 살아 있는 지성을 키우기 위해서는 앞으로 백 년이 걸려도 그렇게 많은 돈을 쓸 필요가 없다. 겨울의 시민 교양강좌를 위해 매년 모금하는 125달러는 이 마을에서 모금하는 같은 액수의 기부금 중에서 가장 유용하게 사용된다. 우리들이 19세기에 살고 있다면, 19세기가 부여하는 혜택을 마음껏 누려야 하지 않겠는가.

어째서 우리들의 생활은 여러 가지 점에서 촌티를 벗어나지 못하는 것인가? 신문을 읽고 싶으면 보스턴의 가십 따윈 잊어버리고, 지금 바로 이 세상 최고의 신문을 구독하면 되지 않겠는가? 뉴잉글랜드에 살고 있다고 해서 굳이 '중립적 가정'이란 신문[14]의 유치한 지면을 막대사탕처럼 빨거나 〈올리브 가지〉[15]란 주간지를 뜯어먹을 필요는 없는 것이다. 여러 학회의 보고서를 가져오게 해 그들이 깊이 연구하고 축적한 지식의 수준을 들여다보는 게 낫지 않겠는가. 우리의 읽을거리를 왜 하퍼 앤 브라더스 출판사나 레딩과

---

14)_정치적 중립의 입장을 표방하는 대중지.
15)_보스턴에서 간행되고 있었던 주간지.

같은 서점에게 맡겨두는 것인가. 고상한 취미를 지닌 귀족이 자신의 교양을 높여주는 천재성, 학문, 재능, 서적, 회화, 조각상, 음악, 물리 기구 등의 여러 물건을 자신 주변에 그러모으듯이 마을에도 이러한 물건을 모아보면 어떨까? 옛날 이 땅으로 발을 옮긴 우리의 선조들이 거친 바람에 드러난 바위 위에서 추운 겨울을 견딜 때, 선생 하나에 목사 하나, 교회지기 한 사람, 교구 도서관 하나, 세 명의 행정위원만으로 충분했다고 해서 지금도 그 정도 선에서 손을 놓을 수는 없는 일이다.

집단적으로 행동하는 것은 우리나라의 다양한 제도가 가진 정신과 부합하는 일이다. 게다가 우리는 유럽의 귀족들보다는 호황을 누리고 있기 때문에 재력에 있어서도 그들보다 뛰어나다고 나는 확신한다. 뉴잉글랜드가 세계 속의 여러 현인들을 고용해 학생들을 가르치게 하고, 가르치는 동안 이곳에 머물도록 한다면 우리는 지방의 편협함에서 완전히 벗어날 수 있을 것이다. 이것이야말로 우리들에게 필요한 평범함과는 다른 형태의 학교이다. 귀족이 아니라 인간이 사는 고귀한 마을을 만들어보자. 필요하다면 강에 걸치는 다리를 하나 절약해서 조금 멀리 돌아가더라도 우리를 둘러싼, 강보다 어두운 무지의 심연에 무지개 다리를 하나 만들도록 하자.

4*th*
소리

4_소리

    아무리 잘 고른 고전이라고 해도 책에만 몰두하고, 방언에 지나지 않는 특정한 문자만 읽다보면 은유 없이 말을 하는 유일한 표준어인 삼라만상의 풍부한 언어를 잊어버릴 우려가 있다. 소리는 대량으로 발표되지만 인쇄되는 법은 없기 때문이다. 덧문을 통해 새어들어오는 빛은 덧문을 완전히 떼어내면 더 이상 머리에 떠오르지 않을 것이다. 어떤 훈련이나 방법도 방심하지 않고 주의 깊게 관찰하는 것 이상은 없다. 보아야 할 것을 항상 잘 보게 하는 훈련에 비하면 그 내용을 아무리 잘 선택한 것이라 해도 역사나 철학, 시 등의 강좌는 하찮은 것에 불과하다. 최고의 인물들과 교류하거나 또는 그들이 평소 살아가는 더할 나위 없이 훌륭한 모습도 마찬가지이다. 여러분은 단순한 독자나 학자가 될 것인가, 아니면 선각자가 될 것인가? 여러분은 자기의 운명을 파악하고, 눈앞에 있는 것을 보면서 미래를 향해 앞으로 나아가지 않으면 안 된다.

    첫해 여름에는 콩밭의 풀 뽑기를 하거나, 그와 비슷한 즐거운 일을 하기 위해 책을 읽지 않았다. 머리를 쓰는 일이든 손을 쓰는 일이든 꽃 피는 현재의 순간을 일 때문에 희생하고 싶지는 않았고, 생활에 여백을 남겨두고 싶었다. 여름날 아침에 평소처럼 미역을 감고 햇볕 잘 드는 현관 문 앞에 앉으면, 누구도 어지럽히지 않는 고독과 정숙함 속에서 소나무와 히코리와 옻나무에 둘러싸인 채 동틀 무렵부터 점심때까지 흠뻑 몽상에 잠기곤 했다. 곁에서 지저귀는 새는 바람처럼 소리도 없이 집안을 스쳐지나갔다. 그러다 서쪽 창가에 비껴드는 햇살과 먼 길을 달려가는 여행자의 마차 소리에 문득 정신을 차리고 시간의 경과를 깨닫곤 하는 것이다. 이 계절에 나는 한밤의 옥수수처럼 쑥쑥 성장하고, 다른 어떤 일을 하는 것보다 더 좋은 시간을 보낼 수 있었다. 이러한 시간은 나의 생활에 있어서 마이너스가 된 것이 아니라, 오히려 내게 주어진 시간 위에 할당된 특별 수당 같은 것이었다. 나는 동양인이 말하는 명상이나 무위라는 말의 의미를 깨달았다. 대부분의 경우 시간이 흘러간다는 사실에는 조금도 신경이 쓰이지 않았고, 하루하루 시간이 흘러감에 따라 오히려 일의 양이 줄어드는 듯한 느낌조차 들었다. 아침이 왔나 싶으면 곧바로 저녁이 되었다. 이렇다 할 일은 아무것도 해내지 못했다. 나는 새처럼 노래하지는 않았지만 내게 주어진 끊임없는 행운에 말없이 미소를 지었다. 현관문 앞의 나뭇가지에 앉은 참새가 지저귀듯이 나는 혼자서 킥킥 웃거나 작은 목소리로 노래를 불렀는데, 나의 둥지 속에서 새어나오는 이러한 지저귐을 참새도 듣고 있었을 것이다. 나의 하루하루는 이교도 신들의 이름이 붙은 일주일의 무슨 요일[1]이라는 것과 아무 관계가 없었고, 또 매시간을 나눠 생각할 일도 없었으며, 시곗바늘 소리에 고민할 일도 없었다. 나는 푸리 인디언과 같이 살고 있었기 때문이다. 이 부족은 "어제, 오늘, 내일이란 것을 단 한 마디로 표현하는데 어제에 대해서는 뒤, 내일에 대해서는 앞, 오늘에 대해서는 바로 위를 가리키는 방식으로 의미의 차이를 표현한다"[2]고 한다. 이러한 생활은 여러분이 보면 마냥 나태한 것으로 여길 수 있지만, 새나 꽃들을 기준으로 판단하면 결코 그렇지 않다. 인간은 자신의 내부에서 생활의 근거를 찾아야 하는데, 지당하신 말씀이다. 자연의 하루는 아주 잔잔하게 흘러가는 것이니 인간의 게으름을 문책할 일이 아니다.

---

1) 예를 들어 Thursday가 Thor(雷神)에서 유래하듯이, 영어의 주일의 명칭은 이교도 신들의 이름에서 유래한다.
2) Ida Pfeiffer의 전게서 36항에서.

바깥세상에서 즐거움을 찾으려고 사교계나 극장으로 향하는 사람들과 비교하면 내가 생활하는 방식은 적어도 한 가지 장점이 있다. 내가 살아가는 생활 자체가 즐겁고, 늘 신선함을 잃지 않는다는 것이다. 이러한 생활은 계속 장면이 바뀌는 끝이 없는 드라마와도 같은 것이다. 만약 우리가 생계를 잘 꾸려가면서 자신이 배워온 것 중 가장 좋다고 생각하는 방법으로 생활을 규제하면 권태로 고민하는 일은 절대 없을 것이다. 자기의 천분에 가능한 한 충실하게 살아간다면 시시각각 새로운 전망이 열리게 될 것이다.

가사 일은 재미나고 유쾌한 놀이였다. 마루가 더러워지면 아침 일찍 일어나, 가구는 물론 침구나 침대까지 몽땅 문 밖의 풀밭 위로 실어나르고 마루에 물을 뿌린 뒤에, 그 위에 호수의 하얀 모래를 뿌리고 빗자루로 마루가 하얗게 될 때까지 깨끗이 쓸었다. 이렇게 하면 마을 사람들이 아침 식사를 끝낼 무렵 햇살에 집 안이 바짝 말랐기 때문에 다시 집 안으로 들어가 명상을 하는 데 아무런 지장도 없었다. 가재도구를 마치 집시들의 살림살이처럼 풀밭 위에 작게 쌓아올리고, 책과 펜, 잉크병을 얹은 삼각 책상이 소나무 숲에 놓인 것을 바라보는 것은 퍽 즐거운 일이다. 이 물건들은 집 밖에서 노는 재미에 폭 빠져 안에 들어가기 싫다고 뻗대는 듯이 보였다. 차라리 그 위에 천막을 치고 같이 앉아 있을까? 내리쬐는 햇볕 아래 그들을 바라보는 것, 스쳐지나는 바람 소리를 듣는 것은 참으로 기분 좋은 일이었다. 평소 눈에 익은 물건도 집 안이 아니라 집 밖에 내다놓으면 묘한 재미가 배어나온다. 작은 새가 한 마리 포르르 옆 나뭇가지에 날아와 앉으니 책상 밑에 있는 산떡쑥이 살며시 얼굴을 내민다. 블랙베리 덩굴이 다리를 휘휘 감고 솔방울, 밤송이, 딸기 잎이 사방에 흩어져 있다. 이들의 문양이 테이블이나 의자, 침대 다리 등에 새겨지는 것은 본래 가구들이 이런 식으로 숲속에 서 있었기 때문이 아닌가 싶다.

내 오두막은 산중턱의 소나무와 어린 히코리로 이루어진 숲의 한가운데에 있었으며, 더 광대한 숲의 끝자락으로 이어져 있었다. 호수로부터는 6로드[3] 정도 떨어져 있고 언덕을 내려오는 오솔길 하나가 호숫가로 통하고 있었는데, 앞뜰에는 딸기와 블랙베리, 산떡쑥, 존스워트, 골든로드, 떡갈나무 관목, 샌드체리, 블루베리, 땅콩 등이 자라고 있었다. 5월의 끝 무렵이면 샌드체리가 짧은 줄기 둘레에 산형화서와 같은 원통 모양의 꽃을 피워 오솔길을 나란히 장식했고, 가을이 되면 크고 훌륭한 체리가 여물어 그 무게로 줄기가 화환처럼 사방으로 휘어지곤 했다. 별로 맛은 없었지만 나는 자연에 경의를 표하기 위해 그 열매를 먹어보기도 했다. 옻나무는 내가 쌓은 높은 흙을 뚫고 빠져나와 성장하더니 오두막 주위에 무성한 잎을 맺으며 5, 6피트의 높이로 솟아올랐다. 열대식물을 떠오르게 하는 큰 날개 같은 기묘한 형태의 잎은 보기에도 즐거웠다. 봄이 끝나갈 무렵 바싹 메말라 보이던 나뭇가지로부터 돌연 커다란 싹이 얼굴을 내미는가 싶더니, 마치 마법에라도 걸린 것처럼 쑥쑥 자라나 우아한 초록 잎을 붙인 길이 1인치 정도의 아름답고 여린 가지로 탈바꿈하는 것이었다. 또 창가에 앉아 있으면 너무 준비 없이 성장한 탓에 약한 뿌리에 부담을 준 여린 가지가 자신의 무게를 견디지 못하고 바람도 불지 않는 날씨에 돌연 부채처럼 툭하고 땅에 떨어지는 소리가 들리기도 했다. 한창 꽃이 필 때에 많은 야생 꿀벌을 끌어들이던 커다란 산딸기 덩어리는 8월이 되자 점차 벨벳처럼 선명한 주홍빛으로 바뀌고, 이것도 자신의 무게로 축 늘어져 결국에는 그 가냘픈 줄기가 꺾여버리곤 했다.

여름이 정점에 이른 어느 날 오후, 창가에 앉아 있으려니 몇 마리 매가 벌

---

3)_약 30미터인데, 실제로는 그 배 이상의 거리가 있다는 것을 알 수 있다.

채지 위에서 원을 그리고 있다. 들비둘기가 격한 날갯짓으로 대기를 흔들면서, 두 마리 세 마리씩 내 시야를 가르며 비스듬히 교차하거나 혹은 집 뒤의 스트로브잣나무 가지에 초조한 모습으로 내려앉는다. 물수리 한 마리가 거울처럼 매끄러운 수면 위에 잔물결을 일으키며 고기를 잡아올린다. 밍크가 오두막 전방의 습지에서 몰래 나와 강가의 개구리를 잡는다. 저기 나지막이 날아다니는 미식조의 무게로 사초의 잎이 휘어져 있다. 요 30분 사이에 보스턴에서 시골로 여행객을 실어나르는 열차의 울림이 마치 자고새의 날갯짓 소리처럼 사라졌다가 다시 되살아나기를 되풀이한다. 소문에 의하면 마을 동쪽에 있는 한 농가로 일하러 나갔던 소년이 며칠 되지도 않아 집이 그립다고 도망쳐서 뒤꿈치가 다 떨어진 신발을 질질 끌며 집으로 돌아왔다고 한다. 소년은 그렇게 구석지고 따분한 곳을 여태 한 번도 본 적이 없었던 모양이다. 농가 사람들은 모두 어딘가 나가 집을 비우고 있었고, 기적 소리조차 들리지 않았다던가. 요즘의 매사추세츠에 그런 장소가 있는지 믿을 수 없지만, 나는 그 소년만큼 세상에서 멀리 떨어져 있었던 건 아닌 셈이다.

"이렇게 해서 우리 마을은 저 놀랍도록 빠른
철도라는 화살의 표적이 되었다. 지금 우리
평화로운 초원 위에 울려 퍼지는 기분 좋은 그 울림은-콩코드."[4]

피츠버그 철도는 내가 살고 있는 곳에서 남쪽으로 100로드 정도 떨어진 지점에 있으며 호수와 접해 있다. 나는 항상 그 둑길을 지나 마을로 나가곤

---

4)_소로의 친구였던 시인 William Ellery Channing의 시, 〈Walden Spring〉에서.

하니까 말하자면 이 연결로를 통해 사회와 이어져 있는 것이다. 화물열차를 타고 철로를 달리는 승무원들은 낯익은 이웃이라도 발견한 듯이 나를 향해서 고개를 끄덕이고 간다. 너무 자주 만나다보니 아무래도 나를 철도역 직원으로 착각하는 모양이다. 사실 나도 이 지구의 궤도 어딘가에서 기꺼이 철로를 고치고 싶은 마음이니, 그리 틀린 생각도 아니라고 할 수 있다.

기관차의 우렁찬 기적 소리는 농가의 뜰 위를 날아가는 날카로운 매의 울음소리처럼 여름에도 겨울에도 숲을 가로지르며, 성급한 도회의 상인들 또는 한몫 단단히 챙기려는 시골 상인들이 이 마을 안에 찾아왔다는 것을 알려준다. 그들이 같은 지평선 내에 들어오면 상대에게 선로에서 내리도록 경적을 울리고, 때로 그 소리는 두 마을을 관통하며 널리 퍼져나간다. "자, 식료품을 비롯해 쓸 만한 물건들이 도착했습니다, 시골 사람들아! 당신들 양식이랍니다, 농사꾼들이여!" 그런데 그들을 향해서 "아니, 괜찮다"고 손사래를 칠 만큼 농사일로 모든 양식을 해결하는 농부는 세상에 없는 것이다. "자, 너희들에게 주는 대답이다"라고 이번에는 시골뜨기의 기적이 외치고, 옛날 성벽을 깨는 데 썼던 망치 같은 기다란 목재가 시속 20마일의 속도로 도시의 성벽을 노려보며 돌진한다. 그러고 나서 성벽 안에 사는, 인생의 무게에 지치고 지친 사람들 모두가 앉을 수 있을 의자도 찾아온다. 이러한 거창하고 무겁고 답답한 울림으로 인사를 하며 시골은 도시에게 의자를 강매하는 것이다. 인디언 허클베리는 하나도 남김없이 언덕에서 쥐어 뜯겨지고, 들판의 크랜베리도 싹싹 긁어모아 도시로 실려간다. 목화가 들어오고 짜여진 천은 밖으로 나간다. 견사가 들어오고 비단이 빠져나가며, 책이 들어오는 대신 그것을 쓰는 재능은 나간다.

긴 차량을 끌어당기는 기관차가 마치 행성처럼(그 궤도는 원위치로 돌아오지 않고, 속도와 방향으로 보아 다시 이 태양계로 돌아올지 알 수 없기 때문에 오히려 혜성과 닮았다고 해야겠지만), 금색 은색이 소용돌이치는 깃발처럼, 내가 예전에 본 먼 상공에서 태양 빛을 받아 점차 풀려가는 새털구름처럼 증기의 구름을 길게 뒤로 날리면서 달려가는 모습을 마주칠 때 또는 이 철마의 천둥과 같은 숨소리가 언덕에 메아리치고, 그 다리로 대지를 뒤흔들며 콧구멍에서 불과 연기를 토해낼 때(사람들이 날개 달린 어떤 말을, 또 불을 뿜어내는 어떠한 용을 새로운 신화 속에 등장시킬 생각인지는 모르겠지만) 나는 지금이야말로 지구가 이 땅에 사는 데 어울리는 종족을 얻은 것이 아닐까 생각하는 것이다. 마치 길 떠나는 천공의 신, 구름을 몰아세우는 제우스는 붉게 타오르는 저녁노을로 함께 달리는 철마를 감싸주려는 것 같았다. 만약 모든 것이 눈에 보이는 그대로이고 인간이 고귀한 목적을 위해서 자연의 온갖 힘을 부리는 것이라면, 만약 기관차 위에 길게 뻗친 구름이 영웅적인 행위에 의한 발한작용이거나 적어도 농지 위에 떠 있는 구름처럼 인간에게 단비를 내리게 하는 존재라면, 자연의 온갖 힘과 자연 그 자체도 기꺼이 인간을 섬기는 종이 되고 호위병이 되어줄 것이다.

아침 열차가 지나쳐갈 때, 나는 하루도 어기지 않고 돌아오는 해돋이를 바라보는 기분으로 그것을 바라본다. 열차가 달리면서 솟아오른 연기는 긴 꼬리를 끌며 점차 하늘 높이 올라가고, 열차가 보스턴을 향해 전진하는 사이 열차에서 솟아오른 연기는 잠시 태양을 가려 멀리 떨어진 내 농지에 그림자를 떨어뜨린다. 이 그림자는 하늘을 향해 달리는 기차와도 같다. 그것에 비하면 지면에 달라붙어 달리는 저 조그만 열차는 창끝의 미늘에 지나지 않는 존재이다.

철마를 모는 마부는 이 추운 겨울 아침에도 골짜기 사이로 빛나는 별빛에 의지해 말에게 여물을 먹이고 안장을 얹었다. 이에 질세라 일찌감치 피워놓은 아궁이 불 역시 생명의 열을 말에게 쏟아부으며 출발을 재촉했다. 이른 아침에 시작하는 이 같은 작업이 더럽혀지지 않은 순수한 것이라면! 눈이 수북이 쌓이면 사람들은 철마에 눈 신발을 신기고, 거대한 제설용 쟁기로 산지에서 해안선까지 두렁을 만들었다. 그 뒤에 차량이 이어지고, 농부가 씨를 뿌리듯이 황급한 승객이 부초와 같은 물건들을 촌바닥에 흩뿌리고 간다. 이 화통 달린 말은 하루 종일 각지를 뛰어다니다 오로지 주인이 잠깐 숨을 돌릴 때만 잠시 발을 멈출 뿐이다. 나는 한밤중에 그의 말발굽 소리와 화난 듯이 씩씩대는 콧소리에 눈을 뜨는 일이 있는데, 그때 그는 어딘가 먼 숲속 골짜기에서 눈과 얼음으로 무장한 자연의 힘과 대치하고 있는 것이다. 그는 새벽별과 함께 가까스로 마구간에 돌아와서도 휴식을 취하거나 눈을 붙일 사이도 없이 다시 길을 떠난다. 때로는 석양이 질 무렵, 마구간에서 심장과 뇌를 식히고 신경을 가라앉힌 뒤에 몇 시간의 잠에 빠져들기 위해 그날의 남은 에너지를 한꺼번에 토해내는 소리가 들리는 일도 있다. 이 지칠 줄 모르는 꾸준한 움직임이 영웅과 같이 위엄 있는 것이라면!

예전에는 대낮에 사냥꾼 외에 발을 들여놓는 사람이 없던 마을 변방의 고요한 숲을 밝은 객차는 승객들도 깨닫지 못하는 사이 스쳐지나며 밤의 어둠을 뚫고 오로지 돌진한다. 각양각색의 인간들이 북적대는 마을이나 도시의 불 밝혀진 훤한 정거장에 멈추는가 하면, 다음에는 디즈멀 대습지[5]에 정차해 올빼미나 여우를 놀라게 한다.

열차의 발착이 지금은 하루의 시각을 가르쳐주게 되었다. 열차는 정시에 정확하게 발차하고, 또 도착하며 기적 소리는 멀리에서도 들리기 때문에 농부들은 그것으로 시계를 맞추고 있다. 이렇게 정연하게 시행되는 하나의 제

---

5)_버지니아 주 남동부에서 노스캐롤라이나 주 북동부에 걸쳐 펼쳐져 있는 광대한 습지.

도가 지역 전체를 통제하는 것이다. 철도를 발명한 뒤로 사람들은 모두 전보다 더 시간을 잘 지키게 되지 않았을까? 모두 역마차 정거장에 있을 때보다 철도역에 있을 때 더 빨리 얘기하거나 생각하는 것이 아닐까? 철도역에는 뭔지 모르게 사람을 흥분시키는 것이 있다. 나는 한때 그것이 일으킨 기적을 목격하고 깜짝 놀란 적이 있다. 평소 이렇게 칼같이 시간 맞춰 움직이는 기차를 타고 보스턴에 가는 일은 절대 없을 것이라 생각했던 이웃 한 명이 발차 벨소리가 울리자 승강장에 딱 나와 서 있는 것이다. '철도식'으로 한다는 것이 요즘의 유행어가 되었다. 따라서 선로에 들어가면 안 된다고 권위 있는 자들이 진심으로 경고하고 또 경고해주는 것은 사실 고마운 일이다. 이러한 경우 그들은 차량을 멈추고 폭동 진압령을 소리 높여 낭독할 수도 없고, 폭도의 머리 위에 공포를 마구 쏘아댈 수도 없다. 우리들은 결코 진로를 바꾸는 법이 없는 운명의 여신, 아트로포스를 창조해낸 것이다. 차라리 이것을 모든 기관차의 이름으로 정하면 어떨까. 몇 시 몇 분에 운명의 화살이 나침반의 어느 방향으로 발사된다는 것은 이미 모두에게 알려져 있다. 하지만 특별히 사람들의 일을 방해하는 것은 아니고 아이들은 다른 길을 통해 학교에 다닌다. 우리는 철도 덕분에 오히려 방향이 정해진 생활을 보내고 있는 것이다. 이렇게 해서 우리는 모두 빌헬름 텔[6]의 아들이 되도록 교육받고 있는 것이다. 공중에는 눈에 보이지 않는 화살이 가득 차 있다. 여러분이 단 한 발자국이라도 자신의 길을 이탈하면 운명의 화살에 맞아 죽고 만다. 그러니 오로지 여러분 자신의 궤도를 따라 걸어가기를.

내가 상업에서 마음에 들어하는 점은 그 진취적인 정신과 용기이다. 상업

---

6)_스위스의 전설적인 영웅. 악독한 대관으로부터 명을 받고 아들의 머리 위에 얹은 사과를 화살로 훌륭하게 쏘아 떨어뜨린 얘기가 유명하다.

은 주피터 신에게 손을 모아 기도하는 법이 없다. 나는 매일 상업에 종사하는 사람들이 크든 작든 용기와 만족감을 가지고 장사에 힘을 쓰며, 자신의 상상을 뛰어넘는 활약을 하고, 의식적으로 하고 싶어도 할 수 없을 만큼 일에 열중하는 모습을 눈앞에서 지켜본다. 나는 부에나비스타[7]의 전선에서 30분간을 견딘 병사들의 대담함보다 제설차를 겨울의 막사라도 되는 것처럼 거기에서 누웠다 일어나는 사람들의 변함없는 쾌활함과 씩씩함에 감동한다. 그들은 나폴레옹이 좀처럼 기대하지 않았던 새벽 3시의 용기[8]를 가졌을 뿐만 아니라, 그 용기를 일찌감치 쉬게 하지도 않고, 눈보라가 잠들거나 철마의 근육이 딱딱하게 굳어버렸을 때 겨우 눈을 붙이는 사람들인 것이다. 뜻밖에 오늘 아침에 큰 눈이 내렸고, 아직까지도 펑펑 눈이 쏟아지며 사람들의 피를 꽁꽁 얼어붙게 하는데, 기관차의 경적 소리가 얼어붙은 안개 층을 뚫고 나오는 소리를 듣는다. 이 소리는 북동쪽으로 휘몰아치는 뉴잉글랜드 특유의 눈보라에 가는 길을 저지당하면서도 열차가 크게 늦지 않고 도착했음을 알려준다. 이윽고 온몸이 눈과 서리로 뒤범벅이 된 흡사 농부와도 같은 제설차가 모습을 나타낸다. 데이지 꽃도 아니요 들쥐의 보금자리도 아닌 눈 덩어리를 이 세상 끝에 있는 시에라네바다 산맥의 둥근 돌멩이처럼 굴리는 제설판 위에 그 머리를 살짝 내보이면서.

상업이라는 것은 생각 외로 자신에 차 있고 냉정하고 빈틈이 없으며, 모험심이 강하고 피로를 모른다. 게다가 방법에 있어서 극히 자연스러워 다른

---

7)_멕시코 북동부의 마을. 1847년, 멕시코 전쟁에서 미군이 멕시코 군을 격파한 장소. 소로는 이 전쟁을 영토확장을 위한 부당한 행위로 보고, 미 정부의 전쟁계획에 반대하고 있었다.
8)_본래는 '새벽 2시의 용기'. 나폴레옹은 새벽 2시에 갑자기 깨웠을 때 용기가 솟아오르는 병사는 극히 드물다고 말했다.

공상적인 사업이나 감상적인 실험보다 월등히 뛰어나다. 때문에 바로 의심할 바 없는 성공을 거둔 것이다. 화물열차가 덜커덩 덜커덩 눈앞을 통과할 때 나는 기분이 상쾌해지고 마음이 넓어진다. 보스턴 항의 롱 부두에서 샘플레인 호까지 적재화물이 흩뿌리고 가는 냄새를 맡노라면 이국의 땅과 산호초, 인도양, 열대 지방, 지구의 넓이와 같은 생각이 계속해서 꼬리를 물고 머리에 떠오르게 된다. 또 다음 여름에 많은 뉴잉글랜드인의 황갈색 머리를 덮게 될 모자용 종려 나뭇잎이라든지 마닐라 마(麻), 코코넛 껍데기, 낡은 충전물, 두꺼운 삼베 주머니, 고철, 녹슨 못 등을 보게 되면 점점 더 자신이 세계 속의 일원이라는 느낌이 든다. 화물차에 하나 가득 쌓아올린 찢어진 돛들은 종이로 재생되고 인쇄되어 책이 되었을 때보다 지금 그대로가 훨씬 읽기도 쉽고 흥미도 더해준다. 이 돛들이 지금까지 견딘 온갖 풍파를 이렇게 찢어진 구멍만큼 생생하게 묘사할 수 있는 자가 또 어디 있으랴? 그것은 다시 손댈 필요가 없는 원고인 것이다.

이번에는 벌채한 재목들이 운반되어간다. 요전에 물이 불었을 때 바다로 떠내려가지 않았던 것들로, 당시 많은 재목이 떠내려가거나 갈라지는 바람에 길이 천 피트당 4달러나 값이 올라간 상태다. 잣나무, 가문비나무, 히말라야 삼나무 등 1급에서 4급까지 등급도 서로 다른 이 재목들은 바로 최근까지 모두 똑같은 나무로 곰과 사슴, 순록의 머리 위에서 흔들흔들 춤을 추고 있었을 것이다.

다음에는 최상급의 토마스톤 석회가 지나간다. 소석회로 사용되기 위해 몇 굽이나 되는 산하를 거쳐가는 것일 게다. 짐짝에 실려가는 각양각색의 넝마들도 있는데, 이것은 밑바닥 상태로 떨어진 면이나 마이다. 닳고 닳아 못 입게 된 옷들로 영국, 프랑스, 혹은 미국의 프린트천이나 깅엄, 모슬린 등과 같은 질 좋은 천과 달리 밀워키 부근이 아니라면 요즘에는 거들떠보지도 않을 문양의 것들이다. 이러한 넝마가 부자나 가난한 자를 불문하고 도처에서 긁어모아져, 이윽고 한 가지나 두세 가지 색깔의 종이로 변신한다. 이 종이 위에는 사실에 근거한 상류와 하류의 실생활에 얽힌 다채로운 이야기가 묘사될 것이다.

문이 닫혀 있는 화차에서는 소금에 절인 생선 냄새가 코끝을 찌르는데, 이 강렬한 뉴잉글랜드의 상업적인 향기를 맡노라면 나는 그랜드뱅크스[9]와 어업을 떠올리지 않을 수 없다. 소금에 절인 생선을 보지 못한 사람이 있을까? 현세에서의 보존처리가 너무나 완벽한 까닭에 결코 썩는 일이 없어 성자들의 인내심조차 면목을 잃을 정도다. 사람들은 소금에 절인 생선으로 도로를 쓸거나 포장하거나 불쏘시개를 자를 수도 있고, 마부는 그늘에 숨어서 태양과 바람, 비로부터 자신의 몸과 짐을 보호할 수도 있다. 상인이라면 예전에 어떤 콩코드의 장사꾼이 그랬던 것처럼 가게 앞에 절인 생선을 매달아 간판 대신 사용해도 좋다. 그럭저럭 시간이 지나면 제일 오래된 단골이 보아도 그것이 과연 동물인지 식물인지, 아니면 광물인지 명확히 구별하기 어렵게 된다. 그래도 이 생선은 눈처럼 깨끗하기 때문에 일단 냄비에 넣어서 삶으면 갈색을 띤 훌륭한 생선 요리가 되어 토요일의 식탁을 풍성하게 한다.

다음에 들어오는 물건은 스페인 소의 모피. 모피에 달려 있는 꼬리는 여전히 모피 주인이 스페니시 메인[10]의 대초원을 달리던 무렵 모습 그대로 구부러져 있고, 삐친 각도까지 그대로이다. 이것이야말로 바로 완고함의 상징이라 할 수 있으니, 타고난 버릇은 거의 절망적일 만큼 치유하기 힘들다는

---

9)_캐나다 남동부 뉴펀들랜드 섬의 남동쪽으로 펼쳐져 있는 세계 최대의 대구 어장.
10)_남미대륙 북부의 카리브 해 연안 지방.

것을 증명하고 있는 셈이다. 고백하건대 나는 어떤 인간의 진정한 기질을 알게 되면, 살아 있는 동안에 좋은 쪽이든 나쁜 쪽이든 그걸 바꾸겠다는 생각은 도저히 들지 않는다. 동양인들이 말하는 대로 "개의 꼬리는 아무리 데우고 짓누르고 끈으로 꽁꽁 동여매고, 12년간 별의별 짓을 다 해도 형태가 변할 줄 모른다."[11] 이 꼬리에서 볼 수 있는 그런 완고함을 고치는 유일한 치료법은 항간에서 곧잘 하듯이 아교를 칠해 굳게 하는 것이다. 그렇게 하면 일직선으로 꼿꼿해져 움직이지 않게 된다.

다음에는 버몬트 주 커팅스빌에 사는 존 스미스 앞으로 당밀과 큰 브랜디 통이 들어온다. 이 인물은 그린 산맥의 산 속에 살고 있는 장사꾼인데 자신의 개척지 부근에 사는 농민들을 상대로 장사를 하고 있다. 지금 이 순간에도 그는 지하실로 통하는 계단의 덮개문 위에 서서 항구에 막 도착한 상품들이 자신의 매매가에 어떤 영향을 미치는지 머릿속으로 주판알을 굴리고 있다. 손님들을 향해, "다음 열차 편엔 아주 괜찮은 물건들이 들어온다구요!"라며 오늘 아침까지 스무 번도 더 외쳐댄 것을 지금껏 되풀이하고 있을지도 모른다. 이것은 《커팅스빌 타임》 지의 광고란에 나와 있다.

화물이 올라오고, 또 다른 화물이 내려간다. 휭 하니 바람을 가르는 소리에 놀라 읽고 있던 책에서 눈길을 떼자, 아주 먼 저편 북쪽 산에서 벌채되어 그린 산맥과 코네티컷 강을 넘어 찾아온 큰 소나무가 쏜살같이 마을을 빠져나가고 눈 깜짝할 사이에 모습이 보이지 않게 되었다. 언젠가는

"위대한 큰 배의

---

11)_Charles Wilkins, trans. 《Fables and Proverbs from the Sanskrit Being the Hitopadesa》 'The Lion and the Rabbit', Chap. II, Fable IX.

돛대가 되리라."[12]

한번 들어보라! 이번에 찾아온 것은 가축 열차다. 무수한 언덕의 가축들,
양 우리, 마구간, 외양간, 그리고 지팡이를 든 가축몰이꾼, 양 떼 속의 양치
기 소년……. 산의 목장을 제외한 온갖 것이 9월의 세찬 바람에 휩쓸려가는
나뭇잎처럼 이 산 저 산으로부터 똑바로 허공을 향해 날아간다. 대기는 온
통 말 새끼와 양의 울음소리, 황소가 비벼대는 소리로 충만해 마치 계곡의
목장이 스쳐지나가는 듯하다. 선두에서 방울을 단 늙은 양이 방울을 울리자
큰 산은 숫양처럼, 작은 언덕은 어린 양처럼 춤을 춘다.[13] 어떤 차량에는 가
축몰이꾼들이 짐승에 둘러싸여 있다. 그들은 이미 일자리를 잃고 가축과 동
등한 지위로 떨어지고 말았지만, 변함없이 자신의 임무를 나타내는 쓸모없
는 지팡이에 매달려 있는 것이다. 하지만 그들의 개는 어디로 가버렸을까?
개의 눈으로 보자면 가축들의 대탈주다. 완전히 그들로부터 벗어나 냄새의
흔적조차 더듬을 수 없다. 그들이 피터보로 산지[14] 저편에서 짖어대는 소리,
그린 산맥의 서쪽 비탈길을 헐떡이며 뛰어오르는 소리가 들려오는 것 같다.
개들은 가축의 죽음에 입회할 수 없을 것이다. 일감도 없어지고 말았다. 그
충실함과 현명함은 이제 완전히 값어치가 떨어진 것이다. 그들은 면목을 잃
고 풀이 죽어 개집으로 돌아가든지, 아니면 야생으로 돌아가 늑대나 여우와
도당을 만들게 될지도 모른다. 이렇게 해 목가적인 생활은 눈 깜짝할 사이

---

12)_밀턴 〈실낙원〉 제1권 293~294행.
13)_《구약성서》 시편 114:4. "산들은 숫양같이 뛰놀며, 작은 산들은 어린양 같이 뛰었도다."
14)_Peterboro' Hills 뉴햄프셔 주 남서부에 있는 산들로 콩코드에서 바라볼 수 있다.

에 지나가버린다. 기관차의 벨이 울린다. 나는 선로에서 내려 열차를 지나
가게 하지 않으면 안 된다.

철도란 나에게 있어 무엇일까?
그 도착점을
끝까지 지켜볼 마음은 없다.
철도란, 거친 면을 고르게 하고
제비를 위해 둑을 쌓거나
모래 먼지를 일으키거나
블랙베리를 자라게 하는 것.

나는 숲속의 마차 길에서처럼 그곳을 서둘러 횡단한다. 매연과 증기, 슈
슈 하는 소리에 눈알이 튀어나오거나 귀가 멀고 싶지는 않다.

이렇게 해서 열차가 지나가고, 이와 함께 황망한 세상이 모두 날아가고
호수의 물고기가 이미 땅울림을 느끼지 않게 되면 나는 전보다 더 고독해진
다. 그 뒤로 긴 오후 시간 동안 나의 명상을 방해하는 것이라면 아마 저편
길을 가는 마차나 짐마차의 흐릿한 울림 정도가 아닐까.

일요일에 바람의 방향이 좋으면 링컨, 액턴, 베드포드, 콩코드로부터 종
소리가 들려왔는데, 그 소리는 원시림에 어울리는 작고도 기분 좋은 자연의
선율이었다. 숲을 넘어 거리가 멀어지면 소리는 지평선 소나무의 뾰족한 바
늘잎을 하프의 현처럼 튕기는 듯한 가느다란 떨림으로 변한다. 소리는 멀찌
감치 떨어져서 들으면 모두 같은 효과를 낳아 우주적인 현악기의 진동음으
로 탈바꿈한다. 이것은 대기가 먼 산등성이를 하늘색으로 물들이며 보는 이

의 눈을 즐겁게 하는 것과 흡사하다. 나에게 전달된 소리는 대기를 통해 걸러지고 숲속의 나뭇잎이나 바늘잎과 속삭임을 주고받으면서 찾아온 선율이며, 자연의 힘이 음조를 정돈해 계곡에서 계곡으로 울려 퍼지게 하는 메아리였던 것이다. 어떤 독자성을 지닌 메아리는 신비한 마력과도 같은 매력을 띠고 있다. 그것은 종소리 중에서도 반복할 가치가 있는 부분을 되풀이하며, 숲의 정령이 노래하는 장난기 어린 시나 음률이 담긴 숲의 목소리가 깃들어 있었다.

저녁이 되자, 숲 저편 지평선에 있는 소 떼의 울음소리가 부드럽게 다가왔다. 처음에는 가끔 나에게도 목소리를 들려준 적이 있는 떠돌이 예술가들이 야산을 방황하면서 노래하는 것이 아닌가 착각했다. 얼마 지나 그것이 암소의 길게 늘어진, 싸구려 티 나는 타고난 소리라는 것을 알고 실망했지만 별로 기분이 나쁘지는 않았다. 젊은이들의 음악도 암소의 음악과 아주 흡사하다는 것, 어느 쪽이든 결국 자연이 내는 소리는 하나라는 것을 깨닫게 된 것이다. 이것은 결코 싫어서가 아니라, 오히려 그 젊은이들에게 진심으로 감사하고픈 마음에서 말하는 것이다.

여름날 저녁 열차가 지나간 뒤에 7시 반이 되면 어김없이 한 마리 쏙독새가 나타나 현관문 옆의 그루터기나 오두막의 들보 위에 앉아 반 시간쯤 저녁 기도를 속삭였다. 그들은 매일 저녁 해질 무렵에 맞춰서 일정한 시각의 5분 사이에 거의 시계와 같이 정확하게 노래하기 시작하곤 했다. 나는 그들의 습성을 알 수 있는 둘도 없는 기회를 만난 것이다. 때로는 수풀 여기저기서 네다섯 마리의 울음소리가 한꺼번에 들려오기도 했는데, 어찌된 일인지 한 마리만이 한 소절 뒤쳐져서 우는 일도 있었다. 그들은 아주 가까이에 있었기 때문에 한바탕 울어댄 다음 쿠쿠 하는 소리며, 거미줄에 걸린 파리가 내는 특이한 소리를 덩치에 맞춰 크게 한 것 같은 붕붕 소리도 들을 수 있었다. 또 숲속에 있으면 이따금 한 마리가 끈으로 묶이기라도 한 듯 내 주위를 2, 3피트쯤 떨어져서 빙글빙글 날아다니기도 했다. 아마 부근에 알이라도 있었나보다. 그들은 밤새도록 조금씩 사이를 두고 노래하다가 아침이 밝아오려 하면 다시 소리 높여 열창을 시작했다.

다른 새들이 모두 고요히 잠이 들면 비명 올빼미가 슬픔에 잠긴 여인처럼 먼 옛날부터 변치 않는 소리로 우−루−루−우−루−루−[15] 울기 시작한다. 그 음침한 비명 소리는 그야말로 벤 존슨[16] 같다고나 할까. 현명한 한밤중의 마녀들이여! 그것은 시인의 솔직하고 투박한 투 윗 투 후라는 노래[17]에는 근처에도 못 가는, 농담이 아닌 엄숙하기 이를 데 없는 묘지의 소곡이며, 함께 죽은 연인들이 숭고한 사랑의 고통과 환희의 추억에 잠기면서 지옥의 숲에서 서로를 위로하고 있는 소리인 것이다. 그래도 나는 가끔 음악이나 작은 새의 지저귐이 떠오르는, 온 숲을 떨리게 하는 그들의 한탄과 우울함에 찬 응답을 듣는 게 좋다. 그것은 마치 어두운 눈물을 자아내는 음악 같기도 하고, 노래되기를 바라는 회한이나 한숨 같기도 하다. 그들은 망령인 것이다. 예전에는 인간의 모습으로 밤마다 이 지상을 배회하면서 오싹한 어둠의 행위를 저질렀지만, 지금은 그 악업의 무대로 다시 돌아가 한탄의 성가나 애가를 부르면서 자신의 죗값을 치르는 지옥에 떨어진 인간들의 비루한 망령이자 음울한 예언인 것이다. 그들은 우리와 함께하는 이 자연의 다양성과 포용력을 다시금 깊이 깨닫게 해준다. "오−, 오−, 오−, 오−, 오−, 태어

---

15)_ u−lu−lu 라틴어의 'ulalo'(짖는다)에서 소로가 만들어낸 조어라고 생각된다.

16)_ Ben Jonson(1572~1637). 영국의 시인, 극작가.

17)_ 셰익스피어의 〈사랑의 헛수고〉 제5막 제2장 927~929행에서.

나지 말았어야 했는데 오-, 오-, 오-, 오-!" 하고 호수 이편에서 한 마리
가 한숨을 내쉬며 절망한 나머지 침착함을 잃고 빙글빙글 날아다니다 잿빛
떡갈나무 위에 다시 앉는다. 그러자 호수 맞은편에서 "태어나지 말았어야
했는데 오-, 오-, 오-, 오-!" 하고 다른 한 마리가 떨리는 목소리로 진지
하게 응답하고, 이어서 먼 저편 링컨 숲으로부터 "요오, 오-, 오-, 오-,
오-!" 하고 어렴풋한 목소리가 되돌아온다.

　나는 또 줄무늬올빼미로부터 세레나데를 듣는 일도 있었다. 가까이서 듣
고 있노라면 이렇게 음울하고 어두운 자연의 소리가 또 있을까 싶다. 이 소
리는 마치 자연이 인간이 내는 단말마의 신음을 일정한 선율로 바꿔 자신의
합창대에게 언제까지나 노래하게 하려는 것 같다. 그것은 희망이 끊어져[18]
죽어가는 인간이 어두운 죽음의 문턱에서 내는 짐승의 먼 울부짖음과도 같
은, 인간의 훌쩍임과도 같은 가늘고 애처로운 신음 소리로, 그렁그렁 목젖
을 울리면서 노래하는 듯한 음조가 한층 더 두려움을 자아내곤 한다. 울음
소리를 흉내내보니 '그륫' 하는 소리가 났다. 또 그 울음소리는 용기에 찬 건
강한 사상이 힘을 잃고 소멸되어 젤라틴처럼 흐물흐물 곰팡이 핀 증상을 보
이는 인간의 정신을 표현하는 것 같기도 하다. 가만히 듣고 있으면 사체를
뜯어먹는 귀신이나 백치, 미치광이가 발작하는 날카로운 외침을 떠올리지
않을 수 없었다. 그런데 지금은 한 마리의 올빼미가 멀리 떨어져 있는 덕분
에 참으로 아름다운 음률을 퍼뜨리며, "호-호-호-, 호라-호-" 하고 저
편 숲에서 응답하고 있다. 사실 이러한 올빼미의 울음소리는 낮에도 밤에
도, 여름에도 겨울에도 대개는 마음 들뜨는 연상만 불러일으키곤 했다.

---

18)_"여기에 들어오는 자여 모든 소망을 버려라"(단테의 〈신곡〉 지옥편 3가)에서.

올빼미라는 존재가 있어 나는 기쁘다. 그들은 부디 인간을 위해 백치와도 같은, 광인과도 같은 목소리로 노래해주었으면 한다. 그것은 낮에도 여전히 어둡고 희미한 습지와 숲에 참으로 잘 어울리는 울림이며, 아직 인간이 깨닫지 못한 광대한 미개의 자연이 존재한다는 것을 가르쳐준다. 올빼미는 인간 가슴속의 황량한 노을이나 채워지지 않는 생각을 상징적으로 나타내고 있다. 태양은 하루 종일 황폐하고 거친 습지를 비추고 있었다. 거기에는 가지마다 소나무 겨우살이가 주렁주렁 실처럼 늘어져 있는 가문비나무가 한 그루 서 있고, 하늘 위에는 쏙독새가 난무하며 상록수 사이에서는 박새가 지저귀고, 그 아래를 자고새나 토끼가 살금살금 걸어가고 있다. 하지만 이윽고 이 장소에 어울리는 더욱 암울한 저녁노을이 찾아오면, 그때까지와는 다른 동물들이 눈을 뜨면서 주위에 자연의 의미를 풀어 밝혀주는 것이다.

밤이 이슥해지자 멀리 다리를 건너는 짐마차의 덜컹거리는 소리가 들려왔다. 이런 소리는 밤이 되면 다른 소리보다 더 멀리 들린다. 또 멀리 개 짖는 소리와 어딘가 멀리 있는 곳간 뜰에서 쓸쓸히 우는 암소의 소리도 들려왔다. 그 사이에도 호숫가 일대는 황소개구리의 요란한 합창 소리로 떠나갈 듯했다. 소싯적에 술 좋아하고 놀기 좋아하던 한 떼의 망령들은 지금도 뉘우칠 줄 모르고 저승의 호수(저승물은 제대로 돋아나 있지 않은데 개구리만 많이 있기에 이렇게 표현을 해봤지만 월든의 요정들은 이런 비유를 용서해줄지 모르겠다)에서 돌림노래를 부르는 것이다. 망령들은 옛날에 흥겨웠던 술잔치를 떠올리며 재연하고 싶어하지만, 그 소리는 쉬었고 엄숙하리만치 무겁고 답답하기만 해 모처럼의 들뜬 소란을 비웃기만 한다. 술은 술대로 향기를 잃고 쓸데없이 배만 부풀릴 뿐, 덕분에 맛좋은 술에 흠뻑 취해 과거를 잊어버리고 기분이 좋아지기는커녕 물집처럼 부풀어오른 터질 듯한 물배에 쩔쩔매는 꼬락서니이다. 최고참 격인 개구리가 침이 질질 흐르는 턱을 냅킨 대신 부평

초 위에 받치고, 예전에 깔보았던 이 북쪽 강변의 물을 벌컥 들이키면서 "개굴개굴 개굴개굴!" 하고 외치며 잔을 돌린다. 그러자 곧이어 멀리 강 어귀에서 똑같은 암호가 수면 위를 타고 되돌아온다. 아마 나이도 체격도 좀 떨어지는 놈이 자기 눈금이 그려진 잔을 쭉 들이켰나보다. 이러한 의식이 강변을 한 바퀴 쭉 돌고 나면 선창을 한 녀석이 "개굴개굴!" 하고 만족스런 소리로 크게 외친다. 그러자 제일 작게 부풀어오르는, 소리가 새는 듯한 느슨한 배의 개구리에 이르기까지 계속해서 똑같은 울음소리를 되풀이한다. 이렇게 해서 몇 번이나 잔을 돌리고 또 돌리는 사이 태양이 아침 안개를 쫓아내기 시작한다. 이 무렵이면 오로지 고참 개구리만 물 위로 나와 앉아 가끔씩 "개굴개굴!" 하고 울고선 허무하게 대답을 기다린다.

나의 공터에서 암탉이 내는 때를 알리는 소리를 들은 적이 있는지 확실히 기억나지는 않지만, 그 음악을 들을 수 있는 것만으로도 노래하는 새로 젊은 암탉을 기를 가치가 있다고 생각한다. 예전에는 야생의 인디언 꿩이었던 이 새의 노랫소리는 다른 어떤 새보다도 단연 빼어나다. 집에서 기르기를 그만두고 야생으로 돌아가게 하면, 그 즉시 기러기나 올빼미의 요란스런 울음을 능가하는 숲속 제일의 훌륭한 소리꾼이 될 것이다. 더구나 바깥주인의 함성이 그치면 냉큼 그 사이를 채워 "꼬꼬댁" 하고 우는 암탉을 상상해보라! 달걀이나 요리용 넓적다리가 아니라도 인간이 이 새를 가금류에 포함시킨 것은 아주 합당한 처사였다. 겨울 아침 일찍 많은 닭들이 정착하고 있는 그들의 고향 숲을 산보하고 있으면, 나무 위에 앉은 야생의 젊은 수탉들이 몇 마일이나 울려 퍼지는 투명하고 날카로운 함성을 올리면서 작은 새들의 약하고 가느다란 노랫소리를 깨끗이 지워버린다. 그런 정경을 상상해보라! 그들의 노랫소리는 여러 민족을 각성시킬 것이다. 이 소리를 듣고 날마다 점점 더 일찍 일어난다면 누구나 더할 나위 없는 건강과 풍요로움과 현명함을 얻을 수 있으리라.[19] 이 타국의 새가 부르는 노랫소리는 여러 나라의 시인들이 자기 나라 새의 노랫소리와 함께 칭송하곤 했다. 용감한 수탉에게는 다양한 풍토가 어울리는 것이다. 그는 본토산 조류 이상의 토착성을 갖고 있다. 수탉의 건강은 항상 양호하고 폐는 튼튼하며 결코 기력이 쇠하는 법이 없다. 대서양이나 태평양의 뱃사람들조차 수탉 울음소리에 눈을 뜬다고 하지 않는가. 비록 나의 경우 그 날카로운 외침 때문에 잠에서 깨어난 적은 없지만 말이다. 나는 개나 고양이, 암소, 돼지, 암탉도 기르지 않았기 때문에 뭔가 가정적인 소리가 결핍되어 있다고 생각하는 사람도 있을지 모르겠다. 또 '버터를 만들기 위한' 우유 젓는 기계도 없을뿐더러 베틀도 없고, 주전자 끓는 소리나 커피 끓이는 소리, 아이의 울음소리와 같이 마음을 달래주는 노래도 들려오지 않았다. 평범한 인간이라면 벌써 정신이 이상해지든지 너무 따분한 나머지 죽어버렸을지도 모른다. 벽 속에는 쥐 한 마리 없었다. 식량보급로를 차단해 쫓아냈다기보다 그들의 식욕을 돋울 만한 먹이가 전혀 없었기 때문이다. 단지 지붕 위나 마루 밑에는 다람쥐가 있었고, 들보 위에는 쏙독새, 창 아래에는 요란하게 울어대는 어치, 집 아래에는 산토끼나 마모트, 집 뒤편에는 비명 올빼미나 고양이 올빼미, 호수 위에는 기러기 떼, 비웃는 듯이 우는 아비, 또 밤이 되면 울기 시작하는 여우 등이 있었다. 종달새라든지 꾀꼬리와 같은 개척지의 얌전한 작은 새들은 한 마리도 나의 공터를 방문한 적이 없었다. 오두막 뜰에는 때를 알리는 젊은 수탉도 "꼬꼬댁" 하고 우는 암탉도 없었다. 애당초 뜰 같은 게 없는 것이다! 그 대신 울타리가

---

19)_벤자민 프랭클린의 〈가난한 리처드의 달력〉(1735)에 "일찍 자고 일찍 일어나는 것은 인간을 건강하고 윤택하며 현명하게 한다"라고 되어 있다.

없는 자연이 바로 문턱 앞까지 다가와 있었다. 창문 아래에는 젊은 숲이 성장하고, 야생의 옻나무나 블랙베리의 덩굴이 지하실 속까지 비집고 들어와 있었다. 건장한 소나무와 지붕 판자에 맞부딪쳐 궁색하게 삐걱 소리를 내고, 소나무 뿌리는 오두막 바로 아래까지 뻗어 있다. 강풍이 불어도 천창이나 덧문은 날려가지 않고, 뒤편의 소나무가 꺾이거나 뿌리째 뽑혀 연료를 공급해준다. 큰 눈이 내리면 앞뜰의 문으로 통하는 길이 없어질 거라고 말하는 사람도 있지만, 여기에는 문도 없을뿐더러 앞뜰도 없고 문명세계와 통하는 작은 길조차 없는 것이다!

5th
고독

5_고독

　　기분 좋은 저녁이다. 이런 때는 온몸이 하나의 감각기관이 되어 모공마다 환희를 빨아들이는 듯하다. 나는 자연의 일부가 되어 불가사의한 자유로움으로 자연 속을 왔다 갔다 한다. 구름 낀 하늘에는 바람이 쌀쌀하고, 특별히 마음 끌리는 무엇이 있는 것은 아니지만 셔츠 한 장 차림으로 자갈이 깔린 호숫가를 걷고 있으면 자연을 구성하는 모든 원소[1]가 어느 때보다 더 친숙하게 느껴진다. 황소개구리가 밤을 맞으며 요란한 소리로 울어대고, 쏙독새의 노래가 잔물결을 일으키는 바람에 실려 강 건너에서 들려온다. 나는 바람에 웅성거리는 오리나무나 포플러 나뭇잎이 너무나 기꺼워 숨이 막힐 것 같다. 이 호수와 닮은 나의 평화롭고 고요한 마음에는 잔물결만 일 뿐 거칠어지지 않는다. 저녁 바람이 일으키는 이러한 잔물결은 사물의 그림자를 비추는 매끈한 수면과 마찬가지로 폭풍과는 닮고 싶어도 닮을 수가 없는 것이다.

　　날이 어두워져도 바람은 여전히 숲속에서 신음 소리를 내고, 물결은 호숫가에 밀려온다. 누군가 자장가를 부르며 다른 생물들을 잠재우고 있다. 완전한 휴식이란 결코 있을 수 없는 법. 야성적인 동물들은 휴식은커녕, 슬슬 먹이를 찾으러 나설 시간이다. 여우, 스컹크, 토끼들이 두려운 기색도 없이 들판이나 숲을 배회하고 있다. 그들은 자연계의 야경꾼이며 생명이 약동하는 낮과 낮을 이어주는 다리 역할을 한다.

---

[1]_고대철학에 있어서 만물의 근원을 이룬다고 생각되었던 토(土)·기(氣)·화(火)·수(水)의 4원소를 말함.

오두막에 돌아와보니 방문자가 있었던 모양인지 명함이 남아 있다. 명함이라고 해야 화환이나 나뭇잎 관, 연필로 이름을 쓴 노란 호두나무 이파리나 나무 조각 같은 것들이다. 좀처럼 숲에 찾아오지 않는 사람들은 주변에 있는 무엇인가를 주워서 오는 길에 가지고 놀다가, 일부러인지 아니면 깜박 잊어버린 것인지 그것을 오두막에 남기고 간다. 어떤 사람은 버드나무 가지 껍질을 벗겨 그것을 둥근 고리로 엮어 테이블 위에 두고 가기도 한다. 나는 구부러진 나뭇가지나 풀잎, 발자국 등으로 집을 비운 사이 사람이 찾아왔었다는 걸 언제라도 알 수 있었다. 떨어진 꽃잎이나 반 마일이나 떨어진 철로가에 버려진 풀 다발, 여송연이나 파이프의 냄새 등 남아 있는 아주 작은 자취로도 방문자의 성별과 나이, 인품에 이르기까지 모든 것을 미루어 짐작할 수 있었다. 종종 60로드나 떨어진 길을 나그네가 지나쳐간다는 사실을 파이프의 향기로 깨닫기도 했다.

우리 주위에는 대체로 충분한 공간이 펼쳐져 있다. 지평선이 바로 코앞에 다가와 있는 경우는 결코 없다. 깊은 숲이든 호수든 바로 문 앞에 있는 것이 아니라, 주위에는 반드시 어느 정도의 공간이 있게 마련이다. 또 공간마다 소유자가 있어서 이 공간을 밟아 다지며 공간과 친해지고, 결국 그 공간을 자연의 일부에서 자신의 것으로 길들이는 것이다. 그렇다 해도 나는 어떤 이유로 이렇게 광대한 지역 일대와 인적이 드문 수 제곱마일의 숲을 사람들로부터 위탁받아 점유하고 있는 것일까? 가장 가까운 이웃이라 해도 1마일은 떨어져 있고, 집에서 반 마일 이내에 있는 언덕에 오르지 않으면 어디서도 집 한 채 눈에 들어오지 않는다. 숲으로 둘러싸인 지평선은 모두 나만의 것이다. 저 멀리 한쪽에는 호수와 접한 철길이, 다른 한쪽에는 숲길을 따라 쭉 늘어선 울타리가 보인다. 하지만 내가 사는 곳은 대체로 대초원 한가운데에 세워진 움막처럼 고립되어 있다. 이를테면 뉴잉글랜드임과 동시에 아시아이며 아프리카이기도 한 것이다. 나는 자신만의 소우주인 태양과 달, 별을 갖고 있다.

밤이 되어 집 앞을 지나거나 문을 두드리는 나그네도 없어지면, 지상 최초 그리고 최후의 인류는 바로 내가 아닐까 생각하게 된다. 봄이 되면 아주 드물기는 하지만 마을에서 메기를 낚으러 오는 사람들이 있다. 그들은 자기의 본성과 닮은 듯한 월든 호수에서 메기가 더 많이 잡힐 것이라 생각하고 낚싯바늘 끝에 어둠이라는 먹이를 달고 있었다. 하지만 그런 그들도 대개는 '세계를 나와 어둠의 손에'[2] 남긴 채 가벼운 어람만 흔들며 일찌감치 돌아갔기 때문에, 밤의 까만 심연이 가까이 있는 사람에 의해 더럽혀지는 일은 결코 없었다. 마녀들은 남김없이 교수형에 처해지고, 기독교와 촛불이 이 세상에 전래되었음에도 불구하고 많은 사람들은 지금도 여전히 어둠을 두려워하고 있는 것 같다.

개인적인 경험에 비춰보면, 설사 인간 혐오증에 걸린 사람이나 심한 우울증에 빠진 사람이라 하더라도 더럽혀지지 않은 자연 속에서는 마음을 다독여주는 한없이 포근하고 다정한 친구를 발견할 수 있다. 자연의 한가운데서 자신의 오감을 잃지 않고 생활한 사람은 어두운 우울증에 사로잡히는 일이 결코 있을 수 없다. 건강하고 더럽혀지지 않은 귀에는 어떤 폭풍이 몰아쳐도 그 소리가 바람의 신의 음악처럼 들리는 것이다. 순수하고 용기 있는 사람은 무슨 일이 있어도 무턱대고 저속한 비애에 떨어지지 않는다. 사계를 벗삼아 살아가는 한, 나는 어떠한 경우에도 인생을 무거운 짐으로 느끼는 일은 없을 것이다. 오늘 나를 오두막에 가둔 촉촉한 비는 결코 쓸쓸하거나

---

2)_Thomas Gray(1716~1771)의 시, 〈Elegy in a Country Churchyard〉에서.

우울한 느낌을 주지 않을뿐더러 오히려 내 콩밭을 기름지게 하는 고마운 존재이다. 비는 밭의 풀 뽑기를 방해하지만 풀 뽑기 이상의 가치를 지니고 있다. 만일 비가 계속 내려서 흙 속의 씨가 썩고 낮은 지대의 감자가 못쓰게 된다 하더라도, 높은 지대의 풀에는 단비가 될 것이며, 풀에게 좋은 것이라면 나에게도 좋을 것이다.

때때로 내 생활을 다른 사람의 생활과 비교하면 나는 분에 넘칠 정도로 신의 총애를 받는 것이 아닌가 생각하게 된다. 마치 아무도 지니지 않은 허가나 보증을 하늘로부터 받은 듯한, 신의 특별한 가호를 받는 듯한 기분 말이다. 내가 스스로 잘난 체하는 것이 아니라, 신들이 나를 의기양양하게 만들고 있는 것이다. 나는 쓸쓸하다고 느낀 적도, 고독감에 괴로워한 적도 없었다. 단지 숲속에서 생활한 지 2, 3주 정도 지난 무렵에 건강하고 안정된 생활을 영위하기 위해서는 역시 가까운 곳에 사람이 살아야 하지 않을까 생각한 적이 있다. 혼자 생활하는 것이 뭔지 모르게 불쾌한 느낌이었다. 하지만 그와 동시에 이런 기분이 비정상적인 것이고, 조금만 지나면 이런 기분에서 벗어나리라고 생각하게 되었다. 부슬부슬 떨어지는 빗방울을 바라보면서 빗방울 소리와 오두막 주위의 소리를 비롯해 자연의 모든 광경이 아주 친절하고 다정다감한 벗이라는 것을 깨닫게 되자, 이내 형용할 수 없는 무한한 그리움이 솟구쳐올라 대기처럼 나를 감싸안았고 사람이 가까이 있으면 좀 낫지 않을까 싶던 생각은 완전히 사라져버렸다. 그 뒤로 두 번 다시 이 문제가 나를 고민에 빠뜨리는 일은 생기지 않았다. 작은 잣나무 잎 하나하나가 나와 교감을 나누면 자라나고 부풀어오르며 우정의 손길을 뻗치는 것이 느껴졌다. 나는 황폐하고 쓸쓸해 보이는 풍경에도 깊고 생생한 인연을 느끼게 되었고, 나아가 자신과 가장 가까운 혈연관계에 있는 것, 그리고 무엇보다 인간적이라 생각되는 것은 결코 사람이 아니라는 사실을 알게 되었

다. 따라서 이제 어떤 곳에 가더라도 위화감을 느끼는 일은 없으리라 생각
했다.

"죽은 자에 대한 애도는 탄식하는 자의 생명을 불시에 빼앗는 것
살아 있는 자의 나라에서 지내는 그들의 나날은 짧은 것이다
아름다운 토스카의 딸이여."[3]

무엇보다 아름다운 시간은 봄이나 가을, 장마를 동반하는 폭풍이 찾아와
온종일 집안에 틀어박혀 끊임없이 새어나오는 바람의 신음과 내리치는 빗
소리에 마음을 달래고 있을 때이다. 그런 때에는 저녁노을이 일찌감치 긴
밤을 불러들이기 때문에 온갖 사상이 천천히 뿌리를 내리고 꽃을 피우는 것
이었다. 북동쪽에서 내리꽂히는 빗방울이 집집마다 심한 상처를 입히고, 여
자들이 물이 들어오는 것을 막으려고 대걸레와 양동이를 들고 현관문 앞에
서 있을 무렵, 나는 작은 내 오두막에 하나밖에 없는 입구 뒤편에 앉아 오두
막의 완벽한 비호를 받고 있었던 것이다. 언젠가 천둥 번개를 동반한 비가
무섭게 후려치던 날 맞은편 호숫가의 큰 소나무 위에 벼락이 떨어져, 꼭대
기부터 뿌리까지 깊이 1인치, 폭 4~5인치나 되는 규칙적인 나선형의 홈이
새겨졌다. 얼마 전에 다시 그 소나무 옆을 지나다가 위쪽을 올려다보니, 8년
전, 악의 없는 하늘에서 떨어진 그 무시무시하고 불가항력적인 벼락의 흔적
이 전보다 한층 더 뚜렷하게 눈에 비쳐 공포에 떨지 않을 수 없었다.
사람들은 곧잘 나에게 이런 말을 한다. "그런 곳에 살고 있으면 정말 외롭

---

3)_Patrick MacGregor, 《The Genuine Remains of Ossian》(London, 1841, p.193)에서.

겠어요. 특히 눈이나 비가 오는 날이라든지, 밤에는 더 사람 사는 마을에 가까이 가고 싶어지겠지요." 이에 대해 나는 이렇게 대답하고 싶다. "우리가 살고 있는 이 지구도 우주 안에서 보면 그저 한 점에 지나지 않는답니다. 우리의 측량기계로는 정확하게 직경도 잴 수 없을 만큼 큰 별 위에서, 최대한 먼 거리에 떨어져서 살고 있는 두 사람은 과연 얼마나 떨어져 있을까요? 나 같은 게 외로울 턱이 있겠습니까? 지구라는 혹성은 은하 속에 있지 않습니까? 당신의 질문은 그다지 중요한 것 같지 않군요. 어떤 인간을 동료들로부터 잡아떼어 외톨이로 만들어버리는 공간이란 도대체 어떤 종류의 공간이라고 생각합니까? 아무리 재빨리 발을 옮겨도 두 마음을 서로 다가가게 할 수는 없다는 것을 나는 알았답니다. 우리들이 꼭 가까이에 살고 싶다고 바라는 곳은 어떤 곳일까요? 아무리 생각해도 인파가 들끓는 곳은 아닌 듯합니다. 예를 들어 사람들로 붐비는 역이라든지 우체국, 술집, 교회당, 학교, 식료품점, 비콘 힐과 파이브 포인트[4] 가까이가 아니라, 우리들의 경험으로 보아 영원한 생명의 샘이 넘쳐흐르는 곳 가까이입니다. 말하자면 물가에 서 있는 버드나무가 물이 있는 방향으로 뿌리를 뻗는 것과 같은 것이죠. 사람의 성질은 각양각색이니 하나로 뭉뚱그려 말할 수는 없지만, 현명한 사람이 자신의 지하 저장실을 파는 것은 바로 그러한 장소랍니다……."

어느 날 밤, 나는 월든 호수 부근의 길가에서 시장에 소 두 마리를 몰고 가는 마을 사람 한 명을 따라가보았다. 직접 확인해본 적은 없지만 그는 소위 '거액의 자산'을 축적한 남자였다. 그때 이 남자는 인생의 많은 즐거움을 어떻게 버릴 생각이 들었냐고 나에게 물었다. 이 질문에 "나 역시 꽤 인생을

---

4)_Beacon Hill은 보스턴의 구 시가지로 고급주택가, Five Points는 당시 불결함과 범죄로 유명했던 뉴욕의 한 지구.

즐기고 있답니다"라고 대답했다. 이 대답은 절대 농담이 아니었고 그 증거로 나는 재빨리 집으로 돌아가 잠자리에 들었다. 그런데 그 남자는 그대로 보스턴 교외의 브라이튼인지, 브라이트 타운인지로 통하는 어둡고 질척한 길을 동이 틀 때까지 터벅터벅 더듬어간 것이다.

죽은 자가 만일 눈을 뜨거나 되살아날 가능성이 조금이라도 있다면 때나 장소를 가리지 않을 것이다. 그러한 기적이 일어날 듯한 장소는 옛날부터 늘 같은 곳, 즉 우리의 오감이 더할 나위 없이 쾌적함을 느끼는 곳이다. 자칫 우리는 어딘가 멀리에 있는 순간의 환경이 자신에게 좋은 기회를 가져다 줄 것이라 믿기 쉽다. 하지만 그런 환경은 오히려 우리의 주의를 딴 데로 돌릴 뿐이다. 만물 바로 가까이에 사물을 탄생시키는 힘이 존재한다. 우리들 바로 옆에서 세상의 위대한 법칙이 끊임없이 작동하고 있는 것이다. 바로 옆에 있는 것은 우리가 원할 때 말상대로 삼으려고 고용한 일꾼이 아니라, 우리들을 탄생하게 한 그 일꾼이다.

"천지의 영묘한 힘은 실로 광대하고 심원하지 않은가!"

"그 힘은 보려 해도 보이지 않고 귀를 기울여도 들리지 않는다. 사물의 본질과 일체를 이루고 있어 그것과 떼어놓을 수가 없는 것이다."

"그 힘은 전 우주에 있어 인간이 마음을 정화시키고 성스러워지도록, 또 예복을 갖춰 입고 조상에게 공양하도록 한다. 그것은 영묘한 예지의 대양이다. 천지에 있는 영의 힘은 우리의 위나 좌우, 도처에 편재하며 우리를 완전히 둘러싸고 있다."[5]

누구라도 내가 적잖게 흥미를 품고 있는 실험의 피험자라고 할 수 있다.

---

5)_이 세 구절은 〈중용〉 제16장에서 인용.

이러한 상황에 있어서 잠시 친구와 열중하던 잡담을 멈추고 자기 자신의 사상에 열중해보자. 공자가 말하고 있지 않은가. "덕은 외톨이가 아니다. 반드시 이웃이 있다"[6]라고.

우리는 사색에 잠길 때, 건전한 의미에서 자신을 잊을 수가 있다. 두뇌를 의식적으로 움직일 때에만 행위와 행위의 결과에서 떨어져 설 수가 있는 것이다. 그러면 선과 악, 일체의 것이 격류처럼 우리들 옆을 스쳐지나간다. 우리는 자연 속에 완전히 들어가 있는 것은 아니다. 나는 강물에 떠다니는 유목이 될 수도 있고, 하늘에서 그것을 내려다보는 인드라[7]가 될 수도 있다. 나는 극장이 내놓는 흥행물에 감동하면서도 한편으로는 자신과 더 관계가 있을 현실의 사건에는 감동하지 않을지도 모른다. 나는 자신을 인간적인 존재로 알고 있는 것에 지나지 않는다. 소위 사고와 감정의 무대로써 말이다. 또 나에게는 타인뿐만 아니라 자기 자신으로부터도 떨어져 설 수 있는 어떤 이중성이 존재한다는 것도 의식하고 있다. 내가 얼마나 강렬한 경험을 하든지 자신의 내부에는 경험을 공유하지 않고 단지 관찰만 할 뿐인 구경꾼이 있어 그것이 비판의 시선으로 바라보고 있다는 것을 느끼는 것이다. 그 부분은 타인은 아니지만, 그렇다고 나 자신도 아니다. 비극일지도 모르는 인생의 연극이 끝나면 구경꾼도 자리를 떠난다. 그의 입장에서는 인생이라는 연극도 일종의 만들어낸 이야기이고 상상력의 산물에 지나지 않는 것이다. 이 이중성 때문에 우리들은 종종 좋은 이웃이나 친구가 되지 못하는 일이 있다.

---

6)_〈논어〉 제4편 25절.

7)_고대 인도의 베다 신화에 있어서 무용신, 영웅신.

나는 대부분의 시간을 혼자서 지내는 것이 좋다고 생각한다. 상대가 아무리 훌륭한 사람이라고 해도, 사람과 교제하다보면 금방 따분해지고 피곤해지기 때문이다. 나는 혼자 있는 것이 좋다. 고독만큼 사귀기 쉬운 친구는 없을 것이다. 우리는 자신의 방에 틀어박혀 있을 때보다 밖에서 사람들과 섞여 있을 때 대부분 훨씬 고독하다. 무엇을 생각하거나 일을 할 때, 사람은 어디에 있든 항상 혼자인 것이다. 고독은 한 인간과 또 한 인간이 떨어진 거리로 측정할 수 있는 것이 아니다. 하버드 대학의 북적대는 기숙사 방구석에서 공부에 몰두하는 학생은 사막의 수도자와 마찬가지로 고독하다. 농부는 하루 종일 밭이나 숲에서 혼자 밭을 갈거나 나무를 자르지만 조금도 외로워하지 않는다. 일에 열중하고 있기 때문이다. 그런데 밤에 집에 돌아오면, 혼자 방에 앉아 어떤 생각에 깊이 잠기지 못하고, '모두를 만날 수 있는' 곳으로 나가서 기분전환을 하고, 낮 시간의 고독을 메울 수 있는 일을 하지 않고는 견딜 수 없어 한다. 때문에 그는 어째서 학생이 밤뿐만 아니라 낮 시간의 대부분을 집안에 혼자 앉은 채로 따분하게 여기지도 않고, 풀이 죽지도 않고 지낼 수 있는지 불가사의하기 짝이 없다고 생각한다. 학생은 집안에 있어도 사실은 농부와 마찬가지로 자신의 밭에서 일하고 자신의 숲에서 나무를 자르고 있다는 것, 그도 역시 농부와 마찬가지로 기분전환이나 교제를(더 응축시킨 형태이기는 하지만) 추구하고 있다는 사실을 농부는 도저히 이해할 수 없는 것이다.

인간들 사이의 교제는 대체로 너무나 싸구려 티가 난다. 우리는 서로에게 이익이 되는 새로운 가치를 몸에 익히려고 시간을 사용하지 않으면서, 거의 끊임없이 얼굴을 마주 대하고 있다. 하루에 세 번, 식사를 한답시고 모여서 코를 쳐들기 힘들 만큼 곰팡이 슨 오래된 치즈, 즉 우리 자신을 상대방에게 들이민다. 여기에서 우리들은 이 빈번한 만남을 어떻게든 참아내고 공연히 싸움을 일으키지 않고 끝낼 수 있도록 예의라고 불리는 일련의 규칙을 만들어야 했다. 우리는 우체국이나 친목회에서, 또 매일 밤 벽난로 가에서 얼굴을 마주한다.

우리들은 서로 어깨를 기대며 생활하고, 서로 훼방을 놓고, 서로 걸려 넘어진다. 생각해보면 이런 식으로 서로에 대한 존경심을 잃어가는 것인지도 모른다. 만남의 횟수를 줄여도 소중한 마음이 담긴 교류는 충분히 가능한데도 말이다. 공장에서 일하는 아가씨들은 또 어떤가. 그들은 꿈속에서조차 결코 혼자 지내지 못한다. 오히려 내가 사는 곳처럼 1제곱마일에 한 사람밖에 없는 것이 좋다. "인간의 가치는 피부에 있으니 만져보지 않고서는 모른다"고 할 수는 없을 테니.

숲속에서 길을 잃은 어떤 남자가 피로와 배고픔에 지칠 대로 지쳐 나무 밑에서 죽어가고 있을 때, 몸이 쇠약한 탓인지 병적인 상상력이 작용해 주위에 기괴한 환영이 끊임없이 나타났다고 한다. 그런데 이 남자는 그것을 진짜라고 믿고 도리어 고독을 느끼지 않게 되었다는 얘기를 들은 적이 있다. 그러고 보면 우리는 심신이 모두 건강하니 그 사람의 환영과 닮았지만, 훨씬 더 정상적이고 자연스런 친구들과 교류하면서 끊임없이 기운이 북돋아지고 자신이 결코 외톨이가 아니라는 것을 깨닫게 되지 않겠는가.

내 오두막 안에는 많은 친구들이 있다. 사람 발길이 뜸한 오전 중에는 특히 많은 친구들이 찾아온다. 내가 놓인 상황을 이해하도록 하기 위해 두세 가지 비유를 들어 설명해보자. 나는 요란한 소리로 웃어대는 아비나 월든 호수 자체와 마찬가지로 조금도 외롭지 않다.

호오, 그런 고독한 호수에 무슨 친구가 있다는 것이지? 하지만 이 담청색 호수 속에는 창백하고 음울한 악마가 아니라 파란 옷의 천사가 살고 있다. 태양 역시 혼자이다. 구름 낀 날씨에는 둘로 보일 때도 있지만 하나는 가짜이다. 신도 혼자이다. 그런데 악마로 말할 것 같으면 무수한 패거리들에 둘러싸여 그야말로 대군[8]을 이루고 있다. 나는 목장에 피는 현삼이나 민들레, 콩잎, 수영, 등에나 뒝벌과 마찬가지로 조금도 외롭지 않다. 마을의 중심을 흐르는 밀부룩 시냇물이나 바람개비, 북극성과 남풍, 4월의 소나기나 1월의 해빙, 새로 지은 집에 나타나는 최초의 거미가 외롭지 않은 것과 마찬가지로 나도 결코 외롭지 않은 것이다.

긴 겨울 밤, 함박눈이 펑펑 쏟아지고 숲속에서 바람이 윙윙 신음 소리를 낼 때, 옛날 월든 호수를 파서 돌로 굳힌 다음 소나무 숲으로 이 둘레를 에워쌌다는 식민지 이주자이자 최초의 땅주인이었던 인물[9]이 방문한 일이 있다. 그는 고대의 사건이나 새로운 영원에 대해서 이야기해준다. 사과나 사과주가 없어도 우리 둘은 서로 격의 없는 농담을 주고받거나 기분 좋게 의견을 나누며 꽤 즐거운 한밤을 지내는 것이다. 그는 아주 현명하고 유머가 넘치는 친구지만 고프나 월리[10]보다 더 사람 눈을 피해 살고 있다. 세상에서는 그가 죽었다고 생각하지만, 아무도 그가 어디에 매장됐는지 모른다. 또 한 사람, 역시 좀처럼 사람 눈에 띄지 않는 노부인[11]이 부근에 살고 있다. 나는 때때로 그녀의 향긋한 약초 밭을 거닐면서 약초를 뜯거나 그녀가 얘기하는 우화에 귀를 기울이는 게 좋다. 그녀는 한없는 풍요로움을 지니고 있고, 그녀의 기억은 신화 시대 이전까지 거슬러 올라가기 때문에 여러 우화의 기

---

8)_ "나의 이름은 대군(大軍), 우리가 많기 때문입니다."(《신약성서》 마가복음 5:9에서)

9)_〈그리스 신화〉의 목신, '판'이라 생각된다.

10)_William Goffe, Edward Whalley. 모두 17세기의 청교도혁명 시에 찰스 1세를 사형에 처한 고등법원의 판사. 왕정복고 후, 미국으로 도피해 숨어 살았다.

11)_어머니인 자연을 뜻하는 것으로 생각된다.

원이나, 우화의 토대가 되는 사실까지 사람들에게 들려줄 수 있다. 그러한 사건들은 젊은 시절 그녀가 보아왔던 것이기 때문이다. 어떤 기후나 계절도 마다하지 않고 기꺼이 맞아들이는 이 유쾌하고 혈색 좋은 노부인은 그녀의 자손 누구보다 오래오래 살 것이다.

태양, 바람, 비, 여름, 겨울 같은 자연은 형용할 수 없는 순수함과 깊은 은혜를 가지고 있어 우리에게 영원한 건강과 환희를 부여해준다! 그들은 인류와 깊은 교감을 나누고 있기 때문에 누가 한탄하고 슬퍼하면 자연계의 모든 것이 그에 감화되어 태양은 빛을 잃고 바람은 인간처럼 한숨을 내쉬며, 구름은 눈물의 비를 뿌리고, 숲은 한여름에도 잎을 벗어던지고 상복을 두르게 될 것이다. 내가 어떻게 대지와 서로 이해하지 않을 수 있겠는가? 내 몸의 일부는 이파리이자 식물의 부식토가 아닌가.

인간을 항상 기운차고 유쾌하며 만족스럽게 하는 묘약이란 무엇일까? 그것은 우리의 증조할아버지가 빚은 약이 아니라, 증조할머니인 자연이 부여하는 보편적이고 식물적인 야생의 약이다. 이 약 덕분에 그녀는 언제까지나 파릇파릇 싱싱하게, 파 노인[12]처럼 장수한 사람들보다 더 오래 살았고, 그들의 썩어가는 지방분으로 자신의 건강을 키울 수 있는 것이다.

자, 이제 내가 애용하는 만병통치약에 대해서 말할까 한다. 저승에 있다는 아케론 강의 물에 사해의 물을 뒤섞어 만든 가짜 조제약병을 길고 납작한 검은 배와 빼닮은 짐마차 속에 싣고 다니며 팔기도 하지만, 나는 그러한 약에는 눈길도 주지 않고 오로지 희석하지 않은 아침의 대기를 가슴 가득히 들이마시기로 했다. 아침의 대기! 만약 사람들이 오늘의 샘터에서 이것을

---

12) Thomas Parr. 영국인, 1483년에 태어나 1635년에 152세의 나이로 죽었다고 한다.

마시지 못했다면, 지상의 아침 시간에 대한 예약권을 잃어버린 사람들을 위해 꼭 아침의 대기를 병에 봉해 가게에서 팔지 않으면 안 된다. 단, 아침의 대기는 아무리 차가운 지하실에 넣어도 낮 시간이면 새벽의 여신 오로라의 뒤를 쫓아 서쪽으로 사라져버리기 때문에, 낮이 되기 훨씬 전에 마개를 열어야 한다는 사실을 잊지 않았으면 한다.

나이 든 의술의 신 아스클레피오스의 딸로, 한 손에는 뱀을 쥐고 다른 한 손에는 뱀독을 치료하는 약 잔을 쥔 모습으로 기념비에 새겨진 건강의 여신 히기에이아를 나는 결코 숭배하지 않는다. 내가 숭배하는 것은 주피터의 잔을 받들고 있는, 주노와 야생 상추의 딸인 청춘의 여신 헤베이다. 그녀는 신과 인간이 청춘의 활력을 되찾게 하는 힘을 지니고 있다. 그녀야말로 예전에 이 지상을 거닐던 딸들 중에서 가장 완전무결한 육체와 건강미와 씩씩함을 갖춘 오직 하나뿐인 존재라 할 수 있을 것이다. 그녀가 나타나면 대지에는 언제라도 봄이 찾아온다.

6th
방문자들

6_방문자들

　　　　나는 누구 못지않게 사람들과 교제하길 좋아한다. 혈기 왕성한 사람이 찾아오면 잠시 동안 거머리처럼 착 달라붙어 떨어지지 않으려고 만반의 준비를 하고 있다. 내가 본래 세상을 등진 사람도 아니고, 때에 따라서는 술집에 들어가 코끝이 벌건 여느 취객보다 오래 눌러앉아 있을 수도 있는 것이다.

　내 오두막에는 의자가 세 개 있다. 하나는 고독을 위해서, 또 하나는 우정을 위해서, 세번째는 교제를 위해 준비한 자리이다. 방문객들이 뜻밖에 많이 찾아올 때면 이 세번째 의자까지만 내놓을 수 있기 때문에 쩔쩔매야 했지만, 모두들 선 채로 좁은 장소를 잘 이용해주었다. 이런 조그마한 공간이 실제 이토록 많은 남녀를 받아들일 수 있다니 나로서도 놀라지 않을 수 없었다. 한 지붕 아래에 영혼과 육체를 갖춘 인간이 한꺼번에 스물다섯에서 서른 명이나 들이닥친 적도 있었는데, 그래도 서로 그렇게 빽빽하게 끼어 있었다는 느낌도 없이 헤어지곤 했다.

　우리의 집들은 대부분 공사를 불문하고 헤아릴 수 없을 만큼 많은 방과 큰 홀을 갖고 있으며, 게다가 와인과 평화로울 때에 군수품들을 저장할 지하 저장고까지 갖추고 있어서 거주자가 주체하지 못할 정도로 큰 겉모습을 하고 있다. 집이 너무 넓고 위풍당당한 탓에 그 안에 살고 있는 사람은 집 안에 작은 소굴을 이루고 사는 생쥐로밖에 보이지 않는다. 심부름꾼이 트레몬트, 애스터, 미들섹스 하우스[1]와 같은 호텔 앞에서 집합을 알

---

[1]_당시 보스턴, 뉴욕, 콩코드에 있었던 유명 호텔의 이름들.

리는 나팔을 울려대면, 숙박자 전원을 위한 복도에 오로지 우스꽝스런 생쥐[2] 한 마리가 기어나와 눈 깜짝할 사이에 길가의 구멍 속으로 쏙 숨어버리고 마니 기가 찰 노릇이다.

작은 집에 살고 있으면서 때때로 불편하다고 느낀 점은 방문객과 내가 덩치 큰 사상을 덩치 큰 말로 얘기하기 시작하면 둘 사이에 충분한 거리를 유지하기 힘들었던 일이다. 사상이 항구에 도달하기 위해서는 우선 출범 준비를 하고, 한두 번 시험삼아 항해해볼 정도의 여유가 필요하다. 사상의 탄환이 실수 없이 듣는 자의 귀에 명중하기 위해서는 우선 좌우로 일탈하거나 스쳐지나지 않고 최종적으로 안정된 탄도에 오르지 않으면 안 된다. 그렇지 않으면 우측에서 들어와 좌측으로 빠지는 결과를 낳을 수 있다.

마찬가지로 우리가 말하는 내용도 우선 생각을 꺼내놓은 다음, 시간을 두고 논리를 다듬을 여유가 필요했던 것이다. 개인과 국가도 마찬가지로 서로 적당한 폭을 가진 자연스런 경계선, 굳이 말하자면 널찍한 중립지대를 마련하지 않으면 안 된다. 나에게는 맞은편 강가에 있는 친구를 향해 호수 너머로 말을 건네는 것이 훌륭한 사치였다. 그런데 오두막 속에 있으면 상대가 너무 가까워 도리어 목소리가 잘 들리지 않는 것이다. 서로 잘 들릴 만큼 낮은 목소리로 얘기할 수도 없기 때문에 더욱 그렇다. 마치 고요한 수면 위에 휙 던진 두 개의 돌이 너무 가까우면 서로 파문을 어지럽히는 것과 같은 이치다. 단지 무턱대고 큰 소리로 지껄이기만 할 생각이라면 뺨과 뺨을 가까이 대고 서로의 숨소리를 느낄 정도로 가까이 서서 얘기해도 무관할 것이다. 하지만 좀더 조심스럽고 사려 깊은 얘기를 나누려고 할 경우에는 서로

---

2)_호라티우스 〈시론〉 1편 139절. "태산이 진동한 후 고작 생쥐 한 마리"에서.

의 체온과 습기가 충분히 발산될 만큼의 거리가 필요하다.

만약 우리가 마음속에 있는 것들 중에서 말을 할 수 없거나 또는 말하는 것을 초월해 존재하는 내용을 진정 알리고 싶다면, 단지 침묵을 존중하는 것에 머물지 말고 평소 어떤 경우에도 상대의 목소리가 들리지 않을 만큼 육체적으로도 멀리 떨어져 있지 않으면 안 된다. 이 기준에 비춰보면 말하는 언어라는 것은 내부의 목소리가 잘 들리지 않는 사람을 위한 하나의 방편에 지나지 않는다. 큰 소리로 아우성치는 것으로는 제대로 표현할 수 없는 그런 미묘한 점들이 많다. 벗과 나누는 대화가 점차 고상하면서 웅대한 어조를 띠기 시작함에 따라 우리들은 조금씩 의자를 뒤로 밀어 상대로부터 멀어지고, 결국에는 두 사람의 의자가 대각선으로 마주보는 구석의 벽에 부딪치면 이윽고 "방이 너무 좁군요"라고 말하곤 했다.

언제라도 친구를 안으로 들일 수 있고 카펫에 햇빛이 들이치는 일도 좀처럼 없는 응접실로 사용한 나의 '특별한' 방은 오두막 뒤쪽에 있는 소나무 숲이었다. 여름날, 특별한 방문객이 있으면 나는 그들을 그곳으로 안내했다. 그러면 바람이라는 눈치 빠른 하인이 나타나 바닥을 말끔히 쓸어내고, 침구의 먼지를 터는 등 실내를 깨끗이 정돈해주었다.

방문객이 한 사람일 경우에는 보잘것없는 식사라도 나누어먹었는데, 그럴 땐 즉석 푸딩을 휘저어 섞거나 재 속에서 빵이 부풀어 구워지는 것을 지켜보면서 끊임없이 대화를 나누곤 했다. 그러나 스무 명이나 되는 사람들이 들이닥칠 때에는 설사 두 사람 분의 빵이 있다 해도 식사 따위는 화제가 되지 않았고, 마치 먹는 습관을 버린 것처럼 자연스럽게 금욕을 실행했다. 하지만 방문객들은 이런 접대를 결코 손님을 홀대한다고 받아들이지 않았으며, 오히려 그 자리에 가장 잘 어울리는 사려 깊은 접대로 여겼다. 끊임없이 보강해야 하는 체력의 소모가 이런 경우에는 신기하게도 완만해지는지, 방문객들과 함께할 때는 왕성한 활력이 전혀 사라지지 않았다. 이런 식으로 나는 스무 명이 아니라 천 명이라도 대접할 수 있었을 것이다. 또 만일 나의 오두막에서 뱃속이 텅 빈 채 돌아간 사람이 있었다면, 적어도 내가 진심으로 마음 아팠던 사실만큼은 믿어주기 바란다.

집안 살림을 맡고 있는 사람들은 의심할지 모르나 낡은 습관을 버리고 전보다 좋은 습관을 새로 만드는 일은 별로 어려운 일이 아니다. 손님에게 내놓는 식사의 좋고 나쁨으로 평판을 높일 필요는 없다. 나의 경우, 누구의 집을 방문하려 하다가도 그만 멈칫하는 주된 이유가 지옥의 파수견인 케르베로스처럼 무시무시한 개가 버티고 있기 때문이 아니라 오히려 나에게 산해진미를 대접하고자 상대가 지나치게 신경을 쓰기 때문이다. 이런 지나친 대접은 오히려 다시는 이런 폐를 끼치지 않았으면 좋겠다라는 상대방의 은근한 표시로 여겨지고, 그런 꼴을 두 번 다시 당하고 싶지 않은 것이다. 어떤 방문객이 명함 대신 노란 호두나무 잎에 써놓고 간 다음과 같은 스펜서의 시구를 나는 내 오두막의 간판으로 자랑스럽게 걸어놓고 싶다.

"그곳에 이르러, 그들은 고즈넉한 오두막을 가득 채운다.
사는 이도 없고, 아무도 환대를 바라지 않는다.
휴식이야말로 그들의 진정한 연회, 모두들 자유롭게 움직인다.
가장 기품 있는 마음이야말로 진정한 만족을 아는 것이다."[3]

---

3)_Edmund Spenser(1552?~1599). 영국의 시인. 여기에 나오는 시는 그의 서사시 〈요정 여왕〉에서 인용.

나중에 플리머스 식민지의 총독이 된 윈즐로[4]는 인디언 추장 매사소이트를 예방하기 위해 친구 한 사람과 숲속을 지나 먼 길을 걸어갔다. 그들이 목적지인 오두막에 도착했을 때 두 사람은 추장으로부터 성대한 환영을 받았지만, 몹시 지치고 배가 고픈 그들에게 식사 대접을 한다는 얘기는 나오지 않았다. 그들의 말을 인용하면, 밤이 되어 "추장은 우리를 자신과 아내가 자고 있는 침대에 함께 눕게 했다. 그들은 한쪽 끝에서, 그리고 우리는 반대쪽 끝에서 잔 것이다. 침대라고 하지만 지상 1피트의 높이에 판자 하나만 달랑 놓여 있고 그 위에 얇은 멍석이 깔려 있었다. 더구나 잠자리가 모자라 추장의 상급 부하 두 명이 더 비집고 들어왔다. 이렇게 해서 우리는 여행하는 것 이상으로 잠자리에 드는 것 때문에 피곤하고 지치게 된 것이다."

다음날 오후 1시경, 매사소이트는 잉어의 세 배 정도 되는 "자신이 직접 잡은 물고기 두 마리를 가지고 들어왔다. 그것을 끓이고 있자니, 한 40명쯤 되는 사람들이 우르르 몰려들어 함께 물고기를 먹게 되었다. 이틀 밤과 하루를 지내는 사이 우리가 먹은 것이라곤 그것뿐이었다. 우리가 꿩을 한 마리 사두지 않았더라면 그야말로 단식 여행이 될 뻔했다." 먹을 것이 없는 데다 "야만인들이 노래하는 야만스런 노래(그들은 노래를 부르면서 자신을 잠재우는 습관이 있었던 것이다)"[5] 덕분에 밤에도 제대로 잠을 자지 못한 그들은 머리가 이상해질 것 같아 아직 걸어갈 체력이 남아 있을 때 집으로 돌아가려고 그곳을 떠났다. 두 사람에게 잠자리가 불편했던 것은 사실이지만, 그들이

---

4)_Edward Winslow(1595~1655). 1620년에 메이플라워호로 플리머스에 상륙한, 이른바 순례시조(필그림 파더스)의 한 사람.

5)_이상의 인용은 윈즐로의 《A Relation or Journal of the Beginning and Proceedings of the English Plantation at Plimouth in New England》(London, 1622, Part II)에서.

불편하다고 느낀 인디언들의 행동은 분명 두 사람에게 경의를 표하기 위해 비롯된 것이었다. 그리고 먹을 것에 관한 한 인디언들은 더 이상 어찌할 도리가 없었다. 자신들이 먹을 양식조차 없었고, 굳이 변명을 하자면 손님을 대접하려고 자기 머리를 바칠 만큼 어리석지는 않았기 때문이다. 따라서 그들은 허리띠를 한층 더 꽉 졸라매고 먹을 것에 관해서는 한 마디도 언급하지 않기로 했던 것이다. 윈즐로가 다음에 그들을 방문했을 때에는 식량이 풍부한 계절이었기 때문에 먹을 것이 부족해 고생하는 일은 없었다.

사람들은 어디를 가든 방문객이 부족할 걱정은 없다. 숲속에 살면서 나는 생애의 어떤 시기보다 많은 사람들의 방문을 받았다. 많다고 해야 몇 명 안 되지만 말이다. 그 중 몇 사람은 다른 곳에서는 꿈도 꿀 수 없을 만큼 혜택 받은 환경 속에서 얼굴을 마주했다. 한편 별 볼일 없는 용건으로 나를 만나러 오는 손님은 줄었다. 이 점에 있어서는 마을에서 떨어져 살았기 때문에 친구가 체에 걸러졌다고 할 수 있으리라. 교제라는 강이 쏟아붓는 고독의 망망대해 한가운데에 멀리 떨어져 살았던 덕분에, 내가 원하는 관점에서 말하자면 최상의 침전물만 내 주위에 퇴적하는 결과가 된 것이다. 더구나 아직 인간의 발길이 닿지 않은 다른 쪽 대륙에 대한 갖가지 증거품까지 내 곁에 떠내려오곤 했다.

오늘 아침에는 웬일로 마치 호메로스 같은, 아니 파플라고니아인[6]이라고 할 만한 사람이 오두막에 방문했다. 그는 너무나 이 장소에 어울리는 시적인 이름의 소유자여서 유감스럽지만 그 이름을 여기에서 밝힐 수가 없다.[7]

---

6)_파플라고니아는 소아시아 북부의 흑해에 면한 고대 국가. 주민의 대다수가 숲에서 사는 것으로 알려져 있었다.

7)_이 인물은 프랑스계 캐나다인인 Alex Therien으로 특정지어져 있다.

그는 캐나다인 나무꾼으로 기둥 만드는 일을 하는데, 하루에 50개의 기둥에 구멍을 뚫을 수 있고, 어제 저녁에는 그의 개가 잡아온 마모트로 배를 채웠다는 그런 남자다. 그는 호메로스에 관해서 들은 바가 있어 "책이 없다면 비오는 날에는 어떻게 해야 좋을지 모르겠다"고 말했지만, 우기가 몇 차례나 다시 돌아오는 사이에 한 권의 책도 다 끝마친 일이 없는 듯했다. 그가 먼 고향 땅에 살고 있던 시절, 그리스어를 아는 목사가 성서의 한 구절을 그리스어로 들려주곤 했다고 한다. 이번에는 내가 그에게 〈일리아스〉를 손에 쥐어주고, 아킬레우스가 파트로클로스의 슬픔에 찬 얼굴을 보고 비난조로 말하는, "자네는 어찌해 어린 계집애처럼 눈물을 흘리고 있는가, 파트로클로스여"란 구절을 번역해줄 차례이다.

"아니면 자네만이 프티아로부터 무슨 소식이라도 받은 것인가?
악토르의 아들 메노이티오스는 아직 살아 있다 하고,
아이아코스의 아들 펠레우스도, 미르미돈인의 나라에서 살고 있다고 하지 않는가.
그 어느 쪽인가가 목숨을 잃었다고 한다면, 우리가 크게 슬퍼하는 것도 당연하지만."[8]

"이거 좋다"고 그는 말한다. 그는 일요일 아침, 어느 병자를 위해 모은 화이트 떡갈나무의 나무껍질[9]을 커다란 다발로 묶어 옆구리에 끼고 있다. "이

---

8)_〈일리아스〉 제16권의 서두에서.
9)_당시 민간요법에서 사용되고 있었던 수렴제.

런 걸 모으러 간다면 안식일이라 해도 별 지장이 없을 것 같아서 말이지"라
고 그는 말한다. 그 책에 무엇이 쓰여 있는지는 알지 못하지만 그에게 있어
서도 호메로스는 대작가이다. 그처럼 단순하고 자연스런 인간은 좀처럼 찾
아보기 힘들다. 세상 속에 어두운 퇴폐의 그림자를 던지는 악덕이나 병마가
그에게 있어서는 전혀 존재하지 않는 것 같다. 나이는 스물여덟쯤 됐을까,
돈벌이를 위해 12년 전에 고향집을 떠난 그는 여기에서 일하다가 언젠가는
캐나다로 돌아가 농장을 살 꿈을 갖고 있다. 아주 우람한 체격에 억세지만
움직임은 둔하고, 그러면서도 행동거지는 우아했다. 두툼한 목덜미는 햇볕
에 그을려 구릿빛을 띠고, 검고 텁수룩한 머리칼에 졸린 듯한 파란 눈이 풍
부한 표정으로 빛나곤 했다. 그리고 회색 천으로 만든 테 없는 납작한 모자
를 쓰고, 칙칙한 양털 색 외투에 소가죽 부츠를 신고 있었다. 대단한 육식가
인 그는 항상 손잡이 달린 통 모양의 양철 도시락에 점심을 담아서, 내 오두
막 앞을 지나 2마일 정도 떨어진 일터로 향했다. 그는 여름 내내 쭉 벌채를
하고 있었던 것이다. 도시락통 속에는 차갑게 식힌 고기가 들어 있었는데,
그 고기는 대부분 마모트 고기였다. 또 돌로 된 병에 커피를 넣어 허리띠에
매달고 다니며 이따금 나에게 마시지 않겠냐고 권하기도 했다.

    그는 이른 아침 내 콩밭을 가로질러 찾아왔지만 미국인들(뉴잉글랜드 주민)
처럼 한시라도 빨리 일에 착수하려고 조급해하는 모습은 어디에도 없었다.
다치는 것은 딱 질색이기 때문이다. 겨우 먹고 잘 만큼만 벌어도 지극히 태
연했다. 길을 가다가 그의 개가 마모트를 잡자, 도시락을 풀숲에 휙 던져놓
은 채 1마일 반이나 되돌아가 마모트 고기를 손질한 다음 호숫물에 담가놓
고는, 이 고기를 밤까지 안전하게 놔둘 수 없을까 30분이나 이리저리 궁리
하다가 결국은 하숙집 지하실에 두러가는 것이다. 그는 이런 문제에 대해
곰곰이 생각하는 것을 좋아했다. 아침에는 집 앞을 지나치면서 곧잘 이런

말을 했다.

"여, 비둘기가 꽤 많은데! 매일 일하러 나가지 않는다면 비둘기나 마모트, 토끼나 꿩을 잡아서 원하는 고기를 얼마든지 손에 넣을 텐데 말이야. 그렇고말고! 하루만 고생하면 일주일분은 족히 잡을 수 있을 거야."

그는 나무 자르기의 명수였는데, 자기 솜씨를 근사하게 장식하길 좋아했다. 예를 들어 나무를 수평으로, 동시에 지면과 거의 엇비슷하게 바투 자른다. 이것은 나중에 새로 돋아날 싹이 힘차게 자라날 수 있도록 배려하기 위해서이고, 또 썰매가 그루터기 위를 매끄럽게 미끄러져나갈 수 있도록 하기 위해서이기도 하다. 그리고 쌓아올린 장작 다발을 받치는 데 쓰는 나무토막 하나라도 그대로 남겨두지 않고, 아주 가는 말뚝이나 대오리처럼 잘 다듬어서 언젠가 필요 없게 되었을 때에는 손으로 손쉽게 꺾을 수 있도록 해두었다.

이 인물에 대해 내가 흥미를 갖게 된 것은 그가 아주 조용하고 고독하면서도 참으로 행복해 보였기 때문이다. 그의 눈에는 쾌활함과 만족감이 샘물처럼 넘쳐흐르고 있었다. 그의 기쁨은 솔직하고 순수했다. 때때로 그가 숲속에서 벌채하는 것을 보곤 하는데, 그럴 때마다 그는 지극히 만족스럽다는 듯한 환성을 올리며 캐나다 사투리가 섞인 프랑스어로 인사를 하는 것이었다. 물론 영어도 잘 할 수 있었지만 말이다. 내가 곁에 가까이 다가가면 그는 일하던 손을 멈추고 환희를 억누르며 잘라 쓰러뜨린 소나무 줄기 곁에 벌렁 드러누워, 나무의 속껍질을 벗겨 둥글게 말아 씹으면서 웃거나 얘기했다. 그만큼 그는 동물적인 생기가 넘쳐흐르고 있어서 무슨 재미있는 일이라도 생각나면 참지 못하고 이내 배꼽을 잡으며 땅바닥을 데굴데굴 구르곤 했다. 그는 주위의 나무들을 쓱 둘러보고는 이렇게 외쳤다.

"뭐니 뭐니 해도 여기에서 나무를 자르며 사는 게 최고야. 이보다 더 기분 좋은 건 없다고."

때로 시간이 나면 그는 작은 권총을 손에 쥐고 하루 종일 숲속을 돌아다니며 일정한 간격을 두고 자신을 위해 세차게 축포를 쏘아대며 재미있어 했다. 겨울에는 모닥불을 피우고 점심 먹을 때가 되면 불 위에 주전자를 놓고 커피를 데웠다. 그가 통나무에 걸터앉아 도시락을 먹고 있으면 가끔씩 박새가 날아와서 그의 팔뚝에 앉아 손에 쥐고 있는 감자를 콕콕 쪼아 먹곤 했다. 그는 이런 쪼끄만 것들이 주위에 있어서 기분이 좋다고 했다.

그의 내부에는 주로 동물적인 인간이 자라고 있었다. 육체적인 지구력과 만족감이라는 점에 있어서 그는 소나무나 바윗돌하고 사촌 간이었다. 언제인가 그에게 하루 종일 일하고 나서 밤이 되면 지치지 않느냐고 물어본 적이 있다. 그러자 그는 성실하면서도 진지한 표정으로, "어림도 없지. 나는 한 번도 피곤하다고 느낀 적이 없어"라고 대답했다. 그런데 한편으로 지적인 인간, 혹은 정신적인 인간은 그의 내부에서 어린아이처럼 잠들어 있었다. 그는 가톨릭 사제가 원주민을 가르치는 방식의 순진하고 효과 없는 방법으로 교육받은 적이 있을 뿐이다. 그러한 교육 방법은 결코 사물을 자각하는 수준에 이르게 하지 못하고, 학생에게 단지 신뢰와 존경만을 심어줄 뿐이다. 따라서 아이는 세월이 흘러도 성인이 되지 못한 채 언제까지고 어린아이로 남는 것이다. 자연은 그를 창조할 때, 70년의 인생[10]을 어린아이인 채로 살아갈 수 있도록 건장한 몸과 만족감을 그의 몫으로 부여하고, 나아가 존경과 신뢰라는 기둥으로 사방을 받쳐주었던 것이다.

그는 너무나도 단순하고 소박하기에 타인에게 소개하려고 해도 마모트를

---

10)_《구약성서》시편 90:10. "우리의 연수가 70이요 강건하면 80이라도 그 연수의 자랑은 수고와 슬픔뿐이요 신속히 가니 우리가 날아가나이다"에서.

이웃에게 소개하는 것 이상으로 말하기가 어려웠다. 그는 우리들과 마찬가지로 스스로 그라는 인간을 확인하도록 하는 수밖엔 없었다. 그는 자기 이외의 어떤 역할도 떠맡으려 하지 않았다. 여러 사람들이 그의 노동에 대해서 임금을 지불하고 의복과 먹을 양식을 보태주었지만, 그는 결코 다른 사람과 의견을 나누는 법이 없었다. 만약 높은 것을 바라지 않는 인간을 겸허하다고 할 수 있다면, 그는 상당히 단순하고 타고난 겸허함을 지녔기 때문에 겸허함이 그리 뛰어난 장점처럼 보이지 않았고, 자신도 그 존재를 깨닫지 못할 정도였다. 자신보다 현명한 인간은 그의 눈으로 보자면 거의 신과도 같은 존재였다. 그러한 사람이 지금 곧 찾아온다고 가르쳐주면, 그런 대단한 양반이라면 자기 같은 놈에게는 아무런 용무도 없을 것이고, 모든 책임은 그 사람 자신이 떠맡고 자신은 평소처럼 조용히 내버려둘 것이라고 생각하고 있는 듯했다.

그는 자신이 칭찬받는 걸 들은 적이 없었다. 특히 저술가라든지 설교사를 존경하고, 그들이 하는 일을 기적처럼 여기고 있었다. 나도 제법 글을 쓴다고 말했더니, 그는 내가 글씨를 쓴다는 줄 알 정도였다. 그 자신이 꽤 달필이었는데, 나는 이따금 길바닥에 쌓인 눈 위에 그가 자기 고향의 교구 이름을 악센트 기호가 붙은 불어로 곱게 써놓은 것을 보고 그가 그곳을 지나갔다는 사실을 알았다. 한번은 그에게 자신이 생각하고 있는 바를 글로 써보고 싶은 생각이 없는지 물어보았다. 그러자 읽지도 쓰지도 못하는 사람들을 위해 편지를 읽어주거나 써준 적은 있지만, 자신의 생각을 써보고 싶다는 생각은 한번도 하지 않았다, 아니, 그건 아무래도 무리다, 우선 무얼 써야 좋을지도 모르겠고, 그런 일을 하면 수명이 줄어들 것 같다, 게다가 글을 쓰려면 철자에도 신경을 써야 되지 않느냐고 대답하는 것이다.

어느 저명하고 똑똑한 사회개혁론자가 그에게 이 세상이 변혁되기를 바라지 않느냐고 물어보았다고 한다. 그런데 그런 문제가 항간의 큰 화젯거리였다는 사실도 전혀 모르던 그는 놀란 얼굴로 혼자 큭큭 웃음을 참으며 캐나다 사투리로 이렇게 대답했다고 한다.

"아니, 지금 이대로가 좋아요."

철학자라면 그와 만나서 여러 가지를 배울 수 있을 것이다. 그를 잘 모르는 사람에게 그는 꽤 무지한 사내로 비칠 수도 있지만. 나는 그의 내부에서 지금껏 한 번도 본 적이 없는 인간을 발견하는 일이 있었다. 과연 이자는 셰익스피어에도 뒤지지 않는 현인인가, 단지 어린아이처럼 무지한 인물인가, 섬세한 시인의 의식을 갖고 있는 것인가, 아니면 어리석은 자인가 나는 전혀 알 수가 없었다. 어떤 마을 사람의 말을 빌리면, 그가 꼭 맞는 작은 모자를 쓰고 휘파람을 불면서 유유자적 마을을 지나쳐가는 모습을 보면 신분을 숨기고 궁궐 밖을 나돌아다니는 왕자님이 생각난다고 한다.

그가 갖고 있는 책으로 말하자면, 연감과 산술 책이 한 권씩 있을 뿐이다. 그의 산술 솜씨는 상당한 것이었다. 연감은 그에게 있어서 일종의 백과사전과 같은 것으로, 그는 연감에 인간의 요약된 지식이 꽉 채워져 있다고 생각했고, 실제로 그렇기도 했다. 나는 당시의 여러 개혁에 대해 그의 의견을 자주 물어보았다. 그러면 그는 어떤 경우에도 그러한 질문에 대해 아주 단순하면서도 실질적인 견해를 말하는 것이다. 그때까지 개혁이니 뭐니 하는 건 들어보지도 못했을 터인데. "공장이란 것이 없어도 해나갈 수 있다고 생각하는가?"라고 물으면, "나는 버몬트 산 옷감을 손으로 직접 짠 옷을 쭉 입고 있지만, 아주 괜찮다"고 대답했다. "차나 커피는 없어도 좋은가? 물 외에 이 나라에는 마실 만한 것이 뭐가 있는가?"라고 물으면, "예전에 독미나리 잎을 물에 담가서 마셔본 적이 있는데, 더울 때는 물보다 낫더군"이라고 대답했다. "돈이 없어도 잘 지낼 수 있을까?"라고 물어보면 그는 뜻밖에도 화폐제도의 기원에 관한 가장 철학적인 해석이나 라틴어로 '금전, 재산'을 의미하는 페쿠니아라는 단어의 어원과도 일치했으며, 또 그것에 딱 부합하는 방식으로 금전의 편리함에 대해 설명하곤 했다. 즉 그가 재산으로 소 한 마리를 갖고 있고 어떤 가게에서 바늘과 실을 사고 싶은 경우, 그 금액에 대해서 매번 소의 일부분을 저당잡히는 것은 불편할 뿐만 아니라 곧 불가능하다는 것이다.

그는 여러 다양한 제도를 어떤 철학자보다 훌륭하게 옹호할 수 있었다. 이는 자신과의 관계 속에서 제도를 파악함으로써 그것들이 세상에서 널리 행해지고 있는 진짜 이유를 제시할 수 있기 때문이고, 또 불필요한 사색으로 방황하는 일이 없었기 때문이다. 하루는 플라톤이 '인간이란 날개 없는 다리 둘 달린 짐승'이라고 정의한 것에 대해 어떤 사람이 날개를 쥐어뜯은 수탉을 보이면서 "보라, 플라톤의 인간이다"라고 말했다는 얘기를 했다. 그러자 그는 무릎이 굽은 방향이 완전히 다르기 때문에 둘은 결코 같지 않다고 대답했다. 그는 가끔 이렇게 외치곤 했다. "내가 얼마나 말하길 좋아하는지 알아! 정말, 하루 온종일이라도 지껄일 수가 있다고!"

언제인가 몇 개월 만에 그를 만났을 때, 이 여름에 뭐 새로운 생각이라도 머릿속에 떠올랐는지 물어보니, "천만에! 나처럼 일하지 않고서는 먹고살기 힘든 인간은 그나마 남은 생각을 잊어 먹지 않은 것만도 감지덕지. 가령 말이지, 자네와 같이 풀 뽑기를 하고 있는 사람이 경쟁하자고 말을 꺼내면 자네 기분은 분명 그쪽으로 기울어 잡초만 생각하게 될걸"이라고 말했다. 이러한 경우 그쪽에서 먼저 선수를 쳐서, "어떤가, 진보 좀 했는가?"라고 물어오는 일도 있었다. 어느 겨울 날, 나는 그를 향해 항상 자신에게 만족하고 있는지를 물어보았다. 외부의 사제를 대신하는 내부의 사제가 존재한다는 것, 더 차원 높은 인생의 목적이 있다는 사실을 그에게 알려주고 싶었기 때문이다. 그는 말했다. "만족하고 있느냐고? 사람에 따라서 무엇에 만족하는

가는 제각각이지. 등 따습고 배만 부르면 하루 종일 등을 난로에 대고, 밥상 앞에서 배를 두드리며 앉아 있는 것만으로 만족하는 놈도 있을 테고, 음!" 하지만 나는 아무리 노력해도 그가 사물에 대해 정신적인 견해를 갖게 할 수는 없었다. 그가 생각하는 것은 기껏해야 편리한가, 어떤가라는 동물이라도 알 수 있을 만한 것에 한정되어 있었다. 하긴 이것은 사실상 대부분의 인간에게도 해당되는 얘기다. 내가 생활을 좀 개선해보면 어떻겠냐고 얘기를 꺼내도 그는 별로 후회하는 기색도 보이지 않고, "이미 너무 늦었어"라고 대답할 뿐이었다. 그러나 그는 정직함이라는 가장 중요한 덕의 가치는 철저하게 믿고 있었던 것이다.

대단한 수준은 아니지만 그는 어떤 확고한 독창성을 갖고 있었다. 또 때로는 사물에 대해 스스로 생각하고, 자신의 의견을 확실하게 말하는 모습을 목격하는 경우도 있었다. 하지만 이런 경우는 아주 드문 일이라, 이 장면을 목격할 수 있다면 나는 언제든 천리 길도 마다하지 않고 달려갔을 것이다. 그것은 마치 온갖 사회제도가 다시 창조되는 장면을 목격하는 듯한 것이었다. 그는 몹시 주저하며 얘기했고 자신의 의견을 명확히 표현할 수는 없었지만, 언제든 사람 앞에서 자기주장을 펼 수 있을 만큼의 주관은 가지고 있었다. 단, 그의 사상은 심히 원시적이고 동물적인 생활에 흠뻑 젖어 있었기 때문에 단순한 지식인의 사상보다 유망할지언정, 사람 앞에 내놓을 만큼 성숙한 경우는 드물었다. 그를 보고 있으면 사회의 맨 밑바닥에서 영원히 가난하고 배운 게 없이 사는 사람들 중에서도 천재적인 인간이 있다는 것을 깨닫게 된다. 그들은 늘 독자적인 견해를 갖고 있으면서도 결코 잘난 체하지 않고, 어리석고 혼탁해 보이기도 하지만 마치 월든 호수처럼 한없는 깊이를 가진 인물들이다.

숲을 지나는 나그네들이 종종 내 오두막 안을 엿보고 싶은 마음에 먼 길을 돌아와서는 찾아온 구실로 물을 한 잔 달라고 부탁하곤 했다. 나는 호숫물을 그대로 마신다고 대답하고, 호수를 손가락으로 가리키며, '바가지를 빌려드릴까요?'라고 말했다. 마을과 떨어져 살아도 모두가 분주하게 돌아다니는 4월 초순이 되면 연례행사처럼 되어 있는 "방문의 관습"에서 나만 도망칠 수는 없었다. 방문객 중에는 좀 색다른 사람도 섞여 있었지만, 나는 나름대로 주어진 몫의 행운을 누리고 있었다. 예를 들면 구빈원 등에서 지내는 약간 지능이 모자란 사람들이 찾아온 적이 있다. 하지만 나는 그들이 모든 지혜를 다 짜내 흉금을 털어놓도록 했다. 이런 경우 나는 지혜라는 것을 화젯거리로 삼고 있었던 것이다. 이러한 노력은 충분히 보람 있는 일이었다. 사실 나는 그가 얘기를 나누면서 그들 중에 소위 빈민 감독관이나 마을의 행정위원보다도 훨씬 현명한 사람이 있다는 것을 깨달았고, 이제 슬슬 그들의 자리를 이 사람들에게 양보할 때가 되지 않았나 생각했던 것이다. 지혜라는 점에 있어서 모자란 사람이나 그렇지 않은 사람이나 별 차이가 없었던 것이다.

특히 어느 날, 있는지 없는지 잘 모를 정도로 존재를 깨닫지 못하던 가난하고 지능도 낮은 한 남자가 찾아와서 당신과 같은 생활을 해보고 싶다고 털어놓은 일이 있다. 전에 그가 다른 사람들과 함께 울타리 대신 밭에 있는 곡식 부대 위에서 앉았다 일어섰다 하면서 가축들과 자신이 행방불명되지 않도록 망을 보는 모습을 나도 자주 목격했다. 그는 겸허함 같은 것은 초월한, 또는 겸허함까지는 이르지 않은 최대한의 단순함과 솔직함으로 자신은 "뇌에 결함이 있다"고 말했다. 실제 이런 식으로 말한 것이다. 하늘은 자신을 이런 인간으로 만들었지만, 다른 사람과 차별하지 않고 자신의 몸 역시 걱정해주신다고 그는 생각하고 있었다. "어릴 적부터 항상 그랬다"고 그는 말한다.

"머리가 좋지 않았어. 다른 애들하고 다르게 말이지. 골통이 약하단 말이지. 그것도 다 하늘의 뜻이었던 거야."

그를 보고 있으면 그 얘기가 틀린 말이 아니라는 것을 알 수 있었다. 그는 나에게 있어서 하나의 형이상학적인 수수께끼였다. 내가 이처럼 앞길에 희망을 품게 하는 누군가와 얼굴을 마주한 적이 있었던가. 그가 입에 담은 말은 모두 그만큼 단순하면서도 성실하고, 그만큼 진실성이 깃들어 있었다. 고개를 숙일수록 점점 더 높아진다는 말은 바로 이를 두고 한 말이다.[11] 처음에는 눈치채지 못했지만 이러한 겸허함은 그의 현명한 책략에서 나온 것이다. 가난하고 지능이 낮은 이 가련한 남자가 쌓아올린 진실함과 솔직함을 기반삼아 출발한다면, 우리의 만남도 현인들이 맺은 관계 이상으로 훌륭한 것이 될 수 있으리라.

보통 마을의 빈민들 축에 끼지는 않지만, 그 안에 들어가야 마땅할 정도로 가난한 사람들이 찾아오는 일도 있었다. 어쨌든 이 세상의 가난한 사람들 중의 한 사람인 그들은 바로 사람들의 환대가 아니라 관용에 매달리려고 하는 손님들이었다. 그들은 어떻게든 타인으로부터 도움을 받으려고 하며, 원조를 구하면서 자신들은 결코 자신의 뒤를 돌볼 생각이 없다는 사실을 미리 상대에게 못박아두려 했다. 나를 찾아오는 사람은 세상에서 제일 왕성한 식욕의 소유자라 해도 상관없고, 어째서 그렇게 식욕이 왕성한지 묻지도 않았지만, 적어도 아사할 정도로 배를 굶겨서 오는 것만큼은 좀 삼갔으면 하는 바람이다. 자선의 대상이 될 정도라면 손님이라고 할 수가 없지 않겠는

---

11)_《신약성서》 마태복음 23:12. "자기를 낮추는 자는 높아지리라"에서.

가. 이러한 사람들에 한해 나는 다시 내 일에 열중하곤 했는데, 그들은 내 대답에 점차 냉기가 돌아도 이제 자리를 떠야 할 시각이라는 것을 깨닫지 못했다.

사람들의 이동이 빈번한 계절이 되면, 지적인 수준도 제각각인 온갖 사람들이 나를 찾아왔다. 개중에는 자신도 주체하기 힘들 만큼 감각이 잘 발달한 사람도 있었다. 바로 농장에서 일하는 습관이 몸에 깊이 밴 남부의 탈주 노예들이다. 그들은 우화에 심심찮게 등장하는 여우처럼 냄새를 맡고 뒤쫓아오는 사냥개 짖는 소리라도 들리는 듯, 때로 가만히 귀를 기울이다가 이윽고

"오오, 크리스천이여, 너는 나를 쫓아보낼 것인가?"[12]

라고 간절하게 애원하는 눈빛으로 나를 바라보았다. 내가 북극성 쪽으로 몸을 피하는 데 도움을 주었던 탈주 노예들, 그들이 그러했다. 또 달랑 오리 새끼를 한 마리 데리고 있는 암탉처럼, 오로지 하나의 사상에 찰싹 달라붙어 있는 사람이 찾아오는가 하면, 오만가지 사상에 사로잡혀 머리털이 수세미처럼 헝클어진 인간이 찾아오는 경우도 있었다. 후자의 경우는 매일 백 마리의 새끼를 돌보는 암탉하고 똑같았다. 벌레를 쫓아 돌아다니는 병아리들, 매일 아침 이슬 속에서 길을 잃고 헤매는 스무 마리 새끼의 행방을 좇느라 날갯죽지가 엉망이 된 꾀죄죄한 암탉 말이다. 양쪽 모두 다리 대신 사상으로 돌아다니는 일종의 지적인 지네라고나 할까. 힐끗 보는 것만으로도 온

---

12)__Elizur Wright의 시 〈The Fugitive Slave to the Christian〉(1845)에서.

몸이 오싹해지는 느낌이었다. 화이트 산맥 부근에서 곧잘 그러는 것처럼 노트를 한 권 갖다놓고 방문객에게 이름을 쓰게 하면 어떠냐고 제안하는 이도 있었지만, 다행히 나는 기억력이 좋기 때문에 그럴 필요는 없었다.

　방문자들을 대하다보면 좋든 싫든 그들의 특징이 눈에 띄었다. 남자아이나 여자아이들, 거기에 젊은 여자들은 대부분 숲에 찾아온 것을 기뻐하는 것 같았다. 그들은 호수를 엿보거나 꽃을 바라보면서 시간을 잘 활용했다. 그런데 장사를 하는 인간들과 농부들은 고독한 생활이나 일의 내용, 나의 거처와 기타 여러 가지 사이에 있는 먼 거리가 잠시도 머리를 떠나지 않는 것 같았다. 그들은 가끔 숲을 거닐기를 좋아한다고 말했지만, 그렇지 않다는 것은 확실했다. 돈을 벌고 하루하루 살아가는 데만 급급해 안절부절못하는 속박된 사람들. 그리고 자신만이 신을 독점한 듯 신에 대해 마구 지껄이고 타인의 의견에는 조금도 귀를 기울이지 않는 목사들. 또 의사나 변호사, 내가 집을 비운 사이 찬장과 침대를 엿보는 수다쟁이 부인네들, 나아가 젊음을 잃은 채 전문직이라는 잘 닦여진 길을 걷는 것이 무엇보다 안전하다고 믿는 젊은이들……. 도대체 ○○부인은 내 침대 시트가 그녀 것만큼 깨끗하지 않다는 걸 어떻게 알았을까? 이러한 무리들은 대체로 나처럼 생활해서는 별로 훌륭한 일을 할 수 없을 것이라고 입을 모았다. 과연, 거기에 문제가 있었던 것인가![13]

　노인, 병자, 엄살꾸러기들은 나이나 남녀 구분 없이 병이나 돌발사고, 죽

---

13)_셰익스피어의 〈햄릿〉 제3막 제1장 65행에서.

음으로 머리가 꽉 차 있다. 그들에게 있어서 인생은 위험으로 가득 차 있다. 위험이란 생각하지 않으면 어디에도 존재하지 않는 것이다. 따라서 주의 깊은 인간들은 위급할 때에 의사 B가 즉시 날아올 수 있는 제일 안전한 장소를 신중하게 고를 것이다. 그들에게 있어서 마을이란 글자 그대로 *com+munity*, 즉 상호방위동맹이니[14] 허클베리를 꺾으러 가면서도 꼭 약상자를 들고 가리라는 것은 짐작하고도 남는다. 하지만 인간은 살아 있는 한 죽음의 위험이 늘 따라붙어 있는 것이다. 물론 처음부터 죽은 듯이 살아간다면 그만큼 위험이 적어질 테지만, 인간은 앉아 있어도 달리는 것과 마찬가지로 위험을 무릅쓰고 있는 것이다. 마지막으로 사회개혁자를 자칭하는 사람들, 세상에 이처럼 나를 질리게 하는 게 없다. 그들은 내가 언제나 이런 노래만 부르고 있다고 생각한다.

이것은 내가 지은 집
이것은 내가 지은 집에 살고 있는 남자[15]

그러나 그들은 3, 4행이 다음과 같다는 걸 알지 못한다.

이것은 내가 지은 집에
살고 있는 남자를 곤란하게 하는 자들

---

14)_community의 어원은 라틴어의 commūnis(공동의)인데, 소로는 이것을 일부러 com(공동으로)+mūnītus(방위된)으로 해석했다.

15)_〈마더의 노래(Mother Goose's Melody)〉에 나오는 시의 패러디.

나는 닭을 기르고 있지 않았기 때문에 닭을 노리는 매는 무섭지 않았지만, 인간을 노리는 인간에는 흠칫흠칫 놀라곤 했다.[16)

이들과는 달리 즐거운 방문객도 있었다. 딸기를 따러 오는 아이들, 일요일 아침이 되면 깔끔한 셔츠를 입고 산책하는 철도원 사람들, 낚시꾼에 사냥꾼들, 시인에 철학자들, 요컨대 글자 그대로 마을을 등지고 자유를 구하러 숲을 찾아온 정직한 순례자들이다. 나는 언제나 이렇게 인사하며 그들을 맞이하곤 했다.

"어서 오세요, 영국인 여러분! 어서 오세요, 영국인 여러분!"[17)

나는 이 민족과는 오래전부터 친밀한 교류를 유지해왔던 것이다.

---

16)_탈주노예를 추적하는 연방보안관을 농가의 닭 등을 덮치는 '닭 약탈자'(hen-harriers)라고 불리는 매에 비유해 '인간 약탈자'(man-harriers)라고 부른 것.

17)_1621년에 순례시조가 플리머스에 상륙했을 때, 마중 나온 인디언의 추장 사모세트의 인사말.

7th
콩밭

7_콩밭[1)]

　　한편, 쭉 이어놓으면 길이가 7마일에 달하는 나의 콩밭은 이미 파종을 끝내고, 제초를 기다리는 상태였다. 맨 마지막에 뿌린 콩이 아직 땅 속에 있는 사이, 처음에 뿌린 콩은 이미 꽤 크게 자라 있었기 때문이다. 이제 더는 풀 뽑기를 뒤로 미룰 수가 없었다. 헤라클레스에게나 어울릴 만한 풀 뽑기라는 이 고행이 도대체 어떤 의미가 있는지 나는 잘 알지 못했다. 하지만 나는 콩밭과 콩에 대해 애정을 느끼게 되고 실제 내가 원했던 것보다 훨씬 콩의 양이 많았다.

　나는 콩 덕분에 대지와 친숙해지고 안타이오스[2)] 뺨칠 만한 장사가 되었다. 그런데 왜 내가 콩을 재배해야 하는가? 오직 하늘만이 아는 일이다. 이것이 여름 내내 지속된 나의 기묘한 수수께끼였다. 전에는 양지꽃과 블랙베리, 존스워트 등 향긋한 야생의 열매나 눈을 즐겁게 하는 꽃만 재배한 땅에서 이번에는 콩을 생산하려는 것이다. 나는 콩에 대해서, 콩은 나에 대해서 무엇을 배우게 될 것인가? 콩에 애정을 듬뿍 쏟아 풀 뽑기를 하고, 아침과 밤마다 콩밭의 상태를 돌본다. 이것이 나의 일과이다. 콩은 넓은 잎이 무성하게 자라 보기에도 근사하다.

　나를 도와주는 존재는 메마른 땅을 촉촉하게 적시는 이슬과 빗방울이며, 이 불모의 땅에 남아 있는 생명력이었다. 반면 나의 적이라면 해충과 냉해, 그리고 특히 마모트라고 할 수 있다. 마모트는 4분의 1에이커나 되는 땅에

---

1)_소로가 재배한 콩의 종류에 대해서는 그 자신이 '일기' 속에서 강낭콩(Phaseolus vulgaris)이라고 말하고 있다.

2)_〈그리스 신화〉에 나오는 바다의 신 포세이돈과 대지의 신 가이아 사이에서 태어난 힘센 거인.

자라던 콩을 깨끗이 먹어치워 엉망으로 만든 적이 있다. 하지만 존스워트 같은 야생초를 잘라내거나, 옛날부터 그들의 땅이었던 화원을 파헤칠 권리를 나는 가지고 있었을까? 얼마 안 있어 살아남은 콩들은 마모트도 깨물 수 없을 만큼 딱딱해지고, 더욱 성장해 새로운 적을 맞이하게 될 것이다.

지금도 생생하게 기억하고 있는데, 나는 보스턴에서 살다 네 살이 되던 해에 내가 태어난 이 고향 마을로 돌아왔는데[3], 이사 올 때 바로 이 숲과 밭 근처를 지나 호수에 들렀던 적이 있다. 이것이 나의 기억 속에 깊이 새겨진 최초의 풍경 중 하나이다. 바로 그 호수 위에서 오늘 저녁, 내가 연주하는 플루트 소리가 메아리를 불러일으키고 있다. 호숫가의 소나무들은 내가 태어나기 전부터 여기에 서 있었다. 나무가 쓰러지면 나는 그것들을 모아 저녁 식사를 위한 땔감으로 삼아 불을 지피곤 했다. 그러면 나무가 쓰러진 자리에는 새로운 나무들이 자라면서, 새로운 아이들의 눈을 즐겁게 하려고 또 다른 풍경이 생겨난다. 이 풀밭에는 여기에 처음 왔을 무렵처럼 존스워트가 다년생 뿌리 위로 싹을 틔우고 있다. 나는 결국 어릴 적 꿈이었던 동화 속 같은 풍경을 수놓는 데 한몫하게 된 것이다. 그리고 나의 존재와 영향이 이 콩잎이나 옥수수 잎, 감자의 줄기에 나타나고 있는 것이다.

나는 고지대에 있는 2에이커 반 정도 되는 밭에 파종을 끝낸 상태였다. 밭은 벌채한 지 15년 정도밖에 지나지 않았고, 내가 직접 2~3코드[4] 분량의 그루터기를 파냈을 정도라 비료는 전혀 주지 않았다. 그런데 여름에 풀을 뽑으면서 파헤친 땅 속에서 화살촉을 발견했다. 이곳에 발을 들여놓은 백인

---

3)_소로 일가는 1821년에 콩코드에서 보스턴으로 이사했다가, 2년 후에 콩코드로 돌아왔다.
4)_코드는 장작이나 재목의 체적의 단위. 1코드는 4×4×8피트.

이 땅을 개간하기 이전에 지금은 이미 절멸되었지만 여기에 살았던 종족들이 옥수수나 콩을 키우면서, 농작물을 키우는 데 필요한 지력(地力)을 그들이 이미 어느 정도 사용했던 모양이다.

마모트나 다람쥐가 도로를 가로질러 오기 전에, 또는 태양이 아직 떡갈나무 관목 위에 모습을 나타내지 않고 풀잎에 이슬이 맺혀 있는 동안에 나는 오만한 잡초의 전열을 한쪽 끄트머리부터 차례로 쓰러뜨려서는 그 위에 흙을 덮기 시작했다. 농부들은 이 방법이 좋지 않다고 경고했지만 말이다. 여러분이 농부라면 가능한 한 이슬이 맺혀 있는 동안 할 일을 다 해치워버릴 것을 강력하게 권하고 싶다.

나는 아침 일찍부터 맨발로 이슬에 젖은 무른 흙더미를 조각상이라도 빚는 것처럼 손으로 이리저리 반죽하며 일했는데, 한낮이 되면 뜨거운 태양열에 발에 물집이 잡히곤 했다. 이렇게 나는 따가운 햇볕 아래 노르스름한 조약돌 천지인 고지대, 15로드나 되는 파릇파릇한 고랑 사이를 천천히 오가면서 콩밭의 풀을 뽑는 일에 힘을 쏟았다. 고랑 한쪽 끝에는 떡갈나무 관목 숲이 있어서 틈틈이 그늘에서 쉴 수 있었다. 고랑 반대쪽 끝에는 블랙베리 밭이 있었는데, 두번째 제초를 끝낼 무렵에는 녹색의 열매가 완전히 무르익어 있었다. 잡초를 뽑고 콩의 뿌리에 새 흙을 덮어주는 것, 내가 씨를 뿌린 풀잎을 다독이고, 황색의 흙이 쑥이나 후추, 나도겨이삭이 아닌 콩잎과 꽃으로 여름의 추억을 표현시키도록 하며, 대지가 '풀'이 아닌 '콩'이 좋다고 말하게 하는 것이 나의 일과였다.

말이나 소의 힘도 빌리지 않고 일꾼도 하나 없이, 또 개량된 농기구 신세도 지지 않고 일했기 때문에 콩밭은 매는 데 시간이 오래 걸렸지만, 덕분에 콩들과 전보다 훨씬 사이가 좋아질 수 있었다. 손을 사용한 노동은 단조로운 고역에 가까운 일이지만, 결코 최악의 태만이라고 말할 수는 없다. 손을 사용한 노동에는 항상 불멸의 교훈이 깃들어 있으며, 학자에게 있어서는 이러한 노동이 가장 뛰어난 성과를 가져다주는 것이다. '근처의' 링컨이나 웨일랜드를 지나 서쪽 어딘가로 향하는 여행자의 눈으로 보면 나는 이마에 땀 흘리며 일하는 농부 그 자체였다. 그들은 편한 자세로 이륜마차에 걸터앉아 팔꿈치를 무릎에 괴고, 고삐를 꽃줄처럼 늘어뜨리고 있었다.

나로 말하자면 고향에 뿌리를 박고 힘든 노동에 밤낮을 지새우는 촌뜨기 농사꾼이다. 그러나 나의 농지는 곧 그들의 시야에서 멀어지고 잊혀졌으리라. 다만 나의 농지는 이 부근에서 길 양쪽에 커다랗게 펼쳐진 오직 하나의 개간지였기 때문에 여행자들의 호기심을 부추겼던 모양이다.

밭에 있으면 때때로 자기네들끼리 쑥덕거리는 잡담이나 비평이 손에 잡힐 듯 훤히 들려왔다. "이런 때 강낭콩을 심다니! 이런 때 강낭콩이라니!" 모두가 풀 뽑기를 시작할 무렵, 나는 아직 씨를 뿌리고 있었던 탓에 이런 말이 나온 것인데, 이 고지식한 농부에게는 상상도 할 수 없는 진기한 사건이었던 것이다. "옥수수가 제일이야. 이 사람아. 가축의 사료로 쓰는 거지." "저 사람, 정말로 저런 곳에 살고 있나 몰라?"라고 검은색 모자를 쓴 부인이 잿빛 코트를 입은 남자에게 묻는다. 그러자 딱딱한 인상의 농부가 고삐를 당겨 달리던 말을 멈춰 세우고, "고랑 사이에 비료를 주지 않은 것 같은데 왜 그런 거요?"라고 나에게 묻더니, 퇴비나 음식 찌꺼기나 재, 회반죽, 뭐든 좋으니 좀 줘보라고 권한다. 하지만 밭이랑이 2에이커 반이나 되는데, 나에게는 수레를 대신하는 낫 한 자루와 그것을 끌어당기는 두 손밖에 없는 것이다. 다른 수레나 말 같은 건 사용하고 싶지 않았다. 더구나 퇴비는 멀리까지 나가지 않으면 구입할 수 없는 것이다.

합승한 여행객들은 마차를 타고 지나치면서 다른 농부의 밭과 내 밭을 비교하면서 큰 소리로 논쟁하고 있었다. 덕분에 나는 농업의 세계에서 자신의 입장이 어떠한 것인지를 잘 알 수 있게 되었다. 나의 농지는 콜먼 씨의 보고서[5]에 실려 있지는 않은 형태의 것이었다.

그런데 인간의 손길이 닿지 않은, 나의 밭보다 더 미개한 흔적을 담고 있는 밭에서 자연이 만들어내는 작물의 가치는 도대체 누가 측정할 것인가? 영국산 건초의 수확량은 신중하게 계량되고, 수분과 규산염, 산화칼륨의 함유량까지 측정한다. 하지만 숲이나 목초지, 습지에서는 어떤 작은 계곡이나 연못이든 인간이 거둬들이지 않을 뿐, 사실은 각양각색의 작물들이 풍부하게 자라고 있다. 나의 밭은 이른바 미개지와 경작지를 잇는 고리와 같은 공간이었다. 문명국과 반문명국, 미개국 혹은 야만국이라는 구별을 기준으로 말한다면 나의 밭은 반경작지였다. 이것은 결코 나쁜 의미가 아니다. 내가 재배하는 작물은 희희낙락하면서 야생의 원시 상태로 돌아가려는 콩들이며, 나의 낫은 그들을 다시 불러들이는 '소몰이 노래'[6]를 연주하고 있었던 것이다.

가까이에 있는 자작나무 가지에서는 갈색지빠귀 사촌(붉은지빠귀라 부르고 싶어하는 사람도 있지만)이 사람과 함께 있음을 기뻐하며 아침나절부터 재잘재잘 지저귀고 있다. 콩밭이 여기에 없었다면 저 새는 다른 농부의 밭을 찾아다녔을 것이다. 씨를 뿌리고 있으면, "뿌려라, 뿌려라 — 덮어라, 덮어라 — 뽑아라, 뽑아라, 뽑아라"라고 외쳐댄다. 다행히 내가 뿌린 씨앗은 옥수수가 아니었기 때문에 이런 조무래기를 두려워할 필요는 없었다. 한 줄 또는 스무 줄의 현으로 아마추어가 연주하는 파가니니풍의 음악과도 같은 새의 노

---

5)_농업연구가 Henry Coleman(1785~1849)이 당시 출간하고 있었던 매사추세츠 주의 농업조사보고서.

6)_Rans des Vaches(스위스 산악 지방의 목동의 민요.)

래가 씨 뿌리기와 도대체 무슨 관계가 있는지 의아한 사람도 있겠지만, 그런데 이 새의 노랫소리가 알칼리를 걸러낸 재나 회반죽보다 씨앗에게는 몇 배 더 좋을 것 같았다. 새의 노랫소리는 내가 온 마음으로 신뢰하는 싸고도 질 좋은 비료였다.

낫을 움직여 고랑에 새 흙을 보태다가 나는 아주 오랜 옛날, 이 큰 하늘 아래에 살고 있었던 연대기에도 나오지 않는 민족의 유골을 발굴하거나, 그들이 전쟁이나 수렵에 사용했던 작은 도구를 찾아내기도 했다. 그것들은 자연석이나, 최근 여기를 경작한 적이 있는 농부가 가져온 도기나 유리 파편 속에 섞여 나왔다. 인디언의 모닥불이나 태양열에 탄 흔적이 남아 있는 것도 있었다.

낫이 돌멩이에 부딪쳐서 나는 소리는 온 숲과 하늘에 메아리치는 노동의 반주가 되고, 그 노동은 이내 헤아릴 수 없을 만큼 풍성한 수확을 가져다주었다. 풀 뽑기를 하는 대상은 이미 콩이 아니며, 콩의 풀 뽑기를 하고 있는 것도 내가 아니었다. 이런 때 나는 좀처럼 무슨 생각을 떠올리지는 않지만, 문득 오라토리오를 들으러 도회로 나가던 지인들을 생각하면 자랑스럽기도 하고 유감스럽기도 했다.

가끔씩 나는 하루 종일 밭일을 즐기기도 했는데, 볕이 따가운 오후가 되면 마치 눈 속의 티,[7] 아니 하늘의 눈에 들어온 티 같은 쏙독새가 머리 위에서 원을 그리다가 하늘을 갈가리 찢는 듯한 무서운 날갯짓 소리를 내며 미끄러져 내려왔다. 그래도 푸른 하늘은 기운 흔적 하나 없이 말짱하다. 허공에 난무하는 이 장난꾸러기는 벌겋게 드러난 대지의 모래 위에, 혹은 언덕

---

7)_ '숲속 생활의 경제학' 의 역주 58) 참조.

꼭대기의 바위 위에 알을 낳아 떨어뜨리는데 알은 좀처럼 사람 눈에 띄지 않는다. 쏙독새의 우아하고 미끈한 모습은 연못물에서 갓 건져올린 잔물결과도 같고, 바람에 실려 하늘을 떠도는 나뭇잎과도 같다. 이러한 끈끈한 혈연이 자연계에는 존재하는 것이다. 하늘을 나는 매는 하늘 아래 출렁이는 물결의 형제이며, 대기를 품은 완벽한 날개는 여리고 불완전한 바다의 날개인 물결이다. 또 때로는 두 마리의 암 매가 하늘 높이 원을 그리면서 상승과 하강을 거듭하고, 서로 다가갔다 떨어졌다 하기도 한다. 마치 나 자신의 사상을 그대로 표현하는 듯한 느낌이다. 나는 들비둘기가 작게 날갯짓하며 전령과도 같이 재빠르게 이 숲 저 숲 날아다니는 것을 주의 깊게 지켜보았다. 혹은 손에 쥔 낫이 썩은 그루터기 밑에서 움직임이 둔한, 뭐라 말할 수 없이 이상하고 기분 나쁜 반점 무늬의 도롱뇽을 파헤친 일도 있다. 이것들은 모두 이집트나 나일 강의 오랜 추억을 가지고 있지만 틀림없는 현대의 생물이다. 낫에 몸을 기대고 한숨 돌리면서 나는 밭고랑 여기저기에서 이러한 광경과 소리를 보고 듣고 했다. 이것이야말로 전원에서 맛보는 퍼내도 마르지 않는 즐거움인 것이다.

축제날 마을에서 축포를 쏘면 그 소리가 부근 숲속까지 장난감 대나무처럼 울려 퍼지고 군악대의 소리가 때때로 마을에서 먼 이곳까지 들려왔다. 하지만 마을 반대편의 콩밭에 있는 나에게는 울려 퍼지는 포성도 말불버섯 터지는 소리로밖에 들리지 않았다.

또 멀리서 내가 알지 못하는 군사훈련이 행해질 때에는 하루 종일 왠지 모르게 지평선에 선홍열이라도 생긴 것처럼 근질거리고 병이 난 듯한 느낌이 들었다. 이윽고 바람의 방향이 바뀌면 들판 너머 웨일랜드를 따라 바쁜 걸음으로 찾아오는 바람이 "그건 민병대의 훈련이야"라고 가르쳐주는 것이다. 어렴풋한 술렁임을 듣고 있노라면 마치 꿀벌이 새로운 집을 만들려는 곳에 근처 사람들이 베르길리우스의 충고[8]에 따라 제일 소리가 잘 울리는 가재도구를 꺼내와 쨍그랑 쨍그랑 거리면서 꿀벌들이 본래의 벌집으로 다시 불러들이려는 것 같았다. 소음이 그치고 술렁임이 사라져서 아무리 바람의 방향이 좋아도 어떤 소리 하나 들리지 않게 되면, 나는 그때서야 사람들이 마지막 수펄 한 마리까지 무사히 미들섹스 군[9]의 벌집으로 몰아넣었으며, 그들은 이제 벌집에 발라진 벌꿀에 온 정신을 기울일 것이라는 것을 알게 된다.

나는 매사추세츠 주의, 또 우리 조국의 자유가 이렇게 안전하게 지켜진다는 사실을 깨닫고 마음이 뿌듯했다. 그리하여 다시 풀 뽑기를 시작할 때는 자신에 넘쳐 미래에 대한 확고한 신뢰를 가슴에 품으며 유쾌하게 작업에 임하는 것이다.

악대의 연주 소리가 들릴 때는 마치 마을 전체가 하나의 거대한 풀무가되어, 서 있는 집들이 커다란 소리를 내며 부풀었다 쪼그라들었다 하는 것 같았다. 가끔 정말로 기품 있는 용기를 불러일으키는 음률이나 영예를 칭송하는 트럼펫 노래가 이 숲까지 울려 퍼지는 일도 있다. 그러면 나는 멕시코인을 꼬챙이에 꽂아 구워먹을 듯한 기분이 되고[10], 나의 무용(武勇)을 실험할 마모트나 스컹크는 없는지 주위를 둘러보곤 한다. 이렇게 되면 평소처럼 사소한 일에 구애받을 필요는 없지 않은가? 이러한 용감한 선율은 멀리 팔레스타인 쪽에서 들려오는 듯하고, 또 마을 위를 뒤덮은 느릅나무 가지가 어

---

8)_베르길리우스의 〈게오르기카〉 제4권에서.

9)_콩크드가 속해 있는 군.

10)_소로가 월든호에 머무를 당시, 멕시코 전쟁(1846~1848)이 발발했다. 이 전쟁에 강하게 반대하고 있었던 그는 여기에서 미국 내에 만연한 안이한 애국주의를 비꼬고 있다.

렴풋이 술렁이는 모습은 지평선 위를 걷는 십자군을 떠오르게 했다. 정말 위대한 날로 꼽을 만한 나날이었다. 하지만 나의 벌채지에서 올려다보는 하늘은 평소와 조금도 다르지 않은 영원히 위대한 표정을 떠올리고 있었고, 보통 날과 다른 점은 어디에도 눈에 띄지 않았다.

씨를 뿌리고 풀을 베고, 탈곡하고 선별하고, 타인에게 팔고(이것이 제일 어려웠다), 그러고 나서 먹는다는(직접 맛보기도 했으니 이렇게 덧붙여도 지장이 없으리라) 콩과의 긴 만남은 나에게 있어 좀처럼 얻기 힘든 소중한 경험이었다. 나는 콩에 대해 속속들이 알려고 마음먹었던 것이다. 콩의 성장기에는 새벽 5시부터 점심 무렵까지 풀을 베고, 오후에는 대체로 다른 일을 하며 지냈다. 온갖 잡초들 사이에 생기는 친밀하고도 기묘한 교우관계를 생각해보기 바란다(이 책에서 같은 내용을 조금씩 반복하는 이유는 밭일 자체가 어느 정도는 반복적이기 때문이다).

그들의 섬세한 조직을 무참히 찢어버리고, 괭이를 사용해 선별하고 일렬로 늘어선 하나의 대열을 가로 쓰러뜨리면서 어서어서 다른 종을 길러내는 것이다. 봐라 로마종 쑥이다, 요건 명아주, 저건 수영이다, 후추풀이다, 해치워라! 단칼에 베어라, 뿌리째 뽑아 바싹 말려라, 한 오라기라도 그늘에 남기지 마라, 그렇지 않으면 이틀도 되기 전에 다시 일어나 부추처럼 새파래진다. 이것은 두루미와의 싸움이 아니라[11], 태양과 비와 이슬의 지원을 받고 있는 트로이군, 즉 잡초와의 장기전이었다. 콩들은 내가 매일 괭이로 무장하고 달려가, 적의 대열을 넘어뜨리고 잡초의 사체로 참호가 가득 메워지는 것을 지켜보고 있었다. 몰려드는 전우들보다 월등히 키가 큰, 투구의 깃털

---

11)_〈일리아스〉제3권의 서두에 두루미와 싸우는 소인족에 관한 얘기가 나온다.

장식을 날리며 용맹을 자랑하는 무수한 용장 헥토르[12]가 나의 도검 앞에 쓰러지고 흙투성이가 되어 썩어문드러지는 것이다.

이러한 여름 나날 동안, 나의 동시대인들은 보스턴이나 로마에서 미술품을 감상하거나 인도에서 명상에 잠기기도 하고, 런던이나 뉴욕에서 상업에 힘을 쓰고 있었지만, 나는 이런 식으로 뉴잉글랜드의 농민들과 함께 밤낮으로 농사일에 매달리고 있었던 것이다. 특별히 콩이 먹고 싶었기 때문은 아니다. 나는 어릴 적부터 피타고라스의 학설 신봉자들이 콩을 금지한 것 못지않게 콩을 싫어했기 때문에 콩으로 죽을 쑤는 것도, 투표수를 세는 데 사용하는 것도 마음에 들지 않아 항상 콩을 쌀과 교환할 정도였다. 다만 내가 콩을 재배한 이유는 혹시라도 비유나 표현으로만 써먹어도 상관없으니, 언젠가 어느 우화작가가 글을 쓸 때 참고할 수 있도록 누군가 밭에 나가 일을 할 필요가 있다고 생각했기 때문이다. 다시 말해 이 노동은 나에게 맛보기 힘든 귀한 기쁨을 가져다주었지만, 너무 오래 지속한다면 일종의 도락으로 타락했을지도 모른다.

콩밭에는 비료도 전혀 주지 않았고, 한번에 잡초를 전부 뽑아버리지도 않았지만, 정성을 다해 풀을 뽑고 최선을 다하려는 마음가짐이 효과가 있었는지 좋은 결실을 맺을 수 있었다. 이블린[13]은 아니지만, "어떤 퇴비나 쇠두엄도 이렇게 끊임없이 쟁기로 흙을 갈고 파헤치고, 또다시 쟁기질하는 것과는 비교할 바가 못 된다." 그는 또 다른 곳에서 말하고 있다. "대지는 특히 신선한 경우에는 일종의 자력을 갖추고 있어서, 염분과 에너지 혹은 효력(뭐라 불러도 상관없다)을 끌어들여 그것이 대지에 생명을 부여한다. 인간이 스스로를

---

12)_ 트로이의 왕자이며 최고의 용장. 아킬레우스에게 패한다.
13)_ John Evelyn(1620~1706). 영국의 일기 작가. 이하는 그의 저서 《Terra: a Philosophical Discourse of Earth》(London, 1729, pp.14~16)에서의 인용.

부양하기 위해 고생고생하며 토지를 경작하는 것은 그러한 힘을 얻기 위해서이다. 쇠두엄 같은 지저분한 혼합비료를 뿌리는 것은 모두 이런 토질개선의 대체수단에 지나지 않는다." 게다가 나의 밭은 "안식일을 즐기고 있는 메마르고 지칠 대로 지친, 아마추어의 밭"이었기 때문에 케넬름 딕비 경[14]이 생각한 '생명의 영혼'을 대기 중에서 흡수하고 있었을지도 모른다. 나는 12부셸의 콩을 수확했다.

여기에서 더 자세히 언급하기로 하자. 이는 콜먼 씨의 보고가 오로지 부농들의 돈이 드는 실험만을 취급한다는 불만이 나오기 때문이다. 지출은 다음과 같다.

낫 · · · · · · · · · · · · · · · · · ·	54센트
경작, 써레질, 고랑 만들기 · · · · · ·	7달러 50센트(돈을 너무 들였다)
종자용 강낭콩 · · · · · · · · · ·	3달러 12.5센트
종자용 감자 · · · · · · · · ·	1달러 33센트
종자용 완두콩 · · · · · · · · · · ·	40센트
순무종 · · · · · · · · · · · · ·	6센트
까마귀 쫓는 흰 줄 울타리 · · · · · · · ·	2센트
말몰이꾼과 소년의 품삯(3시간) · · ·	1달러
곡물운반용 말과 수레 · · · · · · · · ·	75센트
합계 · · · · · · · · · · · · · ·	**14달러 72.5센트**

수입에 관해서는 "주인은 파는 버릇을 들여야 하지, 사는 버릇을 들여서

---

14)_ Sir Kenelm Digby(1603~1665). 영국의 궁정인, 외교관, 철학자, 과학자.

는 안 된다"[15]고 하므로,

강낭콩 9부셸 12쿼츠의 매출액 · · · ·	16달러 94센트
감자(대) 5부셸 · · · · · · · · ·	2달러 50센트
감자(소) 9부셸 · · · · · · · · ·	2달러 25센트
풀 · · · · · · · · · · · ·	1달러
콩깍지 · · · · · · · · · ·	75센트
합계 · · · · · · · · · · · ·	**23달러 44센트**

따라서 이미 어딘가에서 언급한 대로 이익은 차액인 8달러 71.5센트가 된다.

내가 콩을 재배하며 얻은 경험을 정리하면 이렇다. 6월 1일경, 작고 하얀 강낭콩 중에서 신선하고 둥글고, 순도가 높은 씨를 주의 깊게 선별해 18인치 간격을 두고 일렬로 뿌린다. 열과 열 사이는 3피트 정도 떨어뜨린다. 처음에는 해충에 주의하고 틈이 생기면 새로운 씨를 보충한다. 울타리가 없는 밭이라면 마모트를 주의해야 한다. 마모트들은 밭을 지나치다 갓 나온 야들야들한 잎들을 깡그리 먹어치우기 때문이다. 더구나 어린 덩굴이 자라나면 곧 눈독을 들이고 다람쥐처럼 똑바로 서서 새싹과 어린 껍질을 모두 물어뜯고 만다. 그건 그렇다고 치고, 서리를 피하거나 팔 수 있을 만큼 충분한 수확을 얻고 싶으면 콩을 가능한 한 빨리 거두어들이는 것이 좋다. 그렇게 하

---

15)_대(大)카토 〈농업론〉 제2장에서.

면 큰 손해를 입는 일은 없을 것이다.

그리고 다음과 같은 경험도 했다. 나는 자신을 설득한 것이다. 내년 여름에는 이제 이렇게 팔다리 걷어붙이고 콩이나 옥수수를 재배하는 일은 그만두자. 대신 성실과 진리, 단순, 신앙, 무구와 같은 씨가 아직 남아 있다면 그것들을 뿌려, 올해만큼 고생하지 않고 비료도 적게 주면서 이 토양에서 나를 지탱해주는 새싹이 움트는지 시험해보자. 확실히 이 토양에는 그런 작물을 키울 힘이 다 소모되지 않고 남아 있을 테니 말이다. 그런데 어떠한가! 나는 그런 식으로 자신을 설득해보았지만 내년 여름이 지나고, 나아가 다음 여름도, 또 그 다음 여름도 허무하게 지나가버렸다. 그리고 지금 여러분에게 고백하지 않을 수 없다. 내가 뿌린 씨는 분명 그러한 미덕의 씨였을지 모르나, 모두 벌레 먹고 생명력을 잃었기 때문에 결국 싹을 틔울 수는 없었다고. 일반적으로 사람들은 선조들이 지닌 용기에 따라 용감해지기도 하고 겁쟁이가 되기도 한다. 지금 세대는 매년 옥수수나 콩을 뿌리고 있지만, 그것은 몇 세기 전에 인디언이 최초의 이주자에게 가르쳐준 것을 운명처럼 흉내내는 것에 지나지 않는다. 바로 얼마 전에도 나는 어떤 노인이 낫을 휘두르며 일흔번째 구멍을 파는 것을 보았는데, 자신이 들어가기 위해서가 아니라는 사실을 알고 크게 놀란 적이 있다.

그렇다 해도 어째서 뉴잉글랜드 사람들은 곡물이나 감자, 목초, 과수원에만 열중하고 다른 작물을 재배하는 새로운 모험에는 나서지 않는 것일까? 또 어째서 종자용 콩에 관한 것만 걱정하고, 새로운 세대의 인간을 생산하는 일에는 신경도 쓰지 않는 것일까? 어떤 사람을 만났을 때, 내가 앞서 예로 든 갖가지 아름다운 성질 중에서 어느 것 하나라도 그 사람의 내부에 확실히 뿌리내려 자라나고 있다고 확신할 수 있으면 우리들은 잔뜩 배가 부른 것처럼 만족할 것이다. 그러나 누구나 자신이 다른 작물보다 소중하다고 말하지만, 대부분은 뿌려진 채 허공을 떠돌아다니고 있을 뿐이다. 가령 진리와 정의 같은 정묘하면서도 비할 바 없이 아름다운 성질이 극히 소량이든 신종이든, 지금이라도 길을 걸어 찾아온다고 하자. 이 나라의 대사는 즉시 이러한 씨를 조국에 보내라는 명령을 받아야 하고, 의회는 그것이 나라 안에 배포되도록 손을 써야 한다. 우리는 성실한 인간을 절대 딱딱하고 점잖 빼는 태도로 대해서는 안 된다. 덕과 우정의 씨가 눈앞에 있다면, 쩨쩨하고 냄새나는 근성을 가지고 서로 깔보거나 모욕하거나 서로 배척해서는 안 되는 것이다.

우리는 이렇게 황망하게 사람을 만나서는 안 된다. 대부분의 경우 나는 누구와도 만났다는 생각이 들지 않는다. 모두 시간이 없는 것처럼 보이기 때문이다. 누구나 다 콩으로 머리가 꽉 차 있는 것이다. 이렇게 그들은 일년 내내 악착같이 일하고, 짬짬이 지팡이 대신 낫이나 쟁기에 기대어 쉬고는 있지만, 버섯과 달리 지면에서 반쯤 떠올라 있고 똑바로 선다는 것 말고는 내세울 것 하나 없이, 제비가 땅 위로 내려와 걸어다니는 모습과 조금도 다를 바 없이 살아간다. 이런 사람들과는 별로 만나고 싶은 생각이 없다.

"그분이 얘기를 하시면 그때마다, 양 날개가
날아오를 듯이 펼쳐지거나 접히거나 했다."[16]

그래서 그들과 이야기를 하다보면 내가 천사하고 말을 하는 것이 아닐까 착각에 빠질 지경이다. 빵이 항상 우리를 배부르게 하는 것은 아니다. 하지

---

16)_영국의 시인 Francis Quarles(1592~1644)의 시 〈The Shepherd' s Oracles〉에서.

만 인간이나 자연 중에 존재하는 관대함을 깨닫는 것, 단순하고도 고결한 기쁨을 서로 나누는 것은 언제든 우리를 위하는 일이 된다. 왠지 기분이 개운치 않은 때에도 이러한 일은 굳은 관절을 풀어줘 몸을 부드럽게 하고 가뿐하게 하는 효과까지 있는 것이다.

고대의 시나 신화는 옛날에 농경이 성스러운 기술이었다는 것을 가르쳐 준다. 그런데 요새는 커다란 농장과 대량의 수확물을 손에 넣는 것이 농경의 목적이 되었기 때문에, 우리는 불손하리만큼 서둘러서 부주의하게 농사를 짓는다. 농민이 자신의 천직에 대해 품는 성스러운 의식이나, 농경의 신성한 기원을 기억하기 위한 축제, 행렬, 의식도 우리에게는 없고, 다만 축산품평회가 있을 뿐이다. 소위 감사제라는 행사도 예외는 아니어서, 농민을 끌어들이는 것은 상금과 맛있는 음식뿐이다. 그는 곡물의 여신 케레스와 대지의 신 주피터에게 희생양을 바치지 않고, 지옥의 황금신 플루토에게 그것을 바친다. 탐욕과 이기심 때문에, 또 대지를 재산이나 재산을 손에 넣기 위한 수단으로 간주하는 우리의 비천한 습관 때문에, 풍경은 일그러지고 농업은 타락하고, 농민은 이루 말할 수 없이 비천한 삶을 보내고 있다. 농민은 도둑놈의 탐욕스런 눈으로 자연을 바라볼 뿐이다. 카토에 의하면 농업에서 얻는 이익은 종교의 가르침에 맞는 정당한 것이고, 바로에 의하면 고대 로마인들은 "대지를 어머니, 또는 케레스라고 부르며, 땅을 경작하는 사람은 경건하고 세상에 보탬이 되는 삶을 영위하며, 그들만이 농업의 신인 사투르누스 왕의 후예"라고 생각하고 있었다.[17]

우리는 하늘의 태양이 경작지나 평원, 수풀 할 것 없이 골고루 비춘다는

---

17)_〈농업론〉 3·1·5에서.

사실을 자칫 망각하기 쉽다. 그것들 모두가 일광을 반사함과 동시에 흡수하고, 경작지는 태양이 매일 운행하면서 바라보는 장려한 풍경의 일부분에 지나지 않는다. 태양에서 보면 지구 전체가 채소밭과 마찬가지로 한결같이 경작되어 있는 것이다. 때문에 우리는 태양의 빛과 열기의 은혜를 그에 합당한 신뢰와 아량을 갖고 받아들여야 한다. 내가 콩 씨를 소중히 여기면서 가을에 거두어들인 것이 어떻다는 것인가? 이렇게 오랫동안 내가 바라보며 살아온 이 넓은 밭은 나를 경작자라 생각하는 대신, 오히려 내 존재 따위는 무시하고 밭을 비로 촉촉이 적시고 녹음을 우거지게 하는 더욱 상냥한 자연의 힘에 의지하고 있는 것이다. 이 콩들은 나로서는 거둬들일 수 없는 열매를 맺고 있는 것이다. 콩의 일부분은 마모트를 위한 것이 아니던가? 밀의 이삭만이 농민의 유일한 희망이어서는 아니 되고, 그 핵, 즉 알갱이만이 밀의 이삭에서 태어나는 것은 아닌 것이다. 그러고 보면 우리의 수확이 실패로 끝날 리는 없지 않겠는가? 잡초의 씨는 작은 새들의 곡물이 되는 것이니 잡초가 무성해지는 것 역시 기뻐할 만한 일이 아닐까? 밭의 작물이 농부의 곳간을 그득 채울지 어떨지는 그다지 중요한 일이 아니다. 다람쥐들이 "올해는 토실토실한 밤송이가 얼마나 맺히려나" 조금도 신경 쓰지 않는 것처럼 진정한 농부는 아무 부담도 갖지 않고 그날그날 노동에 충실하며, 밭에서 자란 생산물에 대한 모든 청구권을 버린 채 최초의 열매뿐만 아니라 최후의 열매까지도 마음속으로 신에 대한 희생양으로 바치고자 할 것이다.

8th
마을

8_마을

오전 중에 풀을 뽑고, 또는 가끔씩 독서나 집필을 한 다음에 대체로 나는 다시 한 번 호수에서 목욕을 하고 후미진 물길을 헤엄쳐 건너곤 했다. 이렇게 해서 몸에 붙은 노동의 먼지를 깨끗이 씻어내고, 마지막으로 면학으로 생긴 주름을 펴고 나면 오후에는 완전히 자유의 몸이 되는 것이다.

나는 매일 또는 하루 걸러 마을까지 슬슬 걸어내려가 입에서 입으로, 또는 신문에서 신문으로 끊임없이 전해지는 소문에 귀를 기울였다. 이러한 소문도 독으로 독을 제거하는 동종요법처럼 소량씩 복용하면 흔들리는 나뭇잎이나 개구리의 울음소리와 마찬가지로 어떤 상쾌함을 가져다주었다. 나는 작은 새나 다람쥐를 보기 위해 숲속을 돌아다니듯, 마을 사람들이나 아이들을 보기 위해 거리를 배회했다. 그러자 솔바람 대신 짐마차의 덜컹거리는 소리가 들려왔다. 내 오두막 한쪽 편으로, 강을 따라 이어진 목장에 사향쥐의 제국이 있다. 또 반대 방향의 지평선에는 느릅나무와 플라타너스 밑에 다양한 사람들이 사는 마을이 있는데, 각자의 둥지 구멍 앞에 앉거나 옆의 둥지 구멍으로 달려가면서 잡담에 열중하는 그들이 내 눈에는 아주 신기해 보였다.

나는 프레리 독[1]과 흡사한 그들의 습성을 관찰하러 종종 그곳에 나가곤 했다. 마을은 커다란 신문 열람실과도 같았다. 거리의 한쪽에서는 마을 생활을 지탱하기 위해서, 옛날 보스턴의 스테이트 가에 있는 레딩서점이 그랬듯이, 호두와 건포도, 소금, 옥수수가루 등의 식료품들을 내다 팔았다. 사람

---

1)_북미 대초원에 사는 마모트의 일종.

에 따라서는 앞에서 언급한 필수품, 즉 뉴스에 대한 식욕이 아주 왕성한데다 소화기관이 튼튼하기 때문에 언제까지라도 몸 하나 까딱 않고 큰 거리에 눌러앉아 갖가지 풍문이 계절풍처럼 소곤거리며 그들 사이를 스쳐지나도록 내버려두고 있다. 아니면 에테르 냄새를 맡은 인간처럼 감각이 마비되어 뉴스가 주는 고통을 느끼지 못하고, 어떤 풍문도 그들의 의식에 작용을 미치지 않게 된 것일까? 그렇게라도 하지 않으면 차마 들을 수 없는 풍문이 무척 많은데 말이다.

마을을 어슬렁거리면 이런 높은 양반들이 쭉 줄지어 앉아 있는 모습이 꼭 눈에 들어온다. 그들은 언제나 사다리에 걸터앉아 양지에서 햇볕을 쪼이고 있고, 몸을 비스듬히 기울여 오고가는 사람들에게 이따금씩 추잡한 시선을 던지기도 한다. 그렇지 않으면 주머니에 양손을 푹 찌른 채 헛간 벽에 기대고 있었는데, 마치 헛간을 떠받치고 있는 여상주(女像柱) 같았다. 그들은 대체로 문 밖에 있었기 때문에 바람이 전하는 소식은 무엇이든 귀로 접할 수 있었다. 그곳은 말하자면 제분소와도 같은 곳이다. 온갖 소문은 우선 여기에서 굵게 거른 다음, 옥내로 옮겨 더 정교한 제분기의 깔때기 장치에 들어가 고운 가루로 빻아지는 것이다.

내가 관찰한 바로는 마을의 핵심이 되는 장소는 식료잡화점, 술집, 우체국, 은행 등이다. 또 필요한 기계의 일부로써 마땅히 있어야 할 지점에는 종과 대포, 소방 펌프가 갖추어져 있다. 집들은 인간을 정중하게 대접하느라 통로를 따라 서로 마주보듯 세워져 있어, 오가는 나그네는 너나 할 것 없이 모두 양쪽에서 채찍 형을 받아야 하고, 남자나 여자 아이들 모두가 지나가는 나그네에게 일격을 가할 수 있었다. 물론 늘어선 집들의 맨 끝에 거처를 마련한 사람들은 거리를 제일 잘 볼 수 있고, 또 최초의 일격을 가할 수 있었기 때문에 가장 비싼 땅값을 지불해야 했다. 한편 마을 변두리 여기저기에 흩어져 사는 몇몇 사람들은 상당히 싼 토지세와 집세를 지불하고 있었는데, 이는 늘어선 집들에 기다란 틈이 생기면 나그네들이 담을 넘거나 소가 지나는 길로 벗어나 도망쳐버렸기 때문이다.

도처에 붙어 있는 간판이 나그네를 유혹했다. 선술집이나 음식점처럼 탐욕의 미끼를 던지는 곳이 있는가 하면, 옷가게나 보석상처럼 변덕스런 기호로 사람을 끄는 곳도 있고, 이발소와 구두점, 양장점처럼 머리털이나 발, 스커트로 호객행위를 하는 곳도 있었다. 이 거리를 지날 때는 탐욕의 미끼뿐만 아니라 이런저런 가게를 죄다 엿보고, 지금쯤 집에 있을 법한 친구 집을 한번 들러보고 싶다는 더욱 두렵고도 끊임없는 유혹과 싸워 이기지 않으면 안 되었다. 내 경우에는 채찍을 맞는 자에 대한 권고에 따라 한눈팔지 않고 대담하게 목적지로 돌진하든가, "하프 소리에 맞춰 큰 소리로 신에 대한 찬가를 노래하며, 바다의 마녀 사이렌의 목소리를 깨끗이 지워버림으로써 위험에서 벗어난"[2] 오르페우스처럼 고상한 것으로 생각을 돌리든가, 둘 중 하나로 대부분은 위험으로부터 무사히 벗어날 수 있었다. 나는 돌연 마을을 뛰쳐나가 행방을 감추기도 했다. 체면이고 뭐고 내팽개치고 울타리 틈새로 태연하게 빠져나가는 것이다. 또 자신을 환대하는 집에 넙죽 올라가는 버릇이 있어, 그 집에서 마지막 체에 걸러진 뉴스의 핵심과 침전물, 전쟁과 평화에 대한 예측, 세계는 지탱할 수 있을까 등등을 접한 뒤, 뒷골목으로 사라져 다시 숲으로 도망치곤 했다.

특히 어둡고 날씨가 몹시 거친 날에는 늦게까지 마을에 머물러 있다가 탄호밀이나 옥수수가루 포대를 어깨에 메고 마을의 밝은 응접실과 강연회장

---

2) 영국의 철학자, Francis Bacon(1561~1626)의 저서 《De Sapienta Veterum》 Chap.31에서.

을 뒤로 한 채, 밤의 어둠을 향해 그리고 숲속의 쾌적한 항구를 향해 출항한다. 얼마나 즐거운 항해인가! 그런 날에는 나는 외면의 자신에게 키를 맡기든지, 또는 순풍이 밀려오면 키를 묶어 고정시킨 다음 외부세계와 완전히 차단된 채 사상이라는 유쾌한 뱃사람과 함께 갑판 밑으로 기어들어가는 것이다. 바다를 떠다니면서[3] 나는 선실의 불 곁에서 이따금 편안한 마음으로 깊은 생각에 잠기곤 했다. 몇 번인가 폭풍을 만난 적은 있지만, 아무리 궂은 날이라도 표류하거나 돌아가지 못해 쩔쩔매는 일은 없었다.

숲속은 맑은 밤이라도 대부분의 사람들이 상상하는 것 이상으로 어두운 곳이다. 나는 종종 땅 위로 솟은 나무들 사이로 하늘을 올려다보며 항로를 확인하거나, 마차 길이 없는 곳에서는 내가 걸어다니면서 다진, 있는 듯 없는 듯한 오솔길을 발로 더듬으며 나아가지 않으면 안 되었다. 특히 아주 어두운 밤에는 숲 한가운데서 어깨 폭만큼도 떨어지지 않은 두 그루 소나무 사이를 빠져나갈 때처럼 양손으로 특정한 나무들을 만져보고, 미리 알고 있는 상호관계를 확인하면서 그것에 의지해 키를 잡아야 한다. 어둡고 푹푹 찌는 깊은 밤에 이렇게 눈으로는 보이지 않는 길을 발로 더듬으면서 꿈을 꾸듯 집에 도착한 다음, 문득 제정신을 차리면 손을 들어 현관의 빗장을 벗기려는 나를 발견한다. 그런데 그때의 내 발걸음을 단 하나도 기억할 수가 없는 것이다. 생각해보면 마치 양 손이 어렵지 않게 입을 더듬어 찾을 수 있듯이 주인이 육체를 버린다 해도, 육체는 집으로 가는 길을 더듬어 찾을 수 있는 것이 아닌가 싶다.

어두운 밤, 가끔 그때까지 내 오두막에 붙어앉아 있는 손님이 있으면 그

---

3)_미국에 옛날부터 전해 내려오는 발라드의 후렴.

를 집 뒤편의 짐마차 다니는 길까지 배웅해주고, 거기에서 그가 나아가야 할 방향을 가리키면서 눈보다 발에 의지하며 가라고 권하는 일도 적지 않았다. 하루는 아주 새카만 밤, 호수에서 낚시를 하던 두 젊은이를 그런 식으로 안내한 일이 있다. 그들은 숲에서 1마일 정도 떨어진 곳에 살았고, 그 길이 평소에 익숙한 터였지만, 하루 또는 이틀 뒤에 한 사람의 얘기를 들어보니, 둘은 거의 밤새도록 길을 헤매고 다녔다고 한다. 자신들이 사는 곳 바로 부근까지 갔으면서도 동이 틀 무렵까지 집에 도착하지 못하고, 몇 번이나 뿌린 심한 소나기와 젖은 나뭇잎들 때문에 온몸이 물에 빠진 생쥐처럼 흠뻑 젖었다는 것이다.

흔히 칼로 도려낼 듯한 어둠 속에서는 뻔한 마을 거리도 헤매는 사람들이 많다고 한다. 마을 변두리에 사는 사람이 마차를 타고 마을로 물건을 사러 나갔다가 그날 밤 마을에서 발이 묶였다든지, 아는 사람을 찾아온 신사숙녀들이 오로지 발에 의지해 인도를 더듬어가다가 어느새 반 마일이나 옆길로 벗어났다는 얘기도 있다. 숲속에서 길을 헤매는 경험은, 어떤 경우이든 귀중한 체험이라 할 수 있다. 또한 그것은 놀랍고 좀처럼 잊을 수 없는 경험이기도 하다. 설사 한낮이라 해도 눈보라가 치면 평소에 잘 알던 도로로 가면서도, 어느 쪽 길이 마을로 통하는지 영 알 수 없게 되는 것이다. 수천 번도 더 그 길을 지나쳤으면서도 이렇다 할 길의 특징도 하나 눈에 들어오지 않고, 마치 시베리아의 거리처럼 낯설게 느껴진다. 밤에는 물론 그 낯설음이 무한대로 증폭된다.

집 주위를 한 바퀴 걸어서 돌면서도 우리는 꼭 물길 안내원처럼, 무의식적이기는 하지만, 늘 보아온 등대나 곶을 길잡이 삼아 키를 잡고 있으며, 통상적인 항로에서 벗어나는 경우에도 역시 가까운 곳의 방향을 염두에 두고 있는 것이다. 따라서 우리들은 완전한 미아가 되어 한 바퀴 빙 돌기 전에는 자연의 넓이와 그 불가사의함, 낯설음도 이해할 수 없는 것이다. 인간이 지상에서 미아가 되기 위해서는 눈 감고 한 바퀴 도는 것만으로도 충분하다. 인간은 모두 잠에서, 혹은 방심에서 눈을 뜰 때마다 다시금 나침반이 가리키는 방위를 읽어내지 않으면 안 된다. 미아가 되어서야, 즉 이 세계를 잃고 나서야 비로소 우리는 자기를 발견하기 시작하고, 또 우리가 놓인 위치나 우리와 세계의 무한한 관계를 인식한다.

첫 여름이 막바지에 이른 어느 날 오후, 나는 구두 수선방에 맡겼던 구두를 찾기 위해 마을로 나가던 중, 체포되어 투옥되었다.[4] 이미 다른 곳에서도 언급한 바와 같이, 의사당 입구에서 남자나 여자, 아이들을 가축처럼 매매하는 국가에 납부하는 세금을 거부했기 때문이다. 즉 국가의 권위를 인정하지 않았다는 얘기다. 내가 숲으로 간 것은 이런 정치적인 목적 때문은 아니었다. 하지만 어디를 가든 사람들은 뒤쫓아와 더러운 제도를 등에 업고 달려들어, 구제할 길 없는 오드 펠로우 비밀결사[5]에 억지로 끌어넣으려고 한다. 만약 있는 힘을 다해 저항했다면 조금이라도 성과를 얻었을 테고, 사회를 상대로 한바탕 난동을 부릴 수도 있었을 것이다. 그러나 나는 차라리 사회가 이쪽을 상대로 난동을 피우는 편이 낫다고 생각했다. 사회야말로 구제할 길 없는 집단이기 때문이다. 그런데 나는 다음날 석방되었고, 수선이 끝난 구두를 받아들고 숲으로 돌아가 때마침 벌어진 페어 헤븐 힐[6]의 허클베리 정찬에 늦지 않게 도착할 수 있었다.

---

4)_이 사건에 관해서는 소로 자신의 에세이 〈시민의 반항(Civil Disobedience)〉에 자세히 나와 있다.
5)_18세기 영국에 창립된 비밀공제조합. '오드 펠로우'(이상한 녀석)란 뜻과 연관시킨 유머러스한 표현.
6)_월든 호의 바로 남서쪽에 있는 언덕.

나는 국가를 대표한다고 자처하는 자들을 제외하고는 어느 누구로부터도 괴롭힘을 당한 적이 없다. 원고가 들어 있는 책상을 제외하면 어디에도 자물쇠나 빗장을 채우지 않았고, 빗장이나 창문에 못 하나 박지 않았다. 주야를 불문하고 가령 수일간 집을 비우는 경우에도 문단속을 한 기억은 없다. 가을이 되어 메인 주의 숲에서 이주일간 지냈을 때도 마찬가지이다. 그러면서도 내 오두막은 일개 대대가 지키는 왕궁보다 더 존중받고 있었다. 산보로 피곤해진 사람은 난로 가에서 몸을 쉬며 온기를 느낄 수 있었고, 문학을 좋아하는 사람은 테이블 위에 있는 몇 권의 책을 읽으며 즐길 수도 있었다. 호기심 많은 자들은 찬장을 열고 어떤 음식이 남아 있나, 저녁 식사는 무엇인지 살펴볼 수도 있었다.

온갖 부류의 사람들이 이 호수를 찾아왔지만 그들이 나에게 폐를 끼친 적은 전혀 없다. 알맹이와 따로 노는 금박 장식의 작은 호메로스 한 권[7] 외에는 아무것도 잃어버린 것이 없다. 이 책 역시 지금쯤 우리 병영의 누군가가 발견하고 잘 써먹고 있을 것이다.[8] 만약 모든 인간이 당시의 나와 마찬가지로 간소한 생활을 한다면 도둑질이나 강도는 눈을 씻고 찾아봐도 없을 것이라 나는 확신한다. 도둑질이나 강도 사건은 필요 이상으로 물건을 가진 사람이 있는 한편, 필요한 물건조차 갖지 못한 사람이 있는 사회에서나 일어나는 것이다. 포프가 번역한 호메로스도 언젠가는 필요에 따라 배포되게 될 것이다.

---

7)_ 포프 역 〈일리아스〉 제1권으로, 그 캐나다인 나무꾼이 가지고 간 것을 알고 있다.

8)_ 소로가 《다이얼》 지를 위해 엮은 '공자의 말'에, "Ci(齊?) 나라의 병사가 둥근 방패를 잃고 오랫동안 찾았지만 발견되지 않았다." 그는 '병사가 방패를 잃어버렸지만, 내 병영의 병사가 반드시 그것을 찾아내서 사용할 것이다'라고 생각하며 '스스로 위로했다'라고 한 것에 의함.

"Nec bella fuerunt,

Faginus astabat dum scyphus ante dapes."

"사람들은 전쟁으로 괴로워하지 않을 것이다.

밤나무 그릇 하나만으로 족한 그때엔."[9]

"정치를 함에 있어 어찌 사람을 함부로 죽이려 하시오? 덕을 베풀면 백성도 이를 따를 것이오. 군자의 덕은 바람과 같고, 소인의 덕은 풀잎과 같습니다. 바람이 풀 위를 스치면 풀은 흔들리게 마련입니다."[10]

---

9)_고대 로마의 시인 티브르스의 〈비가(悲歌)〉 제3권에서.

10)_〈논어〉 안연편에서.

9th
호수

9_호수

때로 사람들과의 만남이나 잡담도 싫증이 나고 마을 친구들의 얼굴도 싫증이 날 때면, 내가 살고 있는 곳에서 서편으로 더 멀찌감치 자리잡아 마을에서도 찾는 이가 별로 없는 시원하고 상쾌한 숲과 새로운 목장으로[1] 슬슬 발길을 옮긴다. 혹은 해질 무렵 페어 헤븐 힐에서 허클베리나 블루베리로 푸짐하게 저녁을 먹고, 내친 김에 며칠간 두고 먹을 분량을 따오기도 했다.

이러한 열매를 사서 먹거나, 시장에 팔기 위해 재배하는 사람은 그 진정한 맛을 알 수가 없다. 그것을 아는 방법은 오직 하나다. 하지만 그렇게 하는 사람은 좀처럼 없는 것 같다. 허클베리의 맛이 어떤지 알고 싶으면 소몰이 소년이나 자고새에게 물어보는 편이 나을 것이다. 자신의 손으로 따본 적도 없으면서 그것을 맛보았다고 생각하는 것은 착각이다.

허클베리는 단 한 알도 보스턴에 가지 못한다. 예전, 그곳 보스턴의 언덕에서도 열매를 맺기는 했으나 지금은 찾을 수가 없다. 열매의 풍미를 느낄 수 있는 본질적인 부분은 시장으로 향하는 짐마차 속에서 표면에 붙어 있는 하얀 가루가 닳아 없어짐과 동시에 사라져버리고 허클베리는 단지 인간의 사료로 전락하고 만다. 영원한 정의가 세상을 지배하고 있는 한, 더럽혀지지 않은 허클베리는 단 한 조각도 산골을 벗어나 도회지로 실려갈 수 없는 것이다.

풀 뽑기가 끝난 후 아침부터 호숫가에서 낚시질을 하며 내가 오기를 고대하는 친구와 합류하기도 했다. 그는 오리처럼, 혹은 물에 두둥실 떠 있는 한

---

1)_밀턴의 시 〈Lycidas〉 제193행에서.

장의 나뭇잎처럼 입을 다문 채 꼼짝도 않고 온갖 철학을 머릿속으로 이리저리 굴린다. 그러다 내가 도착할 무렵에는 대체로 자신은 옛날의 '잡히지 않는 파'의 수도사[2]라는 결론을 내리곤 했다.

또 낚시의 명인이자 숲에 정통한 어떤 노인은 내 오두막이 오로지 낚시꾼의 편의를 위해 세워진 것이라 믿고 좋아했다. 나도 그가 오두막 현관에 앉아 낚싯줄을 준비하는 모습을 보는 게 좋았다. 때로 우리는 각자 배의 양끝에 자리를 잡고 함께 호수 위로 나갔다. 하지만 노인은 최근 귀가 어두워져 별로 많은 대화를 나누지는 않았다. 이따금 그는 찬미가를 읊조리기도 했는데 그것이 나의 철학과 절묘한 조화를 이루었다. 때문에 우리의 만남은 결코 조화가 깨지는 일이 없고, 지금 돌이켜 생각해보아도 말로 이루어진 만남보다 훨씬 기분 좋은 것이었다.

평상시엔 말동무도 없었지만 그런 때는 뱃전을 노로 두드려 메아리를 만들어 둘레의 숲을 파문처럼 퍼져가는 소리로 가득 차게 하곤 했다. 사육사가 구경꾼들 앞에서 짐승을 부추기듯이 숲을 부추겨, 마침내 울창한 계곡과 산기슭에서 신음과도 같은 메아리를 불러내는 것이다.

따뜻한 밤에는 배에 앉아 플루트를 불곤 했다. 그러자 음악에 매료됐는지 농어가 배 주위를 천천히 헤엄쳐 도는 것이다. 숲의 잔해가 앙상한 뼈처럼 흩어져 있는 호수 바닥 위를 소리 없이 건너는 달의 모습이 선명했다. 예전엔 어두운 여름밤이면 친구 하나와 모험심에 가득 찬 두근거리는 가슴으로 이 호수를 찾아와 물가에 모닥불을 피우고ㅡ물고기를 끌어들일 요량으

---

2)_원문은 'Coenobites'(수도원에서 공동생활을 하는 수도사). 여기에서는 'See, no bites'('봐라, 물고기가 하나도 잡히지 않잖아')와 연관지은 유머.

로―, 낚싯줄 끝에 지렁이 뭉치를 매달아 메기를 낚기도 했다. 밤이 깊어질 무렵, 낚시는 잠시 접어두고 타다 남은 나무토막을 횃불처럼 하늘 높이 휙 던지자 호수에 떨어져 칙 하는 큰 소리와 함께 불이 꺼진다. 그러면 우리는 새카만 어둠 속을 손으로 더듬어야 했다. 그 어둠 속을 휘파람을 불며 빠져 나가 인가가 있는 마을로 되돌아갔다. 그런데 이번에는 그 호숫가에 내 집을 세운 것이다.

때로는 마을 어딘가의 응접실에서 식구들이 모두 잠자리에 들 시간까지 오래도록 머물러 있다 숲으로 돌아가는 일도 있었다. 그럴 때면 다음날 식탁에 올릴 생각으로 달빛을 의지하며 한밤중에 몇 시간이고 낚시를 하기도 했다. 그럴 때면 올빼미나 여우가 묘한 노랫소리를 들려주었고, 또 바로 옆에서 귀에 익숙하지 않은 새의 날카로운 외침 소리가 일어나기도 했다.

다음과 같은 일도 아주 귀중하고 잊을 수 없는 경험이었다. 물가에서 2, 30로드 깊이 40피트 부근에 배를 띄우고, 달 그늘이 떠도는 수면을 꼬리로 치며 잔물결을 일으키는, 때로는 수천에 이르는 농어나 은빛 나는 민물고기 등 작은 물고기 떼에 둘러싸여, 수면 아래 40피트 지점에 사는 신비로운 밤의 물고기들과 긴 마 실로 교신을 한 것이다.

또 부드러운 밤바람에 떠내려가면서 호수 여기저기를 60피트의 낚싯줄을 당기며 떠다니고 있는데, 문득 어렴풋한 진동이 실을 타고 올라오는 것이었다. 그것은 실의 끝 부근에 무언가 막연하고 불확실한, 지지부진 이루어지지 않는 목적을 가진 생물체가 꿈틀거리고 있고, 좀처럼 결단을 내릴 수 없다는 것을 이야기하고 있었다. 이윽고 천천히 실을 감아올리면, 뿔이 난 메기가 끼끼 하고 몸을 꿈틀거리면서 수면 위로 모습을 드러낸다.

어두운 밤에는 특히 그러했는데, 사고가 또 다른 천체의 광대하고 우주진화론적인 여러 문제를 향해 더듬어 나아가고 있을 때, 이러한 몽상을 방해하고 다시 나를 자연계와 맺어주는 이 희미한 당김은 아주 묘한 느낌이었다. 이번에는 낚싯줄을 물 속에 떨구지 말고 허공에 던져올려도 좋을 듯했다. 물 속이 그다지 밀도가 높은 것은 아니니. 이렇게 해서 나는 한 개의 바늘로 두 마리의 고기를 낚은 것이다.

월든 호의 크기는 아담하다고 할 수 있다. 매우 아름답기는 하지만 웅대함과는 거리가 멀고, 오랫동안 자주 찾아온 사람이나 호숫가에 살아본 사람이 아니라면 별로 흥미를 품지도 않을 것이다. 그러나 이 호수의 깊이와 맑은 물은 비범하다 할 수 있으며 특별한 가치가 있다. 길이 반 마일, 둘레 1.75마일의 아주 맑은 심녹색의 이 샘물은 61.5에이커의 면적을 차지하고 있다. 말하자면 소나무와 떡갈나무 숲 한가운데서 솟아오르는 영원의 샘으로, 구름과 증발 외에는 물의 입구도 출구도 전혀 보이질 않는다. 주위의 언덕은 물가에서 가파르게 40 내지 80피트의 높이로 솟아올라 있다. 그리고 남동쪽과 동쪽은 4분의 1마일에서 3분의 1마일의 범위 내에 각각 100피트에서 150피트 정도의 높이에 달하고 있다. 주변 일대는 삼림이다.

콩코드의 수역은 두 가지 색을 띠고 있다. 하나는 멀리서 보았을 때의 색, 또 하나는 가까이서 보았을 때의 본래 색이다. 전자는 빛의 양에 많이 좌우되고 하늘의 상태에 따라 달라진다. 맑은 여름날 조금 떨어진 곳에서, 특히 물결이 칠 때에 보면 파랗게 보이지만, 아주 멀리 떨어져서 보면 여러 수역이 같은 색을 띠고 있다. 흐린 날씨에는 검푸른 빛을 띤 회색으로 변하기도 한다. 하긴 바다는 눈에 띄는 대기의 변화가 없어도 어떤 날은 파랗고, 어떤 날은 초록빛으로 보인다고 한다. 주위가 하얀 눈으로 뒤덮인 콩코드 강을 본 적이 있는데, 물빛도 얼음 빛도 풀잎처럼 초록이었다. 파란색이야말로 '액체든 고체든 순수한 물 특유의 색'이라고 말하는 사람도 있다. 하나 배에서 바로 물 속을 내려다보면 실로 여러 가지 색이 보인다.

월든 호는 같은 각도에서 보아도 어떤 때는 파랗고 어떤 때는 초록빛이다. 그것은 하늘과 땅의 중간에 있기 때문에 쌍방의 색을 띠는 것이리라. 언덕 꼭대기에서 보면 호수는 하늘의 색을 투영하고 있지만, 가까이 다가가면 밑바닥 모래가 보이는 물가는 노란빛을 띠고, 그것이 점차 밝은 초록빛으로 바뀌어 호수 중심부에 가까워짐에 따라 암녹색으로 변해간다. 빛의 밝기에 따라서는 언덕 위에서도 호숫가의 물이 선명한 녹색으로 보이는 일이 있다.

이것을 주변 초목들의 반영으로 생각하는 사람도 있지만, 철로의 모래 둔덕을 배경으로 한 부근도 그렇고, 봄에 나뭇잎이 무성하기 전에도 그러하니 오로지 물 전체의 파란색이 모래의 노란빛과 섞인 결과라 생각할 수밖에 없겠다. 어쨌든 호수의 홍채 부분은 그런 색을 띠고 있는 것이다. 또 그곳은 봄이 되면 호수 밑에서부터 반사되고 땅 속으로부터 전해지는 태양열의 온기로 얼음이 제일 먼저 녹아 꽁꽁 얼어붙은 호수의 한가운데를 둘러싸고 좁은 운하가 형성되는 부분이기도 하다.

콩코드의 다른 수역도 마찬가지지만, 맑은 날 바람이 불어 수면이 몹시 어지러울 때는 물결의 표면이 하늘의 색조를 직각으로 반사하거나, 나아가 많은 양의 빛이 물과 섞이기 때문에 조금 떨어진 곳에서 보면 호수가 하늘 그 자체보다도 짙은 파란색을 띠기도 한다. 이러한 때에 물 위로 나아가 반사광을 세세히 관찰해보면 뭐라 형용할 수 없이 밝은 푸른색을 발견하는 때가 있다. 그것은 마치 물결 무늬, 혹은 다양한 색조로 변화하는 견직물이나 검의 날과 같은 것으로 하늘보다 더 선명한 담청색이 물결의 반대쪽 본래의 색인 암녹색과 번갈아 나타나는데, 이를 비교하고 있노라면 그 암녹색이 결국에는 진흙 빛깔로밖에 보이지 않게 된다.

내가 기억하는 바로 그 푸른색은 해가 지기 전, 서쪽의 먼 구름 사이로 엿보이는 조각난 겨울 하늘을 생각나게 하는 투명한 초록빛을 띠고 있다. 그런데 그 물을 컵에 넣어 빛에 비춰보면 같은 양의 공기와 다를 바 없이 무색 투명한 것이다. 누구나 알고 있듯이 커다란 유리판은 제조업자가 말하는 '용적'으로 인해 초록빛을 띠고 있지만, 작은 파편들을 보면 무색 투명하다. 여기에서 나는 월든 호의 물이 초록빛을 띤 색을 반사하기 위해서는 어느 정도의 용적이 필요한가를 생각해봤는데 여전히 풀 수 없는 숙제로 남아 있다.

이 부근의 강물은 가까이서 내려다보면 흑갈색이고, 대부분의 호수와 마찬가지로 헤엄치고 있는 사람의 몸을 노르스름하게 물들인다. 그런데 월든 호의 물은 수정처럼 아주 맑기 때문에 헤엄치고 있는 사람의 몸은 눈꽃이나 하얀 석고 이상으로 부자연스러운 흰색을 띠고, 게다가 팔다리는 확대되고 왜곡되어 보이기 때문에 미켈란젤로의 습작 재료로 쓰면 좋을 듯한 기괴한 효과를 낳는다.

이곳의 물은 아주 맑고 투명해 25에서 30피트의 깊이라도 호수 밑을 확실하게 볼 수가 있다. 배를 젓고 있으면 수면에서 몇 피트나 떨어진 아래쪽에 농어나 여러 종류의 은빛의 민물고기 떼가 보인다. 길이는 한결같이 겨우 1인치 정도. 농어는 줄무늬가 있어서 쉽게 구별이 간다. 이런 곳에서 생활하고 있는 걸 보니 꽤나 금욕적인 물고기인가보다.

몇 년 전인가 어느 겨울날, 강꼬치고기를 잡으려고 얼음에 구멍 몇 개를 뚫고 있을 때, 물가로 올라가려고 도끼를 그쪽 얼음 위로 던졌더니 마치 악령에 이끌리기라도 하듯이 도끼가 4, 5로드 정도 미끄러져 구멍 하나에 빠지고 말았다. 그곳은 수심 25피트였다. 호기심에서 얼음 위에 배를 깔고 엎드려 구멍 속을 들여다보니, 머리를 약간 옆구리 쪽으로 바닥에 박고 자루를 곧추세운 도끼가 물결에 따라 천천히 흔들리고 있는 것이 보였다. 내버려두면 도끼는 거기에 꼿꼿이 박힌 채로, 자루가 썩어 빠질 때까지 계속 흔들리고 있을 것이다. 나는 마침 손에 있던 끌로 바로 위에 또 하나의 구멍을 뚫고 부근에서 발견한 제일 긴 자작나무를 칼로 베어 쓰러뜨리고 밧줄로 고리를 만들어 그 끝에 묶어서 주의 깊게 물 속에 내려 자루의 손잡이 부분에 밧줄이 걸리게 하고, 자작나무에 이어 맨 낚싯줄을 감아올려서 다시 도끼를 끌어올렸다.

한두 군데의 작은 모래사장을 제외하면 호숫가는 포장용 자갈처럼 미끄럽고 둥근 하얀 돌멩이의 띠를 이루고 있고, 그 경사는 아주 가팔라서 뛰어들어가면 머리가 물에 푹 잠길 만큼 깊은 곳이 많다. 따라서 이곳의 물이 놀라우리만치 투명하지 않았다면, 건너편 얕은 물가에 헤엄쳐 이를 때까지 두번 다시 호수 바닥을 볼 수는 없었을 것이다. 바닥이 없다고 생각하는 사람도 있다. 어디 한 구석 진흙으로 탁해진 데가 없고, 게다가 주의 깊게 보지 않으면 물풀 한 줄기 돋아나 있지 않다고 말할 것이다. 본래 호수의 일부는 아니지만 최근 물에 잠겨버린 작은 목초지를 제외하면 눈에 띄는 식물이라곤 눈을 부릅뜨고 살펴보아도 부들, 등심초는커녕, 노랑이나 흰색의 백합 한 줄기 보이지 않고 기껏해야 몇 안 되는 하트리프와 수초, 거기에 순채 한두 줄기가 돋아나 있는 정도다. 그것들 역시 미역을 감는 사람의 눈에는 띄지 않을 것이다. 이러한 식물은 그것을 자라나게 하고 있는 물과 마찬가지로 깨끗하고 밝게 빛나고 있다.

물가의 자갈은 1, 2로드 정도 물에 잠긴 부근까지 이어져 있고, 거기서부터 전방의 호수 바닥은 아무것도 섞이지 않은 순수한 모래로 이루어져 있다. 단, 제일 깊은 곳은 예외로 침전물이 조금 쌓여 있는데, 이것은 아마 오랜 세월에 걸쳐 가을 낙엽이 흘러들어가 썩을 대로 썩은 것일 것이다. 또 한겨울에도 빛을 발하듯 파릇파릇한 수초가 닻에 걸려 올라오는 일이 있다.

부근에는 이와 많이 닮은 호수가 또 하나 있다. 서쪽으로 2마일 반쯤 떨어진 나인 에이커 코너에 있는 화이트 호가 그것이다. 월든을 중심으로 12마일 이내에 있는 호수라면 내가 대체로 알고 있는데, 이 두 호수만큼 맑디맑은 샘과 같은 성질을 공유하고 있는 것은 달리 없으리라. 아마 수많은 민족이 계속해서 이 호수의 물을 마시고, 감탄하고, 깊이를 재고, 그리고 소멸해갔을 것이다. 지금도 그 물은 예전 그대로의 맑은 초록빛을 유지하고 있다. 솟아오르거나 말라 없어지는 샘물이 아닌 것이다! 아담과 이브가 에덴동산에서 추방된 그 봄날 아침에도 월든 호는 그 자리에서, 때마침 안개와 남풍을 동반하는 부드러운 봄비를 맞으며 해빙하고, 수많은 오리나 기러기 떼는 인류의 타락에 대해선 아무것도 모른 채, 변함없이 이 맑은 호수에 만족해 수면 위에 무리 지어 있었을 것이다.

그 당시, 호수는 이미 수위의 상승과 하강을 시작하고 있었고, 그 물은 정화되어 오늘날과 같은 색으로 물들어 있었으며, 이것이야말로 지상의 유일무이한 월든 호로서 천계의 '이슬의 증류기'라는 보증을 하늘로부터 받고 있었던 것이다. 지금은 잊혀진 여러 민족의 문학에서 이 호수는 카스탈리아 샘[3]과 같은 영감의 원천이 되고 있었던 게 아닐까? 또 황금 시대에는 어떤 요정들이 이곳을 지배하고 있었던 것일까? 월든 호는 콩코드의 왕관에 박혀 있는 가장 눈부신 보석이다.

이 샘을 처음 찾은 사람들은 분명 어떤 발자취를 남기고 있을 것이다. 사실 호수 주위를 걸어다니면서 호숫가의 울창한 숲속에 벌채된 지 얼마 안 되는 험한 언덕 기슭에 밟아 다져진 좁은 계단 같은 오솔길이 오르락내리락 물가로 접근하거나 멀어진 흔적을 발견하고 놀란 적이 있다. 아마도 그것은

---

3)_〈그리스 신화〉 파르나소스 산기슭에 있었던 아폴론과 뮤즈의 영묘한 샘. 신비한 시의 샘.

이 부근에 처음 인류가 출현했을 당시 태고의 사냥꾼들의 발이 만든 것을 지역 주민들이 지금도 때때로 무심코 밟아 굳힌 것이리라.

이 오솔길은 싸락눈이 내린 직후에 호수 한가운데에서 보면 잡초나 나뭇가지에 방해받지 않고 뚜렷한 기복이 있는 한 줄기 하얀 선이 되어 나타나기 때문에 확실히 알 수가 있다. 또 여름에는 그것이 바로 옆에 있어도 좀처럼 구별할 수 없던 그런 많은 지점에 있어서도, 거기에서 4분의 1마일 정도 떨어지면 아주 분명히 보이는 것이다. 이는 눈이 그 오솔길을 뚜렷하고 하얀 돋을새김처럼 재현해주기 때문이다. 언젠가 여기에 세워질 별장의 화려한 정원도 이 오솔길의 흔적을 아주 지워버리지는 못할 것이다.

호수의 수위는 변화한다. 단, 그것이 규칙적으로 일어나는지, 또 어떠한 기간 내에 일어나는지는 그 누구도 알지 못한다. 늘 아는 척하는 자들은 많지만. 보통 동절기엔 물이 붇고 하절기엔 물이 줄지만, 반드시 강수량에 비례한다고 할 수는 없다. 내가 호숫가에 살고 있을 당시보다 수위가 1, 2피트 낮아진 적이 있는가 하면, 반대로 5피트는 높아진 적도 있는 것으로 기억하고 있다.

호수 안에 작은 모래톱 하나가 돌출되어 나와 있고 그 한쪽은 물이 꽤 깊다. 1824년경, 물가에서 6로드쯤 떨어진 이 모래톱 위에서 나는 차우더(잡탕요리) 만드는 걸 도운 일이 있다. 그 후 지금까지 25년간 그러한 일은 불가능했다. 그런데 한편으로―친구들에게 얘기해도 믿어주지 않았지만―그러고 나서 2, 3년 후에는 그들이 알고 있는 유일한 호숫가에서 15로드나 떨어진 숲의 후미진 구석에서 곧잘 배를 타고 낚시를 했던 것이다. 오래 전부터 목초지가 되어 있는 그 부근이다. 그런데 최근 2년간 호수의 수위는 확실히 올라가 있다. 현재, 즉 1852년 여름의 시점에서 내가 거기에 살았던 당시와 비교해 꼭 5피트 높아져 있다. 즉 그것은 30년 전과 같은 수위이고, 사실 그

255

목초지에서 다시 낚시를 할 수 있게 된 것이다. 따라서 수위의 상하 차는 기껏해야 6, 7피트에 불과하고 주위의 언덕에서 흘러들어오는 물의 양은 미미한 것이어서, 물이 부는 것은 깊은 호수 밑바닥 샘에 영향을 주는 다양한 요인에 있다고 생각할 수밖에 없다.

이번 여름, 호수의 수위는 다시 내려가기 시작했다. 이러한 변동이 주기적으로 일어나든 일어나지 않든, 종결하는 데 오랜 세월을 요한다는 점은 주목할 만하다. 지금까지 나는 상승을 한 번, 하강의 일부를 두 번 관찰한 것이 되는데, 12년이나 15년 후에는 내가 익히 보지 못한 낮은 수위까지 다시 내려가지 않을까 생각한다. 여기서부터 1마일 동쪽에 있는 플린트 호는 몇 개의 입구와 출구가 일으키는 수위의 변화를 빼고 생각한다면, 둘의 중간에 있는 훨씬 작은 호수와 함께, 최근 월든 호에 호응해 마침 같은 시기에 최고 수위에 달했다. 내가 관찰한 바에 의하면 화이트 호도 마찬가지이다.

긴 간격을 두고 되풀이되는 월든 호 수위의 상승과 하강은 적어도 다음과 같은 점에서 도움이 되고 있다. 일 년이나 그 이상에 걸쳐 이만한 고수위 상태가 지속되면 호숫가를 돌아다니기는 불편하지만, 지난번 물이 분 이래 물가에 서 있던 관목이나 수목ㅡ소나무, 자작나무, 오리나무, 사시나무 등ㅡ이 시들어버려, 물이 빠진 후에는 거치적거릴 것 하나 없는 물가가 남는 것이다. 매일 되풀이해서 물이 증감하는 다른 여러 호수나 하천과는 달리, 이 호숫가는 수위가 제일 낮아질 때 가장 깨끗하기 때문이다.

내 오두막 바로 아래쪽 물가에는 일렬로 늘어선 높이 15피트 정도의 소나무가 시들어 지렛대로 파헤친 것처럼 쓰러지고 말았다. 이렇게 해서 그들의 침략은 저지된 것이다. 쓰러진 나무의 크기를 보면 지난번 이 높이까지 수위가 상승한 이후 몇 년이 경과했는지 알 수가 있다. 호수는 수위의 변동에 의해 물가에 대한 자신의 권리를 주장하고 있는 것이고, 이렇게 근사한 솜씨로 물가가 벌채되어버리면 나무들 측에서도 소유권을 내세워 그곳을 점거하지는 못한다. 물가는 털이 돋지 않은 호수의 입술이라고나 할까. 호수는 그 입술을 가끔씩 혀로 핥고 지나간다. 수위가 높아지면 오리나무, 버드나무, 단풍나무 등은 물 속에 잠긴 몸통 여기저기에서 지상 3, 4피트 높이까지 수 피트에 이르는 섬유질의 붉은 뿌리를 드러내고 어떻게든 살아남으려고 한다. 나는 물가에 무성하게 나 있는, 평소엔 열매를 맺지 않는 블루베리가 이러한 상황에서는 많은 열매를 맺는다는 것을 알고 있다.

물가에 왜 이렇게 가지런히 자갈이 깔려 있는지 의아해하는 사람도 있다. 마을 사람이라면 누구나 알고 있지만 나이 든 노인들이 젊은 시절에 들었다고 하는 오래된 전설에 의하면, 아주 먼 옛날, 인디언들이 지금의 호수 깊이와 같은 높이로 솟아올라 있던 언덕 위에서 집회를 열고 있었다. 그들이 툭하면 신을 모독하는 말을 내뱉었기 때문에—라고 하는데, 이것이야말로 인디언들이 결코 범해서는 안 될 죄다—한창 이야기하는 중에 언덕이 심하게 요동을 치더니 갑자기 푹 꺼지고 월든이라는 이름의 할머니만이 도망쳐 살아남았다고 한다. 그래서 이 할머니의 이름을 따 호수의 이름이 붙여진 것이라고 한다.

사람들은 언덕이 흔들렸을 때 돌멩이가 비탈길로 굴러 떨어져 현재의 물가를 이룬 것이 아닐까 추측하고 있다. 어쨌든 예전에 이곳에 없었던 호수가 지금은 있다는 것, 그것만은 확실하다. 또 이 인디언의 우화는 내가 전에 언급한 태고의 이주자[4]와 관련된 다음 이야기와도 모순되지 않는다. 그 남자의 기억으로는, 점치는 막대를 갖고 처음 여기에 찾아왔을 때, 풀밭에서

---

4)_목신 '판' 이라고 생각된다. 5장 '고독' 의 역주 9) 참조.

희미하게 증기가 솟아오르고 개암나무 가지가 분명히 아래를 가리켰기 때문에 여기에 우물을 파기로 했다는 것이다. 물가의 자갈에 대해서는 지금도 많은 사람이 언덕을 향해 밀려오는 물결의 작용에 의한 것이라는 설명을 쉽게 인정하려 들지 않는다. 하나 나는 주위 언덕에 같은 종류의 돌들이 놀랄 만큼 많이 있는 것을 확인했다. 때문에 호수 바로 옆에 철로를 놓으면서 언덕을 절단해 만든 길 양쪽에 그 자갈들을 쌓아올려 벽을 만들지 않을 수 없었던 것이다. 또 물가의 경사가 가파를수록 자갈이 많다. 이러한 연유로 유감스럽게도 내게 그것은 이미 전혀 신기할 게 없는 것이다.

나는 자갈을 쫙 깔아놓은 자의 정체[5]를 알고 있다. 호수의 이름은 영국 어딘가의 지명—예를 들어 새프론 월든—에서 유래하거나, 예로부터 '벽으로 둘러싸인(Walled-in)' 호수라고 불렸던 것에서 유래한다고 생각해도 좋을 것이다.

호수는 나에게 있어 준비된 우물과도 같았다. 일 년 중 넉 달간은 늘 맑고 차가웠다. 이 시기의 호수는 마을 어느 곳의 물과 비교해보아도—최고라 할 수는 없다 해도—결코 뒤지지 않는 맛을 지니고 있다. 겨울이 되면 외부 공기에 드러난 물은 외부 공기에 닿지 않는 샘이나 우물물보다도 차가워진다. 1846년 3월 6일 오후 5시에서 다음날 정오에 걸친 나의 방 온도는 지붕 위에서 내리쬐는 햇볕 탓도 있어서 일시적으로 화씨 65에서 70도까지 상승했는데, 실내에 놓아둔 호숫물의 온도는 42도로, 마을에서 제일 차가운 우물물보다도 1도 낮았다. 같은 날 보일링 스프링의 수온은 45도였고 내가 조사한 어떤 물보다도 따뜻했다(여름에 얄팍한 표면의 물이 뒤섞이지 않을 경우엔 그

---

5)_빙하를 말함.

곳의 물이 내가 알고 있는 한 가장 차갑긴 하지만). 여름의 월든은 그 깊이 덕분에 태양 아래 드러나 있는 대부분의 물처럼 뜨뜻해지는 법은 절대 없다. 몹시 무더운 날엔 항상 물통 하나 가득히 물을 길어와 지하실에 놓아두었는데 밤 사이에 식어서 다음날도 하루 종일 차가웠다. 가끔 근처의 샘을 이용하는 일도 있었다. 그 물은 일주일이 지나도 길어온 날과 마찬가지로 맛있고 펌 프 냄새도 나지 않았다. 여름날 호숫가에서 캠프를 하는 사람은 텐트 그늘 에 깊이 2, 3피트의 구멍을 파고 물통을 묻어두면 사치스런 얼음 따윈 필요 치 않을 것이다.

월든에서는 강꼬치고기가 잡혔다. 7파운드나 나가는 묵직한 놈을 잡은 일도 있다. 한번은 대단한 기세로 낚싯줄을 잡아당겨 눈으로 확인할 수가 없었던지라 뱃사람들이 하듯 8파운드는 내려가지 않을 거라고 마음대로 눈 금을 정하기도 했다. 농어, 메기 등은 각각 2파운드를 넘는 것도 있었고, 샤 이너, 로치, 브림 몇 마리, 장어 두 마리가 잡혔다. 이런 세세한 점에 일일이 신경 쓰는 것은 오로지 무게만이 물고기에게 있어서 명예의 표시라 할 수 있고, 여기에서는 이 두 마리 이외에 장어가 잡혔다는 이야기를 들은 적이 없기 때문이다. 나아가 옆구리가 은색이고 등은 녹색을 띤 어딘지 모르게 황어를 닮은 5인치 남짓한 작은 물고기들을 잡았던 걸 어렴풋이 기억하고 있는데, 여기에 적는 이러한 사실이 나에겐 하나의 우화와도 같다.

하지만 이 호수에 물고기가 많이 살고 있는 건 아니다. 풍부하진 않지만 강꼬치고기가 자랑거리라고나 할까. 예전에 나는 얼음 위에 엎드려서 적어 도 세 종류의 강꼬치고기가 있는 걸 확인한 바가 있다. 한 마리는 강물에서 곧잘 잡히는 것과 꼭 닮았는데 가늘고 긴 형태에 쇠빛을 띠고 있고, 또 한 마리는 이 호수에서 제일 눈에 많이 띄는 것으로 선명한 황금색을 띠고 있 으며 두툼한 몸체가 초록빛을 받아 예쁘게 빛이 났다. 세번째 것은 역시 황금색으로 모양도 두번째 것과 비슷한데 옆구리 배 부분에 작고 짙은 갈색, 혹은 흑색의 반점이 있고, 이와 함께 희미한 혈흔을 떠올리게 하는 붉은 반점이 나 있는 게 송어와 아주 흡사했다. 'reticulatus(그물 무늬가 있는)'라는 학명은 어울리지 않고 오히려 'guttatus(반점이 있는)'라고 하는 편이 적절할 것이다. 모두 아주 탄력이 있고 눈에 보이는 크기 이상의 무게가 나간다.

샤이너나 메기, 농어뿐만 아니라 이 호수에 사는 모든 물고기는 물이 맑기 때문에 강물이나 다른 대부분의 호수에 사는 물고기보다 훨씬 깨끗하고 형태가 좋으며 몸에 탄력이 있어 그것들과는 쉽게 구별이 간다. 아마 많은 어류학자가 이러한 물고기를 신종으로 분류한다 해도 이상할 게 없으리라. 또 보기에도 말쑥한 개구리와 거북, 게다가 약간의 홍합도 있다. 사향쥐나 밍크는 호수 주위에 발자취를 남기고 간다. 이따금 진흙거북이 멀리서 찾아오는 일도 있다. 아침에 배를 호수로 밀어내려고 하다가 밤 사이 그 밑에 몸을 숨기고 있던 커다란 진흙거북의 단잠을 깨우기도 했다. 봄과 가을에는 오리나 기러기가 찾아왔고, 하얀 배를 드러낸 제비가 수면 위를 스쳐지나며, 물총새는 호수의 후미에서 곧장 하늘로 날아올라 사라졌다. 댕기물떼새는 여름 내내 자갈이 빼곡한 호숫가에서 아장아장 걸음마를 하고 있다. 때로 나는 물을 향해 뻗은 스트로브잣나무 가지 위에 있는 물수리의 평안을 어지럽히기도 한다. 그렇지만 이 호수는 예전에 페어 헤븐[6]처럼 갈매기의 날개가 그 신성함을 더럽히리라곤 생각지 않는다. 기껏해야 한 해에 아비[7] 한 마리가 찾아오는 걸 봐주는 정도일 뿐. 이상이 현재 이곳을 방문하는 주

---

6)_월든 호에서 남서쪽으로 약 1마일 떨어진 지점에 있는 Sudbury River의 일부.

7)_갈매기(gull)에는 '느림보'의, 아비(loon)에는 '얼간이'의 의미가 있다.

된 동물들의 명단이다.

바람이 없는 날 동쪽 모래밭에 가까운 수심 8피트에서 10피트 부근이나, 그 이외의 몇 곳에서 배를 타고 호수 안을 내려다보면, 모래 말고는 아무것도 없는 바닥에 달걀보다 작은 돌멩이로 이루어진 직경 6피트, 높이 1피트 남짓한 원형의 작은 산이 보인다. 처음에는 인디언들이 어떤 목적으로 얼음 위에 만들었던 것이 해빙되면서 밑에 가라앉은 것이 아닐까 생각했지만, 그러기엔 형태가 전혀 일그러져 있지 않고 만든 지 얼마 안 되어 보이는 것도 석연치가 않다. 강물에서 흔히 볼 수 있는 것과 비슷하지만, 이 호수엔 서커[8]나 칠성장어는 없기 때문에 어떤 물고기가 만든 것인지 도무지 짐작이 가질 않는다. 혹여 황어의 보금자리는 아닐는지.[9] 이러한 것이 호수 밑바닥의 즐겁고도 신비한 정취를 더해주고 있는 것이다.

물가의 형상은 꽤 불규칙하지만 덕분에 단조로움을 벗어나고 있다. 나의 뇌리엔 물의 출입이 격한 깊이 후미진 서쪽, 그보다 더 대담한 곡선을 그리고 있는 북쪽, 겹겹이 이어진 듯한 곳이 돌출해 있고 아직 사람의 발자취를 모르는 후미가 있을 법한 아름다운 부채꼴 모양의 남쪽 물가가 연이어 떠오른다. 붕긋 솟은 언덕으로 둘러싸인 작은 호수의 한가운데서 바라볼 때처럼 숲이 근사하고 아름다워 보일 때가 또 있을까. 숲은 제자리를 찾은 것이다. 수목을 비추는 호수는 한 폭의 수채화를 이루고 있고, 복잡하게 얽힌 호반은 숲의 가장 자연스럽고 쾌적한 경계선이 되고 있다. 수풀 속의 나무를 도끼로 잘라내고 바로 옆에 밭을 개간한 경우와는 달리, 살풍경하고 불완전한

---

8)_ 입술이 두꺼운, 잉어와 닮은 북미산 민물고기.
9)_ 그 후의 조사에서 소로의 추측이 옳았다는 것이 증명되었다.

구석이라곤 한 군데도 찾아볼 수 없는 호반. 나무는 물 위로 뻗기 위한 충분한 공간을 지니고 있고, 제각기 굵고 좋은 가지를 기세 좋게 뻗어나가고 있다. 자연은 거기에 훌륭한 테두리를 엮어내고 있는 것이다. 나의 시선은 물가의 작은 관목으로부터 가장 큰 수목에 이르기까지 바른 단계를 좇아 상승해간다. 인간의 손이 닿은 흔적은 거의 눈에 띄지 않는다. 물은 수천 년 전과 마찬가지로 호숫가를 씻어내고 있는 것이다.

호수는 가장 아름답고 표정이 풍부한 지형의 요소, 즉 대지의 눈이다. 그 안을 들여다보는 자는 자기 본성의 깊이를 헤아릴 수 있을 것이다. 물가에 서 있는 나무들은 눈 가장자리를 두르고 있는 속눈썹이며 숲으로 덮인 주위의 언덕과 절벽은 눈 위에 그려진 잘생긴 눈썹이다.

엷게 피어오르는 아지랑이 뒤에 호수 저편이 아련해지는 온화한 9월의 오후, 호수 동쪽 끝에 있는 완만한 모래사장에 서면 '거울과 같은 수면'이라는 표현을 실감할 수 있다. 고개를 숙여 가랑이 사이로 엿보면 수면은 계곡에 걸쳐진 한 줄기 가느다란 거미줄처럼 보이고, 그것이 먼 소나무 숲을 배경으로 반짝이면서 대기층과 물을 반으로 가르고 있다. 그렇게 보고 있노라면 젖지 않고 호수 저편 언덕까지 걸어갈 수 있을 것만 같다. 수면을 스쳐나는 제비도 그 위에서 날개를 쉬어 가지 않을까. 사실 제비는 무심코 선 아래로 숨어 들어간 후에야 비로소 자신의 착각을 깨닫는 것이다.

서쪽을 향해 수면을 내려다볼 때는 태양과 그 반사광으로부터 눈을 보호하기 위해 두 손을 올려야 한다. 양쪽 모두 눈부신 빛을 발하고 있기 때문이다. 그 양편에 끼인 수면을 찬찬히 바라보고 있자니 글자 그대로 거울처럼 매끄러운 수면 전체에 비슷한 간격으로 흩어져 있는 소금쟁이가 햇살 속을 움직이며 형용할 수 없이 섬세한 빛의 파문을 창조해내고 있다. 때론 오리가 깃털을 다듬기도 하고 제비가 물 위를 아슬아슬 스치며 날아간다. 멀리서 물고기가 허공으로 뛰어올라 높은 호를 그리기도 한다. 물고기가 뛰쳐나오는 순간 섬광이 번쩍이는가 싶더니 수면 위로 떨어지자 다시 번쩍인다. 때로는 은빛의 호가 선명하게 그려지는 일도 있다. 거기에 엉겅퀴의 관모가 두둥실 떠 있기도 하고 물고기가 이를 향해 돌진하면서 다시금 잔물결이 인다. 식기는 했지만 아직 굳어지지 않은 용해된 유리와도 같은 수면, 그 속에 있는 미세한 먼지는 유리 속의 흠처럼 순수하고 아름답다. 또 눈에 보이지 않는 거미줄에 의해 바깥 세계로부터 격리된 곳이거나, 혹 물의 요정들의 쉼터가 아닐까 싶은 그늘지고 한층 더 고요한 수면을 발견하기도 한다.

언덕 위에서라면 물고기가 어디서 뛰어오르든 대부분 눈에 들어오게 되어 있다. 강꼬치고기든 샤이너든, 이 반반한 수면 위에 떠 있는 벌레를 한 마리라도 잡으려면 호수 전체의 균형을 크게 어지럽히지 않을 수 없기 때문이다. 이런 단순한 사건들이 크고 작고 할 것 없이 모두 공공연히 일어나고 있으니 이 또한 놀라운 일. 물고기의 살생은 반드시 백일하에 드러나는 것이다.[10] 멀리서 내려다볼 때도 원을 그리는 파동이 직경 6로드에 달하면 나는 그것을 확실히 구별할 수가 있다. 아니, 4분의 1마일이나 떨어진 매끈한 수면 위를 물매암이가 끊임없이 움직이며 돌아다니고 있는 것까지도 발견할 수가 있다. 그들이 물 위에 야트막한 구덩이를 파면서 나아갈 때 두 개의 분기선을 경계로 하는 뚜렷한 잔물결이 일기 때문이다. 한편 소금쟁이는 눈에 띄는 잔물결은 일으키지 않고 쓱쓱 미끄러져 나아간다. 호수에 큰 물결이 일 때는 소금쟁이도 물매암이도 나타나지 않지만, 잔잔한 날에 그들은 자신들의 항구를 떠나 대담하고 위세 좋게 물가로부터 쓱쓱 미끄러져, 결국

---

10)_Geoffrey Chaucer(1342~1400). 영국의 시인. 〈여수도원장의 이야기〉의 'Murder will out' 에서.

엔 호수 저 끄트머리에 무사히 도달하는 것이다.

햇볕의 온기가 참으로 고맙게 느껴지는 쾌청한 가을날, 약간 높은 언덕의 그루터기에 걸터앉아 호수를 내려다보면서 수면에 비치는 하늘이나, 나무들 사이로 잔잔히 이어지는 파문을 보고 있노라면 마음이 편안해진다(파문마저 없다면 수면이라고 상상이나 할까). 화병의 물을 흔들면 떨리는 파문이 가장자리로 밀려났다 다시 고요해지듯이, 이 넓디넓은 수면에서는 어떤 소동이 일어나도 곧바로 진정되고 만다. 수면 위로 한 마리 물고기가 뛰어오르고 한 마리의 곤충이 떨어져도 그것이 마치 샘의 끊임없는 용출, 그 생명의 부드러운 맥동, 그 가슴의 큰 고동처럼 원을 그리는 아름다운 곡선이 되어 나타나는 것이다.

환희의 전율과 고통의 떨림은 구별할 수가 없다. 이 호수에서 일어나는 현상은 얼마나 평화에 가득 차 있는가! 덕분에 인간의 행위까지도 봄을 만난 것처럼 빛이 나고 있다. 그렇다, 온갖 나뭇잎이나 작은 가지들, 조약돌이나 거미줄이 지금 이 환한 대낮에 마치 봄의 아침이슬을 흠뻑 머금은 듯이 빛나고 있지 않은가. 노를 저어 그런가, 벌레의 움직임 때문인가, 눈부시게 반짝이고 있다. 노가 물 위로 떨어질 때엔 또 얼마나 아름다운 메아리가 퍼지는가!

9월과 10월에 이러한 날이 돌아오면 월든은 진기한 보석으로 둘레를 장식한 찬란한 숲의 거울이 된다. 호수처럼 크고 아름답고 순수한 것은 이 지상에 존재하지 않으리라. 하늘의 샘물, 그곳은 울타리가 필요치 않다. 수많은 민족이 왔다가 사라져갔지만 결코 호수를 더럽히는 법은 없다. 그것은 돌을 던져도 부서지지 않고 금박도 벗겨지지 않는, 자연의 손길이 끊임없이 치유를 해주는 한 장의 거울이다. 세찬 바람도 모래먼지도 신선한 그 표면을 그늘지게 할 수는 없다. 거울에 들러붙으려는 온갖 불순물은 아지랑이—이것이야말로 윤을 내는 빛의 솔이라 할 수 있으니―에 닦여 호수 밑바닥으로 가라앉고 만다. 거울은 입김을 불어도 흐려지지 않고, 오히려 스스로 내뱉는 입김이 높이 솟아올라 구름이 되어 그 조용한 가슴속에 비치는 것이다.

넓은 호수는 대기 속을 떠다니는 정령의 존재를 밝혀준다. 그것은 위로부터 끝도 없이 새로운 생명과 활력을 얻고 있는 것이다. 호수는 대지와 하늘의 중간 성격을 갖는다. 지상에서는 풀과 나무만이 흔들리지만, 여기에서는 호수 전체가 바람에 따라 물결을 일으킨다. 빛의 줄기나 광채를 보면 바람이 어디를 건너가고 있는지 알 수가 있다. 수면을 내려다본다는 건 참으로 신비한 경험이다. 언젠가 우리는 대기의 표면을 내려다보면서 무어라 표현할 수 없는 정령들이 바람에 실려가는 걸 목격할 수 있을 것이다.

소금쟁이와 물매암이는 차가운 서리가 내리는 10월 하순이 되면 마침내 모습을 감추고 만다. 그 무렵부터 11월에 걸쳐서 맑은 날 수면에 물결을 일으키는 건 하나도 남지 않는다. 수일간 이어지던 비바람이 멈추고 다시 잔잔해진 11월의 어느 오후, 하늘은 아직 구름으로 뒤덮여 있고 대기 중엔 아지랑이가 가득 차 있었는데 수면은 놀랄 만큼 매끄러워 구분할 수 없을 정도였다. 그곳에는 이미 10월의 불타는 듯한 색조는 사라지고 11월의 어두운 그늘이 비치고 있을 뿐이었다. 나는 그 물 위를 조용히 노 저어 가고 있었는데, 물살을 가르며 일어나는 어렴풋한 파동이 시선이 닿는 한 멀리까지 퍼져가고 수면의 영상에 이랑을 만들어놓고 있었다.

수면을 쭉 둘러보니 멀찌감치 떨어진 곳에서 무언가 드문드문 희미한 빛을 발하고 있었다. 서리를 피한 소금쟁이들이 주변에 모여 있는 걸까, 아니면 수면이 너무나 매끄러워 호수 밑바닥에서 솟아오르는 샘물의 존재가 탄로나버린 것일까. 그런데 부근에 살며시 배를 저어 다가가보니, 놀랍게도 순식간에 길이 5인치쯤 되는 짙은 청동색을 띤 작은 농어 떼에 둘러싸이게 된 것이다. 그들은 초록빛 물 속에서 떼 지어 헤엄을 치고 있었고, 쉴새없이 표면으로 떠올랐다 사라지며 물거품을 남기고 갔다. 끝없이 펼쳐진 구름을 비쳐내는 이렇게 투명한 물 위에서 나는 풍선을 타고 두둥실 허공에 떠 있는 것이다. 물고기들은 공중비행, 아니 공중유영을 하고 있다. 지느러미를 돛처럼 펼친 물고기 떼는 내 주위를 조금 낮게 스쳐가는 밀집된 작은 새의 무리와 흡사했다. 호수에는 이러한 물고기 떼가 많아서 겨울이 그들의 널찍한 천창에 얼음의 덧문을 내리기 전 막간의 계절을 즐기듯, 이따금 수면을 쓰다듬고 가는 부드러운 산들바람처럼, 혹은 똑똑 떨어지는 빗방울처럼 파동을 일으키는 것이었다. 내가 무심코 그들에게 다가가 깜짝 놀라게 했더니 누군가 솔가지로 수면을 두드리듯 타다닥 꼬리로 물보라를 일으키며 눈 깜짝할 사이에 물 속 깊숙이 도망치고 말았다.

드디어 바람이 일기 시작하고 안개가 짙어져 물결이 꿈틀거리기 시작하면 농어는 전보다 더 높이 뛰어오르게 된다. 그들은 물에서 반쯤 몸을 내밀고 아이 손바닥만한 수백의 흑점이 되어 한꺼번에 수면 위로 모습을 드러냈다. 어느 해였던가, 12월 5일인데도 잔물결이 조금씩 눈에 띄었다. 나는 금방이라도 큰비가 내릴 줄 알고 서둘러 노를 저어 되돌아가려고 했다. 얼굴에 빗방울을 느낀 건 아니었지만 굵은 빗발이 쏟아질 것만 같아 내심 흠뻑 젖을 각오를 하고 있었다. 그런데 그 잔물결이 돌연 사라지고 만 것이다. 알고 보니 그것은 농어 떼가 일으킨 것으로 노 젓는 소리에 겁을 집어먹고 일제히 물밑으로 도망을 친 것이었다. 황급히 모습을 감추려는 물고기들의 모습이 어렴풋이 보였다. 결국 나는 그 날 오후 비 한 방울 맞지 않고 무사히 넘긴 것이다.

약 60년 전으로 거슬러 올라가, 호숫가 주위의 숲이 그늘을 만들었을 무렵, 자주 이곳을 찾아왔다는 노인의 이야기에 의하면, 당시에는 여기에 오리나 물새가 흔했고 주변에 독수리도 많이 서식하고 있었다고 한다. 그가 이곳을 찾은 것은 낚시를 하기 위해서였고 물가에서 발견한 낡은 통나무 카누를 사용했다고 한다. 그것은 스트로브잣나무를 도려내어 못을 박아 연결시킨 것으로, 양끝은 사각으로 깎여 있었다. 아주 조잡한 물건이기는 했지만 부력이 없어져 호수 밑으로 가라앉기까지 상당히 오랜 기간 견디어냈던 모양이다. 노인은 그것이 누구의 것인지도 알지 못했다. 실은 이 호수의 것이었다. 그는 히코리 껍질을 이어서 닻에 필요한 밧줄을 만들었다. 독립혁명 전부터 이 호숫가에 살고 있었다는 한 늙은 도공은 호수 밑에는 철 궤짝이 가라앉아 있고, 그것을 직접 두 눈으로 본 적이 있다고 그에게 이야기했다고 한다. 그 궤짝은 가끔씩 물가로 두둥실 떠내려왔지만, 사람이 접근하면 깊은 곳으로 모습을 감춰버렸다고 한다. 나는 그 오래된 통나무 카누 이야기를 듣고 기쁨을 느꼈다. 그것은 같은 재료로 만들어지는 더 우아하고 아름다운 형태를 지닌 인디언의 카누 대신 사용되었던 것인데, 처음에는 호숫가에 서 있던 한 그루 나무였던 것이 무언가의 힘에 의해 물 속으로 쓰러져, 월든에 가장 어울리는 배가 되어 한 세대를 떠 있었던 것이리라. 오래 전 내가 처음으로 이 호수의 깊은 곳을 엿보았을 때, 호수 밑에 큰 나무줄기들이 많이 굴러다니는 것을 어렴풋이 볼 수 있었다. 그것들은 훨씬 이전에 바람 때문에 쓰러졌든지, 아니면 목재 가격이 쌌던 시절에 제일 나중에 벌채되어 얼음 위에 그냥 내버려둔 것으로 짐작되는데 지금은 거의 눈에 띄지 않게 되었다.

내가 처음 월든 호에 배를 띄웠을 때, 그곳은 높고 울창한 소나무와 떡갈나무 숲으로 빙 둘러싸여 있었고, 후미진 곳엔 포도덩굴이 호반의 나무를 휘감고 올라 정자를 이루어 배를 타고 그 밑을 빠져나가기도 했다. 호반을 형성하고 있는 언덕은 가파르고 큰 거목들이 에워싸고 있어 서쪽 끝에서 내려다보이는 호수는 한 편의 연극을 공연하기 위한 숲의 원형극장처럼 보였다. 예전에 나는 여름날 오후가 되면 호수 가운데로 배를 저어가, 나머진 산들바람에 맡기고 배 바닥에 벌렁 드러누워 물 위를 떠다니면서 몇 시간이고 몽상에 잠겨 지내곤 했다.

그리고 얼마 후 배가 모래사장에 부딪치면 정신을 차리고 운명의 여신이 어느 물가로 나를 인도했는지 보려고 일어섰다. 그 무렵에는 무위(無爲)라는 말이 가장 매력적이고, 또 생산적인 일이었던 것이다. 나는 곧잘 오전 중에 마을을 몰래 벗어나 하루 중 가장 귀중한 시간을 그런 식으로 지내는 걸 좋아했다. 돈은 없었지만 넘쳐나는 햇빛과 풍요로운 여름의 나날이 있었기에 그것들을 아낌없이 즐겼던 것이다.

또 작업장이나 교실의 책상 앞에서 더 많은 시간을 소비하지 않았던 것을 조금도 후회하지 않는다. 단, 내가 그 호반을 떠난 후 벌채꾼들이 더욱 심하게 숲을 황폐하게 만들었기 때문에 숲속 오솔길을 거닐며 나무들 사이로 호수의 경관을 즐기는 일은 이제 당분간 바랄 수 없게 되었다. 이제 나의 뮤즈가 침묵한다 해도 어쩔 수 없는 것이다. 작은 새들의 보금자리가 온통 쓰러져 나뒹굴고 있는데, 어찌 그들의 노래를 기대할 수 있으랴?

지금은 호수 밑의 나무 줄기도, 그 오래된 통나무 카누와 울창한 주위의 숲도 사라지고, 이 호수의 소재조차 제대로 모르는 마을 사람들은 그곳에서 헤엄치거나 물을 마시기보단 갠지스 강에 필적할 만한 그 신성한 물을 파이프로 마을까지 끌어와 접시나 닦으려고 하고 있는 것이다! 수도꼭지를 비틀어 여는 것으로 월든을 제 것으로 삼으려는 것이다! 째지는 듯한 울음소리로 온 마을을 뒤흔드는 그 악마와 같은 철마는 앞다리로 보일링 스프링의 물을 잔뜩 흐려놓았다.

월든 호반의 어린잎들을 죄다 먹어치워 엉망으로 만들어버린 것도 바로 그놈이다. 이놈이야말로 욕심에 눈이 먼 그리스 병사들이 만든, 천 명의 병사를 숨긴 트로이의 목마[11]다. 북서쪽 호숫가 언덕의 철길에 잠복하고 있다가 이 우쭐하고 거만 떠는 훼방꾼의 옆구리에 복수의 창을 푹 찔러줄 이 나라의 영웅, 무어 홀의 무어[12]는 어디에 있는 것일까?

하나 내가 알고 있는 인물 중에서도 월든처럼 순수함을 간직하며 옛 자취를 제대로 지니고 있는 사람은 없는 것 같다. 많은 사람이 이 호수에 견주어졌지만 그 명예에 합당한 인물은 극히 드물다. 벌채꾼들이 호숫가를 계속해서 벌거숭이로 만들고, 아일랜드인이 물가에 초라한 오두막을 세우고, 철도가 호수의 경계를 침범하고, 어떤 때는 얼음 채취업자가 수면을 퍼올리기도 했지만 호수 자체는 조금도 변치 않고 젊은 시절 내 눈에 비친 그대로의 물을 담고 있다. 모든 변화는 나의 내부에서 일어난 것이다.

그렇게 물결이 일었건만 호수는 희미한 잔주름 하나 남기지 않고 있다. 그것은 영원한 젊음을 유지하고 있다. 멈추어 서면 그 무렵과 마찬가지로 물 위의 벌레를 쪼아 먹으려는 제비가 수면 속으로 살짝 숨어 들어가는 것을 볼 수 있을 것이다.

오늘 저녁에도 그것은 20년도 넘게 익숙해져온 것이라고는 여겨지지 않을 만큼 나의 가슴을 때렸다. 자, 여기에 월든이―숲으로 둘러싸인, 오래 전 내가 발견한 모습 그대로의 호수가 있지 않은가. 작년 겨울 호반의 나무가 벌채된 부근에는 새로운 숲이 다시 기운차게 자라나기 시작한다. 그때와 같

---

11)_트로이전쟁 시, 그리스군은 거대한 목마 속에 병사를 숨기게 하는 전략을 이용해 트로이를 함락시켰다.

12)_용을 퇴치시킨 고대 영국의 시가에 나오는 전설적인 영웅.

은 사상이 수면 위로 솟아오르고 있다. 월든 자신은 그 '창조자'에게 있어서—그리고 나에게 있어서도—항상 변치 않는 기쁨과 행복의 원천인 것이다. 그것은 분명 탐욕을 모르는 용사가 만들어낸 것이리라! 그는 이 호수를 그의 손으로 완성해낸 후, 그의 사상의 내부에서 깊이를 더하고 정화해 콩코드에 물려줄 것을 유언한 것이다.

호수 표정을 보면 그것이 나와 같은 회상에 잠겨 있다는 것을 알 수 있다. 그리고 이렇게 말을 걸고 싶어진다. 월든이여, 거기에 있는 것은 너인가.

한 줄의 시를 장식하기 위해
꿈을 꾼 것은 아니다.
월든 호수에 살고 있으면
천국에, 그리고 신의 곁에 가장 가까이 다가가는 것이니.
나는 자갈이 구르는 호숫가,
혹은 물 위를 스쳐지나는 산들바람.
나의 손바닥 안에는
월든의 물과 모래가,
내 사상의 높은 곳에는
그 심오한 안식처가 있다.

열차는 이 호수를 바라보기 위해 정차하지는 않는다. 그러나 기관사나 화부, 제동수 그리고 정기권을 갖고 날마다 호수 곁을 지나는 승객들은 그 경관을 접함으로써 한층 더 인간적으로 성장하는 것이 아닐까 하는 생각을 해본다. 기관사—또는 그의 본성—는 적어도 하루에 한 번, 더할 나위 없이 맑고 순수한 그 풍경을 접한다는 사실을 밤이 되어도 잊지 않을 것이다. 단 한

번을 보았어도 그것은 스테이트 가[13]나 기관차의 검댕을 씻어내리는 데 도움이 된다. 차라리 이 호수를 신의 이슬이라 이름 붙이면 어떠할까.

월든 호에는 눈에 보이는 입구도 없고 출구도 없다고 앞에서 말했는데, 한편 더 높은 곳에 있는 플린트 호와는 그 주위에서 시작되는 일련의 작은 호수들에 의해 간접적으로 이어져 있고, 또 한편으로 낮은 곳에 있는 콩코드 강과는 일련의 호수에 의해 직접적으로 연결되어 있다. 옛날 지금과는 다른 지질 시대에 월든의 물은 그 호수를 통해 강으로 흘러나가고 있었을 터이니 지금도 지면에 구덩이를 조금만 파면(결코 그런 짓을 해서는 안 되지만), 다시 그쪽으로 흘러가게 될 것이다. 호수는 숲속의 은자와도 같이 소박하고 엄준한 삶을 오래오래 지켜감으로써 비로소 이러한 순수함을 얻었을 것이니, 불순한 플린트 호의 물이 거기에 뒤섞이고 또 그 물이 대양으로 흘러들어가 거친 파도 속에 그 감미로움이 사라지고 만다면 누군들 안타까이 여기지 않으랴?

링컨에 있는 플린트 호는 샌디 호라고도 불리는데, 월든의 동쪽 1마일 부근에 위치하고 있으며 이 부근에선 가장 큰 호수이자 내해이기도 하다. 면적은 약 197에이커로 월든보다 훨씬 크고 물고기도 풍부하지만 비교적 수심이 낮으며 물도 그다지 맑지 않다. 이따금 숲을 빠져나가 그쪽으로 산보하는 것이 나의 즐거움이었다. 제멋대로 휘몰아치는 바람을 두 뺨에 받으며 꿈틀거리는 물결을 보고 고기잡이의 삶을 떠올리는 것만으로도 나가볼 가치는 있었다. 가을날 바람이 강한 때에는 그쪽으로 밤송이를 주우러 나갔는

---

13)_보스턴의 금융가.

데, 밤이 물 속에 떨어져 발 언저리까지 떠밀려 내려왔다.

어느 날 얼굴에 상큼한 물보라를 맞으며 사초가 많은 물가를 기다시피 걷고 있자니, 형태도 알아볼 수 없이 썩어문드러진 배의 잔해가 돌연 눈앞을 가로막았다. 테두리는 완전히 없어지고, 등심초 속에 평평한 배 밑바닥만이 가까스로 흔적을 남기고 있었다. 하지만 그 골격은 잎맥이 도드라져나온 커다란 수련의 썩은 이파리처럼 확실하게 남아 있었다. 그것은 바닷가에 있어도 어색하지 않을 만큼 강렬한 인상을 주는 난파선이었으며 훌륭한 교훈을 내포하고 있었다. 지금은 단순한 부식토가 되어 물가와 구분조차 되지 않는 그곳에 등심초나 부들이 사이를 꿰뚫고 돋아나 있었다.

나는 이 호수 북쪽 끝의 모래 밑바닥에 남겨진, 맨발로 물에 들어가면 수압으로 인해 단단하게 뭉쳐 있는 것을 잘 알 수 있는, 잔물결의 흔적과 마치 파도가 심어놓은 듯 출렁이는 물결을 좇아 일렬종대로 여러 줄을 지어 꿈틀거리는 등심초를 유심히 바라보곤 했다. 또 파이프워트의 가느다란 풀줄기나 뿌리로 만들어진 듯한 직경 반 인치에서 4인치 정도의 동그랗고 기묘한 뭉치들을 꽤 많이 발견한 일이 있다. 그것들은 얕은 물가의 모래 바닥 위를 물결의 움직임에 따라 앞뒤로 흔들리며 때로는 호숫가로 밀어올려지기도 했다. 풀줄기로만 되어 있는 것도 있고, 내부에 모래를 약간 포함하고 있는 것도 있었다. 언뜻 보기엔 둥근 작은 돌과 마찬가지로 물결의 작용에 의해 만들어진 것처럼 보이지만, 사실은 제일 작은 것조차 역시 길이 반 인치 정도의 껄끄러운 재료로 되어 있고, 게다가 일 년에 한 번 정해진 계절에만 만들어지는 것이다. 덧붙여 말하자면, 물결이라는 것은 이미 일정한 경도를 지닌 물체를 어떤 형태로 만들어준다기보다는 그 물체를 마모시키는 움직임을 갖고 있는 것이 아닐까 싶다. 그 뭉치들은 바짝 마른 후에도 장기간에 걸쳐 원형을 유지하고 있다.

플린트 호! 여기에 우리네 명명법의 빈약함이 드러나고 있다. 하필 이 하늘의 물과 접해 밭을 만들고 호반을 가차 없이 벌거숭이로 만들어놓은 막되고 어리석은 농부가 무슨 권리로 자신의 이름을 여기에 붙인 것인가? 자신의 철면피를 비추어낼 만큼 반짝반짝 빛나는 1달러 은화나 1센트 동화의 표면을 바라보기나 좋아하고 호수에 정착한 들오리조차 침입자로 간주하며, 하피(여자의 얼굴과 새의 몸을 한 탐욕스러운 괴물)처럼 붙잡으면 놓치지 않는 오랜 습관에서 손가락 그 자체가 갈고리형의 뿔 같은 손톱으로 변해버린 인색한 남자—이러한 인간이 붙인 이름은 도무지 내 성질에 맞지 않는 것이다.

　내가 그곳을 찾는 것은 이 남자를 만나기 위해서가 아니다. 그의 소문을 듣기 위해서도 아니다. 그는 한번도 호수를 본 적이 없거니와 거기에 몸을 담근 적도 없고, 그것을 사랑하거나 보호하고 칭찬한 적도 없으며, 그것을 만들어준 신에게 감사하는 일은 더더군다나 없는 것이다. 오히려 그곳에서 헤엄치는 물고기나 부근에 출몰하는 새들, 물가에 피는 들꽃, 혹은 그 생애의 실타래가 이 호수의 실타래와 한데 엉켜 분리되기 힘든 야성적인 사나이나 아이들의 이름을 붙여야 마땅할 것이다.

　같은 생각의 이웃이나 주의회가 당사자에게 부여한 권리증서 외엔 아무 권리도 나타낼 수 없었던 남자, 호수의 금전적인 가치밖에 생각지 않고 본인의 출현만으로도 호반 전체가 저주받을 남자, 주변의 토지를 고갈시키고 호숫물까지 고갈시키려 했던 남자, 그곳이 영국 건초나 크랜베리를 딸 수 있는 목초지가 아님을 안타까워하고(사실 그의 눈으로 보자면 이 호수는 내세울 게 아무것도 없었던 것이다), 차라리 바닥까지 메마르게 해 호수 밑바닥의 진흙값으로 호수를 송두리째 팔아치웠을지도 모를 남자—이러한 남자의 이름만은 붙이지 않았으면 했다.

　호수는 그의 물레방아를 돌려주지 않았고, 그곳을 바라보는 것도 그에게는 특권이라 생각되지 않았던 것이다. 나는 그의 노동이나, 이런저런 것에 값이 매겨져 있는 그의 농장에도 경의를 표할 생각은 들지 않는다. 그는 다만 몇 푼이라도 돈이 된다면 풍경이든 하늘의 신이든, 닥치는 대로 시장에다 내다 팔 수 있는 위인인 것이다. 하나 실제로 그렇게 할 수가 없기 때문에 자신이 섬기는 신인 돈을 추구해 시장으로 출근한다. 이 남자의 농장에 공짜는 자라지 않는다. 밭의 곡물은 알갱이가 여물지 않고 들판의 풀들은 꽃을 피우지 않으며, 나무에는 열매가 맺지 않고, 재배하는 거라곤 오로지 금전뿐이다. 그는 자신이 키운 과실의 아름다움은 눈곱만치도 사랑하지 않고, 돈으로 바꾸기 전까지 과실은 익지 않는 것이다. 하나 나는 진정한 풍요를 맛볼 수 있는 가난함을 부여받고 싶다.

농부는 가난하면 가난할수록―빈농일수록―나에게 있어선 존경할 만하고, 또 흥미 있는 존재이다. 모범 농장이라고! 거기에서는 집들이 퇴비에서 돋아난 버섯처럼 서 있고, 인간과 말, 소, 돼지의 방이 깨끗한 것이든 너저분한 것이든 모두 어깨를 맞대고 나란히 늘어서 있다. 인간이 사육되고 있는 것이다! 비료와 버터 밀크 냄새가 코끝을 스치는 거대한 기름때 같은 곳! 인간의 심장과 뇌를 거름삼아 고도의 농경이 이루어지고 있는 곳! 마치 교회의 묘지에서 감자라도 재배하려는 것 같지 않은가! 이것이 모범 농장이란 것이다.

아니, 아니, 모든 풍경 중 가장 아름다운 이 지형적인 요소에 이름을 붙인다면 어느 누구보다 기품 있고 훌륭한 사람의 이름이어야 한다. 적어도 우리 고장의 호수에는 "지금도 그 해변은 (하나의)위업을 칭송하며 울려 퍼진다"[14]고 노래하는 그 '이카리아 해'[15]에 뒤지지 않을 제대로 된 이름을 붙여야 하지 않겠나.

크기가 작은 구스 호는 플린트 호로 가는 길목에 있다. 또 콩코드 강의 연장이라 할 수 있으며 면적이 70에이커 정도 된다고 하는 페어 헤븐은 남서쪽 1마일 지점에 있고, 면적 약 40에이커의 화이트 호는 페어 헤븐에서 1마일 반 더 앞쪽에 있다. 그야말로 호수 지방[16]인 것이다. 콩코드 강을 포함한 이 수역은 내가 그 수리권을 갖고 있으며, 주야를 불문하고 해마다 내가 운반해가는 곡물을 빻아주는 곳이다.

나무꾼에다 철로, 거기에 나 자신까지 월든을 더럽히게 된 후, 이 부근에서 가장 아름답다고는 할 수 없으나 최고로 매력적인 숲의 보석이라면 아마 화이트 호를 들 수 있을 것이다. 맑은 물과 모래 색 덕분에 그렇게 불리고 있는데, 호수의 평범한 외관 때문에 빈약한 이름이 붙여지고 말았다. 그렇지만 이러한 특질에서 보나, 또 다른 점에서 보나 이 호수는 월든에 있어서 쌍둥이 형제의 동생쯤 된다고 할까. 양자는 너무나 쏙 빼닮아서 지하 어딘가에 연결통로가 있는 게 아닐까 싶을 정도다. 자갈이 쭉 깔린 호숫가도 그렇고 물의 빛깔도 그렇고, 한여름 밑바닥으로부터 빛이 반사되는 그다지 깊지 않은 후미를 나무들 사이로 내려다보면, 물이 안개가 낀 듯한 청록색, 혹은 푸른빛이 감도는 재색을 띠고 있는 점도 월든과 꼭 닮았다. 꽤 오래 전 나는 사포 만드는 데 쓰이는 모래를 담아 짐수레로 운반하기 위해 곧잘 화이트 호로 나가곤 했는데, 그때 이래 단골이 되었다.

마찬가지로 그곳을 자주 찾는 어떤 이는 호수를 가리켜 '초록 호'라고 부르면 어떨까 하는 제안을 하기도 했다. 또 다음과 같은 이유로 '황송 호(黃松

---

14)_스코틀랜드의 시인 William Drummond of Hawthornden(1585~1649)의 시 〈Icarus〉에서.
15)_에게 해의 일부. 이카로스가 하늘에서 떨어져 익사했다고 전해지는 것에서 이름 붙여짐.
16)_워즈워스의 시로 유명한 영국의 '호수 지방'을 염두에 두고 있다.

湖'라고 부를 수도 있을 것이다. 한 15년 전, 특정한 종류를 가리키는 건 아니지만 이 부근에서 '황송'이라 불리는 소나무 한 그루의 머리가 호숫가에서 멀찌감치 떨어진 물 깊은 곳에서 수면 위로 돌출되어 나와 있는 것이 목격되었다. 여기에서 이 호수는 산이 함몰되어 이루어진 것이라는 둥 이 나무는 옛날 울창했던 원시림의 일부라고 생각하는 사람까지 나타났다.

내가 조사한 바에 의하면, 이미 1792년 매사추세츠 역사협회사료집성에 수록된, 한 콩코드 시민의 손으로 만들어진 〈콩코드 마을 지형〉에서 저자는 월든 호와 화이트 호에 관해서 언급한 후에 이렇게 덧붙이고 있다. "수위가 아주 낮아지면 화이트 호 가운데에 한 그루의 나무가 나타난다. 그 뿌리는 수면 아래 50피트에 달하는데 그곳에서 성장한 것처럼 보인다. 나무 꼭대기는 부러져 있고, 그 부분의 직경은 14인치이다."

1849년 봄, 이 호수와 제일 가까운 곳에 살고 있는 서드버리의 한 남자와 이야기를 나누었을 때, 그는 10년인가 15년 전에 이 나무를 잡아뺀 것은 자신이라고 털어놓았다. 그가 기억하는 바로 그 나무는 물가에서 12나 15로드쯤 떨어진 수면 위로 나와 있었고, 그 부근의 수심은 3, 40피트였다고 한다. 겨울이라서 오전에 얼음을 자르고 있었는데, 오후가 되자 근처 사람들의 도움으로 그 노목을 잡아뺴고 말겠다고 결심한 것이었다. 그는 톱으로 얼음을 잘라 물가 쪽에 도랑을 파고 암소를 이용해 나무를 밀어 쓰러뜨린 다음 줄을 감아올려 얼음 위로 끌어올렸다.

그런데 작업을 시작한 지 얼마 안 되어 그 나무가 사실은 거꾸로 서 있었고 가지를 자른 단면도 밑을 향하고 있으며, 더구나 가느다란 끝이 단단하게 호수 모래 바닥에 푹 박혀 있는 것을 알고 깜짝 놀랐다고 한다. 두꺼운 쪽 끝이 직경 1피트 정도 되었기 때문에 좋은 재목을 얻을 수 있으리라 기대하고 있었던 듯하나, 사실은 심히 썩어 있어 땔감으로나 쓰는 수밖에 없었다.

그 무렵엔 아직 나무의 일부가 그의 장작 헛간에 놓여 있었다. 뿌리 쪽엔 도끼의 흔적과 딱따구리가 쪼아댄 흔적이 남아 있었다. 그의 생각으로는, 물가에 시들어 있던 나무가 마침내 바람에 쓰러져 호수에 빠지게 되었는데 꼭대기는 물에 잠겼지만 뿌리 부근은 아직 말라 있어서 가벼웠기 때문에 물 속에 흘러들어가 거꾸로 잠긴 것 같다고 한다. 80세가 되는 그의 부친의 기억에 의하면 그 나무는 항상 같은 장소에 있었던 모양이다. 지금도 몇 그루인가 꽤 큼직한 통나무가 호수 바닥에 잠겨 있는 것이 보이는데, 그것들이 수면의 파동에 따라 움직이는 모양은 거대한 물뱀을 떠올리게 한다.

이 호수는 지금까지 배로 인해 더럽혀진 적이 거의 없다. 어부를 끌어들일 만한 것이 거의 살고 있지 않기 때문이다. 진흙이 필요한 하얀 백합이나 평범한 창포 대신 붓꽃이 호숫가의 맑은 물 속 자갈 바닥에 드문드문 돋아나 있어 6월이 되면 벌새가 찾아온다. 그 푸르스름한 잎과 꽃빛깔은 특히 물에 비칠 때 푸른빛을 띤 재색의 물과 뒤섞여 독특한 조화를 창조해낸다.

화이트 호와 월든 호는 지상의 커다란 수정이며 빛의 호수이다. 두 호수가 영원히 하나로 응결되고 손에 쥘 수 있을 만큼 작아진다면, 곧 보석과 마찬가지로 노예의 손에 의해 황제의 머리를 장식하게 될 것이다. 하나 양쪽 모두 액체에다 커다랗고, 또 영구히 우리와 우리 자손들 손에 맡겨지고 있기 때문에 그 둘을 소홀히 취급하면서 코이누르의 다이아몬드[17]를 구하러 다니는 것이다.

그들은 시장가치를 갖기엔 너무 순수한 것이다. 불순한 것은 하나도 섞여 있지 않다. 그들은 우리의 생활에 비해 얼마나 아름답고, 우리의 성격에 비해 얼마나 투명한가! 인간은 예전에 그들로부터 비열한 언동을 배운 적이

---

17)_1849년 이래 영국 왕실이 소장하고 있는 인도산 다이아몬드, 106캐럿으로 세계 최대이다.

없다. 농가 부근에서 흔히 볼 수 있는 오리가 떠다니는 저수지에 비해 얼마나 아름다운가! 호수에는 청결한 야생 오리들이 찾아온다. 자연계에는 그 가치를 알 만한 인간이 없다. 깃털과 노래를 갖고 있는 작은 새들은 꽃들과 잘 조화를 이루지만, 과연 젊은이나 아가씨들은 자연계의 야성적이고 풍요로운 아름다움과 손을 잡고 살아가고 있는 것일까? 자연은 그들이 사는 마을에서 멀리 떨어져 은밀한 빛을 발하고 있다. 천국을 이야기하는 자는 지상을 욕보이고 있는 것이다.

10th
베이커 농장

10_베이커 농장

　　　　이따금 나는 소나무 숲 쪽으로 슬슬 걸어나가곤 했다. 숲은 어딘지 모르게 사원을 떠올리게 했지만, 흔들리는 가지가 빛 속에 물결치는 모습은 돛을 활짝 펼친 바다의 함대처럼 보이기도 했다. 그것은 아주 푸르고 깊은 그림자를 만들고 있었기 때문에 드루이드교도들[1]조차 떡갈나무를 버리고 이곳에서 예배하고 싶어졌을 것이다.

　나는 또 플린트 호 맞은편에 있는 히말라야삼목 숲으로 나가는 일도 있었다. 그곳의 나무들은 청백색 열매에 덮여서 높이 솟아올라 발할라 궁전[2] 앞에 있으면 더욱 빛이 날 듯하고, 곱향나무는 알알이 열매가 맺힌 화환으로 지면을 덮고 있다.

　늪지 쪽으로 가면 소나무 겨우살이가 꽃줄처럼 가문비나무에 늘어져 있고, 늪 신의 원탁인 버섯이 땅 위를 뒤덮고 있으며, 그것보다 더 아름다운 균류가 나비나 조개껍데기처럼 ─ 소위 식물성 경단고둥무리로서 ─ 그루터기를 장식하고 있다. 거기에는 또 헬로니아스나 층층나무가 우거져 있고 붉은 오리나무 열매가 작은 도깨비 눈처럼 빛나고 있으며, 노박덩굴이 일단 들러붙기만 하면 그 즉시 어떤 딱딱한 나무라도 파먹어 들어가 부숴버린다. 또 야생 서양호랑가시나무열매는 보는 이로 하여금 집 생각도 잊게 할 만큼 곱고, 그 외에 이름도 알 수 없는 금단의 야생 과실에도 유혹을 느끼지만 인간이 맛보기에는 너무나 아름다운 것 같다.

---

1)_고대 켈트 민족이 창시한 원시종교의 교도로 떡갈나무를 성목으로 해 숭배하고 있었다.

2)_'북유럽신화' 최고 신 오딘의 궁전.

나는 어떤 학자를 방문하는 대신 먼 목초지라든지 숲이나 늪의 구석진 곳, 언덕 위 같은 곳에 있는, 이 부근에서는 좀처럼 볼 수 없는, 특정한 수목을 수차례 찾아보곤 했다. 예를 들어 직경 2피트의 훌륭한 검은자작나무라든지, 그와 동종으로 넉넉한 황금색 조끼를 입고 검은자작나무처럼 좋은 냄새를 풍기고 있는 노랑자작나무 같은 것들이다. 또 너도밤나무는 말쑥한 기둥에 부드러운 이끼로 물들여져 있어 여러모로 완벽하다고 할 수 있는데, 여기저기 산재해 있는 것을 제외하면 이 마을에 큰 너도밤나무가 군생하고 있는 곳은 자그마한 숲 하나만이 남아 있을 뿐이다. 옛날에 근처의 너도밤나무 열매를 쪼아 먹으러 온 비둘기들에 의해 씨가 뿌려졌을 거라고 상상하는 사람도 있다. 나무를 쪼개면 불꽃처럼 타오르는 은빛 나뭇결이 정말 볼 만하다.

　그 외에 참피나무나 자작나무, 팽나무 등이 무성한데, 다 자란 팽나무는 오직 한 그루밖에 보이지 않는다. 그리고 숲 한가운데에는 높은 돛대와 같은 소나무와 폰데로사소나무, 좀처럼 보기 힘든 완벽한 솔송나무가 한 그루씩 마치 탑처럼 우뚝 솟아 있다. 그 밖에도 예를 들자면 많다. 이러한 것이야말로 계절을 불문하고 내가 늘 참배해오던 신전이었다.

　하루는 우연히 둥근 무지개 옆에 섰다. 무지개는 낮은 대기층을 가득 채우면서 주위의 초목을 물들이고 있었다. 나는 색깔 있는 수정알을 통해 바라보고 있는 듯한 눈부심을 느꼈다. 그것은 무지갯빛의 호수이고, 그 속에서 나는 잠시 돌고래가 되었다. 무지개가 오래 지속되었다면 나의 일과 생활에 흥취를 더해주었을 것이다. 철둑길을 걸어가면서 나는 내 그림자 주위에 빛무리가 지는 것을 보고 이상히 여겨, 혹 내가 신에게 선택된 자가 아닐까 자만해보기도 했다.

　나를 찾아왔던 한 남자의 말로는, 뒤에서 보는 아일랜드인들의 그림자에는 그런 무리 같은 게 지지 않았던 모양으로, 이러한 영예를 안을 수 있는 것은 오로지 토착민뿐이라고 한다. 그러고 보니 벤베누토 첼리니[3]가 회고록에 이렇게 쓰고 있다. 성 안젤로 성에 유폐되었을 당시 무시무시한 꿈이나 환영 같은 것을 보고 난 후 이탈리아에서도 프랑스에서도 찬란한 빛이 아침저녁으로 그의 그림자 머리 위에 나타나게 되고, 풀이 이슬에 젖어 있을 때엔 특히 두드러졌다고 한다. 이것은 아마도 앞서 언급한 현상과 같은 것이라 생각되는데, 나의 경우에도 역시 아침 나절에 특히 뚜렷하게 보였으며, 다른 시간대에도—달이 빛나는 밤에도—나타났던 것이다. 흔한 현상이기는 하지만 눈치채는 사람은 적기 때문에 첼리니처럼 상상력이 풍부한 자에게 있어선 미신의 토대가 될 수도 있었을 것이다. 게다가 그는 이 사실을 거의 아무에게도 털어놓지 않았다고 쓰고 있다. 그러나 자신이 주목받고 있다고 의식하는 인간은 그것만으로도 선택된 인간이라 할 수 있지 않을까?

어느 날 오후, 빈곤해진 식품 저장고를 보충하기 위해 숲을 지나 페어 헤븐으로 낚시를 하러 갔다. 길은 플레전트 들판을 가로지르고 있었는데, 그곳은 후에 한 시인이 다음과 같이 노래한 그 조용하고 한적한 땅, 베이커 농장의 부속지였다.

"너의 문 앞은 즐거운 들판.
이끼 낀 과실수가
붉은 빛을 띤 작은 시내와 토지를 서로 나누어갖는 곳.
쭈르르 달려가는 사향쥐와

---

3)_ Benvenuto Cellini(1500~1577). 이탈리아 르네상스기의 조각가, 금속세공가, 작가.

화살처럼 헤엄치며 돌아다니는 팔팔한 송어가

이곳을 지키고 있다."[4]

나는 월든으로 가기 전 그곳에서 살아볼 생각을 한 적이 있었다. 나는 사과를 슬쩍 실례하고, 작은 시내를 뛰어넘어 사향쥐나 송어를 두려움에 떨게 하면서 걸어갔다. 집을 나왔을 때는 이미 오후도 중반을 지나고 있었는데, 이것은 한없이 꼬리를 물고 사건이 일어날 것 같은, 사람의 일생에도 필적할 만한 길고 긴 어느 오후의 일이었다. 도중에 소나기를 만나 어쩔 수 없이 반 시간쯤 층층이 겹친 소나무 가지 밑으로 들어가 손수건을 머리에 놓고 비를 피했다.

얼마 후 허리까지 물에 잠기면서 수초 너머로 낚싯줄을 힘껏 던지자, 돌연 시커먼 그늘이 나를 감싸더니 천둥소리가 맹렬하게 울려 퍼지는 것이다. 나로서는 그저 황송하게 귀를 기울일 수밖에 없었다. 무기라곤 화살촉 하나 없는 이 가련한 낚시꾼을 패주시키는 데 이렇게 무서운 번개 창을 내리꽂을 줄이야. 신들도 필시 부아가 끓어오르는 것이리라 생각했다. 그래서 나는 정신 없이 제일 가까운 오두막으로 피신했는데, 그 오두막은 어느 길에서도 반 마일쯤 떨어져 있었으며, 그만큼 호수에 가깝고 오랫동안 빈 집으로 남아 있었던 것이다.

"여기에 시인은 집을 지었다네,

아주 먼 옛날에.

---

4)_William Ellery Channing의 시 〈Baker Farm〉을 소로가 약간 바꾸어 쓴 것.

보라, 황폐해질 대로 황폐해진

작은 오두막을."[5]

   뮤즈의 노래에는 이렇게 되어 있다. 그런데 막상 들어가보니 지금은 존 필드라는 아일랜드인과 그의 아내, 그리고 아이들이 살고 있었다. 제일 큰 아이는 얼굴이 큼지막했는데 부친의 일을 돕다가 때마침 내리는 비를 피해 늪지에서 아버지와 함께 집으로 뛰어오던 참이었다. 막내는 주름진 얼굴에 마귀할멈같이 머리가 뾰족한 아기였다. 마치 어느 귀족 집 거실이라도 되는 양 도도한 자세로 아버지 무릎 위에 앉아 비에 젖어 기아가 닥쳐오고 있는 집안에서, 아기의 특권이라고나 할까, 낯선 손님을 수상쩍은 눈으로 빤히 쳐다보고 있었다. 사실은 존 필드의 배고픈 개구쟁이가 아니라 어느 귀족의 자손이며 세상의 희망과 주목을 한 몸에 받고 있지만 정작 본인은 아직 아무것도 눈치채지 못하고 있다는 듯한 모습이었다.
   창밖에 소나기와 천둥이 고함을 지르는 사이, 우리는 지붕 밑 비가 새지 않는 곳에 함께 앉아 있었다. 오래 전, 이 가족을 미국으로 실어온 배가 건조되기도 전에 나는 곧잘 그곳에 앉아 있곤 했다. 존 필드는 성실하고 정직한 일꾼이었지만 아무리 보아도 기개가 없는 남자였다. 또 그의 아내는 큰 난로가 놓여 있는 한 구석에서 저녁을 만들려고 하루하루 분투하고 있었다. 기름기 도는 둥근 얼굴에 앞가슴이 벌어진 이 여자는 언젠가는 살림이 좀 나아지겠지 하는 희망을 아직 버리지 않고 있었다. 한쪽 손엔 항상 대걸레를 쥐고 있었는데 그 효과는 어디에도 눈에 띄지 않는다. 병아리들도 비를

---

5)_출전은 역주 4)와 같음.

피해 이곳에 피신하고 있었다. 제 집인 양 건방지게 방 안을 돌아다니는 그 모습은 너무나도 사람과 흡사해 통째로 구워먹지도 못할 것 같았다. 병아리 들은 멈춰 서서 나의 눈을 들여다보기도 하고 의미 있는 듯이 나의 구두를 콕콕 쪼기도 했다.

그 사이에도 주인은 나에게 자신의 신상 이야기를 들려주었다. 자신이 부 근의 어떤 농부를 위해서 진흙탕에 빠져 필사적으로 일을 하고 있다는 것, 1 에이커당 10달러로 쟁기나 늪지용 괭이를 사용해 초지를 경작하고 그 토지 를 1년간 비료를 붙여 사용을 허락받고 있다는 것, 그 얼굴이 큼지막한 아들 은 아버지가 얼마나 수지가 맞지 않는 일을 하고 있는지도 모르고 자신 곁 에서 희희낙락 일을 돕고 있다는 것 등이다.

나는 내 경험이 그에게 도움이 될지도 모른다고 생각해 다음과 같은 이야 기를 해주었다. 나는 당신 가까이에 살고 있고, 이런 곳에 낚시를 하러 와 있어 할 일 없이 빈둥빈둥 노는 놈으로 보일지도 모르나 이래봬도 자네처럼 어엿이 자신의 힘으로 생계를 꾸리고 있다. 나는 튼튼하고 밝고 깨끗한 집 에 살고 있다. 그것은 자네의 오두막처럼 허름한 집의 1년 집세와 거의 같은 비용으로 지은 것이다. 당신도 마음만 먹으면 한두 달 안에 자신의 궁전을 만들 수 있을 것이다.

나는 차나 커피, 우유도 마시지 않고 버터와 고기도 먹지 않으니 그러한 것을 사기 위해 일할 필요는 없다. 또 별로 일하지 않으니까 그다지 먹을 필 요도 없고, 따라서 식비는 많이 들지 않는다. 그런데 당신은 처음부터 차나 커피, 버터, 우유, 쇠고기 등을 먹고 마시고 있기 때문에 그것들을 사기 위 해서는 필사적으로 일할 수밖에 없고, 필사적으로 일하면 체력의 소모를 보 충하기 위해 필사적으로 먹지 않으면 안 된다—라는 식으로 결국 사태는 조 금도 호전되지 않을 뿐만 아니라 도리어 나빠지기만 하는 게 아닌가. 만족하는 법이 없는데다 목숨마저 닳게 하고 있는 것이니. 그럼에도 불구하고 자네는 매일 차나 커피, 고기가 손에 들어온다고 해 미국에 와서 득을 보았다고 믿고 있는 것 같다. 그런데 진정한 미국이란 그런 것 없이도 살아갈 수 있는 생활양식을 자유롭게 탐구할 수 있는 나라이고, 그러한 것을 소비하는 것에 의해 직·간접적으로 생기는 노예제도나 전쟁, 그 밖의 여분의 출자 등에 찬동할 것을 국민에게 강요하지 않는 나라인 것이다…….

나는 일부러 그를 철학자나, 혹은 그렇게 되고 싶어하는 인간으로 간주하고 이야기를 한 것이었다. 지구상의 여러 초지가 개간되지 않은 채로 남겨지고, 또 그것이 스스로를 구제하려는 인류의 노력의 결과라면 나에겐 기쁘기 그지없는 일이다. 사람은 자기 자신을 경작하려면 어떻게 해야 좋은가를 발견하기 위해 일부러 역사를 공부할 필요는 없다. 그런데 한심하게도 아일랜드인의 정신을 경작하는 것은 도덕적인 늪지용 괭이를 휘두르며 맞서지 않으면 안 될 어려운 사업인 것이다!

나는 그에게 말해주었다. 당신은 늪지 개간에 무턱대고 힘을 쓰기 때문에 두꺼운 장화나 질긴 의복이 필요해지는 것이다. 하나 그것은 곧 진흙 범벅이 되고 닳아 떨어지고 만다. 나는 얄팍한 옷에 가벼운 구두를 신고 있다. 당신은 내가 고급 신사복이라도 걸치고 있는 줄 알지만 사실 당신 의복비의 반도 들이지 않았다. 나로 말하자면 마음만 먹으면 한두 시간 정도로 별 어려움 없이, 그리고 즐기면서 이틀분의 물고기를 낚을 수가 있다. 일주일분의 생활비를 버는 것도 가능하다. 당신과 가족들이 검소한 생활을 할 생각만 있다면 여름에는 놀러가는 기분으로 허클베리를 따러갈 수도 있을 것이다.

내가 이렇게 말하자 존은 깊은 한숨을 내쉬고 안주인은 허리에 손을 얹은 채 눈을 크게 떴다. 두 사람 모두 과연 그런 생활을 시작할 만한 자금이 있을까, 혹은 그것을 이루어낼 계산 능력이 있을까 하고 궁리하는 모습이었다. 그들 입장에서 보면 그것은 추측항법으로 항해하는 것과 같은 것이고, 어떻게 하면 목적지인 항구에 닿을 수 있는지 전혀 짐작도 가지 않을 게다. 따라서 지금도 그들은 나름대로 용감하게 인생에 맞서서 필사적으로 투쟁을 하고 있는 것일 텐데, 인생이라는 거대한 대열에 보기 좋게 쐐기를 콱 박아 무찔러낼 기량은 없고, 마치 엉겅퀴라도 다루는 듯이 인생을 적당히 취급하려고 생각하는 것일 게다. 그들의 싸움에는 도무지 승산이 없다. 슬프게도 존 필드는 계산 능력도 없이 살기 때문에 실패하고 있는 것이다.

"낚시를 하는 일은?" 하고 나는 물어보았다.

"예, 하고 있어요. 일을 쉴 때 가끔 낚시를 하러 나가곤 하죠. 농어가 꽤 잡히더군요."

"미끼는 무엇을?"

"지렁이로 샤이너를 낚고, 그놈으로 또 농어를 낚지요."

"지금 갔다오면 어때요, 여보?"

부인이 기대에 찬 눈을 반짝이며 말했다. 그러나 존은 머뭇거리고 있었다.

드디어 소나기가 멈추고 동쪽 숲 위에 걸린 무지개가 저녁엔 맑게 갤 것을 약속하고 있었기 때문에 나는 자리를 뜨기로 했다. 밖으로 나갔을 때, 이 집을 관찰하는 일의 마무리로써 우물 밑을 엿보고 싶어져 물을 한 잔 요청했다. 그런데 놀랍게도 우물물은 거의 메말라 유사(流砂)처럼 모래가 드러나 있고, 더구나 밧줄마저 끊어져 물통은 떨어진 채로 있었다.

이럭저럭 하는 동안 그들은 적당한 용기를 찾아왔다. 물을 끓여놓았는지 둘은 무언가를 서로 상의한 후 가까스로 목말라 하는 나의 손에 물을 건네주었다. 물은 아직 다 식지도 않았고 깨끗하지도 않았다. 이런 죽 같은 물로 생명을 지탱하고 있다니. 나는 눈을 감고 그릇을 잘 흔들어 바닥의 쓰레기를 한쪽으로 밀어버린 후, 성의가 담긴 대접에 감사하면서 완전히 잔을 비웠다. 이처럼 예의가 중요한 경우에는 까다롭게 굴지 않는 게 내 방식이다.

비가 갠 후, 아일랜드인의 집을 뒤로하고 다시 한 번 호수 쪽으로 발길을 돌렸을 때, 인가에서 멀리 떨어진 초지와 진흙탕, 늪지의 구멍이나 쓸쓸한 황무지를 지나 황급히 강꼬치고기를 낚으러 가는 내 모습이 대학까지 나왔다는 인간이 하기에는 너무나 시시한 일이 아닌가 하는 생각이 순간 머리를 스쳤다. 하지만 어깨너머로 무지개를 돌아보고, 깨끗이 씻긴 대기를 통해 어디선가 실려오는 어렴풋한 종소리를 들으면서 붉은 노을빛으로 물든 서쪽을 향해 언덕을 뛰어내려갔을 때, 나의 수호신이 이렇게 말하고 있는 듯이 느껴졌다.

날마다 멀리, 넓은 곳으로 낚시와 사냥을 나가라—더 멀리 더 넓은 곳으로—또 주저 말고 여기저기의 작은 시냇가, 난롯가에서 휴식을 취하라. 네 젊은 날에 너의 창조주를 기억하라.[6] 동이 트기 전에 마음의 번민을 버리고 일어나 모험을 찾아나서라. 정오에는 어딘가 가까운 호숫가에 있어라. 밤이 오면 어디에 있든 내 집처럼 편히 쉬어라. 여기에 있는 들처럼 넓은 들은 없고, 여기서 하는 놀이만큼 가치 있는 놀이는 없는 것이다. 너의 본성을 좇아 야성적이 되어라, 절대 영국 건초[7]가 되지 않는 사초나 지푸라기처럼. 천둥은 울리도록 놔두어라. 설사 그것이 농부의 작물에 피해를 준다 해도 뭐 그리 대수인가? 천둥이 너에게 전하려는 것은 그런 것이 아니다. 농부들이 짐수레나 지붕 밑으로 도망쳐버린다면 너는 그 구름 밑으로 몸을 숨겨라. 생계를 유지하기 위한 장사라 생각지 말고 도리어 그것을 놀이로 삼아라. 대지를 즐겨라, 그러나 소유는 하지 마라. 사람들은 진취적인 기상과 신념이

---

6)_《구약성서》 전도서 12:1에서.
7)_가축용 사료로 수입해 재배하고 있던 풀.

부족하기 때문에 물건을 매매하고 일생을 농노처럼 살아가면서 조금도 진보하지 않는 것이다.

오오, 베이커 농장이여!

"가장 풍요로운 자연의 요소가
더럽혀지지 않은 작은 햇빛과도 같은 풍경."

"너의 울타리를 둘러친 초원에서
술을 퍼마시며 떠들어대는 자는 없다."

"너는 누구와도 논쟁하지 않는다
너는 질문에 고민하는 일도 없다
처음 보았을 때도 역시 온화하고
소박한 검붉은 빛깔의 옷을 걸치고 있었지."

"사람을 사랑하는 자들이여, 오너라
사람을 미워하는 자들이여, 오너라
성스러운 비둘기의 새끼들도
정치범 가이 포크스[8]와 같은 자도
자, 악랄한 음모를 교수형에 처하는 것이다
탄탄한 나무 서까래에서!"[9]

---

8)_Guy Fawkes(1570~1606). 영국의 가톨릭교도. 의회의 폭파를 꾀했다고 해 처형됨.

9)_출전은 역주 4), 5)와 같음.

저녁이 되자 사람들은 가재도구의 달그락대는 소리가 들려오는 자기 집 근처의 밭이나 거리로부터 얌전하게 귀가한다. 그들의 생명은 스스로 뱉어내는 숨을 반복해 호흡하기 때문에 쇠약해져간다. 그들의 그림자는 아침저녁으로 그날의 발걸음보다도 길게 늘어난다. 우리는 매일 멀리서 모험이나 위험, 발견에 찬 여행을 끝내고 새로운 경험과 성격을 몸에 익혀 귀가해야 하는 것이다.

내가 호수에 도착하기 전에, 존 필드는 무슨 충동을 느꼈는지 돌연 마음이 바뀌어서 해가 지기 전인데 '늪지 파기'를 일찌감치 끝내고 찾아왔다. 그렇지만 유감스럽게도 이 남자는 내가 계속해서 물고기를 낚아올리는 사이, 겨우 두 마리만 놀라게 했을 뿐, "아무래도 운이 따르지 않는군" 하며 투덜거리고 있었다. 그래서 배 안의 자리를 바꾸어보았더니, 글쎄 재수란 놈도 자리를 바꿔버리고 말았다. 가엾은 존 필드!—그가 이 책을 읽는 일은 없을 테지만 읽는다면 필시 얻는 점이 있을 것이다—미국이라는 원시적이면서도 새로운 나라에 살면서, 그는 어딘가 오래된 나라에서 전해져 내려오는 방식으로 샤이너로 농어를 낚으려고 하는 것이다(때에 따라선 그것도 좋은 미끼가 된다는 건 나도 인정하지만). 그는 자신의 지평선을 소유하고 있다지만 빈곤함엔 변함이 없고, 나면서부터 빈곤하도록 되어 있는 것이다. 조상 대대로 아일랜드식의 빈곤, 혹은 빈곤한 생활을 이어받아 아담의 할머니 때부터 늪지 인생을 질질 끌며 살아가고 있는 탓에 그도 그의 자손도 이 세상의 역경에서 헤어날 수는 없을 것이다. 늪지를 달리는 물갈퀴 달린 그들의 발이 헤르메스의 날개 돋친 샌들이라도 신지 않는 한.

11th
더 높은 법칙

11_더 높은 법칙

　　　　　날은 완전히 어두워졌고, 나는 잡은 물고기를 실에 꿴 후 땅에 낚싯대를 끌면서 숲속을 빠져나와 오두막으로 향했다. 그때 마모트 한 마리가 몰래 거리를 가로질러가는 것이 눈에 띄었다. 순간 나는 야만스런 기쁨의 기묘한 전율을 느끼고, 그 녀석을 잡아 산 채로 마구 뜯고 싶다는 강한 충동을 느꼈다. 특별히 배가 고팠던 건 아니었고, 단지 그와 같은 야성적인 것에 굶주리고 있었던 것이다.

　내가 호숫가에 살던 때에 한 번인가 두 번, 왠지 모르게 자포자기 비슷한 기분이 들면서 아사 직전에 놓인 사냥개처럼 짐승의 고기라도 걸려들지 않을까 숲속을 헤맨 적이 있었다. 그때였다면 어떤 들짐승의 고기라도 태연하게 먹을 수 있었을 것이다. 지극히 야성적인 광경도 나에겐 형용할 수 없이 깊은 친숙감을 느끼게 하는 것이었다.

　그때나 지금이나 대부분의 사람과 마찬가지로 나는 자신의 내부에 더 높은 이른바 정신적인 생활에로의 본능과 원시적이고 하등한 야만적인 생활에로의 본능을 함께 갖고 있는데, 나는 그 어느 쪽에도 경의를 표하고 싶다. 선량함 못지않게 야성적인 것을 사랑하고 있다. 물고기 낚는 것엔 야성미와 모험이 있기 때문에 지금도 나는 그것을 바람직하게 생각하고 있다. 때로는 하등한 생활 방식에 젖어 하루 종일 동물처럼 지내고 싶다는 생각을 한다.

　내가 자연과 친교를 맺게 된 것은 아마 어렸을 적, 낚시나 사냥을 했기 때문이리라. 낚시와 사냥은 보통 그 나이 또래에서는 좀처럼 친숙하기 힘든 풍경을 만나게 해주며 그 속에 머무르게 한다. 어부나 사냥꾼, 나무꾼 등, 들판이나 숲에서 일생을 보내는 사람들은 어떤 의미에서 보자면 그들 자신이 자연의 일부이기 때문에, 기대감을 품고 자연을 접하는 철학자나 시인보다 더 찬찬이 그것을 관찰하는 데 어울리는 마음가짐을 갖고 있는 것이다. 자연 쪽에서도 그러한 사람들에게는 두려움 없이 자신을 드러낸다.

대초원을 여행하는 자는 스스로 사냥꾼이 되고, 미주리 강이나 컬럼비아 강 상류에서는 덫 사냥꾼, 세인트 메리 폭포에서는 낚시꾼이 된다. 단순히 떠돌기만 하는 자는 사물을 수박 겉핥기식으로 배울 뿐 진정한 권위자는 될 수 없다. 자연 속에서 살아가는 사람들이 이미 체험적, 혹은 본능적으로 알고 있는 것을 과학이 보고할 때 우리는 최대의 흥미를 느낀다. 그것만이 진정한 인문과학, 다시 말해 인간 경험을 기술한 것이기 때문이다.

미국인이 영국인만큼 축일이 없고, 어른이나 아이들도 그다지 놀이를 즐기지 않는다고 해서 오락과는 연이 없는 자들이라고 단정짓는 것은 잘못된 생각이다. 이곳에서는 낚시나 사냥과 같이 혼자서 즐길 수 있는 더 원시적인 오락이 아직 자리를 양보하지 않고 있을 뿐이다. 나와 같은 세대의 뉴잉글랜드의 남자아이들은 대체로 열 살이나 열네 살 사이에 엽총을 어깨에 멘 것이다. 게다가 사냥터나 낚시터란 것도 영국 귀족의 금렵지처럼 범위가 한정되어 있는 것이 아니라 때로는 원시인의 수렵지 못지않게 끝도 없이 펼쳐져 있었다. 때문에 마을 공터에서 노는 아이들 모습이 그다지 눈에 띄지 않았던 것도 전혀 이상할 게 없는 것이다. 그렇지만 이미 변화의 징조는 나타나고 있다. 휴머니티가 널리 퍼져 있기 때문이 아니라 모두에게 퍼질 만한 사냥감이 없기 때문이다. 동물애호협회 회원을 포함한 여러 인간 중에서 사냥꾼이야말로 동물의 최고의 벗이라 할 수 있을 것이다.

또 호숫가에서 생활하던 시절, 나는 가끔 식사에 물고기를 추가해 변화를 주고 싶다는 생각을 하기도 했다. 실제로 나는 아주 먼 옛날의 낚시꾼과 같은 필요에 의해 낚시를 해왔던 것이다. 그것에 대해 다소의 배려 정신을 주장해본대야 위선이 될 것이고 감정보다는 철학의 문제가 되고 만다. 내가 지금 여기서 낚시만을 화제로 삼고 있는 이유는 날짐승 사냥에 대해서는 옛날부터 다른 생각을 갖고 있었고 숲으로 들어가기 전에 총을 팔아버렸기 때문이다. 나는 자신이 다른 사람보다 동물 애호정신이 부족하다고는 생각지 않지만, 낚시에 관해서는 그다지 감정이 동요되지 않았다는 게 솔직한 마음이다. 물고기나 곤충은 불쌍하다는 생각이 들지 않았다. 이것은 습관인 것이다.

날짐승 사냥에 관해 말하자면, 총을 가지고 있던 마지막 몇 년 동안 조류학 연구를 구실로 신종이나 혹은 진기한 새만을 찾아 돌아다녔던 것이다. 그렇지만 사실 지금은 그것보다 월등히 뛰어난 조류학 연구방법이 있다는 것을 알게 되었다. 그것은 새들의 습성을 관찰하는 것으로 치밀함을 필요로 하는 방법이고, 그 점만으로도 나는 기꺼이 총을 내려놓기로 한 것이다.

하지만 인도적인 견지에서 반대론이 있다 해도 사냥만큼 가치 있는 야외놀이가 달리 있을까 싶다. 그래서 한 친구가 걱정스러운 듯이 아들에게 사냥을 시켜야 하는지 물어왔을 때, 나는 자신이 받은 교육 중에서 그것이 특히 많은 도움이 되었던 것을 떠올리고 이렇게 대답한 것이다. "꼭 사냥을 시키게나. 처음에는 단순한 놀이로 시작해서, 가능하다면 나중엔 위대한 사냥꾼이라는 소릴 들을 수 있도록. 이 부근의, 아니 녹음이 우거진 어느 황야에 있든 그들에게 어울릴 큰 사냥감은 발견되지 않는다고 한 사냥꾼―즉 인간을 낚는 어부이자 사냥꾼으로 말이야.[1] 그 점에 있어선 나도 초서의 '〈캔터베리 이야기〉에 나오는' 여수도원장의 의견에 찬성이라고.

---

1)_《신약성서》 마가복음 1:17. "예수께서 가라사대, 나를 따라오너라. 내가 너희로 사람을 낚는 어부가 되게 하리라"에서.

"사냥을 하는 자들은 성자가 될 수 없다는

규정 따윈 털 뽑힌 암탉만큼도 신경 쓰지 않는다."[2]

인류의 역사와 마찬가지로 개인의 역사에 있어서도 알곤킨족[3]이 말하는
사냥꾼이야말로 최고의 인간이라는 말이 들어맞는 시기가 있는 거라네. 한
번도 총을 쏜 적이 없는 남자아이라니, 가련하기 짝이 없지. 교육이 한심할
정도로 소홀해진 아이에게 동물 애호정신 같은 게 자라날 턱이 있는가."

이상이 사냥에 열중하고 있는 젊은이들 문제에 대한 나의 답이었다. 그들
이 얼마 후 그 시기를 졸업한다는 믿음 위에 이렇게 대답한 것이다. 일단 사
려가 부족한 소년 시대가 지나면 분별력 있는 인간은 자신과 같은 생존권을
지닌 동물들을 닥치는 대로 죽이는 그런 짓은 하지 않을 것이다. 작은 토끼
도 궁지에 몰리면 사람의 아이와 똑같은 울음소리를 낸다. 지상의 어머니들
에게 경고해두자. 나의 동정심은 여느 박애주의자처럼 인간에게만 향해 있
는 것이 아니다.

이렇게 해서 소년은 숲과 가장 근원적인 자기를 처음으로 대면하는 것이
다. 처음에는 단지 사냥꾼이나 낚시꾼으로서 숲을 찾지만, 만약 그가 내부
에 더 좋은 인생의 종자를 품고 있다면 이윽고 시인이나 박물학자로서의 자
기 본연의 목적을 발견하고 엽총과 낚싯대를 버리게 될 것이다. 이 점에 관
해서 사람들은 지금도, 아니 그 어느 시대에도 완전한 어른은 되지 못한다.
어떤 나라에서는 목사가 사냥하는 것조차 낯설지 않은 광경이 되고 있다.

---

2)_초서의 〈캔터베리 이야기〉의 '프롤로그' (178쪽 9행)에서. 단 원작에서 이것은 '수녀'가 아니라
'수도승'에 관해 한 말.
3)_캐나다의 오타와 강 유역 및 퀘벡 지방에 사는 인디언.

그러한 자들은 좋은 양치기 개는 될 수 있어도 결코 '선한 목자'[4]는 될 수 없을 것이다. 벌목이나 얼음 잘라내기, 혹은 그것과 비슷한 일은 그렇다 치고 내가 아는 한, 한 사람의 예외를 제외하면, 이 마을의 어른이든 아이든 어쨌든 사람들을 온전히 반나절 동안 월든 호에 묶어두게 할 수 있는 일은 아무리 보아도 물고기 낚기 정도밖에 없다는 것을 생각하면 그저 안타까울 따름이다. 사람들은 조용히 호수를 바라볼 수 있는 은혜를 부여받았으면서도 어람 한 가득 물고기가 잡히지 않으면 재수가 없다, 일부러 찾아온 보람이 없다, 하며 불평만을 늘어놓는다. 낚싯밥이 호수 밑에 가라앉고 그들의 목적이 투명하게 순화되기까지, 사람들은 수천 번도 더 호수에 발을 옮겨야 할 것이다. 그러나 어쨌든 이러한 정화작용이 끊임없이 일어나고 있는 것은 분명하다.

주지사나 그 고문관들은 어릴 적 낚시를 해본 일이 있기 때문에 이 호수를 어렴풋이 기억하고 있다. 그런데 지금은 나이를 먹고 너무 위대해져서 낚시를 하러 갈 수 없게 되었고 이제 영원히 이 호수를 기억할 수 없게 된 것이다. 그럼에도 불구하고 언젠가는 자신도 천국에 갈 수 있다고 생각하고 있다. 의회가 이 호수를 주목하는 이유는 주로 거기에서 사용되는 낚싯바늘의 수를 규제하고 싶기 때문이다. 그런데 그들은 의회를 낚싯밥으로 해 호수 그 자체를 낚기 위한 낚싯바늘 중의 낚싯바늘에 대해서는 무엇 하나 알고 있지 않다. 이처럼 미숙한 인간은 설사 문명사회에 살고 있다 해도 이제 겨우 인류 발달사의 수렵 시대를 통과하고 있을 뿐이다.

요즘 들어 낚시를 할 때마다 마음이 다소 흔들리는 걸 자주 느꼈다. 나의

---

4)_《신약성서》요한복음 10:11, '나는 선한 목자라'에서.

경우 낚시는 주특기라 할 수 있으며 많은 이들과 마찬가지로 일종의 본능을 갖고 있어서 때때로 그 본능이 되살아나는 것이다. 그런데 낚시를 한 후에는 반드시 "아아, 하지 말 것을" 하고 후회한다. 이 기분은 틀림없다고 생각한다. 그것은 어렴풋한 징후에 지나지 않지만, 서광도 어렴풋하지 않은가. 나의 내부에는 확실히 하등동물에 속하는 본능이 잠자고 있다. 그런데 특별히 인간미나 지혜가 늘어난 것도 아니면서 해마다 점차 낚시를 하지 않게 된 것이다. 지금 나는 완전히 낚시를 그만둔 상태이다. 하지만 원시림에라도 살게 된다면 다시 본격적으로 낚시나 사냥을 하고 싶어지겠지.

덧붙여 말하자면 물고기라든지 여러 짐승의 고기에는 본질적으로 어딘가 불결한 점이 있다는 것이다. 도대체 집안 일이라는 게 어디서부터 시작되는 것인지, 우리가 돈을 들여 매일 보기 좋게 몸단장을 하거나 집안을 청소해 악취나 더러운 것을 없애지 않으면 안 되는 이유가 무엇인지 나도 이제 알게 되었다. 나는 맛있는 음식을 대접받는 신사임과 동시에 푸줏간 주인, 그릇 닦이, 요리사이기도 했던 것이니 좀처럼 보기 드문 완벽한 경험을 바탕으로 이야기할 수 있는 것이다.

나의 경우 동물의 고기를 피한 실제적인 이유는 그것이 불결했기 때문이다. 또 물고기를 잡아 씻은 후 요리해 먹어도 정말 이쪽의 피와 살이 된다는 생각이 들지 않았다. 그러한 행동은 무의미하기도 하지만 불필요하고 얻는 것보다도 잃는 쪽이 컸다. 대신에 소량의 빵과 감자를 먹고 있으면 수고도 덜고 불결하지도 않거니와 영양분에 있어서도 뒤지지 않는다.

나는 많은 동시대인들과 마찬가지로 오랫동안 동물의 고기나 차, 커피 등을 거의 섭취하지 않았다. 어떤 해가 있다는 것을 알고 있었기 때문이 아니라 나의 생각과 어울리지 않는 면이 있었기 때문이다. 육식에 대한 인간의 혐오감은 경험에 의한 것이 아니라 일종의 본능인 것이다. 나는 조의조식하는 것이 여러모로 훨씬 좋다는 생각을 했다. 그리고 실제 거기까지 이르진 못했다 해도 자신의 상상력을 즐겁게 하는 수준까지는 그러한 생활을 실천했다고 생각한다.

자기의 시적 능력을 최고의 상태로 유지하고 싶다는 사람은 분명 모두 육식이나 과식을 피해왔을 것이다. 커비와 스펜스의 저서[5]에 나와 있는 곤충학자들의 말은 사실 매우 흥미롭다. "성충이 된 곤충 중엔 섭식기관을 가지면서 그것을 사용하지 않는 것이 있다"는 것이다. 또 두 사람이 단언하는 바에 의하면, "이 상태의 곤충 대부분은 일반적으로 유충 상태에 있을 때보다 훨씬 적은 양을 섭취한다. 대식가인 모충이 나비가 되고, 탐욕스런 구더기가 파리가 되면" 겨우 한두 방울의 꿀이나 달콤한 액체로 만족한다고 한다. 나비의 날개 밑 복부는 여전히 유충 시절의 흔적을 남기고 있다. 이것이야말로 식충동물을 유혹함으로써 나비에게 비운을 초래하는 맛있는 부분인 것이다. 대식가란 이른바 유충 상태에 있는 인간을 말한다. 국민 전체가 그러한 상태에 있는 나라도 있는데 그들이 상상력도 없는 국민이라는 것은 그들의 거대한 배를 보면 정확히 알 수 있다.

상상력을 해치지 않는 그런 소박하고 청결한 식사를 준비하는 것은 쉽지 않다. 그러나 육체에 영양분을 준다면 상상력에 대해서도 그렇게 해야 할 것이다. 둘은 함께 같은 식탁에 앉아야 한다. 그것이 불가능하지는 않을 것이다. 과일을 적당히 먹고 있으면 우리는 자신의 식욕을 부끄러워할 필요도 없는 것이고 가장 가치 있는 일을 방해받는 일도 없다. 그런데 요리에 조금

---

5)_William Kirby and William Spence, 《An Introduction to Entomology》(Philadelphia, 1846). 이하는 이 책 258항에서의 인용.

이라도 여분의 향신료를 넣으면 몸에 독이 되는 것이다. 사치스러운 요리를 먹으며 살아가는 것엔 아무 가치가 없다. 육식이든 채식이든 매일 타인이 만들어주는 것과 똑같은 요리를 자신의 손으로 만드는 게 드러났다면 대부분의 사람들은 부끄럽게 생각할 것이다. 그렇지만 식생활이 바뀌지 않는 한 우리는 문명인이라 할 수가 없고, 신사숙녀는 될지언정 진정한 남자나 여자는 될 수 없는 것이다. 따라서 우리가 어떻게 변해야 할 것인가는 저절로 자명해진다.

상상력이 고기나 지방과 조화를 이루지 않는 이유를 묻는 것은 소용없는 일일 것이다. 나는 조화를 이루지 못한다고 확신하고 있다. 인간이 육식동물인 것은 하나의 치욕이 아닐까? 사실 인간은 대부분의 경우 다른 동물을 잡아먹는 것으로 살아갈 수가 있고, 또 현재 그렇게 하며 살고 있다. 그러나 이것이 비참한 삶의 방식이라는 것은 덫을 놓아 토끼를 잡거나 새끼 양을 도살하는 자라면 누구나 깨달을 것이다. 따라서 장래 인간에게 더 죄가 없는 건강한 음식만을 먹도록 가르치는 자가 나타난다면, 그는 바로 인류의 은인으로 모셔지게 될 것이다. 나 자신의 식습관은 그렇다 치고, 인류는 진보함에 따라 육식 섭취를 그만둘 운명에 있다는 것을 믿어 의심치 않는다. 바로 야만족들이 문명인과 접촉 후 서로를 잡아먹는 습관을 그만둔 것처럼.

내적인 정신이 발하는 어렴풋한 그리고 끊임없는 경고(이것이 바로 진실을 고하는 목소리다)에 귀를 기울인다 해도 사람은 이 정신이 자신을 얼마나 극단적인 방향으로─심지어 광기에까지─인도하게 되는지 짐작도 할 수 없다. 그래도 인간은 결의와 신념을 굳힘에 따라 그쪽 방향으로 나아가게 되는 것이다. 한 건강한 인간이 아주 어렴풋하기는 하지만 꼭 이의를 제기해야 한다고 느낀다면, 그것은 바로 인류의 논리와 습관과 싸워 이기는 게 될 것이다. 자신의 길을 벗어나는 곳까지 내적인 정신의 목소리를 따라간 자는 일찍이 한 사람도 없다. 그런 짓을 하면 몸이 쇠약해져버릴지 모르지만 설사 그렇다 해도 한탄스러운 결과로 끝났다고는 할 수 없을 것이다. 그것은 더 높은 원칙을 따라 살아간 결과이니.

여러분이 만약 낮과 밤을 기쁨으로 맞을 수 있고, 그 생활이 꽃이나 풀처럼 그윽한 향기를 발하며 더 유연해진다면, 그리고 밤하늘의 별처럼 빛나며 한층 더 불멸의 것에 가까워졌다고 느낀다면 그것이야말로 다름 아닌 여러분의 성공인 것이다. 온 자연은 너나할 것 없이 여러분을 축복하고, 또 여러분은 점점 더 스스로를 축복하는 이유를 갖게 될 것이다.

최대의 이익과 가치는 오히려 가장 인식하기 힘든 것이다. 우리는 그러한 것이 존재하는지조차 의심하기가 쉽다. 혹은 바로 잊어버리고 만다. 그러나 사실은 그것이야말로 최고의 현실인 것이다. 아마 가장 경탄할 만한, 가장 현실적인 사실은 결코 이 사람에게서 저 사람으로 전해지는 일이 없을 것이다. 나의 일상생활이 가져다주는 진정한 수확은 아침이나 저녁의 빛깔과 마찬가지로 만질 수도, 언어로 표현할 수도 없다. 그것은 손에 쥔 작은 별 조각, 휙 낚아챈 무지개 한 조각이다.

그렇다고 해서 나 자신이 유별나게 까다로운 생활을 하고 있었던 것은 아니다. 나는 필요하다면 쥐고기를 보고도 입맛을 다실 수 있는 것이다. 나는 아편 중독자의 천국보다는 자연 속의 하늘이 더 마음에 들며, 이와 똑같은 이유로 오랫동안 물을 마셔왔다는 것을 기뻐하고 있다. 나는 항상 맨정신으로 있고 싶은 것이다. 취하는 방식에는 무수한 단계가 있다. 나의 생각으로는 물이야말로 현자에게 어울리는 유일한 음료수다. 와인이라는 것은 그다지 고상한 음료수라고 할 수 없다. 하물며 한 잔의 뜨거운 커피로 아침의 희망을, 한 잔의 홍차로 밤의 희망을 산산조각 부숴버리는 것을 생각해보라! 아아, 그러한 것에 유혹받을 때 나는 얼마나 타락해 있는 것일까!

음악조차 사람을 취하게 하는 일이 있다. 이처럼 하잘것없는 것이 그리스와 로마를 멸망시킨 것이고, 이윽고 영국, 미국도 멸망시킬 것이다. 도대체 취기를 느끼게 하는 그 어떤 것보다도 자신이 호흡하고 있는 공기에 취하는 것이 제일 좋다고 생각하지 않는 인간이 있을까? 심한 육체노동을 오래 지속한 후에는 먹고 마시는 것도 격해지기 때문에 나는 그러한 노동은 반드시 그만둬야 한다고 생각하게 되었다.

사실 나는 최근 이러한 점에 별로 까다롭게 굴지 않게 되었다. 식탁에 종교를 도입하는 일도 적어졌고 식전 기도를 올리는 일도 없다. 이는 내가 전보다 현명해졌기 때문이 아니라, 고백하자면 한심한 일이긴 하지만, 나이를 먹어감에 따라 조잡해지고 무신경해졌기 때문이다. 아마 이러한 문제는 시와 마찬가지로(대부분의 사람들은 이렇게 믿고 있다) 젊은 시절에만 우리의 관심을 불러일으킬 것이다. 나의 식습관은 어디에도 없지만, 그래도 나의 의견은 여기에 있다는 것이다. 베다에는 "세상에 보편적으로 지고한 존재에 대해서 진정한 신앙을 품는 자는 무엇을 먹어도 상관없다."[6] 즉 무엇을 먹고 누가 요리했는가 하는 문제를 시시콜콜 천착할 필요가 없다고 하는데, 나는 결코 자신이 그 같은 특권을 가진 인간이라고 생각하는 건 아니다. 또 설사 그러한 특권을 가진 사람이라도 어떤 인도인 주석자가 말하고 있는 것처럼 특권을 '고난의 때'에 한정된다고 하는 것에 주목해야 한다.

식욕과는 상관없이 먹은 음식에서 이루 말할 수 없는 만족감을 얻지 못하는 자가 있을까? 나는 미각이라는 저속한 감각 덕분에 어떤 정신적인 지각

---

6)_Raja Rammohun Roy. 《Translation of the Vedas》(London, 1832. p21).

을 얻은 것, 미각을 통해서 영감을 얻은 것, 한 언덕의 중턱에서 먹은 딸기가 나의 내적인 정신을 함양해주었다는 것 등을 생각하면 하늘로 솟을 만큼 기뻐지곤 했다. "마음이 여기에 있지 않으면, 보아도 보이지 않고, 들어도 들리지 않고, 먹어도 그 맛을 모른다"[7]라고 증자는 말하고 있다. 자기 음식의 진정한 풍미를 아는 자는 결코 대식가가 되지 않는 것이다. 풍미를 모르는 자라면 그렇게 되지 않을 수 없다.

시의원이 거북 요리를 덥석 물 때와 다르지 않은 저속한 식욕에 부추겨져서, 청교도도 흑빵의 껍데기에 달려들게 될 것이다. 입에 들어가는 음식이 사람을 더럽히는 것이 아니라 먹을 때의 식욕이 사람을 더럽히는 것이다.[8] 음식의 질이나 양이 아니라 관능적인 풍미에 포로가 돼버리는 것이 문제인 것이다. 음식이 우리의 동물적인 생명을 지탱하거나 정신적인 생명에 힘을 불어넣는 것이 되지 못하고, 우리를 파먹는 구더기의 양식이 돼버리는 것이 문제인 것이다.

사냥꾼들이 사향쥐나 진흙거북 같은 야생동물의 고기에 입맛을 다시는가 하면, 고상한 귀부인은 송아지 발로 만든 젤리에다 외국에서 수입해온 정어리에 눈이 뒤집어지는 꼴이니, 땅 속의 너구리와 다를 게 뭐가 있겠나. 그는 물레방앗간이 있는 호수로, 그녀는 보존용 항아리로 발이 향하는 것이다. 이상하기 짝이 없는 것은 그러한 사람들이, 그리고 또 여러분과 내가 이 불결하고 야만적인 짓을 태연하게 저지르고 있다는 것이다.

우리의 일생은 놀라우리만큼 도덕적이다. 선과 악의 사이에는 순간의 휴

---

7)_〈대학〉 제7장에서.

8)_《신약성서》 마태복음 15:18. "입에서 나오는 것들은 마음에서 나오나니. 이것이야말로 사람을 더럽게 하느니라"에서.

전도 없다. 선행이야말로 결코 손해를 보는 일 없는 유일한 투자인 것이다. 온 세상을 쓰다듬는 하프와 같은 바람의 음률에 귀를 기울이면서 감동하는 것은 이러한 사실이 중요해지고 있기 때문이다. 하프의 음률은 보험에 들 것을 권유하며 돌아다니는 우주보험회사의 직원이며, 우리는 보험료로 몇 푼 안 되는 선행을 지불하면 그만이다. 젊은이들은 얼마 안 가 무관심해지 겠지만 우주의 법칙은 절대 무관심해지는 법 없이 늘 감수성이 풍부한 자 편에 서 있다. 산들바람이 부는 것에 귀를 기울이고 훈계의 말을 듣는 것이 좋다. 그 말은 반드시 들려올 것이다. 들리지 않는 자는 불행하다. 한 줄의 현에 스치는 것만으로도, 거문고 줄 괘목을 살짝 움직이는 것만으로도 매력 적인 교훈이 우리의 가슴을 찌른다. 귀가 째질 듯한 소음도 한 발작 뒤로 물 러서면 우리네 저열함을 자랑스러운 듯이, 또 부드럽게 풍자하는 음악처럼 들린다.

인간의 내면에는 고차원의 본성이 잠이 들면 서서히 눈을 뜨는 한 마리 동물이 자리잡고 있다. 그것은 파충류적이기도 하거니와 육욕적이기도 해 서 아마 완전히 쫓아낼 수는 없을 것이다. 말하자면 건강한 우리의 몸에 기 생하고 있는 구더기, 즉 기생충과 같은 것이다.

그놈으로부터 몸을 뺄 수 있을지는 모르나 절대 그 본성까지 바꿀 수는 없을 것이다. 곤란하게도 그놈은 그 자신 고유의 건강을 구가하고 있기 때 문에 인간이 아무리 건장해진다 해도 순수해지는 것은 불가능할지 모른다. 언젠가 하얗고 튼튼한 이빨과 어금니가 붙은 멧돼지의 아래턱을 주운 일이 있는데, 그것은 정신적인 것과는 다른 동물적인 건강과 활력이 존재하는 것 을 말해주고 있었다. 이 동물은 절제나 순결과는 다른 방법으로 훌륭하게 살고 있었던 것이다. "인간이 금수와 다른 점은 극히 얼마 안 된다. 범인은 곧바로 그것을 잃고 군자는 그것을 소중하게 간직한다"[9]고 맹자는 말하고 있다.

우리가 순수한 인간이 되었을 때 과연 어떠한 생활이 기다리고 있을까? 순수함이란 어떤 것인가를 가르쳐줄 현인이 있다면 나는 지금 당장에라도 찾으러 나가련다. "정신적으로 신에게 다가가기 위해서는 온갖 욕망과 육체의 외적인 감각을 통제하고 선행을 쌓는 것이 필요하다"고 베다는 가르치고 있다.[10] 정신은 지금 육체의 여러 부분과 기능에 침투해 그것을 지배하고, 형태에 있어서 가장 저속한 육체적인 욕망을 순결과 신앙으로 바꾸는 힘을 갖고 있다.

생식력도 우리가 칠칠치 못하면 공연히 인간을 소모시키고 불결하게 하지만, 절제를 지키고 있으면 활력과 영감을 부여해준다. 순결이란 인간의 개화이다. 천재성, 용기, 성스러움이라 불리는 것은 바로 이에 의해 맺어지는 다양한 과실이다. 순결한 수로가 열리면 인간은 즉시 신을 향해 흘러간다. 우리가 순수하다면 그것은 영감의 바탕이 되고, 불순하다면 그것이 우리를 때려눕힌다.

자신의 내부에서 날마다 동물성이 사멸하고 그 자리에 서서히 신성함이 자리잡고 있음을 확신할 수 있는 인간은 행복하다. 자신이 천하고 야비한 본성과 결탁하고 있다는 걸 부끄럽게 여기지 않는 인간은 없을 것이다. 우리는 파우누스나 사티로스[11]와 같은 신, 아니 반인반수, 즉 동물과 합체한 신

---

9)_〈맹자〉, 〈이루(離婁)〉19.

10)_Raja Rammohun Roy의 전게서 21항.

11)_파우누스는 〈로마 신화〉에서 인간의 몸과 염소의 하반신을 가진 뿔이 난 숲의 신. 사티로스는 〈그리스 신화〉에서 주신인 디오니소스를 따르는 반인반수의 쾌락을 좇는 산과 들의 요정. 양자는 거의 같은 것.

이나 욕망의 노예에 지나지 않고, 우리의 생활 자체가 어느 정도 치욕으로 뒤덮여 있는 게 아닐까 하는 생각을 해본다.

> "얼마나 다행인가, 자신의 동물성에 적당한 거처를 부여하고,
> 정신의 숲을 개척한 자는!
> ……
> 자신의 말과 양, 늑대 등 여러 짐승을 길들이고,
> 그 외 모든 것에 대해서 스스로 노새가 되지 않는 자는!
> 그렇지 않다면 인간은 단순한 돼지치기가 아니라,
> 돼지를 광기와 파멸로 몰아넣은
> 그 악마와 다를 바 없다."[12]

여러 육체적인 욕망은 갖가지 형태를 띠고 있지만 결국은 단 하나이다. 온갖 순수함도 하나이다. 먹든 마시든 동거하든 잠을 자든 육체적인 욕망에 사로잡혀 있는 한, 인간은 똑같은 일을 하고 있는 것이다. 그것들은 단지 하나의 욕망에 지나지 않는다. 때문에 어떤 자가 얼마나 욕망에 사로잡혀 있는가를 알고 싶다면 그 중 하나의 행위를 보는 것만으로 충분하다. 불순한 인간은 순수함 위에 설 수도 앉을 수도 없다. 파충류는 땅굴 한쪽 입구를 막으면 다른 구멍으로 나타난다. 순수하고 싶으면 절제를 하지 않으면 안 된다. 순수함이란 무엇일까? 자신이 순수한지 아닌지는 어떻게 하면 알 수 있

---

12)_John Donne(1572~1631)의 시 〈To Sir Edward Herbert at Julyers〉에서. "돼지들을 광기와 파멸로 내몰았다"는 대목은 《신약성서》 마가복음 5장 참조.

을까? 자신은 알 수 없는 것이다. 우리는 이 미덕에 대해 들은 적은 있지만 그 실태를 파악하고 있지는 않다. 잠깐 엿들은 소문을 받아 생각 없이 옮기고 있을 뿐인 것이다.

노력에서는 예지와 순수함이 생겨나고, 태만에서는 무지와 육체적인 욕망이 생겨난다. 여러분에게 육체적인 욕망이란 늘어진 정신에서 오는 습관이다. 불결한 인간은 예외 없이 게으름뱅이다. 난로 곁에 찰싹 달라붙어 있거나 양지를 찾아다니면서 피곤하지도 않은데 늘 꾸벅꾸벅거린다. 불결함과 여러 죄를 피하고 싶으면 마구간 청소든 뭐든 좋으니 온 마음을 다해 일하는 것이다. 타고난 본성을 극복하는 것은 어렵지만 중요한 것이다. 이교도만큼 순수하지도 않고 그들만큼 자기를 부정하지도 않고 종교적이지도 않다면, 도대체 기독교도라는 게 무슨 도움이 된다는 것인가? 이교라 간주되고 있는 종교체계 중에는 그 계율을 읽었을 때 도리어 이쪽이 부끄러워져 그 의식만이라도 좋으니 흉내내봤으면 하는 마음이 솟구치는 것이 많다.

이러한 문제는 이야기하기가 좀 머뭇거려진다. 그것은 단지 주제 탓이 아니라—나는 자신이 사용하는 언어가 아무리 천하다 해도 신경 쓰지 않는다—나 자신의 불순함을 폭로하지 않고는 그것에 대해서 이야기할 수 없기 때문이다. 우리는 육체적인 욕망의 어떤 형태에 대해서는 부끄러움 없이 자유롭게 서로 이야기를 하지만 다른 형태에 대해서는 입을 다물고 만다. 우리는 몹시 타락해 있기 때문에 인간이 본래 지니고 있는 필요불가결한 여러 기능에 대해서 솔직하게 이야기할 수 없게 돼버린 것이다.

고대의 몇몇 나라에서는 여러 가지 기능에 대해 경의를 표하며 이야기를 하고, 또 법에 의해 규제되기도 했다. 현대인의 관점에서 본다면 말이 안 되는 소리겠지만 인도의 입법자들에게는 하찮은 것이라고는 하나도 존재하지 않았던 것이다. 그들은 음식, 동거, 분뇨의 배설 방식에 이르기까지 비속한 것을 드높이며 가르치고 있었고, 이러한 것들을 천하다 여기며 위선적으로 피해가지 않았던 것이다.

인간은 자신이 숭배하는 신에게 바칠 육체라는 신전[13]을 순수하게 자신만의 방식으로 세워나가는 건축사이며, 다른 대리석을 망치로 두드린다고 해 거기에서 도망칠 수 없는 것이다. 우리는 모두 조각가이자 화가이며 그 재료는 우리 자신의 피와 살과 뼈이다. 조금이라도 고매한 마음을 지니고 있으면 얼굴 모양은 고상해지고, 야비하고 육욕적인 곳이 있으면 그 얼굴은 짐승처럼 변하게 된다.

존 파머는 9월의 어느 날 저녁, 하루의 힘든 노동을 마치고 현관문 앞에 앉아 있었는데, 아직 일에 대해 신경이 좀 쓰이는 모양이었다. 목욕을 끝낸 후 그곳에 눌러앉아 자기 안의 지적인 인간을 되살아나게 하려고 한 것이다. 꽤 쌀쌀한 저녁이었기 때문에 마을에는 서리가 내릴 것을 걱정하는 사람도 있었다.

그가 사색의 길을 더듬기 시작한 지 얼마 후, 어디선가 플루트의 선율이 들려왔다. 그 음색은 그의 기분과 절묘한 조화를 이루었다. 그는 여전히 일에 관한 걸 생각하고 있었다. 그러나 머리를 굴려 생각하면서, 자신의 의지에 반해 일을 계획하거나 궁리하고 있다는 걸 깨닫는 한편, 이제 그런 것은 아무래도 좋다는 생각이 되풀이해서 그의 머릿속에 떠올랐다. 일 같은 것은 끊임없이 피부에서 벗겨져 떨어지는 몸의 때에 지나지 않았던 것이다.

그런데 플루트의 음률은 그가 일하고 있는 장소와는 전혀 다른 세계에서

---

13)_《신약성서》 고린도전서 3:16. "너희가 하나님의 성전이며 하나님의 성령이 너희 안에 거하시는 것을 알지 못하느뇨"에서.

찾아와 귀를 통해 마음으로 스며들어 그의 내부에 잠들어 있는 어떤 능력에 맞는 그런 일을 해보면 어떻겠느냐고 유혹하는 것이었다. 그 음률은 그가 살고 있는 거리나 마을을 홀연히 사라지게 했다. 한 목소리가 그에게 말했다. "마음만 먹으면 훌륭한 삶이 기다리고 있는데 너는 어째서 이런 곳에서 악착같이 비참한 생활을 보내고 있느냐. 저 별들은 다른 대지 위에서도 똑같이 빛나고 있다." 하지만 이 상태를 벗어나 정말 저편 세계로 옮겨가기 위해서는 어떻게 하면 좋을 것인가? 그가 생각해낸 것은 새로이 빈곤을 견뎌내는 것과 정신을 육체 속에 내려 그것을 구원하는 것, 전보다 더한 존경심으로 자기 자신을 대한다는 것, 그것뿐이었다.

12*th*

숲의 동물들

12_숲의 동물들

가끔 친구와 함께 낚시를 하러 가곤 했다. 그는 마을 반대편에서 마을을 지나 내 오두막으로 찾아왔다. 물고기를 잡아올리는 일은 물고기를 먹는 것 못지않게 그와의 교제를 돈독히 하는 기회가 되었다.

은자_세상은 요즘 어떻게 돌아가고 있을까? 소귀나무 위에서 매미 우는 소리조차 들리지 않게 된 지 이미 세 시간이나 된다. 비둘기는 모두 나무 위에서 잠을 자고 있다. 날갯짓 소리도 들리지 않는다. 지금 숲의 맞은편에서 울려 퍼지고 있는 것은 농부가 불어대는 정오의 뿔피리일까? 농장의 일꾼들이 소금 절인 고기 찜과 사과주와 옥수수빵이 있는 곳으로 돌아갈 때가 됐나보다. 모두 어찌해 저토록 끙끙대고 있는 것인가? 먹지 않으면 일하지 않아도 될 것을. 저 사람들에게 얼마만큼의 수확이 있었는지는 모르지만……. 뜰 안의 개가 짖어서 마음 놓고 사색도 할 수 없는 그런 곳에 도대체 누가 살고 싶어하는 걸까? 게다가 살아가는 그 꼴이라니! 찬란히 빛나는 태양을 옆에 두고도 변변치 않은 문의 손잡이를 윤내느라 힘을 쓰고, 나무통을 박박 문질러 씻기도 하고. 집 같은 건 차라리 없는 게 낫지. 나무 구멍에라도 들어가 살면 된다. 그러면 아침과 만찬회의 손님은 콕콕 쪼아대는 딱따구리뿐이지. 인간은 걸핏하면 무리를 짓고 싶어한다. 때문에 햇빛이 비치면 그곳은 푹푹 찌는 것이다. 그 무리들은 태어나자마자 생활 속에 푹 잠겨 있으니 도저히 손을 쓸 수가 없다. 이쪽에는 샘에서 길어온 물이 있고 선반에는 흑빵이 하나 있다. ─기다려! 나뭇잎 스치는 소리가 들린다! 굶주린 마을의 사냥개가 추적 본능을 억누르지 못한 것일까? 아니면 길을 잃어 이 숲으로 들어왔다고 하는 그 돼지일까? 언젠가 비가 갠 후에 발자국을 본 적이 있다. 자꾸자꾸 가까이 다가오는구나. 옻나무와 들장미가 흔들리고 있다.—아니 시인군, 자네였는가? 오늘은 어떻게 지내고 있는가?

시인_저 구름을 보라고. 저 걸려 있는 모습을! 오늘 내가 본 것 중에서는 저것이 최고지. 옛 그림에도 그려져 있지 않고, 다른 나라에서도 좀처럼 볼 수가 없지. 스페인의 바다에라도 나가지 않으면 말이야. 저것이야말로 진정한 지중해의 하늘이야. 그런데 나 역시 생계를 꾸려가지 않으면 안 된다네. 오늘은 아직 아무것도 먹질 않아서 말이야, 이제부터 낚시를 하러 갈 생각이라네. 시인의 생업이라고나 할까. 몸에 익힌 기술이라곤 이것밖에 없으니. 자, 어서 나가자고.

은자_싫다고 할 수 없지. 내 흑빵도 슬슬 바닥을 드러내기 시작했고. 기꺼이 당장에라도 함께 나서고 싶지만, 사실은 지금 명상을 하고 있던 참이야. 이제 곧 결말이 날 것 같으니 잠깐 혼자 있게 해주지 않겠나. 하지만 너무 늦으면 안 되니 그 동안 자네는 미끼를 좀 찾아보고 있게나. 요 부근의 흙에는 비료를 준 적이 없어 지렁이는 별로 없다네. 거의 절멸 직전에 있지. 식욕이 별로 없을 때는 지렁이 잡는 것도 물고기 잡는 것 못지않게 기분 전환이 된다고. 오늘 그쪽 일은 몽땅 자네에게 맡기도록 하지. 저편에 존스워트가 흔들리는 게 보이지. 저 부근의 무성한 땅콩 줄기 속에 쟁기를 넣으면 된다고. 풀밭을 세 번 정도 파헤치면 한 마리는 꼭 나올 거 같은데. 풀 뽑기를 할 때처럼 뿌리 쪽을 잘 살펴보게. 더 멀리 가고 싶으면 그래도 좋아. 내 경험으로는 대체로 거리의 제곱에 비례해서 좋은 미끼가 늘어나니까.

은자(혼잣말로)_잠깐, 아까는 어디까지 갔었지? 그래그래, 세상은 이런 양상을 띠고 있다, 와 같은 것을 생각하고 있었지. 자, 천국으로 갈까, 낚시를 하러 갈까? 여기에서 명상을 딱 끝내버리면, 이런 훌륭한 기회는 다시 오지 않을지 몰라. 이렇게 사물의 본질에 빠져들어가긴 처음이었으니. 그 사상은 두 번 다시 돌아오지 않을지 모른다. 할 수만 있다면 휘파람을 불어서 다시 불러들이고 싶구나. 하긴 사상 쪽에서 손을 뻗치고 있을 때 이쪽이 "생각해보자"라는 말을 꺼내는 게 현명한 방법이라고 할 수 있을까? 나의 사상은 전혀 흔적을 남기지 않았으므로, 그것이 더듬어간 오솔길을 다시 발견하는 일은 불가능할 것이다. 도대체 무엇을 생각하고 있었던 거지? 마치 심한 안개라도 낀 듯이 뿌옇고 몽롱하다. 어쨌든 공자의 그 세 문장[1]을 떠올려보자. 그렇게 하면 방금 전의 상태를 다시 돌아오게 할 수 있을지도. 자신이 풀이 죽어 있었는지, 황홀 상태에 들어가려고 했던 것인지도 확실치 않으니까(메모—이러한 기회는 한번밖에 찾아오지 않는다는 것).

시인_어찌 됐다고 하는 건가, 은자군. 내가 너무 빨랐나? 하지만 흠잡을 데 없는 놈을 열세 마리나 잡아왔다고. 이것 말고도 좀 불완전한 것과 짧은 것이 몇 마리 있지. 그것도 잡어한테는 쓸모가 있고, 낚싯바늘 전체를 완전히 뒤덮어버리지 않아 좋다고. 마을에서 잡히는 지렁이는 너무 커. 샤이너라면 한입 덥석 무는 정도로는 바늘까지 닿지도 않으니까.

은자_좋아. 그러면 자, 슬슬 나가보자. 콩코드 강으로 갈까? 물만 불지 않았다면 꽤 잡히지.

어째서 우리의 눈에 들어오는 것만이 하나의 세계를 만들어내고 있는 것일까? 눈에 보이지 않는 세계와의 사이에 틈을 메워주는 것은 생쥐만이 아닐 텐데 어째서 인간은 그러한 종류의 동물만을 자신의 이웃이라고 생각하는 것일까? 비드파이[2]와 같은 사람들은 실로 여러 가지 동물을 등장시켜 이

---

1)_ '고독'의 역주 5) 참조.
2)_Bidpai. 3세기경 인도에서 쓰인 동물우화집의 작가.

야기를 잘 만들어내고 있는데, 그건 동물들이 모두 나름대로 인간의 사고를 담당하도록 묘사되고 있기 때문일 것이다.

내 오두막에 출몰하는 생쥐는 외국에서 들어왔다고 하는 평범한 쥐가 아니라 마을에서는 잘 눈에 띄지 않는 토종 들쥐였다. 그 한 마리를 어느 유명한 박물학자[3]에게 보냈더니 그는 대단한 흥미를 보였었다. 오두막을 짓던 당시, 그 중 한 마리가 마루 밑에 둥지를 만들어놓고는 두번째 바닥 깔기를 끝내고 대팻밥을 완전히 쓸어내버리기 전까지 점심때가 되면 반드시 모습을 나타내 내 발언저리에서 빵 부스러기를 주워 먹곤 했다. 아마 그때까지 인간은 한 번도 본 적이 없었을 것이다.

얼마쯤 지나 우리는 아주 친숙해져서 내 구두 위를 넘나드는가 하면, 옷 위로 기어오르기도 했다. 동작은 다람쥐와 흡사해 방의 벽을 가볍게, 눈 깜짝할 사이에 뛰어올랐다. 하루는 벤치에 한쪽 팔꿈치를 대고 기대어 있자니, 옷 위로 기어올라 소매를 타고 내려와서 도시락을 싼 종이 주위를 빙글빙글 돌기 시작했다. 나는 꾸러미를 감추거나 몸을 휙 돌리면서 숨바꼭질을 하며 놀았다. 마지막에는 치즈 한 조각을 손가락으로 집어들고 가만히 있으니 가까이 다가와서 손바닥에 앉은 채로 치즈를 갉아먹고, 다음에는 파리처럼 얼굴과 앞발을 닦은 후 모습을 감췄다.

얼마 후 포이베(딱새 무리의 작은 새)가 내 장작 헛간에 둥지를 틀고, 울새가 은신처를 찾아 오두막 바로 옆에 서 있는 소나무로 날아왔다. 6월이 되자 아주 내성적인 자고새가 뒤편 숲에서 새끼들을 이끌고 내 오두막의 창가를 지나 문 앞까지 찾아왔는데, 새끼를 부르는 꼬꼬 하는 소리가 어찌나

---

3)_하버드 대학 교수 Louis Agassiz(1807~1873)을 말함.

암탉을 쏙 빼닮았던지, 동작 하나하나도 그야말로 숲의 암탉이라 부르기에
어울렸다.

사람이 다가가면 새끼들은 어미 새의 신호 하나로 마치 돌풍에 휩쓸린 것
처럼 뿔뿔이 흩어지고 만다. 새끼들은 떨어진 낙엽이나 마른 가지의 색과
아주 흡사하기 때문에 대부분의 사람들은 새끼들 한가운데에 발을 들여놓
아도 날아오르는 어미 새의 날갯짓 소리나 염려스러운 듯한 울음소리, 또
인간의 주의를 끌기 위해 일부러 날개를 질질 끌며 걷는 것을 보면서 가까
이에 새끼가 있다는 것은 전혀 눈치채지 못한다. 어미 새는 때로 사람의 눈
앞에서 미친 듯이 뒹굴거나 빙글빙글 돌기 때문에 잠시 동안은 그것이 어떤
동물인지 짐작도 안 될 때가 있다. 새끼들은 한 장의 나뭇잎 밑에 목을 푹
박은 채 납작해져서 가만히 웅크리고 있고, 멀리서 보내는 어미 새의 신호
만을 기다리고 있다. 사람이 가까이 다가가도 또다시 달아나거나 해서 있는
곳을 가르쳐주고 마는 그런 바보짓은 하지 않는다. 그래서 새끼를 무심코
밟아버리는 일도 있고, 또 아무리 뚫어져라 응시해도 전혀 알아볼 수 없을
때가 있다.

나는 숨어 있는 새끼를 손바닥에 올려놓고 본 적이 있는데, 그들은 변함
없이 어미 새와 스스로의 본능에 따라 두려워하지도 않고 떨지도 않고 단지
가만히 거기에 웅크리고 있을 뿐이었다. 이 본능은 그야말로 완벽하다고 할
만한 것이어서, 새끼들을 살짝 나뭇잎 위에 돌려놓으니 한 마리가 공교롭게
도 옆으로 쓰러졌는데 십 분쯤 후에 다시 가보아도 여전히 똑같은 자세로
다른 새끼들과 함께 그곳에 있는 것이다.

그들은 다른 새의 새끼들처럼 미덥지 못한 구석이 없고 병아리와 비교해
보아도 발육이 더 잘돼 있었으며 조숙했다. 반짝 하고 크게 뜬 눈의 표정은
대단히 어른스러우면서도 천진난만하고 온화해 좀처럼 뇌리에서 사라지지

않는다. 온갖 지성이 거기에 투영되고 있는 듯하다. 유년의 순수함뿐만 아니라 경험에 의해서 함양된 일종의 예지마저 느끼게 한다. 이러한 눈은 새끼와 함께 태어나는 것이 아니라 그것이 비추어내는 하늘과 함께 존재하는 것이다. 숲은 이러한 보석을 다시 창조해내기 힘들 것이다. 나그네도 이렇게 맑은 샘을 그렇게 자주 엿볼 수는 없을 것이다.

무지한, 혹은 무신경한 사냥꾼들은 종종 이러한 시기에 어미 새를 쏘아 죽이고 만다. 그 결과 이 천진난만한 새끼들은 부근을 어슬렁거리는 짐승이나 새의 먹이가 되고 그들과 비슷한 썩은 잎들 속에 점점 파묻혀가는 것이다. 어미 새의 품에서 부화된 후에 새끼들은 경보를 듣고 곧바로 사방으로 흩어져 그대로 행방불명이 돼버리는 일이 있다고 하는데, 그것은 자기들을 불러모아주는 어미 새의 신호가 이제 두 번 다시 들려오지 않기 때문이다. 이러한 새들이 나의 암탉이고 병아리였다.

숲속의 많은 동물이 사람 눈을 피하면서 야생의 자유를 누리며 살고 있고 (사냥꾼만은 냄새를 맡고 있는 듯하지만), 마을 아주 가까이에서도 그들이 이렇게 생명을 유지하고 있다는 것은 참으로 경탄할 만하다. 여기에서는 수달도 얼마나 은밀하게 살아가고 있는가! 그들은 성장하면 신장 4피트의 작은 사내아이만한 체구가 되는데 사람 눈에는 전혀 띄지 않는 것 같다. 꽤 오래 전에 내 오두막 뒤편 숲에서 너구리를 본 적이 있는데, 요즘도 밤에 그들의 희미한 콧소리가 들리는 듯하다.

씨뿌리기가 끝나면 점심때는 대체로 샘터의 나무 그늘에서 한두 시간 휴식을 취한 후 점심을 먹거나 잠시 책을 읽으면서 보냈다. 그 샘물은 밭에서 반 마일 떨어진 브리스터 언덕 기슭에서 스며나와 늪과 작은 시내의 원천이 되고 있었다. 그곳으로 가려면 어린 소나무가 빽빽이 들어찬 낮은 초지를 쭉 내려가 늪지 부근에 있는 더 큰 숲으로 들어가야 한다. 그러면 아주 은밀하고 조용한 응달에 가지가 멋있게 뻗은 스트로브잣나무가 한 그루 서 있고, 그 밑에 앉기 좋은 깨끗하고 폭신한 잔디가 깔려 있다. 나는 샘 밑을 파서 맑은 물이 찰랑이는 우물을 만들어두었기 때문에 물을 흐리지 않고 통하나 가득 물을 길어올릴 수 있었다. 호수의 수온이 제일 높아지는 한여름엔 거의 매일 그곳으로 물을 길러 나가곤 했던 것이다.

샘에는 또 도요새가 새끼 떼를 거느리고 진흙탕 속에서 벌레를 찾기 위해 찾아왔다. 어미 새가 그들의 머리 위 겨우 1피트 상공을 날며 둔덕에서 내려오면 새끼들은 한 덩어리가 되어 그 아래를 달리는 것이다. 그러다 내 모습을 발견한 어미 새는 새끼들로부터 떨어져서 내 주위를 빙글빙글 돌며 점차 접근하다가 드디어 4, 5피트 높이까지 와서 내 주의를 끌기 위해 날개와 다리가 다친 시늉을 해 보이고, 그 틈을 타서 새끼들을 도망치게 하려고 했다. 새끼들은 이미 어미 새의 지시에 따라 가냘픈 울음소리를 내면서 일렬종대로 늪지를 가로질러 행진해갔다. 어미 새의 모습은 보이지 않는데 새끼들이 삐삐 울어대는 소리만 들려오는 일도 있었다.

또 염주비둘기도 찾아와 샘 위에서 날개를 쉬거나, 머리 위의 낭창낭창한 스트로브잣나무 가지 사이로 이리저리 옮겨다니기도 했다. 그 중에서도 바로 곁의 나뭇가지를 타고 내려오는 붉은날다람쥐는 사람을 잘 따르고 호기심이 강했다. 숲속의 매력적인 장소에 오래 앉아 있노라면 이곳의 모든 동물이 쉴새없이 갈마들며 모습을 나타내는 것이다.

그다지 한가롭고 평화로운 풍경이라 할 수 없는 사건을 만나는 일도 있었다. 어느 날 쌓아올린 장작더미, 아니 파헤쳐낸 그루터기더미가 있는 곳으로 나가봤더니 두 마리의 큰 개미가 보였다. 한 마리는 붉은개미, 다른 한 마리는 체구가 더 큰 검은개미로 반 인치 가까이 돼 보였는데 서로 격하게 싸우고 있었다. 일단 맞붙으면 절대 떨어지지 않고 나무토막 위에서 쉴새없이 치고 받고 하며 이리저리 뒹굴고 있었다. 나아가 앞쪽을 보니 놀랍게도 주위의 나무토막은 온통 이러한 전사들로 뒤덮여 있는 것을 보고 결투가 아니라 전쟁이라는 것을 깨달았다. 두 개미 종족 간의 전쟁인 것이다. 붉은 것은 반드시 흑과 싸우고 있고 종종 붉은 것 두 마리가 한 마리의 흑과 싸우고 있었다. 이 미르미돈족[4] 군사들은 내 장작 헛간의 언덕과 계곡을 하나하나 뒤덮어가고, 지면에는 이미 적과 흑 쌍방의 전사자들과 신음하는 부상병들이 어지럽게 흩어져 있었다.

이것은 내가 목격한 유일한 전투이며 치열한 전투 중에 발을 들여놓은 유일한 전장이었다. 그야말로 대격전이었다. 한편은 붉은 공화주의자, 다른 한편은 검은 제국주의자다. 도처에서 사투를 벌이고 있는데도 찍 소리 하나 들리지 않는다. 인간세계의 전투라도 이렇게 치열할 수는 없으리라.

나는 나무토막 속, 햇볕이 드는 작은 계곡에서 서로 맞붙은 채 떨어지지 않고 있는 두 마리의 개미를 자세히 볼 수 있었는데 대낮부터 해질 때까지, 아니면 목숨이 끊어질 때까지 싸울 각오인 것 같았다. 작은 체구의 붉은 전사는 상대의 목덜미를 바이스처럼 붙들고 늘어지며 전장을 이리저리 뒹구는 동안에 적의 촉각 뿌리 부근을 덥석 물고 한순간도 떨어지려고 하지 않았다. 다른 한쪽의 촉각은 이미 물어뜯어놓은 상태이다. 한편 더 힘이 센 흑개미는 그 붉은개미를 좌우로 때려눕히고 있는데 내가 바싹 다가가 살펴보니 이미 적의 손발을 몇 개인가 잡아뜯어놓은 상태였다. 두 마리 모두 불독처럼 집요하게 싸우고 있었다. 어느 쪽도 퇴각할 낌새는 눈곱만큼도 보이지

---

4)_아킬레우스를 따라 트로이로 원정 간, 테살리아의 호전적인 부족. 선조가 개미(myrmēx)였던 것에서 이런 이름이 붙여졌다고 한다.

않았다. 그들의 모토가 '승리, 아니면 죽음'[5]이라는 것은 자명했다.

그러던 중에 붉은개미 한 마리가 일찌감치 적을 해치웠는지, 아니면 이제부터 전투에 가세하려고 하는 것인지 골짜기를 몹시 흥분한 모습으로 내려왔다. 손발이 멀쩡한 걸 보면 아마 후자인 듯하다. 그의 어머니는 "방패를 갖고 돌아오든지, 아니면 방패에 얹혀서 돌아오거라"[6] 하고 그에게 명한 것이었다. 이 개미는 영웅 아킬레우스로 지금까지는 좀 떨어진 장소에서 분노를 억누르고 있었지만 지금은 친구 파트로클로스의 원수를 치기 위해, 혹은 그를 구출하기 위해 출진하는 것인지도 모른다.

그는 멀리서부터 이 힘의 차이가 역력한 싸움—혹은 적의 배에 가까운 크기였다—을 보고 전속력으로 뛰어들어가 전사들로부터 반 인치 정도 되는 곳에 멈춰 서서 태세를 갖췄다. 그리고 기회를 보아 검은 전사에게 달려들어 오른쪽 앞다리에 공격을 가하는 한편 상대에게도 자신의 손발을 선택하게 했다. 이렇게 해서 세 마리는 목숨을 걸고 하나로 뭉쳐진 것인데, 그것은 마치 자물쇠나 시멘트보다 더 강력한 접착제로 딱 붙여놓은 것 같았다.

그 무렵 이미 나는 쌍방의 군악대가 높은 나무토막 위에 진을 치고, 서로 치고 받고 싸우는 전사들을 질타하고 격려하며 빈사 상태의 용사에게 힘을 북돋아주려고 국가를 연주하고 있었다고 해도 전혀 놀라지 않았을 것이다. 나 자신도 그들이 인간처럼 생각되어 다소 흥분하고 있었던 것이다. 생각하면 생각할수록 양자의 차이는 적어지는 것이다. 미국의 역사는 그렇다 치고, 적어도 콩코드의 역사에서는 군대의 수로 보나 전장에서 발휘하는 애국

---

5)_영국의 군인이며 빅토리아 왕녀의 아버지였던 켄트 공(1767~1820)의 모토. 콩코드의 싸움에서 베드포드의 민병이 군기에 이 문자를 적어놓고 있었다고 한다.
6)_플루타르크에 의하면 고대 스파르타의 어머니들은 출정하는 아들에게 이렇게 말하며 격려했다고 한다.

심과 용기로 보나 이 싸움과 비교할 수 있는 전투는 단 한 건도 기록되어 있지 않다.

병사와 전사자 수에서는 아우스터리츠나 드레스덴 전투[7]에 필적할 만했다. 콩코드 전투![8] 고장의 민병 측에선 두 명이 전사하고, 루터 블랜처드가 부상했다! 그렇지만 여기서는 어느 개미도 예외 없이 영웅 버트릭[9]으로서 "쏴라, 가차없이 쏴라!" 하고 절규하고 있었던 것이다. 이렇게 해 수천 마리의 개미가 데이비스나 호즈머와 같은 운명을 밟아 전사했다. 용병은 단 한 마리도 없었다. 그들이 싸운 것은 우리의 선조들과 마찬가지로 확고한 의지에 의한 것이지 3펜스의 차(茶) 세를 면하기 위해가 아니었다고 나는 확신하고 있다. 따라서 개미들에게 있어 이 싸움의 결과는 적어도 벙커힐 전투[10]에 뒤지지 않는 중요성을 갖는 기념할 만한 것이 될 것이다.

나는 앞서 특히 자세히 묘사한 개미 세 마리가 싸우던 나무토막을 주워서 집으로 돌아가 창틀에 놓고 커다란 컵을 씌워 진행상황을 끝까지 지켜보기로 했다. 처음에 말한 붉은개미를 돋보기로 살펴보니 그는 적의 나머지 촉각을 물어뜯은 후, 이번에는 그 앞다리를 필사적으로 물고 늘어졌는데, 자신의 가슴도 완전히 물어뜯겨 검은 전사의 턱이 그의 내장을 죄다 끌어내고 있었다. 아마 검은개미의 가슴팍이 너무 두꺼워 도저히 뚫을 수 없었던 모양이다. 더욱이 이 부상병의 검은 석류석 같은 눈은 전쟁이 조장하는 흉포

---

7)_나폴레옹 전쟁 중, 수만의 전사자를 낸 대회전.

8)_ '살았던 곳과 그 목적'의 역주 7) 참조.

9)_콩코드 북교의 전투에서 민병군을 지휘했다.

10)_1775년 6월, 오늘날의 보스턴에 있는 언덕에서 행해진 독립전쟁 최초의 본격적인 전투. 벙커힐 전투.

함으로 이글거리고 있었다.

　그들은 여전히 반 시간쯤 컵 속에서 싸우고 있었는데, 후에 다시 엿보니 검은 전사는 적의 목을 몸통에서 끊어놓고 말았다. 그런데 아직 살아 있는 그 목은 안장머리에 꽁꽁 동여맨 끔찍한 전리품처럼 그의 양 옆구리를 꽉 물고 늘어진 채 대롱대롱 매달려 있었다. 검은개미는 촉각도 없고 손발도 한 개만 남은데다 무수한 상처를 입은 채 적의 목을 떨쳐버리려고 미약하게 발버둥치고 있었는데, 가까스로 이를 떨쳐낸 것은 반 시간쯤 더 지난 후였다. 컵을 들어올려주니 그는 그 부자유스러운 몸을 질질 끌면서 창 밑 틀을 넘어 밖으로 나갔다.

　그가 최후까지 이 전투에서 살아남아 여생을 파리의 상이군인회관 같은 곳에서 보냈는지 어쨌는지 나는 모른다. 그러나 어찌 됐든 그 후에 심한 노동은 할 수 없었을 것이다. 어느 쪽이 승리를 거뒀는지, 전쟁의 원인이 무엇이었는지 나는 알 도리가 없다. 그러나 내 오두막 앞에서 벌어진 인간세계의 전투와도 같은 싸움과 그 잔혹하고 처참한 살육의 현장을 목격하고는 감정에 심한 상처를 입어 그날 내내 그런 기분을 떨쳐버리지 못하고 보냈다.

　커비와 스펜스에 의하면, 개미의 전투는 옛날부터 유명해 날짜까지 기록에 남아 있다고 하는데, 현대의 저술가 중에서 그것을 목격한 사람은 곤충학자 후버뿐이라고 한다.

　"아이네아스 실비우스[11]는 배나무 줄기에서 큰 개미와 작은 개미가 집요하게 싸우는 상황을 상세히 언급한 후에, '이 전투는 유게니우스 4세의 교황시대의 유명한 법률가 니콜라스 피스토리엔시스 면전에서 행해진 것으

---

11)_로마 교황 피우스 2세(1405~1464)를 말함.

로, 그는 그 모든 전황을 아주 충실하게 기록했다' 고 덧붙이고 있다. 이것과 비슷한 전투로 큰 개미와 작은 개미의 올라우스 마그누스[12]도 기록하고 있다. 이 경우는 작은 개미가 승리를 거두고 아군인 전사자를 매장했는데, 거대한 적의 사해는 새가 쪼아 먹도록 내버려두었다고 한다. 이 사건은 폭군 크리스티안 2세[13]가 스웨덴에서 추방되기 전에 일어난 일이다."[14]

내가 목격한 전투는 웹스터의 도주노예법안이 의회를 통과하기 5년 전, 포크 대통령 시대의 사건이었다.

지하 식료품 저장고에서 진흙거북 뒤꽁무니나 쫓아다닐 재주밖에 없는 마을의 개들이 개 주인 몰래 우르르 숲속으로 몰려와 기름진 통통한 사지를 자랑하면서 괜스레 오래된 여우 굴이나 마모트 소굴 냄새를 맡으며 돌아다니고 있었다. 아마 숲속을 민첩하게 뛰어다니는 변변치 않은 떠돌이 개라도 따라다니고 있는 모양인데, 그래도 여기에 살고 있는 새나 짐승을 본능적인 공포로 몰아넣기에 충분했을 것이다. 마을의 개들은 그 떠돌이 개로부터 아주 멀리 후방에 남겨지자, 정황을 엿보려고 나무에 오른 작은 다람쥐를 향해 "나는 개과의 황소다" 하는 것처럼 짖어대고, 짖는 게 끝나자 이번에는 무리에서 떨어진 생쥐라도 뒤쫓을 생각인지 그 몸의 무게로 키 작은 나뭇가지를 휘어지게 만들며 달려갔다.

하루는 호숫가의 자갈길을 걷고 있는 고양이를 보고 깜짝 놀란 적이 있다. — 놀란 것은 피차일반이었지만. 고양이가 집을 떠나 이렇게 멀리까지 오는 일은 드물기 때문이다. 하루 종일 깔개 위에서 엎드려 자는 아주 잘 길들

---

12)_Olaus Magnus(1490~1557). 스웨덴의 성직자, 역사가.

13)_Christiern II(1481~1559). 덴마크, 노르웨이, 스웨덴의 왕.

14)_커비와 스펜스의 전게서 361~362항.

여진 고양이인데, 숲에 들어오면 제멋대로이고 그 빈틈없는 은밀한 행동을 보고 있으면 그들이 다른 동물 이상으로 숲의 토박이라는 것을 알 수 있다. 어느 날 나는 숲속에 나무 열매를 따러 갔다가 새끼를 데리고 나온 어미 고양이를 만난 적이 있다. 그놈은 완전히 야성으로 돌아가 있었고 새끼고양이들까지 어미를 본받아 일제히 등을 굽히고 나를 향해 야옹 하고 울어댔다.

내가 숲으로 들어가기 이삼 년 전의 일인데, 호수에서 아주 가까운 링컨 지구의 농부, 길리언 베이커 씨의 집에 '날개 돋친 고양이'라 불리는 고양이가 있었다. 1842년 6월, 내가 이 고양이를 보려고 방문했을 때 그녀(수놈인지 암놈인지 잘 몰라 여기서는 일반적인 대명사를 사용하기로 한다)는 여느 때처럼 숲으로 사냥을 하러 나간 후였다. 그녀의 여주인 이야기에 의하면 이 고양이는 약 일 년 전인 4월에 근처에서 발견해 집에서 키우게 된 것으로, 몸의 털은 짙은 갈색이 도는 잿빛을 띠고 있고 목에는 하얀 반점이 있으며 다리는 하얗고, 또 여우처럼 텁수룩하고 커다란 꼬리를 갖고 있다고 한다. 겨울이 되면 털이 두꺼워지면서 몸의 양편에서 평평하게 자라기 시작하며 길이는 10내지 12인치, 폭 2인치 반의 띠 모양이 된다. 턱 밑의 털은 손을 넣는 부인용 토시처럼 되고, 등 쪽은 풀어져 있지만 복부 쪽은 펠트천처럼 뒤엉켜 있다. 이 부속물도 봄이 되면 완전히 빠져 떨어져나간다고 한다.

사람들이 '날개'의 일부를 나에게 주었는데 지금도 나는 그것을 갖고 있다. 날개에는 막 같은 것은 보이지 않는다. 하늘다람쥐 등 야생동물의 피가 섞여 있을 것이라 생각하는 사람도 있는데 아주 가능성 없는 이야기는 아닌 것 같다. 박물학자들에 의하면 담비와 집고양이의 교배로 여러 가지 잡종이 태어나고 있는 것 같다고 한다. 고양이를 기른다면 이런 고양이를 기르고 싶다고 생각했다. 시인의 고양이니까 시인의 말인 페가수스처럼 날개를 갖고 있어도 이상할 게 없지 않겠나?

가을이 되자 여느 때처럼 아비가 날아와 호수에서 깃털을 벗어버리고 물을 뒤집어쓰며 내가 아침을 맞기도 전에 그 야성적인 웃음소리를 온 숲에 울려 퍼지게 했다. 아비가 도래했다는 소문이 전해지자 밀담의 수렵꾼들은 일제히 긴장의 빛을 띠고 술렁이기 시작했다. 그들은 말 한 필이 끄는 이륜마차나 도보로 소총과 총탄, 쌍안경 등을 손에 쥐고 둘씩 셋씩 무리를 지어 찾아온다. 그들은 낙엽 스치듯이 서걱서걱 소리를 내면서 적어도 열 사람이 아비 한 마리를 쫓으며 돌아다닌다. 그들은 이쪽 물가와 반대편 물가로 나뉘어 진을 친다. 이 가련한 새는 동에 번쩍 서에 번쩍 출몰하는 재주가 없어, 이쪽 물에 잠기면 저쪽 물가에서 꼭 모습을 드러내고 만다.

　그런데 10월에 들어서면 은혜로운 바람이 나뭇잎을 살랑이게 하고 수면에 잔물결을 일으켜 아비의 목소리는 전혀 들리지 않고 모습도 보이지 않게 된다. 적들이 제아무리 쌍안경으로 수면을 훑고 숲에 총성을 울려도 소용없다. 물결은 가차없이 높아지고 호반으로 격하게 밀려들어와 모든 물새의 편을 든다. 이렇게 되자 우리 사냥꾼들도 하다 만 일을 찾아 마을 일터로 퇴각하지 않을 수 없게 되는 것이다. 그래도 그들이 성공적으로 아비를 쏘아 숨통을 끊어놓는 예는 많다.

　아침 일찍 물을 길러 가면 이 새가 겨우 몇 로드 떨어진 호수 후미에서 당당하게 미끄러져 내려오는 것을 종종 만나는 것이다. 배를 타고 뒤쫓아가 어떻게 나오는지 시험해보려고 하면 물 속에 잠수한 채 모습을 감춰버리고 말아서 때로는 그날 저녁때까지 못 찾아내는 일도 있다. 그러나 수면에 나와 있는 동안은 내가 훨씬 유리했다. 비가 내리면 어디론가 사라졌다.

　10월의 아주 맑은 오후―특히 이러한 날에 아비들은 밀크위드의 솜털처럼 수면 위에 둥실 떠 있다―북쪽 호반을 따라 배를 젓고 있자니 물 위를 찾아보았을 때는 전혀 눈에 들어오지 않던 아비 한 마리가 돌연 몇 로드 전방에서 호수 중심부를 향해 헤엄쳐가면서 그 야성적인 웃음소리를 퍼뜨려 자신의 거처를 폭로하고 말았다. 노를 저어 뒤쫓아가니 곧 물 속으로 잠겨버렸는데, 또다시 나타났을 때는 아까보다 가까이 접근해 있었다. 그 새는 다시 물에 들어갔다. 그런데 이번에는 나아가려는 방향을 착각하는 바람에 재차 떠올랐을 때는 50로드나 떨어지게 되었다. 내가 거리를 벌어지게 한 것이다. 그 새는 다시금 큰 소리로 한참을 웃었는데 그럴 만한 이유가 있었던 것이다. 그 움직임은 실로 교묘하고 민첩해 6로드 안으로는 도저히 다가갈 수가 없었다.

아비는 물 위로 떠오를 때마다 고개를 두리번거리며 냉정하게 수면과 육지를 계측하고 분명 제일 넓은 수역 쪽으로, 더욱이 배에서 최대한 거리를 유지할 수 있는 방향으로 진로를 취하고 있었다. 결단을 내리고 실행할 때의 그 몸놀림은 경탄을 자아냈다. 나는 눈 깜짝할 사이에 호수의 제일 넓은 수역으로 이끌려들어가고 말았는데 거기에서는 이 새를 몰아갈 수가 없었다. 그가 이리저리 머리를 굴리면 나도 그것을 파악해내려고 기를 썼다. 그것은 인간이 아비에게 도전한 매끄러운 수면 위의 유쾌한 게임이었다. 돌연 상대의 말이 바둑판 아래로 사라진다. 문제는 그것이 재차 나타날 듯한 장소 가장 가까이에 이쪽 말을 두는 것이다.

때때로 아비는 배 아래로 잽싸게 빠져나갔는지 예상을 뒤엎고 내 반대쪽에서 떠오르기도 했다. 그 새는 숨이 상당히 길고 피로를 모르기 때문에 아주 멀리까지 헤엄을 친 후에도 곧장 다시 물 속으로 잠기곤 했다. 그러니 도대체 이 깊은 호수 아래 어느 부근을 물고기처럼 헤엄치고 있는지 도무지 짐작도 가지 않는 것이다. 그 새는 호수 제일 깊은 곳에 이를 만한 잠수능력을 갖고 있었던 것이다. 뉴욕 주의 몇몇 호수에서는 물 속 80피트 지점에서 송어를 낚기 위해 장치해놓은 낚싯바늘에 아비가 걸려든 일이 있다고 한다.

그런데 월든은 더 깊은 것이다. 물고기들은 그들 사이를 슥슥 헤엄쳐가는 이 별세계의 불청객을 보고 얼마나 놀랄 것인가!

그런데 그 새는 수중에서도 수면 위와 마찬가지로 진로를 정확하게 취할 수 있는 것 같았다. 게다가 훨씬 빨리 헤엄치고 있었다. 나는 한두 번 그 새가 수면에 접근해 잔물결을 일으키고 주위의 상태를 살피기 위해 약간 머리를 내미는가 싶다가 곧바로 다시 물에 잠기는 것을 보았다. 그래서 그가 어디로 떠오르는가를 요리조리 추측하기보다 차라리 노를 젓던 손을 쉬고 기다리는 편이 낫다고 생각했다. 수면을 응시하고 있다가 돌연 뒤에서 오싹하는 웃음소리가 들려 소스라치게 놀란 적이 한두 번이 아니다.

어째서 그는 이토록 교묘하게 사람을 놀라게 하면서 떠오르는 순간에 그런 새된 웃음소리로 자신이 있는 곳을 폭로해버리는 것인가? 그 하얀 가슴만으로도 너무 눈에 띌 정도인데? 참말로 멍청한 녀석이라고 생각했다. 그 새가 떠오를 때는 대체로 물보라 소리가 들리기 때문에 그것으로 발견할 수도 있었다. 그러고 나서 한 시간이 지나도 그 새의 활력은 조금도 쇠할 줄 모르고 황급히 물 속으로 풍덩하더니 처음보다 더 멀리까지 헤엄치는 것이었다. 물 위로 떠올라도 털끝 하나 흐트러짐 없이 물갈퀴 달린 다리를 쉴새 없이 움직이며 유유히 헤엄쳐 사라지는 데는 두 손 들 수밖에 없었던 것이다.

평소 그의 울음소리는 그 악마와도 같은 조소가 담겨 있었지만 그래도 조금은 물새다운 점도 있었다. 그런데 나를 감쪽같이 빼돌리고 수면 저편에 나타났을 때는 날짐승답지 않게 늑대같이 길게 뒤를 끄는 섬뜩한 소리를 올렸다. 마치 야수가 땅 위에 콧등을 비벼대며 천천히 울부짖듯이. 이것이 아비 특유의 울음소리이며(아마 이 부근에서 접할 수 있는 가장 야성적인 소리일 것이다) 그 소리는 숲속 멀리멀리 퍼져나갔다. 그는 자신의 능력에 자신감을 더하며 이쪽의 노고를 비웃고 있는 것이리라.

이 무렵 하늘은 뿌옇게 구름으로 덮여 있었지만 수면은 매끄러웠기 때문에 울음소리가 들리지 않아도 그가 수면에 나타나면 즉시 눈에 들어왔다. 하얀 가슴과 고요한 대기, 반반한 수면, 모두가 그 새에게는 불리했다. 마침내 50로드 정도 떨어진 곳에 모습을 드러내자 그는 아비의 신에게 구원을 요청하듯이 한 줄기 긴 소리를 올렸다. 그러자 얼마 후 동풍이 일고 물결이 거칠어지더니 부근에는 이슬비가 촘촘히 내리기 시작했다. 나는 아비의 기도가 하늘에 닿아 신이 나에게 화를 내고 있는 게 아닐까 하는 두려움에 술렁이는 물 위에서 그가 멀찌감치 사라져가는 것을 가만히 지켜볼 뿐이었다.

가을날, 오랜 시간 나는 오리들이 좌로 우로 교묘하게 진로를 바꾸며 수렵꾼들로부터 멀리 떨어진 호수 중심부를 차지하고 있는 모습을 바라보고 있었다. 루이지애나 주의 후미진 늪 같은 데서는 이러한 기교를 부릴 필요가 없을 것이다. 날아오르지 않을 수 없을 때에는 다른 호수나 강이 잘 바라다보일 수 있는 고도까지 상승해 하늘의 검은 먼지처럼 호수 위를 빙글빙글 선회하기도 했다. 벌써 그쪽으로 날아갔는가 하고 생각하고 있으면, 그들은 4분의 1마일 떨어진 상공에서 비스듬히 강하해 다시 돌아와 먼 수면 위에 안전하게 착수하는 것이었다. 오리들이 월든 호 가운데를 헤엄쳐서 얻는 것이 안전함 외에 무엇인지 나는 알 수 없다. 단지 그들은 나와 같은 이유에서 월든의 물을 사랑하고 있는 것이다.

13*th*
난방

13_난방

10월에 들어서 강가를 따라 뻗어 있는 목초지로 포도를 따러 나가서 입에 쏙 넣어버리기에는 너무나 아름답고 향기로운 그 송이를 짊어지고 돌아왔다. 따지는 않았지만 거기에서 작은 밀랍보석, 아니 습지 들풀의 펜던트라고도 할 수 있는 진줏빛이나 붉은빛의 크랜베리를 바라보며 즐겼다.

그런데 농부는 추한 갈퀴를 사용해 그것들을 쥐어뜯어 평탄한 목초지를 마구 파헤쳐 어지럽힌 후에, 이 과실을 되는 대로 부셸이나 달러의 단위로 저울에 달아 목초지의 약탈품으로 보스턴이나 뉴욕에 팔아넘긴다. 그러면 크랜베리 알갱이는 으깨어져 잼이 되고 도회의 자연 애호가라는 자들의 미각을 즐겁게 하는 것이다. 마찬가지로 도살꾼들은 대초원의 풀 속에서 들소의 혀를 그러모으느라 초목이 꺾이든 시들어버리든 전혀 개의치 않는다.

나는 매자나무의 빛나는 듯한 아름다운 열매도 눈을 즐겁게 하는 것으로 만족했다. 다만 땅주인이나 나그네들이 못 보고 지나치는 야생 사과는 뭉근한 불로 조려 먹기 위해 조금 모아두었다. 밤송이가 익으면 겨울을 위해 반 부셸 정도 비축해두었다. 그러한 계절에 끝도 없이 펼쳐지는 링컨 지구의 밤나무 숲—그 나무들도 지금은 철로의 침목이 되어 끝없는 잠에 빠져 있다—을 헤치고 들어가, 자루를 어깨에 메고 밤송이 까는 막대기를 손에 쥐고(나는 서리가 내리는 시기까지 기다리지 않았으므로) 나뭇잎이 서로 스치는 소리, 붉은날다람쥐나 어치의 새된 비난의 소리를 들으면서 정처 없이 헤매고 있자니 한층 더 가슴이 두근거림을 느꼈다. 나는 이러한 동물들이 먹다 남긴 밤알을 슬쩍 실례하기도 했다. 그들이 고른 밤송이에는 십중팔구 잘 익은 알밤이 들어 있었기 때문이다. 밤나무를 타고 올라 가지를 흔들기도 했다.

밤나무는 내 오두막 뒤에도 몇 그루 있었고, 그 중에서도 오두막을 뒤덮을 만큼 무성한 한 그루의 거목은 개화기가 되면 주위에 향기를 감돌게 하는 꽃다발로 변신했다. 하지만 그 열매의 대부분은 다람쥐와 어치의 몫이었다. 특히 어치는 이른 아침에 떼를 지어 몰려와서 아직 떨어지지 않은 밤송이를 콕콕 쪼아 그 속의 열매를 다 먹어치운다. 나무는 그들에게 양보를 하고 나는 훨씬 멀리에 있는 밤나무 숲으로 나가곤 했다. 알밤은 나름대로 빵의 훌륭한 대용식이 되었다. 이 외에도 여러 대용식을 발견할 수가 있었을 것이다.

어느 날 지렁이를 잡으려고 땅을 파면서 덩굴에 달린 땅콩을 발견했다. 이것은 소위 전설적인 과실로서 원주민들의 감자라고도 할 수 있는데, 나는 어릴 적에 파서 먹은 적이 있다고 사람들에게 말은 해왔지만, 혹여 꿈속의 일이 아니었던가 아리송해지기 시작했다. 지금까지 다른 식물의 줄기로 지탱되고 있는 붉고 주름진 벨벳과 같은 그 꽃을 자주 보았지만 땅콩이라는 것은 모르고 있었던 것이다. 그것도 지금은 땅을 개간하느라 거의 절멸해가고 있다. 꼭 서리 맞은 감자같이 단맛이 나고 굽기보다는 삶아서 먹는 게 더 맛이 좋았다. 이 덩이줄기는 자연이 앞으로 자신의 후손들을 여기에서 소박하게 키워가려고 하는 어렴풋한 징후처럼 생각되었다. 예전에 인디언의 토템이었다고 하는 이 얌전한 덩이줄기도 살찐 황소와 물결치는 곡물의 시대인 현대에 와서는 기억 속에서 완전히 사라지거나, 보일 듯 말 듯 꽃을 피우는 그 덩굴만이 근근이 명맥을 이어가고 있을 뿐이다.

그러나 야생의 자연이 다시 이 일대를 지배하는 날이 오면 가냘프고 사치스러운 영국산 곡물 같은 것은 무수한 적 앞에서 모습을 감추고, 굳이 인간의 손을 빌지 않아도 까마귀가 옥수수의 마지막 한 알갱이까지 남서부 인디언의 신이 지배하는 광대한 옥수수밭으로 가져가버릴 것이다. 본래 이 새가 그곳에서 옥수수를 물어왔다고 하므로. 한편으로 지금은 거의 멸종 위기에 처해 있는 땅콩이 되살아나, 서리나 황무지를 개의치 않고 무성해져서 그것이 토착 식물이라는 것을 증명하고, 수렵 부족의 양식으로서의 중요성과 위엄을 되찾게 될 것이다. 이는 분명 인디언들이 섬기는 곡물의 신, 혹은 지혜의 신이 만들어내고 부여해주신 것일 테니. 마침내 이 땅을 시와 노래가 다스리게 될 때에 땅콩의 잎과 열매가 달린 덩굴은 우리의 예술작품으로서 표현될 것이다.

건너편 호숫가의 곶 끝에는 세 그루의 하얀 사시나무가 가지를 뻗고 있었다. 나는 바로 그 아래에 있는 두세 그루의 작은 단풍나무가 이미 9월에 들어서기 전부터 빨갛게 물들어 있는 걸 눈치채고 있었다. 그 색채는 얼마나 많은 이야기를 들려주었던가! 그리고 일주일, 이주일 시간이 지남에 따라 나무들은 서서히 각자의 뚜렷한 개성을 드러내면서 모두 거울처럼 잔잔한 수면에 비치는 자신의 모습에 넋을 잃고 만다. 매일 아침, 이 화랑의 주인은 벽에 걸린 낡은 그림을 떼어내고 더 선명하고 조화로운 빛깔의 새로운 그림을 내거는 것이었다.

10월이 되자 수천 마리의 말벌이 겨울잠 잘 곳을 찾으려는지 내 오두막으로 날아들어와 창 안쪽이나 벽 위에 머물며, 때로는 방문객들이 안으로 들어오는 걸 방해하기도 했다. 매일 아침 그들이 추위로 무감각해져 있을 때 몇 마리 문 밖으로 쓸어내고는 했지만 일부러 내쫓을 생각은 없었다. 오히려 벌들이 내 집을 마음에 드는 은신처라 생각해주는 것에 기쁨을 느끼고 있었던 것이다. 그들은 침대에까지 들어오기도 했으나 심하게 방해가 되는 일은 없었다. 그러는 사이 겨울과 그 혹독한 추위를 피해 그들은 점차 내가 모르는 틈새 어딘가로 모습을 감추어갔다.

드디어 11월, 겨울잠에 들어가기 직전이 되면 말벌은 아니지만, 나는 월든의 북동쪽으로 자주 발길을 향한다. 그곳은 소나무 숲과 자갈이 깔린 물가에서 햇빛이 반사하는 덕분에 호수의 화롯가와도 같았다. 햇볕으로 따스한 온기를 취할 수 있는 동안에는 이렇게 하는 것이 인위적인 불의 힘을 빌리는 것보다 훨씬 기분도 좋고 건강에도 좋은 것이다. 이렇게 해 떠나가버린 사냥꾼처럼 여름이 남기고 간, 아직 온기가 남아 있는 작은 불씨로 나는 몸을 따뜻하게 한 것이다.

굴뚝을 세우는 단계에 들어서 나는 석공기술을 배웠다. 벽돌은 중고품이었기 때문에 우선 흙손을 써서 더러움을 깨끗이 할 필요가 있었다. 그리고 그 덕분에 벽돌이나 흙손의 성질에 대해 전보다 더 잘 알 수 있게 되었다. 벽돌에 착 달라붙어 있는 모르타르는 50년이나 지났는데도 견고함을 더해가고 있다고 한다. 그러나 그것은 진위를 확인하지도 않고 사람들이 멋대로 지어내는 속설에 지나지 않는다. 이러한 속설이야말로 해마다 견고해지고 한번 들러붙으면 떨어지기 힘든 것이어서, 아는 척하는 인간에게서 그러한 오염을 떨어내려면 흙손으로 수십 번은 두드려야 한다.
메소포타미아의 많은 마을은 바빌론의 폐허 속에서 손에 넣은 상당히 양질의 낡은 벽돌로 세워져 있는데, 거기에 들러붙어 있는 시멘트는 더 낡고 더 딱딱한 것 같다. 그건 그렇고 나는 아무리 세게 두드려도 전혀 닳을 생각을 안 하는 강철의 굳건함에는 두 손 들고 말았다. 내가 사용한 벽돌은 바빌로니아의 왕 '네부카드네자르'라는 이름은 새겨져 있지 않았지만[1] 예전에 굴뚝에 쓰인 것이라 일의 수고와 시간낭비를 덜기 위해서 가능한 한 많은

---

1)_《구약성서》 다니엘서 5장에 대한 언급.

화로 바닥용 벽돌을 손에 넣고, 또 벽돌과 벽돌 사이에는 호숫가에서 주워 온 자갈을 채웠다. 모르타르도 그곳의 흰 모래를 사용해서 만들었다.

이 집에서 가장 중요한 부분인 난로에 제일 많은 시간을 들였다. 사실 나는 신중에 신중을 기하고 있었기 때문에 아침에 바닥에서 일을 시작해, 밤이 되면 마루 위의 나지막한 벽돌 층이 베개를 대신하곤 했다. 물론 그 때문에 뒷목이 뻣뻣해진—고집이 세진—기억은 없지만. 나의 뒷목이 뻣뻣한 것은 벌써 오래 전부터이다.[2] 그 무렵 시인 한 사람[3]이 보름 정도 내 거처에 머무느라 방이 비좁아져 부득이 벽돌을 베개삼지 않을 수 없었던 것이다. 그는 칼을 하나 갖고 있었는데, 오두막에 있는 두 개의 칼과 함께 그걸 지면에 푹 찔러놓고 윤을 내곤 했다.

그와는 취사 일도 서로 분담하고 있었다. 자신이 만들고 있는 난로가 네모반듯한 형태로 조금씩 높아지는 것을 보고 있노라니 기분이 좋았다. 천천히 만들어가는 만큼 오래 갈 것이라 생각했다. 어느 정도 독립된 구조물인 굴뚝은 지면에서 일어나 오두막을 뚫고 하늘을 향해 쭉 뻗어 있다. 집이 불타 무너져내려도 그대로 서 있으니 그 중요성과 독립성은 누구의 눈에도 자명한 것이다. 이것은 여름이 막바지에 이르렀을 무렵의 일로, 지금은 11월이다.

된바람이 일찌감치 호수를 싸늘하게 식히고 있었다. 그러나 그것을 밑바닥까지 식히려면 아직 몇 주일은 더 불어대지 않으면 안 된다. 호수는 그만큼 깊은 것이다. 밤중에 난로에 불을 지피기 시작한 것은 집의 회반죽칠을

---

2)_《구약성서》 출애굽기 32:9 등에 나오는 '목이 곧은'(완고한 자)에 대한 언급.

3)_소로의 친구 Ellery Channing을 말함.

하기 전이었는데, 벽판 사이에 무수한 틈새가 열려 있는 덕분에 굴뚝에서 연기를 내뿜는 상태는 최고였다. 나는 시원하고 통풍이 잘 되는 방에서 대충 깎아놓은 옹이진 갈색 판자나, 껍질이 붙은 채로 머리 위에 높이 걸쳐져 있는 서까래에 둘러싸여 쾌적한 몇 날 밤을 보냈다.

회반죽칠을 하고 난 오두막은 분명 살기는 좋아졌지만 그전만큼 눈을 즐겁게 해주지는 못했다. 사람이 거처하는 방이라면 모름지기 높은 천장이 있어 머리 위에 어슴푸레한 공간이 창조되고 밤에는 서까래 부근에 불 그림자가 춤을 추는 그런 곳이어야 하지 않을까? 그러한 사물의 그림자가 프레스코 벽화나 고가의 가구류보다 인간의 상상력을 더 기분 좋게 자극한다.

비바람을 피할 뿐만 아니라 따뜻한 온기를 취하기 위해서 자신의 집을 사용하게 되었을 때 나는 비로소 "여기에 살고 있소"라고 말할 수 있을 것이다. 화로 바닥과 장작 사이를 좀 떼어놓기 위해서 미리 두 개의 낡은 장작받침대를 확보해두었다. 나는 손수 만든 굴뚝 뒤편에 검댕이 쌓여가는 것을 보면서 이루 말할 수 없는 기쁨을 느꼈고 평소보다 더 큰 권리와 만족감을 느끼면서 불을 돋우었다.

오두막은 자그마해 소리의 반향을 즐길 수는 없었지만 방이 하나밖에 없는데다 이웃과도 멀리 떨어져 있었기 때문에 실제보다 크게 느껴졌다. 집 한 채가 갖추고 있는 다양한 매력이 방 하나에 모두 집약되어 있었다. 그것은 침실인 동시에 부엌이었으며, 거실이자 응접실이기도 했다. 나는 부모로서, 혹은 자식으로서, 또 집주인이나 하인으로서 집안 생활에서 얻을 수 있는 온갖 즐거움을 만끽하고 있었던 것이다. 카토는 다음과 같이 말하고 있다. 한 집안의 가장은 집안에 "식료를 저장할 지하실을 마련하고, 거기에 통 하나 그득 채운 기름과 술을 많이 비축해두어야 한다. 그렇게 하면 고난의 시기가 닥쳐와도 의연히 극복해나갈 수 있을 것이다. 이것은 가장의 이

익임과 동시에 덕이요 명예이기도 하다."[4] 나는 지하실에 감자가 들어 있는 작은 통 하나와 바구미가 붙은 완두콩 2쿼트를 비축해두고 있었고, 선반에는 소량의 쌀과 당밀 한 병, 그리고 호밀과 옥수수가루를 1팩씩 두고 있었다.

나는 가끔 황금 시대에 세워진 더 크고 사람도 많이 거주할 수 있는 가옥을 꿈꿔본다. 그것은 오래 가는 재료로 만들어져 있으며 요란한 장식도 없고, 방이라고 해야 대충 깎은 단단하고 널찍한 원시적인 거실이 하나 있을 뿐, 천장도 회반죽을 칠한 벽도 보이지 않고 적나라하게 드러난 서까래와 도리들보가 머리 위의 낮은 천공을 떠받들고 있다. ─비와 눈을 피하는 데에는 이것으로 충분한 것이니. 여러분이 고대 왕조의 농경신 사투르누스의 와상에 경의를 표하면서 문지방을 건너 안으로 들어오면, 지붕 골조를 떠받치는 마루대공과 쌍대공이 들보 위에서 여러분의 인사를 기다리고 있다.

동굴과도 같은 옥내에서는 긴 막대기 끝에 불을 붙여 높이 쳐들어 올리지 않으면 지붕이 보이지 않는다. 이러한 집이라면 벽난로 안이나 움푹 들어간 창턱, 혹은 긴 나무의자 위나 마루 귀퉁이에서도 얼마든지 잠을 잘 수가 있고, 원한다면 서까래 위에서 거미와 동거하는 것도 가능할 것이다.

현관문을 열어 발을 들여놓으면 그곳은 이미 실내이므로 격식 차린 딱딱한 예의는 더 이상 필요치 않다. 먼 여정에 지친 나그네는 잠시 발길을 멈추고 이곳에서 숨을 돌리며 식사도 하고 담소도 나누고, 또 잠자리에 들 수도 있다. 그것은 폭풍이 휘몰아치는 밤에 언제든 안심하고 몸을 맡길 수 있는 둘도 없는 피난처이다. 살림살이에 필요한 것은 모두 갖추고 있지만 여분의

---

4)_대(大)카토의 〈농업론〉(3·2)에서.

것은 무엇 하나 눈에 띄지 않는 곳. 집안의 보물은 한눈에 바라다볼 수 있고 필요한 것은 모두 벽에 걸려 있다. 부엌과 식료품 저장고, 응접실, 침실, 창고, 다락방 등을 모두 겸하고 있는 것이다. 나무통이나 사다리와 같은 생활 필수품, 찬장과 같은 귀중한 물건들이 바로 눈앞에 있고, 부글부글 냄비 끓는 소리가 들리며 저녁식사를 요리하는 불과 빵을 굽는 화덕에 경의를 표할 수가 있다. 필요한 가구와 가재도구가 있는 그대로 아름다운 장식품이 되는 것이다.

세탁물은 세탁실에 내놓지 않아도 되고 불씨가 꺼지는 일이 없으며 안주인이 잔뜩 골을 낼 일도 없다. 때로 식사를 준비하다가 지하실에 내려갈 때 손님을 향해 뚜껑문에서 좀 비켜달라고 할지도 모르지만, 덕분에 발로 두드려보지 않아도 마루 밑의 땅이 견고한지, 아니면 속이 파였는지 알 수가 있다.

집안은 새 둥우리처럼 숨김이 없고 무엇이든 빤히 보이기 때문에 현관으로 들어와 뒷문으로 나가는 사이, 살고 있는 누구누구와 반드시 얼굴을 마주치게 된다. 그곳의 손님이 된다는 것은 집안을 자유로이 거닐 수 있다는 것이다. 실내의 대부분 장소로부터 배척되어 특정한 작은 방에 밀어넣어진 후, "편히 쉬세요" 하는 말을 듣는—다시 말해 홀로 유폐되는—것과는 근본적으로 다른 것이다.

요즘에는 집주인이 손님을 난롯가로 인도해주지 않는다. 그 대신 석공을 시켜 통로 어딘가에 방문객용 난로를 따로 만들어둔다. 손님을 접대하는 것이란 바로 손님을 가능한 한 멀어지게 하는 기술인 것이다. 요리로 말할 것 같으면 손님을 독살할 작정인가 의심스러울 정도로 오로지 숨기는 데 급급하다. 나는 지금까지 여러 사람의 소유지 안에 발을 들여놓았었고 때로는 법에 의해 퇴거 명령을 받을 만한 일도 있었으나, 그렇게 많은 인가에 들어가보았다는 느낌은 들지 않는다. 나의 오두막 같은 곳에서 소박한 생활을 하고 있는 왕이나 왕비가 실재한다면 나는 낡은 옷차림 그대로 지나다가 잠깐 들러볼 생각도 들 것이다. 하나 만약 으리으리한 현대식 궁전에 갇혀버리기라도 한다면 그곳에서 도망칠 궁리만을 하게 될 것이다.

지금은 응접실이라는 말 그 자체가 완전히 활력을 잃고 단지 입에 발린 말로 타락해버린 것 같다. 우리의 생활은 이를 상징하는 자연으로부터 아주 먼 곳에서 영위되고,[5] 은유나 비유적인 표현도 급사가 끌고 다니는 식기대에 얹혀 멀리 운반되어 가는 사이 필연적으로 에두르지 않을 수 없는 억지가 되고 만 것이다. 그만큼 손님이 부엌이나 작업장에서 멀어지게 되었다는 것이다. 식사조차 그저 단순한 식사의 비유에 지나지 않게 되었다. 이래서야 자연과 진리 가까이에 살면서 거기에서 비유적인 표현을 빌릴 수 있는 자는 이제 미개인밖에 없지 않겠나. 멀리 미국의 북서부, 혹은 아일랜드 해의 맨 섬에 살고 있는 학자 등은 이곳의 부엌에서 어떠한 어법이 적절할지 짐작이나 할 수 있겠는가?

나의 오두막에서 즉석 푸딩을 함께 먹어볼 생각을 하는 대담한 사람은 방문객 중에 겨우 한 둘을 헤아릴 뿐이었다. 그런데 그러한 사람들조차 점점 위기감을 느꼈는지 집의 기둥뿌리라도 흔들린 것처럼 허겁지겁 변명을 내뱉고 퇴각해버리는 것이었다. 그럼에도 불구하고 내 오두막은 수없는 즉석 푸딩을 견디어내고 탄탄하게 서 있었던 것이다.

나는 추위에 얼음이 깔릴 때까지 회반죽칠을 하지 않았다. 건너편 물가에서 회반죽을 만드는 데 안성맞춤인 아주 하얗고 깨끗한 모래를 배로 운반해

---

5)_소로가 큰 감화를 받은 에머슨에 의하면, 세계(자연)는 인간정신의 상징이고, 언어는 세계의 은유이다.

왔는데, 이런 걸 운반하기 위해서라면 더 멀리까지 나가도 좋다고 생각했다. 그 동안에 벽면은 사방 모두 지면 가까운 곳까지 판자 대기를 끝내고 있었다. 외를 댈 때에는 망치를 두드릴 때마다 못이 푹 푹 박히는 느낌이 그렇게 좋을 수가 없었다.

다음은 반죽판에서 벽면으로 재빨리 회반죽을 날라야 한다. 그때 문득 마을에서 잘난 척하기 좋아하던 한 남자가 떠올랐다. 그는 옷을 쫙 빼 입고 거리를 어슬렁거리며 일꾼들에게 이것저것 말참견을 해댔는데, 어느 날 그는 입으로만 이럴 게 아니라 직접 손끝으로 시범을 보여주겠다는 생각에 소매를 걷어붙이고 미장이로부터 반죽판을 낚아챘다. 어찌어찌 회반죽을 흙손 위에 얹더니 잠시 머리 위의 외를 바라보며 빙긋이 웃는다. 그리고 대담하게 그쪽으로 유유히 팔을 뻗는 순간, 그만 회반죽이 주르륵 떨어져 셔츠의 가슴 언저리를 엉망으로 만든 것이다. 얼굴이 벌게져 어쩔 줄 몰라 하던 모습이 지금도 눈에 선하다.

나는 추위를 효과적으로 방지하고 마무리 후에도 보기 좋은 회반죽의 뛰어난 경제성과 편리함에 새삼 감탄하면서, 미장이가 저지르기 쉬운 실패에는 어떤 것이 있는지도 배웠다. 벽돌은 아주 건조한 상태이고 회반죽을 고르게 칠하는 동안 거기에 포함된 수분을 완전히 흡수해버리기 때문에 새로운 난로에 세례를 베풀기 위해서는 나무통으로 수차례 물을 날라야 한다는 것을 깨닫고 놀랐다. 지난해 겨울, 가까운 강에서 잡히는 식용 쌍각류의 껍데기를 구워서 시험삼아 소량의 석회를 만들어본 일이 있다. 따라서 필요한 재료를 입수할 수 있는 장소는 알고 있었다. 마음만 먹으면 1, 2마일 이내의 장소에서 양질의 석회석을 손에 넣고 자신이 직접 구울 수도 있었을 것이다.

그 동안에도 응달진 호숫가의 제일 얕은 후미에는 엷은 얼음이 깔려 있었다. 수면 전체가 빙판이 되기 수일 전, 아니 수주일 전의 일이었다. 첫 얼음은 특별히 흥미를 돋우어주는 것으로, 완벽하고 단단하며 어두운 색조를 띠면서도 투명하기 때문에 얕은 곳에서는 호수 바닥을 관찰할 수 있는 절호의 기회를 제공해준다. 두께가 겨우 1인치의 얼음 위에 수면에 떠 있는 소금쟁이처럼 오래도록 엎드려서 겨우 2, 3인치 정도 떨어진 밑바닥을 유리창 너머 그림이라도 보듯이 한껏 관찰할 수가 있는 것이다. 그러한 때에 물은 언제나 온화하다. 생물들이 이리저리 돌아다니고 그 흔적을 따라 다시 되돌아오고 하면서 모래땅에는 많은 고랑이 파였다. 또 살아 있는 것들의 잔해로써 하얗고 작은 석영 알갱이로 이루어진 날도래 유충의 허물이 흩어져 있다. 그 허물의 일부가 고랑 속에 있는 것을 보면 고랑을 파놓은 게 그들이 아닐까 하는 생각도 든다. 그들의 소행치고는 꽤 깊고 넓긴 했지만.

그러나 무엇보다도 얼음 그 자체야말로 가장 흥미로운 관찰대상이다. 이를 연구하기 위해서는 가능한 한 빠른 시기를 잡아야 한다. 결빙한 직후의 아침에 자세히 살펴보니 처음에는 얼음 속에 갇혀 있는 것처럼 보였던 대부분의 물거품이 사실은 얼음 뒤편에 붙어 있다는 것, 그리고 물 밑에서 끊임없이 거품이 솟아오르고 있다는 것을 알 수 있었다. 이 시기에는 얼음이 비교적 딱딱하고 어두운 색을 띠고 있기 때문에 그것을 통해서 물을 볼 수 있는 것이다. 아주 미세한 것에서부터 직경 1/8인치에 이르는 다양한 기포들은 아름답기도 하거니와 상당히 맑아 얼음을 통해 자신의 얼굴이 비칠 정도이다. 1제곱인치당 3, 40개 정도의 기포가 있는 것 같다.

또 이미 얼음 내부에는 길이 약 반 인치의 꼭대기가 위로 향한 가늘고 긴 원추형 기포들이 맺혀 있다. 결빙한 지 얼마 안 될 무렵에는 작고 둥근 기포들이 상하로 겹쳐져 묵주알처럼 쭉 이어져 있는 경우가 많다. 단 얼음 내부의 기포는 얼음 아래의 것과 비교하면 수도 적고 눈에 잘 띄지 않는다.

나는 가끔 얼음의 견고함을 시험해보기 위해서 돌멩이를 주워 던져보았다. 그러자 얼음을 꿰뚫고 들어간 돌은 그것과 함께 공기를 실어와 상당히 크고 눈에 띄는 새하얀 기포를 알알이 얼음 밑에 붙여놓았다. 하루는 48시간 후에 같은 장소에 가보니 얼음 가장자리에 생긴 줄에서 얼음이 1인치 더 두꺼워진 것을 알 수 있었는데, 그 커다란 기포는 고스란히 남아 있었다. 그런데 그 이틀간은 비교적 따뜻한 날씨였기 때문에 얼음은 호수의 암녹색과 밑바닥까지 훤히 보이는 투명함을 잃고 부옇게 흐려져 있었다. 두께는 두 배나 되었지만 이전만큼 단단한 상태는 아니었다. 이 따스함으로 내부의 기포가 크게 팽창해 서로 들러붙는 바람에 규칙적인 배열을 흩뜨리고 있었기 때문이다. 그것은 이미 상하 일렬로 늘어선 묵주알이 아니라 자루에서 쏟아져나온 은화처럼 서로 겹치거나 작은 균열을 비집고 들어온 얇은 조각 같은 것이 많았다. 얼음은 아름다움을 상실하고 호수 바닥을 조사하기에는 너무 늦은 것이다.

나는 새로운 얼음 속에서 그 커다란 기포가 어떤 위치를 차지하고 있는지 궁금해져서 중간 정도 크기의 기포를 포함하는 얼음을 깨서 뒤집어보았다. 새로운 얼음은 기포 주위와 아래쪽에 형성되어 있었기 때문에 기포는 두 개의 얼음 사이에 끼어 있는 모양이었다. 즉 그것은 하층의 얼음 속에 쏙 들어가 있었던 것인데 상층의 얼음에도 밀착되어 있고, 형태는 납작하다기보다 약간 볼록 렌즈와도 같아 끝은 둥글고, 두께는 1/4인치, 직경은 4인치였다.

놀랍게도 이 기포 바로 아래의 얼음은 접시를 뒤집어엎은 형태로 녹아 있고, 얼음의 두께는 중심부가 5/8인치, 얼음과 기포 사이에는 두께 1/8인치에도 미치지 않는 얇은 얼음의 격벽이 남아 있었다. 이 격벽 속에 있는 작은 물방울은 도처에서 아래쪽으로 분출하고 있었다. 아무래도 직경 1피트나 되는 가장 큰 기포 아래는 전혀 얼음이 얼지 않은 듯했다. 나의 추측으로는 당초, 얼음 하부에 들러붙어 있던 무수한 작은 기포가 지금 역시 얼음에 갇혀 버린 결과, 조금씩 아래의 얼음에 대해 집광 렌즈의 작용을 해 그것을 녹이고 갉아먹어버린 게 아닐까 하는 생각이 든다. 기포들은 말하자면 얼음에 금을 가게 하고 환성을 올리게 하는 작은 공기총과 같은 것이다.

회반죽칠을 끝냄과 동시에 드디어 본격적인 겨울이 찾아오고, 바람은 기다렸다는 듯이 오두막 주위에서 신음을 울리기 시작했다. 거의 매일 밤—일대에 눈이 내려 쌓인 후에도—기러기 떼가 소란스러운 날갯짓 소리와 함께 끼룩끼룩 울어대며 어둠 속을 찾아와 일부는 월든 호에 내리고, 또 일부는 수풀 위를 낮게 비행해 페어 헤븐 쪽으로, 그리고 더 멀리 멕시코를 향해 날아갔다. 밤 10시나 11시경 마을에서 돌아오면 집 뒤편의 작은 연못가 숲에서, 먹이를 찾으러 온 기러기나 오리 떼의 낙엽 밟는 소리, 허겁지겁 날아오를 때에 그들의 인솔자가 내는 소란스러운 울음소리 등이 심심찮게 들려왔다.

1845년에 월든 호는 12월 22일 밤 처음으로 전면이 결빙했다. 플린트 호와 그 외의 더 얕은 호수들, 그리고 콩코드 강은 그것보다 열흘, 혹은 그보다 더 일찍 얼어 있었다. 1846년에는 12월 16일, 1849년에는 12월 31일경, 1850년에는 12월 27일경, 1852년에는 1월 5일, 1853년에는 12월 31일에 전면 결빙했다.

눈은 이미 11월 25일부터 지상을 뒤덮으며 주위의 풍경을 단숨에 겨울로 바꾸어놓았다. 그러나 나는 점점 더 자신의 껍데기 속에 콕 박혀서 집안에서나 가슴속에서나 새빨간 불만을 지피려 한다. 문 밖에서의 일이라면 숲의 메마른 나무를 모아 손에 들기도 하고 어깨에 짊어지기도 하면서 실어나르든지, 아니면 때때로 시든 소나무를 한 그루씩 양 옆구리에 끼고 오두막까지 끌어오는 것이었다. 예전에는 멀쩡하게 서 있던 숲의 오래된 울타리가 나의 멋진 노획물이 되었다. 나는 그것을 불의 신 불카누스의 희생양으로 바치기로 한 것이다. 이미 경계의 신 테르미누스를 섬기기에는 너무 나이를 먹었으니. 눈길을 헤치며 저녁 지을 때 쓸 장작을 모으러─아니, '훔치러' 라고 해도 좋다─갔다 온 자의 저녁 식사는 또 얼마나 각별한가! 빵도 고기도 기가 막힌 맛이다.

대부분의 마을 숲에는 많은 집에서 태우기에 충분한 여러 종류의 장작이나 시든 나무가 뒹굴고 있었는데, 요즘에 와서는 온기를 취하는 데는 조금도 도움이 되지 않고 도리어 어린 나무의 성장을 방해한다고 생각하는 사람도 있다. 이 외에도 호수의 유목이 있었다. 나는 여름철에는 철도 부설 중에 아일랜드인 노동자들이 이어 짠, 수피가 붙은 소나무 뗏목을 발견하고 반쯤 육지 위로 끌어올려두었다. 2년간 물에 잠겨 있다가 6개월간 육지 위에서 지낸 그 뗏목은 더 이상 말릴 수 없을 정도로 물이 스며들어 있었지만 조금도 썩지는 않았다. 겨울의 어느 날, 나는 그것들을 하나하나 따로 뗀 후에 반 마일 가까이나 호수를 가로질러 미끄러져오게 하는 작업을 즐겼다.

길이 15피트 정도의 통나무 한 끝을 어깨에 메고, 다른 한 끝을 얼음 위에 내려서, 뒤에서부터 밀어 미끄러져가게 하는 것이다. 때로는 가는 자작나무 가지로 몇 개를 같이 다발로 묶고 끝에 갈고리가 달린 더 기다란 자작나무나 오리나무에 걸어 질질 끌어온 적도 있다. 그것들은 완전히 물을 흡수해 납덩이처럼 무거웠는데도 장시간 타올랐고 화력도 상당히 셌다. 아니 오히려 물에 잠겨 있었기 때문에 더 잘 타오르는 것이라는 생각이 들었다. 물에 처박혀 있던 송진은 램프 속에서 타오를 때처럼 오래 지탱할 수 있는 듯했다.

---

6)_William Gilpin(1724~1804). 영국의 저술가. 모국의 자연경관을 시적으로 묘사한 여행기 작자로 알려짐.

길핀[6]은 잉글랜드의 숲 경계 지방에 사는 사람들에 관한 글 속에서 다음과 같이 언급하고 있다. "침입자들에 의한 불법침해와 그들이 삼림의 경계에 세운 가옥이나 울타리"는, "옛 삼림법에서는 중대한 불법행위로 간주되고 있었고, 공공지역 침해라는 이름하에, 즉 날짐승에게 겁을 주고 삼림을 해할 우려가 있다는 등의 이유로 엄벌에 처해졌다."[7] 그러나 나는 짐승 사냥이나 초목의 보전에 관해서는 수렵꾼이나 나무꾼들 이상으로 깊은 관심을 가지고 있었고, 그 점에 있어서는 삼림감독관에 뒤지지 않는다고 자부한다. 만약 숲의 일부가 불타기라도 한다면(실은 내 실수로 숲을 태운 적이 있기는 하지만)[8], 나는 숲의 주인 못지않게 슬픔에 젖었을 테고 평생 잊을 수 없는 아픈 기억으로 남았을 것이다. 아니, 그것을 주인의 손으로 직접 베어 쓰러뜨릴 때도 가슴이 에이는 건 이루 말할 수가 없었다. 부디 나무를 베는 자들은 나무를 쓰러뜨릴 때 고대 로마인들이 성스러운 숲을 솎아내고 햇빛이 잘 들게 했을 때 느꼈던 경외감을 조금이나마 느꼈으면 한다. 즉 그 숲을 신에게 바치는 것이라 생각하는 것이다. 로마인들은 속죄의 희생양을 바치면서 다음과 같이 기도한 것이다. "이 숲에 모셔져 있는 신이시여, 어떠한 신이든 부디 우리와 우리 가족과 아이들에게 은혜를 베푸소서……."

놀랍게도 오늘날, 이 새로운 나라에 있어서도 목재는 여전히 대단한 가치를 지니고 있다. 황금보다 더 영속적이고 보편적인 가치라 해도 좋을 것이다. 지금까지 온갖 다양한 것들이 발명되었음에도 불구하고 산더미처럼 쌓여 있는 목재 곁을 무심코 지나쳐버리는 자는 없을 것이다. 우리의 조상인

---

7)_William Gilpin(1724~1804). 《*Remarks on Forest Scenery*》(Edinburgh, 1834, Ⅱ, p.122).
8)_소로는 1844년 실수로 페어 헤븐 숲에 불을 낸 적이 있다.

색슨족이나 노르만족에게 그러했듯이 우리에게도 목재는 귀중한 물건이다. 그들이 목재로 활을 만들었다고 한다면 우리는 그것으로 총상을 만든다. 약 30여 년 전 미쇼[9]는 뉴욕과 필라델피아에서 장작의 가격이 "파리의 최상급 장작과 거의 같든지 그것을 웃도는 일조차 있다. 이 거대한 도시는 매년 30만 코드 이상의 장작을 필요로 하고 있고 멀리 300마일까지 개간된 평지로 둘러싸여 있다"[10]고 말했다.

우리 마을에서도 장작의 가격은 매년 착실하게 상승 일로를 걷고 있고, 작년과 비교해 금년에는 얼마나 더 올라가는가 하는 것만이 문제이다. 이렇다 할 용무도 없으면서 일부러 숲을 들락거리는 일꾼이나 장사꾼들은 십중팔구 장작 경매에 얼굴을 내미는 사람들이다. 그들은 나무꾼들이 남기고 간 나무토막을 모으는 권리에 대해서조차 높은 대금을 지불하고 있다. 인간이 연료나 공예품의 재료를 숲에서 구하게 된 지 꽤 오랜 세월이 지났다. 뉴잉글랜드인과 뉴네덜란드인, 파리 시민, 켈트족, 농부, 로빈후드, 구디 블레이크와 해리 길[11], 이 세상의 거의 모든 왕후나 소작인, 학자, 야만인 모두 한결같이 지금도 난방을 하고 음식을 조리하기 위해서는 숲에서 얻은 장작이 필요한 것이다. 나 역시 그것 없이는 살아갈 수가 없다.

누구나 자신의 장작더미를 보고 있으면 어떤 애정과 같은 감정이 솟구치지 않을까 싶다. 나는 창문 앞에 장작 쌓아두기를 좋아했다. 장작의 높이가 높을수록 일하는 즐거움도 커졌다. 나는 누구 것인지도 모르는 낡은 도끼

9)_ François Andrew Michaux(1770~1855). 프랑스의 식물학자, 여행가.
10)_ Michaux, 《Voyage à l'ouest des monts Alleghanys…》(Paris, 1808). (Christie, p.288)에서.
11)_ 워즈워스의 시에 〈Goody Blake and Harry Gill〉이라는 제목의 가난한 농민을 그린 시가 있다.

한 자루를 갖고 있었는데, 겨울날 마음이 내키면 햇볕이 잘 드는 양지에서 콩밭에서 파낸 그루터기를 향해 그것을 휘두르곤 했다. 밭을 경작하고 있었을 때 잠시 부렸던 한 소몰이꾼이 예언한 대로 이 그루터기는 쪼개고 있을 때와 불을 지필 때, 두 번에 걸쳐 내 몸을 따듯하게 해준 것이다. 그러고 보니 이 정도로 화력이 강한 연료는 없다 하겠다. 도끼로 말하자면, 마을의 대장간에서 날을 다시 해 박는 게 좋지 않겠느냐는 말을 들었지만 나는 집에서 고치기로 하고, 숲에서 가져온 히코리 가지로 자루를 만들어 어떻게 고쳐보았다. 찍는 맛은 둔했지만 적어도 자루는 튼튼했다.

수지가 많은 소나무 토막은 그야말로 보물이었다. 이 땔감이 대지의 태내에 지금 얼마나 파묻혀 있을까를 생각하면 가슴이 설렌다. 몇 년 전의 일인데 나는 종종 옛날 솔숲을 이루고 있던 한 벌거숭이 언덕으로 광맥 조사를 나가 수지가 듬뿍 포함된 뿌리를 여러 개 파낸 적이 있다. 그러한 뿌리는 거의 썩지 않는다. 3, 40년은 지난 그루터기라도 심은 아직 멀쩡한 것이다. 단지 중심에서 4, 5인치 떨어진, 흙과 동일한 평면에 두꺼운 비늘과 같은 나무껍질이 고리를 이루고 있는 모습을 보면 하얀 목질 부분은 완전히 부식토로 변해버린 듯하다. 도끼와 삽으로 이 광맥을 탐색해 우지와 같이 노란 나무 고갱이의 보고를 마치 금광을 파 내려가듯이 땅속 깊숙이 쫓는다.

그러나 대부분의 경우 나는 눈이 내리기 전에 헛간에 비축해둔 낙엽을 태워 불을 지폈다. 나무꾼들이 숲에서 노숙을 할 때는 가늘게 쪼갠 히코리 생목을 땔감으로 쓴다. 나도 그것을 조금 손에 넣었다. 마을 사람들이 지평선 너머에서 불을 지피고 있을 무렵, 나 역시 굴뚝에서 연기를 펄럭이며 이쪽이 눈을 뜨고 있다는 걸 월든 계곡의 동물들에게 알리는 것이다.

가벼운 날개를 지닌 연기, 이카로스와도 같은 새여,

위로 오를수록 너의 날개는 녹아내린다.

노래하지 않는 종달새, 새벽의 사자여,

보금자리인 마을 하늘 위에서 너는 호를 그린다.

혹은 사라지려 하는 꿈인가,

치맛자락에 주름 짓는, 한밤의 어두운 환영인가.

밤에는 별을 가리우고, 낮에는

빛에 어둠을 떨구며, 태양을 그늘지게 하는 자.

자 날아올라라, 나의 향기로운 연기여, 이 화로에서,

그리고 용서를 구해라, 신들에게, 빨갛게 타오르는 불꽃을.

자른 지 얼마 안 되는 딱딱한 생목은 아주 조금 태우는 것만으로도 다른 어떤 장작보다 나의 목적을 만족시켜주었다. 겨울날 오후, 산책을 나갈 때에는 불이 활활 타오르도록 놔두었는데, 서너 시간 후에 돌아와 보면 아직도 새빨갛게 화끈거리고 있었다. 나의 오두막은 주인이 출타 중에도 텅 비어 있지 않았던 것이다. 쾌활한 가정부를 하나 두고 있는 듯했다. 여기에 살고 있는 것은 나와 '불'이었다. 이 가정부는 딴 것은 둘째 치고 신뢰를 배반하는 일은 없었다.

그런데 어느 날 장작을 쪼개면서 문득, 집에 혹시 불이나 붙지 않았는지 창문 너머로 엿보고 싶은 생각이 든 것이다. 내가 기억하는 바로는 평소와 달리 불에 신경이 쓰였던 것은 이때뿐이다. 잠깐 엿보니 아니나 다를까 불꽃이 침대에 옮겨붙어 타들어가고 있었다. 냉큼 안으로 들어가 불을 껐지만 이미 손바닥만하게 탄 자국이 남아 있었다. 오두막은 볕이 잘 들고 지붕도 낮은데다, 바람이 잘 불지 않는 곳에 있어서 한겨울에도 낮에는 불을 피우지 않아도 되었다.

두더지가 지하실에 터를 잡고 감자를 벌써 여러 개 갉아먹었다. 그는 회반죽을 칠했을 때 남은 털과 갈색 종이 쓰레기 따위로 폭신한 침상까지 만들어놓은 것이다. 지극히 야성적인 동물이라도 인간과 마찬가지로 편안하고 따뜻한 잠자리를 구하는 것이고, 그러한 것을 확보하려고 기를 쓰기 때문에 겨울을 무사히 넘길 수 있는 것이다. 친구들 중에는 "자네 일부러 얼어죽으려고 숲에 가나" 하는 사람도 있었다. 동물들은 비바람을 피할 수 있는 장소에 침상을 만들고 그것을 자신의 체온으로 따뜻하게 하는 것이 전부이다. 반면 인간은 불을 발견함으로써 넓은 방에 공기를 가두어 자신의 체온을 빼앗기지 않고 방을 따뜻하게 해 침상으로 이용하고, 갑갑한 의복을 벗고 그 안을 자유롭게 돌아다니면서 한겨울에도 여름의 상태를 유지하며, 창을 뚫어 빛까지 들여오고 램프에 불을 댕겨 낮 시간을 연장한다. 이렇게 해 인간은 본능을 초월해 한 발 두 발 전진하고, 예술창조를 위해 얼마 안 되는 시간을 여분으로 남기려 한다.

장시간 추운 겨울바람에 노출되면 나는 온몸이 얼어붙어 무감각해지지만, 일단 따스한 집으로 돌아가면 곧바로 기능이 회복되어 목숨을 연장할 수 있었던 것이다. 사람이 제아무리 호사스러운 저택에 산다 한들 이 점에 있어 다를 게 뭐가 있으랴. 인류가 최후에 어떤 상태로 멸하게 될까를 궁금히 여길 필요도 없는 것이다. 북쪽에서 조금만 더 추운 바람이 불어오면 언제든 인간의 실낱같은 목숨은 끊어져버릴 테니. 우리는 '혹한의 금요일'[12]이나 '폭설의 날'[13]로부터 오늘날까지 시간이 얼마나 경과했는지 세고 있지

---

12)_혹독한 추위가 엄습했던 1810년 1월 19일을 이 지방에서는 이렇게 불렀다.

만, 그것보다 조금 더 추운 금요일, 조금 더 심한 폭설이 엄습하는 것만으로 인류의 생존에는 종지부가 찍히는 것이다.

이듬해 겨울에는 연료절약을 위해 작은 조리용 난로를 사용했다. 숲은 내 것이 아니었기 때문이다. 그런데 그것은 벽난로만큼 불이 오래 가질 못했다. 식사준비는 이제 시적인 행위에서 벗어나 단순한 화학변화의 과정으로 전락하고 말았다. 요즘과 같은 난로의 시대에는 옛날 인디언들이 하던 식으로 감자를 재 속에 묻어 구워먹던 일도 곧 잊혀지고 말 것이다. 난로는 장소를 많이 차지할 뿐만 아니라 방 안에 냄새를 피우고 불꽃마저 숨겨버려 어쩐지 친숙한 벗을 잃은 듯한 느낌이 들었다.

불길 속에는 늘 하나의 얼굴이 보인다. 일꾼들은 밤이 되면 가만히 불길을 응시하면서 대낮에 들러붙은 찌꺼기나 속세의 때를 깨끗이 씻어내고 자신의 사상을 정화한다. 그런데 이제 나는 의자에 앉아 조용히 불길을 응시할 수 없게 된 것이다. 그러자 이 자리에 어울리는 한 시인의 말이 새로운 힘을 갖고 기억 속에 되살아났다.

"환한 불꽃이여, 거부하지 말아다오,
너의 그리운, 인생을 비추어내는 따뜻한 배려를,
나의 희망 외에, 이렇게 훤히 불타오른 것이 또 있었을까?
나의 운명 외에, 이렇게 깊숙이 밤의 어둠 속으로 잠긴 것이 또 있었을까?

어찌해 너는 우리의 거실과 화롯가에서 추방되고 말았는가,

---

13)_1717년 12월 10일을 말함.

누구에게서나 환영을 받고 사랑받아왔던 너인데?

우리네 따분한 인생의 흔해빠진 빛 속에서,

너의 존재는 너무나도 환상적이었던가?

너의 밝은 빛이 마음이 잘 맞는 우리의 영혼과

신비한 이야기를, 너무나 흥금 없는 대화를 나눈 탓이란 말인가?

어쨌든 우리는 별 탈 없이 잘 지내고 있다.

희미한 그림자조차 흔들리지 않는 화롯가에 앉아,

마음을 기쁘게 하거나, 슬프게 하는 것도 없이.

불은 손발을 따스하게 해줄 뿐ー더 이상의 그리움은 없다.

실용적인 자그마한 스토브 옆에

우리는 털썩 앉아, 잠에 빠질 것이다.

과거의 어두움에서 걸어나와, 흔들리는 오래된 장작불 곁에서

우리와 얘기를 나누었던 유령들을 두려워하는 일도 없이."[14]

---

14)_Ellen Hooper(1812~1848)의 시 〈The Wood-Fire〉에서.

14*th*
선주민과 겨울의 방문객

14_선주민과 겨울의 방문객

　　나는 몇 차례나 세찬 눈보라를 견디고 살아남아, 밖에서는 눈보라가 휘몰아치고 올빼미 소리조차 끊어졌다고 하는데 화로 주변에서 겨울의 즐거운 저녁 시간을 보냈다. 몇 주 동안 내가 산책 중에 만난 인간이라곤 이따금 장작을 베어 썰매에 싣고 마을로 향하는 사람들뿐이었다. 그런데 나는 자연의 도움을 받아 눈이 제일 많이 쌓인 숲속에 오솔길을 열게 되었다. 그곳을 지날 때 바람에 발 언저리로 흩어지던 떡갈나무 잎들이 쌓여 햇빛을 흡수하고 눈을 녹여주었기 때문에 걷기 쉬운 마른 발판이 생겼고 밤에는 그 거무스름한 선이 길잡이 구실을 해주었다.

　　이웃이라 할 것 같으면 옛날 이 숲에 살고 있었던 이들을 상상해보는 수밖에 없었다. 사람들의 말로는 내 오두막 근처를 지나는 길가에서 마을 사람들의 잡담이나 웃음소리가 심심찮게 들려왔다고 하며, 길가의 숲에는 여기저기 그들의 작은 뜰과 가옥이 산재해 있었다고 한다. 당시의 길은 지금보다 더 깊은 숲속에 갇혀 있었다. 나도 기억하고 있지만 솔가지에 마차 가장자리가 스칠 만큼 비좁고 어두워 이 길을 지나 링컨까지 혼자 걸어가는 여자나 아이들은 겁을 집어먹고 꽤 먼 거리를 쏜살같이 달려 빠져나가곤 했다.

　　이 조붓한 길은 주로 근린 마을로 나가거나 나무꾼이 가축을 끌고 다니던 통로에 지나지 않았지만, 지금보다 더 변화가 풍부했기 때문에 지나는 행인의 눈을 즐겁게 하며 언제까지나 그 뇌리에 깊이 새겨졌다. 마을부터 숲까지 딱딱한 흙의 널찍한 밭이 이어져 있는 일대도 당시에는 단풍나무가 서 있는 늪지였고, 통나무 토대 위를 이 길이 지나고 있었던 것이다. 그 통나무 잔해는 필시 스트래튼(지금의 구빈원) 농장에서 브리스터 언덕으로 통하는 현재의 먼지 자욱한 간선도로로 밑에 아직 묻혀 있을 것이다.

내 콩밭의 동쪽 길 건너편에 콩코드 마을의 신사 던컨 잉그램 씨의 노예,
카토 잉그램이 살고 있었다. 그는 이 노예에게 집을 지어주고 월든 숲에 사
는 것을 허락한 것이다. 카토라 했지만, 고대 로마의 정치가 카토[1]는 아니고
콩코드의 카토다. 이 남자는 기니 출신 흑인이라는 말도 있다. 나이를 먹으
면 쓸모가 있을 거라고 남겨둔 밤나무 사이에 그의 손바닥만한 밭이 있었던
걸 기억하는 사람도 아직 몇 있다. 그러나 결국 그 나무들은 그보다 젊고 피
부가 흰 어떤 투기꾼의 손에 넘어가고 말았다. 하지만 그자도 현재는 그와
마찬가지로 비좁은 굴 속에 살고 있는 것이다. 카토의 반쯤 묻힌 지하실은
아직 남아 있다. 소나무에 둘러싸여 행인의 눈에는 띄지 않고 아는 사람도
거의 없지만, 지금은 그곳에 옻나무가 빼곡하고 미역취 중에서도 제일 빨리
꽃을 피우는 풀이 무성하게 돋아나 있다.

마을과 더 가까운 콩밭의 모퉁이를 돌아가면 질파라는 흑인 여자의 작은
오두막이 나오는데, 그녀는 마을 사람들을 위해 리넨을 짜면서 온 월든 숲에
고음의 노랫소리를 울려 퍼지게 하고 있었다. 그녀는 아주 거침없는 풍부한
음량을 지니고 있었던 것이다. 그런데 1812년 영국과의 전쟁 중에 그녀의 오
두막은 그녀가 집을 비운 사이 가석방중인 영국군 포로들이 불을 지르는 바
람에 기르던 고양이서부터 개, 암탉에 이르기까지 깡그리 불타버렸다.

그녀는 몹시 궁핍한 생활을 하고 있었는데, 한술 더 떠 하는 행동까지 약
간 정상에서 벗어난 면이 있었다. 숲을 자주 찾던 어떤 사람이 하루는 그 집
앞을 지나치면서 그녀가 부글부글 끓고 있는 냄비를 향해 "너희는 모두 뼈
다귀다, 뼈다귀야!" 하고 중얼거리는 소리를 들었다고 한다. 아직도 부근의

---

1)_Cato(기원전 95~46). 고대 로마의 정치가. 보통 '소(小)카토'라 불린다.

키 작은 떡갈나무 숲속에는 드문드문 벽돌이 눈에 띈다.

길을 더 나아가면 오른편 브리스터 언덕 위에, 예전에 커밍스 씨의 노예였던 재주꾼 브리스터 프리맨이 살고 있었다. 거기에는 브리스터가 심고 키운 사과나무들이 아직 남아 있다. 지금은 커다란 노목이 되어 있지만 과실의 맛은 변함없이 야성적이고 싱싱하다. 바로 요전의 일인데, 나는 오래된 링컨 묘지에서 콩코드에서 퇴각하던 중에 쓰러진 무명의 영국군 척탄병[2] 묘지 한 귀퉁이에 붙여 만들어진 그의 묘비명을 읽었다. 거기엔 '시피오 브리스터'라는 칭호가 새겨져 있고— '스키피오 아프리카누스'[3]라 불려도 손색이 없었겠지만—나아가 '유색인'이라 되어 있었다. 마치 그가 변색한 인간이기라도 한 것처럼. 또 거창하게 사망 연월일까지 기록되어 있는데 이것은 그가 예전에 세상에 생존하고 있었던 것을 간접적으로 알려주는 것에 지나지 않았다. 브리스터는 붙임성이 좋은 펜다라는 이름의 아내와 함께 살고 있었다. 유쾌한 얼굴로 점을 치는 큰 체구에 통통하게 살이 찐, 밤의 아이들[4]보다 더 검은 여자로, 전에도 그렇고 앞으로도 콩코드에 이토록 검은 별은 떠오르지 않을 것이다.

언덕을 더 내려가면 왼편 숲속의 오래된 길가에 스트래튼 일가 저택의 흔적이 남아 있다. 그 과수원은 예전에 브리스터 언덕 기슭을 온통 뒤덮고 있었지만 지금은 소나무 탓에 얼마 안 되는 그루터기만을 남기고 완전히 시들어버렸다. 하지만 그루터기의 오래된 뿌리는 지금도 야생의 어미 그루터기

---

2)_1775년 4월 19일의 콩코드 전투에 대한 언급.

3)_Scipio Africanus Major(기원전 237~183). 카르타고의 장군 한니발을 무찌른 고대 로마의 명장.

4)_《신약성서》 요한복음 12:36의 '빛의 아들'과 연관시킨 패러디.

가 되어 이 마을의 많은 나무를 기세 좋게 번창시키고 있다.

마을로 더욱 다가가면 숲 끝의 길 맞은편에 브리드 집의 흔적이 남아 있다. 그곳은 옛 신화에 이름이 나와 있는 것은 아니지만 우리 뉴잉글랜드의 생활에 있어 눈부신 역할을 다하고, 어떤 신화적인 인물 못지않게 언젠가는 전기를 쓸 만한 가치가 있는 어떤 악마가 온갖 행패를 부린 곳으로 유명한 장소이다. 그것은 친구나 고용인과 같은 흉내를 내고 사람을 방문해 가족의 물건을 빼앗은 후 모두 죽이고 마는—즉, 뉴잉글랜드의 럼주이다.

그러나 여기에서 벌어진 비극의 역사를 이야기하기에는 아직 너무 때가 이르다. 조금 더 시간이 지나 잔열이 식고 비극이 맑은 색조를 띨 때까지 기다리기로 하자. 좀 애매하고 믿기 힘든 전설에 의하면 예전에 이곳에 선술집이 한 채 있었다고 한다. 나그네의 술잔에 물을 타거나 말의 갈증을 풀어 주었던 우물은 지금도 그대로 남아 있다. 당시 여기에서는 오가는 사람들이 인사를 나누고, 세상 돌아가는 이야기를 주거니 받거니 하면서 다시 여로를 재촉한 것이다.

오랫동안 텅 빈 채로 버려져 있던 브리드의 오두막은 한 12년쯤 전에 없어졌다. 내 오두막과 비슷한 크기의 그것은 어느 선거일 밤에 악동들이 불을 질러 타버린 것으로 기억한다. 마을 변두리에 살면서 대버넌트[5]의 〈곤디버트〉를 읽는 데 푹 빠져 있던 때였다. 기면 증상으로 인해 고생하고 있던 그 해 겨울의 일이다. 이 병에 대해서는 친척 아저씨 중에 수염을 깎으면서 잠에 빠져버리거나, 일요일에 지하실에서 감자 싹이라도 뽑고 있지 않으면

---

5)_William Davenant(1606~1668). 영국의 시인, 극작가. 〈Gondibert〉는 그의 서정시.

눈을 뜬 채로 안식일을 지킬 수 없다는 사람이 있는 걸 보면 우리 집안 특유의 유전병으로 간주해야 할 것인지, 아니면 내가 차머스[6]의 〈영국시화집〉을 건너뛰지 않고 독파하려고 기를 쓴 것이 원인인지 알 수가 없지만, 결국에는 모르는 채 끝나버렸다. 어쨌든 이 대 저서는 내 안의 네르비족[7]적인 만용을 완전히 꺾어놓고 만 것이다.

내가 시화집 위에 머리를 떨구는 찰나, 화재를 알리는 종소리가 울리고 인솔자 하나 없이 남자와 소년들이 우르르 몰려가는 뒤를 쫓아 소방차 몇 대가 요란한 소리를 내며 현장으로 향했다. 나는 작은 시내를 뛰어넘어 선두 집단에 가세했다. 우리는 더 남쪽의 숲 맞은편에 있는 헛간이나 상점, 혹은 집이 불타고 있는 줄 알았다. 전에도 화재 현장에 자주 뛰어갔었기 때문이다. "베이커의 헛간이다!" 하고 누군가가 외쳤다. "무슨 소리야, 커드맨의 집이야" 하고 또 다른 사람이 주장했다.

그러자 그때 지붕이 불에 타 떨어졌는지 숲 위로 다시금 불꽃이 확 솟아올랐다. 우리는 일제히 "콩코드가 구조하러 왔다!" 하고 외쳤다. 승객을 가득 실은 마차가 몇 대인가 맹렬한 속도로 질주해갔는데, 아마 그 속에는 아무리 먼 길이라도 마다 않고 달려가야 할 보험회사 직원도 섞여 있었을 것이다. 뒤편에서는 소방차의 종소리가 천천히 착실하게 울려 퍼졌고, 제일 마지막으로 후일 불을 지르고 나서 경종을 울렸다는 소문이 나돌았던 무리가 다가왔다.

이렇게 해서 우리는 진실로 이상을 추구하는 자답게 감각기관의 증언을

---

6)_Alexander Chalmers(1759~1834). 스코틀랜드 출신의 전기작가. 다음에 나오는 〈영국시화집〉 전 21권을 간행.

7)_기원전 58년에 카이사르에 의해 정복된 켈트계 부족.

뿌리치며 앞으로 나아갔는데, 드디어 길모퉁이를 돌아서는 찰나 타닥타닥하고 불타오르는 소리가 들리고 돌담 저편에서 불기운이 확실하게 느껴졌다. 유감스럽게도 우리는 이미 현장에 도착하고 만 것이다. 눈앞에서 보는 화재는 도리어 우리의 열을 식게 했다.

처음에 우리는 개구리 연못의 물을 다 퍼서라도 불을 끄고야 말겠다고 생각했지만 결국은 그냥 불타게 내버려두었다. 이미 손을 쓰기에는 너무 늦었고 불을 끌 가치도 없는 집이었기 때문이다. 그래서 우리는 소방차 주위에서서 밀치락달치락하며 메가폰으로 제각기 감상을 토로하기도 하고, 바스컴 가게의 화재를 비롯해 예전에 세계를 떠들썩하게 했던 큰불에 관한 이야기를 서로 숙덕이기도 했다.

그러고 나서 만약 우리가 지체 없이 불 끄는 통[8]을 낚아채 뛰어왔다면, 또 가까운 개구리 연못에 물이 하나 가득 차 있었다면 설사 지상 최후의 날에 일어난다고 하는 대화재라도 제2의 노아의 홍수로 바꾸어놓았을 텐데 하는 안타까움을 금치 못했다. 결국 우리는 나쁜 짓은 하나도 하지 않고 물러났다 ─ 잠과 〈곤디버트〉의 세계로. 그런데 그 〈곤디버트〉에서 서문에 기지(機智)를 영혼의 화약에 견주고 있는 구절 ─ "그러나 인류의 대부분은 기지를 모른다. 인디언이 화약을 모르는 것처럼" ─ 만은 어떻게든 삭제하고 싶은 것이다.

다음날 밤, 우연히 같은 시각에 밭을 가로질러 화재 현장 쪽으로 걸어가보니 그 장소에서 낮은 신음소리가 들려왔다. 어둠 속으로 가까이 다가가니 그 가족 중에 내가 알고 있던 유일한 생존자가 그곳에 있었다. 자기 가족의

---

8)_당시에는 인력 소방차를 '통(tub)' 이라 부르고 있었다.

미덕과 악덕을 모두 이어받고 있는 듯한 남자였는데 어쨌든 이 화재에 이해
관계가 있는 것은 그자뿐이었다. 남자는 엉금엉금 기며 지하실 벽 너머로
아직 아래쪽에서 검은 연기를 뿜고 있는 잔열을 보면서 여느 때처럼 투덜투
덜 혼잣말을 하고 있었다. 그는 멀리 떨어진 강가의 목초지에서 거의 온종
일 일을 했었는데, 시간이 나면 옛날 집안 어른들이 살았던, 그리고 어린 시
절 자신이 살았던 이 집으로 달려오곤 했던 것이다.

그는 엎드린 채로 지하실 속을 구석구석 자세히 뜯어보고 있었다. 벽돌과
잿더미 외엔 무엇 하나 남아 있지 않건만 마치 돌멩이 틈에 보물이라도 숨
겨둔 듯한 모습이었다. 집은 사라져버렸으나 하다못해 잔해만이라도 보아
두려고 하는 것일 게다. 그는 내가 안쓰러운 마음으로 그곳에 서 있는 것이
라 생각하고 기분이 누그러들었는지 어둡긴 했지만 우물이 묻혀 있는 장소
를 가르쳐주었다.

우물은 고맙게도 불에 타는 법이 없다. 그리고 나서 그는 한참 돌담 주위
를 더듬은 끝에 옛날 부친이 우물에 달았다는 방아두레박을 찾아내고 묵직
한 한 끝에 무거운 돌을 매달기 위한 갈고린지 꺾쇠ㅡ이제 그가 의지하고
매달릴 수 있는 물건은 그것밖에 없었다ㅡ인지를 손으로 쓰다듬으면서 이
것은 단순한 '울타리 가로대'가 아니라고 나에게 말해주었다. 나도 그것을
만져보았다. 지금도 나는 산책을 나갈 때면 늘 이 두레박에 눈길이 머문다.
거기엔 일가의 역사가 배어 있는 것이니.

그리고 또 지금은 넓은 밭으로 변해 있지만, 왼쪽 돌담 옆의 우물과 라일
락이 흐드러지게 피어 있는 곳 근처에는 오래 전 너팅과 르 그로스가 살고
있었다. 그러나 링컨 마을 쪽으로 이야기를 돌리기로 하자.

숲속 더 깊숙이 호수와 아주 가까이 접해 있는 부근에는 도기를 굽는 와
이먼이 무단 거주하면서 마을 사람들에게 도기를 팔았고, 가업을 이어받을

자손을 남겼다. 그들도 현세의 부의 혜택은 받지 못한 터라 거기에 살고 있는 동안 동정으로 토지를 사용하도록 허락받고 있었던 것이다. 군의 보안관이 세금 징수를 위해 종종 발을 들여놓았지만 소용없었다. 압류할 것이라곤 아무것도 없어서 형식적으로 '담보물건 없음' 이라는 푯말을 박아놓고 왔다는 보고서를 읽은 적이 있다.

한여름의 어느 날, 풀 뽑기를 하고 있자니 도기류를 짐마차에 싣고 시장으로 향하던 한 남자가 내 밭에 이르러 말을 멈추고 와이먼의 아들 소식을 물었다. 전에 그한테서 녹로를 샀는데 그 후 어떻게 지내고 있는가 하는 것이었다. 나는 성경에서 토기장이의 진흙과 녹로에 관한 내용을 읽은 기억이 있지만,[9] 우리가 사용하고 있는 도기가 먼 옛날부터 대대손손 전해져 내려온 것도 아니고, 표주박처럼 나무에서 나는 것도 아니라는 사실은 잠시 잊고 있었다. 때문에 가까운 곳에서 점토를 반죽하는 기술이 전해지고 있다는 것을 알았을 때는 어쩐지 반가움이 느껴졌다.

내가 발을 들여놓기 전에 이 숲에 살고 있던 마지막 거주자는 와이먼의 집을 빌리고 있었던 아일랜드인 휴 코일(Quoil)—통칭 코일대령—이었다(여기에서 그의 이름을 Quoil이라 적은 것은 코일로 감은 듯한 느낌을 충분히 살리고 싶었기 때문이다). 소문에 의하면 그는 워털루의 전사였다고 한다. 그가 살아 있었다면 다시 한 번 그가 싸우는 모습을 보고 싶은 마음이다. 이곳에서 그는 도랑 파는 인부였다. 나폴레옹은 세인트헬레나 섬으로 유배되고, 코일은 월든 숲으로 유배된 것이다.

---

9)_《구약성서》예레미야 18:6.

그에 관해 내가 알고 있는 것은 모두 비극적인 것뿐이다. 고생을 많이 한 사람인 만큼 그는 예의가 바르고, 귀에 거슬릴 정도로 격식 차린 말투를 사용하기도 했다. 학질을 동반하는 섬망 증세가 있었기 때문에 한여름에도 외투를 입고 있었고 얼굴은 아주 붉었다. 그는 내가 숲으로 들어온 지 얼마 안 되어, 브리스터 언덕 기슭을 걸어가다 노상에서 쓰러져버렸기 때문에 이웃으로서의 기억은 없다.

코일의 친구들은 그의 집을 '불길한 성'이라 부르며 멀리하고 있었지만 나는 그것이 헐리기 전에 찾아가본 적이 있다. 판자를 댄 높은 침대 위에는 그가 벗어던진 낡은 옷이 구겨진 채로 놓여 있었는데, 마치 그 자신이 누워 있는 것 같았다. 성경에 "금그릇이 샘 옆에서 깨어지고"[10]라는 구절이 있듯이 그의 파이프도 깨어져 난로 옆을 굴러다니고 있었다. 그러나 '깨진 금그릇'이라 해도 그의 죽음을 상징할 수는 없었을 것이다.[11] 생전에 그는 브리스터의 샘 이야기는 들어서 알고 있지만 본 적은 없다고 나에게 털어놓았기 때문이다. 마룻바닥에는 손때 묻은 꾀죄죄한 카드가 흩어져 있었다. 다이아몬드, 하트, 스페이드 킹 등이었다.

그 관리도 잡을 수 없었던 밤처럼 새카맣고 울음소리 하나 내지 않는 얌전한 새끼 새 한 마리가 머지않아 여우의 먹이가 될 줄도 모르고 보금자리가 있는 옆방으로 들어갔다. 뒤편으로 돌아가보니 채소밭 같은 게 있었으나 마침 수확의 계절이었는데도 심한 학질로 인한 발작 탓인지 심어놓기만 하고 한 번도 풀 뽑기를 하지 않았다. 향쑥과 서양도깨비바늘이 일면에 무성

---

10)_《구약성서》 전도서 12:6.
11)_위의 구절에 있어서 '깨진 그릇'은 죽음의 상징으로 이야기되고 있기 때문에.

했다. 서양도깨비바늘 열매는 옷에 들러붙기도 했다. 열매를 맺은 건 그것이 전부였다. 마지막 워털루 전투에서 획득한 전리품으로 새로운 마모트 모피가 뒤뜰에 펼쳐져 있었다. 하지만 코일에게는 이미 따뜻한 모자도 장갑도 필요 없는 것이다.

지금은 돌이 묻혀 있는 지하실 지면의 움푹 팬 구덩이만이 예전에 집이 세워져 있었다는 것을 이야기해주고 있다. 볕이 잘 드는 풀밭엔 딸기와 라즈베리, 나무딸기, 개암나무 수풀, 옻나무 등이 있고, 난로 자리 구석에는 소나무와 옹이 진 떡갈나무가 서 있으며, 향기 좋은 검은자작나무가 문 앞의 섬돌이 있던 부근에서 바람에 흔들리고 있다.

옛날에는 샘물이 솟아나오는 곳에서 우물 구덩이를 발견할 수도 있었는데 지금은 바짝 말라 눈물도 나오지 않는 풀만이 돋아나 있다. 때로는 이 땅에 살고 있던 마지막 종족이 떠나면서 풀밭 아래 깊숙이 평석으로 막아놓고 간 우물이 후에 발견되는 예도 있다. 우물을 막아버리다니, 이 무슨 슬픈 행위인가! 그것도 눈물의 우물이 열림과 동시에. 예전에는 사람들이 북적대며 황망하게 생활을 하고, "운명과 자유의사와 절대적인 예지"[12]를 둘러싸고 거창한 형식이나 전문용어 따위를 들먹이며 제멋대로 시끄럽게 논쟁을 하던 장소가, 지금은 여우가 버리고 가버린 굴이나 동물의 오래된 은신처와 같은 지하의 움푹 팬 구덩이만을 남기고 흔적도 없이 사라져버리고 말았다. 그런데 그들이 도달한 결론에서 내가 배울 수 있는 것이라고는, 요컨대 "카토와 브리스터는 '무두질 업자의' 털 뽑는 일에 고용되어 있었다"라는 것뿐이다. 이상은 아주 유명한 여러 철학파의 역사에도 뒤지지 않는 쓸 만한 교

---

12)_밀턴의 〈실낙원〉 제2권 560행에서.

훈이다.

문짝과 문지방, 상인방마저 없어진 지 한 세대가 지난 후에도 라일락 나무는 기운차게 성장하고, 봄마다 향기 그윽한 꽃을 피우며 황홀하게 바라보는 나그네들의 손에 쥐어진다. 그 나무는 예전에 아이들이 앞뜰 한 귀퉁이에 심어 소중히 키우고 있었는데, 지금은 인가가 드문 목장의 돌담 옆에서 신흥세력인 숲에 자리를 비워주려 하고 있다. 일가의 최후의 유산이자 유일한 생존자이건만.

가무잡잡한 얼굴을 한 그 아이들도 집의 응달진 곳에 꽂아 매일 물을 주던, 싹이 두 개밖에 붙어 있지 않은 작은 나뭇가지가 이윽고 단단히 뿌리를 내려 자신들은 물론이요 배후에서 그림자를 던지고 있던 가옥 그 자체보다, 그리고 어른들이 일군 채소밭이나 과수원보다도 장수를 하고, 또 자신들이 성장하고 죽은 후 반세기나 지나서 그 최초의 봄과 마찬가지로 아름다운 꽃을 피우고 감미로운 향기를 발하며 '나'라는 고독한 행인을 향해 머뭇머뭇 자신의 유래를 들려주게 될 줄은 꿈에도 생각지 못했을 것이다. 나는 변함없이 상냥하고 기품 있는 그 라일락의 화사한 색조에 마음을 빼앗긴다.

그런데 귀한 성장의 싹을 품고 있었던 이 작은 마을이 스스로의 위치를 굳건히 지키고 있는 콩코드 마을과는 달리 어째서 몰락의 길을 걷게 된 것인가? 혹 수리권이라는 자연환경의 혜택을 받지 못했기 때문인가? 아니, 여기에는 깊은 월든 호와 차가운 브리스터 샘이 있어 누구라도 얼마든지 맑은 물을 마실 권리가 있었던 것이다. 그런데 남자들은 유리잔의 술에 물을 타는 것 말고는 그 이용법을 몰랐다. 그들은 하나같이 술이라면 사족을 못 쓰는 패거리들이었다.

이곳에 바구니, 마구간 청소용 빗자루, 매트 제조, 옥수수 가공, 리넨 방적, 도기 제조라는 산업을 성대하게 일으키고, 들판을 장미처럼 개화시켜[13]

많은 자손에게 선조의 땅을 물려받게 할 수는 없었던 것일까? 메마른 땅일수록 오히려 저지대의 타락한 삶으로부터 몸을 지키는 데는 안성맞춤이었을 텐데. 유감스럽게도 이러한 선주민들의 추억은 토지의 아름다운 풍광을 조금도 높여주지 않는 것이다. 하지만 아마도 자연은 나를 최초의 이주자로 삼고 작년 봄에 지어진 내 오두막을 마을에서 제일 오래된 집으로 해 다시금 새로운 삶을 시작하게 될 것이다.

내가 지금 살고 있는 장소에 누군가가 집을 세웠던 흔적은 없다. 고대도시의 옛 터전에 낡은 벽돌로 집을 짓고 정원은 옛날 묘지터라는 곳엔 살고 싶지 않은 것이다. 그러한 토지는 빛이 바래고 저주받고 있으며, 그런 토지가 필요해지기 전에 지구 자체가 멸망해 있을 것이다. 지금 말한 것과 같은 추억을 가슴에 품으며 나는 숲의 새로운 주인으로서 편안한 잠에 빠진 것이다.

이 계절에 찾아오는 이는 거의 없었다. 특히 눈이 수북이 쌓이게 되면 일주일이건 보름이건 오두막 부근을 얼씬거리는 그림자 하나 눈에 띄지 않았다. 그런데 나는 마치 들쥐처럼 수풀 속에 꽁꽁 숨어 기분 좋은 나날을 보내고 있었던 것이다. 혹은 바람이 실어온 눈 속에 묻힌 채 먹이도 먹지 않고 오랫동안 살아남았다는 소나 닭들처럼, 아니면 1717년 폭설 때 주인이 집을 비운 사이 오두막이 눈에 폭 파묻혔으나, 굴뚝이 내뿜는 연기가 쌓인 눈에 작은 구멍을 열어준 덕에 가까스로 인디언에게 발견되어 구출되었다는 서튼 마을의 초기 개척민 일가처럼. 단, 나의 경우는 신경 써주는 인디언이 없었다는 것. 그럴 필요도 없지. 집주인은 멀쩡히 집에 있었으니. 대폭설이라!

---

13)_《구약성서》이사야 35:1. "광야와 메마른 땅이 기뻐하며 사막이 백합화같이 피어 즐거워하며."

얼마나 활기찬 울림인가! 그러한 때 농부들은 말을 끌고 숲이나 늪지로 나갈 수도 없었으므로 부득이 집 앞의 햇빛을 가리는 나무를 자르거나, 눈 표면이 딱딱하게 얼어 있으면 늪지에 서 있는 나무를 지상 10피트 정도 높이-봄이나 돼야 알 수 있는 것이지만-에서 잘라오곤 했다.

눈이 수북이 쌓였을 때 내가 애용하고 있던 간선도로에서 오두막까지의 약 반 마일의 오솔길은 구불구불하고 간격이 크게 벌어진 한 줄기 점선으로 나타낼 수가 있을 것이다. 온화한 날씨가 일주일간이나 계속되면, 나는 나갈 때도 돌아올 때도 같은 걸음 수와 같은 보폭을 이용해 천천히 콤파스로 잰 것처럼 정확하게, 내가 만든 깊은 발자국을 밟아갔는데-겨울은 자칫 이런 식으로 인간에게 틀에 박힌 행동을 취하게 하는 것이다-나의 발자국은 자주 하늘 자체의 푸르름을 찰랑찰랑 가득 채우고 있었다.

그러나 어떤 날씨도 나의 산책을, 아니 나의 외출을 결정적으로 저지할 수는 없었다. 나는 너도밤나무나 노랑자작나무, 그리고 예부터 친숙한 소나무와의 만남을 위해 그 겨울 심설을 무릅쓰고 몇 마일을 돌아다녔다. 이러한 때 눈과 얼음은 그들의 사지를 으스러뜨리고, 소나무는 가지가 뾰족해져 전나무처럼 보였다. 평지에 2피트 가까이 눈이 쌓이면 발을 내디딜 때마다 머리 위에 내려앉는 새로운 눈보라를 털어내면서 제일 높은 언덕 꼭대기까지 눈을 헤치며 올라가기도 했다. 때로는 수렵꾼들도 일찌감치 월동 장소로 들어가 죽치고 있다고 하는데 나는 네 다리로 기다시피 허우적대며 그곳을 오르기도 했다.

어느 날 오후, 스트로브잣나무의 메마른 가지 위에 대낮부터 줄무늬부엉이가 줄기 쪽으로 몸을 붙이듯이 머물러 있는 것을 발견하고 그것을 관찰해 보았다. 그는 내가 몸을 움직이거나 쌓인 눈을 밟는 소릴 들을 수는 있겠지만 이쪽의 모습을 눈으로 확인할 수는 없었다. 큰 소리를 내면 목을 길게 늘이고 목둘레의 털을 곤두세우며 눈을 크게 떴다. 그렇지만 눈꺼풀은 곧 닫히고 다시 목을 떨군 채 꾸벅꾸벅 졸기 시작했다.

이 부엉이가 고양이나, 날개 달린 고양이의 형제처럼 반쯤 눈을 뜨고 앉아 있는 것을 반 시간이나 살펴보고 있자니 이쪽까지 졸음이 오기 시작했다. 그의 양 눈꺼풀 사이에는 가늘게 벌어진 실낱같은 선이 그어져 있을 뿐이었고, 그것을 통해서 나와 그의 사이에 가느다란 고리를 유지하고 있었다. 이렇게 해서 그는 반쯤 닫힌 눈으로 꿈나라에서 밖을 바라보며 그의 몽상을 방해하는 몽롱한 물체나 먼지 같은 나의 정체를 어떻게든 확인하려고 했던 것이다.

이윽고 내가 더 큰 소리를 내며 접근하자 그는 안정을 잃고 꿈이 방해되는 건 더 이상 참을 수가 없다는 듯이 가지 위에서 느릿느릿 방향을 바꾸었다. 그러더니 불쑥 하늘로 올라 넓은 날개를 펼치고 소나무 사이를 퍼덕이며 날아갔는데 그때 날갯짓 소리는 전혀 들리지 않았다. 이렇게 해 그는 커다란 소나무 가지 사이를 시각과는 다른, 주위에 대한 미묘한 감각에 인도되어 그 예민한 날개 끝으로 황혼의 길을 더듬으며 마침내 평온한 마음으로 동트는 새벽을 맞이할 수 있는 새로운 쉼터를 발견한 것이었다.

철로를 놓기 위해 목초지를 꿰뚫어 만들어진 긴 둑길을 걸을 때는 수차례 몸을 에는 듯한 격한 바람이 전신을 휘갈겼다. 이 정도로 바람이 자유롭게 놀 수 있는 장소는 달리 없기 때문이다. 나는 기독교 신자는 아니었으나 꽁꽁 얼어붙은 바람이 한쪽 뺨을 때리면 나머지 뺨도 내밀었다.[14] 브리스터 언덕의 마차 길을 지나쳤지만 바람은 잦아들 줄 몰랐다. 널찍한 밭의 눈이 모두 월든 거리의 돌담 사이로 불어닥쳐 방금 지나간 나그네의 발자국마저 온데간데없이 사라지는 날씨에도 나는 우호적인 인디언처럼 역시 마을을 방

---

14)_《신약성서》마태복음 5:39. "누구든지 네 오른편 뺨을 치거든 왼편도 돌려대며"에서.

문하고 있었던 것이다.

발길을 돌려 돌아갈 무렵에는 새로운 바람에 불려온 눈송이가 하얀 둔덕을 만들고 나는 그곳을 버둥대며 빠져나가야 했다. 쉴새없이 몰아닥치는 북서풍에 길가의 큰 모퉁이에 싸락눈이 쌓이면서 토끼의 발자국이나 작은 글자를 찍어놓은 듯한 생쥐 발자국마저 깨끗이 지워놓았다. 그러나 설사 한겨울이라도 따뜻한 샘물이 솟아나오는 늪지가 있게 마련. 거기에는 앉은부채 풀 같은 파란 풀들이 언제나 변치 않는 초록 잎을 엿보이게 하고, 때로는 추위를 잘 견디는 날짐승이 봄이 도래하기를 조용히 기다리고 있었다.

이따금 밤의 산책에서 돌아오면 눈이 내리고 있는데도 나무꾼[15]이 만들어 놓은 깊은 발자국이 오두막 입구부터 점점이 이어져 있는 것을 발견하게 된다. 난로 위에는 그가 깎아버린 지저깨비가 붕긋이 솟아 있고 집안에 그의 파이프 냄새가 자욱했다.

어느 일요일 오후, 집에 있으려니 누군가 사각사각 눈을 밟으며 걸어오는 소리가 들려왔다. 한 현명한 농부가 멀리서 나를 방문하기 위해 숲을 빠져 나온 것이다. 이제부터 둘이서 흉금을 터놓고 담소를 나누며 즐거운 시간을 보내고자 하는 것이다. 그는 농부로서는 보기 드문 자작농 중 한 사람이었는데, 교수 가운이 아닌 헐렁한 작업복을 입고 마치 헛간 앞뜰에서 퇴비더미를 쌓아올리는 것처럼 쉽사리 교회나 국가로부터 교훈을 이끌어냈다. 우리는 몸이 졸아드는 듯한 추위 속에서도 맑게 깨인 머리를 서로 기대고, 큰 모닥불을 둘러싸고 앉았던 거칠고 단순했던 시절의 일들을 이야기했다. 또 다과가 없어지면, 껍데기가 두꺼운 밤은 속이 텅 비었다는 걸 잘 알고 있는

---

15)_ '방문자들'에 등장하는 캐나다인 나무꾼.

약삭빠른 다람쥐들이 옛날에 버리고 간 많은 밤으로 서로의 이가 얼마나 단단한가를 시험해보곤 했다.

수북이 쌓인 눈과 매섭게 휘몰아치는 폭풍을 무릅쓰고 제일 먼 곳에서 나를 찾은 것은 한 사람의 시인[16]이었다. 농부나 사냥꾼, 병사, 신문기자, 철학자 할 것 없이 모두 기력이 쇠하는 때가 있을 것이나 시인은 그 어떤 경우에도 주눅 들지 않는다. 그를 행동으로 몰아가는 것은 순수한 사랑이니까. 그가 언제 오는지, 언제 떠나가는지는 아무도 모른다. 의사가 잠을 자는 시각에도 일이 있으면 언제든 밖으로 뛰쳐나간다.

우리는 이 작은 공간을 유쾌한 환성으로 뒤흔들고, 또 진지한 대화의 작은 속삭임으로 가득 채우며 월든 계곡에 오래 적조했음을 사과했다. 이에 비하면 브로드웨이 거리는 너무나 한산해 녹이 슬고 있다고 해야 하지 않을까. 적당한 사이를 두고 규칙적으로 웃음의 축포가 쏘아올려졌다. 그것은 이제 막 입에서 튀어나온 농담 때문이기도 하고 이제부터 시작되려는 농담 때문이기도 했다. 우리는 한 접시의 오트밀을 후루룩 비우면서 쾌활함이라는 장점에 철학이 요구하는 두뇌의 명석함을 결부시킨 빛나는 새로운 인생론을 쉴새없이 펼쳐 보인 것이다.

호반에서의 마지막 겨울, 나를 찾아온 또 한 사람의 반가운 방문객[17]을 잊을 수가 없다. 그는 어느 날 마을을 벗어나 눈과 비, 어둠을 뚫고 걸으며 드디어 나무들 사이로 오두막의 불빛을 발견하고 긴 겨울의 몇 날 밤을 함께 지낸 것이다. 최후의 철학자 중 한 사람인 그는ー코네티컷 주가 세상에 보낸ー처음에는 주의 특산품을 팔며 돌아다녔으나 후에는(자신의 말을 빌리자

---

16)_소로의 친구, Ellery Channing.

17)_Amos Bronson Alcott(1799~1888). 《작은 아씨들》의 저자 Louisa May Alcott은 그의 딸.

면) 두뇌를 팔러 돌아다니게 되었다. 그는 언제까지나 이 장사를 계속하면서 신을 분기하게 하고 사람이 자신의 몸을 부끄러워하게 하며, 거래의 결실로써 밤송이 안의 알밤이 익듯이 두뇌를 열매 맺게 하고 있다.

이 사람이야말로 현재 살아 있는 인간 중에서 가장 신념이 강한 자다. 그의 말과 태도는 항상 다른 인간이 알고 있는 것보다 좋은 사태를 상정하고 있고, 따라서 시대가 어떻게 변하든 그만은 결코 실망하는 일이 없을 것이다. 현대라는 시대에 모든 것을 걸고 있지 않은 것이다. 지금은 비록 경시되고 있지만 마침내 그의 시대가 오면 거의 아무도 생각이 미치지 못했던 법칙들이 효과를 발휘하고, 일가의 가장이나 지배자들이 조언을 구하기 위해 그의 곁으로 찾아올 것이다.

"맑은 마음이 보이지 않는다면 장님과 다를 바가 없지 않겠나!"[18]

그야말로 인간의 진정한 벗, 인류진보를 위한 오직 한 사람의 벗이다. 한결같은 인내와 신념으로 인체에 새겨진 신의 상-인간은 다 떨어져가는, 당장에라도 쓰러질 듯한 조각에 지나지 않는다-을 세상에 알리려고 하는 '올드 이모텔리티'[19]와 같은 인물이다. 아니, 불멸의 인간이라고나 할까. 그는 깊은 배려가 담긴 지성으로 아이들이나 거지, 광인, 학자 할 것 없이 모두를 포용하고, 여러 사람의 사상을 받아들이며 거기에 폭과 품위를 덧붙인다.

---

18)_영국의 시인 Thomas Park(1571~1604)의 시 〈Wolseius Triumphans〉에서.
19)_(Old Immortality). Sir Walter Scott(1771~1832)가 쓴 동명 소설의 주인공의 별명. 일생을 순교자가 된 고인의 묘의 건립과 복구에 바친 것에서 이렇게 불렸다. 다음의 '불멸의 인간(Immortality)'은 이것에서 따온 말.

나는 그가 세상의 길목 곳곳에 여러 나라의 철학자들이 묵을 수 있는 큰 여인숙을 차리고 간판에는 '인간 숙박 환영. 단 동물적인 부분은 사절.[20] 올바른 길을 추구하고 마음의 여유와 평정을 지닌 자는 숙박 가능'이라는 간판을 내걸어주길 고대하고 있다. 그는 내가 아는 한 가장 올바른 정신을 지닌 인물이요, 누구보다도 변덕스러운 구석이 적은 인물이다. 어제도 그랬듯이 내일도 변함이 없을 것이다. 그 옛날 우리는 곧잘 함께 산보를 나가 서로 이야기를 나누며 속세를 벗어나곤 했다. 그는 세상의 어떤 제도에도 가담하지 않은 타고난 자유인이었기 때문이다. 우리의 발길이 어디로 향하든 풍광의 미를 더해주는 그로 인해 하늘과 땅은 하나로 이어지는 듯했다. 이 푸른 옷의 사람에게 어울리는 지붕은 그의 해맑은 마음을 비추어주는 무궁한 하늘이다. 과연 그에게 죽음이 찾아올까. 자연은 이 사람을 결코 떼어놓을 수 없으리라.

우리는 잘 건조시킨 사상의 지붕판을 몇 장인가 손에 쥐고 앉아 그것을 깎으며 날의 예리함을 시험하고 스트로브잣나무에 떠오르는 노르스름한 빛의 선명한 나뭇결에 감탄했다. 두 사람은 조심스레 여울을 건너고 부드럽게 배를 저었다. 그리하여 사상의 물고기는 겁에 질려 도망치지 않고 서쪽 하늘에 떠다니는 구름, 혹은 나타났다 사라지는 진주조개 구름처럼 유유히 왔다가 유유히 사라지는 것이었다. 거기에서 우리는 신화를 개정하고 우화의 이곳저곳을 부풀리며, 이 지상에는 마땅한 초석이 없는 탓에 공중에 누각을 세우기도 했다.

위대한 관찰자! 위대한 예언자! 이 사람과의 대화야말로 바로 '뉴잉글랜

---

20)_당시 여관 간판에 '가축동반 숙박 환영'이라고 쓰여 있던 것과 연관지은 패러디.

드의 천일야화'였다. 아아! 이렇게 해서 은자와 철학자, 그리고 나이 든 이
주자[21] 세 사람은 떠오르는 대로 자유롭게 이야기를 나누며 작은 나의 오두
막을 팽창시키고 뒤흔든 것이다. 평소의 기압에 덧붙여 원(圓)인치[22]마다 몇
파운드의 무게가 실렸는지는 굳이 말하지 않겠지만, 어쨌든 가옥의 이음새
가 느슨해져버렸기에 비가 새는 것을 방지하기 위해 후에 따분함이라는 충
전물을 쑤셔넣어 틈새를 막지 않으면 안 되었을 정도다. 물론 미리 충전물
을 넉넉히 모아두긴 했지만.

또 한 사람, 잊을 수 없는 '충실한 한때'를 함께 지냈던 이가 있다.[23] 마을
에 있는 그의 집에서 우리는 이러한 시간을 보냈으며, 그도 때때로 우리 집
에 들러주었다. 하지만 숲에서는 그 외의 사람과의 왕래는 전혀 없었다.

여러 지방에서 볼 수 있듯이 나도 가끔은 결코 방문하는 일이 없는 '방문
객'[24]을 고대해보곤 한다. 〈비슈누 푸라나〉[25]에 "집주인은 저녁에 안뜰에 서
서 암소의 젖을 짜는 시간만큼, 혹은 가능하다면 더 오랜 시간 방문객이 도
달하길 기다려야 한다"고 되어 있다. 나는 암소 한 떼의 젖을 다 짜낼 만큼
이 환대의 의무를 이행하며 오래 기다렸지만, 결국 그자가 마을에서 찾아오
는 모습은 볼 수 없었다.

---

21)_ '고독'에 등장하는 목신 '판'일 것이다.
22)_Circular inch. 직경 1인치 원의 면적.
23)_에머슨(Ralph Waldo Emerson)을 말함.
24)_ '구세주.'
25)_고대 인도의 힌두교 비슈누파의 성전. 이하의 인용은 H. H. Willson's translation. The
《Vishnu Purana》(London, 1840, p.305)에서.

15th
겨울의 동물들

15_겨울의 동물들

호수가 얼어 단단해지면 여러 지점으로 통하는 새로운 지름길이 생겼을 뿐만 아니라 얼음 위에서 눈에 익숙한 주위 풍경을 바라보는 색다른 즐거움을 주기도 했다. 눈에 덮인 플린트 호를 횡단할 때는 전부터 자주 이곳에서 배를 젓거나 스케이트를 즐겼는데도 생각보다 넓은 처음 보는 호수처럼, 마치 배핀 만[1]처럼 느껴졌다. 나를 빙 둘러싸듯 펼쳐진 설원 끝에 솟아 있는 링컨 마을의 구릉도 예전에 발은 들여놓은 기억이 없는 것 같았다.

거리조차 확실치 않은 아주 먼 저편의 빙상에서 어부들이 늑대와 같은 개를 데리고 어슬렁어슬렁 돌아다니는 모습은 바다표범잡이나 에스키모인과 흡사했고, 안개가 끼면 그들은 전설 속의 생물처럼 어렴풋이 떠올라 거인인지 난쟁이인지도 구분할 수 없게 되는 것이다.

밤에 링컨 마을로 강연을 하러 나갈 때는 오두막과 강연회장 사이의 길이나 가옥 옆을 지나지 않고 이 길을 더듬어간 것이다. 도중에 만나게 되는 구스 호에는 사향쥐의 제국이 있다. 그들은 얼음 위에 오두막과 같은 보금자리를 높이 쌓고 있는데 내가 호수 위를 가로지를 때는 한 마리도 나와 있지 않았다.

월든 호는 다른 호수와 마찬가지로 대개는 눈이 없고, 있어도 어정쩡한 바람에 날려 쌓인 것일 뿐 깊지가 않아 오두막의 안뜰이라 해도 좋을 것이다. 다른 평지에서는 2피트 가까이 눈이 쌓여 마을 사람들이 길 위에서 오도

---

1)_캐나다 북동부의 배핀 섬과 그린란드의 사이에 있는 대서양의 만.

가도 못하고 있을 때에 나는 호수 위를 마음 내키는 대로 돌아다닐 수 있었던 것이다. 마을에서 아주 멀고 썰매 종소리의 울림도 들릴까 말까 하는 이 안뜰을 나는 구두나 스케이트를 신고 미끄러지며 돌았다. 눈에 휘어지고 주렁주렁 고드름이 달린 떡갈나무, 장엄한 소나무들이 주위를 에워싸고 있는, 잘 밟아 다져진 무스의 광대한 겨울 잠자리와도 같은 이 안뜰을.

겨울 밤뿐만 아니라 대낮에도 자주 들리는 소리 중에는 어디서인가 멀리서 전해져오는, 쓸쓸하기는 하지만 듣기 좋은 큰부엉이의 울음소리가 있었다. 얼어붙은 대지를 가조각으로 튀기면 이런 소리가 나지 않을까 싶은 그것은 월든 숲의 언어였다. 나는 큰부엉이가 우는 걸 본 적은 없지만 이윽고 그 목소리에 아주 친숙해지게 되었다. 겨울 저녁 문을 열면 늘 그 소리가 들려왔다. 호 호 호, 호라 호, 하는 울음소리가 낭랑하게 울려 퍼지고, 그것은 '안녕하세요'와 같은 악센트였는데 때로는 호 호 소리만 내는 일도 있었다.

초겨울, 아직 호수에 얼음이 깔리기 전의 일이다. 밤 9시경, 날카로운 기러기 울음소리에 놀라 문을 열고 나와보니 그들이 오두막 위를 낮게 날아가면서 숲속에 광풍이 몰아치듯 요란한 날갯짓 소리를 내고 있었다. 오두막의 불빛을 보고 이곳에 안주하길 포기했는지 호수 너머 페어 헤븐 쪽으로 사라졌는데, 그 사이에도 그들의 지휘관은 규칙적으로 박자를 맞추며 쉬지 않고 울어댔다. 그러자 돌연 가까이에서 부엉이가 숲의 어떤 동물에게서도 들어보지 못한 거칠고 큰 소리로 띄엄띄엄 사이를 두며 기러기 울음소리에 응답했다.

마치 본토박이의 성량이 더 낫다는 걸 과시해 보이면서 상대가 허드슨 만에서 온 침입자인 것을 폭로하고, 그놈에게 창피를 준 후에 콩코드의 지평선으로부터 부후! 하고 내쫓아버리겠다고 다짐이라도 하고 있는 듯했다. 이런 깊은 밤중에 내 신성한 요새를 소란스럽게 하다니, 도대체 이 무슨 경거

망동이냐? 이러한 시각에는 꾸벅꾸벅 졸고 있는 나의 허점을 찌를 수 있다고 생각하느냐? 나에게도 네 놈 못지않은 훌륭한 폐와 음성이 있다. 부후 부후! 그것은 내가 지금까지 들어온 소리 중에서도 특히 모골이 송연해지는 불협화음이었다. 하지만 귀가 예민한 사람은 그 음률 속에 부근의 초원에서는 들어보지 못한 화음이 숨어 있다는 걸 감지했을 것이다.

이곳 콩코드에서 나와 침상을 함께하는 친구 월든 호의 얼음이 내는 작은 술렁임도 놓칠 수 없다. 뱃속이 불편한 건지 악몽에 괴로워하는 건지 잠을 못 이루며 몸을 뒤치는 듯하다. 또 서리 때문에 지면이 갈라지는 소리를 듣고, 누군가가 마차를 몰아 문짝에 부딪쳤나 싶어 번쩍 눈을 뜬 일도 있다. 다음날 아침 일어나보니 지면에 길이 1/4마일, 폭 1/3인치의 금이 가 있었다.

달밤에는 여우들이 자고새 같은 먹이를 찾아 얼어붙은 눈 위를 헤매면서 숲속의 들개처럼 거칠게 울부짖는 소리가 들려왔다. 그것은 불안에 떠는 듯하기도 하고 무언가를 표현하고 싶어하는 것 같기도 했다. 혹은 빛을 구하려 애쓰는 것일까, 이제 개가 되어 거리를 자유롭게 뛰어다니고 싶다는 것일까? 장기적으로 본다면 인간뿐만 아니라 야수들의 사이에서도 문명이 진보하고 있는 것이 아닐까? 그들은 지금 자신의 몸을 지키는 데 급급하고 있지만 질적인 전환을 이루는 날이 오기를 고대하는 미개한 혈거인(穴居人)처럼 생각되었다. 가끔 여우 한 마리가 등불에 이끌려 창가로 다가와서는 특유의 저주의 소리를 퍼부은 뒤 사라졌다.

새벽녘에는 붉은날다람쥐가 나를 일으켜주었다. 그들은 이를 위해 숲에서 파견 나오기라도 한 것처럼 분주하게 지붕 위를 뛰어다니고 벽을 오르락내리락했다. 겨울날 나는 충분히 알을 맺지 못한 옥수수 이삭을 반 부셸 정도 문 앞의 딱딱해진 눈 위에 던져놓고 그것에 이끌려서 찾아오는 여러 동물들의 움직임을 흥미롭게 관찰했다. 해질 무렵과 밤에는 늘 토끼가 찾아와서 그것을 배불리 먹고 갔다.

붉은날다람쥐는 온종일 왔다갔다하면서 그 기민한 동작으로 나를 즐겁게 해주었다. 처음에는 떡갈나무 관목 수풀 속에서 조심스레 다가오더니 갑자기 바람결에 날아오르는 이파리처럼 빠르고 힘차게 꽁꽁 언 눈 위를 달음박질치고, 다음에는 판돈이라도 노리듯 뒷다리로 재빨리 몇 발자국 나아가는가 싶다가, 또 어느새 고만큼 다른 방향으로 나아갔는데 한 번에 반 로드 이상 전진하는 일은 결코 없었다.

그리고 전 우주의 시선이 모두 자신에게 쏟아지기라도 하듯 우스꽝스러운 표정으로 별 뜻 없이 공중제비를 넘은 후, 갑자기 발을 멈추고—깊은 숲속 아주 한적한 곳에서도 다람쥐의 동작은 무희와 마찬가지로 관객을 의식하고 있는 것이다—그만큼의 거리를 천천히 걸을(다람쥐가 걷는 건 이때까지 본 일이 없지만) 때보다 더 긴 시간을 들여 준비를 한 후에, 돌연 눈으로도 따라잡기 힘든 빠르기로 소나무 꼭대기까지 뛰어올라 시계 태엽 감는 소리를 내거나, 있지도 않은 관객을 향해 야단을 치고, 중얼중얼 혼잣말을 하는가 싶으면 또 온 세상을 향해 일장연설을 하기도 했다. 그러나 붉은날다람쥐가 그렇게 하지 않으면 안 될 까닭을 나는 도무지 알 수가 없었고 그 자신 역시 모르지 않았을까.

그는 옥수수 있는 데까지 다가와 속에서 적당한 옥수수 알을 하나 골라잡더니 다시 이유를 알 수 없는 삼각 달리기로 창 밑의 장작더미 꼭대기까지 뛰어 올라가서는 거기서부터 내 얼굴을 빤히 쳐다보았다. 그는 그곳에 몇 시간이나 진을 치면서 때때로 새 옥수수 알을 가지러 오기도 하고, 처음에는 갉아먹고 거의 알몸이 된 옥수수 속을 툭툭 던져버리더니 점차 거만해져서 음식을 갖고 놀기도 하고 낟알 속만 파먹기도 했다.

그런데 한쪽 앞다리로 장작 위에서 지그시 누르고 있던 옥수수 알을 그만

놓쳐 땅 위에 떨어뜨리고 만 것이다. 그러자 다람쥐는 그것이 살아 있기라
도 한 것처럼 몹시 당황하면서 묘한 표정으로 아래를 내려다보았다. 주우러
갈 것인지 새로운 것을 가지러 갈 것인지, 아니면 떠나버릴 것인지 좀처럼
결심이 서지 않는 모양이다. 아니면 바람이 실어다주는 소리에 귀를 기울이
고 있는 걸까. 이렇게 해서 그 건방진 꼬마 녀석은 오전 내내 수많은 옥수수
알갱이를 쓸데없이 흩뜨려놓았다.

　마지막에는 상당히 길고 두툼한, 자기 몸보다 더 커다란 놈을 하나 잡자
교묘하게 균형을 잡으면서 버팔로를 물고 가는 호랑이처럼 숲으로 향했다.
변함없이 발걸음은 갈지자에다 도중에 몇 번이고 멈추어 선다. 짐이 너무
무거운 모양이다. 비칠비칠 달리면서 계속 옥수수 알을 떨어뜨렸는데, 그
떨어뜨리는 방향이 수직도 아니요 수평도 아닌 항상 비스듬한 것이었다. 어
쨌든 무슨 일이 있어도 실어나르려는 거다. 참으로 경박하고 변덕스러운 놈
이다. 이렇게 해서 그는 자신이 살고 있는 숲으로 갖고 돌아가 아마 4, 5로
드 떨어진 소나무 꼭대기로 실어날랐을 것이다. 후에도 숲속 여기저기에는
흩어진 옥수수 속이 종종 눈에 띄었다.

　마침내 어치가 도래했다. 귀에 거슬리는 그 외침은 약 2미터 앞에서 주의
깊게 다가올 때부터 이미 들리고 있었다. 그들은 살금살금 사람 눈을 피하
듯이 이 나무 저 나무로 옮겨다니며 서서히 접근해 다람쥐가 떨어뜨리고 간
옥수수 알갱이를 주워올린다. 그리고 소나무 가지에 앉아 서둘러 그 알갱이
를 삼키려 하지만 너무 커서 목구멍으로 넘어가지 않고 숨이 막힌다. 고생
고생한 끝에 가까스로 뱉어내자, 이번에는 부리로 한참을 쪼아대며 알갱이
를 부수려고 한다. 그들은 분명 도둑놈이니 나로서는 존경할 수가 없다. 한
편 다람쥐는 처음에는 머뭇거렸지만 이윽고 자신의 소유물을 가지러 왔노
라는 태도로 재빨리 일에 착수하는 것이었다.

어느덧 박새도 떼를 지어 찾아왔다. 다람쥐가 떨어뜨리고 간 음식 찌꺼기를 주워 바로 옆의 작은 가지로 날아오른 후 발톱으로 꽉 눌러서 나무껍질 속의 벌레라도 쪼아 먹듯이 작은 부리로 계속 쪼아대며 결국 그 가느다란 목구멍을 통과시킬 만큼 잘게 부수는 것이었다. 이러한 박새의 작은 무리는 매일 장작더미에서 한 끼분의 먹이를 주우러, 혹은 문 앞에 놓아둔 음식 찌꺼기를 주우러 찾아왔다.

그들은 수풀 속에서 고드름이 서로 스치는 듯한 희미하고 가벼운 혀 짧은 소리로 울거나 그렇지 않으면 위세 좋게 디 디 디, 하고 노래를 한다. 아주 드물긴 하지만 봄기운이 도는 날에는 숲속에서 휘— 비— 하고 여름을 연상시키는 날카로운 소리를 퍼뜨리기도 한다. 이 새는 아주 붙임성이 좋아서 마지막에는 안에 들여놓으려 했던 한 아름의 장작더미에 한 마리가 앉아 겁도 없이 나무를 쪼아대었다. 언제였던가, 마을 채소밭에서 풀 뽑기를 하고 있자니 포르르 참새 한 마리가 어깨 위에 날아와 잠시 머물렀다. 나는 훈장을 받은 것보다 더 어깨가 으쓱해지는 것이다. 다람쥐도 이제는 낯이 익어 지름길이다 싶으면 구두 위를 슬쩍 밟고 넘어가기도 했다.

지면이 그다지 눈에 덮여 있지 않고 겨울도 거의 끝나갈 무렵, 그리고 언덕의 남쪽 기슭과 장작더미 부근에서 눈이 녹아내릴 무렵, 아침저녁으로 자고새가 숲에서 나와 먹이를 쪼아댔다. 숲속을 걷고 있으면 시도 때도 없이 파드득 하고 자고새가 날아올라 가지의 마른 잎이나 쌓였던 눈을 털어낸다. 그러면 눈은 은가루처럼 반짝이며 하늘하늘 떨어져내린다. 이 용감한 새는 겨울을 두려워하지 않는다. 그들은 바람에 날려 쌓인 눈 속에 종종 묻혀버리기도 하는데 때로는 날아오르기를 그만두고 곧장 부드러운 눈 속에 푹 파묻혀 하루 이틀 가만히 숨어 있는 일도 있다고 한다.

나도 확 트인 대지를 걸으면서 곧잘 그들을 화들짝 놀라게 했지만 해질 무렵이 되면 그들은 숲에서 나와 야생 사과의 싹을 쪼아댄다. 매일 저녁 특정한 사과나무를 찾아 반드시 날아오기 때문에 약삭빠른 사냥꾼은 그 밑에 잠복해 있기도 한다. 이런 이유로 숲과 이웃하고 있는 과수원의 피해는 이만저만이 아니다. 그러나 어찌 됐든 나는 자고새가 배를 채우고 가는 게 기분 좋다. 이 새는 나무의 싹과 맑은 이슬로 생명을 이어가는 자연의 사랑스러운 자식인 것이다.

어두운 겨울 아침이나, 해가 짧은 겨울 오후에는 추적 본능을 거역하기 힘든 한 떼의 사냥개들이 숲속을 뛰어다니면서 사냥감을 쫓을 때의 울부짖는 소리가 들려오는 일도 있었다. 사이를 두고 뿔피리가 울려 퍼질 때는 뒤에 사람이 있다는 증거이다. 다시 숲이 메아리친다. 그러나 호수의 넓은 빙판 위에는 여우 한 마리 뛰쳐나오지 않고, 수사슴으로 변신한 악타이온[2]을 쫓는 사냥개 무리가 모습을 드러내는 것도 아니다. 아마 저녁이 되면 사냥꾼들이 오로지 한 마리의 여우를 전리품으로 썰매에 싣고 그 폭신한 꼬리털을 질질 끌면서 잠자리를 찾아 퇴각하는 것을 목격하게 될 것이다.

그들의 이야기로 여우는 차가운 대지의 품 안에 가만히 있으면 안전하고, 그렇게 하지 않아도 일직선으로 도망친다면 어떤 사냥개도 뒤쫓을 수 없다고 한다. 그런데 여우는 뒤쫓는 자를 멀리 뒤에 떼어놓고 멈추어 서서 숨을 돌리며 귀를 종긋 세우고 있기 때문에 다시 잡히고 마는 것이다. 또 달릴 때는 한 바퀴 돌아 옛 보금자리로 다시 돌아오기 때문에 잠복해 있는 사냥꾼을 만나는 것이라고 한다.

그러나 때에 따라서는 돌담 위를 몇 미터나 달리다가 한쪽 편으로 휙 뛰

---

2)_〈그리스 신화〉 아르테미스 여신이 목욕하는 모습을 본 탓에 사슴으로 변해 자신의 사냥개에게 살해된 사냥꾼.

어올라 모습을 감추기도 하고, 물이 있으면 자신의 냄새가 남지 않는다는 것도 알고 있는 것 같다. 한 사냥꾼의 말로는 사냥개들에게 쫓기던 여우가 얼음 위에 얇은 물웅덩이가 퍼져 있는 월든 호로 뛰쳐나와 반쯤 달리다가 다시 물가로 되돌아가는 걸 본 일이 있다고 한다. 곧이어 사냥개들이 도착했지만 거기에서 냄새의 흔적을 잃어버렸다고 한다.

때로 자기들끼리 떼를 지어 여우를 쫓는 사냥개 무리가 문 앞을 가로질러 오두막 주위를 빙글빙글 돌기도 했다. 광기에 사로잡힌 것처럼 쫓는 것밖에는 머리에 없다는 듯 나에게는 눈길도 주지 않고 거친 소리로 짖어대며 사냥감을 찾아내려 하고 있었다. 이렇게 해서 빙빙 돌고 있는 사이 마침내 그들은 막 지나쳐간 여우의 냄새에 부딪친다. 충실한 사냥개는 이 임무를 위해서라면 일체 다른 것은 뒤돌아보지 않는 것이다.

어느 날 한 남자가 렉싱턴 마을에서 내 오두막으로 찾아와, 큰 사냥감을 쫓아나가서 일주일 동안 혼자 돌아다니고 있는 그의 사냥개를 보지 못했느냐고 물었다. 그러나 내가 무슨 대답을 하든 그의 귀에는 들어오지 않았을 것이다. 이쪽이 질문에 대답하려 할 때마다 말허리를 자르며, "당신은 대체 여기서 무엇을 하고 있는 거요?" 하고 물어봤기 때문이다. 이 남자, 개를 잃어버렸지만 인간을 발견했다는 거다.

말씨가 좀 퉁명스러운 나이 지긋한 사냥꾼이 있다. 수온이 제일 높아지는 시기가 되면 그는 꼭 월든 호로 미역을 감으러 왔는데 하루는 내 오두막에 들러 이런 이야기를 들려주었다. 몇 년 전 어느 날 오후, 그는 총을 갖고 월든 숲으로 사냥감을 찾으러 왔다. 웨일랜드 가도를 걷고 있자니 사냥개들이 짖는 소리가 점점 크게 들리면서 조금 후에 여우 한 마리가 돌담을 뛰어넘어 길 안으로 들어왔다. 그리고 눈 깜짝할 사이에 반대편 돌담을 넘어 밖으로 뛰쳐나가 사냥꾼이 재빨리 쏜 총도 여우에게 찰과상 하나 입힐 수가 없었다. 조금 늦게 혼자서 사냥을 하고 있는 늙은 사냥개 한 마리와 강아지 세 마리가 열심히 뒤를 쫓았지만 곧 다시 숲속으로 모습을 감추었다.

오후 늦게 월든 남쪽의 울창한 숲에서 쉬고 있으려니, 아직도 여우를 쫓아다니는 사냥개 짖는 소리가 페어 헤븐 쪽에서 들려왔다. 그들이 접근함에 따라 숲속을 울리는 포효 또한 점점 더 가까워지고, 그 소리는 웰 메도우에서, 혹은 베이커 농장에서 들리는 듯했다. 오랫동안 그는 그곳에 선 채로 사냥개들이 연주하는 듣기 좋은 음악에 넋을 잃고 빠져 있었다. 그러자 돌연 그 여우가 모습을 드러냈다. 가볍고 재빠른 발걸음으로 장엄한 숲의 통로를 종횡으로 달려 빠져나온 것이다. 그 발소리는 동정심 많은 이파리 스치는 소리에 묻혀버렸다. 그는 몸을 낮추고 날쌔게 소리도 없이 달려 추적하는 개들을 멀리 떼어놓고 있었다.

그러고 나서 숲 한가운데 바위 위로 뛰어올라 사냥꾼에게 등을 돌린 채 몸을 일으키고 앉아 가만히 귀를 기울였다. 순간 연민의 정이 그의 팔을 저지했다. 그러나 그러한 기분도 잠시, 재빨리 총을 수평으로 쥐고 '탕!' 쏘니 여우는 바위에서 땅으로 굴러 떨어졌다. 사냥꾼은 거기에 꼿꼿이 서서 개 짖는 소리에 귀를 기울였다. 그들은 점점 더 접근해 이제 가까운 숲의 통로는 모조리 악마에 홀린 듯한 그들의 울부짖음으로 가득 차게 되었다.

드디어 늙은 사냥개가 콧등을 땅에 붙이고 킁킁대다 미친 듯이 허공을 향해 짖어대면서 뛰쳐나오더니 곧장 바위 있는 곳으로 달려갔다. 그런데 죽은 여우를 발견하자마자 질주를 멈추고 너무 놀란 나머지 소리를 잃은 듯 입을 다문 채 주위를 빙빙 돌았다. 이윽고 계속해서 강아지들이 도착했는데 어미 개와 마찬가지로 모두 불가사의한 수수께끼를 앞에 두고 제정신이 번쩍 들었는지 입을 다물고 말았다. 여기에서 사냥꾼이 앞으로 나아가 개들 사이에 서서 수수께끼를 풀어주었다. 그들은 사냥꾼이 여우의 가죽을 벗기는 동안 얌전하게 기다리다가 잠시 여우의 꼬리 털 뒤를 따라왔지만 이윽고 길을 벗어나 다시 숲속으로 사라졌다.

그날 밤, 웨스턴 마을의 어느 땅주인이 콩코드의 그 사냥꾼 오두막으로 자신이 키우던 사냥개 소식을 물으러 왔다. 벌써 일주일이나 웨스턴 숲에서 자기들끼리 여우 사냥을 하고 있다고 한다. 콩코드의 사냥꾼은 알고 있는 것을 이야기해주고 그 모피를 건네주려고 했다. 하지만 땅주인은 그것을 거절하고 떠났다. 그날 밤 그는 사냥개를 발견할 수 없었지만 사냥꾼이 다음 날 들은 바로는, 개들은 강을 건너 어떤 농가에서 배를 두둑이 채운 후 다음 날 일찍 떠났다고 한다.

이 이야기를 나에게 해준 사냥꾼은 페어 헤븐의 암봉에서 곰 사냥을 하고 그 모피를 콩코드 마을에서 럼주와 교환하고 있던 샘 너팅이라는 남자의 일을 기억하고 있었는데, 너팅은 거기에서 말코손바닥사슴을 본 적도 있다고 한다. 너팅은 '버고인'─당사자는 '부가인'이라고 발음한다─이라는 이름의 유명한 여우 사냥개를 키우고 있었고 사냥꾼은 그 개를 종종 빌리곤 했다고 한다.

이 마을의 옛 상인으로, 대위 겸 관청의 서기, 또 의원이기도 했던 한 남자의 '거래 메모장' 속에는 다음과 같은 기록이 있다. 1742년(혹은 1743년) 1월 18일, "존 멜빈. 회색의 여우 한 마리, 2실링 3펜스." 회색의 여우는 이미 부근에서는 찾아볼 수 없다. 또 장부의 1743년 2월 7일자 기입란에는 헤스키야 스트래튼에게 "고양이 모피 반 장을 담보로 1실링 4펜스 반"을 빌려주었다고 쓰여 있다. 이것은 두말할 것 없이 살쾡이를 말하는 것이다. 스트래튼은 프랑스와의 전쟁[3] 때 중사였던 남자인데 그보다 더 고귀하지 않은 사냥감을 잡았다면 그야말로 신용에 문제가 있는 일이었을 것이다. 사슴의 모피도 대출 쪽에 기재되어 매일 매매되고 있었다.

이 부근에서 죽은 마지막 사슴[4]의 뿔을 아직 보존하고 있는 사람이 있는 가 하면, 자신의 친척 아저씨가 하던 사냥 모습을 나에게 자세히 이야기해 주는 사람도 있었다. 옛날에는 이 부근에도 사냥꾼이 많이 살고 있었고 모두 유쾌한 친구들이었다. 말라깽이 니므롯[5] 티를 내던 사냥꾼도 기억에 선명하다. 그는 항상 길가의 풀잎을 한 줄기 뜯어 뿔피리 못지않은 야성적이고 아름다운 멜로디를 연주했었다.

달빛도 어슴푸레한 한밤중에 숲속을 배회하는 사냥개와 딱 마주친 일도 있다. 그러자 그들은 내가 무서운지 슬금슬금 곁길로 벗어나 내가 지나갈 때까지 수풀 속에 얌전하게 서 있었다.

다람쥐와 들쥐는 내가 저장해두고 있던 밤을 서로 빼앗으려 했다. 오두막 주위에는 직경 1인치에서 4인치 정도 되는 소나무들이 빽빽이 우거져 있었는데 지난 겨울 들쥐가 갉아먹은 흔적이 있었다. 그 해에는 노르웨이의 겨울처럼 장기간에 걸쳐 눈이 많이 쌓여 있었기 때문에 달리 먹이를 찾지 못한 그들은 자주 소나무 껍질을 먹지 않으면 안 되었던 것이다.

이러한 나무들은 여름까지만 해도 아직 살아 있어서 싱싱해 보였고, 대부분 나무껍질이 다 벗겨져 있었는데도 1피트 이상이나 성장해 있었다. 그러나 겨울이 오면 예외 없이 모두 시들어버렸다. 단 한 마리의 쥐새끼가 소나무 한 그루를 통째로 먹이삼아, 상하가 아닌 띠 모양으로 빙그르르 껍질을 갉아먹어버리다니 참으로 탄복할 만한 일이다. 하지만 밀생하기 쉬운 소나

3)_1754~1763년의 '프렌치 앤드 인디언 전쟁.'
4)_오늘날에는 콩코드 주변의 삼림은 당시보다도 잘 보존되고 있고, 따라서 사슴도 많이 서식하고 있다.
5)_《구약성서》 창세기 10:8~9에 나오는 사냥의 명인. 노아의 증손자.

무를 적당히 솎아내기 위해서는 그것도 어쩔 수 없는 일이었을 것이다.

산토끼는 도처에 있었다. 그 중 한 마리가 겨울 내내 집안 마룻바닥 밑에 널빤지 한 장을 사이에 두고 터전을 마련하고 있었는데, 매일 아침 내가 몸을 움직이기 시작하면 그 산토끼는 당황해 서둘러 자리를 뜨려고 콩, 콩, 콩 마루판에 머리를 부딪치며 나를 놀라게 했다.

그들은 어두워지면 문 앞으로 나와 내가 버린 감자 껍질을 갉아먹곤 했는데, 색깔이 지면의 흙과 아주 비슷해 가만히 있으면 거의 구별할 수가 없었다. 때로는 어슴푸레한 빛 속에서 창 밑에 꼼짝도 않고 앉아 있는 산토끼 한 마리가 눈앞에 나타났다 사라지곤 했다. 저녁때 문을 열면 그들은 끼잇 하고 소리지르며 펄쩍 뛰어 도망을 갔다. 가까이서 보는 그들에게는 가련함이 느껴진다.

어느 날 밤, 문가에서 두 발자국쯤 떨어진 곳에 토끼 한 마리가 앉아 있었는데, 처음에는 두려움에 몸을 떨며 움직이려고도 하지 않았다. 가련한 새끼 토끼로 앙상하게 말랐고, 털이 무성한 귀와 뾰족한 코, 빈약한 꼬리와 가느다란 다리를 갖고 있었다. 그것을 보고 있으려니 자연은 이미 고귀한 혈통을 이어받길 포기하고[6] 가까스로 발가락 끝으로 서 있는 게 아닐까 하는 생각이 들었다. 그 커다란 눈은 젊지만 건강하지 못했고 부종이라도 걸린 것 같았다.

나는 한 발자국 앞으로 나아갔다. 그러자 산토끼는 몸과 사지를 길게 뻗치더니 유연한 몸놀림으로 딱딱한 눈 위를 펄쩍펄쩍 뛰며 순식간에 수풀 속으로 사라졌다. 야생의 자유로운 짐승이 스스로의 활력과 자연의 존엄을 증

---

6)_셰익스피어 〈줄리어스 시저〉 제1막 2장 151행에 "로마여, 너는 고귀한 혈통을 잃고 만 것이다"라는 구절이 있다.

명한 것이다. 그는 결코 이유 없이 깡말라 있었던 게 아니었다. 그것이야말로 그의 본성이었던 것이다(라틴어로 토끼는 Lepus인데 '가벼운 다리'라는 뜻의 levipes에서 유래한다고 생각하는 사람도 있다).

토끼나 자고새가 없는 땅이라…… 얼마나 무미건조할까? 그들이야말로 가장 순수한 토박이들이다. 비단 오늘날뿐만 아니라 고대에도 잘 알려져 있던 유서 깊은 가문인 것이다. 자연 그 자체의 색과 본질을 지니고 있으며, 나뭇잎이나 대지─나뭇잎과 대지 서로의 관계처럼─와 아주 친밀한 관계에 있다. 다를 게 있다면 날개가 있느냐 다리가 있느냐 하는 것일 뿐.

토끼나 자고새가 후닥닥 도망쳐 사라지는 것을 보면 야생동물이라기보다는 나뭇잎의 술렁임과 같이 아주 흔한 자연현상을 보고 있다는 느낌이 든다. 자고새와 토끼는 앞으로 어떤 혁명이나 소용돌이가 일어나든 진정한 토착민답게 꿋꿋이 번식해나갈 것이다. 설사 숲이 벌채된다 해도 움트는 새싹이나 수풀이 그들에게 은신처를 제공하고 그들의 수는 더욱 늘어날 것이다.

산토끼 한 마리 부양할 수 없는 토지라니, 얼마나 척박한 땅인가. 우리의 숲에는 그 모두가 넘쳐나고 있으니, 늪 주위에는 어김없이 자고새나 토끼가 지나는 길이 눈에 띄고, 군데군데에 소 치는 아이가 만든 작은 울타리나 말의 털로 만들어진 덫이 놓여 있다.

16th
겨울 호수

16_겨울 호수

조용한 겨울 아침, 어둠이 밝아오면서 나는 수면 중에 "무엇을-어떻게-언제-어디에서?"라는 질문을 받고 어떻게든 대답하려 했지만 잘 되지 않았다는 아쉬움을 안고 눈을 떴다. 온갖 생물의 터전인 새벽의 자연은 상큼하고 만족스러운 얼굴로 오두막의 커다란 창으로 엿보고 있고, 그녀의 입술은 아무 질문도 하고 있지 않았다. 내가 눈을 떴을 때에는 이미 물음에 대한 답변이 되어 있었던 것이다. 그것이 자연과 태양 빛이었다.

어린 소나무가 점점이 서 있는 대지에 높이 쌓여 있는 눈, 그리고 오두막이 세워져 있는 언덕 기슭조차 "전진하라!" 하고 말하는 듯했다. 자연은 어떤 질문도 들이대지 않고, 어떤 질문에도 대답하는 법이 없다. 먼 옛날에 그렇게 결심한 것이다.

"아아, 왕이시여! 우리의 눈은 이 우주의 변화무쌍한 경이로운 광경을 감동의 눈빛으로 바라보며 영혼에게 전합니다. 밤에는 어김없이 이 영광스러운 피조물의 일부가 장막으로 덮이지만, 낮이 되면 지상에서 천공의 저편까지 펼쳐지는 이 위대한 작품이 우리 앞에 나타나는 것입니다."[1]

이렇게 해서 나는 아침 일을 시작한다. 우선 도끼와 들통을 손에 쥐고 물을 찾으러 가는 것이다-이것이 꿈이 아니라면. 눈이 내린 추운 밤이 밝으면 물을 찾는 데 점 치는 막대가 필요할 정도였다. 매년 겨울이 되면, 가벼운 산들바람에도 잔물결을 일으키고 다양한 빛과 그림자를 비추던 호수의

---

1)_고대 인도의 서사시 〈하리뱀샤〉 제2권에서(1834년 프랑스어판을 소로 자신이 영역).

투명한, 전율하는 듯한 수면은 1피트에서 1피트 반 깊이까지 딱딱한 얼음에 갇혀 아무리 무거운 마차를 얹어도 꿈쩍하질 않는다. 때로 눈이 얼음과 같은 깊이로 쌓이게 되면 호수는 주위의 평원과 전혀 구별할 수 없게 된다. 주변 언덕에 살고 있는 마모트[2]와 마찬가지로 호수는 눈꺼풀을 닫고 석 달, 혹은 그 이상 동면에 들어가는 것이다.

나는 언덕으로 둘러싸인 목장에 있는 듯한 기분으로 눈에 덮인 평원에 서서, 우선 깊이 1피트의 눈을 치워 통로를 만든 후, 두께 1피트의 얼음을 깨고 발 밑에 창문을 연다. 무릎을 꿇고 물을 마시면서 아래를 엿보니 우윳빛 유리창 너머로 부드러운 빛이 들이치는 물고기들의 조용한 객실이 눈에 들어왔다. 반짝이는 모래가 쫙 깔린 마루도 지난 여름과 조금도 변함이 없다. 거기에는 살고 있는 물고기의 냉정하고 한결같은 기질에 걸맞게 노을진 주홍빛 하늘처럼, 영원히 물결이 일지 않는 쾌청한 분위기가 지배하고 있다. 하늘은 우리의 머리 위뿐만 아니라 발 밑에도 있는 것이다.

모든 것이 서리로 꽁꽁 얼어붙은 이른 아침부터 낚싯줄과 빈약한 도시락을 손에 쥔 남자들이 찾아와서 설원에 구멍을 열고 가는 실을 늘어뜨려 강꼬치고기나 농어를 낚는다. 그들은 본능적으로 자신이 몸 담는 마을의 주민과는 다른 유행을 좇고 다른 권위를 믿는 야성적인 인물들로서, 그들의 왕래에 의해 자칫 끊어지기 쉬운 마을들 사이의 고리가 어느 정도 명맥을 유지하고 있는 것이다.

그들은 두툼한 양모 코트를 입고 물가의 마른 떡갈나뭇잎 위에 앉아 도시락을 먹는다. 시민들이 인공의 세계로 통하고 있다면 그들은 자연의 세계로

---

2) 우드척과 같음.

통하고 있는 것이다. 그들은 결코 책을 살펴보거나 하지 않기 때문에 경험이 풍부한 것에 비해 알고 있는 것이나 타인에게 말해줄 것은 많지 않다. 그들의 여러 일상습관은 아직 세상에 알려져 있지 않은 것 같다. 성장한 농어를 미끼로 강꼬치고기를 낚는 남자가 있다. 그들의 낚시 통을 한번 엿보라. 여름날 호수 속을 엿보고 있는 듯한 신기한 기분이 들 것이다. 마치 이 남자는 여름을 집안에 가둬두었거나 여름이 은둔하고 있는 장소를 알고 있는 것 같지 않은가.

"한겨울인데 도대체 이런 물고기를 어떻게 낚았소?" "아아, 그건 말이죠 땅이 얼어붙으면 썩은 통나무 속에서 애벌레를 잡아 낚지요." 이 남자의 생활 자체가 박물학자 이상으로 깊숙이 자연에 몸담고 있는 것이다. 차라리 그 자신을 박물학자의 연구대상으로 삼으면 어떨까. 학자는 칼로 이끼나 나무 껍질을 살짝 들어올려 곤충을 찾는다. 그러나 이 남자는 도끼를 쥐고 통나무를 반으로 쫙 가르기 때문에 이끼나 나무껍질이 사방으로 튀어 흩어진다. 그는 나무껍질을 벗겨 생계를 유지하고 있는 것이다. 이러한 사람이야말로 물고기를 잡을 권리가 있다. 때문에 나는 그의 내부에서 자연이 활동하고 있는 것을 보는 게 좋다. 농어는 애벌레를 꿀꺽 삼키고 강꼬치고기는 농어를 삼키고, 어부는 강꼬치고기를 삼킨다. 이렇게 해서 존재의 서열[3] 사이에 있는 모든 틈새는 메워지는 것이다.

아지랑이가 피어오르는 날 호수 주위를 산보하면서 한 소박한 어부가 써먹던 원시적인 낚싯법이 재미있다고 생각한 적이 있다. 그는 물가에서 4, 5 로드마다 일정한 거리를 유지하도록 하면서 얼음에 작은 구멍을 뚫고, 그

---

3)_온갖 피조물은 신을 정점으로 하는 장대한 서열 속에 자리잡고 있다는 기독교 문명의 전통적인 우주관.

위에 오리나무 가지를 걸쳐놓고 있는 것 같았다. 그리고 낚싯줄이 안으로 끌려들어가지 않도록 실 끝을 막대기에 묶어 연결해두고 늘어뜨린 실을 얼음에서 1피트 이상 높이의 오리나무 가지 위에 걸고, 거기에 떡갈나무의 마른 잎을 연결해둔다. 낙엽이 아래쪽으로 당겨지면 물고기가 걸렸다는 걸 알 수 있다는 것이다. 호수를 반 바퀴 돌면서 오리나무 가지가 일정한 거리를 두고 아지랑이 속에서 어렴풋이 떠올랐다.

아아, 월든의 강꼬치고기여! 나는 얼음 위에 던져지는 그들의 모습이나, 낚시꾼들이(어람에 물을 좀 넣어두려고) 얼음에 구멍을 뚫을 때 작은 구멍 속의 그들을 보면 항상 그 유예 없는 아름다움에 놀라 전설 속의 물고기라도 보는 듯한 착각에 빠진다. 그들은 시가지뿐만 아니라 숲과도 서로 받아들여지지 않는 존재이며, 우리 콩코드의 생활로부터는 아라비아처럼 멀찌감치 떨어져 있다. 그것은 눈부신 초월적인 아름다움을 지니고 있어, 마을에서 되지 못하게 인기를 끌고 있는 추한 대구나 해덕과는 그야말로 하늘과 땅 차이다. 그 빛깔은 소나무 같은 초록도 아니고 돌과 같은 회색도 아니며, 그렇다고 하늘과 같이 파랗지도 않다. 굳이 말하자면 나의 눈에는 꽃이나 보석과도 같은 진기한 빛깔로 비쳐지는 것이다. 어찌 보면 진주와도 흡사하다 할 그것은 월든의 살아 있는 결정체라고도 할 수 있다. 강꼬치고기는 말할 것도 없이 월든 그 자체로, 동물계의 소 월든이자 월든시즈[4]라고 할 수 있을 것이다.

이러한 물고기가 이 호수에 포로로 잡혀 있다는 것—월든 가도를 덜커덩

---

4)_Waldenses. 1170년 이후 남프랑스에서 일어난 청빈을 신조로 하는 기독교의 일파(발도파). 1184년에 이단선고를 받았다.

거리며 가는 짐마차나 사륜마차, 방울을 울리는 썰매의 아주 먼 밑에 있는
이 깊은 광대한 샘에서, 이렇게 황금색과 에메랄드색이 서로 뒤섞인 커다란
물고기가 헤엄치고 있다는 것은 정말 놀라운 일이 아닐 수 없다. 나는 어느
시장에서도 이러한 물고기를 본 적이 없다. 팔려나온다면 만인의 주목을 받
을 것이다. 두세 번 경련을 일으키듯이 몸을 뒤틀어 쉽사리 물 속에서 생애
를 끝내고 마는 그것은 임종에 이르기 전 공기가 희박한 천국으로 승천해가
는 인간과도 닮았다.

  나는 오랫동안 행방을 알 수 없던 월든 호의 바닥을 다시 한 번 발굴해내
기 위해 1846년 초, 얼음이 녹기 전에 나침반과 쇠사슬, 측연선을 사용해 주
의 깊게 그것을 측정했다. 이 호수 바닥—이라기보다 바닥 없는 호수 밑—
에 관해서는 이런저런 소문이 무성했지만, 물론 아무 근거도 없는 것이다.
호수 바닥이 없다는 사실을 재보지도 않고 오랜 세월 철석같이 믿고 있는
사람들에게는 일찌감치 두 손 들었다. 산책을 하다보면 이 부근에는 '바닥
없는 호수'가 두 곳이나 있다. 많은 사람이 월든 호는 지구 반대쪽까지 이어
져 있다고 믿어왔다. 장시간 얼음 위에 엎드려 물이라는 사람 눈을 속이는
매개체를 통해, 게다가 몽롱한 눈으로 물 속을 내려다보는, 또 가슴이 차가
워져 감기에 걸릴 것을 두려워한 나머지 서둘러 결론에 이르려 하는 자는
'짐마차에 건초더미를 한 가득 싣고 나갈 수 있을 듯한'(짐마차를 모는 자가 있
다면) 구멍을 몇 개나 보았는데, 그것은 틀림없이 저승의 '삼도천(三途川)'의
원천이고 지옥으로 통하는 입구라고 말하는 것이다.
  또 어떤 사람들은 마을에서 56파운드의 추와, 짐마차 한 대분의 눈금이
그려진 밧줄을 마차에 싣고 나갔지만 역시 호수 밑을 발견할 수는 없었다.
그들은 '56파운드'가 중간에 걸려버렸는데도 경이로운 세계를 측정할 능력

도 없는 자신들을 시험해보려고 무턱대고 밧줄을 풀어내고 있었기 때문이었다.

그렇지만 나는 여러분을 향해 월든 호에는 분명히 호수 바닥이 있고, 그것은 아주 깊다고는 하지만 결코 믿을 수 없을 만큼 깊은 것은 아니라고 단언할 수가 있다. 나는 대구를 낚는 데 쓰이는 실과 무게 1파운드 반 정도의 돌멩이를 이용해서 아주 간단히 그 깊이를 측정했다. 물이 돌 밑으로 들어가 부력이 가해지기 직전에 실을 세게 잡아당김으로써, 돌이 호수 바닥에서 떨어지는 순간을 정확하게 알 수 있었던 것이다. 최대 수심은 정확히 102피트였다. 그 후 물이 불어난 5피트를 덧붙이면 107피트가 된다. 작은 면적에 비해 놀랄 만한 깊이다. 거기에서 1인치라도 멋대로 상상해 값을 빼서는 곤란하다.

호수가 모두 얕다고 한다면 도대체 어떻게 될까? 그것은 인간의 정신에도 영향을 미치는 것이 아닐까? 나는 이 호수가 하나의 상징으로써 깊고 맑게 만들어진 것을 감사하고 있다. 사람이 무한한 존재를 믿고 있는 한, 바닥이 없다고 믿는 호수도 계속 존재해갈 것이다.

어떤 공장주는 내가 발견한 수심 이야기를 듣고 그럴 리가 없다고 생각했다. 댐에 관한 그의 지식에서 보자면 모래는 이렇게 급한 각도에서는 고이지 않기 때문이다. 그런데 가장 깊은 호수라도 대부분의 상상과는 달리 면적과 균형을 이루며, 깊지 않아 물을 전부 퍼내버렸어도 특별히 눈에 띄게 깊은 계곡이 되는 것은 아니다. 호수는 언덕과 언덕 사이에 있는 컵과 같은 것이 아니다. 이 호수도 면적에 비해 깊기는 하지만, 중심부의 종단면을 보면 깊은 접시 이상은 아니다. 대부분의 호수는 물이 없어진 후에도 평소 눈에 익숙한 초지보다 깊은 땅이 되지는 않을 것이다.

풍경을 묘사하는 데 있어 타인의 추종을 불허하고, 또 극히 정확하게 이야기하는 것으로 유명한 윌리엄 길핀은 스코틀랜드의 파인 호[5]에 대해, 산으로 둘러싸인 "염수로 이루어진 만으로, 깊이 6, 70길, 폭 4마일" 길이는 50마일 정도라고 하고, 곳에 섰을 때의 감상을 다음과 같이 말하고 있다.

"대홍수에 의한 파괴나, 이러한 지형을 만들어낸 어떤 자연의 대변동이 일어난 직후, 해수가 노도처럼 흘러들어오기 전에 이 후미를 볼 수 있었다면, 얼마나 오싹한 심연이 거기에 입을 벌리고 있었을까!"[6]

"융기하는 산들이 높이 솟아오름에 따라,
텅 빈 계곡 밑은 깊게 가라앉고, 넓고 그리고 깊게,
찰랑찰랑 물을 가득 채우는 바다 밑이 되네."[7]

그런데 파인 호의 최단경선을 이용해서 그 비율을, 종단면으로 볼 때 얕은 접시로밖에 보이지 않는 월든 호에 적용시켜보면, 이 호수의 깊이는 지금의 1/4밖에 되지 않을 것이다. 물이 없어지면 두려움이 증폭된다는 파인 호의 심연에 관한 이야기는 이제 이 정도로 해두자. 통상적인 생각대로라면 현재 옥수수밭이 펼쳐져 있는 많은 계곡은 그야말로 물이 빠진 후 '온몸의 털이 곤두서는 심연' 속에 존재하는 게 되겠지만, 위와 같은 사실을 모르는 사람들에게 진실을 납득시키기 위해서는 지질학자와 같은 통찰력과 혜안이

---

5)_스코틀랜드 서부에 있는 후미.
6)_William Gilpin(1724~1804), 《Observations on···the High-lands of Scotland》(London, 1808, II, p.4).
7)_밀턴의 〈실낙원〉 제7권 288~290행.

필요할 것이다.

예리한 관찰력을 지닌 자는 평지의 낮은 언덕에서 태고의 호숫가를 발견할 수 있을 것이다. 그 후 평원이 융기했어도 언덕의 역사는 감출 수 없었던 것이다. 보선공이라면 알겠지만 움푹 팬 장소를 발견하기 위해서는 소나기가 내린 후에 웅덩이를 찾는 것이 제일 빠르다. 요컨대 상상력이라는 것은 조금이라도 방심을 하면 자연 그 자체보다 깊이 가라앉거나 높이 날아오르는 것이다. 따라서 바다의 깊이도 그 넓이에 비한다면 정말 변변치 않다는 것을 알 수 있다.

나는 얼음 구멍에서 수심을 잰 덕분에 동결되지 않은 해항을 측량하는 것 이상으로 정확하게 호수 바닥의 형상을 확인할 수가 있었고, 그것이 전체적으로 규칙적이라는 것을 알고 놀랐다. 가장 깊은 곳은 몇 에이커에 걸쳐 태양이나 바람, 쟁기에 드러난 밭보다도 평탄했다. 예를 들면 임의로 한 개의 선을 선택했을 경우, 그 깊이는 30로드에 걸쳐 1피트 이상은 변화하지 않았던 것이다. 또 일반적으로 중심 부근에서는 어느 방향으로 나아가든 100피트 사이에서 생기는 차는 3, 4인치 정도일 것이라고 예측할 수가 있었다.

이렇게 잔잔한 모래 바닥의 호수에도 깊고 위험한 구덩이가 있다고 말하는 사람들이 종종 있는데, 이러한 환경에서는 물의 작용에 의해 울퉁불퉁한 지면이 고르게 되는 것이다. 호수 바닥은 완전한 규칙성을 지니고 있고, 호반이나 주위 언덕의 능선과도 완전히 일치하고 있었기 때문에 멀리 곶이 있다는 것을 맞은편 물가에서 수심을 측정해보고 알았고, 곶이 뻗어 있는 방향도 맞은편 물가를 관찰하는 것으로 확인할 수가 있었다. 곶은 긴 모래톱이 되고 평야는 얕은 여울이 되고, 골짜기나 연못은 깊은 호수 바닥이나 수로가 되는 것이다.

나는 10로드를 1인치로 축소해 호수의 지도를 만들고, 백 번도 넘게 수심

측정 결과를 기입한 후 우연히 다음과 같은 흥미로운 사실을 깨닫게 되었다. 최대 수심을 나타내는 숫자가 분명 지도 중심부에 있다는 걸 염두에 두고 나는 세로로 자를 대보고, 이어서 가로로 대보았다. 그랬더니 놀랍게도 가장 긴 세로 선과 가장 긴 가로 선이 제일 깊은 부분에서 교차하는 것이다. 호수 바닥의 중심부는 거의 평탄하고 호수의 윤곽은 극히 불규칙하며, 가장 긴 세로 선과 가로 선은 후미의 구석까지 재어 얻은 것이다. 나는 혼자 중얼거렸다. '이건 호수나 웅덩이뿐만 아니라 바다의 가장 깊은 곳을 탐색하는 데도 도움이 되지 않을까, 또 골짜기와 반대되는 개념인 산의 높이를 알 수 있는 법칙도 되지 않을까' 하고. 우리는 산의 제일 좁은 곳이 제일 높은 곳이 아니라는 것을 알고 있다.

다섯 후미 중 세 곳—수심을 잰 것이 그것이 전부였다—에는 입구 부분을 똑바로 가로지르듯이 수면 밑에 모래톱이 하나 있고, 후미의 안쪽은 그곳보다 깊다는 것을 알았다. 따라서 후미는 육지의 내부에 물이 뻗쳐 저수지나 독립된 호수가 되려는 경향이 있고, 두 개의 곶이 뻗은 방향을 알면 모래톱이 뻗은 방향도 알 수 있는 것이었다. 해안의 여러 항구도 그 입구에 모래톱을 갖고 있다. 후미의 입구가 길이에 비해 넓을수록 모래톱을 덮는 물은 후미의 내부에 비해 깊었다. 따라서 후미의 길이와 넓이 및 주변 물가의 성격을 알면 여러 경우에 통용될 수 있는 하나의 공식을 세울 만한 충분한 요소를 거의 갖추었다 할 수 있을 것이다.

이 경험을 바탕으로 수면의 윤곽과 물가의 성질을 관찰함으로써 호수의 가장 깊은 점을 얼마나 정확히 측정할 수 있는가를 시험해보려고 화이트 호의 축약 지도를 작성했다. 이 호수는 면적이 약 41에이커로 월든 호와 마찬가지로 섬은 없고, 유입구도 유출구도 보이지 않는다. 또 가장 긴 횡선은 가장 짧은 횡선 바로 가까이에 있고 그 부근에서 두 개의 마주보는 곳이 서로 근접해 있으며, 두 개의 후미는 멀리 떨어져 있었기 때문에 나는 최단 횡선에서 조금 떨어져 있기는 하지만 역시 가장 긴 종선 위에 있는 한 점을 제일 깊은 부분이라 표시하기로 했다. 실제 가장 깊은 곳은 내가 '혹시' 라고 생각하던 방향으로 약 100피트 더 접근한 곳에 있었고, 수심은 예상을 겨우 1피트 웃도는 60피트였다. 물론 강이 흘러들어오거나 호수에 섬이 있다면 문제는 훨씬 복잡해질 것이다.

만약 우리가 여러 자연의 법칙을 알고 있으면 오직 하나의 사실이나, 혹은 실제로 일어난 하나의 현상을 기술하는 것만으로 그 시점에 생길 수 있는 모든 특정한 결과를 추측할 수가 있을 것이다. 그런데 현 단계에서 우리는 극히 얼마 안 되는 법칙밖에 모르기 때문에, 이러한 추측의 결과는 자연계의 혼란이나 불규칙성에 의해서가 아니라, 우리가 계산상 불가결한 요소에 대해 무지하기 때문에 상처를 입게 되는 것이다. 법칙과 조화에 관한 인간의 여러 관념은 대부분의 경우, 발견할 수 있는 실례 만에 한정되어 있다.

그러나 언뜻 모순되는 것 같으면서도 사실은 일치하고 있는, 아직 발견되지 않는 더 많은 법칙에서 생기는 조화는 더욱 경탄할 만한 것이다. 특정한 법칙이 우리의 관점이 되고 있는 것은, 예를 들어 산의 형태는 오직 하나인데 나그네에게 있어서는 그 윤곽이 발길 가는 곳마다 변화하고, 무한한 측면을 가지게 되는 것과 비슷하다. 산을 깎아 부수거나 거기에 구멍을 뚫어봤자 산의 전모를 파악할 수는 없는 것이다.

내가 월든 호에서 관찰한 것은 인간의 윤리에도 해당된다고 할 수 있을 것이다. 그것은 평균의 법칙이다. 두 개의 직경에 관한 그 법칙은 우리를 태양계의 태양이나, 인체의 심장으로 이끌어줄 뿐만 아니라, 어떤 인간의 특정한 일상행동과 생활의 굴곡 전부에 대해 내부의 만이나 후미에 이르는 세로 선과 가로 선을 긋는 것을 의미한다. 두 선이 교차하는 곳에 그의 성격의 최고점, 혹은 가장 깊은 점이 발견될 것이다.

아마 그가 지닌 물가의 곡선과 인접 지역, 즉 환경만 알면 그의 깊이와 숨겨진 호수 밑을 추측하는 것이 가능할 것이다. 만약 그가 아킬레우스의 고향[8]을 생각나게 하는 깎아지른 듯한 해안에서 산맥에 둘러싸여 생활하고, 그 가슴속에도 봉우리가 그림자를 떨구거나 비추고 있다면 이 인물은 그에 상응하는 깊이를 지니고 있다 해도 좋을 것이다. 한편, 낮고 매끄러운 물가는 사람이 그 측면에 있어서 천박하다는 증거가 된다. 인체로 말하자면 높이 튀어나온 이마는 그에 어울리는 깊은 사상을 내부에 지니고 있음을 암시하고 있다. 또 각각의 후미―특정한 성벽―입구에는 모래톱이 가로지르고 있다. 그 후미가 잠시 동안은 휴식을 취하는 항구가 되어 우리를 머물게 하고 가두어둔다.

이러한 성벽은 보통 절대 변덕스러운 것이 아니라 그 형태와 크기, 방향 등이 고대에서부터 융기된 곳에 의해 결정되고 있는 것이다. 입구의 모래톱이 폭풍이나 조수 간만에 의해 점차 커지거나, 물이 퇴각해 그것이 수면에 달하면 처음에는 사상을 정박시키는 물가의 단순한 성질에 지나지 않았던 후미가 바다에서 뚝 떨어진 독자적인 호수가 되고, 그 속에서 사상은 자신만의 고유한 여러 조건을 획득해, 염수에서 담수로 바뀌고 달콤한 바다나 사해, 혹은 늪이 될 것이다.

각자가 이 세상에서 생명을 받을 때, 이러한 모래톱이 수면 어딘가에 융기한 것이라고 생각해보면 어떨까? 우리는 항해술도 제대로 몰라 품고 있

---

8)_그리스 중동부의 에게 해에 임한 테살리아.

는 사상의 대부분은 항구가 없는 해안의 앞 바다를 멀리, 혹은 가까이 헤매다 이윽고 시가(詩歌)의 만 내부에나 정통하거나, 공식 통관항을 향해 키를 잡고 학문의 건선거(乾船渠)에 들어가 거기에서 속세를 향해 개수되는 것이 고작이며, 자연의 조류가 사상의 개성에 손을 빌려주는 일은 없는 것이다.

월든 호의 유입구와 유출구는 온도계와 낚싯줄을 이용해 발견하는 것이 가능할지 모르지만─물이 호수로 흘러들어오는 장소는 여름엔 가장 차갑고 겨울엔 가장 따뜻할 테니까─나는 현재 비나 눈, 증기를 제외하고는 하나도 발견하지 못하고 있다. 1846년부터 1847년에 걸쳐 얼음을 잘라내는 인부들이 여기에서 일하고 있었을 때의 일이다. 어느 날, 호반으로 실려온 얼음덩이의 두께가 부족해 다른 얼음덩이와 잘 맞지 않는다는 이유로 얼음을 쌓아올리던 사람들에게 거절된 적이 있었다. 이렇게 해서 얼음 잘라내는 인부들은 어떤 좁은 범위 내의 얼음이 다른 얼음보다 2, 3인치 얇다는 것을 발견하고 거기에 유입구가 있다고 생각한 것이었다.

그들은 또 다른 장소에서, 이것이야말로 '새는 구멍'이라고 생각하고 있는 곳들을 나에게 보여주었다. 호수는 그곳을 지나 언덕 밑으로 새어나가, 부근의 목초지로 흘러들어가고 있다는 것이다. 나는 얼음덩이 위로 밀려나가 그 구멍을 엿보는 꼴이 되었다. 과연 수면 밑 10피트 지점에 작은 구멍이 하나 열려 있었다. 그러나 나는 그들이 더 큰 구멍을 발견할 때까지 호수에 땜질은 소용없다고 보증한다. 누군가의 말로는 그런 '새는 구멍'이 발견된 경우, 목초지와 연결되어 있는지를 조사하기 위해서는 색깔 있는 가루나 톱밥을 구멍 입구 쪽으로 가져가서, 목초지의 샘 바로 위에 여과기를 장치해 두고 흐름에 실려온 알갱이가 거기에 걸리는지 보면 된다고 한다.

내가 측량하고 있었을 때, 두께 16인치의 얼음이 작은 바람에 파도처럼 출렁였다. 얼음 위에서 수준기를 사용할 수 없다는 것은 잘 알려져 있다. 육지 위에 수준기를 얼음 위에 눈금막대를 향하게 하고 관찰했더니, 얼음은 물가에 딱 들러붙어 있는 듯 보였지만 물가에서 1로드 떨어진 얼음의 최대 파동은 3/4인치였다. 호수의 중심부를 재면 더욱 커졌을 것이다. 아니, 만약 우리의 측량기구가 더할 나위 없이 민감하다면 지각의 파동까지 발견할 수 있지 않을까? 수준기의 다리 두 개를 물가에 세우고 세번째 다리를 얼음 위에 고정시킨 후, 그 다리 너머로 조준을 맞추니 극히 미미한 얼음의 상하운동이 맞은편 호숫가에 있는 한 그루 나무줄기에 수 피트의 상하 차를 낳는 것이었다.

측심을 위해 구멍을 뚫기 시작했을 때, 얼음을 그곳까지 밀어내던 깊은 눈 밑의 얼음 위에는 3, 4인치 정도의 물이 고여 있었는데, 그 물이 곧장 이 구멍 속으로 흘러들어오면서 깊은 시내가 되어 이틀간 계속해서 흘렀다. 이 시내는 도처에서 얼음을 녹이기도 하고 빙상의 표면을 마르게 하면서 주역은 아니라 해도 중요한 역할을 했다. 흘러들어온 물이 얼음을 들어올려 들뜨게 하는 것이다. 이것은 배수를 위해서 배 밑에 구멍을 여는 것과 비슷했다.

이러한 구멍이 언 후에 한바탕 비가 쏟아지고 다시 새로운 한기가 일면에 매끄러운 얼음을 만들어내면, 그 내부에 거미줄 모양의 거무스름하고 아름다운 반점이 나타났다. 여러 방향에서 하나의 중심을 향해 물이 흘렀을 때 생기는 수로가 얼음의 장미 모양을 만들어내는 것이다. 또 얼음 위에 얕은 웅덩이가 몇 군데 생기면 자신의 그림자가 이중으로 비쳐, 한 편은 얼음 위에, 다른 한편은 나무나 언덕 위에, 한쪽이 다른 한쪽의 머리 위에 선다.

아직 추위가 매서운 1월, 눈이나 얼음이 두껍고 단단할 즈음 용의주도한 땅주인은 여름에 음료수를 차게 하는 데 쓰려고 얼음을 확보하기 위해 마을에서 찾아온다. 이 1월에 두꺼운 코트와 장갑으로 무장을 하고 일찌감치 7

월의 더위와 갈증을 준비하다니, 얼마나 눈부신−아니, 애처롭다 해야 할까−선견지명인가! 그 밖에도 준비하지 않으면 안 될 것이 많이 있을 텐데. 이 사람은 여름의 음료수를 차게 해주는 내세의 보물을 현세에 쌓아올릴 생각은 없는 듯하다.[9]

그는 굳어진 호수를 잘라 물고기들의 지붕을 벗겨내고, 물고기에게 있어서 공기와도 같은 얼음을 짐마차에 쌓아올려서 쇠사슬과 말뚝으로 장작 묶듯이 꽁꽁 동여맨 후, 이 일과 궁합이 맞는 싸늘한 겨울의 대기 속을 달려 사라진다. 그는 그것을 움에 넣고 여름까지 잠재워두는 것이다. 얼음이 먼 저편 거리로 이끌려가는 장면은 푸른 하늘의 결정을 보는 듯했다. 얼음을 잘라내는 인부들은 농담이나 우스갯소리도 잘하는 호쾌한 사람들로, 내가 그들 있는 곳에 가면 곧잘 나를 불러 얼음 아래에 세우고 함께 톱질을 하게 해주었다.

1846년과 1847년 사이의 어느 겨울 아침, 이 호수에 하페르보레오이 (Hyperboreoi)[10]의 피를 이어받은 사내 100명이 우르르 몰려왔다. 그들은 보기에도 조잡한 농기구나 썰매, 쟁기, 씨 뿌리는 수레, 잔디 손질용 칼, 삽, 톱, 갈퀴 등을 짐마차에 잔뜩 싣고, 각자가 《뉴잉글랜드 파머》 지에도 《컬티베이터》 지에도 실려 있지 않은 끝이 둘로 갈라진 창자루로 무장하고 있었다. 그들이 겨울 호밀을 뿌리러 왔는지, 최근 아이슬란드에서 갓 수입된 신종 잡곡을 뿌리러 왔는지 나는 알 수 없었다. 비료가 없는 것을 보니 내가 한 것처럼 표면만 얕게 경작할 생각인 듯싶었다. 이 부근의 토양은 깊고 휴경

9)_《신약성서》 마태복음 6:20. "오직 너희를 위하여 보물을 하늘에 쌓아두라"에서.
10)_〈그리스 신화〉에서 델포이의 아폴로 숭배 및 델로스의 아르테미스 숭배와 밀접한 관계가 있었던 신화적 민족.

기간도 충분히 취했다고 생각하는 것일 게다. 그들의 이야기로는, 이미 50만 달러에 이르는 재산을 배로 늘리고 싶어하는 한 부농이 뒤에서 부리고 있는 것이라 한다. 그 남자는 지폐 한 장 위에, 또 한 장을 겹치게 하려고 이 엄동설한에 월든 호의 단 하나의 웃옷—아니, 살갗 그 자체—를 벗겨내려는 것이다.

그들은 즉각 일에 착수했다. 쟁기로 흙을 갈고 쇄토기로 부수고, 토양을 고르게 하고 이랑을 만들고 하는 것이 마치 여기를 모범 농장으로 만들 생각인가 싶을 정도로 솜씨가 좋았다. 그런데 그 이랑 사이에 무엇을 뿌리고 있는지 주의 깊게 지켜보니, 옆에 있던 한 무리의 남자들이 돌연 이 손대지 않은 표토 자체를 색다른 동작으로 모래, 아니 물 있는 곳까지—그것은 아주 수분이 많은 토양이었기에—파내려가는 데 착수해, 결국에는 그 부근의 대지를 완전히 파낸 후 썰매에 싣고 사라진 것이다. 나는 그들이 늪지에서 토탄이라도 파내고 있는 것이라 상상했다. 이렇게 해서 그들은 북극 지방에 있을 법한 거점과 이곳 사이를 극지의 흰머리멧새 떼처럼 왕복하고, 기관차 위에서 날카롭고 기묘한 소리를 내면서 매일 이곳에 왔다가 사라져가는 것이었다.

하지만 그들도 때로는 월든 부인으로부터 복수를 당하는 일이 있었다. 한 인부가 마차 끄는 말 뒤를 걷다가 발이 미끄러져 대지의 갈라진 틈으로 '지옥의 밑바닥'까지 떨어질 뻔한 것이다. 그러자 조금 전까지 기세 등등했던 그 남자도 혼이 쏙 빠져 생명의 등불마저 꺼져버리려 하는데, 운 좋게도 내 오두막으로 난을 피해 난로의 은혜를 입게 되었다. 또 얼어붙은 대지 때문에 쟁기날의 강철 부분이 비틀려 떨어지거나, 쟁기가 이랑 사이에 파고 들어가 그것을 파내야 하기도 했다.

사실 그대로를 말하자면, 100명의 아일랜드인이 미국인 감독들과 함께 매일 케임브리지에서 얼음을 자르러 오는 것이었다. 그들은 새삼 설명이 필요 없는 잘 알려진 방법으로 얼음을 사각으로 잘라내어, 그것을 호반까지 썰매로 실어나른 후, 재빠르게 얼음 놓는 장소까지 끌고 가서 말의 힘으로 움직이는 쇠갈고리와 활차 장치를 이용해 밀가루통을 쌓아올릴 때처럼 조심스럽게 쌓아올려갔다. 가로 세로로 잘 맞추어 나열하고 있는 그 모습은 구름보다도 높은 방첨탑의 기초공사라도 하고 있는 듯했다.

  일이 순조로우면 하루 천 톤, 면적으로 치면 1에이커 정도의 얼음을 잘라낼 수 있다고 한다. 얼음 위에는 썰매가 같은 길을 수도 없이 왕복하느라 땅에서와 마찬가지로 깊은 썰매자국과 '요람형의 구덩이'가 패여 있고, 말들은 모두 양동이처럼 속을 도려낸 얼음덩이 속에서 귀리를 먹고 있었다. 이렇게 해서 그들은 측면 높이 35피트, 가로세로 길이 6, 7로드의 네모난 얼음덩이를 노천에 높이높이 쌓아올리고, 공기가 들어가지 않도록 바깥쪽 얼음과 얼음 사이에 건초를 쑤셔넣고 있었다. 아무리 차가운 바람이라도 얼음 사이사이로 빠져나가면 커다란 구멍이 생기고 드문드문 가느다란 받침이나 지주만을 남기게 되어 결국엔 전체가 뒤집어지고 말기 때문이다.

  처음에 그것은 거대하고 파란 요새나 발할라 궁전처럼 보였다. 그러나 목초지의 조잡한 건초가 얼음의 틈새를 메우고 거기에 서리와 고드름이 덮이자, 얼음덩이는 장엄하고 고색창연한 대리석의 폐허나, 달력에 그려져 있는 노인의 겨울 오두막, 아니 임시 거처―여름을 우리와 함께 지낼 생각으로 보이는―로 보였다.

  그들의 계산으로는 이들 중 목적지에 도달하는 것은 1/4도 안 되고, 그 중 2, 3퍼센트는 열차 안에서 녹아버린다고 한다. 얼음덩이의 대부분이 처음 목적과는 다른 운명을 더듬어가는 것이다. 얼음이 대량의 공기를 포함하고 있어 기대만큼 오래 가지 못하거나, 다른 무언가의 이유로 마침내 시장 구경 한번 못하고 끝나버리는 것이다. 1846년과 1847년 사이의 겨울에 쌓아 올린, 총 중량 만 톤은 될 것으로 보이는 이 얼음더미는 마침내 건초와 판자로 덮이게 되었다. 7월이 오자 덮은 것을 벗겨내고 일부분은 운반되어 갔지만, 나머지는 햇빛에 드러난 채로 그해 여름과 겨울을 잘 견디어내고, 1848년 9월에 이르러서야 겨우 녹아 사라졌다. 이렇게 해서 호수는 얼음의 대부분을 되찾은 것이다.

월든의 얼음은 그 물과 마찬가지로 가까이에서 보면 녹색을 띠고 있지만 멀리서 보면 아름다운 청색을 띠고 있기 때문에, 강물의 하얀 얼음이나, 1/4마일쯤 떨어져 있는 한 호수[11]의 초록빛을 띠는 얼음과는 쉽게 구별이 간다. 가끔 이렇게 커다란 얼음덩이가 얼음장수의 썰매에서 미끄러져 거리로 떨어지면서, 거대한 에메랄드처럼 수일 동안 그대로 방치되어 오가는 행인의 눈길을 끌기도 한다. 나는 평소에 녹색을 띠는 월든 호의 일부가 결빙하면 같은 지점에서 파랗게 보인다는 것을 깨달았다. 따라서 겨울에 호수 주변에 있는 움푹 팬 땅은 호수와 다소 닮은 곳이 있는 초록빛 물을 담고 있어도, 다음날은 얼어서 파란색으로 변해버린다. 물과 얼음의 파란빛은 거기에 포함되어 있는 빛과 공기 때문일 테고, 가장 투명한 것이 가장 파란 것이다.

얼음은 흥미로운 관찰대상이다. 후레쉬 호의 빙고(氷庫)에 5년 전부터 놓여 있는 얼음은 전혀 변하지 않았다고 한다. 양동이에 넣은 물은 바로 부패하는데 그것이 얼면 언제까지나 맛이 변치 않으니 무슨 이유일까? 이것이야말로 사람들이 흔히 말하는 애정과 지성의 차이라는 걸까.

이렇게 해서 나는 오두막 창가에서 100명의 남자들이 16일간에 걸쳐 달력

---

11)_ 월든 호 바로 북동쪽에 있는 구스 호를 말함.

의 첫 장에 그려져 있는 삽화처럼, 짐마차나 말, 갖가지 농기구 같은 것을 사용해 농번기의 농부처럼 일하는 모습을 바라보고 있었다. 나는 밖을 볼 때마다 종달새와 농부의 우화라든지, 씨 뿌리는 사람의 비유담[12]을 떠올렸다.

그러한 그들도 지금은 모두 떠나가버렸다. 이제 한 달쯤 지나면 나는 이 창가에서 맑고 푸른 월든의 물이 구름과 나무를 비추어내고, 거기에서 조용히 수증기가 오르는 모습을 보게 될 것이다. 그리고 인간이 수면 위에 서 있었던 흔적은 무엇 하나 남지 않을 것이다. 내 귀에는 오로지 한 마리의 아비가 물에 잠수할 때나 깃털을 다듬을 때 터뜨리는 묘한 웃음소리가 들릴 테고, 배를 타고 나뭇잎처럼 떠다니며, 바로 요전까지 100명의 사내들이 일하던 물결 위에서 자신의 그림자를 가만히 엿보는 낚시꾼이 눈에 비칠 것이다.

이와 같이 찰스턴이나 뉴올리언스, 인도의 마드라스나 봄베이, 캘커타 등의 더위에 허덕이는 주민들은 나의 우물물을 마시고 있는 것이라 할 수 있겠다.[13] 아침에 나는 스스로의 지성을 〈바가바드기타〉의 웅대한 우주발생론 철학 속에서 목욕을 시킨다. 이 책이 쓰인 후 신들의 시대는 이미 지나가버렸다. 이 책에 비하면 현 세계나 현대문학은 참으로 작고 별 볼일 없는 것이다. 여기에 언급된 철학은 혹여 전생에 속하는 것이 아닐까 싶을 만큼 그 장엄함이 우리의 개념과는 좀 멀다. 나는 책을 내려놓고 나의 우물까지 물을 길러 간다.

그러나 보라! 나는 거기에서 브라만(브라마와 비슈누, 인드라를 믿는 승려)을

---

12)_전자는 라 퐁텐의 〈우화〉에 나오는 '종달새와 농부', 후자는 마태복음 13장에 나오는 비유담.
13)_19세기 뉴잉글랜드의 여러 지방에서는 얼음을 외국에 수출하고 있었다.

섬기는 종복과 마주친다. 승려는 지금도 갠지스 강가의 사원에 앉아 베다를 읽고 있거나, 빵 껍질과 물병을 손에 쥐고 나무의 뿌리 밑에서 살고 있는 것이다. 나는 주인을 위해 물을 길러온 그 종복과 얼굴을 마주하고, 두 사람의 양동이는 같은 우물 속에서 서로 스친다. 깨끗한 월든의 물이 갠지스 강의 성스러운 물과 섞이는 것이다. 호수의 물은 순풍을 받아 아틀란티스나 헤스페리데스 같은 전설의 섬들이 있던 곳을 통과하고, 한노[14]의 항해의 흔적을 더듬으며, 테르나테 섬과 티도레 섬[15], 나아가 페르시아 만의 부근을 떠돌고, 인도양의 열풍에 녹아 알렉산더 대왕도 단지 이름밖에 알지 못하는 여러 항구에 닿는다.

---

14)_기원전 5세기에 항해 탐험단을 이끌고 아프리카의 서부 해안을 탐험해 식민지를 건설한 카르타고인.

15)_밀턴의 〈실낙원〉 제2권 639행에서 노래하고 있는 인도네시아의 섬들.

17*th*
봄

17_봄

인부들이 얼음을 잘라갈수록 호수의 해빙은 빨라진다. 설사 추위가 혹독해도 바람에 흐트러진 물이 주위의 얼음을 서서히 녹이기 때문이다. 그런데 그해의 월든 호는 달랐다. 낡은 웃옷 대신 어느새 두터운 새 옷을 갈아입은 것이다. 이 호수는 아주 깊고, 얼음을 녹이거나 닳게 하는 시냇물이 한 줄기도 흘러들어오지 않아 부근의 다른 호수보다 빨리 녹는 일이 없는 것이다. 나는 월든 호가 겨울철에 해빙하는 것을 본 적이 없다. 호수에게 혹독한 시련의 해였던 1852, 1853년에도 예외는 아니었다.

보통은 결빙이 시작된 호수 북쪽과 얕은 곳부터 서서히 녹기 시작해, 4월 1일경 플린트 호나 페어 헤븐보다 일주일에서 열흘 늦게 해빙한다. 그것은 기온의 일시적인 변화에 거의 좌우되지 않기 때문에 부근의 어느 물보다도 계절의 절대적인 진행을 알 수 있는 좋은 지표가 된다. 3월에 매서운 추위가 2, 3일 지속되면 다른 호수는 해빙이 크게 늦어지지만, 월든의 온도는 거의 멈추지 않고 계속 상승한다.

1847년 3월 6일, 온도계를 월든 호 중심부에 넣어보니 화씨 32도, 즉 빙점에 달해 있었다. 물가에 가까운 부근은 33도였다. 같은 날 플린트 호의 중심부는 32.5도이고, 물가에서 12로드 떨어진 얕은 곳에서는 두께 1피트의 얼음 밑이 36도였다. 플린트 호는 깊은 곳과 얕은 곳 사이에 3.5도의 온도차가 있고, 호수의 대부분은 비교적 얕기 때문에 월든 호보다 훨씬 빨리 녹는 것이다. 이때 수심이 가장 얕은 부분의 얼음은 중심부보다도 수 인치나 얇았다. 한겨울에는 중심부가 제일 따뜻하고 얼음이 가장 얇았는데 말이다. 여름에 호숫물 속을 돌아다닌 경험이 있는 사람이라면, 깊이 3, 4인치밖에 안 되는 물가 쪽이 그곳에서 좀 떨어진 곳의 물보다 훨씬 따뜻하다는 것, 그리고 깊은 곳에서는 수면 쪽이 호수 바닥 부근보다 따뜻하다는 것을 깨달았을 것이다.

봄이 되면 태양의 감화로 대지와 공기가 따뜻해질 뿐만 아니라, 태양열이 1피트 이상의 얼음을 꿰뚫고 얕은 물밑에 반사해서 수온을 높여 얼음을 위아래로 동시에 녹이기 때문에 얼음은 울퉁불퉁해지고, 내부에 포함되어 있는 기포가 상하로 퍼지면서 얼음은 꼭 벌집처럼 변해 결국 봄비가 한번 내리면 눈 깜짝할 사이에 사라져버린다.

얼음에도 나무와 마찬가지로 결이 있고, 사각형의 얼음덩이가 무너져 듬성듬성―벌집 상태로―해지기 시작하면 얼음덩이의 위치가 어떠하든 공기주머니는 예전의 수면에 대해 직각이 된다. 바위나 통나무가 수면 가까이 쑥 올라와 있는 경우에는 그곳의 반사열로 얼음이 얇아져서 완전히 녹아버리기도 한다. 들은 바로는 케임브리지에서 밑이 얕은 목제 연못을 이용해 물을 얼게 하는 실험을 했을 때, 차가운 공기를 아래쪽으로도 순환시켜 위아래에서 연못을 차갑게 했음에도 불구하고, 밑에서부터 올라오는 태양의 반사열이 이 유리한 조건을 상쇄해버렸다고 한다.

한겨울에 따뜻한 비가 내리고 월든 호의 설빙을 깨끗이 녹여 중심부에 딱딱하고 거무스름한, 혹은 딱딱하고 투명한 얼음이 남게 되면, 호반 가까이에 1로드나 그 이상의 폭으로 중심부보다 두껍기는 하지만 이미 무너지기 시작한 하얀 얼음의 띠가 형성되는데, 그것도 이러한 반사열이 만들어내는 재주인 것이다. 또 앞에서 언급한 대로 얼음 내부에 있는 기포 자체도 얼음 아래를 녹이는 집광렌즈 작용을 하는 것이다.

호수에서는 일 년간의 현상이 매일 소규모로 일어나고 있다. 예를 들면 얕은 물은 매일 아침 깊은 물보다 급속도로 따뜻해진다. 물론 그렇게 크게 따뜻해지는 것은 아니고, 저녁이 되면 다음날 아침까지 더욱 급속도로 식기는 하지만. 하루는 일 년의 축소판이다. 밤은 겨울, 아침과 저녁은 봄과 가을, 그리고 점심은 여름이다. 얼음이 삐걱거리거나 울려 퍼지는 소리는 기온의 변화를 나타낸다.

추운 밤이 지나고 상큼한 아침을 맞은 1850년 2월 24일, 나는 그날 하루를 지낼 작정으로 플린트 호로 나갔다. 도끼머리로 얼음을 두드려보니 팽팽한 북 가죽을 두드리는 듯한 '둥' 소리가 사방으로 퍼져나가 놀랐다. 해가 밝은 지 1시간 정도 지났을 무렵, 호수는 언덕 위에서 비스듬히 비쳐오는 햇빛의 영향을 감지하고 우르릉 우르릉 울리기 시작했다. 호수는 이제 막 눈을 뜬 사람처럼 기지개를 켜고 하품을 하면서 점차 시끄러워지고 그런 상태가 서너 시간이나 계속되었다.

정오가 되자 잠시 낮잠을 자는 듯하더니 태양의 감화가 약해지는 저녁이 되어 다시 한 번 우르릉거렸다. 날씨가 좋으면 얼었던 호수는 규칙적으로 저녁 시간을 알리는 포를 쏘아올린다. 그런데 그날은 한낮이 되자 얼음에 무수한 균열이 생기고 대기도 탄력을 잃어 호수는 공명음을 내지 않게 되었다. 아마 얼음을 두드려도 물고기나 사향쥐가 간 떨어질 일은 없을 것이다.

어부들의 이야기로는 이 '호수의 천둥'이 울려 퍼지면 물고기들은 잔뜩 겁에 질려 미끼를 물지 않게 된다고 한다. 호수는 매일 밤 천둥소리를 울리는 게 아니라서 그 시각을 정확하게 알아맞힐 수는 없다. 그러나 내가 날씨의 변화를 감지할 수 없는 경우에도 천둥이 울려 퍼지는 일이 있으니, 이렇게 크고 차갑고 두꺼운 가죽으로 덮인 것이 이토록 민감하다는 걸 누가 상상이나 할 수 있으랴? 봄이 돌아오면 싹이 부풀어 오르듯이 시기가 되면 호수는 기꺼이 그 법칙에 따라 소리를 올리는 것이다. 대지는 구석구석 살아 있고 작은 유두 모양의 돌기로 덮여 있다. 큰 호수도 막대 속의 수은 알갱이와 마찬가지로 대기의 변화에 극히 민감한 것이다.

내가 숲속 생활에 이끌린 이유 중 하나는 봄의 도래를 볼 수 있는 여유와 기회를 가질 수 있을 것 같아서였다. 호수의 얼음이 벌집 상태가 되기 시작하면 나는 걸으면서 발뒤꿈치를 폭폭 박아보기도 한다. 안개와 비와 따뜻해진 햇빛이 서서히 눈을 녹여간다. 해는 눈에 띄게 길어졌다. 이제부터는 큰 불을 피울 필요도 없기 때문에 더 이상 장작더미를 늘리지 않아도 겨울을 날 수 있을 것 같다. 나는 봄의 첫 징후를 발견하려고 주의를 기울인다. 다시 찾아온 철새의 작은 휘파람이나, 슬슬 겨울 양식도 바닥을 드러내고 있을 다람쥐의 울음소리는 들리지 않는지, 겨울잠을 끝낸 마모트가 용기를 내어 보금자리에서 나오는 모습이 눈에 띄지는 않는지.

3월 13일에는 이미 푸른 울새와 노래참새, 개똥지빠귀 등의 울음소리가 들리고 있었는데, 호수의 얼음 두께는 아직 1피트 가까이나 되었다. 기후가 따뜻해져도 얼음은 물 속처럼 순식간에 녹아버리거나 부서져 흘러가버리지 않는다. 오히려 물가의 얼음은 반 로드 정도의 폭으로 녹아버렸어도, 호수 중심부는 벌집 상태 그대로 물에 잠겨, 밟으면 뚫리겠지만, 여전히 두께 6인치의 얼음으로 덮여 있었다.

그러나 따뜻한 비가 내린 후 안개라도 끼면, 다음날 저녁까지는 얼음이 전부 녹아 구름처럼 안개처럼 흩어져 행방불명이 될 것이다. 어느 해인가 나는 얼음이 사라지기 겨우 5일 전, 호수 한가운데를 걸어서 건넌 적이 있다. 1845년에 월든 호는 4월 1일이나 돼서야 완전히 해빙했다. 1846년에는 3월 25일, 1847년에는 4월 8일, 1851년에는 3월 28일, 1852년에는 4월 18일, 1853년에는 3월 23일, 1854년에는 4월 7일경이었다.

강이나 호수의 해빙, 기후의 맑아짐 등과 연관된 여러 현상은 온도차가 심한 기후 환경에서 생활하는 우리에게 각별한 흥미를 불러일으켜준다. 날이 풀리면 강 근처에 사는 사람들은 밤중에 얼음이 갈라질 때 족쇄가 끊어지는 듯한 포성과도 같은 굉음을 듣고 가슴이 철렁 내려앉는데, 그리고 나서 며칠 되지 않아 얼음이 점차 사라져가는 것을 목격한다. 이렇게 해 악어는 대지를 뒤흔들며 진흙 속에서 모습을 드러내는 것이다.

자연을 주의 깊게 관찰해온 한 노인이 있다. 그는 소년 시절 자연이라는 배가 건조되었을 때 용골 박는 걸 도와주지 않았을까 싶을 만큼 자연계의 온갖 현상에 정통해 있었다. 그가 성숙한 경지에 이르기 위해 설사 므두셀라[1]의 나이까지 오래 살았다 해도, 그 이상 자연에 대한 조예가 깊을 수는 없으리라. 그 노인이 자연의 미묘한 현상에는 경탄을 금할 수 없다며 다음과 같은 이야기를 해주었을 때, 나는 양자 사이에 이미 아무 비밀도 없을 것이라 생각하고 있었기 때문에 좀 뜻밖이었다.

어느 봄날, 노인은 총을 메고 배를 타면서 오리 사냥을 즐기려 했다. 목초지에는 아직 얼음이 남아 있었지만 강은 완전히 녹은 상태였고, 덕분에 그는 살고 있던 서드버리에서 얼음의 방해를 받지 않고 페어 헤븐 호까지 내려갔다. 그런데 기대와는 달리 호수의 대부분은 아직 딱딱한 빙판으로 덮여 있었던 것이다. 따뜻한 날인데 커다란 얼음 덩어리가 녹지 않고 남아 있는 것을 보고 그는 깜짝 놀랐다.

오리가 보이지 않아서 배를 호수에 떠 있는 섬의 북쪽, 즉 뒤편에 감추어 놓은 후, 자신은 남쪽 수풀 속에 몸을 숨기고 사냥감을 기다렸다. 얼음은 물가에서 3, 4로드 지점까지 녹아 있었고, 거기에는 오리가 좋아하는 진흙 바닥의 매끄럽고 따뜻한 수면이 퍼져 있었기 때문에 노인은 머지않아 사냥감이 나타날 것이라 확신했다.

---

1)_《구약성서》 창세기에 등장하는 969세까지 살았다고 하는 족장.

그곳에 잠복한 지 한 시간쯤 지났을 때다. 아주 먼 저편에서 뭔지 모를 낮은 소리가 들려왔다. 그것은 지금까지 들어보지 못한 기묘하고 인상적인 소리로, 천재지변이라도 일어날 듯한 느낌과 함께 점차 높아지고 세력을 더해가면서 밀어닥쳤다. 이 음울한 술렁임을 하강하는 들새들의 날갯짓 소리일 것이라 생각한 노인은 총을 꽉 움켜쥐고 가슴을 두근거리면서 황급히 일어섰다.

그런데 놀랍게도 그가 엎드려 있는 사이에 호수의 얼음 전체가 움직이기 시작하면서 물가를 향해 밀어닥치고 있었던 것이다. 그가 들은 것은 얼음 가장자리가 물가에 스치는 소리였고, 처음에는 조심스레 갉아먹거나 부수고 있었지만, 드디어 섬에 올라타 상당히 위쪽까지 파편을 산란시킨 후 가까스로 움직임을 멈춘 것이었다.

햇볕이 최적의 각도로 내리쬐자, 따뜻한 바람이 일어 안개와 비를 내몰고 쌓인 눈을 녹였다. 안개를 쫓아 흩어지게 하는 태양은 향연(香煙)에 흐려지는 검붉고 하얀 체크 무늬의 풍경에 미소를 짓고, 그 속에서 나그네는 겨울의 피가 흘러나가는 실핏줄 같은 개울물 소리에 힘을 얻으면서 작은 섬을 따라 길을 더듬어간다.

마을로 나갈 때 지나다니던 철로가의 언덕 사면에 모래나 점토가 흘러내릴 때 보이는 다양한 형태는 더할 나위 없이 즐거운 관찰 대상이었다. 철도가 발명된 이래 적절한 재료로 이루어진 새로운 둑의 수는 많이 늘어났겠지만 이러한 대규모 현상은 그리 흔히 볼 수 있는 게 아니다.

여기서 재료라 함은 세세함과 다양하고 선명한 색조를 지닌 모래를 말하는 것이고, 보통 거기에는 얼마 안 되지만 점토가 섞여 있다. 겨울에도 햇빛을 받아 눈이 녹을 때도 그렇지만, 봄이 되어 서리가 땅 속에서 녹기 시작하면 모래가 용암처럼 비탈에 흐르기 시작해 때로는 눈을 뚫고 넘쳐흐르는 일도 있다. 무수한 작은 모래의 흐름이 서로 겹치고 얽힌 결과, 반은 흐름의 법칙에 따르고 반은 식물 성장의 법칙에 따르는 일종의 잡종산물의 양상을 띤다. 그것은 흘러내리면서 싱싱한 나뭇잎이나 덩굴의 형태를 취하는가 하면, 작은 가지와 잎으로 된 걸쭉한 퇴적물이 두께 1피트나 그 이상 되기도 하고, 또 위에서 내려다보면 지의식물의 거칠거칠한 잎이 비늘 모양으로 겹쳐진 엽상체[2] 같기도 하다. 나아가 산호나 표범 발, 새 발, 혹은 뇌나 폐, 장, 심지어는 배설물까지 생각나게 했다. 그것은 실로 그로테스크한 식물이고, 그 형태와 색은 동판에 복사되어 아칸서스, 치커리, 담쟁이덩굴, 포도나무, 그 외의 어떤 식물의 잎보다도 오래되고 전형적인 일종의 건축용 장식이 되어 있는 것을 볼 수 있다. 아니면 그것은 미래의 지질학자에게 하나의 수수께끼가 되기 위해 운명지어진 것일지도 모른다.

산을 깎아 만든 이 길은 전체적으로 종유석을 드러내고 있는 동굴 같은 인상을 주었다. 모래의 다양한 색조는 불가사의할 정도로 선명하고 느낌이 좋으며, 다양한 철의 색깔―갈색, 회색, 노르스름한 색, 불그스름한 색―을 포함하고 있었다. 흘러 떨어지는 모래더미가 비탈 아래의 웅덩이에 이르면 평평하게 퍼져서 물가를 만들고 분기된 흐름은 반원통 모양의 형태를 잃고 점차 고르게 퍼지면서 수분이 더해짐에 따라 합류한다. 결국에는 다양하고 아름다운 빛이 감도는 판판한 모래땅이 되지만, 그래도 당초의 식물 형태는 흔적을 남기고 있다. 그러다 마침내 하구의 물 위에 생기는 모래톱으로 변화하고, 식물의 형태는 물 밑의 잔물결 속으로 사라져버린다.

높이 20내지 40피트에 달하는 이 비탈 전체가 때로는 길이 1/4마일에 걸

---

2)_잎, 줄기, 뿌리의 구별 없이 전체가 잎 모양을 이루고 있는 식물체.

쳐 한쪽 면, 혹은 양쪽 면 모두 이러한 큰 잎 장식—모래의 결궤—으로 덮이는 일이 있다. 오로지 봄날 하루의 산물이다. 이 모래 잎 장식은 이런 식으로 갑자기 출현한다. 한쪽에 움직임이 둔한 비탈을—햇빛은 우선 한쪽만을 비추므로—그리고 다른 한쪽에 겨우 한 시간 만에 창조된 현란한 잎 장식을 접할 때, 나는 특별한 의미에서 이 세계와 나를 창조해낸 예술가의 공방에 있는 듯한—그가 지금도 이 비탈에서 흙을 매만지는 사이, 힘이 남아돌아 새로운 작품을 여기저기 생산해내고 있는 현장과 우연히 마주친 듯한—감동을 맛본다. 마치 지구의 내장에 한 걸음 가까이 다가간 느낌이다. 범람을 일으킨 모래는 어딘가 동물의 내장을 닮은 엽상의 덩어리를 이루고 있으므로. 따라서 모래 그 자체에서 잎의 출현을 예감하는 것이다.

대지가 내부에 그러한 이념을 품고 진통을 일으키고 있는데, 외부적으로 잎을 통해 이를 표현한다는 것은 지극히 자연스러운 현상이리라. 원자(原子)는 이미 이 법칙을 알고 있고, 그 법칙에 의해서 회임하고 있는 것이다. 여기에서 잎들의 원형을 볼 수 있다. 지구를 보나 동물의 몸을 보나 그 내부는 한 장의 축축하고 두꺼운 잎(lobe)이라 할 수 있는데, 이 말은 특히 간장이나 폐, 엽상(葉狀) 지방 등에 적용된다($\lambda\epsilon\iota\beta\omega$, labor, lapsus는 각각 '흘러 내려가는, 미끄러져 떨어지는, 하강하는'을 의미하고, $\lambda o\beta o\varsigma$, globus는 각각 '잎, 지구'를 나타내는데, 그 외에도 '겹치는, 늘어지는' 등을 의미하는 많은 단어가 여기에서 생겨난 것이다).

그러면 외부는 어떠한가. 그것은 한 장의 얇고 마른 잎(leaf)으로서, 'leaf나 leaves의' f와 v가 b를 압축해 말린 것과 마찬가지이다. lobe(잎)의 어근은 lb이고, b(이것은 단엽, 대문자의 B라면 복엽)의 부드러운 덩어리를 뒤에 있는 유음 l이 전방으로 밀어내고 있는 모습이다. globe(지구)의 경우에는 glb가 어근이고, 후두음 g는 lb의 의미에 후두의 힘을 덧붙이는 작용을 하고 있다.

새의 깃털이나 날개는 한층 더 말라 얇아진 잎이다. 마찬가지로 땅 속의 땅딸막한 유충에서부터 공중에서 팔랑거리는 나비까지의 과정을 더듬어갈 수가 있다. 지구 자체가 부단히 자기를 초월하고 변형하는 것에 따라 그 궤도를 날아가는 것이다. 얼음의 경우에도 얼기 시작할 때는 수생식물의 잎이 거울 같은 수면의 주형 속에 흘러들어간 것처럼 섬세한 수정체의 잎이 된다. 나무 자체는 다름 아닌 한 장의 잎이고 하천은 더욱 커다란 잎이며, 그 과육은 강 사이에 펼쳐지는 대지, 마을이나 도시는 잎자루 끝에 붙어 있는 곤충의 알이다.

햇빛이 기울어지면 모래는 흘러내리지 않는데, 다음날 아침이면 작은 시내는 다시 움직이기 시작하고 가지치기를 되풀이하면서 무수히 늘어간다. 아마도 혈관이 만들어질 때의 모습이 이렇지 않을까 싶다. 자세히 관찰해보면, 녹아내리면서 끝에 물방울을 맺는 부드러운 모래의 흐름이 엄지손가락의 둔덕처럼 밀리고, 천천히 맹목적으로 더듬으며 내려가는 것을 알 수 있다. 이윽고 해가 높이 떠오르고 열과 수분이 더해지면 가장 유동적인 부분이 가장 활발하지 못한 부분도 따르지 않을 수 없는 법칙을 지키려고 후자로부터 분리되어, 흐름의 내부에 그 자체의 구불구불한 수로 내지는 동맥을 형성한다. 그 속에서 한 줄기 작은 은하수가 번개처럼 빛을 내며 싱싱한 잎이나 가지의 단계에서 다음 단계로 이행하고, 때로는 모래 속으로 잠기는 것을 볼 수 있다. 이러한 모래가 흘러내리면서 재빠르게 그리고 완벽하게 조직을 정비하고, 모래 덩어리가 제공할 수 있는 최고의 재료를 이용해 수로의 날카로운 테두리를 형성해가는 모습은 가히 경탄할 만하다. 이러한 것이 강의 원천이 되는 것이다. 물이 침전시키는 규산의 물질 속에는 아마 뼈 같은 조직이 포함되어 있을 것이고, 자잘한 흙과 유기물질 속에는 근육섬유와 세포조직이 포함되어 있을 것이다.

인간이란 바로 녹아내리는 점토 덩어리가 아닐까? 인간의 엄지손가락 끝은 응고된 하나의 방울에 지나지 않는다. 손가락과 발가락은 인체의 덩어리가 녹아내려 끝 부분까지 달한 것이다. 지금보다 쾌적한 하늘 아래에서 인체는 과연 어디까지 펼쳐지고 흘러가서 그 결과 어떻게 되었는지를 누가 알 것인가? 손이란 열편과 잎맥이 있는 펼쳐진 종려나무의 잎을 말하는 게 아닐까? 상상의 날개를 더 펼쳐보면 귀는 두부의 측면에 나 있는 지의식물이고, 거기에 귓불, 즉 물방울이 매달려 있는 것이라 생각할 수 있을 것이다. 입술은 동굴과 같은 입의 위아래에 겹쳐지거나, 늘어져 매달려 있다.

코는 분명 응고된 물방울, 즉 종유석이다. 턱은 더욱 커다란 물방울로 말하자면 얼굴이 흘러내려 합류한 것이다. 볼은 이마에서 얼굴의 계곡으로 산사태가 일어났을 때 광대뼈에 부딪쳐서 넓어진 흔적이다. 이파리의 둥그스름한 열편도 그 하나하나가 지금은 옆길로 새고 있는 크고 작은 도톰한 물방울이다. 열편은 잎의 손가락인 것이다. 그 잎은 열편의 수만큼 여러 방향으로 흘러가려 하고, 더 높은 기온이나 쾌적한 기후의 영향을 받는다면 한층 멀리 흘러갈 것이다.

이렇게 해 오직 하나의 비탈진 언덕이 자연의 다양한 현상의 원리를 예증하고 있는 것이다. 지구의 창조주는 이파리 한 장의 특허를 획득한 것에 지나지 않는다. 미래에 샹폴리옹[3]과 같은 인물이 나타나서 이 상형문자를 해독하고 우리가 새로운 잎을 뒤집듯이 새로운 인생의 첫걸음을 내딛도록 해줄 것인가? 이 현상은 풍부한 결실을 맺은 포도밭을 목격하는 것 이상으로 마음을 설레게 한다.

---

3)_ Jean-François Champollion(1790~1832). 상형문자의 해독에 공헌한 프랑스의 이집트 연구학자.

그 성격에는 다소 배설물을 연상시키는 점이 있고, 간장이나 폐, 장 등의 끝도 없는 둔덕을 보면 지구가 뒤집어진 것이 아닐까 의구심이 들 정도이나, 적어도 그 덕분에 자연이 오장육부를 갖고 있다는 것, 그리고 그 점에 있어서 틀림없는 인류의 어머니라는 것을 알 수 있는 것이다. 이것이 대지에서 넘쳐흐르는 서리이고, 이것이 봄인 것이다. 아름다운 시에 앞서 신화가 있듯이 그것은 새싹이 돋고 꽃이 피어나는 봄에 앞서 나타난다. 이만큼 겨울의 독기와 소화불량을 개운하게 해독시켜 주는 것이 또 있을까.

　이로써 지구가 아직 배냇저고리에 싸여 있고, 아기의 손가락이 사방으로 뻗치고 있다는 것을 확신하게 된다. 아직 아무것도 나지 않은 반반한 이마에 하얀 솜털이 돋는다. 무기물은 하나도 없는 것이다. 이러한 잎의 형태를 지닌 퇴적물은 비탈을 따라 용광로의 찌꺼기처럼 퍼져가고, 자연이 아직 내부에서 전면 가동중인 것을 가르쳐준다.

　지구는 책 속의 종잇장처럼 몇 겹이나 퇴적된, 주로 지질학자나 고고학자의 손으로 연구되어야 할 죽은 역사의 단편이 아니라, 꽃이나 과실에 앞서는 나뭇잎과 마찬가지로 살아 있는 시(詩)이다―굳어진 화석이 아니라, 살아 있는 대지인 것이다.

　그 중심에 있는 위대한 생명에 비하면 여러 동식물의 생명은 단순한 기생체에 지나지 않는다. 대지의 진통은 우리의 허물을 무덤에서 일으켜세울 것이다. 누군가가 금속을 녹여 세상에서 가장 아름다운 주형에 흘려넣었다 해도, 나는 이 용해된 대지가 흘러나와 만들어내는 각양각색의 형상을 앞에 대할 때처럼 가슴이 뛰지는 않을 것이다. 또 대지만이 아니라 그 위에 만들어져 있는 여러 제도 역시 도공의 손 안에 있는 점토와 마찬가지로 가소성을 지니고 있는 것이다.

　머지않아 이 언덕뿐만 아니라 다른 언덕과 평원, 움푹 팬 구덩이에서 겨울잠을 자던 동물들이 기지개를 켜고 나오듯이, 서리가 지면에서 흘러나오고 음악을 연주하면서 바다로 향하거나 구름이 되어 다른 토지로 이주할 것이다. 부드럽게 설득하는 해빙이 망치를 손에 쥔 천둥의 신보다 강하다. 한쪽은 녹이지만 다른 한쪽은 조각조각 부서지게 할 뿐이니.

땅 위의 눈이 드문드문 사라지기 시작하고 따뜻한 햇볕이 이삼일 계속되어 표면이 어느 정도 말랐을 무렵, 때마침 얼굴을 내민 어린 봄이 움트는 풋풋한 징후와 겨울을 이겨낸 메마른 초목의 당당한 아름다움을 비교해보는 것은 즐거웠다. 가령 산떡쑥과 미역취, 쥐손이풀을 비롯한 단아한 들풀은 여름이 오지 않으면 아름다움이 성숙하지 않는 듯 보이지만, 사실 이 시기가 여름보다 오히려 눈에 띄기 쉽고 풍부한 정취를 지니고 있다. 나아가 황새풀과 부들, 현삼, 존스워트, 조팝나무, 톱니꼬리조팝나무, 그 외 줄기가 든든한 다채로운 식물들이 제일 일찍 찾아오는 새들을 대접하는 무궁무진한 곡창―아니면 적어도 미망인인 자연이 몸에 두르는 수수한 상복[4]―이 되고 있다.

특히 등심초의 활 모양으로 휜, 곡물 다발 같은 끝 부분에 마음이 끌린다. 그것은 겨울의 기억에 여름을 다시 불러일으키는 예술가가 모방하고 싶어하는 형태이다. 이 풀은 또한 식물계에 있어서, 인간정신 내부에 존재하는 다양한 형태에 대해 천문학과 같은 관계를 지니고 있다. 그리스나 이집트의 양식보다 더 오래된 시대의 양식이다. 겨울의 많은 현상은 이루 말할 수 없는 사랑스러움과 깨지기 쉬운 우아한 아름다움을 바닥에 숨기고 있다. 우리는 곧잘 겨울의 왕을 난폭하고 버릇없는 폭군이라 말들 하지만, 사실은 사랑

---

4)_weed(상복)를 '잡초' 라는 의미와 연관시키고 있다.

을 할 때와 같은 부드러움으로 여름 공주의 머리칼을 장식하고 있는 것이다.

봄이 가까워 올 무렵, 앉아서 책을 읽거나 글을 쓰고 있자니 마루 밑에 붉은날다람쥐가 두 마리나 숨어들어와 지금까지 들어본 적이 없는 기묘한 소리로 숨을 죽이며 웃어댔다. 그러더니 조잘대기도 하고, 회전춤을 떠올리게 하는 소리나 목구멍을 울리는 듯한 소리를 계속 질러대는 것이다. 마루를 쿵쿵 밟아 경고를 하자 그들은 더 큰 소리로 시끄럽게 소란을 피운다. 못된 장난질에 빠져 예의도 두려움도 망각하고 멈추게 할 수 있으면 어디 해봐라 하고 놀리는 것 같다. 어이, 그만 해라 다람쥐야, 다람쥐 놈 그만! 그러나 그들은 내 목소리에 귀를 기울일 생각이 없는 건지, 아니면 처음부터 나를 깔보고 있는 건지 더 이상 손을 쓸 수 없을 정도로 쉬지 않고 욕을 퍼붓는 것이었다.

봄의 첫 손님 참새! 전보다 더 푸른 희망에 찬 한 해가 시작되려 하고 있다! 푸른 울새, 노래참새, 개똥지빠귀들의 작은 은방울 소리 같은 지저귐이 드문드문 눈의 잔재가 남아 있는 습한 들판 너머로 들려오고 있다. 겨울의 마지막 눈발이 날리면서 스치는 소리처럼! 이런 때, 역사나 연대기, 전승이나 문자로 기록된 계시가 도대체 무엇이란 말인가? 흐르는 시냇물은 봄을 위한 축하와 기쁨의 노래를 읊조린다. 목장을 낮게 비행하는 개구리매는 갓 잠에서 깨어났을 미끈미끈한 생물을 찾아 일찍부터 돌아다니고 있다. 눈이 녹아 무너져내리는 소리가 계곡 여기저기에서 들리고, 호수의 얼음은 자꾸자꾸 사라져간다.

언덕 기슭에서는 풀잎이 봄날처럼 불타오른다 – "이렇게 해서 풀들은 첫 봄비의 재촉으로 이제 막 싹터 오르려 하고 있다."[5] 마치 대지가 돌아온 태

---

5)_ 바로의 〈농업론〉(2·2·14).

양을 맞으려고 내부의 열을 내보내고 있는 것 같다. 노란빛이 아닌 초록빛 불꽃으로. 영원한 청춘의 상징인 풀잎은 초록의 긴 리본처럼 땅 위에서 여름을 향해 고개를 들고, 설사 서리로 인해 가는 길을 저지당한다 해도 다시 일어나 전진해, 땅 속에 넘쳐흐르는 새로운 생명력으로 지난해 베어진 건초의 끝을 들어올린다.

풀잎은 작은 시냇물 소리가 땅 속에서 배어나오듯이 착실하게 성장을 계속한다. 양자는 거의 동일하다 해도 좋을 것이다. 물이 말라버리는 6월은 풀의 성장기라 풀잎이 졸졸 흐르는 수로가 되어 해마다 가축은 이 영원한 초록의 흐름에서 물을 마시고, 풀을 베는 자는 거기에서 가장 빨리 겨울의 사료를 퍼올리기 때문이다. 마찬가지로 우리 인간의 생명도 뿌리가 시드는 것일 뿐, 영원을 향해 여전히 초록의 잎을 뻗어가는 것이다.

월든은 순식간에 녹아간다. 호수 북쪽과 서쪽 가까이에는 폭 2로드의 운하가 생기고, 동쪽 끝에서는 그 폭이 더욱 넓어지고 있다. 광대한 얼음 들판이 동체에서 떨어져나가고 만 것이다. 노래참새가 물가의 수풀 속에서 노래하는 것이 들린다. 이 새도 얼음 가르는 걸 도와주고 있는 것이다.

얼음 테두리의 완만하게 뻗은 곡선은 얼마나 아름다운가! 호반의 가장자리를 어느 정도 따르고는 있지만 이 곡선이 더 규칙적이다. 얼음은 최근의 일시적인 혹독한 한기 탓으로 여느 때보다 더 굳어져 있고, 궁전의 대리석처럼 일면에 물결 무늬가 새겨져 있다. 그러나 바람은 그 불투명한 표면을 허무하게 동쪽으로 미끄러져가고, 얼음 저편에서 가까스로 살아 있는 수면에 도달한다. 이 태양에 반짝이는 물의 리본, 기쁨과 젊음에 찬 호수의 맨 얼굴을 바라보는 것은 얼마나 훌륭한가.

그것은 물고기나 모래사장의 기쁨을 대변하고 있는 것도 같고, 잉어의 비늘처럼 은빛을 발하는 모습은 한 마리의 살아 있는 물고기와 다를 바가 없다. 겨울과 봄의 대조는 너무나도 선명하다. 월든은 다시 소생한 것이다.[6] 어쨌든 이미 언급한 바와 같이 이 해의 봄, 호수의 얼음은 예년보다 더 착실하게 녹아갔다.

폭풍과 추위의 계절에서 화창하고 온화한 날씨로의, 어둡고 정체된 시간에서 밝고 경쾌한 시간으로의 변화는 만물이 고하는 중대한 전기이다. 그것은 최후의 순간에 홀연히 찾아온다. 저녁노을이 다가오고 지붕 위에는 아직 겨울의 구름이 무겁게 짓누르고 있으며, 처마 끝에서는 진눈깨비가 떨어지고 있는데 돌연, 나의 오두막은 들이치는 빛으로 충만했다. 나는 문득 창밖을 내다보았다. 그러자 어떠한가. 어제까지는 차가운 회색빛의 얼음 말고는 아무것도 없었던 장소에, 일찌감치 여름 오후의 고요함을 띤 희망에 넘치는 호수가 아직 머리 위에는 보이지 않는 여름의 저녁 하늘을 가슴에 비추면서 펼쳐져 있는 게 아닌가! 마치 호수가 먼 지평선 어딘가와 마음이 통하기라도 하듯이.

멀리서 울새의 소리가 들렸다. 나는 그것을 수천 년 만에 들은 것 같다. 그 음률―예부터 아름답고 힘 있는 그 노랫소리―을, 나아가 수천 년은 잊지 못하리라. 아아, 뉴잉글랜드의 여름 하루가 끝날 무렵의 울새여! 그가 머물고 있는 작은 가지를 발견할 수는 없을까! 그와 그 작은 가지를! 이 새는 적어도 투르두스 미그라토리우스[7]라 불리는 단순한 새가 아닌 것이다. 그만큼 오랫동안 고개를 숙이고 있던 오두막 주위의 소나무와 떡갈나무 관목은 단비에 씻겨 숨이 되살아난 것인지 본래의 다양한 성격을 되찾고, 밝기도 초록의 색조도 한층 선명하게 우뚝 서서 생기에 넘치고 있었다. 나는 이미

6)_《신약성서》 누가복음 15:24. "내 아들은 죽었다가 다시 살아났으며……"에서.
7)_Turdus migratorius. 당시 울새의 학명.

비가 갠 것을 알았다.

숲의 작은 나뭇가지를 보아도, 아니 오두막의 장작더미를 보는 것만으로도 그해의 겨울이 사라졌는지 알 수 있는 것이다. 주위가 어두워질 무렵, 나는 숲 위를 낮게 날아가는 기러기의 울음소리에 놀랐다. 호수 남쪽으로부터 늦은 시각에 도착한 지친 나그네들이 흉금 없이 서로의 불평을 털어놓거나 위로하는 것 같았다. 입구에 서자 그들의 날갯짓 소리가 들려왔다. 그들은 오두막을 향해 날아오다가 집안의 불빛을 깨닫고 급히 진로를 바꾸어 조용히 호수로 내려섰다. 나는 집으로 들어가 문을 잠그고 봄의 첫 밤을 보냈다.

다음날 아침, 50로드 정도 떨어진 호수 한가운데서 기러기들이 헤엄치고 있는 것을 뿌연 안개 너머로 지켜보았다. 그들은 체격이 큰데다 아주 시끄러워서 월든은 완전히 그들의 놀이터가 된 것 같았다. 내가 물가에 서자 그들은 지휘관의 신호로 일제히 세찬 날갯짓과 함께 날아오르더니 29마리가 대열을 정비한 후, 한바탕 머리 위에서 선회했다. 그러고 나서 캐나다 쪽으로 방향을 잡고 리더가 내는 규칙적인 울음소리를 따르며 진흙이 많은 물웅덩이에서 아침 식사를 할 수 있으리라는 부푼 마음을 안고 사라져갔다. 때를 같이해 오리 떼도 한 무더기 날아오르더니 시끌벅적한 사촌들의 뒤를 쫓아서 북쪽을 향해 날아간다.

그 후 일주일 동안, 짙은 안개 낀 아침마다 홀로 남겨진 기러기 한 마리가 동료들을 찾아 호를 그리면서, 속을 떠보는 듯한 떠들썩한 울음소리로 숲이 감당하기 힘든 커다란 생명의 울림을 줄기차게 퍼뜨렸다. 4월이 되자 비둘기가 다시 작은 무리를 지어 쏜살처럼 날아가는 것이 보였다. 흰털발제비도 나의 벌채지 위에서 지저귀기 시작했다. 마을에는 나에게 나누어줄 흰털발제비가 많지 않을 테고, 그들은 필시 백인이 찾아오기 전부터 나무 구멍에 살고 있던 특별한 종족이 아닐까 생각한다. 어떠한 기후의 토지에서도 거북과 개구리는 봄의 선구자이자 전령사이기도 하다. 노래하는 새들은 깃털을 반짝이며 날아간다. 초목은 싹을 내고 꽃을 피운다. 바람이 불어와 지구 양극의 작은 진폭을 수정하고 자연의 균형을 유지하려고 한다.

어느 계절도 나름대로 최고의 계절이라 생각하지만, 봄의 도래는 혼돈에서 우주를 창조하는 것이고, 황금 시대가 찾아왔음을 뜻하지 않을까 싶다.

"Eurus ad Auroram, Nabathacaque regna recessit,
Persidaque, et radiis juga subdita matutinis."

"동풍은 물러간다, 여명의 신 곁으로, 나아가 나바테아인의 왕국,
페르시아의 방향으로, 아침해를 받는 산으로."

"사람은 태어났다. 그것은 아름다운 세상의 창시자인
만물의 창조주가 신들의 씨앗으로 만든 것인가,
혹은 먼 천계로부터 갈라져나온 대지 속에,
같은 하늘의 종자가 깃든 것인가."[8]

한 차례의 단비가 풀잎의 빛깔을 한층 돋보이게 한다. 마찬가지로 좋은 사상이 도래하면 우리의 앞길은 밝아질 것이다. 만약 우리가 늘 현재에 살고, 하늘에서 내려오는 촉촉한 이슬의 감화를 그대로 표현하는 풀처럼 나의 몸에 떨어져내리는 모든 일을 잘 활용할 수 있다면, 또 과거에 놓친 호기를

---

8)_오비디우스의 〈변신이야기〉 제1권 61~62행, 및 78~81행.

보상하기 위해 시간을 소비하고 그것을 의무의 수행이라 부르지 않는다면 우리는 행복해질 것이다.

이미 봄이 왔다고 하는데, 우리는 겨울을 헤매고 있는 것이다. 상쾌한 봄날 아침에는 모든 인간의 죄가 용서된다. 이러한 날은 악덕과의 휴전이다. 봄의 태양이 타오르는 동안에는 극악무도한 인간도 귀향이 허락될 것이다.[9] 우리 자신이 다시 한 번 무구해진다면 이웃의 무구함도 알게 될 것이다.

어제까지 당신은 자신의 이웃을 좀도둑이나 술주정뱅이, 호색한이라 생각하며 그에 대해 동정과 경멸을 품고 세상에 절망하고 있었을지 모른다. 그러나 이 봄날 아침, 밝고 따뜻한 햇볕이 세계를 다시 한 번 창조해내려 할 때, 여유 있는 모습으로 일에 힘쓰고 있는 그자를 만나, 타락하고 지친 그의 혈관이 지금은 조용한 기쁨에 부풀어 새로운 날을 축복하면서 천진난만한 마음으로 봄기운을 느끼고 있는 것을 본다면 그자의 결함은 잊혀지고 말 것이다.

그의 주변에는 오로지 선의만이 감돌고 있을 뿐, 설령 갓 태어난 본능처럼 맹목적이고 믿음직스럽지 못한 것이라고 해도 신성한 향기마저 느껴지는 듯하고 잠시 동안은 산 속의 메아리도 천박한 농담에 응하지 않게 되는 것이다. 그의 옹이진 외피에서는 천진무구한 아름다운 가지가 뻗어나와 산과 들의 초목처럼 부드럽고 싱싱한 모습으로 새로운 한 해에 도전하려 하고 있다.

이 남자도 주의 기쁨을 함께 하고 있는 것이다.[10] 무엇 때문에 간수는 감옥 문을 활짝 열어놓지 않는가―무엇 때문에 재판관은 사건을 기각하지 않는 것인가―무엇 때문에 설교자는 집회를 해산하지 않는 것인가! 그들은 신이 부여해주는 암묵의 가르침에 따르지 않고, 신이 만인에게 아낌없이 부여

---

9)_ '숲속 생활의 경제학'에 나오는 "모든 죄인은 자신의 마을로 돌아가는 것이 허용된다"에서.

10)_《신약성서》마태복음 25:23. "네 주인의 즐거움에 참여할지어다"에서.

하는 용서를 받아들이려고 하지 않기 때문이다.

"매일 온화하고 은혜로운 아침의 숨결 속에서 선으로 다시 되돌아감으로써, 사람들은 미덕을 사랑하고 사악함을 미워하는 인간 본래의 성질에 다소나마 가까이 다가가는 것이다. 한번 베어진 숲이 또다시 싹을 틔우는 것과 같은 이치이다. 마찬가지로 그날 범한 악은 다시 돋아난 미덕의 성장을 방해하고 그것을 바싹 말려 버린다.

미덕의 성장이 자꾸 방해되면 은혜로운 저녁의 숨결도 그것을 지키기가 어려워진다. 저녁의 숨결이 이미 그 싹을 지킬 수 없게 되면 인간의 본성은 바로 금수와 다름없는 것이다. 그 인간의 본성이 금수와 같음을 알게 된 사람들은 그에게 애초부터 이성적인 능력은 없었던 것이라 치부한다. 그것이 어떻게 인간이 가지고 태어난 성질이라 할 수 있겠는가."[11]

"태초에 황금의 시대가 있었다. 징벌자 없고 벌칙도 없고,
스스로 바치는 충성과 올바른 마음만이 있다.
형벌도 없고 공포도 없고, 벽에 걸린 황동판에 새겨진
위협의 말은 더욱 없고, 판관의 말을 두려워하는
탄원자들도 없다. 복수를 모르는 태평한 세월.
산 위의 소나무도 베어져
너른 바다를 가는 배가 되어 먼 나라를 바라보는 일은 없다.

---

11)_〈맹자〉, 〈고자(告子)〉 8장에서.

사람이 아는 것은 오직 하나, 자신이 태어난 물가뿐.

···········(중략)···········

영원한 봄이 있었다, 온화한 서풍은

따뜻한 미풍으로 씨 없이 태어난 꽃들을 위로한다."[12]

4월 29일, 나인 에이커 코너교 근처의 냇가, 사향쥐가 숨어 있는 부근의 버드나무 뿌리 위에서 바람에 흔들리는 풀을 밟고 낚싯줄을 늘어뜨리고 있었다. 그때 아이들이 놀이삼아 손가락으로 막대기를 울릴 때 나는 기묘한 소리가 들려와 하늘을 올려다보니, 쏙독새처럼 날씬하고 품위 있는 매 한 마리가 햇빛에 반짝이는 수놓인 리본처럼, 혹은 진줏빛 조개 껍질처럼 빛나는 날개 뒤를 보이면서 1, 2로드마다 잔물결을 일으키며 상승과 하강을 거듭하고 있었다.

그것을 보고 나는 매사냥과 그에 관련된 여러 가지 멋과 정취를 떠올렸다. 그것은 '머린'[13]이라 불리는 매 같았는데, 이 이름은 도통 마음에 들지 않는다. 새가 이토록 경쾌하게 날고 있는 모습은 처음이었다. 나비처럼 가볍게 날갯짓하는 것도 아니요, 큰 매처럼 높이 날아오르는 것도 아니지만, 자신에 가득 차서 하늘의 들판을 달음박질하고 있었다. 그는 쿡쿡 하고 기묘한 웃음소리를 내면서 오르고 또 오르다가 자유자재로 아름다운 하강을 반복하고, 빙글빙글 회전하는가 싶더니 한번도 대지에 발을 붙인 일이 없다는 듯이 우아한 급강하에서 돌연 방향을 바꾸는 것이었다.

이 우주에 친구 따윈 없어요─그래서 혼자 놀고 있는 것이지. 아침과 천

---

12)_오비디우스의 〈변신이야기〉 제1권 89~96행 및 107~108행.

13)_Merlin. 작은 매의 일종인데, 아서 왕 전설에 등장하는 마법을 쓰는 예언자의 이름이기도 하다.

공이 나와 함께 놀아주는 것만으로 족하다고 말하는 듯했다. 새는 조금도 고독하지 않고 오히려 눈 아래의 대지를 고독한 존재로 보이게 했다. 그런데 그를 부화한 어미 새를 비롯해 형제들은 하늘 어디에 있는 것일까? 큰 하늘을 거처로 하는 이 새를 대지와 이어주는 것은 깎아지른 절벽의 벌어진 틈새에서 부화된 알밖에 없는 듯한 느낌이 들었다. 아니면 그가 태어난 둥지는 구름 한 귀퉁이에 있고, 그 둥지는 저녁노을로 짜여지고 무지개의 테두리를 둘렀으며 대지에서 퍼올린 부드러운 한여름의 아지랑이가 덧대어져 있는 것일까? 지금 그의 보금자리는 깎아지른 절벽과 닮은 구름이다.

나는 황금색이나 은색, 찬란하게 빛나는 구리색을 띤 진기한 물고기들을 낚았는데, 실에 꿰어진 모습은 보석과도 같았다. 아아! 나는 봄날 아침마다 가까운 목초지를 헤치고 들어가 작은 구릉을 넘고 버드나무 뿌리를 펄쩍 뛰어넘으며 전진해갔다. 때마침 세차게 물이 흘러내리는 계곡과 수풀은 무덤 속에 잠들어 있는 주검도 눈을 뜨게 할 찬란한 빛을 한껏 받고 있었다. 불사(不死)에 대해 이 이상의 유력한 증거는 없다. 이러한 빛 속에서는 모든 것이 생명을 얻지 않을 수 없을 것이다. 오오, 죽음이여, 너의 가시는 어디에 있는가? 오오, 무덤이여, 그러면 너의 승리는 어디에 있는가?[14]

우리 마을의 생활은 마을을 둘러싼, 아직 사람의 손길이 닿지 않은, 숲이나 목초지가 없어진다면 썩은 물이 되어버릴 것이다. 우리는 야성이라는 강장제를 필요로 한다. 때로는 해오라기나 흰눈썹뜸부기가 숨어 있는 늪지를 건너 도요새의 낭랑한 울음소리를 듣기도 하고, 고독하고 야성적인 들새의 둥지가 있고 밍크가 기어다니는 부근에서 바람에 흔들리는 사초의 냄새를

---

14)_《신약성서》 고린도전서 15:55에서.

맡지 않으면 안 된다.

우리는 여러 가지를 탐험하고 배우지만, 동시에 여러 가지가 신비한 그대로, 파헤쳐지지 않은 그대로 남아 있기를 바라고 있다. 육지와 바다가 한없이 야성적이기를, 그것이 헤아리기 힘든 것이기에 측량도 하지 않고 측심도 하지 않은 채 있어 줄 것을 바라고 있는 것이다. 자연은 아무리 만끽해도 결코 질리는 법이 없다. 우리는 무궁무진한 활력과 광대한 지형, 난파선이 떠밀려 내려오는 해안, 살아 있는 나무와 썩어 있는 나무로 이루어진 원시림, 번개와 천둥, 범람을 일으키는 세찬 폭우를 보고 원기를 회복해야 한다. 인간 자신의 한계를 초월하는 모습이나 우리가 결코 발을 들여놓지 않는 곳에서 마음껏 풀을 뜯고 있는 동물을 목격할 필요가 있다.

독수리가 혐오감을 일으키는 썩은 고기를 덥석 물고 그 식사에서 건강과 활력을 얻는 것을 보면 힘이 용솟음친다. 오두막으로 통하는 길가의 웅덩이에는 말의 사해가 굴러다니고 있어서 아주 어두운 밤에는 길을 돌아가야 할 때도 있지만, 사해를 보고 자연의 왕성한 식욕과 범하기 힘든 건강을 확신할 수 있었던 것이 이를 보상해주기도 했다. 자연이 이토록 활력에 가득 차 있어 무수한 생명이 희생되거나 서로 탐욕스럽게 먹어대도 여전히 여유 만만한 모습을 보면 기분이 좋아진다.

약한 생명이 아무렇지도 않게 과육처럼 짓눌려 죽어가고, 올챙이가 왜가리에게 잡혀 먹히고, 거북이나 두꺼비가 노상에서 치여 죽은 것을 보아도 마찬가지다. 고기의 비, 피의 비가 내리기도 했다![15] 사고라는 것은 일어나기 쉬운 것이므로 그것을 가볍게 취급하도록 노력해야 하는 것이다. 현명한

---

15)_대(大)플리니우스의 〈박물지〉(2·57)에 "마니우스 아킬리우스와 가이우스 포르키우스의 집정관 시대에 피의 비, 살의 비가 내렸다"고 되어 있다.

인간은 우주에 사심이 없다는 것을 알고 있다. 독은 결국 독이 아니고, 어떠한 상처도 치명상은 아니다. 동정을 옹호해야 할 논거는 없다. 동정한다면 일을 척척 실행해가지 않으면 안 된다. 그러한 호소를 틀에 박힌 양식으로 해서는 안 되는 것이다.

5월 초순이 되자 떡갈나무나 히코리, 단풍나무들이 호숫가의 소나무 숲에서 싹을 틔우고, 특히 구름 낀 날에는 그곳에 햇빛과 같은 광채를 더해주고 있었다. 마치 태양이 안개를 뚫고 언덕 기슭을 어렴풋이 비추고 있는 듯했다. 5월 3일인가 4일에는 호수 위에서 아비를 보았다. 또 이 달의 첫째 주에는 쏙독새와 갈색지빠귀, 개똥지빠귀, 딱새, 되새들이 노래하는 소리가 들려왔다. 숲개똥지빠귀의 소리는 이미 오래 전부터 들려오고 있었다.

포이베도 일찌감치 돌아와 현관문이나 창문을 통해 안을 엿보았다. 이 집이 살기 좋은 동굴인지 어떤지 살피는 모양이다. 그녀는 집안을 검토하면서 허공에 꽉 매달리듯이 손톱을 굽히고 날개를 가볍게 파닥이면서 공중에 떠올라 있었다. 얼마 후 소나무의 유황과 같은 꽃가루가 수면과 물가의 자갈, 썩은 나무 위를 노랗게 뒤덮었다. 그러모으면 한 통은 족히 될 것 같은 이것이 바로 '유황의 소나기'다. 칼리다사[16]의 희곡 〈샤쿤탈라〉 속에도, "작은 시내는 연꽃의 황금색을 띤 화분으로 노랗게 물든다"고 되어 있다. 이렇게 해 사람의 발길이 닿을수록 풀이 길게 자라듯이 계절은 여름을 향해 쑥쑥 뻗어갔다.

숲속에서의 1년 동안의 삶은 이런 식으로 끝을 고했다. 2년째도 이와 크게 다르지 않았다. 나는 1847년 9월 6일, 마침내 월든을 떠났다.

---

16)_Kālidāsa. 4~5세기경에 활동한 인도의 산스크리트 시인, 극작가.

맺음말

맺음말

　　의사가 환자에게 전지요양을 권하는 것은 현명한 치료법이다. 다행히도 현재 몸담고 있는 세계가 전부는 아닌 것이다. 마로니에는 뉴잉글랜드 지방에서는 자라지 않고[1], 흉내지빠귀의 소리도 이 부근에서는 좀처럼 들리지 않는다. 기러기들은 인간 못지않게 세상을 두루 돌아다니며 생활하고 있다. 캐나다에서 아침을 먹은 후, 낮에는 오하이오 강에서 점심을 들고, 밤에는 남부의 강 후미에서 날개를 가다듬는다. 들소란 놈들도 계절과 적당히 보조를 맞춰 이동한다. 콜로라도 강 유역의 초원에서 풀을 뜯는 것도 잠시, 옐로스톤 강가에는 더욱 푸르고 달콤한 풀이 그를 기다리고 있는 것이다. 그런데 인간은 농장의 울타리가 쓰러지고 대신 돌담이라도 세워지면 이미 생활에 한계가 그어져 운명이 결정난 것이라고 단정짓고 마는 것이다. 혹 당신이 마을의 서기관으로 선출된다면 이번 여름, 티에라델푸에고[2]에 갈 수는 없을 것이다. 하지만 그럼에도 불구하고 시뻘건 불길이 치솟는 지옥으로 가게 될지도 모른다. 우주는 우리의 시야가 미치지 않을 만큼 넓은 것이다.

　어쨌든 우리는 호기심에 들뜬 배 안의 어린애처럼 뱃머리의 난간 저편을 뻔질나게 내다보아야지 멍청한 어부처럼 바닥 이음새에 메워넣을 뱃밥을 만들면서 항해해서는 안 된다. 지구의 반대쪽이라 해도 이쪽 통신원의 고향에 지나지 않는다. 우리는 단지 대권항법[3]에 의해 바다를 항해하고, 의사는 피부병의 처방을 해줄 뿐이다. 기린을 잡으러 서둘러 남아프리카로 향하는

---

1)_본래 중서부의 자생종이었는데 현재는 뉴잉글랜드에서도 널리 볼 수 있다.
2)_이 지명의 의미는 '불의 나라.' '숲속 생활의 경제학'의 역주 17) 참조.
3)_지구상의 두 점을 최단거리로 잇는 항법.

사람도 있지만 그가 진정 손에 넣고 싶은 사냥감은 결코 그런 것이 아닐 것이다. 설사 그에게 그런 여유가 있다 해도 도대체 언제까지 기린 사냥 따위에 흥분하고 있을 것인가? 도요새나 멧도요를 잡는 것도 맛보기 힘든 기분 전환이 될 텐데. 나로서는 자신을 겨냥하는 게 훨씬 고상한 유희라 하겠지만.

"너의 눈을 안으로 돌려보라. 그러면 거기에는,
지금껏 발견되지 않은 천의 영역을 발견할 수 있을 것이다.
그 세계를 거쳐서 가까운 우주지리학의
최고권위자가 되어라."[4]

아프리카란, 서부란, 무엇을 상징하고 있는 것일까? 우리 내부의 해도는 백지로 남아 있지 않은가? "막상 발견하고 나니 해안처럼 까맣더라"는 사람도 있겠지만. 우리가 발견하고 싶은 것은 정말로 나일 강, 나이저 강, 미시시피 강 등의 원류나, 아프리카 대륙을 도는 북서항로 같은 것일까? 인류에 관계되는 중대사란 이러한 문제일까? 탐험가 프랭클린[5]의 아내는 남편을 찾아내려고 애썼지만 행방불명이 된 것은 과연 그 혼자일까? 그린넬 씨[6]는 자신이 어디에 있는지 알고 있는 것일까? 오히려 우리는 제2의 멍고 파크[7]나 루이스와 클라크[8], 프로비셔[9]가 되어 자신의 내부를 흐르는 강과 광활한

4)_ William Habington(1605~1654)의 시 〈To My Honoured Friend Sir Ed. P. Knight〉에서.
5)_ Sir John Franklin(1786~1847). 영국의 탐험가. 미대륙의 북서항로를 발견했는데, 북극권에서 조난해 행방불명이 되었다.
6)_ Henery Grinnell(1799~1874). 미국의 상인. 프랭클린 수색대에 재정 원조를 했다.
7)_ Mungo Park(1771~1806). 스코틀랜드의 탐험가. 아프리카의 나이저 강 유역 등을 탐험.

바다를 발견해야 하지 않을까? 필요하다면 살아남기 위해 통조림이라도 하나 가득 배에 싣고 자신의 고위도 지역을 탐험해보는 것은 어떨까? 발견한 것에는 그 표시로 빈 깡통을 하늘 높이 쌓아올리면 될 것이다. 통조림 고기는 단지 고기를 보존하기 위해서 발명된 것일까? 그렇지 않을 것이다.

내부의 신대륙이나 신세계를 발견하는 콜럼버스가 되어 상업이 아닌 사상의 새로운 수로를 개척해보자. 인간은 모두 한 영토의 주인이며, 그것에 비한다면 러시아 황제의 제국도 빙원(氷原)의 보잘것없는 얼음덩어리에 지나지 않는다. 그런데 자신을 존경할 줄 모르고 비소한 것을 위해 위대한 것을 희생하는 그런 인간일지라도 애국자는 될 수 있다. 그들은 자신의 무덤을 덮을 흙더미는 사랑하지만, 흙덩이에서 만들어진 그들의 육체에 지금도 생기를 불어넣고 있는 정령에는 아무 공감도 나타내지 않는다. 애국심은 그들의 머리에 들끓는 구더기다.

떠들썩하게 거금을 쏟아부은 그 남극탐험대[10]에는 결국 어떤 의미가 있었던 것일까? 모럴의 세계에는 여러 대륙과 바다가 있고, 누구나 그곳에 지협이나 후미를 지니고 있는데 아직 당사자는 탐험한 일이 전혀 없다는 사실, 정부가 주문해 만든 배에 올라탄 500명의 대원들이 오로지 한 사람을 보조하며 추위와 폭풍과, 식인종에게 먹힐 위험을 무릅쓰고 수천 마일을 항해하는 것이 혼자서 개인의 바다, 즉 자기라는 존재의 대서양이나 태평양을 탐험하는

---

8)_Meriwether Lewis(1774~1809), William Clark(1770~1838). 미국의 탐험가. 최초로 태평양 연안의 북서지역까지 육상탐험을 했다.

9)_Sir Martin Frobisher(1535~1594). 영국의 항해가, 캐나다 북동해안의 초기 탐험가였다.

10)_1838~1842년, 찰스 윌크스가 이끈 남극탐험대를 말함.

것보다 더 쉽다는 사실이 간접적으로 인정되었다는 것뿐이 아닌가.

"Erret, et extremos alter scrutetur Iberos.
Plus habet hic vitæ, plus habet ille viae."

"그들을 방랑하게 하라, 이 세상 끝의 오스트레일리아인을 관찰하게 하라.
나에게는 수많은 신이 있다. 그들에게는 수많은 길이 있다."[11]

잔지바르의 고양이 수를 세기 위해 세계를 일주하는 것은 바보 같은 짓이다. 그러나 더 나은 일을 할 수 있게 되기까지 그렇게 하는 것도 나쁘진 않을 것이다. 마침내 지구의 내부로 통하는 '심스의 구멍'[12]을 발견할 수 있을지도 모르니. 영국, 프랑스, 스페인, 포르투갈, 황금해안, 노예해안 등은 모두 이 개인의 바다에 면하고 있는 것인데, 거기에서 육지가 보이지 않는 먼 바다까지 나아간 배는 아직 한 척도 없는 것이다. 그것이야말로 인도로 직행하는 항로가 틀림없다는데도.

여러 나라의 말에 능통하고, 여러 나라의 풍습에 익숙해지면서 다른 여행자들보다 멀리 나아가고 싶다면, 또 다양한 기후에 적응하면서 스핑크스의 수수께끼를 풀고 그 머리를 돌에 부딪치게 하려 한다면 글자 그대로 고대 철학자의 가르침에 따라 "너 자신을 탐험해야" 한다. 이를 위해서는 보는 힘과 용기가 필요하다. 자기 탐험의 패배자와 탈주자만이 전쟁터에 가는 것이

---

11)_소로의 일기에 의하면 이 라틴어 시는 클라우디아누스의 〈베로나의 노인〉에서 인용한 것인데, 소로는 원본의 '스페인 사람'을 영역할 때에 일부러 '오스트레일리아인'으로 바꾸어놓았다.

12)_미국의 군인 심스(Symmes)가 1818년에 주장한 것으로 지구의 양극에는 구멍이 뚫려 있다는 설.

다. 그들은 도망쳐 군대로 들어가는 겁쟁이들이다.

지금이야말로 서쪽 끝을 향해 여행을 떠나보지 않겠는가. 그 길은 미시시피 강이나 태평양에 부딪쳐도 멈추지 않고, 그렇다고 노후한 중국이나 혹은 일본으로 통하는 것도 아니며, 이 지구와 접선을 이루어 뻗어가면서 여름에도 겨울에도, 낮에도 밤에도, 해가 저물고 달이 떨어진 후에도, 그리고 마침내 지구가 가라앉은 후에도 계속해서 앞으로 나아가는 것이다.

미라보[13]는 "사회의 신성불가침한 법을 공공연히 거스르기 위해서 어느 정도의 결의가 필요한가를 확인하기 위해" 노상 강도 짓을 해본 적이 있다고 한다. 그는 "대열을 짜서 싸우는 병사에게는 노상 강도의 반만큼의 용기도 필요치 않다", "명예도 종교도, 깊은 숙고 끝의 굳은 결의를 방해하지는 못했다"고 공언했다.

이것은 흔히 말하듯이 남자다운 행동일지는 모르겠으나, 사실은 자포자기까지는 아니더라도 정말 어리석은 태도였다. 제대로 된 인간이라면 더 신성한 법을 지킨 탓에 '사회의 신성불가침한 법' 이라는 것을 '공공연히 거스르는' 결과가 되는 일이 종종 있는 것이다. 따라서 그와 같이 정도를 벗어나지 않고도 얼마든지 자신의 결의를 시험해볼 수가 있었을 것이다. 인간은 그 같은 태도로 사회에 접해서는 안 되고, 스스로 올바르다고 믿는 법칙에 따라 결정한 태도를 끝까지 밀고 나가야 한다. 그것은 결코 올바른 정부―운 좋게 이러한 존재를 만날 수 있다면―를 거스르는 일은 되지 않는 것이다.

나는 숲에 들어갔을 때와 마찬가지로, 그에 상응하는 이유가 있어 숲을

---

13)_Count de Mirabeau(1749~1791). 프랑스혁명의 초기에 프랑스를 이끌었던 국민의회의 가장 위대한 인물로 꼽힌다.

떠났다. 나에게는 아직 살아봐야 할 인생이 좀더 남아 있었고, 숲속 생활에 더 이상의 시간을 할애할 수는 없다고 느꼈기 때문이다. 놀라지 말기를, 우리는 모르는 사이에 얼마나 쉽게 한 가닥 정해진 길만을 걷게 되고, 또 그 길을 다져 굳히게 되는지. 숲에서 생활한 지 일주일도 되기 전에 나의 발은 오두막 입구에서 호반으로 통하는 오솔길을 만들고 있었다. 그 길을 처음 밟은 이래 벌써 5, 6년이 지났건만 지금도 그 흔적은 또렷이 남아 있다. 혹 다른 사람들도 무심코 그 길을 따라 걷게 된 것이 아닐까. 여전히 사라지지 않고 있는 것이 아닐까 신경이 쓰인다.

지구의 표면은 부드러워 인간의 발자국을 남기기 쉬운데, 정신이 더듬는 길도 마찬가지이다. 세상의 간선도로는 닳고닳아 먼지로 뒤덮이고, 전통과 습속에는 깊은 바큇자국이 새겨져 있을 것이다! 나는 일등 선실에 틀어박혀 항해를 하기보다 평범한 어부로서 이 세상의 돛대 앞에 꼿꼿이 선 채 갑판 위에 머물고 싶다고 생각했다. 거기에 있으면 산골짜기를 비추는 달빛이 정말로 잘 보였기 때문이다. 다시 선실로 내려갈 생각은 들지 않는다.

나는 실험을 통해 적어도 다음과 같은 사실을 깨달았다. 인간이 자신의 꿈의 행로에 자신을 갖고 걸어가면서 머릿속으로 상상하던 그대로의 인생을 살아가려고 노력한다면, 평소 예상치 못했던 성공을 이룰 수가 있다는 것. 그는 어떤 것을 버리고 다시 되돌아보지 않게 될 것이다. 그리고 눈에 보이지 않는 경계선을 뛰어넘게 될 것이다. 새롭고 보편적인 더 자유로운 법칙이 자신의 주위와 내부에 확실하게 세워질 것이다. 혹은 낡은 법칙이 확대되고 더 자유로운 의미로 자신에게 유리하게 해석되어, 이른바 더 고차원적인 존재로부터의 인가를 얻어 살아갈 수 있을 것이다. 생활을 단순화함에 따라 우주의 법칙이 예전만큼 복잡하다는 생각이 들지 않게 되고, 고독은 고독이 아니며, 빈곤은 빈곤이 아니고, 약점은 약점이 되지 않을 것이다. 설령 공중누각을 쌓아올렸다고 해도 모든 게 허사로 돌아가는 것은 아니다. 본래 누각은 공중에 쌓는 것이다. 이번에는 그 아래에 기초를 다질 차례이다.

영국이나 미국이 요구하는 알아듣게끔 이야기하라는 말은 바보 같은 것이다. 인간이든 독버섯이든 그런 식으로 성장하지는 않는 것이다. 그들에게는 알기 쉽다, 라는 것이 중대사로써, 그들을 제외하고 나를 이해하는 자는 좀처럼 없을 것이라 생각하는 모양이다. 혹은 자연은 오로지 한 종류의 해석밖에는 인정하지 않아서, 짐승과 함께 새를, 기어다니는 생물과 함께 날아다니는 생물을 기를 수도 없고, 황소 브라이트[14]라도 알아들을 수준의 조용히(hush)와 누구(who)를 가장 고급 영어라고 생각하고 있는 것이리라. 마치 어리석기에 바로 안전하다고 말하는 듯하지 않은가.

나는 도리어 자신의 표현이 아직 충분히 도를 넘어서지 않고 있는 것이 아닐까, 자신이 확신을 갖게 된 진리에 걸맞으리만큼 일상생활의 좁은 한계를 뛰어넘어 아주 먼 곳까지 나아가고 있지 못한 것이 아닌가 하는 점이 몹시 마음에 걸리는 것이다. 도를 넘는다! 그것은 인간이 얼마나 둘러싸여 있는가에 따라 정해진다. 다른 위도의 토지로 새로운 풀을 구하러 이동하는 들소는 젖 짜는 시간에 나무통을 차 쓰러뜨리고 외양간 울타리를 뛰어넘어 송아지 뒤를 쫓는 암소보다도 도를 넘고 있지 못하다.

나는 구속되지 않은 상태에서 말하고 싶은 것이다. 눈을 뜨려는 인간이 눈을 뜨려는 다른 인간들을 향해서 이야기하듯이. 나는 거짓 없는 표현의 기초를 쌓아올리기 위해서라면 아무리 과장해도 괜찮다고 확신하고 있기 때문이다. 흐르는 음악의 선율을 접한 후, 어느 누가 도를 넘어서 말하는 것

---

14)_당시 수소에게 잘 붙였던 이름. '똑똑하다'는 의미.

을 두려워할 것인가? 미래라든지 가능성이라는 견지에서 보자면 우리는 앞
길에 여유를 두고 한계를 긋지 않고 살아가면서 그 방면의 윤곽은 항상 희
미하게 남겨두어야 한다. 우리의 그림자가 태양을 향해 눈에 보이지 않는
땀을 발산하듯이. 우리의 말에 포함되어 있는 휘발성의 진리는 잔류물인 언
설의 미숙함을 끊임없이 폭로하지 않으면 안 된다. 말의 진리는 이내 승천
하고, 그 문자의 기념비만이 남는다. 우리의 신앙과 경건함을 표현하는 언
어는 명확하지 않지만 그래도 뛰어난 자질을 지닌 사람들에게는 유향과도
같이 깊고 그윽한 향기를 발산하는 것이다.[15]

어째서 우리는 항상 제일 둔중한 지각의 단계로 수준을 떨어뜨리고, 그것
을 상식이라고 부르며 추켜올리고 있는 것인가? 상식 중 최고의 것이란 잠
들어 있는 인간의 의식이며 그것은 코골이로 표현된다. 우리는 한 배 반의
재능을 지닌 인물을 그 반의 재능밖에 갖고 있지 않은 자와 동등하게 취급
하는 경향이 있는데, 이는 우리가 그들의 재능을 1/3밖에 이해할 수 없기 때
문이다. 어쩌다 일찍 일어나기라도 하면 해 돋는 새벽 하늘빛까지 트집을
잡고 싶어하는 자가 있는 것이다.

듣자 하니 "카비르[16]의 시는 환각, 정신, 지성 및 베다의 통속적인 교리라
는 네 가지 다른 의미를 갖고 있다"고 한다. 그런데 이 나라에서는 글에 해
석의 여지가 둘 이상 있으면 사람들에게 불만을 들어 당연하다고 생각하는
것이다. 영국은 감자병 대책에 힘을 쏟고 있다는데, 그보다 더 심한 뇌가 썩
는 병을 치유하는 데 힘을 쏟을 인간은 단 한 명도 없는 것일까?

---

15)_라틴어의 원뜻은 '헤매어나가다.'

16)_Kabir(1440~1518). 15세기와 16세기에 걸쳐 활동했던 인도의 신비주의자, 시인.

나는 아직 자신이 모호함에 이르렀다고는 생각하지 않는다. 그러나 이 점에 있어서 이 책의 내용에 월든 호의 빙판에서 발견되는 것 이상의 치명적인 결함이 보이지 않는다면, 그것을 나의 자랑으로 삼고 싶다. 남부의 방문객들은 순수함의 증거라 할 수 있는 이곳 얼음의 푸른 빛깔을 혼탁함 때문이라 오해했는지 까닭없이 싫어하고, 오히려 희기는 하지만 잡초 냄새를 풍기는 케임브리지의 얼음을 더 좋아하고 있었다. 사람들이 사랑하는 순수함이란 대지를 감싸는 안개와 같은 것이며, 그 너머로 빛나는 담청색 하늘과 같지는 않은 것이다.

우리 미국인은, 또 일반적으로 현대인은 고대인에 비하면, 아니 엘리자베스 시대의 사람들과 비교해도 지성이라는 점에 있어서는 난쟁이와 다를 바 없다는 것을 귀에 못이 박혀라 역설하는 사람이 있다. 그래서 어쨌다는 것인가? 살아 있는 개는 죽은 사자보다 낫다고 한다. 난쟁이족으로 태어났으니 목을 매어 죽기라도 하란 말인가? 아니 오히려 있는 힘을 다해 커다란 난쟁이가 되도록 노력해야 하지 않겠는가? 각자가 자신의 일에 몰두하고, 각자의 타고난 천성을 발휘할 수 있도록 전력을 다하는 것이야말로 중요한 것이다.

어째서 우리는 이토록 악착같이 성공에 집착하고, 무모하게 사업을 추진하지 않으면 안 되는 것일까? 한 남자의 발걸음이 다른 동료들의 보조와 맞지 않는다면 이는 그가 다른 북소리를 듣고 있는 탓이리라. 한 사람 한 사람이 자신의 귀에 들려오는 북소리에 맞추어 발걸음을 내딛지 않겠는가. 그 박자가 어떠하든, 또 얼마나 멀리서 들려오든. 사과나무나 떡갈나무처럼 빨리 성숙하는 것은 인간에게 중요치 않다. 우리의 봄을 여름으로 바꾸기라도 하라는 것인가? 자기 본래의 목표를 달성할 만한 조건도 채 갖추어지기 전에 현실을 바꾸어본들 무슨 소용이 있으랴? 공허한 현실에 부딪쳐서 난파하는 것은 사양하고 싶다. 아니면 노고를 마다 않고 머리 위에 높이 솟은 파란 유리 천장이라도 건설해야 할 것인가? 설사 그것이 완성되었다 하더라도 우리는 그것을 무시하고 저편 멀리 영기에 차 있는 진정한 하늘을 올려다볼 것이 뻔하다.

옛날 쿠루 마을[17]에 완벽을 목표로 정진하는 예술가가 한 사람 있었다. 어느 날 그는 지팡이 한 자루를 만들고자 했다. 불완전한 작품은 시간에 좌우되지만 완전한 작품은 시간과는 관계 없다고 생각한 그는, 자신의 일생에서 달리 아무것도 이룰 수 없다 해도, 지팡이만큼은 누가 봐도 흠잡을 데 없는 것으로 만들자고 속으로 결심했다. 그는 이 목적에 어울리지 않는 재료는 절대 쓰지 않으리라는 생각으로 즉시 나무를 찾으러 숲으로 들어갔다. 나뭇가지를 하나하나 살펴보고 버리고 하는 사이 친구들은 하나둘씩 그의 곁을 떠나갔다. 일을 하는 동안 그들은 나이가 들어 죽어간 것이다.

하지만 그는 조금도 늙는 법이 없었다. 그의 목적과 굳은 결의, 깊은 신앙심이 본인도 깨닫지 못하는 사이에 영원히 변치 않는 청춘을 그에게 부여하고 있었던 것이다. 시간과 타협하지 않았고 시간은 그를 피해갔다. 그와의 싸움에서 패한 시간은 멀리서 한숨만 내쉴 뿐이었다. 마침내 어느 모로 보나 나무랄 데 없는 지팡이 감을 찾아냈을 무렵, 쿠루 마을은 이미 삭막한 폐허로 변해 있었다. 그는 무덤 위에 걸터앉아 나무껍질을 벗기기 시작했다.

지팡이 형태를 제대로 다듬기도 전에 칸다하르 왕조는 종말을 고했다. 그는 지팡이 끝으로 왕족 최후의 인물을 모래에 새기고 다시 일에 착수했다. 지팡이의 형태가 드러나고 마지막 윤내기가 끝날 즈음, 칼파[18]는 이미 시간

---

17)_고대 인도의 서사시 〈마하바라타〉에 나오는 도시.

의 지표가 아니었다. 지팡이에 물미와 보석으로 장식한 머리를 붙이기 전에 브라마는 수차례 눈을 떴다가 다시 잠이 들었다. 그런데 나는 왜 이런 이야기를 장황하게 늘어놓고 있는 것일까?

그가 작품에 마무리를 위한 손질을 가하자 지팡이는 돌연 순식간에 커지고, 어안이 벙벙한 이 예술가의 눈앞에서 브라마의 여러 창조물 중에서도 한층 더 아름다운 작품이 된 것이다. 그는 지팡이를 만듦으로써 하나의 새로운 우주를, 완전한 미의 조화를 이루는 하나의 세계를 창조하고 있었던 것이다. 낡은 도시와 왕조는 스러져갔지만 그것보다 더 아름답게 빛나는 도시와 왕조가 그 자리를 대신한 것이었다. 이리하여 그는 발 언저리에 높이 쌓인, 깎아낸 지 얼마 되지 않은 지저깨비를 보고 자신과 자신의 작품에 있어서 그때까지의 시간 경과가 단순한 환상에 지나지 않았다는 것, 브라마의 뇌에서 튀어 흩어진 한 조각의 불똥이 인간 뇌의 부싯깃 위에 떨어져 발화하는 데 필요한 시간밖에 경과하지 않았다는 것을 깨달은 것이다. 순수한 재료와 순수한 기술, 그 결과가 눈부시리라는 건 당연하지 않겠는가?

사물의 표면을 아무리 꾸민다고 한들 진리만큼 힘이 될까. 진리만이 변치 않는 것이다. 대부분의 경우 우리는 있어야 할 장소를 착각해 터무니없는 곳에 몸을 두고 있다. 허약한 기질을 지닌 우리는 어떤 상황을 제멋대로 단정짓고 그것에 얽매이기 때문에 동시에 두 장소에 머무는 꼴이 되어 벗어나기가 이중으로 힘들어진다. 제정신일 때 사람은 사실만을, 있는 그대로의 상황만을 직시하는 것이다. 의무감에서가 아니라 말하지 않고서는 견딜 수 없는 것을 말해야 한다. 그것이 무엇이든 진리는 허위보다 나은 것이다. 교

---

18)_Kalpa. 힌두교의 창조신 브라마의 하루. 인간 시간의 4억 3200만 년에 해당됨. 한자로는 '겁(劫)'.

수대에 세워진 땜장이 톰 하이드[19]는 마지막으로 하고 싶은 말이 없느냐는 질문에, "재단사들에게 전해주게. 첫 바늘을 꽂기 전에 실에 매듭짓는 걸 잊지 말라"고 대답했다 한다. 친구들의 기도는 잊혀진 것이다.

삶이 아무리 초라하더라도 거기에서 얼굴을 돌리지 말고 있는 그대로 살아가야 한다. 자신의 생활을 피하거나 욕설을 퍼부어서는 안 된다. 그것도 당사자만큼은 나쁘지 않으니까. 삶은 여러분이 제일 풍족할 때에 가장 빈곤해 보이는 것이다. 트집 잡길 좋아하는 인간은 천국에서도 흠을 찾아낸다. 가난해도 삶을 사랑하길. 구빈원에 들어가 있어도 즐겁고 가슴 뛰는 시간은 있을 것이다. 저녁노을은 부자의 저택뿐만 아니라 양로원의 유리창도 붉게 물들인다. 봄이 오면 뉘 집 문 앞이건 쌓인 눈이 녹아내리긴 마찬가지다. 평온한 마음을 지니고 있다면 그러한 곳에 살아도 궁전에 있는 것과 다름없는 만족감을 누릴 것이요, 자신을 분기시키는 사상을 품으면서 살아갈 수 있을 것이다.

나는 오히려 가난한 마을 주민들이 타인의 도움을 빌리지 않고 살아가는 경우가 더 많지 않은가 하는 생각이 든다. 어떻게 보면 그들은 아무 거리낌 없이 자비를 받을 수 있는 훌륭한 사람들일 수도 있다. 대부분의 사람은 생활보조금을 받다니 체면이 구겨지는 일이야, 라고 생각하고 있다. 그러면 부정한 수단으로 입에 풀칠하는 것은 체면과 상관없다는 말인가. 체면으로 따지자면 그쪽이 수십 배는 더 불명예스러울 터이다. 현인을 본받아 정원의 풀꽃처럼 빈곤함을 길러보지 않겠는가. 의복이든 친구든, 새로운 것을 손에 넣으려 너무 악착같이 굴지 말고, 낡은 것을 뒤집어 사용하면서 항상 낡은 것

---

19)_매사추세츠 주 동부의 민화 속의 인물로 생각되는데, 사실에 의거하고 있을 가능성도 있다.

으로 되돌아가자. 세상은 조금도 달라지지 않는다. 달라지는 것은 우리이다.

옷을 팔아 생각을 지키자. 신은 교제하는 상대가 끊어지지 않도록 여러분을 지켜주실 것이다. 설사 내가 거미처럼 온종일 다락방 구석에 틀어박혀 있다 해도 자신의 사상을 잃지 않는 한 세계는 조금도 좁아지지 않는다. 한 철학자는 말하고 있다. "삼군으로부터 대장을 빼앗을 수는 있다. 그러나 한낱 비천한 남자일지라도 그의 뜻을 빼앗을 수는 없다."[20]

너무 정색을 하고 새로운 경지를 개척하려 하거나, 여러 가지 감화력에 쉽게 농락돼서는 안 된다. 그리하면 쓸데없는 힘을 낭비할 뿐이다. 겸손은 어두움과 마찬가지로 천계의 빛을 드러나게 해준다. 우리 주위에 빈곤과 초라함의 그늘이 따라붙어 다닐 때, "보라! 만물은 우리의 눈앞에 펼쳐진다."[21]

흔히 지적하듯이, 설사 크로이소스[22]의 부를 부여받는다 해도 우리의 목표는 동일해야 하고, 수단 역시 본질적으로는 같지 않으면 안 된다. 또 빈곤으로 인해 여러분의 활동범위가 좁아지고 책이나 신문을 살 수 없게 되었다 해도, 여러분은 더할 나위 없이 의미 깊고 생기 넘치는 경험의 내부에 갇히는 것일 뿐이다. 싫든 좋든 사탕과 전분을 제일 많이 취할 수 있는 재료를 취급하게 되는 것이다. 다른 어느 부위보다 맛이 좋은 것은 뼈에 가까운 생활이다.[23] 가난한 만큼 여러분은 경박한 인간이 되지 않을 수 있다. 물질적으로 낮은 생활을 하는 사람이 정신적으로 높은 생활을 하는 것으로 인해 잃는 것은 아무것도 없다. 여분의 부를 지니고 있으면 여분의 것이 손에 들

20)_〈논어〉제9편 25절.
21)_Joseph Blanco White(1775~1841)의 소네트 〈To Night〉에서.
22)_기원전 6세기 리디아 최후의 왕.
23)_영국 속담에 '뼈에 가까울수록 고기가 맛있다'는 것이 있다.

어올 뿐이다. 영혼의 필수품을 구입하는 데 돈은 필요 없다.

　나는 잡음을 막아주는 납으로 된 벽에 둘러싸여 살고 있다. 그런데 이 벽의 성분에는 방울을 만들 때 사용하는 소량의 합금이 포함되어 있었던 것이다. 점심 휴식 시간에 딸랑딸랑하는 요란한 소리가 밖에서 들려오는 일이 있다. 나의 동시대인들이 내는 잡음이다. 이웃들은 곧잘 유명한 신사숙녀와 우연히 마주친 이야기며, 만찬회에서 어떤 명사와 동석을 했는지 하는 이야기들을 들려준다. 그런데 나는 그러한 화제에 대해서 《데일리 타임스》 지의 기사와 다를 바 없이 전혀 흥미를 느끼지 못하는 것이다. 그들의 대화나 관심사란 대부분 복장이나 유행에 관한 것들이다. 그러나 거위에게 무엇을 입히든 거위는 거위이다. 그들은 나에게 캘리포니아나 텍사스의 일, 영국이나 인도제도, 조지아 주나 매사추세츠 주의 무슨 무슨 각하의 이야기 같은 걸 해주지만, 이도저도 모두 일시적이고 허무한 현상일 뿐이다. 나는 마침내 참을 수가 없어 마멜루크족처럼 그들의 뜰에서 쏜살같이 도망치고 싶어진다.[24]

　자신의 생활방식으로 돌아가면 안심이 된다. 나는 행렬에 가세해 사람들 눈에 띄는 장소를 여봐란 듯이 행진할 생각은 없다. 할 수만 있다면 우주의 창조자와 함께 걷고 싶은 것이다. 이런 안정감 없고, 신경질적이며, 시끄럽고, 그저 그런 19세기에 사느니 차라리 시대가 스쳐가는 동안 앉아서, 혹은 서서 깊은 생각에 잠겨 있고 싶다. 사람들은 도대체 무엇을 축하하고 있는 것일까? 모두 어떤 준비위원회에 들어가, 매시간 누군가가 연설하는 것을 기다리고 있다. 하늘의 신은 그날의 사회자에 불과하고 웹스터[25]가 신의 대

---

24)_1811년, 이집트의 군사령관 무하마드 알리는 마멜루크족의 전원 학살을 명령하고 그들을 요새에 가뒀는데, 그 중 한 사람이 탈출에 성공해 시리아로 도망쳤다.

변자라는 것이다.

나는 스스로 평가하고 결단을 내리며 자신을 가장 강하게, 가장 바르게 이끌어주는 것을 향해 나아가고 싶다. 저울대에 매달려서 몸의 중량을 가볍게 할 생각은 없다. 어떤 상황을 제멋대로 상상하기보다는 그것을 있는 그대로 받아들이도록 할 생각이다. 내가 갈 수 있는 단 한 줄기의, 어떤 권력도 저지할 수 없는 길을 더듬어가고 싶다. 확고한 토대가 다져지기도 전에 높이 아치를 세우기 시작하는 방식은 도저히 받아들일 수 없는 것이다. 얄팍한 빙판 위에서 노는 짓은 이제 그만두지 않겠는가. 견고한 바닥은 어디에든 있다. 최근에 읽은 이야기를 하나 해보자.

길을 가던 나그네가 한 소년을 향해, "거기 늪 바닥이 단단한가?" 하고 물었다고 한다. 소년은 "네, 그렇습니다" 하고 대답했다. 그런데 얼마 안 가 나그네의 말이 뱃대끈 부근까지 푹 가라앉아버린 것이다. "아니, 늪 바닥이 단단하다고 말하지 않았더냐"고 추궁하니 소년은, "네, 그랬지요. 하지만 아저씨는 아직 반도 가라앉지 않았잖아요" 하고 대답하더란다.

인간 사회의 늪이나 물에 떠밀려 내려가는 모래도 이와 마찬가지이다. 그러나 노련한 자만이 그것을 알고 있을 뿐이다. 생각하거나 이야기하는 것, 행하는 것 등은 드물게, 우연히 어느 정도의 일치를 본 경우에만 도움이 되는 것이다. 나는 단순히 윗가지나 회반죽에 못을 박아넣는 어리석은 인간은 되고 싶지 않다. 그런 실수를 저지른다면 밤에 잠도 편히 이룰 수 없을 것이다. 나는 망치를 손에 쥐고 벽 속의 간주를 더듬어 찾고 싶다. 접합제 따위에 의지해서는 안 된다. 못을 단단히 박아넣고 뚫고 나온 못 끝을 조심스레

---

25)_Daniel Webster(1782~1852). 당시 웅변가로 유명했던 사람으로 매사추세츠 주에서 선출된 상원의원.

굽혀두면, 밤중에 눈을 떠도 자신의 일을 떠올리고 흡족한 웃음을 지을 수 있으리라. 뮤즈의 가호를 빌어도 부끄럽지 않을 일을 한 것이니. 그렇게 되면—그러한 경우에 한해서—신도 손길을 뻗어주실 것이다. 박아넣은 못 하나하나가 우주라는 기계의 리벳이 되어야 하고, 우리는 그 작업을 계속해가는 것이다.

사랑과 돈, 명성이 아닌 진리를 나에게 다오. 나는 산해진미와 넘쳐 흐르는 와인, 입에 발린 말을 줄줄 늘어놓는 패거리들이 어깨를 나란히 하고 있는, 그러나 성실함이나 진리는 어디에도 눈에 띄지 않는 식탁에 앉은 적이 있다. 나는 주린 배를 움켜쥔 채 이렇게 손님 대접이 부실한 식탁을 박차고 나왔다. 손님을 대하는 태도는 얼음장처럼 차가웠다. 이러한 자들이 내뿜는 열기를 식히기 위해서는 얼음 따윈 필요 없다고 생각한 것이다. 그들은 와인의 연도와 상품의 명성을 나에게 들려주었다. 그렇지만 나는 그 순간 그들이 손에 쥔 적도 없고 살 수도 없는 더 훌륭한 상품, 더 오래되고 새로우며 순수 그 자체인 와인에 대해서 생각하고 있었던 것이다. 상류계급의 생활, 거대한 저택, 접대라는 것은 나에게 아무 의미도 없다. 언제이던가 왕을 찾아뵈러 갔는데 큰 응접실에 버려진 채 제대로 손님 대접을 받지 못하고 돌아왔다. 그의 태도는 손님을 응대하는 예의를 잃고 있었다. 반면 숲속 오두막 근처의 나무 구멍에 살고 있는 남자, 그의 태도는 어떠한가. 그의 행동이야말로 진정한 왕이라고 할 수 있었다. 나는 번지수를 잘못 찾은 것이다.

우리는 도대체 언제까지 집 앞에 웅크리고 앉아, 시험해보면 착각이라는 것이 곧 들통날 그런 곰팡이 슨 미덕을 내세울 생각인가? 사람은 인내심을 갖고 아침을 맞아, 일꾼을 고용해 감자밭의 풀 뽑기를 시키고, 오후에는 예정대로 선량함을 발휘해 기독교도에게 어울리는 온유함과 자비로움을 실천하기 위해 외출하지 않으면 안 된다는 것인가! 세상은 중국과 같은 오만함과 무겁게 자리잡은 자기 만족에 완전히 사로잡혀 있는 것 같다. 현세대는 자신이 명문가의 피를 이어받았다는 것을 너무 떠들어대는 경향이 있고, 오랜 전통이라는 것을 생각해서인지 보스턴, 런던, 파리, 로마에서 예술, 과학, 문학의 진보를 자랑스럽게 논하고 있다. 철학협회 기록이 출간되고, '위인에 대한 찬사'가 공공연히 입에 오르내리고 있다! 마치 선량한 아담이 자신의 훌륭함에 넋을 잃고 빠져 있는 꼴이 아닌가. "그렇고 말고. 우리는 위업을 달성하고 성스러운 노래를 불러온 것이다. 이러한 것이야말로 불멸하리라." -단, 우리가 그것을 기억할 수 있는 한.

아시리아의 학술협회와 위인들은 지금 어떻게 되어 있는 것일까? 우리는 얼마나 미숙한 철학자요, 실험자들인가! 나의 독자 중에서 완전한 삶을 살아온 이는 아직 한 명도 없는 것이다.

지금은 인류 생활사에 있어서 봄에 불과하다 하겠다. 콩코드에서는 7년 넘게 옴에 걸려 있는 사람은 눈에 띄어도, 17년을 사는 매미는 본 적이 없다. 우리는 이 지구의 얇은 거죽의 일부분만을 알고 있는 것이다. 대부분의 사람은 지면을 6피트 정도 파내려간 적도, 그런 높이까지 뛰어오른 적도 없다. 우리는 자신이 어디에 있는지 알지 못한 것이다. 더구나 하루의 반 가까이는 깊은 잠에 빠져 지낸다. 그래도 자신을 똑똑하다 여기며 땅 위에 질서를 확립하겠다고 하는 것이다. 심원한 사상을 지니고 있으며 야망에 가득 차 있다고 하는 것이다! 숲속에 흩어진 솔잎 밑을 파고들며 내 눈을 피해 몸을 숨기려는 벌레 위에 서서, 어째서 이 벌레는 이토록 비굴한 생각에 사로잡혀 있는가, 그의 은인이자 그 종족에게 낭보를 가져다줄 수도 있을 나를 피하고 머리를 숨기려 함은 무엇 때문인가 하고 자문을 할 때, 나는 소위 인간 곤충인 내 위에 서 있는 더 위대한 은인과 현인을 생각하지 않을 수 없는 것이다.

세계 속으로 무언가 새로운 것이 끊임없이 흘러들어오고 있다는데, 우리는 믿기 힘들 정도의 따분함을 참고 있다. 하긴 문명이 앞서 있다는 나라조차 사람들이 여전히 어떤 설교를 듣고 있는지 굳이 말할 필요도 없을 것이다. 기쁨이나 슬픔이라는 말도 있지만, 그건 콧소리로 흥얼대는 찬미가의 후렴에나 사용되고 있을 뿐, 사실 우리는 비속하고 흔해빠진 것만을 믿고 있는 것이다. 누구라도 바꿀 수 있는 것은 오로지 의복밖에 없다고 생각하고 있다. 대영제국은 존경할 만한 대국이다, 미합중국은 일등국이다, 라는 말들을 하고 있다. 그런데 각각의 배후에는 밀물과 썰물이 있고, 대영제국을 그 정신의 항에 띄우면 지저깨비처럼 두둥실 떠다니는 게 고작이라는 것을 믿으려 하지 않는다. 17년을 산다는 매미도 다음에는 어떤 종류로 언제 지상에 나타날지 아무도 알지 못하는 것이다. 내가 살고 있는 세계의 정부란 영국 정부처럼 만찬 후에 와인을 마시면서 잡담을 나누는 사이 날조된 것이 아니다.

우리 내부의 생명은 강물과 같은 것이다. 금년에는 유례 없이 물이 불어나 건조한 고지대까지 물에 잠길지 모른다. 그렇게 되면 이 부근의 사향쥐떼가 모두 익사해버리는 그야말로 다난한 한 해가 될 것이다. 우리가 살고 있는 이 토지도 늘 건조지였던 것은 아니다. 깊숙한 내륙 어딘가에는 과학이 홍수를 기록하기 이전 강의 흐름이 휩쓸고 간 물가가 있다는 것을 나는 알고 있다.

이 이야기는 뉴잉글랜드 전역에 널리 퍼져 있어 누구라도 들어 알고 있으리라 생각한다. 처음에는 코네티컷 주, 후에는 매사추세츠 주 어느 농가 부엌에 60년간 놓여 있던 사과나무 재질의 낡은 식탁 자재판에서 한 마리의 멀쩡하고 고운 벌레가 나왔다. 그 벌레의 알은 바깥쪽의 나이테를 세어보면 알 수 있듯이 그보다 더 오래 전, 나무가 살아 있을 무렵에 슬어놓은 것이었다. 나무를 갉아먹는 소리가 몇 주 전부터 들려왔다고 하는데, 아마도 커피나 물을 끓일 때의 따뜻한 열기로 부화했으리라. 이 이야기를 듣고 부활과 불사에 대한 믿음이 깊어지지 않는 자가 있을까? 살아 있는 나무의 하얀 목질에 슨 알이, 시들고 메마른 사회생활 속에서 차곡차곡 쌓이는 연륜에 파묻힌 채 오랜 세월 흐르는 동안, 그 나무는 알에게 있어 점차 잘 마른 묘표와 같은 존재로 변질되어간다. 그런데 최근 수년 사이 밖으로 나오려 하는 벌레의 나무 갉는 소리가 즐거운 식탁을 둘러싼 가족들을 놀라게 한다. 자, 도대체 어떤 날개 돋친 아름다운 생명이 인간세계의 극히 하잘것없는 가구 속에서 예기치 않게 뛰쳐나와, 그 흠잡을 데 없는 여름의 나날을 즐길 것인가!

물론 영국인이나 미국인 모두가 이러한 것을 실감할 수는 없으리라. 그렇지만 이것이야말로 시간의 경과만으로는 밝아지지 않는 내일의 특징인 것이다. 우리의 눈을 어지럽히는 빛은 우리에게는 어둠이다. 우리가 눈을 뜨는 날에 비로소 아침을 맞이하는 것이다. 새로운 동이 트려 하고 있다. 태양은 동천에 빛나는 샛별에 지나지 않는다.

소로의 생애와 작품

헨리 데이비드 소로는 1817년 7월 12일, 미합중국 매사추세츠 주 콩코드에서 존 소로와 그 아내 신시아의 셋째로 태어났다. 후년 그는 일기 속에서 "나는 자신이 세상에서 가장 가치 있는 장소에, 게다가 가장 좋은 시기에 태어난 것을 생각하면, 항상 놀라움을 금할 수 없다"(1856년 12월 5일)고 말한다. 그는 철이 들기 시작하면서부터 만 45세에 이르기 직전, 죽음을 맞이하기까지, 보스턴 서북쪽 약 30킬로미터 지점에 있는 인구 2000명 정도의 콩코드 마을에서 살았으며 오랜 세월 동안 그곳을 벗어난 적이 없었다.

그 이유로는 다음과 같은 것을 생각할 수 있다. 우선 콩코드 주변에는 도처에 구릉과 호수, 하천, 숲, 목초지가 있고 많은 동식물이 서식하는 등 자연환경이 아주 풍요롭다는 것. 다음에 미국독립혁명의 발단이 되었던 곳이며, 미국인에게 있어서 이른바 혁명의 성지라고도 할 수 있는 특별한 장소였다는 것. 마지막으로 이 마을은 시대를 선도한 초월주의 운동이라 불리는 문학사상 활동의 요람이자, 운동의 중심인물이었던 에머슨이나, 작가 호손을 비롯해 뛰어난 문학가나 사상가들이 많이 거주하고, 또 빈번히 방문하던 곳이라는 것이다.

소로가 태어났을 당시, 그의 일가는 버지니아 가도를 따라 뻗어 있는 신시아의 어머니 미노트 부인의 농장에 임시 거주하고 있었다. 다음해에 소로 일가는 10마일 정도 북쪽의 첼므즈포드로 이전해 식료품점을 열었는데 장사가 잘 되지 않았던 모양인지 1821년 보스턴으로 이주했다. 헨리가 4세쯤 되었을 무렵, 아마도 조모를 방문하기 위해 모친과 함께 왔다고 생각되는데, 보스턴에서 콩코드로 돌아온 적이 있다. 그때 태어나서 처음으로 목격한 월든 호가 어린 그에게 강렬한 인상을 주었고, 그에게 있어서 결코 잊을 수 없는 풍경이 되었다.

1823년 헨리가 6세가 되었을 때, 일가는 다시 콩코드로 돌아오고 존은 연필제조업을 시작했다. 이 장사는 조용하고 착실한 인물이었던 존에게 상점 운영보다 성격에 잘 맞았었는지 일은 곧 궤도에 올라 가족은 경제적인 안정을 찾게 되었다.

소로(Thoreau)라는 이름은 친조부 존(불어명 : 장) 소로에서 유래한다. 이 인물은 1754년경 영국해협의 저지 섬에서 프랑스계 청교도인 와인 상인의 아들로 태어나, 1773년에 난파한 배의 선원으로 뉴잉글랜드에 표착했다. 헨리 소로는 일생 동안 이 조부로부터 이어받은 프랑스계 혈통을 강하게 의식하고 자랑스럽게 여긴 듯하다. 존은 스코틀랜드계 아가씨 제인 번즈와 결혼해 10명의 아이를 낳았다.(그 중 몇 명은 어릴 때 사망) 소로는 프랑스계와 스코틀랜드계의 피를 1/4씩 이어받은 것이다. 한편 외조부 에이사 덤버는 하버드 대학 출신의 목사로, 유복한 가정의 딸 메리 존스와 결혼해 후에 변호사가 되었다. 메리는 일찍 남편을 잃고 조너스 미노트 대위와 재혼해 콩코드에 정착했으며 1830년까지 살았다. 조부모 중에서 헨리가 직접 알고 있다. 한편 모친 신시아는 키가 크고 용모도 아름다웠으며(때로는 사람을 당황하게 할 정도로) 달변인데다 활동적인 여성이었다고 한다. 그녀는 콩코드의 여성들이 조직한 자선협회나 반노예제협회의 중심 멤버로 활약하고 있었는데, 이 같은 사회적인 관심은 헨리 자신을 비롯해 누나인 헬렌, 형 존, 여동생 소피아 등 소로 가의 형제자매가 모두 함께 공유하는 것이었다. 나아가 그가 양친으로부터 이어받은 정신적인 유산으로는 자연에 대한 깊은 사랑과 관심을 들 수 있다.

1833년 16세가 된 소로는 장학생으로 하버드 대학에 입학했다. 이후 20세에 졸업하기까지 4년간은 적어도 표면적으로는 특필할 만한 사건은 없었던 것 같다. 고향 콩코드와 대학의 거리는 겨우 20킬로미터 남짓이었기 때문에 자주 귀향해 좋아하는 고향의 자연을 만끽했고, 학비에 보태기 위해 가정교사도 하고 있었다. 후년의 그는 모교 하버드 대학의 교육에 대해 종종 냉소적으로 말하고 있지만, 그의 문학의 기초가 되고 있는 그리스 라틴 문학의 풍부한 소양은 대학 시절에 몸에 익힌 것이다. E. T. 채닝 교수의 수사학 수업에서도 얻는 바가 컸다. 소로는 수업의 과제로 3년간 약 50편의 소논문을 썼으며, 그 중 28편이 현존하고 있다. 이는 대학 시절의 그를 아는 데 귀중한 자료가 되고 있다. 그는 모든 과목을 골고루 학습하는 타입은 아니었지만 결코 태만한 학생은 아니었고, 1837년 우수한 성적으로 졸업했다.

대학 졸업 후에는 고향인 콩코드로 돌아와, 자신이 예전에 다녔던 초등학교의 교사가 되었다. 그런데 체벌을 거부한 그는, 이를 강요하려 했던 마을의 교육위원회와 정면으로 대립해 겨우 2, 3주 만에 학교를 그만두었다. 다음해인 1838년 여름부터 자택에서 개인교습을 열고, 곧이어 콩코드 아카데미의 건물을 빌려서 형인 존과 함께 학교운영과 교육에 전념했다. 여기에는 마을 유력자들의 자제도 많이 입학했고, 후에 〈어린 풀 이야기〉의 저자인 루이사 메이 알코트도 여기에서 배웠다. 소로 형제의 교육법은 시대를 앞서는 것으로, 당시에는 일반적이었던 체벌이 절대 없었고, 야외에서의 수업이나 관찰을 통해 지식을 실생활에 접목시키는 일에 중점을 두었다고 한다. 그의 이러한 교육이념은 〈월든〉에서도 엿볼 수 있다. 소로 형제의 학교운영은 순조로웠지만 1841년에 형 존의 건강이 악화되어 2년 반 만에 폐교되었다.

콩코드 아카데미의 운영이 궤도에 오르고 있었던 1839년 여름, 소로는 한 젊은 아가씨와 만나게 된다. 그의 집에 하숙하고 있던 숙모를 찾아 같은 주의 시추에이트에서 온 목사의 딸, 엘렌 슈엘(17세)이다. 그녀는 소로의 집에 여러 주 머물면서 형제들과 콩코드 강에서 뱃놀이 등을 즐겼다. 형과 아우 모두 이 아름답고 청순한 아가씨에게 남몰래 사랑을 품게 되었던 것 같다. 엘렌 쪽에서는 헨리에게 끌리고 있었는데, 초월주의자 그룹과 적대관계에 있던 유니테리안파 교회 목사인 그녀의 부친이 결혼을 반대해 그의 구혼은 거절당하고 말았다. 그 후로 소로는 여자에게 깊이 마음이 끌리는 일은 한 번도 없었던 것 같고, 일생 동안 독신을 고집했다.

소로가 14세 연상의 에머슨과 개인적으로 언제부터 알게 되었는지는 확실치 않다. 에머슨은 1834년에 선조의 땅인 콩코드에 거처를 정하고, 1836년에는 초월주의의 강령이라고도 할 수 있는 〈자연〉을 출판해 초월 그룹을 발족시키고, 주위에 문학가나 지식인을 많이 모으게 되었다. 인간의 덕성, 언어, 예술, 학문 등의 발전의 원동력은 자연에 있다고 하면서, 자연의 위대함과 신비함을 시적인 문체로 힘 있게 이야기한 에머슨의 이 저서는 소로의 인격, 사상 형성에 큰 감화를 미쳤다. 이 저자가 소로의 고향에 살고 있었으니, 두 사람의 만남은 이미 시간 문제였다고 할 수 있을 것이다. 소로는 초월 그룹의 일원이 되었다.

초월주의(transcendentalism)라는 말은 원래 칸트 철학의 Transzendentalismus에서 유래하는데, 콩코드 그룹이 내린 이 용어의 정의는 칸트 철학을 그리 엄밀하게 따르고 있었던 것은 아니다. 오히려 '실재를 인식함에 있어서, 객관적인 경험보다는 시적이고 직관적인 통찰력을 중시하는 태도' 라는 의미로 꽤 막연하게 이용되고 있었다. 그들 중 대부분은 영국의 시인이자 비평가인 콜리지, 또는 사상가 칼라일의 저작을 통해서 독일 관념론 철학의 한 일면을 선택적으로 흡수하고 있었다는 것이 통설로 되어 있다. 그러나 에머슨이나 소로가 자연의 위대함을 확신하고, 거기에서 무한한 교훈과 가능성을 이끌어내는 데는 그것으로 충분했다.

이윽고 소로는 1840년에 창간된 초월주의자 그룹의 기관지 《다이얼》의 편집에 종사하게 되었고, 에머슨의 권유로 지면을 통해 시나 문장, 번역문을 자주 발표했다. 4년간 발행된 《다이얼》 지에 실린 그의 작품은 31편에 이르고 있다. 이렇게 해서 그는 자신을 직업적인 문필가로서 의식하게 되었다.

1842년 1월, 몸이 불편하던 사랑하는 형 존이 돌연 파상풍으로 세상을 떠났다. 잠시 동안 그 충격에서 벗어나지 못했지만 점차 기력을 회복해 이윽고 정열적으로 《다이얼》 지에 기고하기 시작한다. 또 전부터 관심을 갖고 있던 콩코드의 시민교양강좌에서 자주 강연하게 되었다. 그의 중요한 저작의 상당한 부분은 이러한 시민교양강좌를 위해 쓰인 강연 원고에 기초한 것이다.

1844년 가을, 에머슨은 월든 호 주변 숲의 파괴를 막기 위해 북쪽 호숫가 토지의 일부를 구입했다. 이런 장소에 오두막을 세워 소박한 독거 생활을 하면서, 지금은 세상을 떠난 형과 함께 콩코드 강과 메리맥 강에서 뱃놀이를 했던 추억을 한 권의 책으로 엮고 싶다고 예전부터 염원하고 있었던 소로는, 곧바로 에머슨의 동의를 얻어 호숫가에 직접 오두막을 짓고 1845년 7월 4일, 미국독립기념일을 기해 그 오두막에 입주했다. 이렇게 해서 2년 2개월 2일간에 걸친 월든 숲에서의 독거 생활을 개시한 것이다.

호반에 머물면서 예정대로 처녀작 〈콩코드 강과 메리맥 강에서 보낸 일주일〉을 마무리 짓고, 〈월든〉 집필에도 착수했다. 이 시기의 특필할 만한 사건으로 소로의 투옥 사건이 있다. 호반에 살기 시작한 지 1년쯤 지난 1846년 7월 하순의 어느 날, 수선을 맡긴 구두를 받으러 마을로 나가던 도중, 그는 안면이 있는 징세원 겸 보안관 샘 스테이플을 만나 몇 가지 이야기를 나눈 후, 체포되어 콩코드에 있는 군(郡) 교도소에 투옥되었다. 이유는 그가 6년 동안 인두세 납부를 거부했기 때문이었다.

　소로가 이러한 반항적인 행동을 취한 것은 노예제도를 지지하고 멕시코 전쟁을 추진하는 미국 정부에 항의하기 위한 것이었다. 투옥 사건의 경위와 납세거부의 사상적인 근거에 대해서는 후에 〈시민의 반항〉이라는 제목으로 알려지게 된 그의 유명한 에세이에 자세히 기술되어 있다.

　소로에 의하면 국가라는 것은 본래 국민이 평화롭게 살기 위한 단순한 방편에 지나지 않으며, 개인의 자유와 양심을 좌지우지할 권한은 전혀 갖고 있지 않은 것이다. 만약 국가와 개인의 양심 사이에 상극이 생긴 경우 시민은 납세거부라는 평화적인 수단에 의해 국가의 부정에 항의할 권리가 있다는 것이다. 〈시민의 반항〉은 20세기에 들어서 세계 각지의 독립운동가(마하트마 간디와 같은)나 시민권운동가(마틴 루터 킹과 같은), 혹은 시민운동에 종사하는 많은 사람이 애독하고 있으며 이들에게 용기와 이론적인 근거를 부여하면서 오늘날에 이르고 있다.

　소로가 체포되었다는 소식은 곧바로 친척이나 친구들에게 알려졌다. 그날 밤, 에머슨이 교도소로 달려와, "헨리, 어째서 이런 곳에 들어와 있는가?" 하고 물으니, 소로가 창살 너머로 "당신이야말로 어째서 밖에 있습니까?" 하고 되물었다는 이야기는, 진상이야 어찌 되었든 에머슨 가에 오랫동안 전해져 내려오는 유명한 일화이다. 그날 밤 안으로 누군가가(그의 숙모라고 한다) 혼자서 세금을 다 지불해, 다음날 아침 소로는 석방되었다. 그는 출옥을 거부하고 항의했지만 받아들여지지 않고 마지못해 쫓겨나고 말았다. 교도소를 나온 그는 가까운 구둣방에서 구두를 받아들어 신고는 곧장 허클베리 따러 가는 일행에 합류했다고 앞의 에세이에 쓰여 있다.

　월든을 떠난 후, 소로는 주로 토지측량 등으로 생활비를 벌면서 저작활동을 계속했다. 또 오랜만에 자신의 가족과 함께 살면서 부친의 연필제조업을 도왔으며, 질 좋은 연필심(흑연)을 개발해 부친의 사업 발전을 돕기도 했다.

1840년대 말부터 박물학에 대한 그의 흥미는 한층 더 깊어져, 수집한 물고기, 파충류, 포유류, 식물 등의 많은 표본을 하버드 대학의 박물학 교수 루이스 애거시에게 보내고 있었다. 그는 보스턴 박물학협회의 통신회원이 되었다. 1853년에는 과학진흥협회의 회원으로 추천되었는데, '자신의 과학 연구는 너무나 초월주의적이기 때문'이라는 이유로 제의를 거절했다. 그의 박물학 연구의 성과는 초기의 〈매사추세츠 주의 박물지〉(1842)에서 시작해, 〈삼림수의 천이〉(1860), 〈종자의 확산〉(1861년경 집필) 등, 다수의 논문으로 결실을 보았고 그것은 방대한 〈일기〉 속에도 남아 있다(〈종자의 확산〉은 1992년 마침내 미국에서 간행되었다).

소로는 일찍부터 미국의 노예제도를 엄하게 비판해왔으며, 남부의 도망 노예가 콩코드를 통해 캐나다로 탈출하는 것을 몰래 지원하고 있었다. 1854년에는 캔자스 주를 중심으로 노예제도 반대투쟁을 전개하고 있던 존 브라운과 알게 되었고, 1859년에는 브라운 일당이 버지니아 주 하퍼즈 페리에 있는 연방정부의 병기고 습격에 실패해 체포되자, 곧바로 콩코드 시민을 모아 브라운을 변호하는 강연에 나섰다. 〈존 브라운 대위를 변호해〉, 〈존 브라운 최후의 날들〉 등의 에세이는 〈시민의 반항〉이나 〈매사추세츠 주의 노예제도〉와 나란히, 그의 진지한 사회적 관심과, 양심에 충실함을 입증하는 것이라 할 수 있을 것이다.

1860년 12월, 소로는 페어 헤븐 힐에서 수목의 연륜을 관찰하던 중 심한 감기에 걸려, 오랜 기간 그를 괴롭히고 있던 폐결핵을 악화시키고 말았다. 다음해 봄에는 의사의 권유로 미네소타 주에 전지요양을 갔지만 효과는 없었고 몸은 쇠약해지기만 했다. 그는 죽음이 임박한 것을 예상하고 원고를 정리하기 시작했다. 1862년 5월 6일, 그는 고향 콩코드에서 조용히 숨을 거두었다.

소로는 생전에 〈콩코드 강과 메리맥 강에서 보낸 일주일〉과 〈월든〉 두 권의 저서밖에 출판할 수 없었다. 그러나 생전에 이미 상당량의 에세이를 잡지에 발표하고 있었고, 만년에는 미발표 원고를 포함해 책의 형태로 출판할 준비가 어느 정도 갖추어져 있었다.

사후에 출판된 책 중에 특히 중요한 두 권의 책이 있다. 소로는 월든 호반에 머물던 당시인 1846년, 처음으로 메인 숲을 방문하고 삼림의 생태계나 그곳에 사는 인디언의 풍습에 큰 관심을 갖게 되어, 그 후에도 1853년과 1857년 두 번에 걸쳐 메인 숲을 답사하고, 세 편의 뛰어난 기행문을 남겼다. 이 원고는 그가 세상을 떠난 후 〈메인 주의 숲〉이라는 제목으로 1864년에 출판되었다. 또 소로는 월든 호반을 떠난 지 2년 후인 1849년에 처음으로 콧드 곶을 방문하면서, 대서양의 거친 파도와 질풍에 드러난 사구의 황량한 풍경이나, 그곳에 서식하는 동식물, 어부나 등대지기들의 생활상에 이끌려 후에도 1850년, 1855년, 1857년 세 번에 걸쳐 곶을 방문해 역시 일련의 훌륭한 기행문을 남겼다. 이 기행문은 1865년에 〈콧드 곶〉이라는 이름으로 출판되었다.

이상의 네 권은 누구나가 인정하는 소로의 주요 저서라 할 수 있다. 이 외에도 1837년(대학을 졸업한 해)부터 쓰기 시작해, 일생에 걸쳐 정열적으로 기록해온 방대한 양의 〈일기〉가 있다. 그것을 〈월든〉과 어깨를 나란히 하는 그의 주요 저서로 꼽는 학자도 있다.

소로 전집은 1906년에 보스턴에서 간행된 20권짜리가 오늘날에도 표준이 되어 읽히고 있는데, 1970년 이래 새로운 전집이 프린스턴 대학에서 간행되고 있으며 25권에 달할 것으로 예상되고 있다.

월든에 관해

소로는 〈콩코드 강과 메리맥 강에서 보
낸 일주일〉에 이어서 〈월든〉을 조기에 간행할 생각이었지만, 〈콩코드 강과
메리맥 강에서 보낸 일주일〉의 판매가 부진했기 때문에 출판사 측이 오랫동
안 주저해, 1854년에 이르러서야 가까스로 티크노어 앤 필즈사에서 출판하
게 되었다. 초고가 완성된 시점에서 이미 8년의 세월이 흐른 뒤였다. 그러나
이러한 지연이 작품 자체에 꼭 불행했던 것은 아니었다. 소로는 그 동안 8회
에 걸쳐 원고를 수정하고, 분량도 초고의 약 두 배로 늘릴 수가 있었기 때문
이다.

그는 〈월든〉에 엮어넣은 소재의 대부분을 자신의 〈일기〉에서 얻고 있다.
날짜를 더듬어보면, 1939년 4월부터 출판 직전인 1854년 4월까지 15년에
이르고 있다. 그 의미에서도 이 책은 그의 반생에 걸친 관찰과 사색의 집대
성이라 할 수 있다.

소로가 퇴고과정에서 특히 고심한 것은 작품의 구성 및 부분간의 긴밀한
결합, 부분과 전체의 관련이었다. 특히 네번째 원고(1851~1852) 이후에는
〈월든〉의 구성과 장의 구성을 전면적으로 재검토하고, 수차례 구성을 바꾸
어 전체를 복잡 미묘하게 엮은 통일성 있는 작품으로 완성해갔다.

이 책은 많은 비평가들에게 '죽음과 재생의 신화'로 불려왔다. 그것을 한
편의 우화로 나타낸다면 이야기는 주인공이 자신이 직접 세운 오두막으로
이주하는 한여름부터 시작된다. 그는 숲속에서 들려오는 여러 가지 소리에
혼자 귀를 기울이고, 자연계의 생명의 움직임과 마주하면서 이마에 땀을 흘

리며 밭일에 힘을 쏟는다. '호수'의 장에서 이야기는 여름에서 가을로 옮겨가고, 여기에 이어지는 여러 장에서는 인간의 우행, 그 동물성과 정신성, 동물들의 순수함, 겨울 준비 등이 이야기된다. 오두막 주위가 온통 눈으로 뒤덮이는 겨울은 동면과 회상, 사색의 계절이지만 작자의 시선은 변함없이 시시각각 변화하는 밖의 세계로 향하고 있다.

이윽고 호수의 얼음이 느슨해지기 시작하고 흙 속에서 서리가 녹아내리며, 동물이나 식물들이 다시 지상으로 되살아나는 봄을 맞게 되자 소생의 환희가 이야기되고 언젠가는 인간정신의 봄과 여명이 찾아올 것을 기대하면서 이야기는 끝이 난다. 이처럼 여름에서 시작해 봄으로 끝을 맺는 전체의 구성은 시간의 영속성과 자연의 불멸성, 자연적인 인생을 살아가는 인간의 불멸성을 암시하고 있는 것이다.

소로는 이 작품이 자연과 함께 살아온 그의 충실한 생활기록임과 동시에, '인간의 첫째 목적은 무엇인가', '인생을 어떻게 살아야 하는가'하는 근본적인 문제에 직면해 고민하고 있는 젊은 독자들을 위해 쓰였음을 되풀이해 강조하고 있다. 그는 "실재가 가공의 것이 되고, 허위와 망상이 확고한 진리로 대접받고 있는" 인간세계의 현실을 가차없이 파헤쳐간다. 우리의 일상생활에서 필요불가결한 의식주조차 허영이라는 망상에 가려져 본래의 목적과는 동떨어지게 되었다고 그는 말한다.

실질보다 허식을 중시하는 문학, 예술, 교육, 종교, 자선행위는 타락해 있다. 농업, 공업, 상업은 절도를 잃고 탐욕에 빠졌으며, 그들과 결합해 인간에게 큰 은혜를 베풀었다고 여기고 있는 근대의 과학기술이나 부의 증대는 단지 편리함이라는 환상을 보여주고 있는 것에 불과하다. 소로는 "생이든 죽음이든, 우리가 추구하는 것은 실재뿐이다"라고 말하고, 무엇이 '실재(reality)'이고, 무엇이 '환상(fancy)'인가 하는 철학적인 물음을 끊임없이 내

던지고 있다. 그러한 의미에서 이 책은 '실재'의 탐구서이고, 본질적인 의미에 있어서 철학서라고 할 수도 있을 것이다.

그러나 소로에게 있어서 '실재'는 인간의 손이 닿지 않는 허영 속에 있는 것도, 추상적인 사고의 내부에 있는 것도 아니고 우리와 아주 가까운 생활 속에 있었다. 이마에 땀을 흘리면서도 몸을 혹사하지 않고 즐기면서 하는 노동, 간소한 자주독립의 생활, 싱싱한 자연과의 접촉이 환상에서 벗어나 '실재'라 불리는 굳은 '암반'에 도달하기 위한 가장 좋은 방법이라고 생각했다. 노동에 의해서 확실하게 생계를 지탱한다. 그러나 노동의 노예는 되지 않으며 그것을 '더 높은 법칙'을 위해 봉사하게 하는 것, 어떠한 경우에서도 눈을 돌리지 않고 그것을 정면으로 직시하는 것, 자연과 함께 살면서 그 법칙을 탐구하고 자연의 섭리에 따라 밝고 자유롭게 사는 것, 이것이 청년 소로가 더듬어가려고 한 인생의 길이었다고 생각한다.

〈월든〉의 매력 중 하나는 훌륭한 문체라고 한다. 그의 문체는 항상 대상의 정확한 파악을 지향하고 있는데, 그 정직한 인격과 단순 소박한 생활을 반영하고 있기 때문에 꾸미지 않은 소박함과 힘을 지니고 있는 것이다. "무언가 말하고 싶은 것이 있으면 돌멩이가 지면에 굴러 떨어지듯이 문체도 쉽사리 작가로부터 굴러 떨어지는 것입니다"(〈서간집〉에서)라는 것이 그의 문체관의 골자였다. 그러나 한편으로 그는 사물의 핵심에 가차없이 다가서는데 유용한 격언풍의 표현을 즐겨 사용하고 있고, 역설, 반어, 과장, 생략, 논리적인 비약, 엉뚱한 비유, 완곡 표현이라는 복잡한 수사적인 기법을 구사해 문체적인 효과를 높임과 동시에, 독자를 약간 혼미하게 만들며 즐기고 있기도 하다. 예를 들어 "새로운 동이 트려 하고 있다. 태양은 동천에 빛나는 샛별에 지나지 않는다"와 같이 시적, 예언자적 성격을 띠고 있는 것이 적지 않다. 이러한 격언풍의 표현은 그가 원전으로 애독한 그리스, 라틴 문학,

혹은 동서 각국의 성전, 초서나 셰익스피어를 비롯한 영국 고전문학 등을 토대로 했을 것이다. 이 책 중에 나와 있는 고전이나 성전으로부터의 많은 인용과 그것들에 대한 언급(인유)이 그가 규범으로 삼고 있는 문체와 사상의 존재를 암시하고 있다.

소로는 생전에 유머감각이 부족하다는 비판을 자주 받았다. 일부 사람들의 눈에 그는 너무 고지식하고 때로는 성질 까다로운 빙퉁그러진 사람으로 비추어졌던 것 같다. 그러나 〈월든〉에서는 그의 진지한 눈길도 때로 온화해지고, 가슴 깊은 곳으로부터 폭소가 터져나오기도 한다. 특히 그에게는 인물의 성격을 유머러스하게 포착하는 독특한 감각이 있었다. 또 번역자를 곤경에 빠뜨리는 것이기는 하지만, 셰익스피어풍의 치장이나 언어의 유희도 종종 나타난다. 소로는 오히려 19세기 미국문학에 있어서 굴지의 유머리스트라 불려야 할 것이다.

〈월든〉은 작자가 세상을 떠난 후, 점차 그 평판이 높아져 1930년대부터 1940년대에 걸쳐 미국문학 최고의 걸작 중 하나라는 평가가 확고해졌다. 본래 소로는 자연의 묘사에 뛰어나기는 했지만, 특이하고 지방적인 문학가에 지나지 않는다고 여기던 것을 생각하면 격세지감이 든다. 확실히 그는 뉴잉글랜드의 시골 구석에 정착해 오로지 그 지방의 자연과 인간생활만을 묘사해갔다. 그러나 이 책에서 취급하고 있는 주제와 작가의 지적 관심은 결코 한 시대, 한 지방에 한정된 것이 아니라, 오히려 놀라우리만큼 우주적이고 인류적이다. 지방주의적인 문학의 전형이라고도 할 수 있는 그의 작품이 아이러니컬하게도 지금은 미국이 낳은 가장 보편적이고 현대적인 문학작품으로서 세계 각지에서 수많은 독자를 얻고 있는 것이다.

특히 인류의 존속을 좌우할 만큼 환경문제가 심각해진 최근, 소로는 미국에 있어 생태학 및 자연보호운동의 선구자로서도 높이 평가받게 되었다.

옮긴이 김성

고려대 영문학과를 졸업하고,《레이디경향》《엘르》등의 월간지에서 기자로 활동했다. 현재 잡지 및 단행본 출판기획자와 번역가로 활동하고 있다. 옮긴 책으로는『오 헨리 단편선』『작은 아씨들』『키다리 아저씨』『인생 수첩』『내 마음의 북소리』『남겨진 사람들』『하루 경영』등 다수가 있다.

월든

—

초판 1쇄   2017년 2월 15일
초판 2쇄   2020년 8월 20일
지은이   헨리 데이비드 소로
옮긴이   김성
펴낸이   김영재
펴낸곳   책만드는집

—

주소   서울 마포구 양화로3길 99, 4층 (04022)
전화   3142-1585·6
팩스   336-8908
전자우편   chaekjip@naver.com
출판등록   1994년 1월 13일 제10-927호

—

* 잘못 만들어진 책은 구입하신 서점에서 바꾸어 드립니다.

—

ISBN   978-89-7944-600-5 (03840)

이 도서의 국립중앙도서관 출판시도서목록(CIP)은 e-CIP
홈페이지(http://www.nl.go.kr/cip.php)에서 이용하실 수 있습니다.
(CIP제어번호 : CIP2017002226)